选择你自己的冒险

神秘的丝绸之王
迷失亚马孙

[美] 香农·吉利根　　[美] R.A.蒙哥马利◎著

申晨◎译

湖南文艺出版社
HUNAN LITERATURE AND ART PUBLISHING HOUSE

小博集
BOOKY KIDS

Title: The Case of the Silk King / by Shannon Gilligan; illustrated by V. Pornkerd, S. Yaweera, & J. Donploypetch; cover illustrated by Gabhor Utomo.
The Case of the Silk King ©1986 R. A. Montgomery, Warren, Vermont. All Rights Reserved
Artwork, design, and revised text ©2005 Chooseco LLC, Waitsfield, Vermont. All Rights Reserved

Title: Lost on the Amazon / by R. A. Montgomery; illustrated by Jason Millet; cover illustrated by Marco Cannella.
Lost on the Amazon ©1983 R. A. Montgomery, Warren, Vermont. All Rights Reserved
Artwork, design, and revised text ©2006 Chooseco LLC, Waitsfield, Vermont. All Rights Reserved

图书在版编目（CIP）数据

选择你自己的冒险. 神秘的丝绸之王·迷失亚马孙 /（美）香农·吉利根，（美）R.A.蒙哥马利著；申晨译 . -- 长沙：湖南文艺出版社，2022.3
ISBN 978-7-5404-9412-4

Ⅰ.①选⋯ Ⅱ.①香⋯ ②R⋯ ③申⋯ Ⅲ.①儿童小说—长篇小说—美国—现代 Ⅳ.①I712.84

中国版本图书馆CIP数据核字（2022）第017065号

上架建议：儿童文学

XUANZE NI ZIJI DE MAOXIAN. SHENMI DE SICHOU ZHI WANG·MISHI YAMASUN

选择你自己的冒险. 神秘的丝绸之王·迷失亚马孙

作 者：	〔美〕香农·吉利根 〔美〕R. A. 蒙哥马利		
译 者：	申 晨		
出 版 人：曾赛丰		责任编辑：刘雪琳	
策划编辑：蔡文婷		特约编辑：丁 玥	
营销支持：付 佳 付聪颖 周 然		版权支持：刘子一 姚珊珊	
封面设计：潘雪琴		版式设计：霍雨佳	
出 版：湖南文艺出版社			
（长沙市雨花区东二环一段508号 邮编：410014）			
网 址：www.hnwy.net		印 刷：三河市兴博印务有限公司	
经 销：新华书店		开 本：855 mm × 1180 mm 1/32	
字 数：123千字		印 张：7.5	
版 次：2022年3月第1版		印 次：2022年3月第1次印刷	
书 号：ISBN 978-7-5404-9412-4		定 价：130.00元（全5册）	

若有质量问题，请致电质量监督电话：010-59096394
团购电话：010-59320018

注意！

这是一本与众不同的书，

决定故事内容的人完完全全是你自己。

书中有危险，有抉择，有冒险……当然，也有后果。

你必须用尽自己丰富的才能与大量的情报，

错误的决定可能导致最终的灾难，甚至死亡。

但是，不要气馁。

你在任何时候都可以返回，做出另一个选择，

改变你的故事走向，从而改写结局。

加油吧，选择你自己的冒险！

神秘的丝绸之王

献给我的努伊阿姨和沙努叔叔，我永远爱你们。

——香农·吉利根

1982 年，你的邮箱里出现了一个匿名的信封，里面装有几张《曼谷邮报》，一张飞往泰国的机票，还有用来寻找一个失踪的男人的两千美元现金。

但是，那个失踪的男人最后一次露面已经是十五年前的事了，他还有可能活着吗？你是否应该飞往泰国一探究竟呢？

今天是 1982 年 3 月 26 日。此时，你正坐在办公桌前读着《晨报》。

一直以来，你总是会重点关注《晨报》中的时事新闻版块，因为你认为，时事新闻不仅内容很吸引人，还对你的工作非常重要。

要知道，作为一名侦探，尤其是一名专门调查国际案件的优秀侦探，多掌握一些时事方面的知识肯定不是什么坏事。

你在《晨报》中注意到，时任美国总统的罗纳德·里根就苏联入侵阿富汗事件发表了一篇态度强硬的声明。然后，你接着浏览报纸，看到了一篇名为《丝绸之王失踪十五周年》的文章。这个世界上已经没剩下几位国王了，你却从没听说过这位"丝绸之王"。

吧嗒！

你抬起头，发现纱门突然被关上了，你的助手萨姆抱着几封邮件走了进来。

"有什么有趣的案件吗？"

"这个。"他回答的同时递给你一个普通的棕色信封。你看了看封面，上面用工整的字体打印着你所在侦探社的地址。

"嗯——有点儿奇怪，"你说道，"没有寄件人地址。"

无论里面装的是什么，你都希望这是一起新案件。

▶▶ 请翻到下一页

4

一年半以前，你在海外解决了一起复杂的案件，帮助委托人找到了一把丢失的茶壶，还发现了一枚属于日本黑帮的戒指。

当时，那件案子引起了国际社会的广泛关注。因此，当你和伙伴们回到美国后，委托你这个年轻侦探来侦办案件的人络绎不绝。

但是最近，生意有些冷淡。整个夏天，你办的最大的案子也不过是帮助委托人找到了一只丢失的猫。

"我的天啊！"萨姆在你打开信封后惊呼道。

二十张面值一百元的美钞、一张机票和几张报纸掉落在你的桌子上。

"我看是工作来了。"你微笑着说道。

萨姆拿起报纸，说："我觉得应该与它有关。"

▶▶ 请翻到**下一页**

　　萨姆站在你的身后，和你一起读着报纸上的文章，文章讲的是一位名叫吉姆·汤普森的男子离奇失踪的故事。吉姆·汤普森也被称为"泰国丝绸之王"。

　　你又看了一眼刚刚读过的《晨报》，原来他就是那位"丝绸之王"，萨姆刚进来时你正读的文章就是关于他的。这也太巧了，简直像是一种预兆。你十分好奇这种预兆究竟是好的还是坏的。

　　你接着往下读。原来，汤普森是"二战"结束后留在泰国的美国战略情报局（OSS）特工，他做的丝织品生意蒸蒸日上，规模远远超出了人们的想象。在空闲时，汤普森还收藏了一批名贵的亚洲艺术珍品，并且特意修建了一座泰式房屋专门用来陈列。汤普森有很多朋友，他们经常会聚在一起休闲玩乐。

　　然而，吉姆·汤普森近乎完美的生活却在 1967 年 3 月某个非比寻常的一天戛然而止。

　　当时，他正和朋友在马来西亚的金马伦高原共度复活节假期，可他突然间就消失得无影无踪了。尽管警方派出了数以百计的志愿者进行了细致深入的搜查，但还是一无所获。

▶▶ 请翻到下一页

直到上周，有两张泰国小村庄集市的照片被寄到了《曼谷邮报》的办公室里，信封上没有写寄件人的地址，而邮戳上的日期是3月1日，地点则是一个靠近柬埔寨边境的泰国城市，名叫四色菊。

这两张照片中都出现了一位年纪较大、衣着类似僧侣的白人男子。

《曼谷邮报》的主编发现这名男子长得很像失踪已久的吉姆·汤普森，所以专门请来几位与汤普森相熟的人士进行辨认。

尽管汤普森早在1974年就已经被泰国法庭判定死亡，可是每一个看到照片的人都很确定，那位僧侣无疑就是汤普森本人！

为了尽快找到他，汤普森的朋友们在《曼谷邮报》上刊登了寻人启事，并且愿意悬赏十万美元来获取他的行踪信息。

▸▸ 请翻到第 **11** 页

"不行，我不能不对案件做任何调查就去曼谷。"你对萨姆说，"而且，我得查出雇我去的人到底是谁。我可不喜欢隐形客户这种方式。"

"你说得对。"萨姆也表示同意。

"萨姆，麻烦你帮我把这个信封拿给温布尔警官，请他把里面所有的物品进行指纹扫描，包括现金。如果你们有任何发现，就来图书馆找我，我会在那里查找汤普森失踪相关的新闻报道。"

"好的。"萨姆说着，拿起那个神秘的信封向门外飞奔而去。

一个小时以后，你来到了凉爽安静的图书馆。从 1967 年的《华盛顿邮报》开始，你仔细阅读了汤普森失踪前后的很多文章，然后发现，当时由于搜查工作毫无进展，有人提出过他可能被人绑架的猜想。但奇怪的是，在众多文章中，有一篇 4 月中旬的报道被人剪走了。

于是，你立即查看《纽约时报》同一天的报道，发现那张报纸上关于汤普森失踪的文章竟然也消失不见了！

▶▶ 请翻到第 18 页

你醒来后，发现自己正身处某地的一座寺庙里。

你的头部没有明显的外伤，但大脑里却一片空白。头骨受到的巨大撞击使你患上了严重的失忆症，你完全不记得自己是谁，来自哪里，又为什么来到这里。

而且，你的护照和其他所有能够证明身份的文件都随着你的背包一起被洪水冲走了。

寺庙里还住着其他一些灾民，在寺庙僧侣的护理下，他们的伤情渐渐好转，然后都零零散散地回到了自己的家里。但你一直留在寺庙中。事实上，当地的官员们也不知道该如何处置你。

目前看来，这里似乎是你的最佳安置点。

你逐渐习惯了这里的生活。六个月后，你决定皈依佛门，开始了乐善好施的僧侣生活。

很多年以后，有人向你讲述了一位充满传奇的美国僧侣的故事。他和你一样，也曾在泰国被佛教僧侣搭救，而且也在康复之后选择留在寺庙继续修行。他很努力地帮助当地的百姓，一生都在无私地做着奉献。

他的名字叫吉姆·汤普森。

▸▸ **本故事完**

你没有理会那条岔路，而是沿着原来的路线继续往前走。目前看来，你的时间只够仔细地调查完做了标记的这条路，所以你决定明天再去开辟林中的那条岔路。

一开始，你周围到处都是一团团的绿色，根本无法区分是哪些植物。渐渐地，你开始慢慢分辨出了那些植物的不同，并且能从灌木中看出哪些是乔木。对于这里而言，这可并不是一件容易的事，因为这里的灌木简直和你家乡的乔木一样高大。

你来到一棵呈"Y"字形生长的大树前，看到树旁长满了小小的野生兰花。等等！你刚刚是不是见过这棵树？你连忙翻看地图。据你估计，你应该距离一个十字路口不远了，从那里你就能找到返回小镇的道路。

半小时之后，你还在继续向前行进，却丝毫不见十字路口的踪影。更糟糕的是，一切都开始变得似曾相识。当你再次经过那棵周围长满野生兰花的大树时，你突然意识到，自己一直都在原地兜圈子。

你记得凯少校曾经说过，如果迷路的话可以求助地图下方的提示。你找到它，开始阅读起来。

▶▶ 请翻到第 **12** 页

"这件事简直太离奇了！"萨姆喊道。

"是的，尤其是汤普森在 OSS 的那段经历。"你补充道。

"什么是 OSS？"

"它是战略情报局的简称，也是中央情报局（CIA）的前身。"你回答道。

"你的意思是……汤普森曾经是一名间谍？"

"可能吧。你知道他们都是怎么说的吗？一朝成间谍，终生为间谍。"

"那他可能是被仇家干掉了！"萨姆推测道。

"不过，有件事情可以确定：我在出发之前需要获取更多关于吉姆·汤普森的信息。"

"如果你想搭乘机票上那趟航班的话，现在恐怕已经来不及了。这趟航班是今晚飞往曼谷的。"萨姆说。

"今晚？"你疑惑地问道，紧接着连忙翻找机票，"可是我对这个案子还一无所知。我也不知道这个信封是谁寄给我的，以及去寻找那个人的原因！"

"的确如此。不过，自从那个人的身份被辨认出来已经过去六天了。"萨姆提醒道，"如果你现在不出发的话，也许就没有机会赢得奖金了。"

▶▶ 如果你选择今晚就启程前往曼谷，请翻到第 **17** 页

▶▶ 如果你选择推迟出发，直到获得更多的信息为止，请翻到第 **8** 页

提示

如果你迷路了，无论你本来朝着哪个方向，立刻向东或者向西一直走，就能来到地图中的主路了。

如果你根本无法辨认方向，请待在原地，或者找到一处有水源的地点耐心等待，大概二十四小时后，就会有人来救你。

不要慌张！

请待在有标记的路上！

　　你抬起头仰望，看到在树冠缝隙中只露出了一小块阴沉灰暗的天空，根本无法分辨方向。这意味着，此时你应该待在原地等候救援。

　　但是，你现在真的能保证自己什么都不做只是等待吗？要知道，搜救工作肯定需要很长的时间，而你从昨天晚上到现在都还没有吃过饭，已经饿得前胸贴后背了。

　　你又看了一眼提示上"不要慌张"四个大字。

▶▶ **请翻到下一页**

你深吸了一口气，知道自己现在该做出选择了。

正在这时，你想起自己的背包中有两颗信号弹。或许，你可以发射一颗来寻求救援？

▶▶　如果你选择遵循地图上的提示，待在原地，请翻到第 **51** 页

▶▶　如果你选择继续前行，最后尝试一次寻找回程的路，请翻到第 **15** 页

▶▶　如果你选择发射一颗信号弹，请翻到第 **43** 页

"汤普森平时很喜欢那样的旅行，但是这一次他似乎异常焦躁，执意要早点儿回去。在回到这里以后，他们决定先小憩一会儿。可是，当其他三个人醒来时，汤普森就不见了。"信先生回答道。

"难道是在丛林里散步时迷路了？"你问道。

"我个人更倾向于他被绑架了这个说法。"信先生回答完还列举出一大串绑架的作案动机。

突然，你开始感到头晕目眩，眼中的景物也变成了上下波动着的画面，视线再也无法聚焦起来。

"不好意思，信先生。"你一边说着一边站了起来。但是，你话音未落，便感觉房间都开始旋转，视线也渐渐模糊不清，最后彻底失去了知觉。

▸▸ 请翻到第**64**页

你疲惫地经过那棵周围长满野生兰花的大树，再一次重新寻找十字路口。结果在几个小时之后——至少你觉得是几个小时——又见到了它。

这时候天色已经黑了下来，饥饿和疲惫使你感到头晕目眩。或许，你最好应该躺下来睡一觉。或许，永远不会再有人看到你或者听说你的消息了。

难道你在丛林里遭遇了和吉姆·汤普森一样的命运？没有人知道答案。你的失踪给这个悬而未决的神秘事件又增添了离奇的一笔。

▶▶ **本故事完**

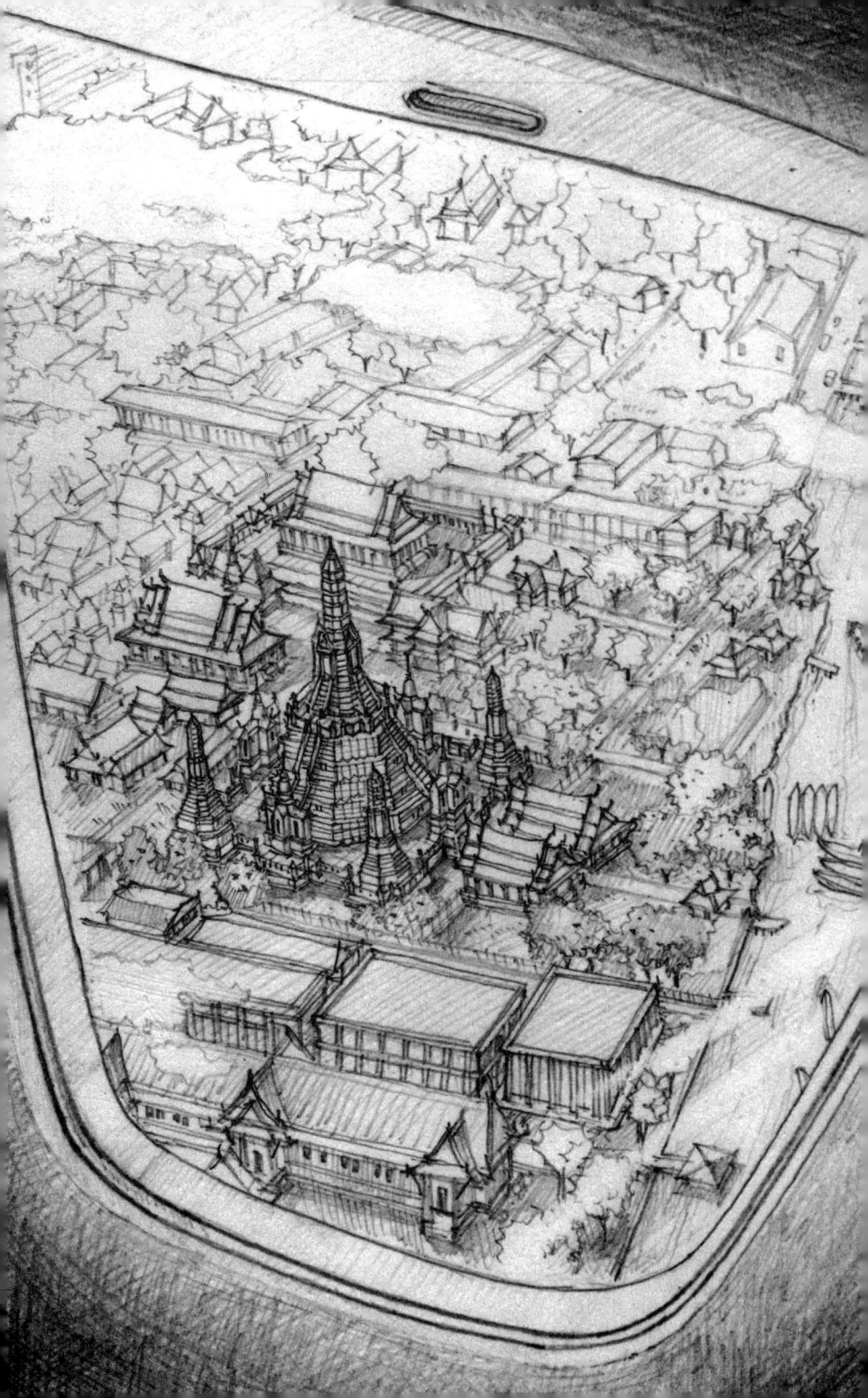

十二个小时之后，你登上了飞往曼谷的飞机。

在登机之前，你将这次行程通过电报告诉了你的好朋友宁。宁就居住在曼谷，三年前，她曾经在你的学校里做过交换生，你们也因此产生了深厚的友谊。

就算你在曼谷没有发现更多关于吉姆·汤普森的消息，至少也能很开心地去看望宁。

起飞后不久，你就进入了梦乡。在几个小时之后，你被空乘人员叫醒，她指着飞机下方郑王庙里闪闪发光的宝塔，提醒乘客们飞机即将在曼谷降落。

你看向窗外，发现空中飘着绵绵细雨。你这才想到，泰国这几天预报有雨，每天都会时不时地下几场雨。看来你的雨披应该能派上用场。

▶▶ 请翻到第 **23** 页

突然，从楼梯的方向传来了轻轻的脚步声。那脚步声越来越近，你的心跳也随之加快……

噢，不！该不会是有人在调查你的行踪吧？你回过头去正准备面对未知的敌人，结果发现原来是图书管理员。

"很抱歉打扰到您，"她低声说，"现在马上就要闭馆了。如果有需要的话，您可以明天早上九点再过来。"

你手心冒着冷汗，向她表示感谢后就离开了。

你回到办公室，瞪着天花板，思忖着那些消失的文章里究竟记载了什么。如果能查出来的话，你就能继续追踪汤普森了。

但是，萨姆突然打断了你的思绪，他拿着那个神秘的信封回来了。萨姆告诉你，指纹扫描没有任何发现。

他刚离开，电话铃就响了起来，你拿起听筒，生气地说道："哪位？"

电话里传来一个男人的声音："你为什么还不出发去泰国？"

"什么？你是谁？"你质问道，"我凭什么要告诉你？"

"我就是你的委托人。"那个声音平静地说道，"我想知道你为什么没有乘坐今晚的航班。"

▸▸ **请翻到下一页**

"那我就来告诉你原因！"你呵斥道，"第一，关于汤普森的事情我几乎一无所知；第二，我认为如果汤普森没有在丛林中消失，那么绑架他的人肯定不希望过了这么久之后还有人找到他；第三，我知道这听上去有些可笑，但是我喜欢在开展工作前先与客户见一面。"

你对自己如此强烈的反应感到惊讶，并且发现自己真的很在乎这起案件。你等待着那个人的回复，但也料想到他一定会挂断电话。

▸▸ 请翻到第 25 页

"吉姆·汤普森在失踪时正和朋友们一起在金马伦高原庆祝复活节。"信先生告诉你，"就是很典型的那种周末家庭聚会。所有在场者都说那次聚会非常愉快。"

"聚会是谁举办的？"你问。

"海伦和林。"信先生回答说，"这两人都是汤普森先生多年的故交。参加聚会的还有一位女士，那也是一位值得信赖的老朋友。"

信先生继续说道："那个周六他们的活动和往常一样，购购物，散散步，吃一顿丰盛的午餐，睡一个长长的午觉，再开一个晚宴派对。到了周日，他们一行四人一起去做复活节礼拜，然后出发一起去野餐。就在那次野餐的时候，大家第一次感到好像什么地方不太对劲。"

"比如？"你问道。

▸▸ 请翻到第 **14** 页

曼谷机场的空气闷热又潮湿。你在办理清关时，身上穿的衣服就已经被汗水打湿了。

办完手续之后，你推开玻璃门走出机场，发现到处熙熙攘攘、人声鼎沸：川流不息的人群，嘀嘀作响的汽车，哇哇大哭的孩童，还有一个行李架在你面前轰然倒地。远处，一辆辆人力三轮车和威风的黑色豪华轿车都在争抢着乘客和停车位。

你朝出租车停放点走去。这时，身后响起了一个熟悉的声音："欢迎来到泰国！"

你转过身来。"宁！"你大喊着拥抱了你的朋友，她也用最温暖的笑容迎接了你。正如人们所知，泰国有着"微笑之国"的称号。

▶▶ 请翻到**下一页**

　　"这么说，你来泰国是为了找吉姆·汤普森？"宁换了一种微笑的表情问道。

　　"是的。不过，我还不是很了解他。这次任务来得既突然又神秘，我还没来得及对案件做任何调查就出发了。"你答道。

　　"或许你会对我的提议感兴趣。"宁说，"正好我这周末要去马来西亚的金马伦高原拜访朋友，那里也恰巧是汤普森失踪的地点。我今天早上特意赶到机场邀请你一同前往，那里会是你展开调查的好地方。如果你不想去，我还可以帮你安排与我父母认识的一位推理小说家见面，他叫信森，多年来对汤普森的案件进行了透彻全面的研究。在整个曼谷，没有人比他更了解汤普森失踪案的相关信息了。"

▶▶　如果你选择说"我很想去马来西亚"，请翻到**第 30 页**

▶▶　如果你选择说"我想先和信先生聊一聊，顺便缓解一下旅途劳顿"，

请翻到**第 32 页**

"你说得没错，我确实应该写一张便签放在信封里用来说明整件事的情况，可我没写。"电话另一头的男人带着歉意的语气说道，"我……唉，说来话长。我想我们可以见一面，假装偶遇的那种。"

"地点呢？"你询问道。你觉得这个男人的话听上去很奇怪。

那人沉默了一会儿，说道："明天上午九点，在华盛顿的林肯纪念堂，我们假装是偶然搭讪的游客。我会穿一身灰色的西服套装，挂着一根拐棍。我不能聊太久，再会。"

电话被挂断了。

这会是陷阱吗？为什么一切都这么神秘？这位客户和案件本身一样让人感到脊背发凉！

也许你应该把这件事告知美国中央情报局，并且请求他们派人在明天会面时"尾随"你。不过，从另一个角度考虑，如果你的客户对所有情况的保密都有合理的解释，那么请中央情报局的人过来只会将事情搞砸。

▶▶ 如果你选择冒险独自一人前往林肯纪念堂，请翻到第 **29** 页

▶▶ 如果你选择给中央情报局打电话，并且请求他们派人在明天会面时"尾随"你，请翻到下一页

你的直觉告诉你，通知中央情报局会更安全。于是你拨通了相关部门的电话，简要地描述了事情的经过。他们立即派来一位名叫伦纳德·法尔斯的特工。

法尔斯仔细地询问了信封里的内容和当晚奇怪的来电。"信封里就是这些东西吗——钱、机票和关于汤普森失踪的报纸？"

你点了点头。

"你将所有物品都查验过指纹了吗？"

"当然，温布尔警官已经在警局的司法实验室帮我将所有的东西都查验了指纹。但是没有任何发现。"

"你是几点接到这通电话的？"

你回答道："晚上八点半。就是买给我的机票上的航班起飞后半个小时。"

"从他的声音判断，你觉得那个人的年龄有多大？"

"我估计在三十岁左右。"你思索一番后回答。

"你确定他的年纪不会更大一些吗？"

你回答说："我说不准。"接着补充道，"我敢肯定他和图书馆里那些失踪的文章有关。他本会——"

法尔斯先生突然打断了你的话，说："明天我们会在那里安排三个人。其中两个人在附近隐蔽，我和你一样装作一名游客。"

听到伦纳德·法尔斯说需要安排三个人时你感到很惊讶，这似乎有些过分谨慎了。但是你决定对此保持沉默。

▸▸ 请翻到第 **46** 页

第二天，你动身前往华盛顿，独自一人来到了林肯纪念堂。九点零五分，一位身着灰色套装的老人蹒跚着来到你身边。

"他是不是让人感到肃然起敬？"那位老人指着林肯白色的大理石雕像说道。

你点头表示同意。

他继续用闲谈的口吻说："我经常来这里，但是我最喜欢晚上过来。"

"晚上？"你惊讶地问道。那位老人转过身朝着台阶慢慢移动，你也漫不经心地跟着他。

他答道："是的。那时候周围没有人，华盛顿纪念碑在远处亮起灯光时，让人心里会有一种神奇的感觉。"

现在，已经没有人能听到你们的谈话。这时，那位老人说："感谢你的到来。我敢肯定我的行为看起来非常奇怪。"

"坦白地说，的确很奇怪。"你说完，扶着那位老人走下了台阶。

"那么，既然你来了，我尽可能简明扼要地说一下。我叫谢尔登·特鲁瓦克斯，是吉姆·汤普森的老朋友。"他说着，稳稳地伸出了手。

"这么说，你也是一名间谍吗？"你问道。

特鲁瓦克斯停下脚步，从头到脚地打量着你，说："我不能告诉你我的身份，不过这并不重要。这么说吧，我是汤普森觉得可以为他保守危险秘密的人。就在1967年的3月，汤普森发现了一个非常危险的秘密。"

▸▸ 请翻到第 **36** 页

"太好了！"宁说完随即领着你坐上了一辆空着的三轮车，"不过，在启程赶往马来西亚之前，咱们得先吃点儿东西。"

在吃过了一顿米饭搭配虾和柠檬草汤的泰式早餐后，你们又返回了机场，搭乘飞往马来西亚西北部城市槟榔屿的航班。在抵达槟榔屿之后，你们租车前往本次旅程的目的地——宁的朋友居住的小镇。

当晚，在为你举办的招待宴会上，你结识了一位名叫雷金纳德·凯的退役英国陆军少校。他对你说："1967年复活节那个周末我刚好在高原，并且是最初那支搜救队的成员之一。"

"那么您介意和我谈谈这件事吗，凯少校？"你问道。

"当然不介意，我很愿意讲给你听。《曼谷邮报》上刊登的那些照片让我又想起了这件事。你明天上午九点来我住的酒店怎么样？"

你表示同意："那真是太好了。"

"好，我会先带你去月光别墅，那里是汤普森在事发前居住的地方。从那里我可以给你指出我们在丛林里搜救过的地区。"

▶▶ 请翻到**下一页**

吃完晚饭后，你很快就入睡了。

你梦见自己走在丛林中间的一条土路上，那条路通往山区空地上一栋维多利亚式的大房子。房门敞开着，于是你走了进去。你在房中听到有人"嘎吱嘎吱"地晃着摇椅，那是你的祖母。

她站起身来，说道："你能来我真高兴，我的孩子，我一直在等你。我要告诉你关于吉姆·汤普森的一些事情，你找错地方了，汤普森在河边，不在山区。"

"在河边吗，祖母？"你重复着她的话问道。

"是的，在河边。"她点头说道。

"那么，是哪条河呢？"

你的祖母悲伤地笑着摇了摇头，然后走出了房间。

"祖母，请等一等！"你喊道，"是哪条河呀？哪条——"

你猛地坐起身，被自己的声音惊醒。

真是一场可怕的梦啊！你得告诉宁，但是又不想吵醒她。

▶▶ 如果你选择不去叫醒宁，请翻到第 **48** 页

▶▶ 如果你选择将宁叫醒，并且把你的梦告诉她，请翻到第 **118** 页

宁走进一间电话亭给信森打电话。信先生同意和你谈论这件事，并且邀请你下午一点与他碰面。

宁对你说："我乘坐的飞往马来西亚的航班还有几个小时就要起飞了，所以不能陪你去。但是我下周一一回来就会给你打电话，希望信先生能帮到你！"

你向你的朋友表示了感谢，然后叫了辆三轮车离开。当你抵达位于曼谷市中心的东方酒店时，刚好有时间在去见信先生前洗个澡，换一身衣服。

信先生的房子在一条僻静的林荫小路上，距离喧闹的大街几米远，门牌号是 13 号。你摁下门铃，信先生亲自接待了你。

"嘿，你好！你就是宁的朋友吧。"他边说边伸出手，"快进来，请坐。"

信先生领着你走进一间宽敞的客厅，里面摆放着泰式家具和数量惊人的木雕佛像。他招呼你在一把椅子上坐下。

他开口说道："这些年来，研究吉姆·汤普森的案件已经成为我最热衷的爱好。你想知道些什么呢？"

你回答："首先，我想了解更多关于失踪本身的事。"

信先生开始讲述时，一位仆人端着茶水和糕点走进了房间。

▶▶ 请翻到第 **20** 页

第二天一大早，你带着六名马来西亚警察重返那座山洞。这一次还是没有人，但是火堆的余烬还有温度。

警察布置好了埋伏圈，你们在那里等了好几个小时。终于，有人蹑手蹑脚地从茂密的丛林里朝这边走近。在距离你六米远的地方，脚步声突然停止。多年的丛林生活让他训练有素，他疯狂地嗅了几下之后，转过身去飞快地跑进丛林深处。

幸好有两名警察埋伏在树丛中。一名警察朝着逃跑的人抛出一张网，尽管没有命中目标，但也绊倒了他。四名警察以迅雷不及掩耳之势将他制伏。随后，他被带回警局，并在那儿被证实是一个极端恐怖组织的最后一名余党。

警长对你说："虽然你在有标记的道路上迷路的行为有点儿蠢，可你还是一名杰出的侦探，你在我们放弃搜寻这么多年的地方找到了可怕的恐怖组织的头目。我代表所有马来西亚人向你表示由衷的感谢。"

你和宁飞到了马来西亚的首都吉隆坡，最高元首向你颁发了给予外国人的最高奖励，并且授予你马来西亚荣誉公民的称号。

你寻找吉姆·汤普森的行动莫名其妙地在混乱中偏离了方向。不过，你的旅行最终还是很成功的——虽然和你预期的不太一样。

▶▶ 本故事完

"是什么样的秘密呢？"你问道。

谢尔登·特鲁瓦克斯深深地叹了口气，说："恐怕连整个谜团的一部分我都不曾确切地了解过。汤普森在失踪的前几天给我打过电话，说他必须在接下来的一周内和我见一面。他说他需要我的建议，可能的话，还需要我的帮助。貌似汤普森在他的生意中偶然发现了走私行为。他没有告诉我走私的物品是什么，不过我从他当时的语气推测，不是海洛因就是红宝石。汤普森说，在他能够查出谁是幕后主使之前，他需要更多的信息。不过，他当时所掌握的情报已经足够让自己感到震惊了。他的原话是：'你绝对想不到有谁参与其中，谢尔登！'"

"走私犯意识到汤普森已经知道此事了吗？"你问道。

"汤普森觉得他们没发现。可不管怎样，他一直按照确定好的日程行事，所以应该没有人会起疑心。他很早之前就计划好要到马来西亚度过复活节假期，然后在接下来的一周到新加坡出差。我们约好等他一回到泰国就见面。"

你插话说："结果他永远都没能出现？"

"没错。"特鲁瓦克斯答道。

▸▸ 请翻到**下一页**

"你想过吉姆·汤普森为什么会联系你吗？他为什么不直接报警或者联络中央情报局呢？"

"是这样的，正如我对你所说，我是他的老朋友了，而且刚好在泰国出差几周。一开始他找我帮忙时，我觉得非常正常，只是后来，我发觉事情有些蹊跷，而且直到那时，我才开始怀疑这其中肯定还有别的事。"

▸▸ 请翻到第 **44** 页

你沿着那条没有标记的荒芜小路走了一段距离，想看看它到底通往何处。

道路两侧的植物没有被砍伐过，在小路上生长得密不透风。很快，枝叶变得越来越茂密，你的脸和手全被划伤了，而且浑身湿透。

最终，眼前的路也变成了死胡同。

你刚想转过身，却嗅到了一股淡淡的烟熏的味道。你又多闻了几下，继续跟着气味前行。突然，你跌跌撞撞地闯出了丛林，来到了一小块空地上。你面前是一个用来煮饭的火堆，木柴燃烧过的灰烬还残留着余温。

你从报纸上读到过，汤普森曾在军方的战略情报局接受过丛林生存训练。他有可能独自一人在此求生吗？你仔细地观察着这块空地，其中有一端的藤蔓看起来有些不太自然，像是被人为捆扎起来的。你走得更近些，停下了脚步。

原来，你正站在一座洞穴的入口处！

你很想进洞一探究竟，可是如果刚好有人回来把你堵在里面怎么办？那样你将无路可逃，也无法自卫。先躲在藏身之地，暗中观察回来的人也许更明智。

▶▶ 如果你选择走进洞穴里看一看，请翻到第 **52** 页
▶▶ 如果你选择躲在能观察到返回山洞的人的地方，请翻到第 **92** 页

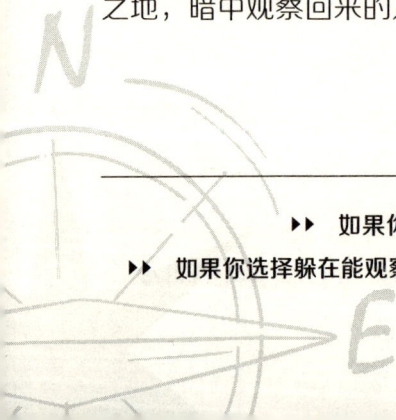

当你回到办公室以后，却发现那张飞往曼谷的机票不见了。你觉得伦纳德·法尔斯需要对此给出解释。但是那天下午，你没有收到任何来电，直到第二天，法尔斯才打来电话。

他对你说："很抱歉。但是这件案子关系到我们国家的安全，事关重大，我们要从你这里将其接手。你的机票已经被退了，你到下周就可以收到退款。"

"可是那位老人怎么办？他是谁？你们要把他带到哪里？"你喊道。

伦纳德·法尔斯用完全无辜的语气反问道："什么老人？"

▶▶ 本故事完

读完白色字条上的字，你向佛像鞠了一躬表示感谢。

你微笑着想，如果寻找汤普森是你肩上的重担，那么似乎你应该很快就能卸下重担了！

抽签卦亭里面的老人突然出现在你身边，说："祝你好运。你准备好去见寺庙的住持了吗？"

你点点头，跟着他来到了门口。你刚踏出门外，一大块水泥就从正在修葺的墙上脱落。它猛地砸下来，避开了你身边的所有人，直接砸中了你的头骨。

你当场死亡。

这是一场意外吗？还是有人蓄意将那块水泥抛下来？在警方调查期间，所有的目击者都说不清。

不过，有一件事情可以确定：你的命运得到了印证，而且比你预想的还要快。

你抽出一颗信号弹，放置在丛林的地面上。

你刚点燃，信号弹就腾空而起，转了一圈之后直接飞入茂密的灌木丛中。

你趴在地上想要追着它爬行。可是，它飞到哪里去了呢？

啊！突然，你的视线越过了足有六米深的陡坡边缘，信号弹就躺在坡底。而且，有一具人体骨架躺在它旁边，骨架的一部分已经布满了苔藓和藤蔓。

▸▸ 请翻到第53页

"比如？"你问道。

特鲁瓦克斯回答："比如，也许中央情报局本身就以某种形式参与走私中。汤普森一出事，我就联系了他们。但不可思议的是，他们丝毫不重视我提供的信息。"特鲁瓦克斯停顿了一下，继续说道，"而且，不只有我一个人怀疑中央情报局，还有几个人也抱怨过他们对待整个调查漫不经心的态度。当然，我是唯一知道走私事件的人。"

"后来你又做了什么呢？"你问道。

特鲁瓦克斯继续说："我自己调查了整整三个月，在此过程中还树敌不少，可还是一无所获。从那时起，汤普森的命运就一直困扰着我。"

你最后问道："那么，既然你雇用我，为什么还要对我保密呢？"

"这个嘛，我想，要是你知道了其中潜在的危险，可能就不会接受这项任务了。"特鲁瓦克斯答道。

你对此表示同意，说："我承认，这听上去的确比一开始要危险得多，尤其是考虑到我得独自展开工作。"

▶▶ 请翻到下一页

　　谢尔登·特鲁瓦克斯思索了一会儿。"这样的话，我想我可以和你一同前往。只不过我无法进行实地调查。"他说着，指了指他的那条腿，"我的膝盖受过伤。但是我可以在东方酒店设立一个秘密总部，为你提供我所掌握的关于那个国家的情报，也许会对你有所帮助。"

▸▸　如果你选择接受特鲁瓦克斯的帮助，和他一同前往泰国，请翻到**第56页**

▸▸　如果你选择拒绝特鲁瓦克斯的帮助，独自前往泰国，请翻到**第59页**

第二天一大早，你便抵达了华盛顿，并在八点半来到了林肯纪念堂。整整半个小时，你都在伪装成游客。伦纳德·法尔斯则自然地站在远处的一个角落里，看起来就是一名如假包换的游客。

终于，在还差几分钟到九点时，一个身穿灰色西装的人朝纪念堂走来。他满头白发，步履蹒跚地拄着拐棍慢慢地行进。你突然感到很滑稽，认为通知中央情报局的行为是个错误。

那位老人没有看见伦纳德·法尔斯，径直向你走来。但当他发现法尔斯时，反应突然很激烈，他立即停下脚步，并向你投来愤怒的目光，转身想要离开。

接下来所发生的事情似乎有些不真实。伦纳德·法尔斯从你身边跑过去追那位老人。五名特工——并非两名——从天而降般扑上去。六个人一起制伏了那个准备施展拳脚的人。

"你为什么背叛我？"那位老人向你咆哮着。他那斥责的声音在大理石厅堂内回荡，让人感到脊背发凉。

六名中央情报局特工给那位老人戴上手铐，匆忙地将他带下纪念堂的台阶，坐上了一辆待命的黑色小轿车。

"等等！"你向法尔斯喊道，"等一下！到底发生了什么事？"

"我们晚些时候会给你打电话！"法尔斯从窗内喊道，随后车子便开走了。

▶▶ 请翻到第 **40** 页

你决定明天早上再将所梦到的一切告诉宁。

几分钟后，你再次入睡。当你再次醒来时，天已经大亮，钟表上的时间显示的是早上八点三十五分，距离你和凯少校的会面只剩下二十五分钟了。

你没有吃早饭，而是直接赶往酒店。这时，凯少校正在门廊处等你。

他握着你的手，说："快上车。虽然别墅离得很近，但是我们开车去会更方便一些。我已经给管理员打过电话了，他说可以到那儿去看一看。"

去往月光别墅的路是一条崎岖、狭窄而陡峭的山路。别墅的四周环绕着茂密的丛林，季风期的雨水如同氤氲的雾气般轻柔地飘落。

"这里真是彻彻底底地与世隔绝，您说是不是？"你问道。

"的确如此。有传闻说这里曾经是一群恐怖分子的总部，他们很多人就藏在这附近。那群恐怖分子会伏击马来西亚的士兵和警察，有时候甚至连游客都不放过。别墅后方的玫瑰园里就应该发生过很多次处决行为。"

▶▶ 请翻到下一页

"那么，后来呢？"你问道。

"后来政府终于打败了这群恐怖分子。一些恐怖分子躲进了丛林里，有传闻说他们还在那里。"凯少校轻松地补充道。

▸▸ 请翻到第54页

根据地图上的提示，你必须要原地等待大概二十四个小时。

你环顾四周，发现在前方，路的尽头处恰好有一根倒下的圆木，你找了个舒适的角度坐上去安静地等待着。

一个小时过去了，又一个小时过去了，你看了一眼手表，已经两点了。已经过去了这么久，至少宁或者凯少校也该发觉你失踪了。你决定，如果到傍晚时分还没有人找过来的话，就再发射一颗信号弹。

半梦半醒时，树枝折断的清脆声将你惊醒。

他们找到你了！你满怀希望地抬头望去，却发现了一只孟加拉虎。对任何一名穿越东南亚丛林的背包客来说，它都是一种稀有而又真实的危险生物。

你全然不知它的窝就在距离你只有三米远的树丛中，里面还趴着三只毫无自卫能力的幼崽，因此，它将你视为它们的威胁。

它猛地向你扑来，巨大的力量立刻将你置于死地。由于要赶快回去查看幼崽的安危，那只母虎留下了你的全尸，直到被最先来到这里的救援队或者丛林中其他的食肉动物发现。

▸▸ **本故事完**

你绕着空地的边缘行走，以免留下脚印，然后掀起一些垂下来的藤蔓向洞穴里窥视。

洞内光线非常昏暗，但是你能看到粗糙的原木桌子，几把椅子，还有几块放在手工草床垫上的织毯。

你从入口爬了进去，发现洞底有一个覆盖着肮脏的防水油布的大土堆。你想弄清楚防水油布下面放的是什么东西，于是小心翼翼地掀开一角，把手伸进去，却摸到了冰冷光滑的金属。

你倒吸了一口凉气，说："这是机关枪！"

▶▶ 请翻到第 **78** 页

这会是汤普森的尸骨吗？

突如其来的发现使你异常兴奋，都忘了自己已经迷路。你立即沿着小路往回跑，想要寻求支援。

终于，有人看见了你发出的求救信号，就在你发射信号弹的不远处，你遇到了一对在野外赏鸟的夫妇。

"请赶快跟我来，"你气喘吁吁地说，"我刚刚在后面的溪谷里发现了一具尸骨，我想那有可能就是吉姆·汤普森！"

他们紧跟着你来到此地。幸运的是，那位男士的背包里正好有一根登山绳，你们三个人得以合力将骨架抬了出来。

当你在尸骨的一条胳膊上发现了刻有"J. T."字样的金表时，你确定他就是汤普森！

▸▸ 请翻到第58页

凯少校带你查看了这片区域的其他部分，并且向你解释了搜救工作是如何进行的。

凯少校对你说："当时有超过四百名警察和志愿者用了一周的时间，对别墅四周的丛林进行了彻底的搜查。在搜寻了五天之后，我们猜测汤普森生还的可能性微乎其微。但是让所有人都很泄气的是，一周都快结束了，我们仍旧一点儿线索都没有，没有任何脚印，也没有被折断的树枝或者衣服的碎片。这时候，人们开始觉得他被绑架了。"

"您认为吉姆·汤普森发生了什么事呢？"你问道。

"我认为？"凯少校盯着茂密的丛林说道，"其中一支搜救队的队长曾经说过，如果想把周围的丛林全部搜查一遍，那需要一支训练有素的军队耗费一个月的时间才能完成。而且，谁能保证汤普森不会走到那个区域以外的地方呢？依我看来，汤普森还活着。"

"高原是远足的胜地，这附近有没有小路通往那里呢？"你问道。

"有很多条路线。其中一条的起点就在那儿。"凯少校指着树丛中一个模糊的缺口说，"我正指给你看的那个位置。"

▶▶ 请翻到第 **60** 页

你接受了谢尔登·特鲁瓦克斯和你一同前往曼谷的提议，并建议他尽快安排好行程。

两天后，你们来到东方酒店的大堂办理入住手续。这趟航班的飞行时间很长，你们都感到非常疲惫，决定好好睡一觉之后在晚餐时会面。

你睡到傍晚才醒，然后走出房间来到了露台。虽然刚下过雨，但是乌云暂时散开，阳光透过缝隙挥洒下来。

你凝视着河面上往返穿梭的船只，那里有载着学生的渡轮，有商人运送水果的独木舟，还有缓缓而行的宽阔的船屋。河对岸矗立着一座雄伟的宝塔，那是佛寺的标志，它在夕阳下

熠熠生辉，仿佛镶着一层亮片。河流一端有一些小船驶向不同的运河。你以前在旅游手册上读到过，曼谷是一座水城，一条条运河纵横交错组成了交通网。

你正要走回房间，酒店旁边小码头上的几个人引起了你的注意。

你看到两名穿着短衣短裤的瘦高男人在往绿色的船上搬运一个扭动着的麻袋。你想知道里面装的是什么动物，正在这时，它露出头来。

竟然是谢尔登·特鲁瓦克斯！

▸▸ **请翻到第 63 页**

你再次回到镇子上。这次的发现引起了不小的轰动，好像方圆几公里的人都特意跑到警察局来瞧一瞧那具尸骨，大家还纷纷向心目中了不起的发现者索要签名。

与此同时，当地警局的警长正在给位于曼谷的泰国丝绸公司致电。他说道："我知道这听上去有些奇怪，一名游客在徒步旅行时迷了路，四处游荡时发现了一具戴着手表的尸骨。手表上刻着大写字母'J. T. '……是的，是一块金表……你是说它有可能是吉姆·汤普森吗？！……好的，好的，游客就在旁边……好的，保证没问题。"

警长挂断了电话，转身对你说："泰国丝绸公司派出了一架私人飞机来接你回曼谷。他们都激动极了。"

▶▶ **请翻到第66页**

"可能我独自前往泰国会更好一些。"你对谢尔登·特鲁瓦克斯说，"如果中央情报局知道我为你工作的话，事情会变得很棘手。另外，我有一位好朋友就住在泰国，她肯定会帮助我的。"

谢尔登·特鲁瓦克斯回答说："这样也好。这是我的名片，一旦有什么发现请立即联系我。"

"一定会的。"你向那位老人保证道，然后和他握手道了别。

回家后，你将睡袋、雨具、两双运动鞋和适合热带气候的宽松衣物塞进了背包里。

眨眼间，你已经坐在太平洋上空的一架巨型客机上，正飞往曼谷。你盯着机舱的顶部，将整个事件所有相关的线索在脑海中整理了一遍。据今天的报纸报道，到目前为止，已经有一些寻找汤普森的人疑似失踪。不管是中央情报局还是其他人，显然有人参与到了汤普森绑架案中，而且并不想看到汤普森活着回来。

你要小心各种陷阱和虚假信息。不过，至少你有一项优势：没有人会对初出茅庐的年轻人产生戒心。想到这一点，你不禁咯咯地笑了起来。

▸▸ 请翻到第 68 页

在别墅周围，设有路标的丛林小路纵横交错，编织成网，凯少校快速地带你参观了其中的几条。

后来，你们沿着其中一条路走了四十五分钟，来到一个丁字路口。凯少校掏出一张绘制着所有小路的地图，指出了你们所在的位置。

"这里是仔细搜寻汤普森时所到达的最远距离。当然，人们也到过这里以外的地方，但都是非官方的行为。"

凯少校看了一眼手表，说道："我很想带你去查看更多的路线，但是我得走了。你自己留在这里四处看看怎么样？你可以拿着这张地图，我自己能找到离开的路。只要你沿着这些有标记的路行进，应该不会有什么问题。如果你迷路了，可以查看地图下方的提示。"

你对凯少校的帮助表示了感谢，然后目送他顺着小路返回。

突然，他又转身跑了回来，喊道："等一下！我差点儿忘了。"他把手伸进衬衫的口袋里，"带上这些信号弹吧。如果你真的迷路了，可以用它们来告诉别人自己的位置。现在就祝你好运吧，再见。"

▶▶ 请翻到下一页

过了没多久，凯少校便消失在你的视线中。

你向右转，小心翼翼地按照地图上的路线前进。

这里好像并没有其他远足的人，但是考虑到这里潮湿的气候，你对这种情况也就不感到奇怪了。

半个小时后，你发现了一条若隐若现的向左拐的岔路。你看了一下地图，发现这条路并没有被标记出来。不过，透过久未被砍伐的树丛能清晰地看出，这是一条曾经被妥善维护过的道路。

你想起了凯少校的话："沿着这些有标记的路行进……"可是，只向里面走几米的距离，真的会造成严重的后果吗？

▶▶ 如果你选择冒险探索没有标记的路，请翻到**第 38 页**
▶▶ 如果你选择沿着你所在的路线继续前行，请翻到**第 10 页**

你冲出酒店，径直跑向码头。但是当你赶到时，载着特鲁瓦克斯的船刚刚驶入河对岸的一条运河，消失不见了。

你疯狂地挥手，设法拦住一艘路过的水上巴士，就是那种用汽车引擎驱动的长尾船。"请开进对岸的那条运河！"你一边向船夫喊道，一边不假思索地上了船，"我正在追一艘绿色的、狭长的船。"

那位船夫在湍急的水流中熟练地操纵着小船，迅速地驶入了目标运河。小船在快速行进时撞击到了其他船的尾流，你为了保持平衡，双手紧紧地抓住船身。

又行驶了半公里以后，你瞥见那艘绿色的船被拴在你右侧的码头上。"停在这里！"你大声喊道。

"但是蛇场已经关门了。"船夫说。

你抬起头，这才看到金属链条围成的栅栏上挂着一块告示牌，上面写着："吞武里蛇场。内有各种危险生物！请勿私自闯入！"你犹豫了一下，又仔细查看了那艘绿色的船，肯定是它没错。

突然，你注意到蛇场大门开了一条小缝，你可以跟在那两个人的后面进去。但是，你或许应该找来一名负责运河管理的警察和你一同进入。

▶▶　如果你选择独自进入，请翻到**第80页**

▶▶　如果你选择去找一名运河警察陪你一同进入，请翻到**第71页**

你在一间狭窄、昏暗的房间里苏醒过来，发现自己正仰面躺在一张床上，四肢被绑着，嘴也被塞住了。

信先生则坐在另一张床上看着你。

"你自以为能找到吉姆·汤普森，是吗？"他讽刺地问道，"我研究汤普森的案子已经有十五年了，才不会让一个可恶的毛头小子抢在我前面找到他。"

你想要说话，但是一个字也说不出口。

信先生起身准备离开。"只要你乖乖地听话就不会受到伤害，但如果敢耍花招你就死定了！"他吼道。

接下来的几天里，信先生一直给你提供充足的食物，并且给你注射了一种让你整天都昏昏欲睡的药物。你利用清醒的时间只能判断出，信先生的房子目前正作为大型搜救行动的总部，人们整晚进进出出，电话声接连不断，你经常能听见有人提到汤普森的名字。

▶▶ 请翻到第 **67** 页

第二天，宁向你的女房主解释了你离开的原因。女房主对宁的解释并没有显示出任何惊讶。而且事实上，她也鼓励你离开。

几个小时之后，你们发现，再走五个小时的崎岖山路就可以回到槟榔屿了。

正在你和宁正讨论距离哪条河更近时，你们租的车突然在一个荒无人烟的地方停了下来，司机挪到了副驾驶的位置，一个黑影从树丛中跑了出来，坐到了驾驶位上。

宁一言不发地看着这一切。不过，她很可能没看到你在早报上读到的关于可怕的马来西亚绑架团伙卷土重来的文章。

你不假思索地推开自己身侧的车门，从高速行驶的汽车上跳了下去。你最后记住的画面是自己身处一条沟渠里，宁站在你身边说道："你为什么要这么做？你疯了吗？"

▶▶ 请翻到第79页

那天晚些时候，你乘坐飞机回到曼谷。

吉姆·汤普森的尸骨安全地躺在你身边的木箱子里，他的手表被揣在你的衣兜里。

当你抵达曼谷时，一大群人等在那里迎接你，市长为你颁发了城市的荣誉钥匙，一支警车队护送你快速前往国王宫殿参加接见典礼。

次日清晨，你的故事登上了世界各地的报纸头条。

"丝绸之王"案件已被侦破

未解之谜已经真相大白

骷髅就是失踪的"丝绸之王"

年轻侦探破陈年旧案，手表连接起的枯骨与"丝绸之王"

▶▶ 请翻到第 **107** 页

一天夜里，震天的骚动使你从药物造成的昏迷中惊醒。

"他在大城！"你听见有人喊道，随后周围再次归于宁静。

第四天，给你送饭的仆人将你摇醒，但是，他没有给你任何食物，却开始解你身上的绳子。恐惧使你的胃部拧成了一团。

或许，信先生已经决定无论如何都要除掉你。

▶▶ 如果你选择双脚一旦被松绑就逃跑，请翻到**第101页**

▶▶ 如果你选择等待更好的时机再逃跑，请翻到**第72页**

坐落在曼谷昭披耶河岸边的东方酒店相当宏伟奢华。

你入住后做的第一件事，就是给你的好朋友宁打电话。但是她当时并不在家，她的母亲说她去了马来西亚，要一周后才能回来。

你走出房间来到外面的阳台上，望着河上来来往往的船只发呆。你原本的计划是和宁一起赶赴四色菊，也就是汤普森的照片被寄出的地点，然后在那附近的寺庙里询问关于他的相关信息。

但是现在，你不得不自己前往了。没有宁帮你翻译和交流，明天就要打起十二分的精神，这对你来说至关重要。

▶▶ 请翻到**下一页**

你回到房间，通过客房服务点了一份蘸了泰式花生酱的腌牛肉烤串，吃完后就上床睡觉了。

第二天早上，一份《曼谷邮报》随着早餐一起被送过来。报纸上说，又有两名寻找汤普森的人离奇失踪了，目前加在一起一共有五个人了。

这几天，四色菊似乎是一个很危险的地方，你真希望能去其他地方展开调查。

突然，你往下扫了一眼，被另外一篇文章吸引。

▸▸ 请翻到 **下一页**

北方佛教大会

一场大型的佛教大会将在本周于乌隆举行。一些关于现代小乘佛教的文件将会在大会中发布。两名来自日本京都大德寺禅宗佛教的僧侣也将出席，他们计划探讨关于禅宗佛教的冥想与泰国僧侣所进行的冥想之间的关系。

预计将有两千名来自全国各地的僧侣参加本次大会。

读完这篇报道后，一个想法闪现在你的脑海中：或许，吉姆·汤普森会到那里去，再或者，至少会有僧侣知道他。也许，你应该到乌隆去。

▶▶ 如果你选择按照原计划出发去四色菊，请翻到**第 75 页**

▶▶ 如果你选择试着去佛教大会找汤普森，请翻到**第 76 页**

"我们必须去找警察。"你对船夫说道。

他感觉有些滑稽地看了你一眼，然后一声不吭地将船驶离了码头。不久之后，你们来到一条狭窄的运河的转角，正前方的船上有一名警察。

"警察先生！警察先生！我需要您的帮助。我的朋友被两名男子绑架了，他们应该是把他带到蛇场去了，可能马上要杀害他！"你喊道，"我想请您陪我一同进入蛇场。"

但警察对你的话根本不予理睬，他似乎对你的船更感兴趣。终于，他说道："你被逮捕了。"

"什么？逮捕？为什么要逮捕我？"你难以置信地问道。

"因为你盗窃了这艘船。"警察对你说道。

"可是……可是……这艘船不是我偷的！我是向他租来的。"你说着，朝你的船夫的方向转去。但是他却已经消失了！

"你还是去警察局里解释吧。"那名警察对你说道。

▸▸ 本故事完

当仆人将你完全松绑后，他向你做出安静的手势，然后示意你爬到他的后背上。

紧接着，他背着你从后楼梯溜下楼，来到了外面的一条运河边。这是曼谷狭窄的水路网中的一条运河，就在信先生的房子后面。

此时，宁正在岸边的一艘长尾船上等着你。

"宁！"你低声唤道，"你在这里做什么？"

"没时间解释了，咱们得快走！"她回答道。

▸▸ 请翻到第 82 页

　　你将船直接开进芦苇荡中，然后关闭了引擎。锋利的芦苇划破了你的脸和衣服，但事实证明，这里仍然是个理想的藏身之处。

　　几秒种后，信先生的船疾驶而过。他甚至没有朝你所在的方向看上一眼。

　　"你是怎么发现我被劫持了的？"信先生的船一消失你便向宁问道。

　　宁答道："我给酒店打了电话，他们说你已经办理过入住手续了，但是没有再回酒店，我就知道你肯定出事了。信先生发誓说，他不知道你在哪里。但是我贿赂了他的一个仆人，那个仆人告诉了我真相，并且同意帮我解救你。"

　　你对宁说："信先生简直是个疯子！他正在下大力气搜索汤普森。他之所以绑架我，就是为了防止我先找到他。"

　　"你有没有获得任何有助于我们找到汤普森的信息？"她问道。

　　"你提醒我了，我的确听到有人提起过他在大城。"你答道。

　　"大城！"宁喊道，"就在曼谷的上游，我们今晚就可以乘船抵达那里。"

　　"今晚？"你好奇地问道，"可是你的胳膊怎么办？"

　　"我的胳膊没什么大事。"宁答道，"我本来就计划在船上过夜。我们不能回我家或者酒店，信先生肯定会到那里找我们的。"

　　"好的。"你同意道，"我们把螺旋桨上的杂草清理掉，然后就出发。"

▸▸ 请翻到第93页

第二天早上，你乘坐火车前往四色菊。

不走运的是，你途经的大部分乡村都笼罩在雨雾之中，只能看到稻田或者远处覆盖着丛林的丘陵。所以，当你在数小时之后抵达四色菊时，你还是没能掌握寻找汤普森的区域的地形情况。

你在车站打探到去寺庙的方向，并计划向那里的住持询问关于汤普森的消息。不过，首先你得停下来吃顿午饭，最好是一份辛辣的咖喱配有嚼劲的椰子甜点和一杯苏打水。

▸▸ 请翻到第 83 页

你启程前往乌隆，去那里的僧侣大会上寻找吉姆·汤普森。那是一座位于北方的小城，要从曼谷坐很长时间的火车。一路上都下着倾盆大雨，你无意中从某个人的收音机里得知，今年 3 月的降水量格外大。

当你到达后，发现城里有成千上万名僧侣正成群结队地四处闲逛。他们都剃光了头发，穿着橘色的僧袍，手中撑着伞，互相之间只能通过年龄和身材区分。有些僧侣肥头大耳，有些则瘦骨嶙峋，有些看起来还不到五岁，有些估计已经八十岁了。你希望能在人群中看见吉姆·汤普森的身影。

▶▶ 请翻到第 84 页

你转过身疯狂地跑出洞口，朝着没有标记的小路奔去。枝叶刮伤了你的面颊，划破了你的衣服，可你已无心顾及。

终于，你跑到了人行道上。你大大地松了一口气，但还是一路跑进城直接冲向警察局，你一把推开大门喊道："我在丛林中发现了一个藏匿处！"

两名执勤警察正坐在桌前，其中一名警察靠在椅背上舒服地向后躺着，另一名站起来问道："你发现了什么？"

"在丛林中的一条没有被标记的小路附近有一个藏匿处，那里有一个装满了机关枪的山洞！"你气喘吁吁地喊道。

▸▸ 请翻到第35页

你在一座医院里醒来，发现自己右侧的盆骨骨折了，正在接受牵引治疗。宁就站在床尾，你们租赁的车里那两名男子也焦急地站在她旁边。

看到你醒过来，宁说道："我可以问一下，你为什么跳车吗？"

"我以为我们被劫持了。我今天早上刚刚在报纸上读到最近发生了很多劫持案件。"你羞怯地说道。

宁把你的话翻译给那两个人听。其中一个人回答了她，接着他们三个人大笑了起来，笑得眼泪都流了出来。

"怎么了？"你感觉自己被孤立了，过了一会儿问道。

宁边笑边说："第一个司机没有那个州的驾照，他安排了那位有驾照的朋友在途中接替他。"

你也想笑，可是伤口好疼。而且，你对吉姆·汤普森的搜索不得不就此结束。

你的盆骨终于痊愈了，可是从那以后，你走路的时候都会有一点儿跛。五十年后，当你的孙子孙女问及你的跛行时，你会让他们围坐在你身边，然后开始给他们讲吉姆·汤普森神秘失踪的故事。

随着时间的推移，你为了寻找一位"丝绸之王"而受伤变跛的故事越来越充满英雄主义色彩。

▶▶ 本故事完

通往蛇场的大门"嘎吱"一声向内旋开。你途经一个空置的售票亭，走进一块被围起来的场地。

你逐渐了解了这里的情况，原来，这个蛇场里不仅仅有蛇，它更像是一个动物园。

你缓慢地前行，路过了几只猴笼。一头愤怒的美洲豹在栏杆后面冲你低吼。

"嘿，伙计，我今天的心情也不好。"你轻声说道。

在一排笼子的另一端，你发现了一栋小楼，楼门开着，里面亮着灯。或许，他们把特鲁瓦克斯带到了楼里？

▶▶ 请翻到**下一页**

你尽可能安静地朝那栋楼移动。在行进途中，你突然看到了缠绕在深沟底部的三条巨大眼镜王蛇。你向护栏里面探过身去，想要查看特鲁瓦克斯是否被它们吃掉了。

突然，两只强壮的手臂从身后抓住你，猛地把你向前推去。你翻到护栏里面，向下跌了两米的高度。

"救命！"你尖叫道，"救救我！"

可袭击你的人已经消失了，他还打发走了你的水上巴士。你绝望地在潮湿光滑的墙壁上奋力攀爬，但是无济于事。

与此同时，一只眼镜王蛇从它的两个同伴间抽出身来，缓缓地蜿蜒着朝你爬来。

▸▸ **本故事完**

你一上船，仆人就用力地推了船一把，然后飞快地跑进了树丛。紧接着，宁开始划桨。你们刚刚划了三十米远，房子就被巨大的探照灯照亮了。

信先生发现你逃跑了！

两名随从跟着信先生跑到船库。他们跳进了一艘长尾船里，将发动机突突地发动起来。宁丢下船桨启动了引擎，一场追逐战随之打响！

宁领先了很多，但是信先生正在步步逼近。随着你们的距离逐渐缩短，信先生向你们开火了。"我的胳膊！"宁疼得吸了口气。她中枪了！

你赶紧抓住了方向盘。"你还好吧？"你在一片嘈杂声中喊道。宁点点头，她正在用船底的破旧布料制作一条止血带。

就在这时，另一颗子弹"嗖"的一声飞过，距离你的耳朵只有几厘米远。你将马力开到最大，你们的船如离弦之箭一般向前冲去。

你突然急转弯进入一片黑暗中，四周几乎什么都看不清。不过，正前方似乎是一片芦苇荡，你刚好有时间熄掉引擎，在信先生经过转角前藏在里面。

▸▸ **如果你选择藏在芦苇荡里，请翻到第 73 页**
▸▸ **如果你选择继续沿着运河前行，请翻到第 88 页**

吃过午饭后，你轻而易举地找到了寺庙。

你走进阴凉的庭院，看到四周佛像林立，僧侣和游客络绎不绝，工人们正在做工精细的竹制脚手架上修葺着大厅的墙壁。

刚进门口的地方，有一间泰式占卜的抽签卦亭，生意很兴旺。一位瘦小的老者朝你走来，说道："过来摇一支卦签吧，看看你的运气如何，占卜一下自己的未来！你很想知道你的运势，我能看得出来。"

"真是不好意思，我并不想看我的运势。"你答道，希望他不会再烦你。

"那么你为什么来这里呢？"那位老者坚持着。

"我在找一位住持。我需要和他谈点儿事情。"你有些恼火地说道。

"我知道他在哪里。"他微笑着说，"我可以亲自带你去见他。不过你来得及先摇一支卦签吗？"

▶▶ 如果你选择说"好的"，请翻到**第91页**

▶▶ 如果你选择说"请您先带我去拜见住持吧，我可以回来再占卜我的命运"，请翻到**第96页**

在一家酒店办理了入住手续后，你朝当地一座寺庙的参会登记处走去。你在那儿向一位和蔼耐心的僧侣询问是否有一个名叫吉姆·汤普森的人来做过登记。

在查阅了相关记录后，他说道："没有，没有叫那个名字的人。"

你心里一沉，接着问道："计划参加大会的有外国人吗？"

那位僧侣又查看了一遍名单记录，然后回答说："有的，今天晚些时候会有两名外国僧侣从泰国中部过来。"

"我可以给他们留言吗？"你问道。

你潦草地写下自己的姓名和酒店的地址。你不敢告知你想和他们见面的真正原因，于是又写上自己有皈依佛教的想法，有一些问题想向他们请教。

▶▶ 请翻到**下一页**

你慢慢走回酒店继续等待。外面的雨依旧下得很大，从阴沉的铅灰色乌云来看，应该不会很快停下来。

你扑倒在床上，枕头下发出了一阵细微的噼啪声。你小心翼翼地掀起枕头，发现下面有一张折叠起来的字条，封面上用大写字母写着你的名字。你将它展开细看，上面写道：

我能告诉你关于吉姆·汤普森的事情。请在今天下午四点半与我在邓家饭店见面。

你看了一眼手表，现在是四点钟。你急忙跑下楼去，向前台询问了邓家饭店的地址。

"它位于城郊的纳普拉拉路。"酒店前台对你说，"不过，今天最好别去，那里处在整个城市地势低洼的区域，而且官方刚刚发布了洪水警告，那个地区有被淹没的危险。"

你在表示感谢后朝大门走去，然后停在门口，思考着自己该怎么做。

你应该听从前台的意见留在这里，还是应该冒着洪灾的危险前往那里，与那位给你留下字条的人见面？那可能是你获得线索的唯一机会了。但从另一个角度想，你也可能会落入陷阱。

▶▶ 如果你选择去邓家饭店，请翻到**第 87 页**

▶▶ 如果你选择待在酒店，希望给你留言的人能再次联络你，请翻到**第 98 页**

你走向静候在酒店前的一辆出租车，然后说道："请带我去位于纳普拉拉路的邓家饭店。"

司机回答说："但是洪水正涌向那个地方，不过如果我们行动迅速的话，应该没有问题。上车吧。"

司机开车沿着挤满了僧侣的街道奔驰，你的心情逐渐放松下来。目前你还没看出洪水有要暴发的迹象。

突然，当出租车转入下一条街时，你发现路面已经积了几厘米深的水。"小心！"你喊道。

司机扭过头，说道："别担心，洪水并不严重，年年如此。"

你不安地点点头，盯着浑浊的水。你的出租车在一个红灯前停了下来。就在你们等待的时候，水面又上涨了几厘米。转眼间，就淹没了出租车的电力系统。紧接着，引擎熄火了。

"别担心，别担心。"司机说着，爬出车外，掀起了引擎盖。你也下车想去看看能否帮得上忙，可一切都太迟了，一股洪流席卷了街道，将你、司机和出租车全部冲走了。

你和乌隆的其他几千人一起，成了那个地区有史以来最严重的洪灾的遇难者。

▸▸ **本故事完**

你飞快地驶过芦苇荡，宁在引擎的呼啸声中向你喊道："我们离湄南河不远了，我们能在那里甩开他们。"

运河蜿蜒着流经几栋豪华的房子，有些造型很现代，有些是传统的泰式建筑。你瞥见其中一个院子里有一只高大的架子，上面长满了兰花，一朵朵肆意绽放的乳白色花朵似乎在夜里闪烁着光芒。你还注意到了一座佛寺，庭院中的台阶一直通到水中。

泰国的夜晚比白天似乎更具有异域风情，但是你在脑海中打消了这些杂念，因为信先生还在身后穷追不舍。

就在前方，你看到了湄南河，你们可以在那里脱险。

当你们的船驶入开阔的水域时，船体目标渐渐缩小，你回头查看信先生是否还紧紧地跟在身后。

宁尖叫了起来，可惜太迟了，你们撞上了一艘运大米的货船。你和宁被甩到空中，船身被撞得粉碎。你们奋力朝岸边游去，但是刚下过大雨，河水涨满，水流的方向变幻莫测，在黑暗中没有人能发现你们。

最后，你们精疲力竭，放弃了求生，任凭河水将你们带入大海，也带向了死亡。

▶▶ **本故事完**

"那好吧。我想我有时间。"你勉强地说道。

庙内的光线昏暗，你的双眼需要一段时间来适应，一股刺鼻的燃香味道迎面扑来。

你逐渐看清了一尊巨大的木制佛像的轮廓，有些人在它面前叩拜、祈祷、冥想，甚至崇拜地趴在地上。

一位年轻的僧侣走上前来，递给你一只高高的竹筒，里面装着用窄竹条制成的签，每支签上都刻着一个数字。

"请摇晃竹筒，选出三支签。"他教你如何去做。你模仿着周围人的样子跪在佛像前，摇晃着竹筒。你专心地想着汤普森的案子，无论能不能获得奖金，你都希望能帮特鲁瓦克斯找到他。

你停下来，选出最上面的三支签。一位坐在蒲团上的僧侣询问你签上的数字，接着从他面前的箱子里挑选。然后，他递给了你一张字条，上面写道：

你现在身负重担，不过很快就会得到解脱。

▶▶ 请翻到第 41 页

你钻到一堆腐烂的蕨类植物下面，只留下五厘米的缝隙用来观察洞穴。

突然，你听到了脚步声，一开始很轻，然后越来越重、越来越近。你蜷缩下来，希望不要被发现。

脚步声穿过灌木丛，变得更近了。突然，他们停了下来。紧接着，你便被人抓着头发拽了出来。

一个身穿野战服、浑身脏兮兮的人迅速审视了你一番，然后将你射杀。

你已然成了马来西亚恐怖组织毒手下的最新一位受害者。

▸▸ 本故事完

你将船从芦苇荡中开到了开阔的河道上。可是，湄南河因为降雨而涨满，湍急的水流让人头疼，你们只能缓缓地驶向上游的大城。

正当你感到掌舵的胳膊快要脱臼时，宁指引你驶向河岸边的一个小码头。

宁对你说："那个码头隶属于一个鸟类保护区，有时会有游客乘船来这里观鸟。今晚在这里过夜会很安全。"

在宁重新包扎伤口的时候，你查看了她带来的补给。你草草地支起用来挡雨的防水帆布，又在船舱的地板上铺好睡垫。

你刚刚收拾停当准备入睡，森林里闪动的一束光线突然引起了你的注意。你仔细地观察着。那束光又闪了一下。

"宁，你看见那束光了吗？"

"什么光？"她转过身问道。

"是一闪一闪的光。就在后面的丛林中。"你指向鸟类保护区。

"哦，可能是萤火虫。早点儿睡吧。"她昏昏欲睡地答道。

▸▸ 如果你选择去查看光线的来源，请翻到**第 105 页**
▸▸ 如果你选择像宁一样试着入睡，请翻到**第 103 页**

你和吉两个人在宾馆休息。第二天一大早，吉将就你摇醒。

"走吧。该出发了。"他傲慢地发号施令。

"可是天还没亮呢。"你揉了揉眼睛，困倦地说道。

"该走啦。"吉答道。

"我这是让自己陷入了怎样的境地呀？"你一边仓促地收拾东西一边咕哝着。

吉带领你出城后一头扎进了丛林。你们一整天都在荒芜的路上艰难地跋涉，在一间又一间寺庙前停顿打探吉姆·汤普森的消息。

但是，从没有人听说过他。

"不过汤普森可能来到这儿又离开了。"一位上了年纪的僧侣告诉你。

▸▸ 请翻到第99页

"我一直在等待你的到来。我知道来这里的路上满是艰难险阻，不过既然你已经来到我的面前，就请仔细听好，我只把我的故事讲述一遍。"

他开始讲起："1967 年的复活节正好是个周日，我和一位熟人约定在曼谷秘密会面。他的手上有一些我所需要的情报，我们在情报的价格上也达成了一致。那份情报是关于我在公司内部发现的海洛因走私活动。可惜，我的那位朋友决定将这份情报以更高的价格出卖给其他组织。当我那天与他在高原见面时，他已经成为走私团伙的一员了。他奉命杀掉我，但是要让这看起来是一场意外。我被下药、殴打，然后被空运到偏远的泰国和柬埔寨边境的丛林中，因为没有人会想到去那里找我。绑架我的人做不到冷血地亲手杀死他的老朋友，于是他饿了我三天三夜，让我变得虚弱不堪，然后将我丢弃在丛林里自生自灭。"

"后来呢？"你惊讶地问道。

"出乎意料的是，"汤普森对你说道，"后来我被一位路过的僧侣发现了。"

▶▶ 请翻到第 102 页

当你答应稍后一定会去占卜时，那位老者终于同意带你去见住持。

他匆匆地走入隔壁的院落，在昏暗的门口深深地鞠了一躬，然后走了进去。你也同样地深鞠一躬。

对面的几张草席上坐着四位僧侣，其中非常年迈的一位向你致意。他就是这座寺庙的住持。

你又深施一礼，然后询问住持是否知道有关报纸上那位僧侣的事。

▶▶ 请翻到**下一页**

不走运的是，无论是这位看起来充满智慧的住持，还是他的助手们都没有见过也没有听说过这个人。

"他会不会在附近乡野中某座遥远的寺庙里呢？"你询问道。

住持回答说："很有可能。不过，这个地区有数不胜数的寺庙。你需要一位能帮你找到每一座寺庙的优秀向导！"

他轻轻地抚摸着下颚，几分钟后说道："我有一个年纪与你相当的侄子，他对周边的丛林和山脉都非常了解。他虽然有些自负，但是我想不出比他更适合的人选了。"

"他会帮我吗？"你问。

"请你今天下午五点再到这里来，我的侄子吉会在这里等着你。"住持回答道。

▶▶ 请翻到第100页

你觉得待在酒店里会更安全。无论是谁留了那张字条给你，他肯定都会再次联系你的。况且，那两位外籍僧侣可能会在你离开的时候露面。

半个小时之后，你庆幸自己做出了留在酒店的决定，洪水涨势迅猛，不久就淹没了外面的街道，眨眼间便倒灌进酒店里。

室外的人群疯狂地逃跑奔命，一个被汹涌的水流冲倒的小孩儿被她不停尖叫的母亲救了起来，一位住店的胖商人跌跌撞撞地跑下楼梯，在大厅里推搡出一条路，消失在门外。

与此同时，大雨依旧以前所未有的态势倾盆而下。

一位警官终于抵达了酒店，宣布："这个地区正在组织撤离。所有人必须马上离开。"

"可是我们能去哪儿呢？我们该怎么做？"大厅里的某个人可怜兮兮地诉苦。

那位警官答道："火车站那边有船，会穿过洪区把大家运到地势更高的地方去。当然，你们也可以步行前往地势高的地方，不过只建议那些身体足够强健的人选择这么做。虽然这有些冒险，但是如果你们现在离开，应该不会有问题的。"

▶▶ 如果你选择去火车站搭乘一条开往高地的船，请翻到第 **111** 页

▶▶ 如果你选择尝试步行穿越洪区，请翻到第 **106** 页

滂沱大雨从天而降，短暂停止后又变本加厉，从早到晚，无休无止。

雨停后，空气变得难以忍受的潮湿、憋闷，你们在一座名叫干他拉叻的小城找到了一家客栈。当时你已然筋疲力尽、心烦意乱，更糟糕的是，吉比之前还要沉默、阴郁。他发着牢骚睡着了。

第二天，当你醒来时大吃了一惊：吉不见了！他走了！

你跑下楼去，喊道："你看到我的那位同伴了吗？"

"是昨晚和你一起来的那个男孩儿吗？"宾馆老板问道，"他今天早上离开了。"

"那他有没有提起要去哪里，或者什么时候回来？"你问道。

老板答道："没有，他什么都没说。"

你现在该怎么做呢？你可以留下来等吉，但是谁知道他会不会回来呢？如果你不想等他，也可以买一张地图，自己去寻找寺庙。

▸▸ 如果你选择在此等待，看看吉会不会回来，请翻到**第 114 页**

▸▸ 如果你选择现在离开，独自一人继续寻找，请翻到**第 109 页**

你对那位老者千恩万谢，还向寺庙的功德箱里捐了一大笔钱。

然后，你去找了一家宾馆，将行李寄存在那里，并按照计划于五点钟回到了寺庙。

吉看起来是一个很固执己见、沉默寡言的人。他对你提出的问题要么简略作答，要么干脆置之不理。看起来，他对自己的新工作很不满意。

不过，你决定顺其自然。事情的进度已经落后了很多，你没有时间去找一位更和善的伙伴了。

▶▶ 请翻到第94页

你的脚刚被松绑，便猛踢仆人的膝盖，冲下了楼梯。

你跑到院子的中央，随后传来一声枪响，你的颈部中弹了。

信先生刚把你的尸体拖进树丛，就有一位担心的邻居走到了大门前。

"是一个入室抢劫的人。"信先生安慰他说，"我朝空中开了一枪，那是吓退那种人最好的办法了。"

第二天，你的尸体被车载到信先生在海边的房子前。两名信先生的帮凶将你的尸体扔进了泰国湾。

毫无疑问，信先生的第二本悬疑小说的书名将是《被人遗弃的男孩儿》。

汤普森继续说道："那位僧侣将我带回了他修行的寺庙，我被大家细心地照顾着，直到康复。起初，我想到自己以前在曼谷的生活也会倍感孤独，但是，当我观察了这群僧侣，看到他们平静、简单的生活后，丝绸生意在我眼中变得无比愚蠢。党派、交易和奔波都让人感到绝望与无常。以前，我是一个热爱佛教艺术品的人，但是现在，我更学会了如何去热爱生活。当我的身体恢复到可以回去的状态时，我却一点儿也不想离开了。命运给了我重新活一次的机会，我把握住了，我变成了一名僧侣，日复一日地祈祷、冥想、治疗和讲道。我现在就是一个普通人。"

"可是，要是其他人发现了怎么办呢？"你脱口而出。

吉姆·汤普森起身说道："如果你不告诉他们，就不会有人知道。"然后他鞠了一躬，点点头，走进丛林，消失不见了。

▸▸ 请翻到第 **115** 页

黎明时分，你猛然惊醒，发现一位身着僧袍的老者站在码头上。

"你……你……你是谁？"你由于害怕而结结巴巴地问道。可是，等你平静下来时，他已经消失了。

你一跃而起。"等等！"你一边大喊着一边跑下码头向丛林奔去，"你在哪里？"你跌跌撞撞地在丛林中四处搜索，但是哪里也找不到那位老者。

半个小时之后，你又重新回到了船上。

"你去哪儿了？"宁揉了揉眼睛，问道。

"我在这儿看到了一位僧侣，他就站在船边。"你对她说道，"然后他就消失了！我去丛林里寻找他，但是只找到些蚊子。"你挠了挠瘙痒的地方，补充道。

"你可能只是在做梦。"宁说道，"我们准备出发吧。"

你们继续前往大城，在那儿花了一周的时间寻找汤普森，可惜没有得到幸运女神的垂青。

于是，你决定返回曼谷。可就在离开的前一天夜里，你醒来时发现自己发烧了，并且浑身打冷战。第二天，医生诊断说你患了疟疾，可能是被鸟类保护区的蚊子叮咬传染的。

你被送往了医院，寻找汤普森的行动也就此终结。

▶▶ **本故事完**

你轻手轻脚地爬出船，蹲在码头上朝森林望去，看见那束光又闪了一下。于是你朝着它走去。

你沿着一条上坡路走着，发现两边都是沼泽地。

那束光射出的地方比你设想的要远一些，随着你渐渐走近，你发现它来自一片古树环绕的石屋废墟。你一声不响地向着那群建筑的正面移动。但是，当你转过拐角时，你看到了完全意想不到的事情。

"汤普森先生？"你倒吸了一口气，跪坐在地。

在你面前打坐的那位年迈的僧侣平静地抬起头。当他睁开双眼的一刹那，你能确定，这个人就是汤普森。

一开始你还怕他一言不发。可是，几秒钟后他便开口说话了。

▸▸ 请翻到第95页

你和几位待在酒店的僧侣一起，在被洪水淹没的街道上跋涉，从洪区穿过，朝着高地走去。

你试图带上你的行李，但是你需要把每一点力量都用来对抗凶猛的洪流。于是，你将护照、机票和文件掏了出来，扔掉了背包，看着它漂走了。

抵达高地的路程似乎无比漫长。而事实上，十分钟之后你们就抵达了目的地。这是一个小村庄，里面聚集着很多难民。

你在那儿被困了好几天，村子里的一个丝绸织造厂引起了你的注意。

▸▸ 请翻到第 112 页

不幸的是，大家的庆祝为时尚早。

经过常规牙齿鉴定，警方发现那并不是吉姆·汤普森的骸骨。法医认为，那具尸骨属于一位居住在金马伦高原的土著，他一定是在丛林里捡到了汤普森的手表。而且，这也无法直接证明汤普森已经去世。

虽然没有找到汤普森，但你的资金已经消耗殆尽。当你数天之后登上返回美国的飞机时，没有人再关注你了。

▸▸ **本故事完**

你们的救生船载重过大，驾驶员十分吃力地掌着舵。

有一位老人胳膊下夹着一只咯咯叫的鸡，还有一个人背着一个似乎装满了他全部家当的麻袋，甚至还包括一套小型的桌椅。

你们的船绕过一栋建筑的拐角，开始穿过洪涝区。洪峰凶猛地扑来，船十分危险地向一边倾斜。

有人突然大喊："船漏水啦！"

几个人尖叫着，立刻站了起来——这足以让船倾覆。你们被掀入泥泞、汹涌的洪流之中。你的背包被发狂的洪水撕扯了下来。

你顽强地挣扎求生，拼命将头部探出水面。这时，一些不明物体漂了过来，撞到了你的头部，你顿时失去了知觉。

▶▶ 请翻到第 9 页

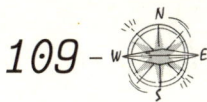

"该死，我才不要等吉。"你一边大声地嘟囔着，一边收拾行李。

你在当地的小店买了一张丛林地图，并请店铺老板帮你标出了前往最近的寺庙的路线，然后便独自出发了。

地图绘制得很精确，你顺利地找到了那座寺庙。但不走运的是，那里没人听说过汤普森。不过，他们帮你在地图上指出了去往下一座寺庙的路线。

一路上，你对自己识别方向的能力信心十足，便为了研究一只漂亮的蝴蝶而改变了路线。它从你身边翩然飞过，落在了附近的树上。正当你走向它时，你感到腿上一阵钻心的刺痛。

你踩到了一个马蜂窝，蜂群将你蜇得遍体鳞伤。

▸▸ 请翻到第**113**页

无声地达成共识之后，你和吉开始攀爬台阶。

你对一些奠基石的体积感到敬畏不已，这座寺庙是多层的结构，每一层都比上一层更加壮丽。

当你们到达最顶层的神庙时，吉对你说："这座神庙里供奉的神明是湿婆。"

突然，有人尖利地喊道："你们好大的胆子，竟敢闯到这里来！"角落里走出来三名手持机关枪的人。你们掉头就跑，可是后面的路也被人堵住了。

正在这时，吉中弹了，他低声说道："这里一定是恐怖分子的隐藏点。我们完蛋了。"

▶▶ **本故事完**

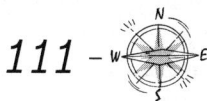

你上楼冲向房间，抓起背包，然后和滞留在酒店的大部分人一起朝火车站奔去。

来自四面八方的人潮汹涌而至，大家都心慌意乱地拥挤推搡，路上很快就挤满了人。在这危急关头，你身边的一位年迈的僧侣被人撞倒在地。他挣扎着想要爬起来，你连忙跑上前去帮他。最终，你搀扶着他走完了余下的路。

当你抵达车站时，里面已是人山人海，而且救生船的数量很少，看来你要等上好久。

但是，你搀扶着的那位僧侣是一位很重要的人物，他被分配到了下一批救生船，他坚持要带你一起上船。

▸▸ 请翻到第**108**页

一段时间之后你了解到，这座村子曾经极度贫困。十年前，一些僧侣来到这里，教当地村民如何在附近桑树上养蚕。随后，那些僧侣又教会了他们如何缫丝织布，还给他们讲解了染布的技巧。其中一位更博学的僧侣，甚至帮助村民设计了布料上的图案。

"他并不是泰国人！"有人喊道。

你兴奋地从口袋里拿出关于汤普森的新闻报纸。

"是他吗？"你指着照片问道。

有几个人激动地点着头，其中一人说："他在我们的丝绸生意蒸蒸日上的时候就离开了，再也没回来过。如果他回来的话，我们一定会像迎接圣人一样欢迎他。"

▶▶ **本故事完**

你扔下背包，疯狂地在丛林中逃窜。

你瞥见了前方的一条小溪，出现的正是时候。你二话不说跳了进去。

你躺在溪水中，直到那群马蜂消失不见。可是，你的身体已经肿胀得很严重，以至于行动很艰难。

幸好吉一直跟在你身后，几分钟后便赶来了。看见你躺在溪水中，他捧腹大笑。

你感到很尴尬，不过更惨的是，你浑身疼得厉害。这一点儿也不好笑。你得去医院清理毒针，这也意味着你的搜寻工作到此结束。

▶▶ **本故事完**

半个小时之后，吉终于出现了。

"吉，你到哪里去了？"你喊道。但是，他并没有回答你的问题，而是说："附近没有看见恐怖分子，我们可以到边境那边的神庙去寻找。"

"我们离柬埔寨到底有多远？"你问道。

吉回答说："大约三十五公里。我们今天可以乘吉普车前进一段路程。"

"好的。"你轻声说道，试图掩饰自己内心的不安。

你通过客栈的介绍雇了一辆吉普车和一位司机，然后便出发了。

午饭时分，你们终于有所发现。在你们造访的第四座寺庙里，一位僧侣想起他貌似在一年前见过汤普森。

"是的，他在林中的一座寺庙里修行。"那位僧侣补充道，同时给吉在土地上画着地图。

吉指引你的司机朝目的地开去。很快，吉普车在一个偏远的地方停了下来。吉跳下车说："接下来我们从这里步行过去。"

"现在进入丛林是不是有些晚了？"你紧张地问道。

吉厌恶地看着你，粗鲁地答道："你到底想不想找到那个和尚？"然后便迈着大步朝丛林走去。

"当然想，当然想！"你急忙说道，然后跑过去跟在他身后。

▸▸ 请翻到第 **117** 页

你缓慢地回到了码头，坐在那里思考着吉姆·汤普森传奇的一生，直到太阳开始缓缓升起。你几乎怀疑这会不会是一场梦。

宁在船里扭动着坐了起来。"我们现在出发去找汤普森吗？"她有些困倦地问道。

"我觉得不用继续找了。"你回答说。

"什么？"宁说道，她这下已经完全醒了过来，"你不想再找吉姆·汤普森了吗？"

你耸耸肩，答道："我觉得吉姆·汤普森已经不在人世了。"你心里想，就算他依然活着，他也已经为自己的人生之路做出了选择，最好尊重他的选择。

▸▸ 本故事完

你们所走的是一条曲折的盘山路。吉似乎终于兴奋起来，开始在灌木丛中飞奔。

虽然天空中乌云密布，但是从逐渐暗淡的光线可以判断出天色已晚。

你们终于走出了丛林。迎面看到坐落在悬崖边缘上的一座宏伟壮丽的古庙，它有约一公里长。台阶穿过一道道雕刻着历史故事的精致拱门直通坡顶，每道拱门的表面都还留有已风化的巧夺天工的雕刻。

"这是什么地方？"你问道。

"柏威夏寺。"吉说着，指向那栋建筑，第一次露出了笑容，"那些是通往天堂的阶梯。"

▸▸ 请翻到第 **110** 页

"宁，宁！"你低声说着，轻轻地摇晃你的朋友，"快醒醒！"

"怎……怎么了？是你吗？"她睡眼蒙胧地说道。

你说："是我。宁，我刚刚做了个奇怪的梦。我梦见我穿过了丛林，见到了一栋大房子。我走进去，发现我的祖母在里面。她说我找错了地方，说汤普森不在山里，而在河边。但是，当我问她是哪条河时，她并没有告诉我。"

宁坐起来，揉了揉眼睛，开口问道："你的祖母还健在吗？"

你回答说："你是说在现实生活中吗？她已经过世了。她是在一年前去世的。怎么了？"

"根据泰国的说法，"宁解释道，"如果你的梦是关于在世的人，那么它通常只是你和这个人的关系的一种反映。但是，如果这个人已经离世了，尤其还是你的亲人的话，那么这就意味着这个人的灵魂其实是来帮助你的。你的祖母是有意在梦中和你见面的，她知道一些我们不了解的事！如果无视这样的建议会带来厄运的，我们明天一早就离开这里。"

▸▸ 请翻到第 **65** 页

迷失亚马孙

献给安森和拉姆齐，同时特别感谢朱利叶斯·古德曼的编辑对我写作的帮助。

致敬香农、丽贝卡、埃弗里和莱拉。

——R．A．蒙哥马利

　　宽广的亚马孙河充满了诱惑性。从表面看，它的水流缓慢而慵懒，但是藏在水下的深度和力量却曾经夺走过无数生命。

　　这条大河已经让你的朋友们命丧于此了吗？还是他们正在深入河流沿岸幽暗的丛林腹地里探索着？

　　请注意亚马孙河流域的奇异力量，它众多奇特的原住民，以及关于它的许多神话传说。有谁能知道，河流的转弯处潜伏着的到底是善意还是邪恶？

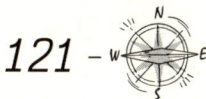

你是一名专门研究热带疾病的医生。从医学院毕业之后，你曾经在非洲一家偏远的丛林医院里工作过，还因为在那里医治了很多患有疟疾、黑尿热和可怕的麻风病的患者而广受赞誉。

你现在正在巴西马瑙斯市的一家宾馆暂住。这里是亚马孙河流域的最后一处重镇，从这里逆流而上，河流就蜿蜒着进入了一片危机四伏、神秘莫测的热带雨林。

你现在是一支高水平小型探险队的队医，你们的任务是寻找丛林原住民，并向他们提供现代医疗技术的支持。

你们将会造访从未见过现代人类的原始部落，也许还能见到传说中的亚马孙人，那里是母系社会，女人们拥有非凡的力量和勇气，能够不依靠男人来独自生活。

丛林医院中一个疑难病例拖延了你前往巴西的行程，其他人在十一天前就已经先出发了。

最后，你终于抵达了这里，等待着为探险队服务的其中一位向导来宾馆接你。

▶▶ 请翻到下一页

你走到宾馆柜台再一次问道："请问有给我的信件或者电报吗？"

柜台后的男人忍住哈欠，用带有浓重的葡萄牙口音的英语回答道："我感到非常非常抱歉，医生，但是就像我从早到晚告诉您的一样，没有。我再说一遍，没有给您的任何消息。"

"好吧，谢谢你。如果有任何消息请千万要告诉我，好吗？"

"当然了，那是当然了。在世界的这个角落里，凡事总是进展缓慢的。"他说完便转身离开柜台，坐下来继续喝他的黑咖啡去了。

现在怎么办？你已经在这儿待了一整天了，这个小镇上几乎无法收到手机信号。没有向导，没有消息，没有关于下一步行动的线索！仿佛亚马孙河吞噬了探险队的所有踪迹。

▶▶ 请翻到第124页

你从三层高的木质宾馆出来，走到街对面。阳光直射而下，路面上反射出耀眼的热浪。空气闷热、潮湿，充满了一股浓烈的植物的味道——一种预示着生命和死亡的甜味。

你在市区里闲逛，最后来到了河边，坐在一条长椅上凝视着河水，陷入了思考。

这个地点的亚马孙河宽阔而湍急。你知道亚马孙河是南美洲最大的河流，支流众多，而且一共有大约两万四千公里可以通航的河道，它们被一片片辽阔的丛林所包围。

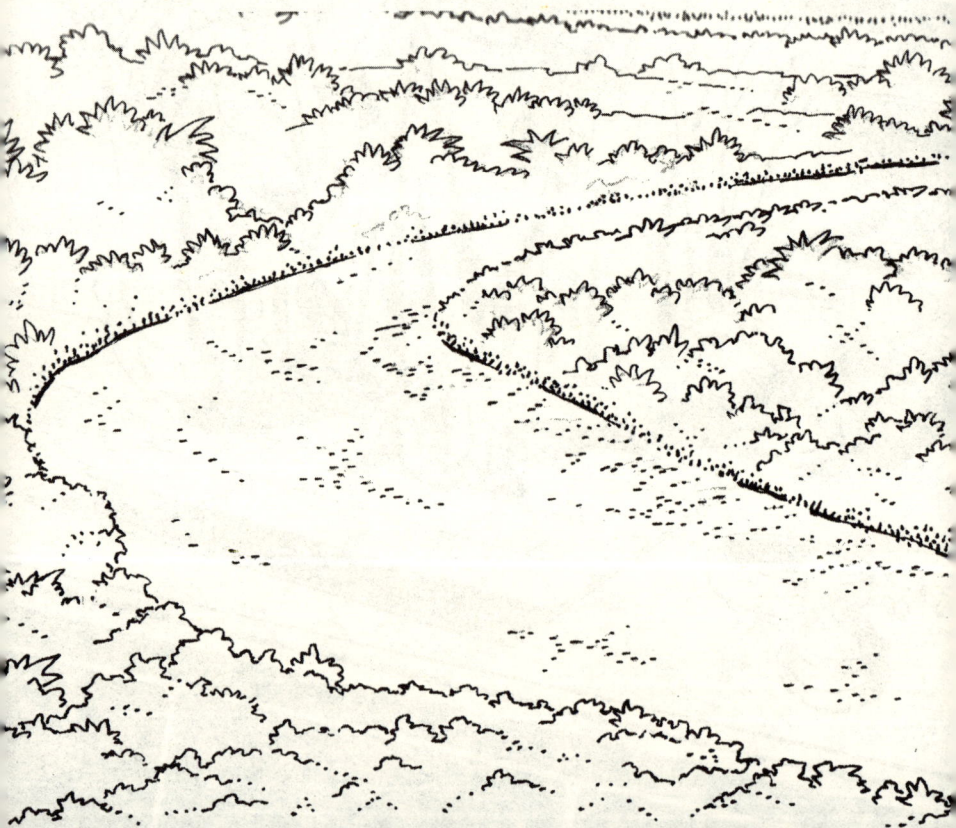

在水中，人们需要面对水虎鱼、短吻鳄、毒蛇和致命的电鳗的威胁，而在丛林的掩盖下，更远不止对于身体的威胁，里面可能隐藏着任何东西。

你盯着脉动的河流生命线，焦急地想要与你的朋友们会合。突然，你如梦初醒，意识到自己忘记了时间。肯定已经在河边看了好几个小时了，你匆忙往回走。

当你回到宾馆的时候，前台冲出来对你说："您去哪儿了？您去哪儿了？我们一直在找您！"

▸▸ 请翻到下一页

前台催促着你进去，紧接着把你介绍给了一个身材矮小却很魁梧的男人。

那个男人用明亮又警惕的眼神看着你。"我的名字叫奥瓦杜加，是探险队的向导。我有一个坏消息要告诉你，很糟糕的坏消息，你的朋友们在亚马孙丛林的深处失踪了。"

你顿时感到五雷轰顶，张开了嘴巴却说不出话来。

"六天前，"奥瓦杜加镇静地说，"在日出之前，传来了一阵丛林长笛的音乐声，它持续了不到一分钟，紧接着又一次出现。我警告了你的朋友们，但是他们没有听进去，他们被音乐迷住了，然后走进密林中再也没回来。我觉得他们恐怕性命难保，这不是丛林笛声第一次索要祭品了。"

你瞪着这个男人，想象着最坏的情况。正在这时，两名河流巡逻队的警察赶了过来。宾馆前台已经将你的朋友们失踪的消息报告给他们了。

▶▶ 请翻到第**128**页

"奥瓦杜加，我和你一起走。"

奥瓦杜加坚毅又骄傲地直视着你，说道："我们必须立刻离开。"

警察们变得非常激动，其中一位直接抓住你的手臂坚定地说："不要去，太危险了，不会有什么好事。我不会允许的，你必须在这里等待。"

你挣脱他转向奥瓦杜加，说道："我准备好了，我的行李还没有打开，我们这就出发吧。"

随后，你取来行李就出发了。在走出宾馆的大门之前，你听见前台对警察们说："那两个人都是傻瓜。这条河太危险了，这片丛林也是。他们一定会迷路的！"

▶▶ 请翻到第129页

"这是一起严重的事件。"巡逻队的队长说道，"我们必须组织一支救援队。我们会申请一小支军队跟我们一起，乘坐河流巡逻队的大船前往。安排筹备需要三天时间，你们必须在这里等待。"

向导摇了摇头。"那样不好，我们必须立刻出发，我会用我的独木舟载你去。我们必须安静地前进，避免惊动丛林中的幽灵。"

旅馆前台建议你租一架飞机，飞到探险队最后一次现身的位置。

这时，你头顶上的一台风扇正不停地嗡嗡转动，搅动着周围潮湿的空气。

▸▸ 如果你选择跟着向导坐独木舟前往，请翻到第 **127** 页

▸▸ 如果你选择租一架飞机来加快搜寻，请翻到第 **166** 页

▸▸ 如果你选择等待河流巡逻队，请翻到第 **212** 页

奥瓦杜加帮你拎着行李，你们很快就来到了河边一艘狭长的独木舟旁。

小小的独木舟长约六米，一台老旧的六马力外置马达被木支架固定在了船尾。

小舟里有两把短桨、一支长篙和一张渔网，船舱里还有三支长矛，锋利的矛尖被裹在宽大的绿叶里，用藤条捆着。除此之外，旁边还有一张弓和用树皮箭筒装着的一壶箭。你转向奥瓦杜加，看见他的腰带上还挂着一把大砍刀。

"站到独木舟的中间，"他说道，"否则船会翻的。不要随意走动或者迅速改变位置，不要把手一直伸进水里。"

你在他叮嘱的时候时不时点头，但是你显然并不需要学习这些，因为你很熟悉各种船，而且你也曾在丛林里生活过。但不管怎样，再强调一遍注意事项还是很明智的。

▸▸ 请翻到第**133**页

"奥瓦杜加，今天不能再前进了，我们一定得在这儿扎营。"

借着黄昏的微光，你看到他点了点头，但是没有说话。他把独木舟停靠在河岸边一处合适的地点，你们生起了一堆营火。丛林的高处传来吼猴的尖叫声，你真希望黎明快些来临，赶快上路，这个地方让你感觉很不自在。

晚餐之后，奥瓦杜加用树藤和长条树皮做了一张吊床。那张床看上去不是很稳当，但是奥瓦杜加一言不发地爬进去睡觉了。你坐下来看着篝火，为你的朋友们感到担忧，对下一步的行动犹豫不决。

接近午夜时分，你辗转反侧，难以入睡，于是离开快要熄灭的营火，走到河边。

一声击水声引起了你的注意，你看到水里有一颗巨大的动物的头。你弯下腰想仔细察看，却不小心踩在泥巴上滑倒了。当你反应过来时，已经太迟了，你掉进了一场水虎鱼的疯狂盛宴之中。

▸▸ **本故事完**

那个女人就站在那里没有动。她的脸上没有任何害怕或敌意，只是耐心地站在那儿。奥瓦杜加坐在船尾，沉默不语，一动不动。

你小心翼翼地离开独木舟，确保按照奥瓦杜加的嘱咐，保持船体的平衡。

"你好，那个……我是说，你好吗？"

你转向奥瓦杜加问道："她讲的是哪种语言？"

他没有回答。那个女人开口说道："我能说你们的语言。学习它并不是我的意愿，但我选择了学习。你们想做什么？"

随着你的双眼渐渐习惯了黑暗，你注意到丛林的阴影里还有三四个人，其中两人携带着短矛。

"我在寻找我的朋友们，"你说道，"几天前他们在这里失踪了。"

▸▸ 请翻到第137页

奥瓦杜加拉动启动绳，马达发出突突的声音。随后，独木舟冲进了亚马孙河的激流之中，你们开始向上游前进。

在你们面前的是一望无际的绿色，只有蓝天和白云的点缀。马瑙斯很快就消失在你们的背后，建筑物仿佛都是绿海中隆起的小丘，眨眼间，它们便消失了。

太阳炙烤着你的身体，昆虫折磨着你的皮肤，棕色的河水在独木舟的船头泛起涟漪。太阳在不经意间已经沉入了远方的林海，一天过去了，黑暗将迅速降临。

一直保持沉默的奥瓦杜加突然说道："夜晚很快就来了。如果我们扎营，就会失去宝贵的救援时间，但是夜晚的河流充满了危险。你必须做出选择。"

▶▶ 如果你选择在夜里继续前进，请翻到**下一页**

▶▶ 如果你选择扎营过夜，请翻到**第131页**

你猜到奥瓦杜加想要继续赶路。事实也的确如此，他有着与生俱来的适应黑暗的天赋，对他来说，河流是有生命的。

他谨慎又精确地操纵着独木舟，你能有这样一位向导真是幸运。你们依靠星星和月亮的微光航行了几个小时，发动机突突地响个不停。

"奥瓦杜加，会不会是亚马孙原住民呢？"

他默不作声，好像根本没听到你的问题似的。

你又重复了一遍。"我的朋友们会不会是被亚马孙原住民抓走了？"

他关掉发动机，独木舟在水流中扭转方向。紧接着，他把小舟朝向河岸。

"嘘——安静！"

你看向丛林深处，发现什么都没有。他看见了什么？或者，听见了什么？

独木舟撞上了一棵沉在水中的圆木，你几乎被吓得灵魂出窍。这时你看到了！河岸上站着一个高大、健壮的身影。那是一个女人。

奥瓦杜加说："如果你愿意的话，可以向她请求帮助。"

▶▶ 如果你选择向这个女人求助，请翻到**第 132 页**

▶▶ 如果你不知道跟这个女人说什么，选择请奥瓦杜加跟她交流，请翻到

第 153 页

她点头说道："我知道。在我们的丛林里没有秘密可言。你的朋友们追随着丛林笛声而去，我也为他们感到担心。"

"你会帮助我们吗？"

"也许吧。但是首先，你得来我们的村寨。村寨离这里有一天的路程，那里有人患了恶疾。我知道你是一名医生，你必须帮助我们，然后我们也会帮助你。"

▶▶ 如果你选择继续逆流而上，承诺在找到你的朋友们之后会回来，请翻到**下一页**

▶▶ 如果你选择携带医疗用品跟着这个女人走，请翻到**第 139 页**

"我会跟你去的。但是现在，我必须先找到我的朋友们。"

那个女人用非常悲伤的眼神看着你，说："我能够理解你。但是当你回来的时候，已经找不到我和我的族人了。"

说完这句话，她就消失在了密林中，就好像树木组成的墙是通往另一个世界的魔法门一样。

几周之后，在雨林儿公里深的一个偏僻的营地里，疲惫、饥饿、恐惧的你发现了你的朋友们的遗体。现在，你必须努力找到逃出去的路线。

祝你好运。

▸▸ **本故事完**

"我会去帮助他们治疗疾病，但是你必须保证会帮我找到我的朋友们。"

"我的名字叫扎古娜，我向你保证。"

你返回独木舟取急救箱，奥瓦杜加却对你说："我不能跟你去，他们绝对不会让我进入村寨的。这些人就是你问起过的亚马孙原住民，你可能是第一个被带到他们村寨的外来人，你的旅程也将会危险重重。"

你真希望自己没有同意前往，但是那个村子里有病人，而你是一名医生。你决定走一步看一步，然后决然地离开了独木舟。

扎古娜从河边快速地走进了丛林。她周围的那些人影等着你跟上去，然后蜂拥地跟在你的身后。

丛林生长得非常茂密，你跌跌撞撞地跨过根茎，纠缠在藤蔓中，还不停地撞在树上。那个女人的行动则轻快自如，一只有力的手时不时地引领你绕过障碍物。

夜晚的声音渗入黑暗之中，鸟儿的鸣叫声，不明动物的啁啾声，树叶的沙沙声都让你惊恐不已。

"小心！停下。"扎古娜以命令的口吻说道。

▸▸ 请翻到 第142页

扎古娜用她的语言说了几句话，随后，那条巨蟒便放松了缠绕，爬走了。

你深吸了一口气，却感到肺部很疼。"真是好险啊！很少有人能逃脱水蟒之口。你是怎样让那条巨蟒放过我的？"

扎古娜却一言不发。

扎古娜继续领着路，你则尽可能地紧随其后。你不时看见在笛声传来的方向有东西在移动。

"停！"扎古娜说，"在这儿等着，我先去前面看看。如果在一千次呼吸的时间里我还没回来，你就逃跑，拼命跑！回到河边，千万不要回头。"

随后，她消失了在丛林里。几分钟后，笛声停止了。你等待着，忍着肋骨的疼痛，数着自己的呼吸。五十次呼吸……一百次呼吸……然后又过了一百次……终于数完了一千次呼吸。

扎古娜没回来！悠扬的笛声再一次响起。

▶▶ 如果你选择逃命，请翻到**第 149 页**
▶▶ 如果你选择跟踪笛声寻找扎古娜，请翻到**第 151 页**

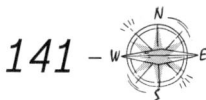

你感觉这些女人一定会帮助你，也许她们已经在追查你的朋友们的行踪了。无论如何，约定一定要遵守：先帮助她的病人，然后再寻找你的朋友们。你们一头扎入了丛林深处。

黎明来临，吼猴长啸着，金刚鹦鹉和其他种类的鹦鹉在树林中交谈着，苍蝇蚊子将你团团包围，蜘蛛网附着在你的脸上。你浑身被汗水打湿，但仍然顽强跋涉。你无比希望亚马孙原住民们能减缓前行的速度，但是扎古娜依然向森林中疾驰。

"当心！注意！"

一支箭刺破厚重的空气，钉在距离你的脑袋只有几厘米远的树干上。

扎古娜跑向你问道："你还好吗？它碰到你了吗？"

"我没事。它没伤到我。"你伸手去摸箭矢，但是扎古娜把你的手拍走。

"有毒！不要碰它！"

其他女人纷纷跑过去追赶那个看不见的袭击者。过了一会儿，她们回来了。你听不懂她们和扎古娜说的话，那一定是她们特有的语言，听起来和你所知的所有语言都不一样。

▸▸ 请翻到第 **148** 页

你站在原地，凝视着一片漆黑的前方，极尽所能压制住狂跳不止的心脏，试图看清前面有什么危险。

突然，前面传来了撞击声和一声又高又尖的口哨声。紧接着，又重新归于平静。之后，那片刻的宁静被令人难以忘怀的长笛声所打破。那笛声一定和你的朋友们听到的一样。

扎古娜靠近你的身边耳语道："不要管那笛声，它会杀死你的。"

"但是它能带我找到我的朋友们，他们就是在听到那个声音后消失的。"你准备跟随笛声前进。它好像朝着丛林深处渐行渐远，并且奇怪地诱惑着你的心。

"听我说，"扎古娜说，"那个笛声意味着死亡。跟我们走吧。现在就走！"

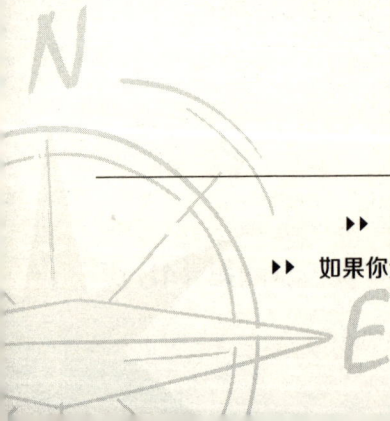

▶▶ 如果你选择跟着她们走，请翻到**第 141 页**
▶▶ 如果你选择跟着笛子的声音走，请翻到**第 146 页**

你在昏暗的光线中认出，那是之前和扎古娜在一起的那些女人，她们正手持长矛站在你周围。而和她们在一起的则是奥瓦杜加。

"嘘——我们会在太阳刺破世界的屋顶时发起攻击。"

你们等了很久，最后时机终于来了。

突然，你的四周充斥了奇奇怪怪的喊叫声：

"兹喂！"

"呀啦咕呐！"

你们从丛林中冲到林中空地上，把那些丛林原住民吓得四散奔逃。你帮你的朋友们松绑，然后所有人安全地回到了河边。

现在该去亚马孙人的村寨医治病人了，你们将继续踏上探险之路。

▸▸ **本故事完**

你勇敢地走向神庙入口时还自言自语着："哦，好吧。"就在你将要走出跨过门槛的最后一步，也许是致命的一步时，你回过头看了一眼丛林。这也许是你人生中的最后一眼。

随后，你走入阴影之中，缓慢地靠近内室的金色光线，你的心也随之跳得越来越快。

正在这时，你看见了他们。那里一共有六个人，其中最年轻的是一个年幼的孩子，正躺在一张网眼非常细密的吊床里。一位中年妇女开口说道："帮帮我们吧，我们快死了。"

你立刻辨认出他们都患上了一种致死率很高的热病，你在非洲时曾研究过这种稀有病症。但是，一种非洲的疾病怎么会出现在巴西呢？

你采用自己在热带疾病医院改进的特殊手段展开治疗工作。过了一会儿，药物起效了，热病被彻底击败。几个小时后，他们全都脱离了危险。随后，你给村寨里的其他人也都接种了疫苗，使得一百三十多人免受疾病的侵袭。

你被扎古娜和她的族人大加赞美，第二天，她们和你一起出发去寻找你的朋友们。

你对成功充满信心。

▶▶ **本故事完**

"我必须跟着它走。"你告诉扎古娜，"我必须去，我的朋友们需要我。"你离开了那个女人，鲁莽地一头扎入丛林。

几分钟后，你就绝望地迷失在了茂密的林海之中。那个笛声依然环绕在你的周围。

"我来保护你。"这时，扎古娜突然出现了，她就站在你的身后，手中的长矛蓄势待发，"你根本无法独自在这片丛林里生存。"

你们俩尾随着笛子的声音，一起朝着丛林更深处艰难跋涉。

"扎古娜，那是什么东西？那个音乐声是从哪里来的？"

她轻轻地说："传说，那是丛林里的幽灵引诱灵魂的声音。但我不相信，我认为那是米查瓦人在装神弄鬼。他们生性残暴，我们很快就能见到他们了。"

这时，你身后传来了滑行的声音，你还没来得及看清是什么，就被一条巨大的蟒蛇缠绕住了。庞然巨蟒开始收紧挤压你的肋部，你几乎无法呼吸。

▶▶ 请翻到第 **140** 页

扎古娜转向你。"你很幸运,"她说,"那支箭是米查瓦人射出来的,他们来自一片名为奥利诺克的地区。那些利箭都浸过毒液,只要碰一下你就死定了。他们还会再次动手的,小心点儿。"

你们在茂密的丛林中穿梭了两个小时,一直走到植物稀疏的地方,身处低矮起伏的丘陵地带。

紧接着,就像踏过了一扇大门一样,你猛然发现自己来到了一片巨型空地上。空地的中央矗立着一座造型完美的,由桃花心木搭建而成的高大神庙。神庙的入口是三角形的,里面还闪耀着明亮的金色光线。一些茅草屋环绕在神庙周围,彼此之间由过道相连。

这一定就是亚马孙原住民的村寨了。

扎古娜用手指向那座神庙,说:"病人就在那里,你自己去吧,我们在这里等着你。"

你放眼望去,目光所及没有一个活人,整个村子如同一座鬼城。

这时,你听见了笛声!

▶▶ 如果你选择独自进入神庙,请翻到第 **145** 页
▶▶ 如果你选择拒绝,请翻到第 **152** 页

快跑！快逃命啊！

笛子的声音变得越来越响、越来越响，最后竟如同雷鸣、地震和海上风暴同时狂吼一般。

你咚咚咚地在丛林里飞奔，纵身跃过树根，快速爬过岩石，绕开参天大树，不顾一切地仓皇逃命。

你终于到达了河边，看见奥瓦杜加正坐在独木舟里等待着。

那个声音停止了，你甚至能听见自己砰砰的心跳声。

正在这时，奥瓦杜加说："你已经见到了亚马孙人。她们的首领带你去了她们的村寨并将你吓跑了，那就是她们传递给你的信息——离她们远点儿。她们告诉我，你的朋友们安全地待在距离这里两天路程的上游地区。我们上路吧，不要打扰她们了。"

▶▶ **本故事完**

时间到了。你又继续等了二十次呼吸的时间，但是仍然没有见到扎古娜的踪影。

你蹑手蹑脚地跟随那个笛声向前走去，移动地非常缓慢，每走一步都呼吸十次。终于，在两个小时之后，你来到了丛林中的一块空地前，这里的鸟叫声此起彼伏。

你偷偷地向空地里望过去，一眼就看见了扎古娜、你的朋友们和另外两个人，他们都被藤蔓捆着，嘴巴里还塞满了树叶！有一大群非常矮小的人在四周包围着他们。

一开始，你以为那些人是小孩子，但马上意识到他们是米查瓦人。他们的领袖穿着蟒蛇皮，吹奏着一只木雕笛子，并且在被捆绑的人周围跳舞，用音乐嘲弄他们。他跳得越来越快，离他们也越来越近。

这时，你突然听见身边传来了某个人的呼吸声！

▶▶ 请翻到第**144**页

你凝望着那座神庙，听着笛声在空中回荡。

在所有人的注视中，你向前迈了一步，然后身体突然僵住。这是因为，你突然发现，在茅草屋里堆放着几个防水背包，以及一些装着电脑和制图设备的箱子。

你转过身，想要向着这些物品走去。突然，一支沾有致命剧毒的箭凭空发射而来，深深地扎进了你的后背。

你感到天旋地转，眼前瞬间一片漆黑。

▸▸ **本故事完**

"奥瓦杜加，你来跟她们交流，我听不懂她们的语言。"你凝视着幽深的丛林，感到深切的无助和不安。

你的向导和岸上的女人交谈了几分钟，然后又停顿了好一阵。她转向她的伙伴们，和她们低声说着什么。之后，她又转向奥瓦杜加说了些什么。

"这些人是亚马孙人，"奥瓦杜加说道，"你曾经问过我关于她们的事，现在她们就在眼前。但是，她们不愿意帮助我们，你的朋友们也不在她们那里。不过，她们知道你的朋友们在哪里。"

突然间，你发觉岸上的人影都消失了。"去哪儿了？他们都去哪儿了？"

"谁？那些亚马孙人吗？她们如同幽灵一般，按自己的意愿来去自如。没有人能对她们发号施令。"

你摇了摇头。"不，我的意思是，我的朋友们在哪儿？她说他们在哪里？"

奥瓦杜加将独木舟推入河流，启动了马达。

"他们成了米查瓦人手中的囚徒，很可能在被我们找到之前就已经死掉了。"

▸▸ 请翻到第**156**页

"我需要帮助！我需要你的力量！"

那位巫医转过头来看着你，目光闪烁。"你？你？你想怎么样？我为什么要帮你？"

"我的朋友们失踪了。他们被米查瓦人抓住了。救救他们！请救救他们吧！"

那名巫医皱了皱眉。"只有幽灵知道你的朋友们发生了什么，以及你未来的命运！"他以威胁的姿态端起长矛，吓得猴子的眼睛猛地眨了一下。

他从一个小袋子里捏了一小撮彩色粉末，然后扬在自己的面前。几秒钟之后，他便开始了闭目思索。

你等待了几分钟，然后开始坐立不安。奥瓦杜加示意你冷静下来。"要有耐心。你会知道结果的。"

最后，那名巫医睁开了眼睛，他盯着天空说道："你的朋友们都是安全的。我们两个将会和一支军队一起出发，然后救出他们。"

▸▸ **本故事完**

你费力地张开已经因为恐惧而变得无比干涩的嘴唇，问道："奥瓦杜加，我们能做些什么呢？"

他摇了摇头，说："相信这些丛林的幽灵吧。如果你的朋友们的灵魂是好的，他们就能活下来。如果不是那样，那么……"奥瓦杜加陷入了沉默。你能看出来，他不会再开口了。

独木舟继续向前行进，不久便抵达了一处覆盖着红灰色沙子的岸边滩地。你看见有几艘独木舟正停靠在沙地上，五座低矮的小屋前燃烧着一堆篝火。一群人围坐在火旁，有男有女，也有小孩子。

奥瓦杜加向他们挥手打招呼，然后你们很快就坐在了这些人的中间。奥瓦杜加讲述了你们的来意。这些人低声讨论着，声音听来很悦耳，但是你根本听不懂他们的语言。

"他们说你必须在这里等待，直到一名巫医对米查瓦人施一个咒语。只有这样，你的朋友们才能安全，没有别的办法。"

▶▶ **如果你选择等待那名巫医，请翻到第 160 页**

▶▶ **如果你选择继续前进，请翻到第 159 页**

"玛那，托瓦，托那，古那！玛那，托瓦，托那，多瓦。"那人低声吟唱起来，所有人都拜伏在他面前。

他的头上缠着一个用猫头鹰的羽毛扎成的圆环，颈上佩戴一条用鳄鱼牙齿穿成的项链，胸口和双腿装饰着红色的条纹，手持一根顶端雕着一颗猴子脑袋的权杖。

"玛那，托瓦，托那，古那！是谁需要我的帮助？是谁足够勇敢来请求我的力量？是谁甘冒死亡的风险？"

他看向所有人，然后将目光锁定在你的身上。

▶▶ 如果你选择向他求助，请翻到第 154 页

▶▶ 如果你选择将目光躲开他的凶狠的凝视，请翻到第 164 页

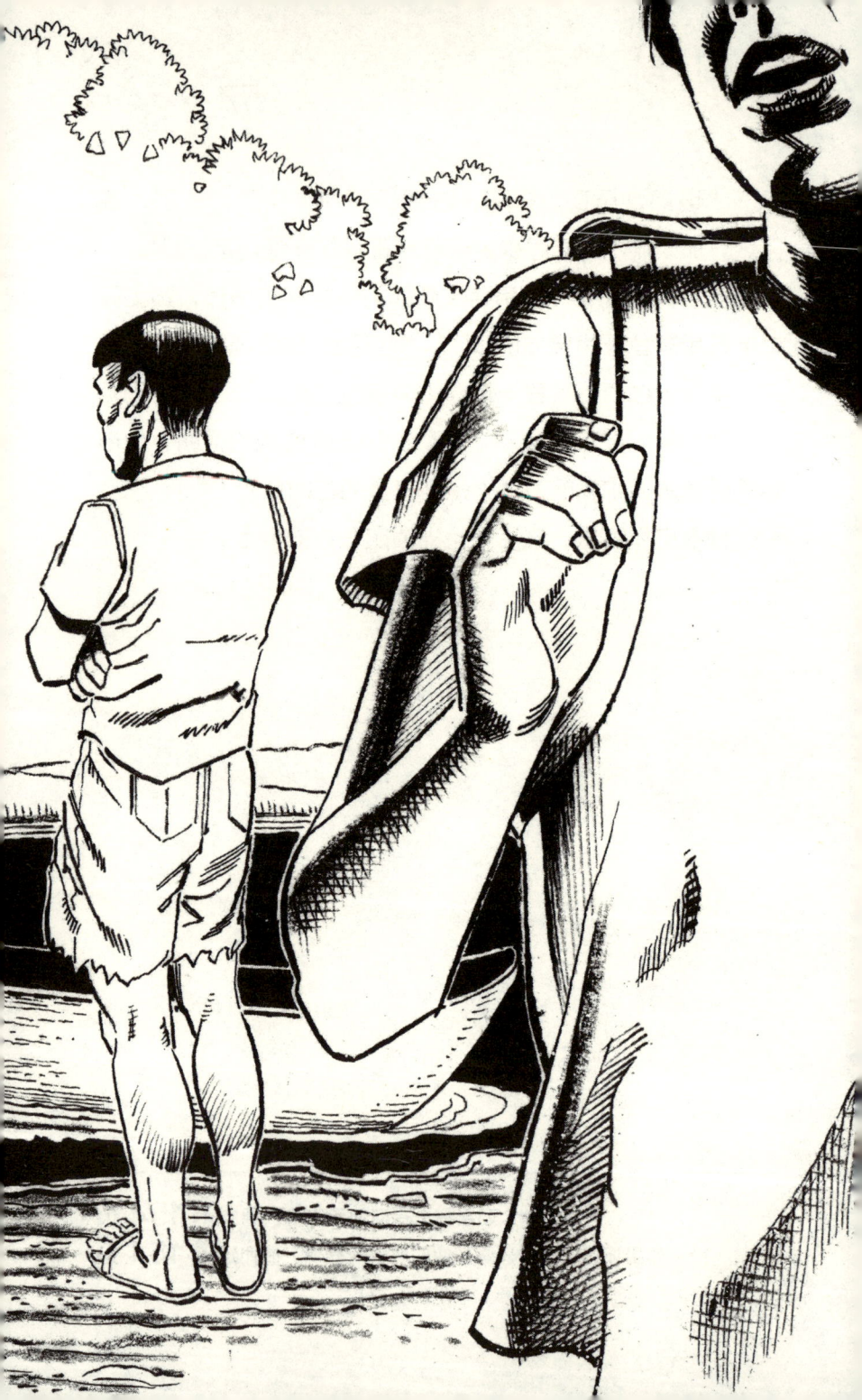

"我们不能白白地坐在这里等待！我会继续前进，你自己随意吧。什么巫医，简直就是在胡说八道。"在你说完后，奥瓦杜加转身背对着你加入了其他人的交谈。你自己形单影只地被排挤在外。

过了一会儿，你独自返回独木舟附近，卸下了身上的装备。那一堆东西在沙滩上看起来异常单薄。

紧接着，你不情愿地背上自己的背包，然后把两个黄褐色的小背包留在了岸边的一棵树下。你向远处看了一眼，发现奥瓦杜加仍然背对着你没有动，于是你怀着沉重的心情踏上了深入热带雨林的小路。

"这太疯狂了。"你低声自言自语道。这时，你感觉到一阵轻风吹来，接着风力不断变大，直到树叶和藤蔓开始晃动。一开始只是轻微的颤动，随即越来越剧烈，最后整片雨林都像在某个巨大生物的手中上下翻腾一般。

但是，周围寂静无声，完全没有任何声响。

▸▸ 请翻到第**165**页

你们在亚马孙河的岸边沉默地等待着，雨林里也渐渐变得死寂无声。

终于，黎明开始缓慢地推开黑暗。当第一束阳光割开东方的天空时，丛林中传来了一阵沙沙声。

一个高大魁梧的男人从林中一步步走来。

▶▶ 请翻到第157页

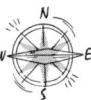

通往山脚的盘山小路看上去很好走，那里没有盘根错节的绊脚物，宽度足以让三个人并肩而行，看起来就像是被人特意准备好了似的。

你绕山而行，最终抵达一处由光滑的灰色山石组成的悬崖。后来，你在悬崖的底部发现了你的朋友们——他们已经死了，所有人都面容安详，身上没有任何遭受暴力的痕迹，看起来就像只是睡着了一样。

你又听到了那个悠扬的笛声。

紧接着，你的眼前出现一道射向一大块裂开岩石的阳光。你走上前去，发现岩石上刻着你朋友们的名字。

突然间，光线开始消逝，好像发生了日食一样，周围很快就暗得伸手不见五指。

你一边在黑暗中默默等待着，一边在心里想，自己的名字是不是被刻在了名单的末尾处呢？

至少刚才，你没有在那里看见自己的名字。

▸▸ **本故事完**

通向山顶的道路艰难又漫长，接近中午的时候，你脚下的路就没有植被覆盖了，而是在岩石地表上陡峭地拔起。有的地方非常规整，好像楼梯一般。

这时你惊讶地发现自己竟然身处一座巨大的金字塔上！

你慢慢地攀爬，因恐惧和兴奋而瑟瑟发抖。太阳反射在石块上令你睁不开眼。

抵达山顶后，你找到一小块平坦的地方坐了下来。你突然理解了那个笛声的含义。一连好几天，你都坐在那里凝望着整个亚马孙河流域，没有感到口渴或者饥饿。

当你远眺之时，你发现了河水的流动、植物的生长、动物的行动和大地的形状之间的关联，你看到整个流域在吸入氧气，呼出二氧化碳。

当你远眺之时，你意识到你的朋友们在哪里，他们是安全的。你确信你将在七天后见到他们。你离开了金字塔，以新获得的力量继续前行。

▸▸ **本故事完**

你低头没有说话，避开了那个人凶狠的目光。

他穿过拥挤的人群站到你的面前，然后慢慢地探出手，用那根装饰着鹦鹉羽毛的布满雕刻的权杖轻拍你的肩膀。

"你真是一个懦夫。你就是那个需要我帮助的人，但是现在你只能靠自己了！"那名巫医昂首走入丛林，村民们也一个接一个跟随他离开。

奥瓦杜加说："我们现在必须离开这里！距离这里两天路程的地方有一个村寨，也许那里的人知道你的朋友们的事情。虽然希望很渺茫，但是我们可以试试。"

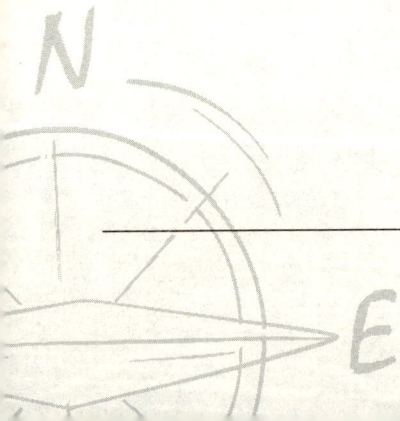

▶▶ **本故事完**

原来，一头体形巨大的貘正在丛林藤蔓中横冲直撞。你被一阵无声的大风吹倒，连忙紧紧倚在一棵大树旁。

你双手抓着树干，感觉整个世界都在你的眼前旋转。突然，一只高尔夫球大小的颜色黑橙相间的蜘蛛顺着一根蛛丝滑下来，仔细地审视着你。随后，它又抓着丝线爬了回去，消失在颤动着的树叶中。

丛林重新恢复平静，笛声的回音响彻密林。你忘记了恐惧，沉浸在那支乐曲中继续前行。雨林中五彩斑斓的色彩纷纷映入你的眼中，小路一直向前延伸向一座山脊，你缓慢地、不停地向上攀登。

你似乎已经走了好几周的时间，始终聆听并跟随着笛声，只偶尔吃一些水果，而且一直没有睡觉。

最后，你终于来到了一座大山的脚下，这时，笛声突然消失了，你注意到眼前出现了两条岔路：一条路环绕着山脚，似乎要去往悬崖绝壁的底部；另一条路则以陡峭的坡度向上延伸，顶点隐没在被黎明染成金红色的云雾当中。

▸▸ 如果你选择沿着环绕山脚的路线走，请翻到**第161页**

▸▸ 如果你选择沿着向上攀登的路线走，请翻到**第162页**

你决定租一架飞机来加快搜寻。

河流巡逻队的队长说："你的选择犯了一个严重的错误！这是一条非常危险的大河，而且这是警察的工作，你根本不应该插手。"

"队长，我不是插手。"你回答道，"身处险境的是我的朋友们，时间宝贵。而且，别忘了，我是一名医生，也许他们需要我的帮助。我建议你继续按照原定的计划行动，在搜寻过程中我会想办法和你碰面，并且告诉你我这边的最新发现。"

队长采纳了你的建议。他草草地敬了个礼，然后离开去做安排了。

那个向导却不喜欢你的计划。"不能惊动丛林中的幽灵！他们不喜欢飞机，所以乘坐飞机飞往丛林深处的人往往都会有事发生。"他警告道，但他并没有点明会发生哪些事，"请重新考虑一下，跟我一起乘坐独木舟吧。"

"不，我要搭乘飞机。那段路乘坐独木舟要行进好几天，但是坐飞机只需几个小时。"你的态度很坚决。

▸▸ 请翻到第 **171** 页

"我不能在这里干等着了。"你说着冲出了机场，钻进一辆待客的出租车里。奥瓦杜加也匆忙地跟上你。

"去马瑙斯的黑猫咖啡馆。"你对司机说道，"要快！"

司机发动引擎，车后扬起一阵红色的尘土。

熬过焦躁的二十分钟之后，你终于抵达了目的地。司机收钱时对你点了点头，然后，你迅速穿过尘土飞扬的街道进入了咖啡馆。

▸▸ 请翻到 **第172页**

你赶紧跑回宾馆里的停车场，跳上了一辆出租车，说："麻烦您，去机场！"

当出租车在路上疾驰时你才意识到，自己把奥瓦杜加给忘了。

其实，你也说不清是你离开时没带上他，还是他抛弃了你。机场服务员惊讶地看着你，然后猛地用手拍着前额，说："我真蠢！波尔蒂略女士刚才还在这儿，我竟然忘了告诉她您在找她！"

"好吧，那她现在在哪里？"你高声且烦躁地问道。

"她走了。"

"走了？去哪儿了？"你追问道。

服务员耸了耸肩膀，说："她什么都没说就走了。"

只剩最后一线希望！情况还能更糟吗？你失去了奥瓦杜加，也不能去找河流巡逻队的队长，你清楚自己除了等待波尔蒂略别无选择。

正当你思考着自己的现状时，一名瘦削的男子靠近了你。他长着稀薄的胡须，正抽着一支黑色的雪茄。

▸▸ 请翻到**下一页**

"不好意思，我无意间听见了您和服务员的一些对话。"他瞪着那名机场服务员，那人也回瞪着他，"波尔蒂略女士是一名出色的飞行员，她的技术毋庸置疑，但就是人有那么一点儿不可靠，就如同你刚看到的一样。

"请允许我向您做自我介绍。我叫瓦斯科·门多萨，拥有自己的飞机，而且飞行技术非常棒，有人甚至说我和伟大的西蒙尼·波尔蒂略女士一样厉害。"他又瞪了那名服务员一眼，继续说，"如果您愿意雇用我的话，我将感到无比荣幸。"

"门多萨先生，感谢你的自荐，让我考虑一下。"

门多萨弯腰鞠躬，退到屋子另一侧的座位上。你站在那儿，思忖着该怎么办。你希望立刻出发，但是门多萨身上的某种特质令人不安。

▶▶ 如果你选择等待波尔蒂略，请翻到**第 176 页**

▶▶ 如果你选择雇用门多萨，请翻到**第 187 页**

"乘坐飞机飞往丛林深处的人往往都会有事发生……这指的究竟是什么呢？"你问道。

奥瓦杜加笑着说："既然你已经决定要乘坐飞机去丛林了，那就让我跟你一起吧，你会需要我的帮助的。"

你很喜欢奥瓦杜加，于是立即对他的话表示同意。

在机场里，一位看上去极不耐烦且满脸困意的机场服务人员告诉你，唯一一位拥有高级飞机的飞行员——波尔蒂略女士，现在不在这里。

"一般这个时候，她都会待在马瑙斯的黑猫咖啡馆里。她是那里的老板。大约……谁知道呢，大约两个小时以后吧，她应该会回到这里。"

你嘴里嘟嘟囔囔地发着牢骚。自己刚从马瑙斯过来，如果现在再回去的话就可能会错过这位飞行员。可是如果你继续待在机场的话，也说不准她什么时候才会回来，而你想立刻出发。

▶▶ 如果你选择去黑猫咖啡馆找她，请翻到第 **167** 页
▶▶ 如果你选择继续待在机场，请翻到第 **185** 页

明亮的街道与咖啡馆里浓稠、潮湿的气息有着天壤之别。你几乎被眼前昏暗的光线和雪茄烟雾蒙住了双眼，剧烈地咳嗽着来到用红木雕刻而成的吧台前。

"您好，很高兴为您服务，"酒保说，"想喝点儿什么？"

"我来找西蒙尼·波尔蒂略，能给我来杯水吗？"你咳嗽着说。

那个人递给你一杯水，然后用力擦抹着吧台——这可能是这个脏乱差的咖啡馆里唯一干净的地方了。

当你放下空杯子，他立刻停下动作看着你的眼睛。"我能问您，为什么想要找波尔蒂略女士吗？"

你本来想对他说别多管闲事，但是你最后还是改变了主意。"我想要雇用她驾驶她的飞机。"

"既然是这样，您应该去机场找，而不是来黑猫咖啡馆。"他向前探身，说，"这里不是一个健康的地方，您应该离开这儿。"他说完挺直了身体。

你不知道他是否在警告你，也不知道他指的是这家咖啡馆还是整个巴西。

紧接着，他继续说道："波尔蒂略女士不在这里，她二十分钟前离开这儿去机场了。"

▸▸ 请翻到第179页

"门多萨，冷静点儿！"你说道。但是现在说什么都没有用了，他手中的刀慢慢地晃动着。这把刀有一种神奇的催眠效果，你根本无法把目光从那上面移开。

这时，门多萨说道："没有人想跟我一起走。"他的声音柔软、阴险又带有诱惑力，"我可是整个巴西最好的飞行员，他们都死了又不是我的错！我尽力了……尽力了！没人能做得更好，我可以证明！"他挥动利刃，"你现在就跟我走。"

可你并不想跟门多萨走，他极有可能已经疯了。但是，如果你告诉他自己不愿意跟他走的话，很可能会有生命危险。或许你应该先顺从他，稍后再伺机逃跑。或许你现在就应该向服务员呼救。

▸▸ 如果你选择呼唤服务员，请翻到第 **177** 页

▸▸ 如果你选择顺从门多萨，假意跟他离开，请翻到下**一页**

"好吧，门多萨，冷静下来。你是对的，你是最棒的飞行员。我已经改变主意了，我会跟你一起走的。"

门多萨的眼神并没有改变，但是他向你微微躬身说道："您先请。"

你别无选择，只能走向跑道。门多萨紧紧地跟在你的身后，你甚至能隔着衬衫感觉到锋利的刀尖。

幸运的是，当你和门多萨向外走时，那名服务员抬头看见了这一幕，他也看见了刀子在阳光下的闪光。

当你们离开大楼的时候，门多萨抓住了你的胳膊。现在你已经能感到刀尖抵在了身体的侧面，心想："这下我没法

逃跑了！"

凝固的空气中传来一声枪响。门多萨看向四周，然后倒在地上咽了气。

你的胳膊传来一阵剧痛，左臂上流下一道又短又细的鲜血。一定是门多萨在他倒地时用刀划伤了你。

你的救星跑了过来——一个头发乌黑的身材高挑的女人正站在服务员身边，手持一把自动手枪。

"你还好吧？"她说道，"我是波尔蒂略。门多萨有没有伤到你？"

▶▶ 如果你说："我没事，谢谢你，真高兴终于见到你了。"请翻到 **第 178 页**

▶▶ 如果你告诉她，那把刀划伤了你，请翻到 **第 180 页**

"我要在这里等波尔蒂略。"你只是自言自语，却没意识到自己说话的声音很大。

那名服务员听见了你的话，然后说道："你的选择非常明智，丛林中的情况瞬息万变，与一个了解情况的人同行是有好处的。"

"你说'了解情况的人'是什么意思？另外，丛林里会出现什么情况呢？"

服务员耸了耸肩，说："丛林里有一个幽灵，带上波尔蒂略女士显然要比带上……带上……更明智。"那名服务员没说话，瞥了一眼正在不慌不忙地吸烟的门多萨，然后继续看他的杂志去了。你从他嘴里再也问不出一个字。

你走到门多萨面前。他立刻站了起来，问道："您考虑好了吗？"

"是的，我很抱歉，我要继续在这儿等波尔蒂略女士。但依然感谢你的盛情。"

门多萨的眼神黯淡下来。

在你反应过来之前，他手中露出了一把刀。

▸▸ 请翻到第**173**页

你用眼角的余光向周围看了一眼，那名服务员依然在埋头看他的杂志。

你用最大的声音喊道："不，门多萨！我说了我不去！救命啊！"

那名服务员抬起头，但是已经无济于事。

唉，你真是太不幸了。

"我很好，谢谢。波尔蒂略女士，很高兴见到你，真是不容易呀——特别是在这种环境之下。"

获得你的赞美后，波尔蒂略目光炯炯地点了点头。

"我听闻你想要雇我。到大楼里来，我们一起喝点儿咖啡，你给我讲讲来龙去脉。"

但是你永远也喝不完那杯咖啡了，门多萨的刀刃上的毒药已经进入了你的体内。

没过一个小时，亚马孙河又多了一条冤魂。

▸▸ **本故事完**

你"扑通"一声坐在一把凳子上。

波尔蒂略一定是在你离开机场的时候离开咖啡馆的，现在该怎么办？

奥瓦杜加——那个你几乎要忘了的伙伴建议你放弃乘坐飞机这个选项，跟他一起走。但是，你仍然觉得乘坐飞机才是到达雨林的最快选择。

▶▶ 如果你选择赶回机场，请翻到**第 168 页**

▶▶ 如果你选择立刻跟奥瓦杜加走，请翻到**第 129 页**

"只是一道划伤而已，你看。"你甚至有些不好意思提起这个伤口。

但是波尔蒂略立刻抓住你的胳膊，把嘴凑在伤口上开始吸吮。当她把血吐在人行道上时，说了一个词："毒药！"

你瞬间感到天旋地转。你不确定到底是毒药，还是对毒药的恐惧令你眩晕。

波尔蒂略很快完成了对伤口的处理，然后说道："你现在应该马上休息。我没有把毒全部吸出来，但你会没事的。"

"我……我想我需要……坐下来。"你结结巴巴地说。波尔蒂略和服务员把你带到室内，让你坐在一把椅子上。

"我觉得你应该回到马瑙斯去，"波尔蒂略女士说，"不管你想要做什么，都得以后再说了。"

波尔蒂略已经吸出了大部分毒液，但是你仍然感到非常不舒服。

▶▶ 如果你选择对波尔蒂略说自己必须即刻前往丛林地区，请翻到

第 232 页

▶▶ 如果你选择对她说自己应该休息，请翻到**第 184 页**

田野在飞机下方飞快地掠过，亚马孙河就像是拼接在这片绿布上的棕色条纹一样。

尽管你的飞行高度只有一百五十米，但放眼望去，也只能从枝繁叶茂的丛林中看见树冠，偶尔才能看见零星的小空地。

波尔蒂略在引擎的轰鸣声中向你高喊："我们飞到大约一半路程的时候会在一条小型应急跑道上短暂停留，以便补充燃油。我在那里藏了一些补给品。"

你点点头，凝视着窗外。飞机引擎喷出的热浪和烈日的炙烤令人昏昏欲睡。后来，飞机降落在小型的土跑道上，剧烈的颠簸将你惊醒。

当波尔蒂略向两侧机翼的油箱加燃油时，你和奥瓦杜加走下飞机，散着步活动筋骨。

突然，奥瓦杜加冲进了丛林！

"奥瓦杜加！"你大喊道，"你怎么了？"也许他感到自己终究还是不喜欢飞机，那为什么他始终一言不发呢？

你想要追赶奥瓦杜加，但是你不确定自己该不该离开波尔蒂略女士。

▸▸ 如果你选择追赶奥瓦杜加，请翻到**第 196 页**

▸▸ 如果你选择返回飞机告诉波尔蒂略发生了什么，请翻到**第 192 页**

你没有跟门多萨道别就离开了。机场服务员也兼职做出租车司机，收了钱以后，他把你和你的行李载到了一座城镇的码头上。

这座小镇和码头都不太大，通往码头的主路两侧有一些木质建筑，河面上两艘装有马达的独木舟正往返忙碌着。

你找到了两艘独木舟的船主，这两个人都很想做这笔生意——特别是在你提出会先交一些预付金之后。但是，当你提到此行的目的是寻找失踪的探险队和丛林笛声时，他们都变得惊恐万分，然后拒绝了交易。

"很抱歉，我们不能载您。"其中一个人说道，"我们刚刚想起来，几天后需要向河流下游运送一批鸡。"

"你们俩都是吗？"

"是的，实在抱歉，因为鸡很多。"

你想再问问其他船，但却寻不到任何一艘。

你别无选择，只能在这里等待河流巡逻队。

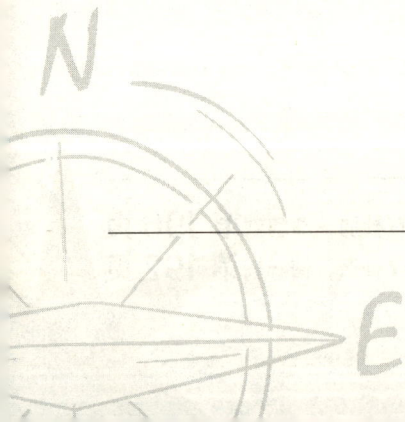

▶▶ **本故事完**

宾馆的服务员帮助波尔蒂略把你扶到房间的床上，并且找来了一名护士负责看护你。

你僵硬地躺在床上，身体和毒液激烈地战斗了三天三夜。你说不出话，听不见声音，眼前一片漆黑，做着充满暴力的噩梦。

之后，一个早晨，一切都突然恢复了正常。你睁开双眼，发现所有探险队的成员都围在你的床前。他们还活着！而且毫发无损！

"发生了什么事？"你问道。

波尔蒂略笑道："这很简单，非常简单。你可怜的朋友们有点儿辨认不出方向。说句不好听的，这帮傻蛋完全迷路了。是我，波尔蒂略，找到了他们。"

▸▸ **本故事完**

你决定在机场等待波尔蒂略。她的飞机就停在这里，她迟早会露面的。而且，你早就已经坐够了出租车，车里又热又脏，而且满是尘土。

你正在一间小餐厅里喝着咖啡，这时，一名编着乌黑长辫的高个子女人朝你走来。"我就是西蒙尼·波尔蒂略。我听说你需要我的服务。"

"是的，我想让你开飞机带我去寻找一支探险队，他们在丛林中失踪了。我是一名医生，我觉得我的朋友们应该是遇到了麻烦，他们很可能需要我的帮助。"

波尔蒂略扬了扬眉毛，说："你雇用我而非这周围其他一些所谓的飞行员是个正确的选择。我会帮你找到他们，并且平安归来的。"

不知为何，你很信任这个女人。你也很高兴自己做了正确的选择。

▸▸ 请翻到第 **191** 页

"门多萨先生，我决定接受你的提议。"

门多萨微笑着，露出了一口雪白的牙齿。"您不会后悔的。我们出发吧，我能看出您心急如焚，为什么不趁着我做航前检查的时候把一切都告诉我呢？"

你整理着露营用具和其他装备，匆匆走向门多萨的飞机。不久之后，飞机载着你向西飞去。

亚马孙河仿佛一条宽宽的棕色带子，蜿蜒穿越茂密的丛林。丛林看上去平淡无奇，而且河道的每一处转弯都与另一处毫无二致。你很好奇旅行者是怎样判断位置的。

▸▸ 请翻到第**190**页

你无法接受刚出发就要返程的现实，但又担心被困在小镇上，最终还是不情愿地登上了飞机。

十五分钟后，引擎突然熄火，飞机急速降落，紧接着掠过树梢，坠毁在地面上。

门多萨遇难了。

你现在孤身一人，迷失在浓密的亚马孙丛林深处。

▸▸ **本故事完**

引擎的噪音非常响，通风口呼呼地喷吐着热气。在轰鸣声中，门多萨提议道："您为什么不睡一会儿呢？"

你摇了摇头，继续盯着下方浓密的绿色。

可是，还没飞行多远，门多萨突然驾驶飞机盘旋了一圈，然后降落在一条土跑道上。"我们为什么不继续前进了？"你问道，声音里透着不耐烦。

"我们必须补充燃油，这里比那个坐地起价的马瑙斯机场便宜。"

当服务员给飞机加油的时候，门多萨仔细地查看着引擎。

"出什么事了？"你问道。

"我也不知道，只是感觉有些不对劲，我们得飞回马瑙斯检查一下。"

简直令人难以置信！如果一直以这种磨磨蹭蹭的速度前进的话，根本无法快速地进入丛林深处！

门多萨建议道："一公里以外有一座小镇，也许你能在那里雇一名水上向导。"

▶▶ 如果你选择前往小镇，请翻到第 **182** 页

▶▶ 如果你选择和门多萨飞回去，重新出发，请翻到第 **188** 页

你整理好自己的装备，爬上了波尔蒂略的飞机，并且在波尔蒂略点头示意之后滑进了副驾驶的座位。你看着她做完飞行前的所有检查，对她处事周全和心细如发的性格印象深刻。

波尔蒂略看到你在观察她，随即咧嘴一笑。"如果你不注意小细节，它们就会变成大麻烦，谁知道会导致什么后果呢。"

起飞前，波尔蒂略去后舱确认奥瓦杜加已经系好了安全带，然后你们就飞上了蓝天！

▶▶ 请翻到第 **181** 页

你跑回飞机旁边，这时波尔蒂略正从右侧机翼上爬下来。

"奥瓦杜加逃跑了！"你大喊道，然后快速地将刚才发生的一切都告诉了波尔蒂略。她听的时候既没微笑也没皱眉。

"我就知道他可能会这样。"她说，"医生，告诉我，我们现在应该怎么做，是把他留在这里还是去老天才知道的什么地方追赶他？"

波尔蒂略的话让你一下子愣住了。也许你们应该离开，但是奥瓦杜加曾经带给你关于你的朋友们的消息，他可能知道更多的事。

丛林中热浪逼人，你用你的头巾擦拭着额头。

▸▸ 如果选择你对波尔蒂略说"我们去找奥瓦杜加，至少要花费些时间试试看。他可能了解更多关于失踪探险队的信息"，请翻到**下一页**

▸▸ 如果你对波尔蒂略说"奥瓦杜加已经不知所踪了，我们最好继续上路"，请翻到**第198页**

"好吧，医生，你说了算。稍等一下。"波尔蒂略说着转身进入机舱。

不一会儿，她重新现身，身上背着一个小背包，手持两把大砍刀，还将其中一把刀递给了你。"小心树上倒挂的蛇。"

当你们抵达奥瓦杜加消失的地点时，波尔蒂略从背包里掏出一个指南针察看方向。"好吧，我们走。"

奥瓦杜加的路线很容易被找到，丛林的树枝弹回了原状掩盖了他的踪迹，但是随处可见的断裂枝条或脚印为你们指明了道路。

波尔蒂略女士一直留意着她的指南针，大约五分钟后，她喃喃自语道："我应该是猜到他打算去哪里了。我们要抄一条近路。"

你想知道波尔蒂略是怎么知道的，但是当你问她，她只是说："我曾经在这附近有过很多次探险。"

▸▸ 请翻到第 **195** 页

几分钟后，你们闯入了一片林间空地。目之所及，天篷似的树荫遮蔽了天空，朦胧的微光中显露出一座长满了青苔和灌木的古代石制建筑。

奥瓦杜加正站在空地中央的一块巨大石块前。

"那是一座神庙！"你惊呼道。

波尔蒂略低语道："它非常非常古老。"

"奥瓦杜加。嘿，奥瓦杜加。"你对他说，但是他没有回应。

波尔蒂略把一只手搭在了你的胳膊上。"别打扰他，他几分钟之后就能完成了。"

你坐在一大块方石的一丛苔藓上，脑中满是疑问：这里是什么地方？奥瓦杜加在做什么？为什么西蒙尼·波尔蒂略了解这么多内情？

你开始询问波尔蒂略，但是她只是示意你保持安静，然后指向奥瓦杜加。

▸▸ 请翻到第197页

"奥瓦杜加！嘿，奥瓦杜加！等等！"你边追边喊，但是他并没有停下来，而且看上去好像跑得更快，紧接着便完全消失。

你停下来听了听，但是根本听不到双脚跑动的声音。你又大喊了几次"奥瓦杜加"，仍然什么都没发生。

起初四周万籁俱寂，随即开始传来丛林鸟类和猴子的鸣叫。你这才意识到自己在这片丛林中已经是孤身一人。你既不知道自己身在何处，也不知道回去的路在哪个方向。

你环顾四周，看见了三条可能的小路，然后向前迈出一步，却突然被拉到了半空中，倒吊在树上。

原来，你刚刚踩到了一个捕兽陷阱。

你还能坚持多久呢？

▸▸ **本故事完**

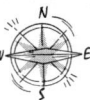

此时，奥瓦杜加已经转过身面向你。他看起来有些不一样，更高大也更自信了。

他开口说道："你的朋友们距此不远。如果想帮助他们，你必须独自徒步沿着那个方向前行，你将会遇见愿意帮助你的人。"说完，他转过身再一次逃走了，身影很快消失在浓密的树林中。

波尔蒂略女士说："我们距离探险队被报告失踪的地点还很远。但是，在丛林中，任何事都可能发生，"她停顿了一下，继续说："而且可能很危险。他的情报有可能是错误的，我觉得你应该跟我一起，继续前往你最初计划的目的地。"

▶▶ 如果你选择听从奥瓦杜加的指示，请翻到**第 201 页**
▶▶ 如果你选择继续和波尔蒂略女士同行，请翻到**第 231 页**

波尔蒂略在你改变主意之前就已经起飞了。

飞机里依旧很热,湿热的空气让你的衣服紧紧贴在身体上。在如此潮湿的环境下,就算人的身上长出蘑菇来,你也不会感到奇怪。

飞了一会儿,你打手势示意波尔蒂略降低飞行高度,你想要近距离看一看雨林。她拉低机头,飞机掠过树梢,你甚至能够闻到丛林蒸腾而起的浓重的气味。

但是,这一要求害了你们。飞机的噪音惊起了一只巨鸟,它一头撞穿了风挡玻璃。

所幸波尔蒂略是一位优秀的飞行员,她成功地避免了直接坠机。在一阵撕裂金属和折断树枝的巨响后,你们一头栽在了一个距离地面五十米高的树冠上。你和波尔蒂略都被撞得失去了意识。

▸▸ **请翻到第 200 页**

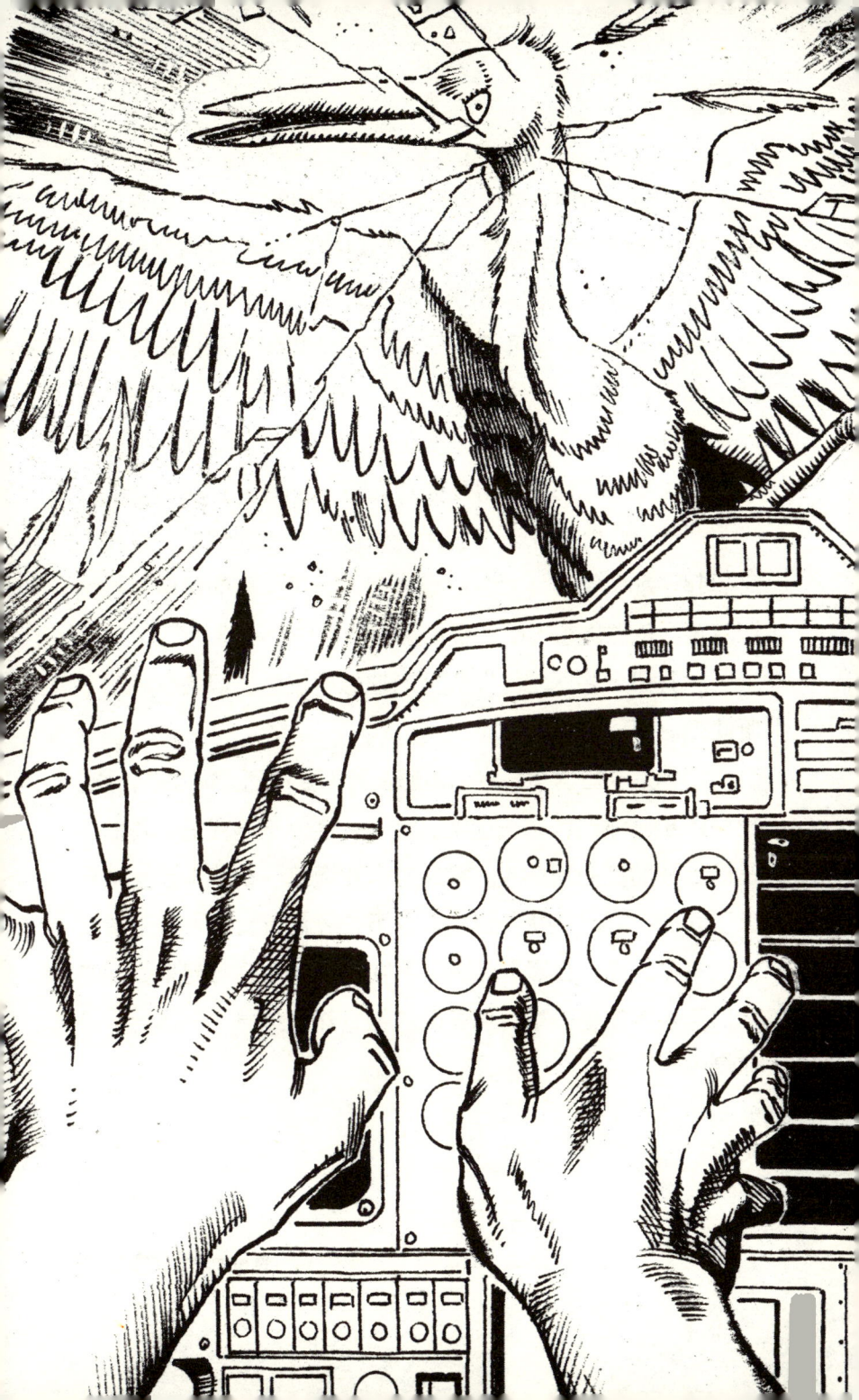

你清醒过来时，发现自己并没有在飞机里，而是躺在用苔藓和树叶铺成的柔软的床上。笛声从打开的窗子外传了进来。

你想到正是这笛声引诱了你的朋友们，于是迅速坐了起来。头一阵剧痛，你不得不又躺了下去。你摸了摸脑袋，发现上面缠着绷带。

正在这时，一个身材修长的女人走向你。她穿着一件蛇皮做的长裙。你还没来得及提问，她已经跪在了你的身旁。

"很好，你醒了。"她用音乐般的声音对你说，这让你又想起了那个笛声，"你已经昏迷三天了。你的那位飞行员朋友至今依然昏迷不醒，我们都担心她性命不保。"

"我是一名医生。"你努力地想要说话，但是喉咙却不听使唤。

"你是一位医生，我们知道。请不要说话，你需要休息。我们还知道你为什么来这里。另外，请你不要害怕，我们不是抓走你朋友的那些人。我们怎么知道这一切的？是丛林告诉了我们，它给予我们食物、衣服，养育着我们，维系着我们的生命。你现在需要休息。很快，你就会强壮起来，那时我们再告诉你更多事。现在请放松，然后休息……休息……休息……"

▸▸ 请翻到第**204**页

　　"我得听从奥瓦杜加的指示。"你对波尔蒂略说，"我的直觉告诉我，他是对的。"

　　"好吧，祝你好运，医生，你比我勇敢。拿着这个，带上我的背包和你手中的砍刀，背包里装着一些药品和紧急补给物，它们也许能帮到你。"

　　"谢谢，非常感激你的帮助。"你边说边背上背包，走向奥瓦杜加指出的方向。

　　很快，丛林将你重重包围。你无法确定这个方向是否正确，但是你对奥瓦杜加充满信心。鸟鸣震耳欲聋，你大步走入更为广袤的丛林。

▸▸ 本故事完

"时间紧迫。"五月继续说道，"你必须快速行动。"你感到困惑不已，想要开口询问，但是五月阻止了你，"如果你想要成功，就必须保存体力。我会提供你所需要的全部信息。

"你的朋友们被库瓦提耶里部落的人抓住了，他们用魔法笛子诱使人们给他们做奴隶。虽然笛声对我们没有作用，但是森林幽灵禁止我们靠近他们的领地。你的朋友们必须在午夜来临之前被救出，因为那时他们会按计划被献祭，这是库瓦提耶里部落的一个传统。你必须进入部落，夺走那支笛子，然后用你的膝盖折断它。这样咒语才会解除，你的朋友们也将重获自由，而库瓦提耶里的力量也会被消除。"

"我该怎样做到这些呢？"你问道。

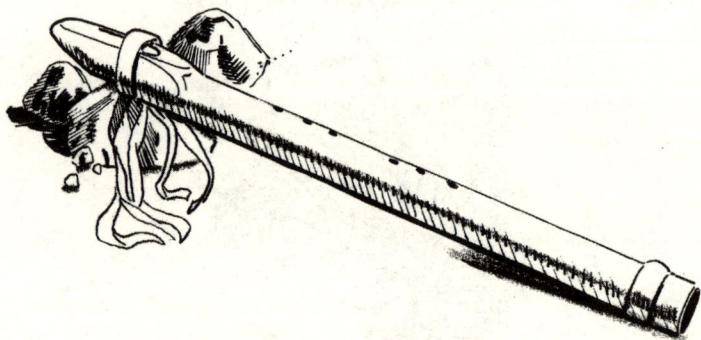

▸▸ 请翻到下一页

　　"怎样做取决于你自己。我们只能为你指出那个部落的位置，并且为你提供这顶头饰。"五月拍了拍手，另一个女人出现了，她手持一顶形似鸟笼的头饰，头饰是用棕色藤蔓松散地编织而成的，显然得用两侧的带子绑在头上。头饰里还装着两条绿色的小蛇，它们吐着芯子，用红色的眼睛看着你。

　　"不要担心，"五月说道，"这些蛇不会伤害你的。事实上，它们还会帮助你。你该出发了。你愿意戴上这顶头饰吗？"

▶▶　如果你选择戴上这顶头饰，请翻到**第 207 页**

▶▶　如果你不喜欢那两条蛇，拒绝那顶头饰，请翻到**第 206 页**

你重新醒来，感觉自己已经好多了。

这时，你发现自己周围站着十二个女人，她们看上去几乎长得一模一样。其中一人开口说话了，你认出她正是之前和你谈话的那个女人。

"你感觉好点儿了吗？"

"是的。波尔蒂略现在怎么样？"

"你的朋友吗？我很抱歉，她一小时前已经去世了。"

"你是谁？"

"我的名字叫五月。"

"不，我的意思是，你们所有人是什么人？我现在在哪里？"

她笑了，说："正如我告诉你的，我叫五月，这些都是我的姐妹们。"她用右手指向周围的人群，"一月，二月，三月，四月，六月，七月，八月，九月，十月，十一月和十二月。我们是这里的管理者，都以月份为自己命名。你可以称呼我们为亚马孙人。"

▸▸ 请翻到第 202 页

"我不会戴那顶头饰的，"你说道，"我不喜欢蛇。"

五月说："那好吧。"然后，其他十一个女人重复了她的话。

很快，你就已经走在前往库瓦提耶里部落的路上。你握着一把大砍刀，感觉手持武器很有安全感。

但是，你仍然不知道该怎样避免自己听见魔法笛声。

你根本做不到。

笛声已经在不知不觉中对你施展了魔法，大砍刀从你的指间滑下来，砰然落地。在半梦半醒之间，你继续走到了库瓦提耶里部落。

现在你也成了他们的奴隶。

▶▶ 本故事完

一想到那顶头饰里将会盘着两条蛇，你就感到头皮发麻。但是，你告诉五月，你会戴上那顶头饰的。

她把它绑在你的头上。还好你看不见它，否则你一定会把它扯下来的。随后，五月递给你一把大砍刀，然后你就出发了。

密林之中光线昏暗，即使是明月高悬的晴朗夜晚，月光也照不透所有的枝叶。不过，这一点儿微光已经足够看清脚下的路了。你顺着一条小路前行，在丛林里，夜晚的声音和白昼的声音大相径庭，听上去更加尖锐，也更加惊悚，似乎掺杂了更多死亡的气息。

突然，你听见了一个声音。"是笛声吗？"你心想。但是很快，那个声音便消失了，你的耳朵里有某个东西阻止了魔法笛声。你抬起空着的一只手摸了摸耳朵，是蛇！那两条蛇用头堵住了你的耳朵！

你惊慌失措，想把它们拽出来，但是它们纹丝不动。这时，你想起了五月的话："这些蛇不会伤害你。事实上，它们还会帮助你。"

"所以，这就是她那句话的意思。"你迅速冷静了下来，然后勇敢地捡起砍刀，继续上路。

▶▶ 请翻到第 **218** 页

你决定留在原地继续观察，也许大家只是睡着了——尽管看上去并不是这样。

你坐立不安，精神紧张，每听见猴子吼叫声或鸟鸣声，你就惊慌失措。

正在这时，光线突然变暗了，太阳即将落山，丛林里将会变得漆黑一片。

等等！那是什么？几个人影在树叶后面移动。

"嘿！你们是谁？站住别动！"你大喊道。但是，没有人回应。

他们走到空地上，一共十二个人。所有人的身上都涂有红色的图案，个个手持弓箭。

▸▸ 请翻到第233页

你走向那座圆形的小屋，双手冰凉，后背冷汗淋漓。你意识到自己正面对一股邪恶的力量。

你努力向屋里看，但是根本无法看清里面的情况。窗户上毫无遮挡，但它们都黑洞洞的，模糊不清。

你绕了一圈，在另一侧找到一个入口，这里也充斥着黑暗和神秘。

你走近入口，攥紧砍刀向前劈出。你准确地从门中间劈开了黑暗。转瞬间，门和窗都变得清晰通透。

这时，你看见了屋子的内部，一支黄金笛子正漂浮在半空中！

▶▶ 请翻到第 214 页

你自言自语着，朝那座房子走去。"这太简单了。"

当走到距离门口还有三步远的时候，你突然看见六个库瓦提耶里人正站在门边，他们每个人都手握一支长矛。你心里很清楚，那些矛尖都涂了致命的毒药，只要刺中一下就能致命。

那些库瓦提耶里人逼近你。然后，你用大砍刀左右劈砍，很快就只有你一人还站在尘土四起的地面上，他们全都被你砍倒了。

你弯下腰向门内看去，发现你的朋友们正在屋内，他们被绑着手脚排队靠着墙壁。

你向前冲去，但是忘记了头上高高的头饰，伴随着个爆裂声，那两条蛇从你的耳朵里掉了出来。现在你能听见那个笛声了！它正来自那座圆形小屋。

你快速地伸手去拿头饰，但是太迟了，笛声已经捕获了又一个囚徒。

现在，你也成了库瓦提耶里人的奴隶。

▸▸ 本故事完

当你说你会等待并和他们一起走的时候，河流巡逻队的队长咧嘴大笑。"你这样做非常聪明，你需要我们的保护。"

奥瓦杜加上一秒还在那里，但下一秒就不见了，他就这样消失了。

宾馆前台摇着头回去继续干活了，一只苍蝇落在他的咖啡杯上，满意地喝了一口。

河流巡逻队在安排好一切之后会联系你，现在你只能等待。

三天之后，你登上了一条十米长的双引擎巡逻艇，船上十二名面色严肃的军人正安静地坐在他们的座位上。他们都全副武装，其中两名军人还在前甲板上架起了一挺机关枪。

当你、队长以及另外一名警察站在一座小桥上时，嗡嗡的引擎声几乎让你昏睡过去。

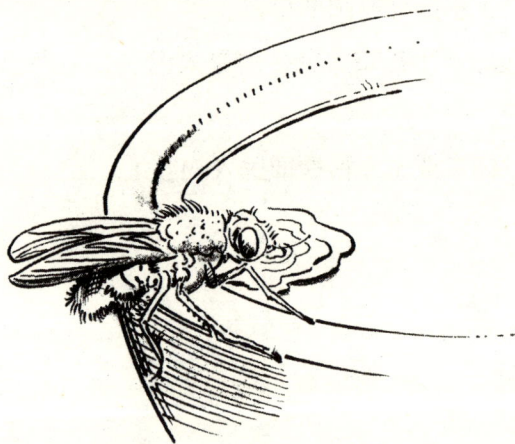

▸▸ 请翻到**下一页**

"我计划派出一支小队在探险队失踪的地点展开搜索，"队长说，"接着，其他人继续沿河流前进，几小时后再派出另一支小队。他们将向彼此靠拢，就像钳嘴一样，抓住他们包围圈里的家伙们。"

你点点头表示赞同。但是，你更关心朋友们的安危而不是这些计划该如何实施。

"你想加入哪支队伍？"

▶▶ 如果你选择加入第一小队，去你的朋友们最后现身的地点，请翻到 **第221页**

如果你选择继续沿河前进几个小时，请翻到**第226页**

你仔细查看，发现笛子上的孔洞在自己开合。你心想："那里一定正在传出声音，即使我听不见任何声响。"

你毫不犹豫地冲进了小屋，用大砍刀快速劈砍，笛子马上落向地面。你在它落地之前伸手抓住，快速地将其放在膝盖上折断。

咒语被解除了！

小蛇从你的耳朵中爬出来，发出两声轻微的噗噗声。你现在能听见声音了，周围一切正常。

你匆忙跑向那间长方形的房子，你知道自己将在那里找到朋友们，他们将很安全地从一个漫长的梦境中醒来。

你迫切地想要见到他们。

▶▶ 本故事完

"我走不动了，队长。"

"好吧，我们就在这里扎营。"队长吩咐了几句之后，众人纷纷开始扎营帐。

夜幕突然降临，你们都躺下休息了。

丛林里的声音听起来与众不同而且阴森恐怖。最初，你根本睡不着，但最后还是疲倦占了上风，你昏昏睡去。

黎明时分，树上的钟鸣鸟呱呱大叫着将你吵醒。你快速地看了一眼营地周围：一个人都没有！你被吓得一跃而起。

你能看到其他六人放置睡袋的地点，但是那里已经没有任何物品了，他们抛弃了你。

你真应该跟奥瓦杜加一起走的。

▶▶ 本故事完

"我想继续前进，队长。休息一会儿以后，我们的状态肯定会好很多的。"

队长简单吩咐了几句，然后两个人去猎取食物，两个人升起篝火，准备搭锅做饭，其他人站岗放哨。

你太紧张了，几乎感觉不到饥饿。晚饭结束后，你迫切地想要继续赶路，但大家都无精打采的。事实上，每个人都好像睡着了！

"队长，队长。"你边说边摇晃他，但他没有任何反应，每个人都睡得很香。食物里一定被下了药！

你不知道自己该怎么办。

▶▶ 如果你选择留在原地，寄希望于过一会儿有人恢复清醒，请翻到**第209页**

▶▶ 如果你选择前往巡逻艇所在的会合地点寻求帮助，请翻到**第224页**

▶▶ 如果你选择独自前往那座村寨，寄希望于找到另一支巡逻队或其他援手，请翻到**第227页**

你很快抵达了部落。

那里没有设栅栏，也没有警卫。显然库瓦提耶里人并不需要栅栏和警卫，任何试图接近部落的人都会被魔法笛声所控制。

你想知道那支笛子在哪里。

你注意到，部落中央有一座圆形小屋。它和其他房子都不一样，墙上有很多缺口，但你根本看不到它的内部。

小屋右侧的长条形房子也吸引了你的目光。它在祭坛旁边，你的朋友们的背包就堆放在房子外。

▶▶ 如果你选择调查位于部落中央的圆形小屋，请翻到**第 210 页**

▶▶ 如果你选择看看你的朋友们是不是在那间长条形房子里，请翻到
第 211 页

"我选择加入第一小队。"

"那么你跟我在同一队，"队长回道，并对他的副手说，"你带上六个人到地图上的这个地点，留下两名士兵把船开到这个地点。如果我们没有在丛林中相遇，那明天下午四点就在船那里会合。"

"好的，队长。"

到达目的地后，士兵们将船轻轻地靠在一处浅滩上，你们都跳入水中爬上河岸。紧接着，队长带领你们进入了丛林。

河流的声音和气味迅速消失，取而代之的是植物浓郁、腐败的气味和鸟类、猴子的尖啸。领头的士兵用他的大砍刀在树林中开辟道路，身前的士兵不停地从脸上扯下蜘蛛网。你很高兴自己排在队伍的后面。

▶▶ 请翻到 下一页

你们行进了好几个小时，因为头顶浓密的树冠遮蔽了天空，所以很难通过太阳来判断时间。你甚至看不到阳光，更别说太阳本身了。

队长指示休息片刻。"我们现在停下来吃饭。"他说道，"现在，距离探险队失踪的村寨还有好几个小时的路程，但是这片丛林在夜间会很危险。我想在这里扎营过夜，早上再启程。如果你不愿意的话，我们就吃完饭后继续赶路。"

▶▶ 如果你觉得大家没有体力继续赶路，应该停在这里过夜，请翻到

第 216 页

▶▶ 如果你选择在晚饭后继续赶路，请翻到**第 217 页**

一枚火箭弹击中了巡逻艇。

在红色、白色和绚丽的橙色闪光中，你离开了人世。

▶▶ **本故事完**

你选择去巡逻艇那里寻求帮助。

你无法预测会在村寨里找到什么，而这个地方明显有什么东西不对劲。

但是，你没有走出多远，就在半路上撞见了一条饥饿的

巨蟒。传说蟒蛇是亚马孙雨林里的幽灵，任何被它吞食的人将会毫发无损地在其体内永生。

如果那是真的，请寄来一张明信片吧。

▶▶ **本故事完**

当副队长带领六名士兵登岸时，你留在了船上。武器和装备发出的金属声很刺耳，但是那些声音很快就被茂密的雨林所吞没。

"再见，祝你们好运，希望你们能平安无事。"队长向他们挥手道别。几分钟之后，他们的身影便消失在了丛林之中。

你们沿着亚马孙河继续前进，拐了许许多多令人眼花缭乱的弯，从支流驶入了主河道。队长似乎信心满满，但是你不确定他是否真的知道自己在干什么。

"怎么会有人记得住这些迷宫般的支流、小岛和河道呢？"你问队长，但是他正忙于观察河岸。

"就是这里！"队长说，"我确定这里就是正确的地点，我们就向这里开。"巡逻艇倒转引擎，逆着水流的方向进入一条狭窄的小溪。

一名士兵从机关枪旁离开。当他起身的时候，一根低垂的树枝撞到他并将他掀翻在水中。

▸▸ 请翻到第 **229** 页

你选择独自前往那座村寨，希望能在那里见到另一支巡逻队。

从空地延伸出的小路很明显，但是很狭窄，为了不绊倒在杂乱的树根上，你不得不盯紧脚下。

你走得越远，见到的野生动物就越来越少，正当你对此困惑不已时，你已经走入了一片宽阔的空地。

是那座村寨！

在一圈小屋环绕的空地中央，一名高大伟岸的男人正坐在王座上。他面对着你，头戴一顶高高的白色发饰，身着一件用白色羽毛制成的长袍。他身后站着三队手持长矛的勇士，而排列在他两侧的，居然是你的朋友们！

"欢迎你，"王座上的人说道，"我们一直在期待你的到来。"

▶▶ 请翻到第 230 页

"呀……呃！"

数百条食人鱼迅猛地将那名士兵包围，卷入充满泡沫的漩涡。你难以置信地瞪大眼睛看着眼前这一幕惨剧。

伴随着巨大的爆炸声，一枚火箭弹在船旁边炸起一道巨大的水柱。

"土匪，有土匪！开火！"

士兵们举起他们的武器，盲目地向树林中射击。

乓乓！嗖嗖！乓乓！

又有两枚火箭弹呼啸而来，一枚炸开了前甲板，士兵和那挺机关枪被炸飞进河里。

队长已经不知所踪了，你该怎么办？是立刻离开船逃命？还是和剩下的士兵待在一起？

▶▶ 如果你选择逃命，请翻到第 **234** 页

▶▶ 如果你选择留下来，请翻到第 **223** 页

"期待我的到来……这是什么意思？这是怎么一回事？"

这时，你注意到每个人都在微笑，包括你的朋友们。

而当你与他们相互拥抱问候的时候，村民在你们周围翩翩起舞，高唱赞歌。

"两天前，"你的朋友克里斯说，"我们被一支神秘的原住民勇士队伍——全是女勇士——从魔笛的控制下解救出来，奥瓦杜加受酋长的委托去找你。他返回后，报告了你正跟随河流巡逻队赶赴这里的消息。"

"河流巡逻队！"你叫道，"他们需要帮助！"

酋长派出了一支救援小队，他们在午夜之前就能摆脱危险。

你开始在村子里帮助准备一顿盛宴了。

▸▸ **本故事完**

"我选择跟你一起走。"你对波尔蒂略说。

她耸了耸肩膀。"既然你做好决定了，那我们就出发吧。"她转过身，走出林间空地钻入丛林，你紧随其后。

波尔蒂略能够灵活地穿越重重密林，但是你却举步维艰。藤蔓纠缠拉扯你的身体，你的手在拨开草木时被划得伤痕累累。

丛林中的热浪逼得你不得不停下来休息，你跌坐在一棵断木上。波尔蒂略并没有看到你已经停下了，她还在继续前进。

过了一会儿，你觉得好点儿了，伸出手想要撑起身来。但是，你按到的不是树干，而是一只绿色的小树蛙。手上沾到的黏液让你大惊失色，不过，很快你就放松下来。

对，是彻底放松下来，因为黏液中含有剧毒。现在它已经渗入了你的血液。

▶▶ **本故事完**

"波尔蒂略女士，我要处理的事情十万火急。我的朋友们……"

"是的，我知道。整个马瑙斯都知道探险队失踪的事情。跟我来，我们会找到你的朋友并救出他们——如果他们还活着的话。"

毒药渐渐消失的效果让你的脊椎感到自上而下的寒意，但是你在跟随飞行员去往她的飞机时充满了希望。

▸▸ **本故事完**

他们无视你的存在，而是沉默地抬起队长和其他人，把他们带进了丛林。

你追赶上其中一个人试图拦住他，你的手却直接穿过了他的肩膀。他们是幽灵！即使你挥舞砍刀也毫无作用。

你张大嘴，看着他们消失在丛林里。

然后，又有一个人——或许是那些人之一——出现在空地上，他拉开弓，说道："我们已经受够了你们的打扰，离我们远点儿，回到你们自己的土地上去。"

▸▸ **本故事完**

"我要离开这儿！"你跳下燃烧着熊熊火焰的巡逻艇，跑进热带雨林。

几分钟后，你迷失在茂盛的丛林中。枪声还在继续，但是现在听上去只是乒乓声，而不是夺人性命的子弹的呼啸声。

大蚊子爬满了你的头部和胳膊，小一些的虫子趴在你的衣领里和脚踝周围叮咬。你停下来休息，昏昏睡去。

你醒来时，发现自己正被一群女人包围着。她们穿着五颜六色的衣服，手持精美的弓箭，其中一个走近你说道："不要害怕，我们没有敌意，你和我们在一起很安全。噢，不用担心你的朋友们，他们正在村寨里等着你呢。"

"河流巡逻队怎么样了？"

"那些士兵和土匪都是咎由自取，随他们去吧。"

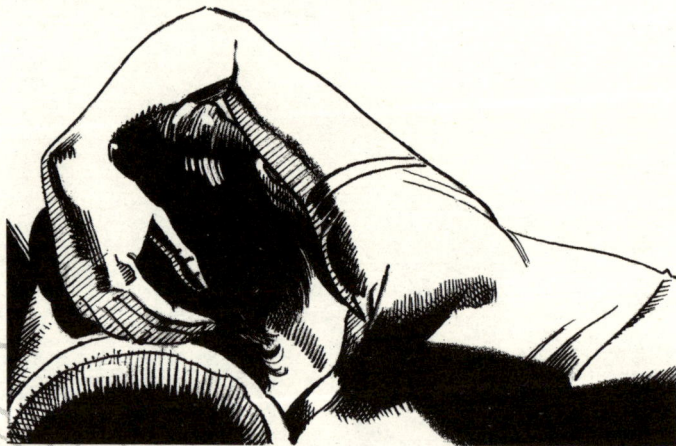

▶▶ **本故事完**

选择你自己的冒险

"永无之境"沙漠探险
银翼滑翔机

[美]香农·吉利根　[美]R.A.蒙哥马利◎著

张悠然◎译

湖南文艺出版社
HUNAN LITERATURE AND ART PUBLISHING HOUSE

小博集
BOOKY KIDS

©中南博集天卷文化传媒有限公司。本书版权受法律保护。未经权利人许可，任何人不得以任何方式使用本书包括正文、插图、封面、版式等任何部分内容，违者将受到法律制裁。

著作权合同登记号：图字18-2020-147

图书在版编目（CIP）数据

选择你自己的冒险. "永无之境"沙漠探险·银翼滑翔机 /（美）香农·吉利根，（美）R.A.蒙哥马利著；张悠然译. -- 长沙：湖南文艺出版社，2022.3
ISBN 978-7-5404-9412-4

Ⅰ.①选… Ⅱ.①香… ②R… ③张… Ⅲ.①儿童小说－长篇小说－美国－现代 Ⅳ.①I712.84

中国版本图书馆CIP数据核字（2022）第017045号

上架建议：儿童文学

XUANZE NI ZIJI DE MAOXIAN. "YONG WU ZHI JING" SHAMO TANXIAN·YIN YI HUAXIANGJI
选择你自己的冒险. "永无之境"沙漠探险·银翼滑翔机

作　　者：	[美]香农·吉利根　[美]R. A.蒙哥马利		
译　　者：	张悠然		
出 版 人：	曾赛丰	责任编辑：	刘雪琳
策划编辑：	蔡文婷	特约编辑：	丁 玥
营销支持：	付 佳 付聪颖 周 然	版权支持：	刘子一　姚珊珊
封面设计：	潘雪琴	版式设计：	霍雨佳
出　　版：	湖南文艺出版社		
	（长沙市雨花区东二环一段508号　邮编：410014）		
网　　址：	www.hnwy.net	印　　刷：	三河市兴博印务有限公司
经　　销：	新华书店	开　　本：	855mm×1180mm　1/32
字　　数：	130千字	印　　张：	7.5
版　　次：	2022年3月第1版	印　　次：	2022年3月第1次印刷
书　　号：	ISBN 978-7-5404-9412-4	定　　价：	130.00元（全5册）

若有质量问题，请致电质量监督电话：010-59096394
团购电话：010-59320018

注意！

这是一本与众不同的书，

决定故事内容的人完完全全是你自己。

书中有危险，有抉择，有冒险……当然，也有后果。

你必须用尽自己丰富的才能与大量的情报，

错误的决定可能导致最终的灾难，甚至死亡。

但是，不要气馁，

你在任何时候都可以返回，做出另一个选择，

改变你的故事走向，从而改写结局。

加油吧，
选择你自己的冒险！

"永无之境"沙漠探险

献给切斯特。

——香农·吉利根

你最喜欢的舅舅吉尔罗伊在澳大利亚的沙漠里发现了一个罕见的护身符，所以叫你一起帮忙完成考古挖掘工作。

可是，从你踏上爱丽丝泉的那一刻起，你们寻找萨提里昂这个文明古国的旅程就走向了错误的方向。不管吉尔罗伊的目的是什么，都肯定远远不止一堆埋在沙漠里的小玩意，而是更大的、更惊人的……

　　你睁开眼睛，懒懒地伸个懒腰，期待听到父母在楼下做你最爱的鸡蛋香肠面包时发出的声音。然后你想起来，爸爸妈妈昨天离开澳大利亚，去美国度假三个星期，这是你有生以来第一次独自生活！

　　"内德，想想看，"你对你的猫说着话，准备去刷牙，"整整三个星期，可以尽情享受。"几分钟后，你开始烧水泡茶，又给自己倒了一杯橙汁。这时，传来了敲门声。

　　内德不再舔它的爪子，而是跟着你一起去门口瞧瞧。

　　"你好，沃尔多，"你兴高采烈地说，你的邻居朋友沃尔多每天早上都来送报纸，"怎么了？"

　　"你是吉尔罗伊·亚当斯的亲戚吗？"他问。

　　"他是我妈妈最小的弟弟，"你回答说，"怎么啦？"

　　"给，"沃尔多说着，把报纸递给你，"他登上了今天《墨尔本时代》的头版。当然，可能还有很多其他的报纸。我想你会感兴趣的。"

　　"谢谢。"你好奇地说。沃尔多转身离开，继续挨家挨户送报纸。

▸▸ 请翻到下一页

4

你展开报纸，发现头版的照片是吉尔罗伊没错。你开始读这篇文章：

"吉尔罗伊·亚当斯，年仅二十七岁的考古学家。最近，他发现了一个护身符，并声称那是传说中的文明古国萨提里昂存在的证据。亚当斯认为，这个文明古国的首都就位于吉布森沙漠的中间地带，他还说，这个护身符是一位原住民朋友在那片区域徒步时发现的。初步分析表明，它由一种人类未知的物质制成。

"亚当斯是史上最年轻的考古学家，毕业于——"

还没读完，电话铃响了。

"吉尔罗伊！"你惊叹地说，"我刚才在报纸上看到有关护身符的消息。你上了《墨尔本时代》的头版。干得好伙计，这听起来让人很兴奋哪！"

"谢谢你，科伯，"你的舅舅回答说，"好吧，确实是兴奋，也许有点儿太兴奋了。我可能需要你的帮助。"

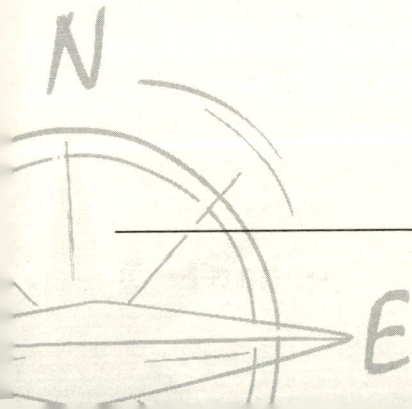

墨尔本时代

"帮助？"你回复说，"出了什么事？"你和吉尔罗伊一直很亲密，他一直更像一个堂兄或朋友。你知道吉尔罗伊完全信任你，你也相信他。

"没什么事……但是，"吉尔罗伊回答道，"只是怀疑。最好别在电话上说，我们直接见面吧。你能来爱丽丝泉吗？我的探险队两天后从这里出发。"

听到舅舅这番话，你的心激动地狂跳起来。你一直想和吉尔罗伊一起探险，但你的父母从不允许。正如你父亲喜欢说的："吉尔罗伊的探险之旅中有'发疯的'袋鼠。"

但这一次，你的父母不在家。你微笑地看着内德。

"三个星期后我能回来吗？"你手指交叉到一起问道。

"当然，我们可以安排。"吉尔罗伊回答道。

"我加入！"你大声喊道。

吉尔罗伊给了你他住的旅馆地址。

"我会尽快赶到那里的。"挂断电话前你保证说。

▸▸ **请翻到下一页**

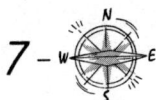

那天上午晚些时候，你忙着收拾行李。沃尔多和内德对你的离开不太高兴，他们在一旁看着。

"如果被你父母知道了怎么办？"沃尔多紧张地问。

"如果你好好照顾内德和我的房子，对我的旅行保持沉默，他们就永远不会知道了。"你回答说。

"如果你三个星期还不回来，我怎么跟他们说？"

"没关系，"你笑着回答，"如果三个星期后我还不回家，我的父母会杀了我。"

沃尔多翻了个白眼。"你要怎么去爱丽丝泉？"他问道。

"还没决定呢。坐火车比较便宜，但要到明天早上才能到那里。如果坐飞机，我就剩不下钱了，但可以晚饭前到达。"

嘟嘟，嘟嘟！

你叫的出租车已经来了。

"最好快点儿决定。"沃尔多说道。

"好的，我会的。"你回答道，"能帮我把东西拿到出租车上吗？"

▶▶ 如果你选择坐火车去爱丽丝泉，请翻到第 9 页
▶▶ 如果你选择乘飞机去爱丽丝泉，请翻到第 11 页

"嚯！这个包真沉啊。"沃尔多呻吟着说，他抓住你的背包，跟你走到门口的路边。

"去哪里，伙计？"司机问完，打开她的出租车后备厢。

"去火车站。"你回答道。然后，你又转向你的朋友，补充道："你永远不知道什么时候会用到钱。"

"一路小心，"沃尔多说着，害羞地给了你一个拥抱，"当心沙漠里的野骆驼。早点儿回来。"

"我不会有事的，"你轻松地说完，又小声补了一句，"但愿吧。"

半个小时后，你已经舒舒服服地躺在二等车厢的卧铺上，"墨尔本之星"从火车站慢慢地蹒跚驶出。你看了看表，一切正按计划进行。寻找失落的萨提里昂之旅就此开始。

▶▶ 请翻到下一页

你掏出考古学的书，想要读一下，但是太兴奋了，根本静不下心来。你决定去餐车吃点儿东西。

你关好车厢的门，小心翼翼地走过狭窄的过道，随着火车轻轻地摇晃。

扑通！一个身材矮小、面色苍白的男人转过拐角，径直撞在你身上。

"对不起，先生。"你礼貌地说，试图帮那个人站起来。

他却愤怒地把一个破旧的黑色公文包紧抱在胸前，扭动着身体，避开你的手。"滚开，你这家伙，我自己能爬起来！"他用一种你听不出来的浓重口音叫道。更奇怪的是，他说的是澳大利亚俚语。他把你推开，匆匆离去。

"他怎么东倒西歪的？"你心里纳闷。他这样一副气急败坏的样子，就好像你想偷他那该死的公文包似的！

▶▶ 请翻到第 12 页

你拍了拍内德作为告别，然后和沃尔多一起，把行李搬到等在外面的出租车上。你带着食物袋，以防万一。看一眼万里无云的天空，你为自己决定乘飞机的选择感到开心。

"不管怎样，"你对沃尔多说，"越早到爱丽丝泉越好。"

"祝你大获成功，但最重要的是要小心！"沃尔多已经说了十遍了。

"没问题，"你保证道，"非常感谢，沃尔多，多亏有你在！"

▸▸ 请翻到第 34 页

你来到餐车，点了双份咖啡奶昔，很快便忘了那个陌生男人。你陷入一场关于迷失的文明世界的白日梦里，想象着自己和吉尔罗伊一起，从已经被发现的手工艺品里解开重重谜团。

"餐车要关门了。"一个声音说。

"什么……什么？"你猛然回到现实里，问道。

"我说，餐车要关门了。已经十一点了。"一个乘务员告诉你。

"哦，没错。真抱歉。"你说着揉揉眼睛。漆黑的星空在火车外飞速而过。你一定是睡着了。

你站起来，在桌子上留下小费，回到自己的座位上。经过一等舱时，你看到了之前撞上的那个奇怪的小个子男人。他一个人在车厢里，似乎睡得很熟。他那珍贵的公文包从手里掉了下来，打开了。文件在脚边的地板上散落得到处都是。

你突然有种冲动，想看一眼那些文件。它们到底为什么那么重要？你在走廊里东张西望，视线里没有一个人。如果有人出现，你可以很容易地假装是在捡文件。

但是，如果那个男人醒来发现你怎么办？如果他根本没睡着呢？

▶▶ 如果你选择假装是在捡文件，偷偷地看一看，请翻到第 **14** 页

▶▶ 如果你选择不去管这些文件，请翻到第 **36** 页

你最后查看一遍走廊，然后，慢慢地、悄悄地弯下腰，尽量不吵醒睡着的人。你从他脚边最远的地方捡起文件，开始浏览。这好像是某种技术读数，更像是地震波记录图。每页的左上角都印着：

机密信息

美国国防部

美国国防部？但这家伙根本不是美国人！他拿着美国国防部的机密信息做什么？

就在这时，男人在睡梦中呻吟了一声，换了个姿势。他的鞋跟"砰"的一声落在你的手上。你所能做的就是强忍尖叫，然后十分小心地抬起他的脚，把手抽出来。

接着，你又一次被惊呆，或者就像你爸爸说的——目瞪口呆：那个男人脚后跟下的文件上写着你舅舅的名字！

▸▸ 请翻到下一页

你开始拼命地读上面的内容，但你太紧张了，几乎看不清那些文字。里面提到了铀，也提到了萨提里昂，还有"渗透者 4 号"，你不知道这是什么。

你无法确定吉尔罗伊和这些内容究竟有什么联系。难道这些文件和他遇到的麻烦有关吗？

你想知道，如果有更多的时间来研究这些文件，是不是就能更好地理解呢？那个坏脾气的小个子男人还在睡觉，你瞥了他一眼，看看他是不是真的睡着了，如果是这样的话，你就可以轻而易举地将文件带出车厢。但是，如果他发现文件不见了，会怎么样呢？

▶▶ 如果你选择带走文件，请翻到**下一页**

▶▶ 如果你选择把文件留下，从爱丽丝泉下车后跟踪他，请翻到**第 33 页**

你尽可能多地捡起地上的文件，小心不碰到男人的脚，心怦怦直跳。你冲过三个车厢，回到自己的包间，锁上身后的门，然后打开小手电筒，开始看。

这一次，一切都变得更清楚了。这份机密报告描述了吉布森沙漠中一个富含铀的矿床的位置，然后解释了这个最新的发现和一位年轻的考古学家——吉尔罗伊·亚当斯之前的声明之间的联系，吉尔罗伊认为萨提里昂这座失落的古国曾在同一地区存在过。

你不知道这一切意味着什么，但页边空白处一张随手写的字条看起来极为重要。

"亚当斯可能会帮得上忙。就算帮不上，他一定也没办法反对。"

▸▸ 请翻到**下一页**

没办法反对？这不是"被谋杀"的另一种说法吗？你心想。是否有人想要吉尔罗伊的性命？那个人在这列火车上吗？

除了钱包和偷来的文件，你把所有的东西都留在车厢里，匆忙地从男人所在车厢的相反方向离开。

你不知道要做什么，直到你来到一节货车厢。

就是这样！躲在里面！

你挤在一堆地毯和一台割草机之间，很不舒服，只能断断续续地睡了一晚上。但至少没人打扰你。

当火车在爱丽丝泉停靠时，乘客们从一边下车。等他们走了，你从另一边下车，偷偷穿过火车站。你感到疲惫不堪，希望能搭一辆出租车，但又觉得那样太过冒险。经过酷暑炎热、尘土飞扬的跋涉，你终于到达了巴克豪斯酒店的大厅。

"你好，"你对前台说，"能告诉我吉尔罗伊·亚当斯的房间号吗？"

她满眼疑虑地看着你沾满尘土的脸和衣服，查看了电脑。"他出去了。你要给他留个口信吗？"

"不用了，我等他回来。"你说。

▶▶ 请翻到**下一页**

你焦急地等了一个小时，然后是两个小时，仍然不见舅舅的踪影。他去哪儿了？为了打发时间，你掏出昨天从报纸上剪下的新闻，又读了一遍：

"……护身符是一位原住民朋友……发现的。"

吉尔罗伊的原住民朋友让你有了一个主意。

"请问，"你又对前台说，"爱丽丝泉有没有原住民定居点？"你不知道吉尔罗伊什么时候会出现，不妨先看看能否在这里学到一点儿关于原住民的知识。

"有。"女人回答道。她告诉你路线，并给你一张爱丽

丝泉旅游景点的地图。你给舅舅留了个口信，以防他出现后又匆匆离开。半个小时后，你将他的照片拿给原住民看。

▸▸ 请翻到**下一页**

"当然，我们认识你舅舅。他是个好人，是宾因努瓦的朋友。"一个热情的年轻人告诉你。

"你最近见过他吗？"你问道。

"是的，"一个年长许多的老人回答说，"今天早上，就在他和宾因努瓦离开之前。"

"离开！离开去哪里？！"你大声喊道。

▸▸ 请翻到**下一页**

老人指着西边的沙漠方向说道："他们去寻找更多的护身符。"

"但……但是那是不可能的！"你知道吉尔罗伊不会丢下你不管。也许他遇到了什么麻烦！

"他们离开时有什么不对劲吗？"你问道。

"没有，他们很着急。不过，你的那位舅舅向来匆匆忙忙的。"那人不由地笑了。然后，他变得严肃起来，继续说："你如果担心，我们可以去找他们。我知道他们要去哪里，现在就可以出发。"

你考虑一下那个人的提议，认为必须尽快找到舅舅，但谁知道进入丛林需要多长时间，又是否安全？这个人是否真的了解？也许你应该向警察求助。

▸▸ 如果你选择接受这个人的提议，一起去找舅舅，请翻到第 **23** 页

▸▸ 如果你选择去找警察，请翻到第 **27** 页

你和老人很快就开始了沙漠之旅。路上，这个人告诉你，他的名字叫曼达尔。"我是爱丽丝泉定居点的部落长老。"他说道。除此之外，他不怎么说话，为这次艰苦的长途跋涉节省力气。

你们俩走得很快。黄昏时，你们停下来休息。在你生火的时候，曼达尔去找食物。那天晚上，吃过烤蜥蜴和几杯茶之后，你们两个仰面躺着，望着星空。几分钟后，一架小型运输飞机嗡嗡飞过。

▶▶ **请翻到下一页**

"他们现在走了。"曼达尔指着上面，迷迷糊糊地说。

"谁走了？"你问道。

"宾因努瓦和吉尔罗伊。他们在那架飞机上。"曼达尔回答道。

"在飞机上？但我记得你说他们是步行离开的，怎么会在那架飞机上？再说了，你是怎么知道的呢？"你大声地问道。

"他们确实步行离开了我们的定居点。我也不知道怎么会在飞机上，但他们确实在。我的直觉非常准。"曼达尔似乎和你一样，对此也感到惊讶。

"那么，你还看到了什么？他们还好吗？"你问道。

"他们现在没事。这里的神灵会一直守护他们。"曼达尔向你保证。

▶▶ 请翻到**下一页**

你听说过一些原住民会有非凡的特异功能，也许曼达尔是对的。但吉尔罗伊想要做什么？他为什么不在酒店等你呢？你躺在黑暗中想了几分钟，直到睡着都没有得出任何结论。

黎明时，一只手焦急地搭在你的肩上，把你摇醒了。

"我们得走了！"曼达尔说，"我们的朋友遭遇了不幸，他们被一些信任的人背叛了，这是一个犯罪团伙。现在唯一能帮助他们的就是警察了。"

他的脸上满是担忧和紧张，你并不怀疑他说的话——虽然只有他自己知道这些事情。

▶▶ 请翻到下一页

你们马上回到爱丽丝泉。早晨凉爽的空气使你精力充沛，八点多钟就到了城镇。

虽然时间还早，但警察总部一片嘈杂。

"你要干什么？"接待员不耐烦地问，完全无视曼达尔，"最好是件好事，我们今天太忙了。"

"是非常重要的事情。"曼达尔傲慢地大声说，然后低头看着坐着的警察，"我们正在寻找一个失踪的人。他和我们部落的一个追踪者被一伙人绑架了。坏人，很坏的人。"曼达尔补充道。

这个消息对警察有惊人的影响，几秒钟之内，整个房间安静下来，每个人都盯着曼达尔。

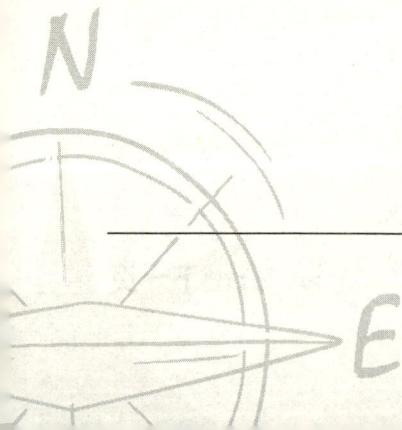

▶▶ 请翻到第 31 页

"谢谢你的提议，但我想最好还是告诉警察。"你对老人说。

"做你该做的事情吧。"他说完转身离开。

你没有时间进一步道歉，而是以最快的速度来到爱丽丝泉警察局，告诉值班警官事情的经过。他看起来不太相信你。

"看，这些文件就是证据！"你把从火车上偷来的文件塞到他的手里。

警察看着这些文件，一句话也没说，走进后面的办公室里。你不确定，但隐约听到他在打电话。他回来后向你问道："你从哪里得到这些的？"

▸▸ 请翻到**下一页**

"我从一个男人那里偷来的——"你刚意识到不应该用"偷"这个词，警官就打断了你："恐怕你现在因持有对国家安全至关重要的被盗信息而被捕了。"

"被捕？"你大声喊道，"可是他们在找我的舅舅，就在这里写着。他们想杀了他！"

"你去跟法官解释吧。"警官一边说着，一边"啪"的一声给你戴上手铐。

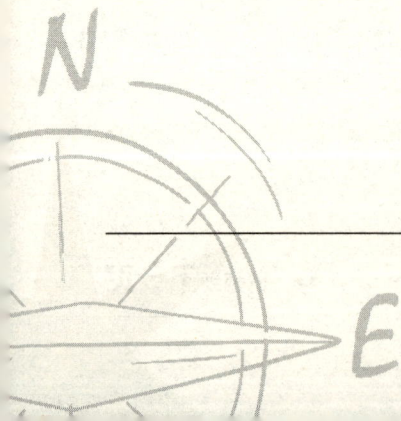

▶▶ **本故事完**

"一伙人？你对他们了解多少？能把我们带到他们的藏身之处吗？"一个询问的警官走上前。

"不了解，但我可以带你们去找吉尔罗伊和宾因努瓦，他们知道在哪儿。"曼达尔说。

"我们走吧。"负责人突然说。当你们跑向警察局后面的几架直升机时，他匆忙地做了自我介绍。他就是弗兰克·塞明顿少校，澳大利亚西北地区特种部队的陆军少校。

"很高兴见到你，弗兰克。"曼达尔说着，冲你调皮地一笑。

你和曼达尔匆忙进入不同的直升机，所以你错过了曼达尔告诉塞明顿少校的大部分信息。进入沙漠一个小时后，你在地平线上看到一个小点，然后看到曼达尔用手指向那里。越来越接近了，你辨认出一个小帐篷和两个人。个子高的那个会是吉尔罗伊舅舅吗？直升机降落时，卷起一团沙尘，你看清了，那就是吉尔罗伊！

▶▶ 请翻到**下一页**

"吉尔罗伊！"你大声喊道。你看都没看就从直升机上跳下来，脸朝地摔在沙子里。你站了起来，笨拙的出场让你有点儿尴尬，然后你朝舅舅飞奔过去。

他向你行了个澳大利亚式的礼，动作看上去像是在赶苍蝇。当你看到他的眼睛，才意识到出了严重的问题。"发生了什么？"你激动地说。

你的舅舅茫然地看着你，面无表情，以至于有一分钟，你都在想自己是不是犯了错误。"吉尔罗伊？"他重复道，"吉尔罗伊是谁？"

宾因努瓦也处于同样的状态，他甚至不认识曼达尔。

"他们被下药了！"和你们一起乘直升机来的医生惊叫道。他站在一个水桶旁边，脸上带着怀疑的表情。"我猜有人用氯丙嗪衍生物在水里下了毒。"

"什么是氯丙嗪？"你问塞明顿少校。

"有一个团伙正在使用一种非常强大的能抹除记忆的药物衍生物。这种药物会抹除人所有的记忆，药效可以持续好几天，下药是这伙人最擅长的伎俩。恐怕现在没有机会去找他们的藏身之处了。"他边说边踢着沙子，"等你舅舅和他的朋友苏醒过来，那些家伙早就跑了。"

▸▸ **本故事完**

你小心翼翼地把文件摞在一起，放回公文包里。"咔嗒"一声，包合上了。你起身离开。

"你以为你能去哪儿？"一个刺耳的声音厉声问道。

你转过身，发现那人醒了！

"我受够你了！"他喊道，然后从口袋里掏出一支钢笔，按下一个小按钮。你的脑海中闪过一个画面：这支笔其实是支枪。就在这时，一个高个子、粗脖子的男人出现在门口。原来这支笔是传呼设备。

"老板？"男人说。

"把这孩子干掉。悄悄地！"

"等等——"你开始大叫。但是那个暴徒用一只粗糙的大手捂住你的嘴，把你拖出了车厢。他的肌肉如钢铁一般。你又踢又蹬，拼命挣扎，在他把你拖到车尾的时候，你试图挣脱，但是没用。

"祝你有美好的一天。"说着，他打开高速行驶的火车门，把你扔进繁星点点的澳大利亚的夜晚。

▶▶ **本故事完**

当到达墨尔本机场时，你发现下一趟飞往爱丽丝泉的航班在四小时后起飞。

"票已经订满了。"售票员告诉你，"如果你想坐的话，就得待机。"

"待机？可我今晚必须去爱丽丝泉！"

"你为什么不看看货机上有没有空位呢？"她建议道，"一直走到取行李处前的最后一张桌子那儿，去碰碰运气吧。"

你赶紧朝她指的方向走去。果然，一趟飞往爱丽丝泉的货运航班马上就要起飞了。

"中途会停很多站，"男人告诉你，"比正常航班早到不了多少时间，而且也不会那么舒服。但至少你今晚能到达，要我把你的名字写在旅客名单上吗？"

▶▶ **如果你选择乘坐货机，请翻到第 109 页**

▶▶ **如果你选择赌一把运气，选择待机，请翻到第 58 页**

你从文件前走过。"如果那个怪人醒来，"你想，"他可能会打电话给铁路警察。"你继续走，回到自己的卧铺车厢里，爬上床，很快就在火车的摇晃下进入梦乡。

几个小时后，走廊里的咔嗒声把你惊醒了：有人想撬开你车厢门上的锁！

你躺在那里一动不敢动，火车从一个灯火通明的车站飞驰而过。就在那一刹那，你看到一个高大魁梧的身影映在灯光下，接着消失了。你爬下卧铺，查看走廊，已经没有人了。

你应该告诉乘务员刚才发生的事吗？你最后还是决定不说了。锁看起来完好，不确定是否有人会相信你的话，乘务员可能以为你在做梦。而当你盯着安静的走廊看时，你也不确定自己是不是做梦了。

"到爱丽丝泉的时候我会很高兴的。"你打了个寒噤。

▶▶ 请翻到**下一页**

你整晚翻来覆去睡不着。早上，当"墨尔本之星"缓缓驶进爱丽斯泉的车站时，你终于感到了安心。

你把包拉到站台上，在人群中寻找舅舅，但找了一圈都没看到他。不一会儿，一个穿着宽松卡其布衣服的年轻女子朝你走来。

"是你的舅舅吉尔罗伊派我来的。"她告诉你，"我是安娜·威廉姆斯。"她微笑着伸出手来。

"我舅舅派你来的？"你狐疑地问。昨晚的事还历历在目，还有舅舅那令人担忧的电话。

"是的，他让我带你回酒店，路上把情况告诉你。"她正要拿过你的包，却被你紧紧地抓住。

"我舅舅从来没说过让别人接我。"

"拜托！这都是为了你好。"安娜略带安慰地笑着说道。

▶▶ 请翻到**下一页**

　　你又看了一眼安娜·威廉姆斯。如果她真的是为吉尔罗伊工作，你跟她回酒店会后一定会觉得自己蠢透了。但你确实被火车上的阴森事件吓坏了，尤其是昨晚门口的人影。你感觉到一定有人想对你下手。根据你的判断，有可能就是这个女人。

▶▶　如果你选择告诉安娜·威廉姆斯，在酒店见她能让你感觉更安全，请翻到**第 47 页**

　　　▶▶　如果你选择冒险，同意跟安娜走，请翻到**第 41 页**

当你点头同意安娜的话时，你觉得这可能是一个很大的错误。

"太好了，"安娜笑着回答道，"我保证你的选择是正确的。"

她抓起你最重的包，朝停车场走去。你注意到她在人群中保持着一种谨慎的神情，就好像在寻找什么人，或在观望着什么。但什么都没发生。安娜兴高采烈地带你来到一辆崭新的路虎车前，把东西扔到车后，熟练地驶入车流。

"那个……"车开动了几分钟后，你打破沉默，"是不是可以跟我简单说下情况了？"

"我并不跟你舅舅一起工作，反正不是直接的。"她开口说。

"很好，太好了。"你嘟囔着，担心自己掉进了陷阱。

"你不明白。"安娜试着给你一个安慰的微笑，"我是澳大利亚情报局的，被派去处理你舅舅的案子。"

"我舅舅的案子？"你重复道。爱丽丝泉是个小镇，安娜还没有说完，车就已经停在了巴克豪斯酒店。

"来吧，进去我再告诉你一切。"她回答说。

▶▶ 请翻到**下一页**

安娜没有在前台停留，径直带你走上中间的楼梯，来到二楼的一个房间。一个熟悉的身影正背对着你坐在床上打电话。

"吉尔罗伊！"你惊叫道。

那人转过身来——不是吉尔罗伊，只是一个长得很像他的人。你听到身后的门"咔嗒"一声关上了，突然出了一身冷汗。这是怎么回事？那个男人挂了电话，走到你面前，脸上带着温暖的微笑。

▶▶　如果你选择逃跑，请翻到**下一页**

▶▶　如果你选择等等看，是否能有对今早发生的奇怪事件的解释，请翻到

第 45 页

　　"啊——啊——啊！"你从房间里逃出来，声嘶力竭地喊着。

　　"等等！求你了！"安娜大叫，在后面追着你跑。

　　你几乎不看方向，飞奔着穿过大厅，安娜的脚步声就在你身后几步远的地方。

　　你以最快的速度向大厅冲过去，但是你忘记了楼梯——突然间，你冲向空中。几名顾客从下面盯着你，惊恐地看着你飞向他们。

　　你重重地落在大理石地板上，发出可怕的声响。

▶▶ 请翻到第 125 页

"谢谢你能来。"陌生人说着，使劲地握着你的手。他说话时，安娜把便携式收音机开到最大音量。"安全措施，"那人低声向你解释，"我们认为这个房间装有窃听器。"

"我的舅舅在哪里？我想知道发生了什么！"你要求道。

"由于各种复杂的原因，你的舅舅成了一个国际犯罪组织的目标，"男人耐心地回答道，"他目前暂时在澳大利亚情报机构的保护下。安娜和我在这家机构工作。我叫吉姆·多兹。如果你愿意，我们奉命马上带你去见你舅舅。但是，我们也奉命通知你，如果你决定继续下去，可能会面临危险，你的性命可能不保。我觉得像你这么大的人不应该接触到这种危险，但你舅舅似乎认为你能处理任何事情。你来决定吧。"

"我当然会来的。"你毫不犹豫地回答说。

吉姆和安娜点头表示同意。他们把收音机开着，带你下了逃生梯，上了一辆停在酒店后面小巷子里的搬家卡车。

▸▸ 请翻到 **下一页**

搬家卡车里装满了家具，你找了一个舒适的沙发，安静地躺在上面，随着卡车前往吉尔罗伊的安全藏身处。到达的时候，天色越来越黑了。但你还能看清周围，知道自己被带到一个农场里去，四周看不到其他的房子。安娜和吉姆带你走进去。最后，终于，你看到了你的舅舅。

"吉尔罗伊！"你大叫着，跑过去给了他一个大大的拥抱。

"真对不起，"你的舅舅说，"给你打完电话，情报局的人就来找我了，没有办法安全地通过电话通知你。"

"发生了什么？"你在过去两天里问了不下一百次。

"我可能是回答这个问题的最佳人选，"一位年长的男士说，他从角落里的椅子上站了起来，"我叫汤姆·温克斯，汤姆·温克斯少校，北部地区军事情报部门的负责人，也是这次行动的指挥官。坐下说吧。"

▶▶ 请翻到第**54**页

"我遇到了一些麻烦，"你对安娜说，"很抱歉，我现在不能相信任何人。"

"随你便吧。"安娜耸耸肩，然后转身消失在人群中。你把行李拖到出租车站。"巴克豪斯酒店。"你对出租车司机说。

"我要去同一个地方，"你身后的一个声音说。你转过身，看到一位戴着一顶软帽和太阳镜的老太太，她又干又皱的脸像杏子一样。她提着一个购物袋，看起来像是游客。"我们为什么不一起拼车呢？"她友好地建议道。

▶▶ 请翻到**下一页**

"没问题。"你笑了笑，稍微放松了一下。也许你只是有点儿紧张。

你钻进车里，然后汽车驶离了路边。等汽车开远，望不到火车站的时候，那位友善的老太太打开其中的一个包。

"那块巧克力呢？"她喃喃自语道，"我想要那块巧克力！"

但她拿出的不是巧克力，而是一把左轮手枪。你还没来得及反应，她就朝你咧嘴一笑，然后用枪击打你的头部。你被打晕了，瘫倒在车内的地板上。

▸▸ 请翻到下一页

"呜——"有人痛苦地呻吟。过了一会儿，你意识到是你自己的声音。你被绑在椅子上——在一个密不透风、燥热难耐的房间里。你的额头上有一个很大的伤口，右眼肿了起来。"救命——"你轻声呜咽着。

隔壁房间里，你听到一扇门开了，还有几个人进来的脚步声。"那孩子醒了吗？"有人问。你感觉是出租车里的那个女人，但不确定。

"没，我最后一次看他还没有醒。骆驼怎么样了？"一个男人回答说。

还没听到对方回答，就有人走向你所在房间的门。你看着门把手慢慢地转动。

▶▶ 请翻到下一页

"好的，"出租车里的那个女人说完，便大步走进房间，"你醒了。"

她后面跟着的正是那个提着公文包的陌生男人——就是昨天在火车上碰到你的那个人。

只是今天他的穿着更加优雅：运动骑马裤，时髦的皮靴。他摘下一副大大的反光太阳镜，令你惊讶的是，他的左眼还带着单片眼镜。

"我们有几个问题要问你。"他说道，没有任何介绍。你又一次注意到他奇怪的口音。"你昨天为什么在火车上缠着我？"

"我为什么要缠着你？"你愤怒地喊着，转了一下头，立马痛得呲牙咧嘴，"到底是谁撞到了谁？"

"是我们在问问题，"那个女人厉声说，"你为什么来爱丽丝泉？"

现在，你必须快速思考。

"我每年夏天都来，"你说，"拜访朋友。我最好的朋友就在这里！"

"你知道关于骆驼的事吗？"女人看着你的眼睛问道。

"骆驼？当然，我知道骆驼，"你撒谎说，"在爱丽丝泉除了骑骆驼，还有别的传统吗？"

听了你的话，两个人哈哈大笑起来。"我们可以用他来买骆驼，布鲁诺。"女人说。

▸▸ 请翻到第 52 页

两个人走出房间商量。几分钟后，他们回来了，后面跟着两个凶悍的年轻人。

"我们要去一个骆驼场，希望至少买十一只骆驼。既然你懂骆驼，你来跟他们谈。"布鲁诺简短地说。

"然后呢？"你问道。

"然后你就可以走了，继续你的假期。"

不知怎的，你认为那个女人说的不是实话。但你在这件事情上有话语权吗？

凶悍的年轻人解开你的手脚，把你带了出去。你惊讶地发现，他们的藏身之处只是一个普通住宅区的普通房子。一群普通的孩子正在马路对面骑自行车玩。

看到他们，你有了一个主意。

你被四个成年人包围，但你的手和脚是自由的。如果你跑得快一点儿，就能追上孩子们。也许他们会帮助你。他们人数众多，抓你的人不可能把他们也绑架。

▶▶ 如果你选择逃跑，请翻到**下一页**

▶▶ 如果你选择等待时机，相信接下来一定还有逃跑的机会，请翻到**第 64 页**

"看！我舅舅来了！"你指着街道大喊。

四个绑架者被书上最老套的把戏骗了，一起朝相反的方向看过去。就在那一刹那，你飞奔过马路，大喊："救命！我被绑架了！快来救我！"

当厄运的冰冷之手抓住你的肩膀时，你离自由只有半步之遥。是那个女人！"她一定练过举重。"你心想。她牢牢地将你抓住。

"我的孙子有点儿不听话。"她甜甜地对盯着她的孩子们说。"害怕牙医。"她笑着补充道。

"你不是我的祖母！我这辈子从没见过你！"

孩子们开始笑了。他们不相信你！

一个孩子甚至还过来帮助那个女人。不管你怎么拼命抵抗，现在都没有机会逃跑了。回到车里，布鲁诺转身对你说："真是不幸，我的年轻朋友，你竟然不好好配合。我们现在不能相信你了，对不对？"

▶▶ 请翻到第 63 页

你坐在吉尔罗伊旁边的沙发上，第一次注意到，房间里还有几个人。

你深吸一口气，旁边的温克斯少校已经开始了："大约两个星期前，一个团伙的四名成员伪造了一家叫马拉普科的公司进入澳大利亚。他们实际上是一个总部设在东欧的国际犯罪集团，是军火商，他们干了不少坏事。与其拘留他们，我们认为倒不如密切跟踪，了解他们的联系方式和任务，这样会更有成效。在国际刑警组织的观察名单上，其中一个人拥有澳大利亚悉尼大学的冶金学博士学位，另一个人拥有美国斯坦福大学的物理学的学位。我们怀疑这些科学家中的一个，或者两个，都是被迫为这个团伙工作的。该团伙极有可能在乌克兰劫持了他们的家人，足以

见得他们有多残忍。据我们了解，他们是在找铀，找到后会把它卖给出价最高的人。"

"铀？"你问道。

"铀，用来制造核武器。"安娜打断道。

"当然，铀市场受到国际原子能机构的严格控制，要获得足够的铀来制造核弹并非易事。"温克斯少校继续说，"这些组织的另一个选择是从一个全新的来源获得它。例如，一个没有被管控的矿——最好是还没有被官方发现的矿。这就是你的舅舅吉尔罗伊的用武之地，因为他发现了一种非常强大的新资源。"

▶▶ 请翻到**下一页**

"吉尔罗伊与铀有什么关系呢？"你问道。

"在这个护身符的事情之前，我已经在几篇科学论文中预测了萨提里昂古国的位置。"你舅舅解释道。

"这个位置，"温克斯少校补充道，"几乎完全符合'渗透者4号'高性能美国卫星发现的新铀矿的位置。我们认为这伙人贿赂了内部人员，得到了这颗卫星的读数，然后想要取代吉尔罗伊的项目，抢先得到资源。"

"很巧的是，"你舅舅补充道，"我的追踪者朋友宾因努瓦，在我计划的目的地稍微往南一点儿的地方发现了护身符。"

你停顿片刻，试图消化所有这些信息。

"那你们的计划是什么？"你最后问道。

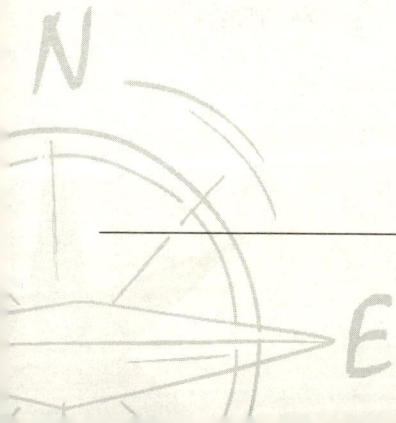

▶▶ 请翻到下一页

"我们的计划是组织一次假探险，引诱那伙人进沙漠里。"温克斯少校说。

"我是你舅舅的诱饵，'替身'吉尔罗伊·亚当斯。"吉姆·多兹说。怪不得，你想，这就解释了为什么他长得像你舅舅，还有你在酒店犯的错。"我将带领这次假探险。"

"与此同时，我今晚会秘密离开，开始挖掘宾因努瓦发现护身符的地方。"吉尔罗伊补充道。

"那我呢？"你问道。

"这是个好问题，"温克斯少校回答道，"我们是在你舅舅从酒店给你打完电话之后才联系上他的，他早就怀疑事情有些不对劲。我们认为那伙人窃听了电话。如果是这样，你参加这次诱骗行动将会增加可信度。如果你参加，将不仅为澳大利亚的安全，还为世界的安全做出巨大的贡献。"少校补充说，"但我必须重申，这其中有很大的风险。如果你选择不去参加诱骗行动，可以陪你舅舅探险。在追求考古目标的同时，他的团队将为我们提供支持。但也有危险，要是那伙人揭穿了我们的骗局，谁知道他们会怎么做呢？"

▸▸ 请翻到第 **62** 页

你很幸运。飞机上的一位乘客取消了航班，在飞机起飞前腾出一个座位给你。你坐在一位友好的年轻人旁边，很快，你们俩就会谈论起帆船、学校和最喜欢的电影。

"你要去哪里？"你终于问他。

他停顿了一下，用一种滑稽的、躲闪的眼神看着你。"我要回家，"他说，"你去爱丽丝泉做什么？"

吉尔罗伊并没有说要保密，毕竟他的探险不是什么秘密。所以你回答："我要去见我的舅舅吉尔罗伊·亚当斯。"

"那个考古学家？"年轻人惊讶地说。

"是的，你认识他吗？"

"我们从未见过面，但我认为他的工作非常有趣，"你的邻座回答说，"他对萨提里昂的研究非常出色。我不管别人怎么说。"

听到这句赞美，你的脸上洋溢着自豪。"哎呀，"你说，"说不定吉尔罗伊还能接纳下另一个人。你想一起来挖掘吗？"

年轻人微笑着难过地说："非常感谢，但恐怕我有别的事要做。也许以后有机会。"

▶▶ 请翻到 **下一页**

说着，他打开一本书开始读。

飞行员宣布降落到爱丽丝泉。飞机着陆后，这位年轻人热情地与你握手，然后消失在飞机过道上。

五分钟后，你在拥挤的人群中寻找吉尔罗伊的时候，航班上的那个年轻人跑了过来。"你的舅舅，"他上气不接下气地说，"你的舅舅找错地方了。你进入沙漠后，在仙人掌附近，继续向东北偏北走 2.7 英里（1 英里 =1609.344 米）。祝你好运！"他补充完就跑开了。

你赶紧跑上去追他，但已看不见他的人影，走廊空荡荡的！

真不敢相信刚才发生的事情。他说了什么？是的，东北偏北 2.7 英里。

2.7 英里，你一直在对自己重复。

▶▶ 请翻到 下一页

有人拍了拍你的肩膀。你吓了一跳，转过身来。

"吉尔罗伊！真高兴见到你！"你惊叫着和他拥抱。

"我也很高兴见到你。"吉尔罗伊回答道，"孩子，我很高兴你坐飞机来。你可真是未卜先知啊。就在我们今早谈过之后，我决定今天必须离开。如果你是坐火车来的，我就只能等了。我们去拿行李吧，然后带你去见其他人。"

"其他人？"你重复道。"宾因努瓦，我的原住民追踪者朋友，是他发现了护身符。他也是我最近三次去沙漠的向导。奥费利娅·雷德本，她是我考古的同事。"吉尔罗伊回答说。

不一会儿，你就坐在吉尔罗伊的路虎车上，行驶在爱丽丝泉的街道上。

▸▸ 请翻到下一页

"怎么了，吉尔罗伊？"你问舅舅，"跟这么着急出发有关系吗？"

"完全正确，"吉尔罗伊回答说，"事情变得越来越奇怪：记者爬进我的窗户；一些枪支制造商想要购买护身符中聚合物的配方；还有那些来自危险地方的关于铀的调查；三个神秘人在原住民定居点寻找宾因努瓦；现在任何地方都找不到骆驼，通常总能找到几十头做远征探险用；今天早上我出去打电话时，房间也被人搜查了……我很确定我的地图被人复制了，我们必须尽快赶过去。"

"你觉得是谁干的？"你问。

"我不知道，但可以肯定不止一个团伙，"你的舅舅回答说，"我们到了。"他猛踩刹车。

他把车停在另一辆路虎旁边，一男一女坐在那里等着。"我想让你见见奥费利娅和宾因努瓦。"你的舅舅说。

▸▸ 请翻到第93页

你看着吉尔罗伊的脸，看不出他在想什么。其他所有人都在等你做出决定。

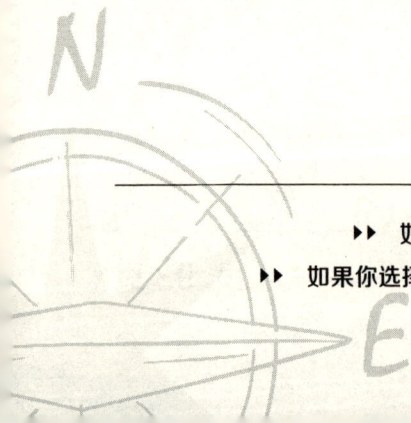

▶▶ 如果你选择加入诱骗行动，请翻到**第 75 页**
▶▶ 如果你选择留在真正的探险任务中，请翻到**第 70 页**

之后，布鲁诺给你注射了一针，你再也没能恢复意识，你的下落和尸体都成了掩埋在地下的秘密。

一千年之后的未来，一个年轻的考古学家发现了你的尸骨。"啊，"她对自己说，"我找到了更多关于那个叫澳大利亚的古文明的证据。"

▸▸ **本故事完**

上车之前，你仔细记下房间号和街道名字，这样就可以报告他们藏身之处的位置。

布鲁诺开着轿车来到市郊。他在一个破旧的招牌前停下车，招牌上写着：威尔姆斯骆驼——按小时出租。

恶棍们把你从车里推出去，开始你的工作。你去寻找威尔姆斯，最后得知他今天不在，要到晚上很晚才回来。

"我能看看骆驼吗？"你问一个年轻的牧场伙计，他不比你大多少。

"应该可以。"他说完带你去牧场。布鲁诺身边那个女人试图跟着你进去，但是牧场的伙计在他们进去之前把门锁上了。"对不起。一次只能进一个，太多的游客会让骆驼紧张。"

▶▶ 请翻到第 66 页

真是太幸运了！你走向一只安静的骆驼，拍了拍它的身体。"我说话的时候别抬头看，"你对牧场的伙计轻声说，"我的处境很危险。"

"啊？"男孩回复道。

"我被这些人绑架了。"你假装检查骆驼的嘴，"我正要去巴克豪斯酒店见我的舅舅。他的名字叫吉尔罗伊·亚当斯。我们离开后请马上打电话给酒店，告诉他我被囚禁在内德凯利路 31 号。告诉他要小心。"

"嘿！怎么这么长时间？"布鲁诺生气地喊道。

"我觉得这骆驼一点儿也不好，"你朝他喊道，"事实上，没一个看起来好的。我想我们应该去别的地方看看。"你转向牧场伙计，轻声重复道："内德凯利路 31 号。拜托了。"

你跑出牧场。布鲁诺非常生气，打了你一耳光。"别再让我们这样等着！"他破口大骂。

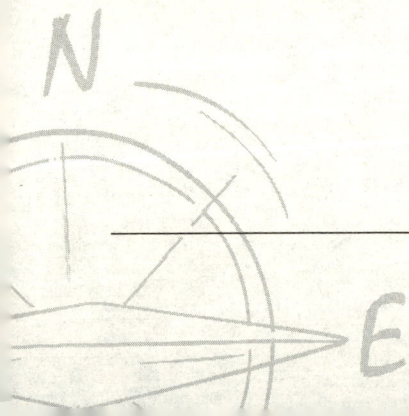

▶▶ 请翻到**下一页**

这时，天渐渐黑了。布鲁诺和那个你还不知道名字的女人打算明天早上继续找骆驼。

"你们要骆驼做什么？"你问道。

"闭嘴！"你旁边的一个恶棍用嘶哑的声音说。

那天晚上，他们把你绑在床上。尽管你的头很痛，但你因为太过疲惫，所以还是睡得很熟。

你被一阵轻微的爆裂声吵醒。当你完全清醒过来，声音更响了。

是枪声！你的信息一定成功传递出去了！

突然，那个女人带着左轮手枪跑了进来。"都怪你！"她叫喊道，"叛徒！"

"叛徒？"你重复道。

▸▸ 请翻到下一页

就在那一刻，一名警察纵身跃过门口，扑向那个女人。她的子弹只擦过你的身体一侧。吉尔罗伊跟在警察后面跑进来，马上给你松绑。

"我想我把事情搞砸了。"你难过地一边揉着酸痛的手腕，一边说。

但你的舅舅告诉你，探险已经全部取消了。

"我那个发现护身符的朋友，宾因努瓦，说部落长老们警告不要过去。他们说还要再等几个月才能找到萨提里昂的秘密。"吉尔罗伊看上去异常沉着。

"但如果别人先找到了怎么办？"你问道，"你一生的工作、你的全部名声都可能会被别人偷走！"

"噢，别担心。部落长老们已经解决了这个问题。他们下了保护咒。除非他们解除咒符，不然没人能找到萨提里昂。"吉尔罗伊说。

"我想是时候回到无聊的墨尔本，结束我的暑假了。"你叹口气说。

"也不一定，"吉尔罗伊说着点燃了烟斗，"最近有报道称，阿瑟顿高原的火山内部有古老的窑洞。我想带一个大探险家一起去，好好探索一番。"

▸▸ **本故事完**

"如果你们不介意的话，"你说，"我想和我舅舅在一起。"

"很好，"温克斯少校回答道，你注意到他似乎松了一口气，"我理解你的决定。我们可以找人代替你去。就像我说的，你加入支持小组也是为国家做贡献。"

"你今晚就要出发，"他继续说，"我们会在护身符附近将补给、无线电和食物空投给你和其他四名探员。地面运输会在二十四小时内从南方到达。"

温克斯和你舅舅讨论了最后的细节和地图。宾因努瓦暂时不见了踪影。远处的一架飞机引擎发动了。

"该出发了。"少校说着站起来。你走进漆黑无月的夜晚，走向谷仓后面的一个小停机坪。

"宾因努瓦在哪里？"登机的人群中看不到他的脸，吉尔罗伊问道。

"我在这里。"他说着从阴影中走出来。

你们三个人跟在其他四名探员后面登上飞机。"旅途愉快！"温克斯喊道。

▶▶ 请翻到**下一页**

你们乘坐双引擎的比奇飞机，飞了一个小时来到发现护身符的地方。引擎的轰鸣声完全盖过了你们的谈话声。着陆时，每个人都迅速把装着水的桶，以及装着设备和食物的箱子卸下来。你正忙着拆开帐篷，突然听到一声叫喊。"好的，我们起飞了。"

你抬头看。糟糕！每个人都回到了飞机上，除了你、吉尔罗伊和宾因努瓦。这四个特工只是笑着挥挥手。

▸▸ 请翻到第 73 页

吉尔罗伊凝视着消失的飞机。"我们被骗了。"他冷酷地说。

"被谁骗了？"你问道。

"谁知道呢？"吉尔罗伊回答道，"我猜，温克斯少校和他的朋友们要么是犯罪集团的核心成员，要么是被收买的内部人。"

"如果他们得到了铀，那就太可怕了，想都不敢想。"你说，"我们要怎么做？"

"我不知道，但肯定不能通过无线电寻求帮助，"吉尔罗伊一边摆弄着你刚刚拿下来的短波收音机一边说，"他们把电池拆掉了。"

"嘿，老板？"宾因努瓦说，"我要坦白一件事。"

"一会儿再说，宾因努瓦，一会儿再说。"你舅舅气呼呼地回答道。

但这并没有打击到他的朋友。"那帮人偷了电池，"他咧嘴笑着说，"但我又把电池偷回来了。"他一挥手，把电池掏了出来。

▶▶ 请翻到第 89 页

你用一只胳膊肘撑起身子，假装在看营火，但实际上，是在观察形势。很好，每个人的情况都明确了：所有人都睡着了。

你慢慢地从被窝里爬起来。令你无比欣慰的是，安娜的路虎车钥匙插在点火开关里。离开之前你还有一件小事要做。你蹑手蹑脚地把其他三辆路虎的轮胎放了气，就算他们真的醒来追你，也不会走远。

你深吸一口气，默默地感谢爷爷在你很小的时候就教你开车。你转动车钥匙。

寂静的夜晚里，引擎的声音如同爆炸。其他人肯定都被吵醒了，但你不敢回头看。

▶▶ 请翻到第 **86** 页

"我想帮着抓这些可怕的人。"你告诉大家。

"很好。"少校微笑着点点头，"我们就知道可以指望你。"

唯一感到遗憾的是你和吉尔罗伊的第一次探险被推迟了。但舅舅的话让你感觉好了点儿。"不管怎样，我们的大部分时间都会支持你们的团队，"他对你说，"我真为你感到骄傲。"

不久，吉尔罗伊和他的团队乘坐的飞机就在沙漠中起飞了。少校他们给你一张舒适的小床睡觉，很快你就睡着了。

▸▸ 请翻到**下一页**

第二天早上，少校向你详细介绍了情况：

"我们将在中午乘坐四辆路虎离开这里。当然，像你舅舅那样坐飞机会更简单些，但我们想给这伙人一个追随我们的好机会。"

"我们总共有八个人。我已经制订了一个有关这次探险的详细计划，连同地图，会在我们出发后不久发布给新闻界。这将给我们充足的领先时间，也会让敌人知道我们的确切位置。我们要在吉布森沙漠里行驶几百英里，然后在那儿露营一晚。他们要找的铀带离这里大约六百英里，那是我们的最终目的地。"他最后说，"有什么问题吗？"

▸▸ 请翻到**下一页**

"我们到了那里之后做什么？"你想知道。

"因为吉姆将会假装成吉尔罗伊，他会做一些看起来正常的考古工作。"温克斯少校解释道，"我们其他人会躲起来。希望这伙人能在一天内到达。吉姆会带着一个隐蔽的录音机，得到他们图谋不轨的证据。等他们对峙的时候，我们就从藏身处出来，包围这个地区，逮捕他们。"

"但愿能成功。"你心想。

少校有事先离开了，答应以后再回答你更多的问题。早上剩下的时间很快就过去了，你一直忙着将行李放进路虎。中午从农场里出来时，你的情绪十分高涨。

他们将安娜开的路虎分配给你。你的货物包括大部分的食物和一些水桶。行驶途中炎热难耐，尘土飞扬，你开始期盼第一夜的露营和黄昏的到来。一看到铺盖卷，你就开始哈欠连天。

"你为什么不躺一会儿呢？"安娜建议道，"晚饭好了我就叫醒你。"

"谢谢。"你说着，蜷缩在营火旁。尽管营地里声音嘈杂，你还是很快就睡着了。

▸▸ 请翻到下一页

最后唤醒你的不是安娜，而是饥饿。你环顾四周，似乎没有人。路虎仍然在那里，一些帐篷已经搭起来，一个锅在火上煮着，也许他们都睡着了。你走过一个小坡，看见一些人正来来回回走着。他们戴着耳机，将一根类似金属棒的东西指向地面。是盖革计数器！你以前见过。接着，你听到一个女人的声音——是安娜，她像一条被割断的蛇一样狂躁，和平时的她完全不一样，令你不寒而栗。她在哪里？

你看到她的后脑勺，她正坐在溪谷边。你本能地蹲下身子。她正在用卫星电话通话："……成交价是 1000 万。欧元，不是美元……你的客户是你的问题，不是我们的。你们以为那些东西只是躺在那里等人来拿……中午前在日内瓦的帐上有 10 个……没有人怀疑，他们认为我们是好人……"说到这里她笑起来，"上午 10 点。"

"该死！"你完全震惊了，对自己咕哝道。再一次，事情完全不像看上去的那样。你意识到他们是一伙的！所有这些引诱那伙人的说法，只不过是一个巧妙的计谋，这样就没有人会怀疑他们了。他们就站在光天化日之下，现在该怎么办！他们正要转过身来，你跑回被窝，假装睡着了。

▸▸ 请翻到第 **80** 页

过了一会儿，团队里的其他人慢慢地回到帐篷里。你偷听到吉姆·多兹和温克斯少校的对话。

"那小孩儿现在还被蒙在鼓里，"他说，"可是，一旦我们开始采矿，会怎么样？"

"别担心，我们会想出好的办法清理干净。"那个所谓的温克斯少校回复道。接着，他用你听不懂的语言说了些什么，但你非常清楚地听懂了一个词——"美元"。

▶▶ 请翻到下一页

当真相浮出水面，你的内心恐慌不安。这根本不是诱骗之旅。这些人打算把铀卖给想要制造核武器的人，然后用在无辜的人身上。你终于明白，他们把你带过来的唯一原因就是把你当人质，一旦吉尔罗伊发现了他们的真实面目，就可以逼迫他合作。

你在睡袋里翻了个身。过了一会儿，安娜轻轻地摇了摇你，你却嘟哝着说太累了，吃不下饭。你得认真考虑一下。

慢慢地，你意识到自己有两个选择——但没有一个是安全的。你可以今晚趁其他人还在睡觉的时候，驾驶其中一辆路虎逃跑。或者，你也可以和他们一起演戏，想办法破坏他们的计划，即使这意味着会丢掉性命。

几个小时过去了，营地变得安静下来。是时候下定决心了。

▶▶ 如果你选择开路虎逃跑，请翻到第 74 页
▶▶ 如果你选择留下来，寻找机会破坏这伙人的计划，请翻到下一页

"未来几天肯定有机会阻止这些人。"你心想。或者，至少要将消息传递给澳大利亚政府。你想知道吉尔罗伊和宾因努瓦怎么样了，但是浪费精力担心是没有用的。你无法帮助他们，自己的麻烦已经够多了。

第二天早晨，每个人都表现得很正常。至少，你已经愚弄了他们这么久，他们可能根本不知道你昨天醒来过。温克斯少校又给你简单介绍了这个残忍的国际黑帮，你尽最大的努力表现得若无其事。至少你知道了短波收音机的位置。另外，根据温克斯两名手下看守其中一辆路虎的方式，你强烈怀疑里面装有炸药和武器。

那天，队员们迅速地离开营地，继续上路。地上的道路消失了，你们行驶在开阔的地形上，所以行进速度变慢了。安娜不得不经常查看地形图。最后，少校示意大家都停下来。

"根据我的计算，就是这里了。"他说着，胳膊一挥，指着前面的区域。

"嘿！快看！"另一辆路虎上的人喊道，"那个洞口看上去像一座老矿井的入口！或者是山洞入口！"

▶▶ 请翻到下一页

每个人都从路虎上下来看，七个人全部围在地上布满岩石的洞口。他们兴奋地指指点点，彼此议论着。现在，你的机会来了！

你冲到那个被密切看守的路虎。果然，在一层防水布下面藏着满满一箱的步枪。你拿起一把枪，悄悄地、慢慢地靠近洞口处的人群。

"不准动！"你厉声喊道，"都把手举起来！"

▸▸ 请翻到**下一页**

"怎么回事？你疯了吗？"少校大喊道，转过身来，"把枪放下。恐怕你热得脑子坏掉了。"

他向你走来。你瞄准他脚前的一个点，扣动扳机。温克斯很快就明白了你的意思。

"你错了，先生，是你热得脑子坏掉了。"你回答道，"很久以前，你以为自己可以通过一项生意发财，而这意味着杀害无辜的人，包括妇女和儿童。现在，你在这里寻找能让数百万人丧生的东西。如果邪恶意味着什么，你就是邪恶的。不过，你和你卑鄙团伙的邪恶时代已经结束了，你作为澳大利亚公民已经被逮捕了。"

温克斯少校发出一阵笑声。"你打算怎么逮捕我们七个人？"

"在我的帮助下。"一个熟悉的声音从你背后传来。

▸▸ 请翻到第 **101** 页

你将油门踩到底，车向前跳起。

砰！砰！两颗子弹击中了路虎的后部，但你继续前进。你在夜晚的沙漠里狂奔。一辆路虎发动引擎，接着是另一辆。但很快，他们的引擎就熄火了。轮胎放气是个好主意，看来你成功了。

你继续在夜色里行驶。无法相信四周的一切是如此平静，能听到的唯一声音是直升机偶尔的嗡嗡声。黎明终于到来的时候，你离爱丽丝泉还有不到一个小时车程。只要再走一点儿，你就安全了！你已经开始享受风吹过头发的感觉，以及清晨的阳光洒在岩石和沙子上的景象。你调皮地加大油门，路虎一下子跳起来，升到空中。

▶▶ 请翻到第 **88** 页

刺啦！

你急忙刹车，试图避开两辆堵在小路上的车。一架直升机停在远处。

"这是要去哪儿？"温克斯少校问道。他穿着军装，拿着一把手枪。你在地球上听到的最后一个声音来自那把手枪的开火声。

▸▸ 本故事完

"宾因努瓦，你这个老狐狸！"你舅舅笑着说，然后拍了拍他朋友的背。他安上电池，收音机又响了起来。"SOS，"你舅舅对着话筒说，"有人收到吗？SOS。"

过了一会儿，吉尔罗伊把事情的来龙去脉讲给爱丽丝泉西南部的一个农场主听。农场主答应马上给警察和军队打电话。

"太棒了！"你大声喊道，"我们得救了！世界得救了！现在其他的事都干不了，能做的就是等待救援了！"

"你说'其他的事'是什么意思？"你舅舅说完，笑着递给你一把铲子，"宾因努瓦就是在那里发现了护身符。我们得挖点儿东西！"

▸▸ 本故事完

"你为什么在这里？"你问道。

"为了防止悲剧再次发生。人类在这个进化周期中并不像在我们自己的进化周期中那样先进，十年前，我们决定下来看看能做些什么来帮助这个星球，并唤醒人们面对眼前的危险。"她回答说，"我们已经尽力了。我们播下了种子，剩下的就看你们了。"

菲菲说话的时候，一块踏板从你面前发光的飞船上放下来，人们排队登上宇宙飞船。菲菲和她的朋友挤过去。

"但是我能做什么呢？"你喊道，"我不想地球灭亡！"

"你必须说服人们利用内在的能量。核能所代表的掌控万物的权力远非人类的本性，这是人们必须知道的。"

菲菲说完，转身跟着她的朋友走到踏板顶部的光亮处。

▶▶ 请翻到第 **92** 页

你惊叹地看着巨大的球体升向天空，它短暂盘旋后朝着天际飞走。不一会儿，它就消失在闪烁的星辰里。

第二天早晨，你把吉尔罗伊带到萨提里昂的遗址。反应堆的新闻很快成为世界各地的头条。

你将自己的余生致力于消除核能及大规模杀伤性武器。如果有人读到这个故事，那么，你的努力就没有白费。

▸▸ **本故事完**

"大家都叫我菲菲。"奥费利娅使劲地握着你的手告诉你。

"嘿，你好！"宾因努瓦温柔地说着，冲你招招手，害羞地微笑。

你注意到路虎车上已经装满了食物、水、额外的汽油、露营用品和考古设备。当吉尔罗伊在最后一分钟发布指示时，每个人都迫不及待地开始行动。他和宾因努瓦说话的时候，菲菲冲你眨了眨眼。这似乎是个阴谋，还是你在胡思乱想？她确实让你想起了某个人，是谁呢？

你的思绪被舅舅打断了，他说该走了。当路虎行驶在路上时，他问你对萨提里昂了解多少。

"并不多。"你承认道。

"那我就从头开始讲吧，"吉尔罗伊回答道，"你需要一些背景知识。"

▸▸ 请翻到下一页

"我认为萨提里昂是在远古大陆时期存在的古文明。"
吉尔罗伊开始说，"它当时已经非常先进，人们在那里发现了
几组不同的古代洞穴壁画。来自壁画的线索表明，萨提里昂的
首都位于现在的吉布森沙漠中央的某个地方。事实上，我认为

吉布森沙漠是萨提里昂被一次巨大的爆炸摧毁时形成的。"

他皱起眉头，猛地换挡，咕哝了几句，然后继续说。

"我关于萨提里昂的论文成了考古界的笑柄。"吉尔罗伊耸耸肩说，"让他们笑吧。我知道迟早会找到它。但是宾因努瓦的发现——那个护身符——将进度至少加速了十年。"

"他是怎么找到的？"你想知道。

"好吧，"吉尔罗伊回答说，"宾因努瓦在四处走动。你知道那是什么吗？原住民的习俗？"

你摇摇头。

"四处走动，意思是一个人走很长一段路到丛林里去。然后，在他最后一次走动中，宾因努瓦走进了吉布森。"

"走进沙漠？一个人？"你惊讶地问道。

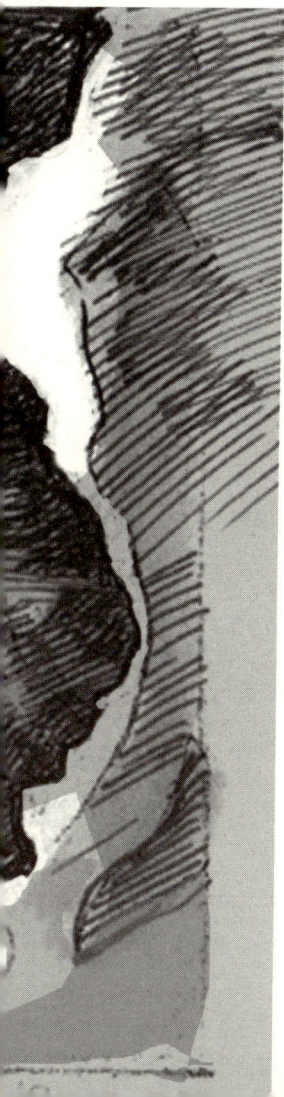

▸▸ 请翻到下一页

"没错，原住民熟练使用他们古老的方法，可以在沙漠里奇迹般地生存下来。"吉尔罗伊回答说，"一天晚上，宾因努瓦做了一个梦。在梦里，他发现了一个护身符，埋在一英尺（1英尺=30.48厘米）深的地下，位置靠近一簇形状奇特的仙人掌。"

你感觉后背一阵发冷，想起飞机上的那个人。想起他告诉你的奇怪的信息："等你走进沙漠，从仙人掌附近朝东北偏北方向走2.7英里。"

"第二天，宾因努瓦找到了梦里的仙人掌，并开始在附近挖。没错——"你舅舅还在讲，但你打断了他。

"吉尔罗伊，还有其他人知道这件事吗？我是说，宾因努瓦是怎么找到护身符的？"

"没有，除了你没有别人。当然还有宾因努瓦。我还没告诉菲菲呢。"

"我有重要的事情要告诉你。"你开始说。

▶▶ 请翻到下一页

"这不可能！"听你讲完飞机上那个男人的事情，你舅舅震惊地说，"他怎么知道的？等我把这件事告诉其他人！"

那天晚上，围坐在营火旁，你们四个人就这件事展开了激烈的讨论。

"我认为他是想误导我们，"吉尔罗伊狐疑地说道，"我们将会徒劳无益，不管是谁散布了这些信息，都会在我们之前到达那里进行挖掘！"

"我不知道。"菲菲若有所思地回答道，"这也许有些道理。为什么我不去看看呢？等我过去的时候，你和宾因努瓦可以在他原来发现的仙人掌附近挖掘。"

吉尔罗伊缓缓地点头。"这个主意不错。"他最后说道。

"你想和我一起去吗？"菲菲说着，转身看着你。

▶▶ 如果你选择接受菲菲的提议，请翻到**第 104 页**

▶▶ 如果你选择跟着舅舅和宾因努瓦在原先的地方挖掘，请翻到**下一页**

第二天一大早，你们离开营地，中午时分来到目的地。在你们之前似乎没有人到过这个地方。吉尔罗伊显然松了一口气。

"我从这个地方离开你们，"菲菲高兴地说，"我打算挖一整天。明天应该会带着消息回来。"

当你看着她独自一人开车离开时，你感到一阵后悔。跟随着吉尔罗伊的指导，在炎热的沙漠阳光下升始挖掘后，你心里的遗憾很快消散了。你这辈子从来没有这么卖力过。

黄昏时，你们三个人在仙人掌周围挖了几平方英尺。什么也没发现。

"不知道菲菲有没有发现什么。"准备睡觉前你大声说道。

"明天就知道了。"吉尔罗伊打了个哈欠说。

▸▸ 请翻到第 **100** 页

但你们注定不会知道了。

菲菲没有在第二天黄昏时出现。你和吉尔罗伊去找她的时候，发现她的路虎被遗弃在营地东北偏北 2.7 英里的地方。发动机盖上的灰尘里写着一句话：你们还差一点儿，继续找。祝你们好运。

菲菲的消失为萨提里昂又增添了一层神秘的面纱，而你和吉尔罗伊将在未来漫长的一生中继续寻找失落的文明。

▶▶ **本故事完**

　　是吉尔罗伊舅舅！还有宾因努瓦！他们一定和你在同一时间得知了安娜这伙人的真实目的。谢天谢地有这么聪明的舅舅，也要感谢这三十名澳大利亚特种部队武装人员。

　　"举起手来，一个一个往前走。"军官大声喊道。

　　七个罪犯怯懦地顺从。在接下来军事问审的一个小时里，你一遍又一遍地讲述自己的经历。直升机将这些囚犯转移到军事监禁中心，他们将在那里等待审判。

▸▸ 请翻到下一页

"我舅舅在哪儿？"一直没看到他，你终于忍不住问道。

接着，你听到一阵胜利的欢呼声。吉尔罗伊兴奋地从之前发现的洞里出来。

"这根本不是矿井！是萨提里昂城的入口！世纪大发现！"他大声呼喊道。

▸▸ 本故事完

第二天，找到仙人掌后，你和宾因努瓦换了路虎。你停下来看着仙人掌。它们被奇怪地扭曲成近乎人类的形状。你不禁会想，它们是不是有什么超自然的东西。

"祝你好运！"你和菲菲开车离开时，吉尔罗伊冲你们喊道。

该地点在东北偏北 2.7 英里处，位于一块露出地表的岩石的远侧。你们必须开车经过崎岖的地势才能到达那里，而且，到达那里的时间比你们计划的要长。

沙漠里的太阳落得很早。天黑之前，你们没有时间做更多的事情了，只能生火、搭帐篷。菲菲一直在忙活着。不知道为什么，她总是神神秘秘地对自己微笑。临睡前，她对你说的最后一句话是："你知道回去的路，是吗？"

你觉得这个问题很奇怪。但是，是的。你向她保证，你知道回去的路。

▸▸ 请翻到下一页

　　一沾枕头你就睡着了，但很快被吵醒。一阵猛烈的风卷起沙子吹到你的脸上。

　　"菲菲，我们是不是找个更好的地方躲避？"你问躺在营火灰烬旁蜷成一团的睡袋。"菲菲？"你重复道，起身摇晃她。

　　但是，她的睡袋是空的！

▶▶ 请翻到第107页

你冲向外面飞扬的沙尘里。"菲菲！菲菲！你在哪里？"你大喊。为了看得更清楚，你爬上了一个小坡。你僵在那里，一动不动。

在你下面大约一百码（1码=91.44厘米）处，一个巨大的发光球体——有六层楼那么高——正在慢慢下降到地面。成百上千的人——各种肤色，各种身材，各种年龄，各种国籍，都聚集在它的前面。在人群的后面，你看到一个熟悉的身影。

"菲菲！"你喊着跑下土坡。她转向你。刚刚和她讲话的男人也转过身来。是你飞机上的邻座！

"发生什么事了？"你上气不接下气地喊道。

就在这时，人群中爆发出一阵欢呼声。巨大的球体落地了。

▶▶ 请翻到**下一页**

"我该走了，回到我来的地方。"菲菲温柔地对你说。

"乘坐……乘坐这个太空飞船？"你问道，"你是外星人吗？"

菲菲露出难过的微笑。然后，你意识到她之前让你想起了谁：就是站在她旁边的这个男人。

"我过去住在地球上，在那次事故之前。"她说。

"我们都是如此，"飞机上的男人说，"作为萨提里昂最荣耀的公民。"

"发生了什么事情？你们到底是什么意思？"你喊着说。

"那是一段美好的时光，"菲菲开始说，"地球比现在更宏伟。政府很好，也很公正。地球上资源富足，没有人会挨饿。只有一个问题——核能。"

"核能很危险，但却很便宜。"她的朋友说，"很多人都反对使用它，但没有用。我们可以预见毁灭的结局。为了生存，我们被迫搬到别的星球，但那里远不及地球的一半好。"

"我们离开不久，'大灾难'就来了，地球上的生命灭绝了。"菲菲继续说，"爆炸的中心在首都这里。旧反应堆的外壳就在那里。"她指着附近的废墟补充道。

▸▸ 请翻到第 **90** 页

货机是一架六座的赛斯纳小型机，它在墨尔本和爱丽丝泉之间停了五站，飞行员和副驾驶下车去收发邮件、取补给品，以及带一位意外的乘客。

"今天我们还要经停一个奶牛场，运送一些急救过敏药。"飞行员开心地告诉你。

你朝他笑了笑，不知道今晚能否赶到爱丽丝泉。

结果证明你并不需要担心。

飞机起飞后，你决定利用飞行时间多睡点儿觉。当你醒来时，只剩最后一个经停站了。那是在一个很小的机场，只有一个飞机起降跑道和一个镀锌屋顶的棚屋。飞行员和副驾驶——埃德和格里——出去吃点儿馅饼和咖啡。他们礼貌地邀请你一起，但你拒绝了。你拿出手机，但屏幕上显示"不在服务区"，屏幕上还有小猫内德的照片。就像你爸爸说的——和在沙漠里穿高跟鞋一样没用。你走进棚屋，那里确实有电话，你拨通了爱丽丝泉的酒店，给吉尔罗伊留言，告诉他会在一个小时内到达。

"准备好出发了吗？"格里问道，这时你刚好打完电话。

"当然。"你回答道，然后挂上了电话。

▶▶ 请翻到第 **111** 页

飞机起飞后不久，埃德说："这到底是从哪儿来的？"

他声音里透出的震惊让你从刚开始读的书中抬起头来。眼前是一个巨大、看上去凶险的风暴眼。

"我们起飞时，天气预报说一切正常！"格里对埃德说。

"呼叫爱丽丝泉，看看他们怎么说。"埃德说。

几秒钟后，格里回答说："他们说气象图上什么都没有。"

"那这到底是什么呢？"埃德问道。

飞机开始不稳地颠簸起来。你有点儿紧张，查看了一下安全带，确保是系好的。你希望自己现在不是唯一的乘客。

突然，天空变得越来越昏暗。雨滴开始敲打飞机的金属外壳，起初是轻微的，接着是猛烈的。窗外电闪雷鸣。

你看着两个飞行员的脸变成了绿色，这是你的想象吗？

▶▶ 请翻到**下一页**

你刚想问他们一切是否还好，格里就站起来，摇摇晃晃地走过你身边，走到后面。"我有点儿想吐，伙计。"说完，他吐在了纸袋子里。

这看起来不太好，你心想。感觉也有点儿难受得想吐。

"埃德，我觉得我是吃了什么东西。可能是食物中毒。我从来没有晕过机。"格里沙哑着嗓子说完，接着又是一阵恶心。

"不管是什么东西，我们俩都吃了。"埃德回复说。他的脸像纸一样苍白，额头上满是汗珠。他转向你，说："恐怕我们有麻烦了。你了解飞机吗？"

"我朋友沃尔多的电脑上有一个飞行模拟程序。也是赛斯纳的飞机。"你回答说，但并没有说沃尔多只让你看着他玩。

在那一刻，你们撞上了一个气穴，飞机下降了五十英尺。你感觉胃里一阵翻江倒海。当飞机晕头转向地向后俯冲时，你喊道："告诉我该怎么做！"

▶▶ 请翻到下一页

"过来我这里。保持在 180 度——就是那个刻度盘。"埃德告诉你操控方法。它们很像电脑程序，这让你有了一点儿信心，只是一点点。"保持好高度，联系爱丽丝泉空中交通中心。"埃德最后用沙哑微弱的声音说，他看起来好像开始失去知觉了。

"爱丽丝泉机场，请回复。爱丽丝泉机场，请求紧急支援。"你抓过格里头上的耳机，冲着耳机大声喊。

轰隆！

▶▶ 请翻到**下一页**

你们被闪电击中了！

爆炸使整个仪表盘都炸毁了，面前的仪表盘已经是一团毫无价值的烟雾。指望电脑也就只能做这么多了，这将是一次亲自实践的飞行。与此同时，暴风雨肆虐，小飞机像风中的树叶一样飘来飘去。突然，飞机急速俯冲，发出尖锐的声

音。你抬头一看，那个不省人事的飞行员伏在他的操控器上，迫使飞机向前飞。你抓住他的肩膀，把他推回到座位上，然后用尽全力把操控器使劲往后拉，把飞机从俯冲中拉回来。

你努力克服恐慌，试着保持高度。你只能凭自己的感觉，每次飞机好像要上升或者下降时，你都尽力去调整。但这种策略不会一直奏效。起飞时，油箱里的油已经不多了，你要做好着陆的准备。

果然，几分钟后，引擎开始发出"噼啪"声。你别无选择，必须降落。你疯狂地在云层中寻找突破口。发现了一个！一片比周围颜色都浅的灰色云层出现在眼前。

你朝那片云层驶去。将操控器推向前，把飞机放在一个很浅的滑向地面的轨道上，观察飞机的速度，以防突然失速。你记得的最后一件事是地面飞速地迎面而来。

你在落地之前就晕了过去。

▸▸ **请翻到下一页**

几个小时后，你清醒过来。虽然全身疼痛，但好像并没有受伤。你呻吟着坐起来，环顾四周。

飞机在沙漠里坠毁了。雨和雷已经停了，但风还在猛烈地吹着。

你缓缓地看着飞机内部。格里被撞在后舱壁上，可以看出他的脖子断了。他死了。

一开始你没看到埃德，然后你意识到，他躺在头顶储物箱里掉下来的设备下面。你看到了他，他翻了个身。"我的腿！"他呻吟道。你又快速看了一眼。很明显，他的腿被砸坏了，但你看不出到底有多严重——埃德似乎受到了惊吓。

你在机舱里找了些水，然后在格里尸体旁边的座位下找到了几升容量的水罐，还发现了一些发霉的饼干和巧克力包装纸。

"来，把这个喝了。"你说着，抬起了埃德的头。

他虚弱无力地啜着水。"不用这么多。我们不知道救援会花多长时间。"他说，身体沉下去，闭上眼睛。

▶▶ 请翻到**下一页**

"救援？你认为我们会获救吗？他们甚至不知道我们降落在哪里。我根本没来得及呼叫爱丽丝泉。营救可能需要几个星期！"你说。

"好吧，"埃德回答道，"在这种情况下，第一条原则就是和飞机待在一起。"说完他就昏迷了。

你环顾着失事的飞机。不管埃德怎么说，你还是拼命地想要寻求救援。如果只有你一个人，你会毫不犹豫地马上行动。但你现在担心的是离开埃德，他中了毒，又伤势严重。而且，如果他不能迅速得到医疗救助，可能会活不下去。

▶▶ 如果你选择冒险离开飞机，去寻找救援，请翻到第 119 页

▶▶ 如果你选择留在飞机这里，等待救援，请翻到第 121 页

你的直觉告诉你，寻求救援是唯一要做的事情。十五分钟后，你准备好出发。背上绑着你的背包，里面有一升水，一些为探险准备的冻干食物，还有你的睡袋。你手里拿着一个旧指南针。你要做的最后一件事就是给埃德留一张字条，说明你要去的方向、日期和时间。

找好方向后，你朝东北方向开始走。

你走了一整天，停下来两次，喝了点儿水。沙尘暴一刻不停歇，不久，你裸露的皮肤变得粗糙不堪。即便如此，你并不气馁，强烈的方向感指引着你前进的脚步。你不知道那是什么，但你感到一种欢欣鼓舞。

黄昏时，你在一块大石头上停下来休息。你觉得头晕目眩。睡几个小时后我就好多了，你心想，然后钻进睡袋里。沙尘暴在你四周肆虐。

当你醒来的时候，太阳已经升得很高了。你一定比你想象中更累。沙尘暴停止了，寂静得令人毛骨悚然。你站起来伸展身体。就在那时，你第一次注意到它：在几英尺远的地方，沙子里露出一条金属矿脉，在阳光下闪闪发光。你走近一些，把更多的沙子踢到一边。矿脉越来越大。你突然明白：是黄金！

▸▸ 请翻到 **下一页**

剩下的一天里，你趴在地上疯狂地挖。巨大的财富激励着你。夜幕降临时，黄金矿脉延伸到九十英尺。谁知道会有多长？谁在乎呢？现在你是澳大利亚最富有的人，也许是全世界最富有的人！

只有一个小问题：当你忙着挖沙子时，剩下的水在高温下蒸发了。在接下来的四十八个小时里，你慢慢地、痛苦地脱水而死。

当你离开后，风又把沙子吹过来，所以没有人知道你和金子曾出现在这里。难怪澳大利亚人把中部沙漠称为"永无之境"。

▸▸ **本故事完**

夜幕降临时，你为自己的决定感到高兴。一场沙尘暴带着狂风袭来，你不得不钻进飞机里避难。你挤在里面，尽量让埃德感到舒服。他的情况比你一开始想的要糟糕得多，而且会时不时地失去意识。你开始担心有内出血的情况。

有一次，他稍微清醒过来。"请告诉我的父母，我爱他们。"他小声地说。

"埃德，你能行，"你说，"别害怕！等你好了就可以亲口告诉他们。"但当他的头又落回到你的膝盖上时，你心里也不太确定了。

在夜里的某个时候，你终于睡着了。第二天一早，你被飞机的嗡嗡声吵醒。头顶上方，一架飞机低空飞过。是救援！

▶▶ 请翻到第 **123** 页

"埃德！我们得救了！"你大声喊道，推了推他。可是太晚了。他已经死了，身体变得僵硬。

你从飞机残骸里爬出来，使劲挥动手臂，飞机盘旋回来。眼泪滑过你的脸颊。

因为受到惊吓，身体太虚弱，你被澳大利亚空军的救援队带往一家部队医院。

吉尔罗伊去医院看望你。"对不起，"他说，"我不能带你一起走了。我已经等不及要开始探险了，希望你能理解。"你确实能理解。

▸▸ 请翻到**下一页**

124

几天后，医生悲伤地告诉你，你舅舅的探险队在吉布森沙漠中央被发现。四周没有任何生命迹象。

你的心碎了，但你没法去沙漠里寻找。你所能做的只有回家，庆幸自己还活着。也许这是个幸运的意外。你会非常想念吉尔罗伊的！

▸▸ **本故事完**

三个小时后，真正的吉尔罗伊坐在你的病床旁。你的左腿断了，接下来的几天都要接受治疗，还要打几个星期的石膏。

"不管怎么说，这件事对你来说可能太危险了。"你舅舅说。

"你这是什么意思？我还是不知道发生了什么事！快告诉我发生了什么。"你恳求道。

"我现在还不能说。不过，最终总会出现在报纸上。如果我是你，我会花时间想办法向父母解释这一切。"吉尔罗伊笑着说。

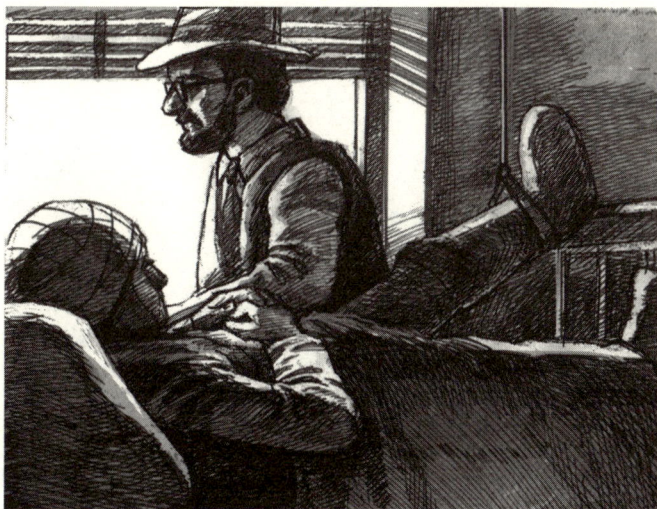

▸▸ 本故事完

银翼滑翔机

献给安森、拉姆齐、贝卡、埃弗里、莱拉和香农。

——R.A. 蒙哥马利

你对飞行的热爱，让你不止一次地驾驶滑翔机。但你还称不上是专业人士，在你的第一次跨国飞行中，你和你的搭档伊莎贝尔一起，惊恐地看到朋友的滑翔机紧急迫降在巴哈半岛。

你有丰富的飞行经验，但不足以让你轻松应对来自海、陆、空各方的挑战。这一次，你会在沙漠里遇到一些奇怪的人。所以，你和伊莎贝尔最好团结一致，一起做出明智的决定，展现出勇气和力量。

一架滑翔机突然俯冲降落，危险关头，你大喊一声"小心！"，身体便跌倒在地。"那家伙疯了吗？"你说着从沙地上爬起来。停机坪的另一头，那架滑翔机从坡道上一路颠簸着冲进跑道两边的灌木丛中。

"要我说还真是走运，"操控室里的伊莎贝尔·莫斯伯格说道，"可能是侧风问题，你们看风标，风正朝着跑道吹。"

你随着她手指的方向看过去，风正成 45 度角吹向停机坪。

▸▸ 请翻到**下一页**

　　"即便如此，那个飞行员也该有所准备。"你说完就很快意识到，面对那种艰难境地的人本该是你。一股寒风吹得你后脊梁发冷，你不禁打了个寒噤，开始有点儿同情那个飞行员。飞机降落是小菜一碟的事情，但侧风降落可就难上加难了。

　　伊莎贝尔是你在阿伯飞行俱乐部的好朋友，你的朋友除了她还有乔希·贝克拉姆和皮特·莫斯勒。你们四个人是多年的朋友了。

　　"伙计们，行动吧！是时候开始预备飞行计划了。咱们马上出发！"乔希从操控室里出来，手上拿着一摞文件。

　　"皮特在哪儿？"伊莎贝尔问道。

　　"在这儿呢。"皮特说着，跟在乔希后面走进加州灿烂的阳光里。皮特是你在马洛威高中的历史老师，也是你的飞行教练。去年暑假，你们其他三个人都跟着皮特学习飞行驾驶。对飞行的热爱让你们四个人建立起深厚的感情。

　　"一会儿进行预飞，"皮特说，"咱们先看地图吧。"

　　你们四个人来到一张野餐桌前。四处刮着大风，你们只好用石头压着地图和文件。

　　"这是我们去巴哈半岛的路线，沿途会经过崎岖的地方。"乔希说着将整个区域的地图铺展开。

▶▶ 请翻到**下一页**

"这次飞行任务艰难。巴哈半岛地处偏远，且十分干燥。若是紧急迫降，机舱内又没准备水，一天都撑不过去。"皮特说。

"让你说得我都口渴了。"伊莎贝尔说。

"如果非要迫降，那我一定要在沙滩上。"乔希说。

皮特忍不住笑了。"没人要迫降，咱们还是回到地图上来吧。我们将在九点起飞，方向朝南，指南针指向 180 度。飞行达到 4500 英尺时，切断电源，依靠风力带动。可以吗？"

▸▸ 请翻到下一页

"我觉得没问题。"你看着地图回答说。"万一我们真的要迫降怎么办？"伊莎贝尔担心地问。

"你总是想不好的一面。"乔希此刻正忙着看气象图，轻声说了一句。

"嘿，做好准备没什么不好，我也是这么想的。"皮特补充道。

今天，你们四人要驾驶两架新的机动滑翔机进行远途飞行。这两架滑翔机与众不同，机身前端均装载有超轻发动机，舱内设有两个一前一后的座椅。这是你、伊莎贝尔和乔希有史以来执行的最长距离的飞行。你心里明白，尽管皮特口口声声说这次飞行很有趣，但其实，这是一场测试，用来检验你们是否有成为优秀飞行员的特质，压力可不算小。你将要驾驶其中一架滑翔机。

此时正值南加州的春假，阳光明媚，天气炎热干燥，西北方吹来阵阵清爽的风。但你却隐隐感觉到风暴即将来临的端倪。

▶▶ 请翻到 **下一页**

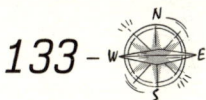

"皮特，咱们出发不晚吗？"你问。通常你们一大早就会出发。

"咱们的时间还充足。我获得了许可，能在加州和墨西哥边界附近的紧急地带降落，我们会在那里搭帐篷。伙计们，咱们要踏上一场三天的旅行，已经跟你们的父母打好招呼了，还想着要给你们一个惊喜呢。"

▸▸ 请翻到下一页

"你说的是真的？太棒了！我们可以在外面过夜了！"乔希欢呼道。

"食物怎么办呢？"你问。你准备了几个食物供给包，但对于三天的行程还是不够的。

皮特脸上浮出了微笑。那个笑容你再熟悉不过，那是他作为老师特有的笑容，一种得意的微笑，表明他自己清楚答案。他确实清楚得很。"我们可以自己抓点儿食物。"他回答说。

"拜托，自己抓？"伊莎贝尔疑惑不解地问，"在餐厅里点汉堡是一回事，自己准备食材做汉堡又是另外一回事！我们能行吗？"

"没错，"乔希补充道，"这是你为我们定制的有趣冒险？"

"伙计们，先别急呀，你们都不给我机会解释。我安排好朋友在飞机跑道上抛下一些渔具。万一我们捕不到鱼，我就让他给我们留一些预备好的食物。那里的管理员是冈萨雷斯先生，他负责把我们的一切打理好。接下来的行程会非常有趣，相信我，你们一定喜欢。"

▸▸ 请翻到第 **136** 页

一天后，你与乔希和皮特会合。多亏了你的报警电话，乔希和皮特才及时获救。

成为英雄的感觉真棒，活着的感觉更棒。但最令你激动不已的是得知你赢得了属于自己的银翼滑翔机。

▶▶ 本故事完

四十五分钟后，在进行完预飞检查、储存好紧急用水、查看完天气和加州的飞行控制中心的信息后，你和伊莎贝尔爬进银色机翼、红色机身的艾克斯12机动滑翔机。滑行至跑道时，你内心兴奋不已，因为艾克斯12是你最喜欢的滑翔机。阳光照在机翼上，黑色的编号闪闪发光，黑色编码显示：DT 23114。利马赫发动机正常运行，机油、管道内压力、温度和油箱全部准备就绪。你摇摆操控杆，检查副翼和升降梯，脚踩方向舵踏板以确保控制面板正常运转。

你是指挥飞行员，坐在你身后的伊莎贝尔是导航员。你们通过无线电进行联络。

"我们再检查一遍列表里的项目吧。"你在对讲机里说。

"好的。"伊莎贝尔回复道，于是你们两人仔仔细细地把列表上的每一项检查了一遍，确保万无一失。

紧挨着你们的是皮特和乔希驾驶的艾克斯。乔希是驾驶员。

"我们出发吧。"皮特通过无线电说。

"收到。"你回答说。

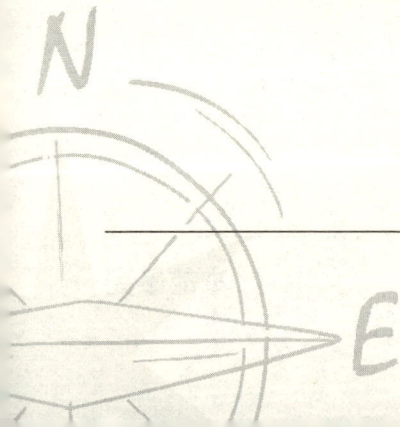

▶▶ 请翻到第**138**页

发动机转速在不断提高，滑翔机身体保持了片刻停顿。你放开制动器，机身随即抖动起来，滑向跑道，慢慢离地升起，飞进清晨的薄雾里。

滑翔机沿着大圈飞行，海拔逐渐升高，飞机在天空中翱翔。除了乔希和皮特的艾克斯，四周空无一物。仪表盘上的测高仪的指数在缓慢地稳步增长，达到了 4500 英尺。你看了一眼仪表盘，注意到一股上升的暖气流。

发动机停止运行后，滑翔机将会利用这些暖气流行驶。飞机可以借助暖气流继续保持在空中，不然就会慢慢下降，直至落地。

"Delta Tango 23114 关闭发动机。"你在无线电中说。

"收到，收到。我们这边也关闭。"皮特回复道。

先是一股疾风，紧接着发动机熄火，螺旋桨依靠惯性自由旋转，然后慢慢停止。一切归于平静。

两个小时后，飞机进入墨西哥的领空，你立刻向墨西哥当局发送无线电信号申请准入，很快获得了他们的进入许可。

▸▸ 请翻到第 **142** 页

接下来是漫长的等待。太阳要在七点半之后才会落下，手表显示现在才四点三十一分。抬头望了眼天空，你发现风暴正快速移动至半岛，方向直指海边。这会儿晴空万里，下午的阳光强烈灼热。岩石处有些许阴凉地，你伸了个懒腰，做好了漫长等待的准备，心里还一直惦记着皮特和乔希可能会随时回来。

很快，你便后悔在这里等待。你觉得应该放弃，回去找伊莎贝尔。一想到她一个人留在艾克斯 12 里，而且还生着病，你心里很是不安。

你的思绪被飞机下面的动静打断了。你小心地观察，不是皮特和乔希，是一个陌生男子，正小心翼翼地走过来。他带着武器，认真地检查着周围。不一会儿，又来了一个带着武器的人，是他的同伙。一个人深色头发，一个金色头发，都穿着牛仔裤和卡其布衬衫。

直觉告诉你这两个人来者不善，于是，你躲藏在岩石边。虽然岩石不能太好地提供保护，但起码坚固安全。

▶▶ 请翻到下一页

金头发的男人走到艾克斯的机翼处，停下来，拨通手机上的电话，小声地讲着什么。另一个人来到滑翔机后面，走进灌木丛里，不见了踪影。

你考虑了好几个计划。可以绕到飞机后面，跟踪那个男人，或许能找到皮特和乔希。若是这么办，你就要赶紧行动。或者，你可以按兵不动，继续观察，希望乔希和皮特快点儿出现。

▸▸ 如果你选择跟踪刚刚离开的男人，请翻到**第187页**

▸▸ 如果你选择按兵不动，请翻到**第207页**

"是不是很棒？"你看着外面绵延的山脉贯穿巴哈半岛，对伊莎贝尔说。右舷窗外面，太平洋的海水泛着闪闪银光；左舷窗外，加利福尼亚海湾尽收眼底。

"简直棒极了。"伊莎贝尔回答说。

突然，无线电传来一阵噪音。

"我们这边出了点儿小状况，遇到了电气故障。"

是乔希的声音，他的语气中透露出紧张和焦急。

"我知道了，乔希。到底怎么回事？"你回应道。

你和伊莎贝尔努力伸长脖子看向外面，他们的飞机已经掉在你们机尾后面好几英里了。你慢慢将飞机向左侧转弯，这才看到他们的飞机。

"我闻到了电线烧焦的气味，不过还没有冒烟。有些设备已经瘫痪了。"乔希回答道。

"扔掉断路器。"你提议说。

"已经扔掉了，不管用。我们准备落地，以防万一。"

"我们和你们一起。"你说完，伊莎贝尔发出赞同的信号。

"好吧，但是你们没——"他们的无线电传输中断了。

你紧张不安地看着他们的飞机盘旋下落。下面的陆地布满沙石，崎岖不平。

"伊莎贝尔，我们可以在他们落地后返回基地，寻求援助。或者，跟着他们一起降落。"

"这是个两难的选择。你是指挥飞行员，你觉得该怎么办？"她说。

▸▸ 请翻到第**144**页

你看着他们的飞机盘旋下降，降落在一片黄色沙地上，又眼看着飞机滑行了一段，猛地刹住，机身在左翼处翻倒。你很想把乔希和皮特救上来，可是着陆谈何容易。这片地域面积狭窄，两边是崎岖不平的山坡。更糟糕的是，这里正在刮侧风。

即使你能成功落地，起飞会更困难。稍有差错，你们四个人就全都困在这里，得不到救援。

返回基地确实是个稳妥的办法，可是要花费不少时间。乔希和皮特还在等着救援。

这一带常有强盗和走私犯出没，毒蝎子和毒蛇就更不用说了。

边境处废弃的跑道距离更近些。到那里不会花太长时间，还可以发送无线电寻求救援。而且，那里也有储存的食物。你们可以取些食物和补给，空投给乔希和皮特。

▶▶ 如果你选择返回基地寻求救援，请翻到**第 146 页**

▶▶ 如果你选择立刻降落，请翻到**第 155 页**

▶▶ 如果你选择去加利福利亚州和墨西哥边境处废弃的跑道，请翻到**第 161 页**

"伊莎贝尔，我们朝北飞。"你说，"我们得去寻找救援。不能四个人都困在下面。"

"我也这么想，可是云层看起来很糟糕，会把机翼折断的。"

"你看下面。"说着，你将艾克斯12向左侧机翼倾斜，能看得更清楚。

"看到了。风很大，着陆有难度。"伊莎贝尔说。

你控制飞机向侧面使劲转弯，增加快速上升的空气量。此时，机头几乎转到了你们头顶上方，两片雷雨云中间出现了一条通道。

"咱们走！"你大声地说，因为此时的对讲机已经不工作了。

艾克斯12穿过云层，迂回地朝云层中隐约可见的光亮处快速攀升。疾风猛烈地撞击机身，机翼在狂风中颤抖。

"坚持住！伊莎贝尔！坚持住！"

在一股巨大的上升气流下，艾克斯12急速上升，一直上升，似乎不会停止。突然，飞机开始下降，就像被一只强有力的手掌使劲拍打回地面。

▶▶ 请翻到第 149 页

"我们现在返回基地机场。一旦我们下降着陆，可能就无法再飞起来了。"

"好吧。"伊莎贝尔看着下面荒漠里银色机翼的滑翔机说道。

为了能看得更清楚，你将艾克斯 12 侧转弯，同时下降。高度仪的指针慢慢下滑，最后落到 1000 英尺。从这个高度，你们可以清楚地看到整个飞机。皮特和乔希站在飞机外面冲你们挥手。

"伊莎贝尔，你觉得他们还好吗？"

"看样子没问题。"她回答说。

▶▶ 请翻到下一页

迅速看了一眼气压表后，你不禁紧张起来。上升空气远不及之前活跃。你让飞机紧紧地保持侧倾，同时寻找着暖气流。情况并不乐观，飞机正在下降。

"伊莎贝尔，恢复供电。准备好了吗？"

"收到。油箱开启。储备箱关闭注满。"她回答说。

"咱们走。"说着，你按下启动键。利马赫发动机点火启动，隆隆作响，排气管吐出阵阵烟雾。

"烟雾太大了，"伊莎贝尔说，"小心点儿。"

▶▶ 请翻到下一页

"该死，"你嘟囔着，"这家伙不运行了。"

推动器旋转不太平稳，但很快，随着发动机点火后，它慢慢正常运转起来。看到转速良好，你放心了。

"留意空速表。"伊莎贝尔在对讲机里说。

"没问题。"你回答，看着空速表从 60 节慢慢提高到 85 节。你将飞机侧转过来，很快达到了 1745 英尺的高度。

"我们怎么告诉他们接下来的计划？"伊莎贝尔问。

"我们在上空盘旋，然后下降，你将方向控制为北。他们会明白的。万一出什么问题，他们会让我们知道的。"

"这样吧，我们盘旋飞行十五分钟左右。如果他们需要，可以在沙地上写下信息。"

"可以这么做，但是我们的机油有限。"

▶▶ 请翻到第 150 页

你拼尽全力控制飞机，好不容易将机身稳定在正常状态。可惜好景不长，暴风席卷而来，将你们重重包围。很快，艾克斯 12 被肆虐的雷雨云吞噬。

飞机座舱盖上布满了一层密密的小水珠。片刻的安静。你看了一眼高度仪。

"呀！我们刚刚上升了 4000 英尺！这太疯狂了！我们被吸进了暴风眼！"

无处可逃。没有弹射椅，即使有降落伞，也会被风暴瞬间撕成碎片。脆弱的滑翔机不堪一击，被硬生生地卷入黑色乌云的旋涡里。

"伊莎贝尔，我们——"

片刻之后，艾克斯 12 支离破碎，机身碎片噼里啪啦地落下来，拍打在干旱的山丘上。肆虐的风暴和强大的自然再一次赢得了胜利，战胜了人类试图超越自然的挑战。

▸▸ **本故事完**

驾驶舱内的空气突然变得闷热。你将座舱盖上的通风口打开一点儿，一股凉丝丝的空气钻进舱内。你看到乔希和皮特在沙地上，拖着双脚写出了大大的"好"字。伊莎贝尔在驾驶舱左舷窗冲他们招手示意，你控制飞机朝下方飞，经过他们上方。伊莎贝尔手指向北方。

"再来一次？"你问。

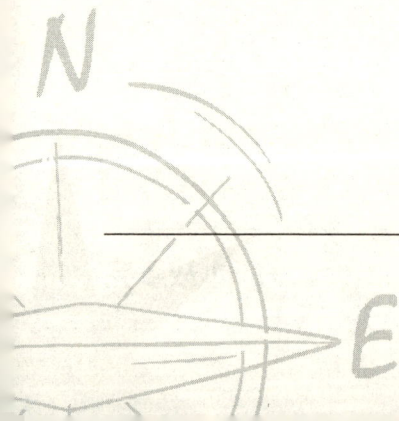

▶▶ **请翻到下一页**

"好。我很担心他们。从山地走到海边很危险，而且他们从降落的地方根本看不到海的位置。他们还需要食物。"

"我听到了，伊莎贝尔。我们在这里停留一会儿。对了，用无线电联系我们的俱乐部。如果能联系上他们，或许可以从这里开展救援行动，你觉得呢？"

"好主意，就这么办，指挥官。"

"Delta Tango 23114 呼叫基地。能听到我说话吗？"伊莎贝尔通过对讲机说。

没有回应。

"再说一遍。Delta Tango 23114 呼叫阿伯基地。请速回复。"她继续说。

仍然没有回应。

"唉，情况不太好。"她沮丧地说。

"可能那边还没有人。"你说。俱乐部总归是俱乐部，操控室的人都是志愿者。

"试试呼叫红河的民用机场，"你提议说，"那边肯定有人。"你将飞机升至 3000 英尺的高度，一直关注着陆地上朋友的情况。

▶▶ 请翻到第 153 页

"还是没用，"伊莎贝尔回答道，"是我们的无线电有问题，该死的东西，真的坏掉了。"

你看了一眼设备，心头一惊：除了不需要供电的指南针和高度仪，所有设备都停止运行了。就在那一刻，发动机噼啪响了一声，然后静止下来。周遭一片安静，令人深感不安。

"伊莎贝尔，能听见我吗？！"你冲她大声喊道。

"勉强能听见一点儿。现在怎么办？"

高度仪显示刚刚几分钟内你们上升了 400 英尺。你朝着上升热气流转弯，利用上升气流的作用。没有高度仪是很难判断海拔的。人们最常担心的就是失去海拔高度，很多飞行员由于上升太高而导致缺氧，情况会很危险。

"我们可以落地，也可以借助风力返回基地或者其他机场。得有人汇报才行。"伊莎贝尔说。

"你说得对，但是现在天气越来越糟糕了。"你望着前方说道。一团巨大的积雨云和雷暴云在前方徘徊，遮住北方的天空。向下望去，你看到地面上起风了，无数沙石被风卷起。乔希和皮特回到他们的艾克斯里暂时避难。如果雷雨云不那么危险，它们是多么美丽壮观呀，如波涛般汹涌，不断翻滚着进入平流层。

▶▶ 请翻到 **下一页**

"太恐怖了，伊莎贝尔，情况越来越危险了。"你忍不住说出了真实想法，虽然你知道，作为指挥飞行员，你必须表现得勇敢。

"我们怎么办？"她紧张地问。

"要么迫降，要么就去红河飞机场，"你说，"那边不是很远。"

"两个选择都很冒险，"她回答，"发动机不能用了，降落会很危险。"

你会怎么做呢？

▶▶ 如果你选择不考虑发动机，继续向北，飞到红河机场，请翻到 **第 145 页**

▶▶ 如果你选择立刻落地，请翻到 **第 167 页**

"我觉得这里有危险，"你对伊莎贝尔说，"看样子我们也该降落。大家最好待在一起。"

"说得对，开始吧。"

下面的地面看起来空间并不够。乔希和皮特好不容易落地，似乎很难能匀出足够的位置了。

"嘿，看下面。他们冲我们招手呢。"伊莎贝尔望着下面说道。

没错，乔希和皮特焦急地挥手，确保你不会在同一个地点落地。

"他们要是有无线电就好了。"你遗憾地说。

"可惜他们没有。你看那边怎么样，那片小丘的后面？"

"我们去查看一下。"你回答说着，仔细检查下面的地势，这里位于皮特和乔希所站地点的右边。

▸▸ 请翻到**下一页**

飞了两英里之后，地势变得平坦，平地两边是山脉，但是问题不大。右边尽头处，太平洋泛着闪闪银光。

"我们可以徒步穿过这片地域，是不是，贝尔？"你问道。

"可是，从高空看到的和地面真实的情况并不一样。"她回答说。

"但是别无选择了。我们再看一眼。"

这时，发动机噼啪一声，熄火了。

▶▶ **请翻到下一页**

"伊莎贝尔，我们有麻烦了。"

"别着急，别忘了这可是滑翔机。"

"可是我们只有一次机会，没办法再转一遍了。"

"我们可以的。足够的上升热气流能给我们争取很多时间，只要把滑翔机稍稍降落一点儿就行。"

你将艾克斯 12 大幅侧转，查看下方的地势。从上空看，地势崎岖不平，但还是有降落的可能：低矮的灌木丛、一些崎岖的岩石、随处可见的小山丘，靠近目标降落地还有一片干枯的树林。已经没有选择了。

"看上面。"伊莎贝尔说。

"收到。"你回答完迅速看了一眼机舱盖。外面的情况并不乐观。北方的天空已经被巨大的雷雨云砧布满。

"伊莎贝尔，看来我们今天运气不佳。这些云是从哪里冒出来的？"

"天气预报里提到过。但是比我们预想中来得快。"

"好吧，准备好，我们这就降落。"

▶▶ 请翻到第 **159** 页

你高度集中注意力，查看着降落区域，同时计划好最佳方案。

"低一点儿，伊莎贝尔。我们准备向下飞了。"

"你做得很好，伙计，非常棒，没问题。"她回答道。

地面靠近的速度很快。灌木丛和岩石变得越来越大，也愈发危险。一股侧风吹来，猛烈地撕扯着艾克斯12，试图将你们吹离航线，摔到粗糙的沙地上。此刻，你们的飞行高度已经低于四周的山丘，航速显示60节。

一股疾风刮来，艾克斯12机身颠簸了一下。你轻轻地向后拉一下操纵杆。飞机发出震耳欲聋的声音，艾克斯12咆哮着俯冲，最后降落在地面。机身左侧的轮子陷进沙土里，然后松脱，艾克斯12重重地摔在沙地上。你试图不去操控飞机，但是本能之下，你不断地按下制动，艾克斯12快速打转，向侧面倾滑。

"我们落地啦！"你大声喊道。

艾克斯12突然猛地停下来。

▸▸ 请翻到下一页

"你觉得怎么样，伊莎贝尔？还不错，是吧？"

没有人回答。

"伊莎贝尔？喂！伊莎贝尔！别跟我开玩笑。"

仍然没有回答。

你转过身，看到伊莎贝尔身体前倾，头靠在仪表盘上。

"伊莎贝尔！"你大叫道，奋力挣脱安全带。松开了安全带，你发现机舱盖却打不开，好像卡住了。最后，门闩猛地弹开，机舱盖滑向一边，热腾腾的沙漠空气迎面而来。

你从座位上一跃而起，离开驾驶舱，滑到地面，沿着机身来到伊莎贝尔身边。她昏迷不醒，呼吸短促而微弱，脸色苍白，额头冰凉、被汗水打湿。你并没有发现她身上有伤痕，说明她没有在着陆时受伤。

你打算让伊莎贝尔待在驾驶舱里。除此之外，你真的不知道该怎么应对她突如其来的昏迷。

此刻你亟需帮助，但又很担心把她一个人留下。

▶▶ 如果你选择将伊莎贝尔留下，去找乔希和皮特帮助，请翻到**第178页**

▶▶ 如果你选择和伊莎贝尔在一起，请翻到**第174页**

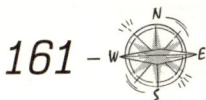

　　"伊莎贝尔，我觉得最好去附近那个旧机场，那儿很近，还有食物，我们可以把那里作为基地。两架飞机降落比一架降落更糟糕。如果我们也降落在他们的地方，再次起飞的可能性不大。"

　　"你是机长，"她回答，"不过说实话，我百分之百同意你。真不愿意去想飞机迫降的事情，但是该做的事情我们还是要做的。"

　　你仔细观察地面，看是否能找到新的着陆点。你发现了一列队伍，大概三十个人，正往前走。你指给伊莎贝尔看。

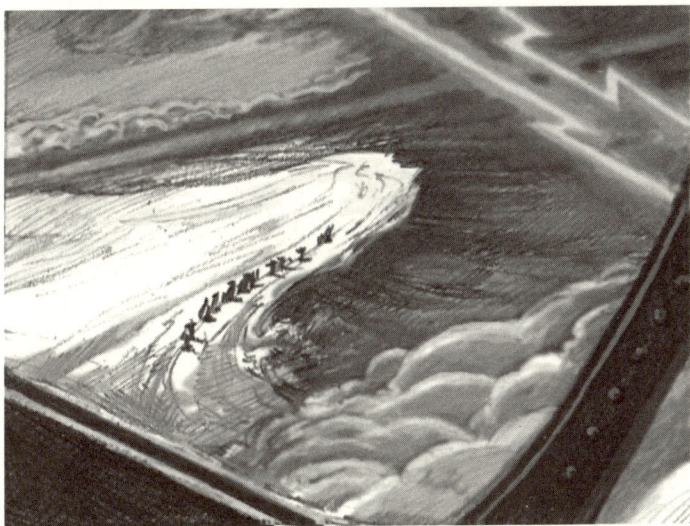

▶▶ 请翻到**下一页**

"他们不是去野餐的。一定是前往边境的移民。我可不想跟他们一样，很有可能会被'土狼'抢劫。"伊莎贝尔说。

你知道那些"土狼"，他们比真正的土狼更可怕。他们出价让移民花钱越过边境，然后抢劫、抛弃移民。但是现在你对他们也无能为力。

你看一眼天空，注意到乌云密布。隐藏在乌云后面的力量足以将飞机撕碎。你转了一圈，查看了整片天空。南部和东部晴朗，但北部和西部已聚起了乌云。

"伊莎贝尔，我们有麻烦了。你看。"

"我们早就有麻烦了。虽然还有时间，但是很紧张，不过我相信能行的。启动发动机，我们出发。"

"收到。"你回答说，按下了启动按钮。发动机并没有在启动命令之后迅速反应，你不禁紧张起来。还好，它过了一会儿开始正常运行。

▸▸ 请翻到**下一页**

你飞行在 5000 英尺高的云层下。气流颠簸不稳，你必须牢牢地控制住飞机，又不能过度用力。你全神贯注于飞行，和伊莎贝尔的沟通保持在最低限度。

已经飞过了几英里，伊莎贝尔一直在导航，告诉你罗盘指向和更正风的流向。你很幸运，乌云并没有将你吞噬。你简单地吃了点儿东西：午餐袋里的三明治和果汁。

一小时后，伊莎贝尔说："无线电坏了，一定是和乔希皮特他们遇到的同样的问题。嘿，你说这不会是有人蓄意破坏吧？"

▶▶ 请翻到**下一页**

"蓄意破坏？应该不是。我觉得这只是机械故障。这两架飞机是新型的——同样的型号，同样的制造商，同样的航空电子设备。肯定有什么地方出问题了，但没人蓄意破坏。我敢保证。"

又过了二十分钟，伊莎贝尔指着下面。"我们到了，我们成功了！看左舷，是机场！"

果然，左下方有一条短跑道，看上去被荒废很久了。北端有一间小棚屋，但没有车辆，也看不到任何人。你将飞机慢慢转弯。

▶▶ 请翻到**下一页**

"看起来还不错。"你说。

没有回答。你摘下耳机，对伊莎贝尔大喊："嘿，伊莎贝尔，对讲机坏了。我们得大声说话。可以吗？"

仍然一片沉默。你转过身，看到伊莎贝尔向前弯着腰，紧紧地按住肚子。她脸色苍白，双眼紧闭。

"伊莎贝尔，你怎么了？"你惊叫道。

她痛苦地呻吟。"我的肚子疼，"她努力说，"感觉恶心，头疼得要命。"

就在你伸手去拿呕吐袋的时候，她轻轻地呻吟了一声，向前倒在仪表盘上，完全昏迷过去！

无线电坏了，天空乌云密布，伊莎贝尔遇到了麻烦，下面的机场也看不到一丝人类活动的迹象。

▶▶ 请翻到下一页

你的大脑飞速运转，努力让自己冷静下来，开始制订计划。

你可以尽快返回基地——阿伯俱乐部，但是那个方向正好是乌云来的地方。伊莎贝尔也遇到了麻烦，也许最明智的做法是马上降落，下来看看否能找到帮助。

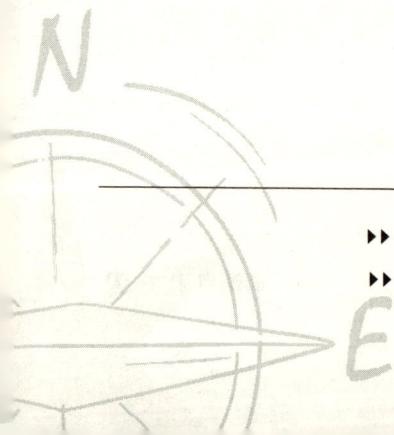

▶▶ **如果你选择返回基地，请翻到第 188 页**

▶▶ **如果你选择立刻降落，请翻到第 194 页**

"伊莎贝尔，我们根本不可能穿过那些云层。它们会把机翼撕扯下来。我们降落吧。"

"好吧，小心点儿。降落可不容易。嘿！它在哪里？"

"什么？什么在哪里？"

"我是说地面。我们在云层里，我看不见地面。"

"我们先绕一圈，然后我尝试飞到云层底端。"

"我们现在距离彭塔瑞特不远，有些山丘高达 2000 英尺。小心！"伊莎贝尔说。

"收到。现在我们的高度接近 4000 英尺了，还有上升的空间。"你说。

没有齐全完整的设备在云层中飞行真的很难。你不知道哪条路是向上的，飞机有时像一只橡皮球似的跳来跳去，你紧张得胃都在抽搐。一阵强烈的眩晕袭来，你尽最大的努力让自己撑住。

"我要试一试。"你对伊莎贝尔喊道。

"不要，现在还不行，继续飞行。"她回答道。

你努力让艾克斯 12 在水平模式下飞行。突然，你被一股猛烈的风击中，飞机不堪一击，在湍急的气流中摇晃颤抖，向侧边倾斜。

▸▸ 请翻到**下一页**

　　此刻的风像复仇般，惩罚你闯进它的领地。飞机先是侧身滑行，然后上下弹跳，接着像石头一样被向上抛起。飞机的操控好像都失灵了。你们被卷进风暴的中心，被四周乌云、旋风和雨水紧紧包围。

　　"我的天啊，快看那儿！"伊莎贝尔喊道，她的声音在呼啸的风声中几乎听不见。

　　"哪里？"你问道。

　　"那里！"

　　右下方是一片晴朗的天空，就像一扇专门为你打开的门。天空之下是残酷的巴哈半岛。

　　"机不可失，伊莎贝尔。"说着，你把操控杆向前推进，冲向云层的间隙。

▶▶ 请翻到**下一页**

"坚持住，我们会成功的。"你一边说，一边让飞机保持俯冲的模式。

风尽其所能地抓住你，但你战胜了它。突然间，你从暴风雨的魔爪中逃脱，驶进一片晴朗的天空，下面是巴哈岛棕褐色的土地。

"我们在哪儿？"伊莎贝尔问。

"我也不知道。"你回答道，很高兴成功离开了风暴中心。

"这下好了，我们没有引擎，无法飞高，也不知道在哪里，而且——"

她突然停止说话，猛地抓住你的肩膀。

"你看！"

▶▶ 请翻到**下一页**

你向下看，看到了大海。它在穿过云层的柔和阳光下闪闪发光。海平面却波涛汹涌，海浪在愤怒地咆哮。没有船只幸免于难。

"现在怎么办？"

"前往陆地。"

"那根本不可能，你看！"

艾克斯 12 慢慢地倾斜，你们面对的是一堵巨大的暴风云层，现在完全看不清地面。你转向那些几乎毫无用处的设备，看着那静止不动的螺旋桨。你奋力挣扎，越过一股上升气流，努力避免再次被支离破碎的云层吞没。

"我们会成功的，伊莎贝尔。瞧好吧，我们一定会成功的。"你向她保证。

▸▸ 请翻到第 **172** 页

你驾驶艾克斯 12 向北，祈祷这些热空气足够让你保持在高空，风暴不会把你撕成碎片。

你和伊莎贝尔沉默了好几分钟。你握着控制杆，努力抓住一股摇摇欲坠的热空气，这股热空气很快便会消失。

也不知道究竟什么时候，你意识到你们已经完全摆脱了风暴。雷雨云变得越来越小、越来越薄弱，渐渐消失在南方的天空里。但是地面仍然看不见，而高度仪的读数只有 1500 英尺。

"看，是陆地！"伊莎贝尔使劲地敲着机身，大声喊道。

▸▸ 请翻到下一页

　　"好的！"你朝飞机右舷望去，看到地平线上一条闪闪发光的长条地带。

　　"这是美国。"伊莎贝尔说，"瞧这海滩，停车场里还有那么多车。这是美丽的南加州！"

　　你选择了海滩的一片荒凉区域，静静地降落在地面。

▸▸ 请翻到第**135**页

你决定好了，唯一的选择就是和伊莎贝尔待在一起。你将她安顿好，检查了她的生命体征，确保没有问题，再出发去探索眼前的地区。

这里虽然荒芜，却也美丽。你希望你们四个人都能平安无恙，一起享受这里的美景。那个早晨好像是几星期前的事了。遥远的记忆里还能想起计划这次旅行时的兴奋。你不再多想，不去浪费时间后悔了。

在这片区域转了两圈之后，你确信这里是安全的。你捡了一堆柴火准备过夜，又去看了看伊莎贝尔的情况。

令人欣喜的是，她已经清醒过来，也能开口讲话了。

"你去哪儿了？"她问。

▸▸ **请翻到下一页**

"什么？是你吗，伊莎贝尔？"

"呃，据我所知是她没错。"她回答说。

听她这么说你就知道她没事了。

"嘿，怎么回事？"你继续说。

"我从来没有遇到过这种情况，一定是吃了什么东西。有没有茶、水或者其它喝的东西？"

"来啦，虽然不是四星级酒店，但我们的宗旨是让您满意。"

你忙着生火，时间卡得正好，巴哈半岛天黑得很快。随之而来的是一阵寒意，还好火堆提供了些许温暖。水也很快烧开了，你泡了杯茶，还准备了冻干鸡汤、米饭，还有一片今天早上打包好的新鲜火腿。

"你感觉怎么样，伊莎贝尔，明天能走路吗？"

"我没事了。乔希和皮特怎么办？"

"我们明天去找他们。他们应该就在山坡那儿。我现在可以去那儿看看，说不定能看到他们营地里的火光。"

▶▶ 请翻到下一页

"可是，我觉得最好等待天亮吧。你对这里不熟悉，很容易在夜里迷路的。"

等待确实更安全一些。可是，你很担心乔希和皮特，他们可能受伤了，或者遇到了危险。也许你应该尽快去找他们。

▸▸ 如果你选择今晚去找他们，请翻到**第 203 页**

▸▸ 如果你选择等到明天早晨，请翻到**下一页**

你决定还是明天早晨行动更稳妥。

"我再添些柴火，你睡吧，伊莎贝尔。我负责看着。"

"好吧，你累了就叫醒我。别一个人逞强。"她回答道。

"不用担心。"你说着往火里放了些木块。

夜晚慢慢地滑过。大概凌晨两点，你不小心睡着了，没来得及叫醒贝尔替你看守。

一阵声响扰乱了你沉沉的睡意。声音不算大，但越来越近。你害怕地怔住，不敢动。内心的勇敢战胜了你的恐惧，于是，你从火堆旁起身，躲在飞机的阴影里。你拿起一根粗壮的木棍，静静等待。

▸▸ 请翻到第**184**页

"伊莎贝尔，"你说，"如果你能听到我说话，我这就去找救援。"你等待片刻，没有迹象表明她能听到你说话。你把她放在机翼下的一个睡袋里，带着沉重的心情，你开始前往乔希和皮特的方向。

徒步穿越山丘和山坡时，你才发现，它们比在空中看到的大了很多。到处都是陡峭的岩石，灌木丛生。

"我的指南针呢？"你在飞行服的口袋里摸索着，却没找到。你没有返回去拿指南针，而是继续前行。汗水将你的额头打湿了。你真希望自己穿的是短裤，而不是飞行服。

到达第一个山顶花了两个多小时，比预计时间长。从山顶望去，能看到绵延不绝的山脉。下山的路很长，攀登下一座山头的路更长。你感到不安，也很担心伊莎贝尔。

一个影子在你头顶掠过。抬头一看，是一只大鸟在上面盘旋。它看起来像是在察看地面，寻找食物。

▶▶ 请翻到下一页

"秃鹰！"你尖叫，"这是一只秃鹰！"你脑海里浮现出可怕的画面：伊莎贝尔被这个怪物的钩形嘴和利爪撕得粉碎。你简直被吓坏了。秃鹰继续飞行，在地面上空盘旋。然后，它像被召唤似的，朝海岸方向飞去。你心里的恐惧瞬间消失，如释重负。你朝伊莎贝尔的方向看了最后一眼，然后朝着陡峭的山坡走去。

"这将是一个漫长的下午。"你对自己说，努力给自己打气。

▶▶ 请翻到**下一页**

毫无疑问，前行的道路是艰难的。你穿的球鞋适合驾驶艾克斯 12，却无法胜任眼前的任务。路面崎岖不平，你一路跌跌撞撞，鞋子都被岩石磨破了。你带的水瓶很重，但也是一种慰藉。

"不会太远的。"你大声说，努力让自己振作起来。

下一座山坡和之前的一样难以跨越，当你爬上山顶时，前面还有新的一座山。云彩遮住了太阳，阻挡了部分炽热的阳光，风力逐渐变强，卷起阵阵尘土。

▸▸ **请翻到下一页**

"继续加油。"你鼓励自己。脑海里怎么也挥不去伊莎贝尔躺在地上不省人事的画面。你开始怀疑自己的决定，可又能怎么办呢？你只能继续往前走。你现在难以集中注意力，无法时刻关注脚下。你被一堆石头绊倒，重重地摔了一跤，你赶紧爬起来，还好没受伤。

最后，你抵达山顶，能看到下面的另一架艾克斯了。

"嘿，乔希！皮特！是我！"你扯着嗓子大喊。"嘿，伙计们，是我。"你的声音在山间回荡。

没有回复，也看不到他们的踪影，只能听到风呼啸的声音。你突然想起巴哈半岛强盗的故事，这些小团伙以掠夺游客臭名昭著。还有传闻说一些游客在这里消失了。你不禁小心谨慎起来。

▸▸ 请翻到**下一页**

一块凸起的岩石提供了不错的掩护，你躲在后面不敢动弹。过了一会儿，左腿抽筋了。你小心翼翼地活动下，按摩紧张的肌肉。

你谨慎地从凸起的岩石处向外看。看不到人影，艾克斯像一个被丢弃的玩具似的待在地上。也许乔希和皮特是出去找水，或者去查看地形了。应该会有线索知道发生了什么。

你很想马上前去看看。但是，如果你能等到天黑，就不会冒着被强盗发现的危险。也许你应该继续等待。

这是个艰难的选择。你已经小心翼翼地等了半个小时，也查看了身后，确保没有人跟踪你。艾克斯四周没有一丝动静。也许现在可以过去了。

▶▶ 如果你选择立刻去往艾克斯，请翻到第 **192** 页

▶▶ 如果你选择等到晚上，请翻到第 **139** 页

时间一点点流逝，声音越来越大，越来越近。

你深吸一口气，希望心脏不要怦怦乱跳。

你只能看出两个人的轮廓。他们朝你来了！你用尽全力准备挥棒，突然停下来，你听到了熟悉的声音。

"嘿！你差点儿杀了我！"乔希喊道，"是我们！我们只是想安静点儿，免得吵醒你们俩。快点儿，把火扑灭吧，那边有一群可疑的坏人。"

▶▶ 请翻到**第186页**

骚动吵醒了伊莎贝尔。乔希和皮特向你讲述他们从两个强盗手中逃出来的惊险遭遇。

"能逃出来真是太幸运了，我们不能在这里久留，"皮特说，"那些家伙有武器，危险得很。"

"可是我们怎么离开这里呢？"伊莎贝尔问。

"我设法从他们那里偷了一张地图。"乔希把它从夹克里掏出来，"地图非常详细，有这片地区所有的道路。看这里，"乔希指着地图，"我们离海边的这个村庄不远。"

"我们今晚就得出发，"皮特补充道，"夜里没有乌云，月光很亮，不难找到路。可以吗？""但是伊莎贝尔身体不舒服。"你说。

"我能行。"伊莎贝尔坚定地说。

这是一场艰难的徒步，你们四个人终于在黎明前到达了村庄。皮特和乔希向墨西哥联邦政府举报了强盗。你们回到了加利福尼亚，回到了家里。

总之，这不是你们一开始所期待的旅行。

▸▸ **本故事完**

你蹑手蹑脚地绕过凸起的岩石，绕了一圈去追那个离开的人影。你趴在地上，从一块岩石躲闪到另一块岩石。

没走出多远，你碰到了两个人。他们带着武器，一脸怒气。

"好嘛，又逮到一只做晚餐的兔子！小兔崽子，快说，你是从哪里来的？"其中一个人说。

"我只是来度假的，没事，我这就走，再见啦！"你说完感觉自己很愚蠢。

"可没那么容易，伙计。你可以卖个好价钱。你父母很有钱吗？"

"不，不，没钱。我们很穷，非常穷。"你试图说服他们。

"如果是真的，那你就太倒霉了，跟我们走。"

他们用左轮手枪对着你，示意你向前走。你心想，自己可能再也见不到加利福尼亚州了。

▸▸ **本故事完**

"我们要回家了，伊莎贝尔。你不会有事的，我保证。"

你快速检查了燃料，确保充足可靠。只要云层不把你撕成碎片，回程是没问题的。你最后再看一眼荒芜的地面，驾驶艾克斯 12 向北飞行。想到两个朋友深陷困境，伊莎贝尔昏迷不醒，你的心情很沮丧。就算接受过最好的飞行训练，也无法完全应对这突如其来的挑战。

你把注意力集中于飞行，尽最大努力保持专注。尽管如此，你还是时不时地尝试联系伊莎贝尔。

"能听到我说话吗？我们现在情况很好，很快就带你回家。"

伊莎贝尔仍然没有回应。你在想各种各样可能的原因——从癫痫发作到脑瘤，再到中毒。

"中毒！"你大声喊道，"蓄意破坏和下毒！"

▶▶ 请翻到**下一页**

你的思绪回到过去。某一天，在机场，有个人没有通过飞行员的飞行考试，他被告知必须改变态度、改变马虎的习惯。皮特对考试结果公正严格。大家都知道，这个人总是冒风险，不顾标准的起降程序，多次抢在别人前面着陆，导致别的飞机无法降落，只能重新开始。警告对他来说毫无意义，他总是一笑置之。

令皮特和其他人更无法接受的是，他常常戏弄女同学。总之，这个人是个麻烦。皮特为了公平，给他机会做飞行测试，得知他失败时，大家都长吁一口气。

现在，你想起了那人尖刻的话语："你们所有人都会后悔的，所有人！等着瞧吧。你们会后悔今天的所作所为！"他的脸因愤怒和仇恨变得扭曲狰狞。当时的场面把你和其他人都吓坏了，但是皮特说，过去的事情就忘记吧。

"会是他吗？"你大声问自己。

▶▶ 请翻到 **下一页**

你被身后传来的呻吟声吓了一跳。虽然声音在引擎的隆隆声中很难听到。

"伊莎贝尔？伊莎贝尔，是你吗？"

"是我。"她虚弱地说。

"你还好吗，伊莎贝尔？"

"我……我……很难受。感觉恶心。"

"怎么回事？是食物中毒吗？"

"我不知道，胃里翻江倒海，绞得难受。我们在哪里？"

"我们回家去，伊莎贝尔。"伊莎贝尔清醒过来让你松了口气，"再坚持一会儿，马上就到了。"

▶▶ 请翻到**下一页**

下午的时候，你顺利着陆。伊莎贝尔也好多了。你们俩联系了美国边境巡查队，救出了乔希和皮特。边境巡查队赞赏了你的聪明勇敢。你感到很自豪，但也知道是自己运气好。

你决定暂时不再飞行，或许下一次就不会这么走运了。

本故事完

"想想伊莎贝尔，"你对自己说，"没时间可浪费了。"

离开岩石的安全地带，你小心翼翼地移动，留意着地形的每一处变化。你的感官变得超级敏锐。

下面没有一丝动静。你更加有信心了，于是迅速而大胆地继续向下。大约 12 分钟后，你来到了艾克斯旁边。

你刚要去摸机翼，一个人突然从灌木丛里跳出来。他个子不高，留着络腮胡子，手里握着一把左轮手枪，看上去不怀好意，脸上一副凶狠又嘲讽的表情。你害怕地怔在原地。

"瞧瞧，又来了一个，嗯？你的两个朋友会很开心，他们有人陪了。"他大笑着说。

▶▶ 请翻到**下一页**

你想说话，可是嗓子像冻住了似的什么也说不出来。你绞尽脑汁想办法逃跑，但是说什么也绝对不会和这彪悍的家伙讨价还价的。你实在想不出办法。

"这边走，赶紧！"男人说，又大笑起来。

报纸和电视新闻整整一星期都在报道寻找两名滑翔机飞行员的消息。墨西哥和美国政府发起了大规模的联合搜救行动，但最终还是放弃了。阿米莉娅·埃尔哈特和安东尼·圣埃克苏佩里这两名飞行员的下落至今不明。而你，也从此和他们一起，成为了飞行史上的不解之谜。

▶▶ 本故事完

你最后一次穿过场地去检查障碍物，看起来没什么问题。于是你准备开始降落。风虽然温和，但此时正好有侧风，你必须谨慎小心才行。

砰！砰，砰，砰砰砰！飞机着陆，不断颠簸，滑动，最后安全地停了下来。你继续踩油门，将飞机滑行至跑道北端的棚屋附近。

沙地上有新的轮胎印，你感到了一股希望，心里充满期待。

"我们落地了，伊莎贝尔。等着，我来帮你。我们不会有事的，别担心。"

机舱盖轻松地向后滑动，你从艾克斯12里爬出来，走向伊莎贝尔，查看她的生命体征。

"你像一只生病的小狗！"你大声说。

"那是什么？"声音从你身后传来，你愣了一会儿，不知是敌是友。在这遥远偏僻的地方，总能发生稀奇古怪的事情。

你慢慢地转过身。站在你面前的是一个矮个子男人，留着胡子，看起来六十多岁。他穿着整洁，但衣服破旧，上面打满了补丁。

▸▸ 请翻到第 229 页

你和你的新朋友冈萨雷斯小心翼翼地把伊莎贝尔从艾克斯的座舱里移了出来，然后，你又小心地把她抱到棚屋里。

棚屋旁边几颗乱蓬蓬的树下停着一辆破旧的货车。从驾驶室里找出并摊开一块防水布，做成一个帐篷。下面放了一张帆布床、一些整洁的盒子，一把野营椅，一台收音机和炊具。你猜这一定是冈萨雷斯的家。帐篷的撑杆旁有一只棕色的小狗，尾巴像螺旋桨一样使劲摇摆着，它没飞起来真是个奇迹。

"欢迎来到冈萨雷斯的家。我们把你的朋友放在小床上，喝点儿水。"冈萨雷斯迅速走到老棚屋后面的桶里。他拿着一壶水回来，从箱子上取下一小块干净的毛巾，沾湿了水，擦了擦伊莎贝尔的额头。他仔细地检查了她的眼睛，又花了很长时间为她把脉。伊莎贝尔在小床上微微动了动。这是恢复正常的迹象，你看到了希望。

"你的朋友没有生病。她只是睡得很沉。"

▸▸ 请翻到第 **198** 页

"你是怎么知道的？"你问。

"根据多年的经验。"他回答说。

你手里端着一杯水，来到伊莎贝尔身边，坐下来，握住她的手。冈萨雷斯站在你身后，小口喝着冷却的咖啡。

小狗使劲地拉扯拴着它的绳子，想去主人身边。冈萨雷斯只好解开了绳子。

▸▸ 请翻到**下一页**

没过多久，伊莎贝尔翻过身，睁开眼睛，小声地呻吟。

"伊莎贝尔！伊莎贝尔，是我。你还好吗？"你问道，心里总算放心了。

"我觉得很难受，难受极了！"她小声地说，"我们这是在哪里？"

"在废弃的飞机场，靠近边境的紧急地带。这是冈萨雷斯，皮特跟我们提到过的管理员。你昏迷了一个半小时，我担心死了。"

她接过冈萨雷斯递来的一杯药草茶。小狗在主人身边终于安静下来。

▶▶ 请翻到**下一页**

"小姐，给你，会对你有帮助的，我敢担保。"他说。

她喝了一小口，忍不住做了个鬼脸，说："这是什么？"

"沙漠里的一种草药，可以祛毒。要把它全喝掉。"

"你觉得我是中毒了吗？"伊莎贝尔问道。

"嗯，看样子是的。有一些食物中毒的症状。今天吃什么奇怪的东西了吗？"冈萨雷斯问道。

"没，没有啊……午餐包里有个三明治和平时吃的不一样，我也不知道，尝起来没问题。"

▶▶ 请翻到下一页

"你没事的，小姐，不用担心。"冈萨雷斯安慰伊莎贝尔。

"皮特和乔希呢？"伊莎贝尔问道，她坐起来，喝完了杯子里的药。

"还在我们离开的地方。"你回答道，"冈萨雷斯先生，你有无线电吗？"你抱着一线希望，"也许我可以再找人帮忙。"

"我只有一个收音机，"冈萨雷斯回答说，"与外界对话的无线电，没有。你在地图上告诉我你的朋友的位置，也许我能帮上忙。"

冈萨雷斯从货车的储物箱里拿出一张折得很旧的地图。你花了几分钟先确定自己的方位，然后指着地图上的一个点。

"那里，那就是他们在的地方。我敢肯定。我从空中看到了它，也查看了坐标和地标。他们就在那里。"

冈萨雷斯仔细研究了几分钟地图，又看了几分钟天空，才开口讲话。

▸▸ 请翻到第 **206** 页

你觉得现在是开始寻找的最佳时机。你向伊莎贝尔保证不会太久，然后动身出发了。

月光不是很亮，但也足够透过乌云，照亮你脚下的路。你小心翼翼地爬上崎岖的山坡，不舍得打开手电筒，想留到后面更难走的路上用，或者以防万一，你需要给皮特和乔希发信号。

在山顶上，你最后再看一眼伊莎贝尔和艾克斯12那边的火光。你纵身走下斜坡，尽力保持平衡，最后到达山坡底下。微弱的月光下，你看到一条小径，沿着向前走了几分钟，你听到了说话声。声音在峡谷壁上回响，让你无法分辨它们来自哪里。

转过弯，对面是一大群人，蜷缩在一起。三个拿着手枪的人围着这些俘虏。你立刻躲在岩石后面。这些人就是"土狼"，是把偷渡客非法送到美国的人。他们有计划地抢劫每个人，强迫人们脱掉鞋子、掏空口袋，从中寻找现金或黄金。若是反抗，他们便拿着手枪，做出威胁的姿势。他们极度残忍，把所有容器里的水都倒掉了。

▸▸ 请翻到下一页

　　三个"土狼"满载着赃物离开了，消失在夜色中，留下受害者自谋生路。这些移民没有向导，也没有足够的食物和水。

　　你走过去，走向绝望的人们。很明显你不是"土狼"，而是北方来的外国人，是他们的救世主。他们簇拥在你周围，异口同声地说个不停。最后，你找到一个人——菲利普，他会说一点儿英语。你慢慢地了解到，这些人在"土狼"的承诺下偷渡到美国，然后在离家数英里远的地方遭到抢劫和遗弃。

　　你给菲利普一张地图，然后你们俩把身体健壮的人组织起来，选择不同的路线去寻求帮助。那些去寻求帮助的人消失在夜色中。你帮助那些被抢劫的偷渡客度过了黑夜，希望能等来援助——而不是更多的"土狼"。这时，天也快亮了。

▶▶ **本故事完**

"我知道那个地方。要过去不太容易，有两种办法。第一个方法，可以开我的货车，通往这个地点的路并不好走，但也不是不可能。"

"还有什么其他的方法吗？"你问。

"正好我是船长，有一艘自己的船——'维达号'，船虽然简陋，但很适合航海。去那里不远，几分钟的事情。我们可以乘船过去，然后徒步走到他们所在的地方。徒步会有点儿困难，但会比开车快。"

你思考了下这两个选择。速度很重要，坐船可能更快。

然而，海上的情况变幻莫测，你不确定是否还能继续之后的徒步。或许应该选择从陆地走。

▶▶ 如果你选择陆地，请翻到第 222 页

▶▶ 如果你选择大海，请翻到第 213 页

你决定等待，守护着艾克斯。那个离开的人没有回来，而那个金发男人看来要在这时候小睡一会儿。他展开一块布，铺在机翼下面。等他看起来睡得很熟的时候，你决定悄悄地过去，想办法把他解决掉。

你沿着山坡往下走，尽可能地贴近地面，利用灌木丛和岩石做掩护。这不是一项容易的任务，这一天下来，你早已疲惫不堪，现在的每一步都很艰难。

▶▶ 请翻到**下一页**

终于，你离飞机只有十步远了。你每隔三十秒左右移动一次，金发男人还在睡觉。

你认为最好的办法是假装自己有武器，然后用响亮而坚定的命令叫醒你的俘虏。你将身体躲在艾克斯的机身后面，这样，他就不会看到你没有武器。计划看似简单，但你要能够出其不意，避免使用武力的风险。

首先，你需要解除他的武器。你鼓足勇气，慢慢地向他走去。

就在这时，金发男人从地上跳了起来，大吃一惊，伸手去拿武器。

"不准动！把武器踢到这里来，踢到飞机下面，否则你就死定了。"

"嘿，别激动呀。这就把枪给你。"他把步枪踢向你。

▸▸ 请翻到下一页

"还有你的刀，把它扔到沙子上！"你命令道。

他乖乖照做。你的心几乎跳到了嗓子眼。你拿着一根绳子沿着艾克斯的一边走过去。金发男人站着一动不动，但你信不过他。

"胳膊背到身后，伸开腿，身体前倾。"你命令他。

令人惊讶的是，他没有反抗，居然——服从，你立刻用绳子将他的双手捆绑住。

"现在我们要谈一谈。"你说。

"我什么都没做，这到底怎么一回事啊？我只是在这保护飞机不被强盗抢劫。"他说。但你压根不相信他的话。

"好吧，一会儿就知道是什么情况了。另一个人在哪儿？"

他在沙土上蠕动着，试图调整自己的姿势。"什么另一个人？我从来没见过任何人，这里只有我自己。"

"那么，你一个人出来干什么呢？"

"我在度假，真的。露营、冲浪、打猎。只有我和我的越野车。你看，我的车就在山坡那儿。"

▶▶ 请翻到下一页

"我信你才怪呢。说实话，不然我就不客气了。"你说，虽然你也不知道这个"不客气"是什么。

"嘿，听着，我跟你说了，我是在度假。仅此而已。"

"他们在哪儿？"你恶狠狠地说。

"谁？"

"我受够你了！"你气急败坏地大声喊。

"别激动，老兄！"身后一个声音传来。你的心几乎停止了跳动，但随后你认出了那个声音。是乔希！

"乔希，皮特！真的是你们吗？"

话音刚落，乔希和皮特出现在你的视野里。

"天啊，真高兴看到你们。"你说着，大大地松了一口气，"发生了什么？"

"没什么要紧的事。这些家伙开始在艾克斯附近打探，所以乔希和我赶紧离开，躲进灌木丛。他们放弃了寻找我们，留下这个家伙看守艾克斯。我们偷偷溜回来，发现你已经抓住他了。"

▸▸ 请翻到**下一页**

"小心点儿！"金发男人说。

"我们不想听你说废话，伙计。"皮特说。

"别管他了。伊莎贝尔受伤了。"你告诉他们。

"受伤了？有多严重？我们不应该马上去找她吗？"乔希疯狂地问道。

"冷静一下。我们先在这儿说下情况吧。"皮特提议。于是你们三个避开人质，防止他偷听。

你解释了事情的经过，飞机和伊莎贝尔在的地方。这时，你突然有了一个主意——为什么不"借"越野车用一下呢？这肯定比徒步容易多了。但问题是，你可能会给自己招来太多不必要的关注。尽管开越野车很方便，但你很难在崎岖的地形上轻易操控它。或许你应该选择步行。

▶▶ 如果你选择开越野车，请翻到第 216 页
▶▶ 如果你选择步行前往，请翻到第 235 页

"我觉得走海上更好。"你说。

"好，就这么决定了，准备出发。伊莎贝尔，如果你感觉不舒服，我的小船上有个小屋，里面有上下铺，你可以好好休息。现在前进。"

冈萨雷斯启动货车发动机，"砰"的一声，噗噗噗，车子开起来了。你希望"维达号"能比这个老古董好一些。

到码头用不了多长时间。它坐落在一个美丽的海湾上，岸边的岩石阻挡了汹涌的大海的侵袭。水是耀眼的蓝绿色，清澈见底。船停泊在离码头几英尺远的地方。这是一艘漂亮的船，大约 30 英尺长，宽梁，木制结构，显然是一艘老式渔船，不过保养得非常好。

▶▶ 请翻到 **下一页**

"全员上船。"冈萨雷斯喊道，然后把一顶褪了色、皱巴巴的船长帽扣在头上。

冈萨雷斯自豪又快乐地驾驶小船向前。船上有你们三个人，再加上那只小狗，船缘和水面间就没有多少空间了。你想去游泳，海水是如此诱人。以后会有机会的，现在最重要的是去找皮特和乔希。

冈萨雷斯对"维达号"十分谨慎，他检查了前后所有的线路，最后按下发动机按钮，双柴油发动机迅速反应，发出正常运转的声音，这令你和伊莎贝尔欢欣鼓舞。

"它能跑 16 节，对一艘老船来说不容易，它保养得很好。"冈萨雷斯自豪地说，"把船头和船尾都放下来。"他命令道，希望你和伊莎贝尔都能听懂命令。不过他并不失望。过了一会儿，船离开了锚地，驶向大海。

"来，你们自己在这张地图上找找。我们先绕过这个岬角，再直上海岸，到了那儿就可以步行去找你们的朋友。我估计，如果天气好，我们能在六个小时内到那儿。"

▶▶ 请翻到下一页

　　船进入太平洋不受保护的水域时，被海浪不断拍打、侵蚀，令你感到不安。但没过多久，你适应了海上漂浮的感觉，甚至还有些喜欢。

　　"把住船舵，将指南针摆放好。"冈萨雷斯说，"小姐，你下去睡觉吧。"伊莎贝尔没有争辩，径直走向舒适的床铺。你听从冈萨雷斯，开始掌舵。

　　时间过得真快。你喜欢大海，喜欢咸咸的空气，甚至喜欢海浪从侧面打来时的那种震撼。在海上漂浮就像在空中飞翔一样自在安心，有家的感觉。冈萨雷斯指给你登陆地点时，你发现远处地平线上有一场风暴正在酝酿。

　　二十分钟后，你抛下锚。你们三个人和小狗乘坐小船向岸边驶去。第一滴雨落下来，风吹起了海浪。所幸你们顺利地到达了海滩。

　　"估计这儿离你们的朋友有三英里远。就算不下雨，这儿的天气也很恶劣，但我们会成功的，出发。"冈萨雷斯说。

▸▸ 请翻到第 **232** 页

"我觉得应该开这家伙的越野车去，"你对乔希和皮特说，"我们得尽快去找伊莎贝尔。"

"我不知道，那是偷窃。"皮特说，"这里是外国，我们蹩脚的西班牙语根本无法说服任何警察。"

"好吧，我们可以带他一起去。"乔希说。

"你疯了吗？先是想偷他的车，然后又想绑架他。没门儿！"

"皮特，现在情况紧急。"你说。

"伙计们，不好意思，我退出。"皮特说。

"伊莎贝尔怎么办？"你问。

"我们会尽力的。"皮特回答。

"来吧，伙计们，为什么我们不直接问他呢？"乔希说。

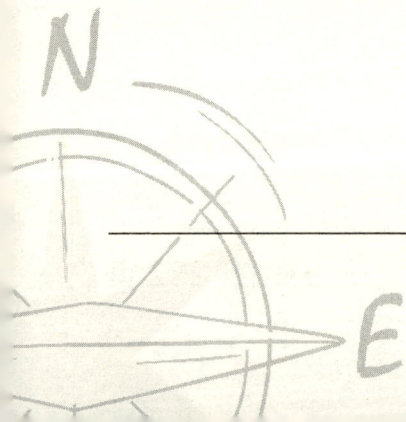

▶▶ 请翻到**下一页**

"好，我同意。"皮特说着，朝坐在地上的金发男人走去。

你跟着他一起，开始盘问。

"也许我们误会你了，也许你真的在度假。如果是这样，我们需要你的帮助。我们得借你的越野车一用。"你尽力表现出友好。

男人点了点头。你环顾四周，担心他的朋友会随时回来。

"这辆越野车怎么样？"你问。

"没问题。"他回答，"如果你们答应帮我，我就跟你们一起。"

"怎么帮你？"皮特问道。

"带我离开这里。你们看到的和我一起的人，除了他还有别人。不要问任何问题。我提供越野车，你们提供额外的人力，我们一起逃出去。那些家伙恐怖得很。"

"就这么说定了。"你看着皮特和乔希，等待他们的同意。他俩也点点头。

▶▶ 请翻到第 219 页

越野车是全新的。乔希跳到前座。油门旁边的地板上有一串钥匙。乔希发动引擎。"我们走吧？"他说着把车挂上挡，开到沙地上，"伊莎贝尔在哪边？"

"向北一直开到山坡那儿，再拐弯，后面还有两个山坡，但我们可以避开。"

乔希一脚油门，越野车冲进沙地，稍稍转弯。金发男人坐在后座中间，双手仍然绑着，眼睛看着前方和两旁的地形。你盯着他，仍然无法完全信任他。

▶▶ 请翻到下一页

"哦，不！当心！"乔希喊道。三个全副武装的人从一块岩石后面走了出来。

"趴下！"皮特喊道。

乔希加速前进，越野车跃过岩石和灌木丛。枪击声在空中回荡。风挡玻璃碎了，但乔希还在继续行驶。

"那些人想杀了我们。"你惊慌失措地说。

突然，枪声停止了。

"这就是你的朋友。"乔希对金发男人说。

"我说过，那些家伙开枪杀人，我想退出。让我安然无恙地回家吧。"

"你是怎么参与进来的？"你问道。

"可能是我太蠢，也太贪心。"

乔希继续行驶，拐过第一个山破，跑下一段距离，又看到两个山坡，绕了过去。道路崎岖难行，但乔希驾驶得很好。二十分钟之后，你们到了一个熟悉的地方。

"差不多到了。开上去，乔希。"你说。

▸▸ **请翻到下一页**

你们终于找到了艾克斯 12 的银色机翼，还有站在飞机旁边的伊莎贝尔，她向你们挥挥手。看到她没事，你非常激动。

两小时后，越野车驶进一个小镇。你们直接联系墨西哥警方，把他们带到两架滑翔机停落的地点，并提醒他们有强盗出没。多亏金发男人的帮助，警方很快把强盗抓获。作为对金发男人提供帮助的回报，警方没有为难他。你也终于松了口气，决定在接下来的一段时间里，过平淡安静的生活。毕竟在这短短一天里，你仿佛经历了这辈子所有的冒险。

▸▸ **本故事完**

"冈萨雷斯先生，我们开货车去吧。"你说。

"你自己选择，我的朋友。"

你也把伊莎贝尔带着一起，不忍心把她一个人留在废弃的机场。货车不情愿地发动起来，最后，你开到了崎岖不平的地方。

在你看来，眼下前行的路线似乎完全走不通。在这片接近沙漠的地带，既没有道路，也没有清晰可辨的小径。但冈萨雷斯看上去并不担心。他一边吹着口哨，一边哼着小曲，驾驶着旧卡车，绕过那些艰难路段。你甚至怀疑这是不是一个阴谋——你和伊莎贝尔被绑架了。这个想法一冒出来，你立刻将它打消。你肯定冈萨雷斯是个好人，一个选择远离人世喧嚣的人。

"那里是最后一个障碍，"冈萨雷斯说，指着货车前面一个陡峭的山坡，"我们无法穿越，它太长了，绕行又太远。但是步行的话，不会太久的。"

"太好了，我们走吧。"你说，"你可以吗，伊莎贝尔？"

▶▶ 请翻到第 225 页

"沿着小路走。"冈萨雷斯敦促道，你早已打算这么做。

从高高的山坡上传来了射子弹的声音。他们在向你们开枪！你的肩膀突然刺痛。你中弹了！冈萨雷斯查看你的伤口。"只是擦伤，我的朋友。一点儿擦伤，不用担心。"

"快开啊，老兄！"乔希大喊着。

没多久你们驶离了对方的射击范围，很快，你们五个人和小狗佩利托安全地行驶在乡间小路上，前往机场。

"希望那些家伙没有车。"皮特说。

"他们不会追上来的。"冈萨雷斯平静地说，"他们怕我这老头子哩！"他轻轻笑着说："明天联络营救你们的飞机。今晚好好放松，这一天真是够兴奋刺激的。"

▸▸ **本故事完**

"可以，我想应该没事，"伊莎贝尔回答，"虽然还有点儿难受，但我要和你们一起去。"

"嘿，要不留在这里吧？冈萨雷斯先生，你觉得呢？这里很安全，不是吗？"

"也许吧，但这片地区很复杂，可能会有坏人，谁知道呢。不过我们就离开一个半小时。所以，我想她可以留下来。佩利托可以保护她。是不是，佩利托？"冈萨雷斯对小狗说，它很喜欢伊莎贝尔，大声吠叫着回应。

"贝尔，我们很快就回来。万一遇到麻烦，你就开车返回机场，或者躲起来等我们。"

"好的，谢谢。但是请别离开太久。"

"我们不会的。"你说着，和冈萨雷斯向山坡走去。

▸▸ 请翻到第 **227** 页

没过太久你们就来到了山顶，从这里望下去，你看到狭长的山谷和倾倒在一边的艾克斯。

突然，你看到了乔希和皮特，他们正奋力奔跑，后面有两个拿着武器的家伙在追他们。步枪射击的尖锐声音划破空气。

"怎么回事？"你大声喊道。

"强盗，要么就是毒贩子。他们现在很危险，快！我们得把你的朋友救出来。"冈萨雷斯说着站起身来，挥着手大声喊，"快点儿让他们看到。"

▸▸ 请翻到**下一页**

你跳起来，挥着手臂大声喊。

"乔希，皮特，是我。快点儿来这边！"

子弹从你的头顶呼啸而过。冈萨雷斯迅速将你扑到在地。

"这就够了。让我们祈祷你的朋友看到了你。我们不能待在这儿了，强盗可能以为我们有枪，暂时不敢靠近。愿上帝保佑我们，阿门。"

你从岩石后面探出头，看了看外面。果然，乔希和皮特正在向你跑过来。他们弓着身子，寻找岩石做掩护。

"乔希，这边！"你喊道。

突然，乔希和皮特从岩石上滚了下来，砸在你身上。"你是从哪儿冒出来的？"乔希问，"这家伙是谁？"

▸▸ 请翻到第 230 页

这人微笑着抬头看你，你注意到他镶着一颗金门牙。"我能帮你吗？你的朋友怎么了？"他问。

"她昏过去了。我不知道怎么回事。"你担心地说，"你是谁？"

他走向艾克斯 12，伸手与你握手。

"我叫东·蒂亚戈·阿图罗·杰米·埃斯卡兰特·博格斯·阿勒冈·冈萨雷斯。"他说。

他的语速飞快，说得你脑袋发懵。

"你可以简称我为冈萨雷斯先生，或者叫得更简单点儿——冈萨雷斯，朋友们都这么叫我。但是请行行好，别叫我飞毛腿，求你了。我知道自己说话太快。"

你向他介绍了自己，意识到这就是皮特所说的管理员。看来你很走运。

"你朋友的联系人上星期开车来过，给你和另一架飞机留了补给，都储存在了米哈仙达。他说你可能会在这儿停留。"

直觉告诉你要相信这个人。他的语气和眼神让你充满信心。毕竟，你没有太多的选择。伊莎贝尔陷入昏迷，没有无线电，皮特和乔希还在 70 英里开外的地方。

▶▶ 请翻到第 **196** 页

你努力回忆冈萨雷斯的全名，想告诉皮特和乔希。还好冈萨雷斯主动开口："东·蒂亚戈·阿图罗·杰米·埃斯卡兰特·博格斯·阿勒冈·冈萨雷斯，乐意为您效劳。"

"没想到以这种方式见到您。"皮特说，"我们走吧！"

"好嘞，我的朋友们。出发！"冈萨雷斯说着走向货车。

你们走到停车的地方。伊莎贝尔察觉到了不对劲，开着货车离开了，并朝着正确的方向行驶。小狗佩利托趴在窗边，汪汪地大叫。

▶▶ 请翻到**下一页**

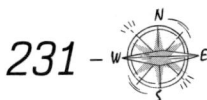

"快点儿，我们必须快点儿。"冈萨雷斯气喘吁吁地说道。

乔希第一个来到货车旁，他打开门，看到了伊莎贝尔，很是开心。伊莎贝尔也很兴奋，大家终于团聚在一起了。

所有人挤进车里。你绕过货车，走到驾驶座。

"上路吧！"乔希大喊一声。你控制方向盘，驱动车辆。

冈萨雷斯紧紧地抱着小狗佩利托。

▸▸ 请翻到第224页

他说得一点儿不夸张，道路确实崎岖艰难。过了好几个小时后，你们终于到达最后一个山顶。下面是艾克斯，周围没有人。飞机看上去像是被人抛弃了，有一种不详的气氛。

"乔希！"你大声喊道。一只强有力的手捂住你的嘴。

"别出声！"冈萨雷斯在你耳边低声说，"这里有坏人出没，看到没？"

他指着艾克斯机身上的几道裂纹，一开始你并没有注意到。接着，你看到机身上还有四个枪弹孔。你在飞机上寻找线索，哪怕是一张字条，甚至是一张赎金字条也行。

"我们帮不了你的朋友了。但愿联邦政府或者边境巡逻队能帮得上。我们走吧，跟我来。"

你不想走，但你相信冈萨雷斯，希望乔希和皮特平安无事。看来最好的办法就是交给当局来解决。

转身离开时，你不禁心里很害怕，害怕再也见不到你的朋友们。

▸▸ **本故事完**

"好吧，我们走吧。"你说，"但是这个金头发男人怎么办？"

话音刚落，车辆发动的声音给出了答案。

"嘿，他逃跑了！"乔希大喊道，"现在怎么办？"

"我们没的选，必须回去找伊莎贝尔，说不定还能找到救援。"皮特说。

一个小时后，你们在返回的路上正前行时，一列墨西哥联邦政府的卡车隆隆驶来，伊莎贝尔坐在打头的车上。

"嘿，伙计们，你们去哪儿了？"她笑着说，"我们把强盗都抓起来了！"她继续说，指着后面车上四个面目狰狞的男人。

你忍不住大笑起来。看起来伊莎贝尔好得很呢。不仅如此，她还独自经历了一番冒险。

▸▸ 本故事完

选择你自己的冒险

追踪山地大猩猩
雪人夜帝

[美] 吉姆·华莱士　　[美] R.A.蒙哥马利◎著

张悠然　申晨◎译

湖南文艺出版社
HUNAN LITERATURE AND ART PUBLISHING HOUSE

小博集
BOOKY KIDS

©中南博集天卷文化传媒有限公司。本书版权受法律保护。未经权利人许可，任何人不得以任何方式使用本书包括正文、插图、封面、版式等任何部分内容，违者将受到法律制裁。

著作权合同登记号：图字18-2020-147

图书在版编目（CIP）数据

选择你自己的冒险. 追踪山地大猩猩·雪人夜帝 /
（美）吉姆·华莱士，（美）R.A.蒙哥马利著；张悠然，
申晨译. -- 长沙：湖南文艺出版社，2022.3
ISBN 978-7-5404-9412-4

I.①选… Ⅱ.①吉… ②R… ③张… ④申… Ⅲ.①
儿童小说-长篇小说-美国-现代 Ⅳ.①I712.84

中国版本图书馆CIP数据核字（2022）第017063号

上架建议：儿童文学

XUANZE NI ZIJI DE MAOXIAN. ZHUIZONG SHANDI DAXINGXING·XUEREN YEDI
选择你自己的冒险. 追踪山地大猩猩·雪人夜帝

作　者：[美]吉姆·华莱士　[美]R. A.蒙哥马利	
译　者：张悠然　申晨	
出版人：曾赛丰	责任编辑：刘雪琳
策划编辑：蔡文婷	特约编辑：丁　玥
营销支持：付　佳　付聪颖　周　然	版权支持：刘子一　姚珊珊
封面设计：潘雪琴	版式设计：霍雨佳
出　版：湖南文艺出版社	
（长沙市雨花区东二环一段508号　邮编：410014）	
网　址：www.hnwy.net	印　刷：三河市兴博印务有限公司
经　销：新华书店	开　本：855mm×1180mm　1/32
字　数：136千字	印　张：7.875
版　次：2022年3月第1版	印　次：2022年3月第1次印刷
书　号：ISBN 978-7-5404-9412-4	定　价：130.00元（全5册）

若有质量问题，请致电质量监督电话：010-59096394
团购电话：010-59320018

注意！

这是一本与众不同的书，
决定故事内容的人完完全全是你自己。
书中有危险，有抉择，有冒险……当然，也有后果。
你必须用尽自己丰富的才能与大量的情报，
错误的决定可能导致最终的灾难，甚至死亡。

但是，不要气馁，
你在任何时候都可以返回，做出另一个选择，
改变你的故事走向，从而改写结局。

**加油吧，
选择你自己的冒险！**

追踪山地大猩猩

献给我的儿子——伊恩。

——吉姆·华莱士

　　你是一位环境保护主义者，也是一位著名的摄影记者。现在，你的任务是前往非洲的乌干达，拍摄濒危的山地大猩猩。

　　你将得到两位同行者的帮助，一位是名叫爱德华的动物学家，一位是名叫茨威娜的优秀丛林野兽追踪者。他们会和你一起穿越山地丛林。

　　此次的长途跋涉将考验你的思维能力、创造力和生存技能。你一定要小心行事，这些大猩猩将凭借你的项目来免遭灭绝的危险！

嗖！你的越野车从红土路上的一个大坑前呼啸而过，一阵被扬起的尘土在周围四散开来。

你是自然杂志《非洲博物学家》的摄影师和撰稿人，在山地大猩猩这个濒临灭绝的物种保护工作上做出了杰出的贡献。现在，杂志社派你前往乌干达一个偏远的野生动物保护区进行探险工作，你将在那里寻找几只已经被监测到的山地大猩猩。这是它们第一次在中非这片地区被发现，上一次的报道上写得非常粗略。

你邀请了东非大学的动物学家、山地大猩猩专家爱德华·基瓦努卡陪你一同前往。你们要去的保护区叫"密林"，位于奇格兹大猩猩保护区公园以北几英里（1英里=1609.344米）的位置。这两个地方都处在刚果和乌干达的边界上，恰好是死火山的斜坡地带。

你正在开车，回头转向爱德华问道："爱德华，你认为那些'密林'里的大猩猩是从哪里来的呢？大家都说，世界上仅剩的几只山地大猩猩都生活在保护区公园里。"

"我猜它们是从公园逃出来的。应该是公园护林员没能把当地的牧民和他们的牛赶出公园。一旦较低的山坡被用来耕种或者变成牧场，大猩猩就会失去那仅存的一点儿宝贵的领土，最后完全灭绝。"

▸▸ 请翻到 **下一页**

时间已到下午，你突然猛打方向盘，越野车来了一个急转弯。前方有路障！路上横放着一堆被新砍下来的树。

爱德华皱起眉头，说："可能是偷猎者干的。多年来，他们一直穿越刚果边境，在大猩猩保护区公园里非法猎鹿，公园管理人员已经对他们进行了各种打击。这些路障应该就是偷猎者用来防止被追击的。"

你们找来了一把斧头，但是这把斧头非常钝，看起来更像是用来修剪花枝的。你和爱德华花了将近一个小时的时间才砍断了足够多的木头，使越野车能碾过路障。

现在太阳已经落山了，热带地区没有黄昏，再过几分钟天就会全黑。你必须做出选择。

你们可以在附近露营过夜，也可以沿着黑暗的山路进入"密林"，试着寻找森林前哨站，追猎者茨威娜会在那里等你。你前几天告诉过她，今天会和她在那里见面。但是，你不确定她明天是否也会在那附近等待。

▶▶　如果你选择露营，请翻到**下一页**
▶▶　如果你选择开车进入"密林"，请翻到**第 9 页**

你决定在附近搭起帐篷露营。你们沿着黑暗的道路大约走了一英里，然后你的手电筒照到了一块大石头。"我们就在这儿搭帐篷吧，就在那块石头后面，也可以烧点儿火。"

"好的。"爱德华说，"这儿是个好地方，有了大石头的掩护，沿路走来的人就都看不见我们了。"

你把越野车藏起来，开始搭帐篷。爱德华还递给了你一碗他在火堆上炖的肉。这时，一个尖厉的声音突然打破了夜晚的寂静。

"啊呜！哞啊！"这声音以独特的节奏回响着，音调时高时低。你和爱德华凝视着眼前的黑暗，突然意识到那是什么声音。

"是电锯发出的声音，"你如释重负地笑了，"声音是从路障后面传来的。我过去看看，爱德华，如果我二十分钟之后还没回来的话，就过来找我。"

在走了一英里以后，你看到一辆停在路上的卡车，原本的路障已经被清理掉了。在卡车的灯光下，你看到两个男人正在用电锯锯东西。"好吧，迪伦，"其中一个人对另一个说，"如果那些愚蠢的偷猎者继续把这条路弄得一团糟，我们就只能走那条废弃的矿道去公园了！咱们走吧。"

冲动驱使着你走向了光亮处。

▸▸ 请翻到第 **8** 页

"嘿！"你对那两个人说，"你们是大猩猩保护区的管理人员吗？我和朋友爱德华·基瓦努卡要去'密林'寻找山地大猩猩，今天下午遇到了这个路障。我们现在正在路边露营。"

高个子男人说："基瓦努卡？他是我的老朋友！"然后他做了自我介绍。"我是卡勒布森教授，是公园的园长。这是迪伦，我们公园的管理员。"

你邀请他们跟你回营地，你们三个人开着卡勒布森的卡车一同前往。

卡勒布森很高兴见到他的老朋友爱德华。"今晚到我们公园总部的住处来吧，"他对你和爱德华说，"我们可以谈谈大猩猩。早上我会带你们去看一条通往'密林'的特殊山路。"

你对此很感兴趣，觉得卡勒布森的提议非常诱人，他也许能帮你们找到大猩猩。但是，去公园总部会让你离茨威娜的前哨站越来越远，你需要去找茨威娜，而且你已经迟到了。

▶▶ 如果你选择接受卡勒布森的提议，前往公园总部，请翻到**第 17 页**
▶▶ 如果你选择坚持留在自己的营地，请翻到**第 12 页**

你们沿着黑暗的道路向"密林"驶去。过了一会儿，车前灯照在一个白色的标志上："乌干达森林前哨站，密林区。"

"我们就在这里转弯。"爱德华说道。然后，这条路就变成了单行道。它沿着陡峭的火山山脉的轮廓蜿蜒曲折，道路迂回，而且在不断地上升、上升，越野车的引擎开始低速运转。

你不耐烦地朝前方看了一眼，除了一片漆黑，什么也看不见。

等等，左边好像有一道蜡烛似的亮光。

"爱德华，看！那是什么光？它在森林里闪烁，就在小路下面。"当你们靠近灯光时，它反射到了你们头顶的树枝上。

"可能是偷猎者驻扎的营地！"你说道，"别紧张。还记得我们经过的那些路障吗？"

▸▸ 请翻到下一页

那些亮光果然来自偷猎者的营地。你停下越野车，从车里可以直接看到营地的情况，它就在陡坡下几百米远的地方。

借着篝火的光亮，你看到偷猎者们正在用一棵大树作为过夜的庇护所。他们中的一个人靠在树干上睡觉，另一个人躺在篝火旁。正在这时，第二个人突然坐了起来，盯着你车前灯的方向。

"那些偷猎者竟然敢在这个保护区里露营和狩猎！"你惊呼道。

"是的，"爱德华回答说，"他们的胆子越来越大了。"

▸▸ 请翻到下一页

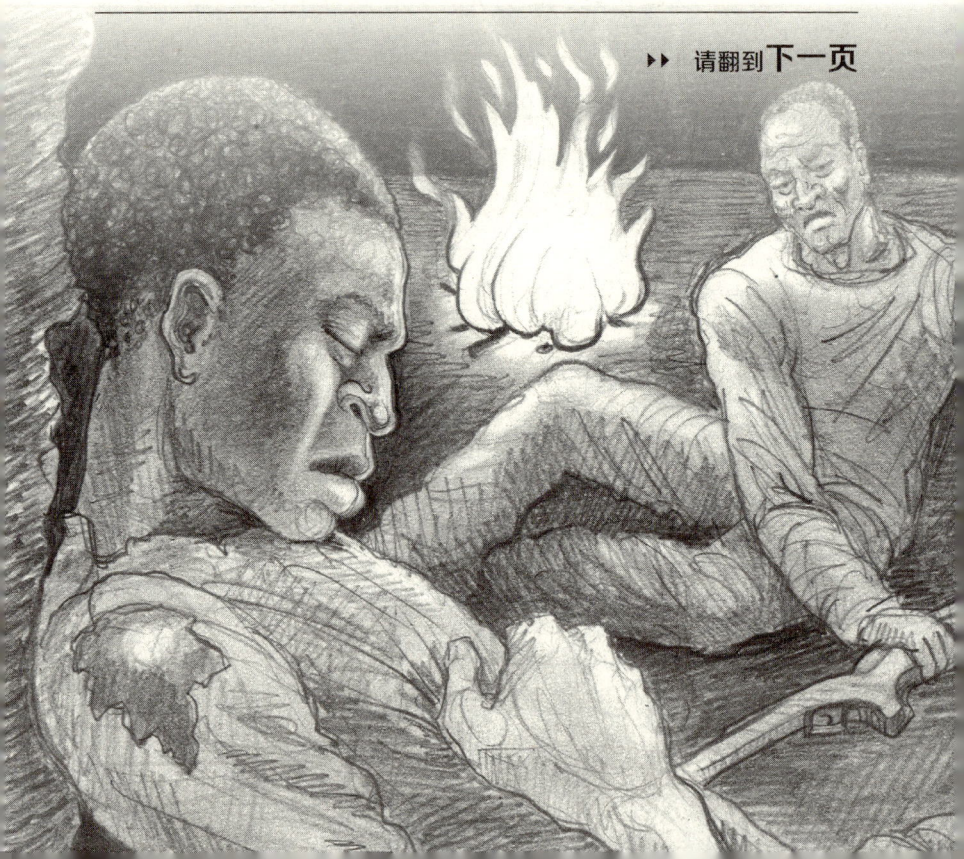

你把车换到一挡，沿着小路继续前进。

你和爱德华既紧张又疲惫，在一小时后终于到达了森林前哨站。屋里空空荡荡的，并没有茨威娜的身影。借着煤油灯的光亮，你们俩把睡袋铺开，放到小床上。

太阳升起后，爱德华开始在这片区域里寻找茨威娜，你则在查看森林地图。

"没有任何迹象表明她来过这里，"爱德华说，"要等等看她是否会出现吗？"

你一直希望茨威娜能跟你一起探险，她是你所知道的最好的大猩猩追踪者，非常值得信赖。当然，你也可以只和爱德华搭档去寻找大猩猩，毕竟你很想马上开始行动。

▶▶ 如果你选择等茨威娜出现，请翻到第50页

▶▶ 如果你选择不等她，马上开始行动，请翻到第15页

你决定留在营地。卡勒布森和迪伦离开了。

黎明时分，你和爱德华一起出发。你在一个指向森林前哨站的路标处转弯，然后一个小时后你们就到了目的地。茨威娜一看到越野车就跑出了前哨站的屋子。

"抱歉，茨威娜，我们迟到了。昨天我们遇到了点儿麻烦。"你向她打了招呼，然后和爱德华从越野车里爬出来，继续说，"我们走吧，去看看大猩猩是否真的迁移到'密林'里去了。"

"我们先检查一下远处的山坡，"茨威娜指着那里说，"那里有一片竹林刚刚发芽，大猩猩肯定会去的！"

密林区森林前哨站

你们跌跌撞撞地翻过高山上的火山岩，这真是一次艰难的攀登。但是在前往竹林的这一路上，茨威娜似乎一直都精神饱满，从没有感到一点儿疲惫。

突然，她僵住不动了。"它们在这里，大猩猩，"她小声说，"低下身子。"

你和爱德华匍匐在茨威娜的身后，沿着竹林边缘的一条动物的足迹向前前进。这些细长的竹子挨得很近，密密麻麻的，几乎不留缝隙。

"茨威娜，看！"你轻拍她的肩膀，指了指路边一根竹竿上挂着的细铁丝。

"那是捕鹿用的陷阱。"她低声说，"肯定是偷猎者干的，真可恶！"

▶▶ 请翻到 **下一页**

你们沿着小路静静地跟着茨威娜，后面的路上不再有捕鹿的陷阱出现。

"啊咦！啊咦！"一阵激烈的尖叫声响起。声音是从前方传来的，声音里充满了恐惧。

你们三个人匍匐在地，慢慢爬向声音传来的地方。你看到一群后背上长满黑毛的大猩猩正在小路中间围着一个东西绕来绕去，一阵阵听上去可怕而强有力的尖叫声从中间传来。

一只黑猩猩的首领强行挤进去，你瞥见了它长着银毛的后背和头部。它站立着，头伸得高高的，想要咬到什么东西。

是一条铁丝！铁丝的一端连着一根长在地上的粗竹竿，那竹竿几乎弯成了两截。铁丝的另一端缠绕着一只大猩猩的双臂。竹竿巨大的力量把这只发狂的动物的胳膊高高地拉过头顶。

黑猩猩首领正试图用牙齿咬断铁丝，它的头随着咀嚼动作而上下移动。你用远焦镜头将这一幕拍了下来。最后，铁丝"啪"的一声松开了，大猩猩四散开来。

你站起来，转向爱德华。"刚才那只大猩猩被抓住了。"

爱德华的身后突然有了动静，一个陌生人走上了小路，他右手拿着长矛，左手拿着砍刀。他是来检查陷阱的偷猎者吗？你无法确定。你该如何应对这个人呢？

▶▶ 如果你选择伸手向他问好，请翻到第 **58** 页
▶▶ 如果你选择什么也不说，请翻到第 **66** 页

"我们不等茨威娜了，直接去找大猩猩吧。"你跟爱德华说，"我们可以用这个前哨站作为大本营，如果她来了，看到越野车就会知道我们在这里。"

这条小路沿着山脊向上延伸，最后通向一座高耸的锥形火山的山峰。你瞥见山峰之间有一处马鞍形的区域，于是本能地朝那里走去。那里茂密的灌木丛中长满了野生芹菜，这是大猩猩最喜欢的食物。如果大猩猩已经迁移到"密林"中，也许它们会来这里。

"看，爱德华，"你低声说，"被咬过的芹菜茎。看这里，大猩猩肯定刚刚来过，这儿所有的植被都被压弯了，这就是大猩猩走过的地方。"

荨麻刺痛了你的脸，但你并不在乎，你匍匐在地，循着足迹前进。

爱德华转向左边，在你身后轻声说道："我到左边这片竹林里去，有几个足迹是向左边去的。如果我们发现大猩猩，就吹口哨提醒对方。"

▸▸ 请翻到下一页

一分钟后，你来到一片长满草的空地，看到了几只毛色黑亮的大猩猩。

透过双筒望远镜，你看到远处有两只成年大猩猩正在搭窝午休，它们把从附近一棵树上取下来的树枝弯曲成了弧形。紧接着，你又看到了一个蹦蹦跳跳的毛茸茸的小球，有沙滩排球那么大，那是一只大猩猩幼崽！

这个小家伙正在你所见过的最大的一只大猩猩背上攀爬玩耍。那只大猩猩背上的毛是银色的，只有成年的雄性大猩猩是这种颜色。它还有可能是这个族群的首领。过了一会儿，它仰面躺下，懒洋洋地待在窝里，然后向大猩猩幼崽发出了一阵善意的咕咕声。那个小家伙正在它的肚皮和胸膛上蹦蹦跳跳。

你还没来得及对爱德华吹口哨，就听到了几声尖叫："救命！救命！快救救我！"

▶▶ 请翻到第 **20** 页

你和爱德华扑灭了火，然后把装备收拾好，爬上越野车，前往公园总部。

卡勒布森的卡车尾灯指引你们穿过一片漆黑。这里没有乡村的灯光照亮道路，也没有路灯勾勒出蜿蜒陡峭的山路。

他转向了一条很窄的小路，你紧紧跟随。这条路行驶起来更加危险，你集中精力，随时准备急转弯。

终于，你的前灯扫过了公园大门，卡勒布森的车停在一所大房子前。那所房子就坐落在一棵开花的树下。

▸▸ 请翻到下一页

第二天一大早，你、爱德华、卡勒布森，还有迪伦一起在阳台上吃早餐。卡勒布森指着远处说："那边，在池塘的北边，那就是你们要去的'密林'。我们也听说那里有一群大猩猩。"

"你觉得大猩猩为什么会出现在那里呢？"你问道。

"它们正在逃离在保护区公园里放牛的牧民，还有在那儿出没的偷猎者。"卡勒布森回答道，"我既没有组织上的人力支持，也没有当地人的帮助，根本不能把这些人赶出公园。"

他再次指向北方，说："从这里到'密林'有一条特别

的小路，小路就在山坡上，我和迪伦可以给你们引路。我对那些报道也很好奇，咱们可以今天早上就出发。"

你犹豫了片刻，不知道该怎么选择。你需要像茨威娜这样专业的大猩猩追踪者的帮助，如果幸运，她或许还在等你。但是，现在有另一个机会可以立刻动身寻找大猩猩，能节省宝贵的时间。

▶▶ 如果你选择拒绝卡勒布森，坚持原计划，去找茨威娜，请翻到**第25页**

　　▶▶ 如果你选择加入卡勒布森和迪伦，从这里动身，请翻到**第23页**

是爱德华！

你顾不得大猩猩，马上跳起来，朝着叫喊声的方向跑去。那只银背大猩猩在听见你的动静之后大吼一声，向你发出了警告。你则继续在竹林中奔跑，听着大猩猩的叫声在你的身后渐渐消失。

可怜的爱德华被倒挂了起来，他的一条腿被一根绑在弯曲竹竿上的铁丝套住了，正无助地悬在小路的上方。那根铁丝的尖头扎进了他的小腿肚，从伤口流出的鲜血滴到了他的衬衫上，甚至还流到了他的脸上。

他向你伸出手来，说："救命！"你马上拖住了他的身体，使他不再垂到地面上，然后用弯刀割断了竹竿上的铁丝，轻轻地把他放了下来。

"这是我见过的最厉害的陷阱，真是太倒霉了！"爱德华呻吟着说道。紧接着，你帮他清洗好伤口，然后带他回到了森林前哨站。幸运的是，茨威娜正在那里等着你。

"爱德华，茨威娜，你们马上开着越野车回公园总部，把伤口处理好，再把偷猎者的事情报告上去。我要留下来再去看看大猩猩。真希望它们能接受我，这样我就能更好地近距离接触它们了。"

▸▸ 请翻到第54页

"很高兴你们两个能加入！"你跟卡勒布森和迪伦分别握了手。卡勒布森说："我会派人去找你的追猎者。如果她足够厉害的话，应该能追上我们。"说完，你们四个人就踏上了那条森林小路。

在接下来的几个小时里，你们沿着这条小路从山脊向上爬升，又陡然下降到峡谷，路途异常艰难。

在平坦的空地边缘，卡勒布森示意你走过去看看。他指向一大片灌木丛中一堆皱巴巴的树叶和树枝。这堆东西看起来像是被精心放置而成的。"这是大猩猩的窝！"你低声说。"是的，它们每天晚上都会搭窝睡觉，"卡勒布森说道，"看，这边还有一个。"你们两个蹑手蹑脚地向第二个窝靠近。突然，卡勒布森一动不动地站在原地。

在你们前面的另一片空地上，一个巨大的黑色脑袋和肩膀探出了灌木丛。那是一只大猩猩！

这只大猩猩走到了更为开阔的地方，你们能看见它的肩膀、脖子和背部的毛都是银色的，这显然是一只银背大猩猩。银背大猩猩通常是它所在的大猩猩族群的首领。

▸▸ 请翻到 下一页

接着，另外几只成年大猩猩也进入了你们的视野，它们中有几只被大猩猩幼崽拉着，正爬上爬下。爱德华数了数：六只已成年，三只还是幼崽。这是一个完整的族群。有两只大猩猩幼崽爬进一大片灌木丛中，在那里闲逛。它们一个接一个地摘下紫色的花朵吃掉，咂着嘴巴，就像在吃糖果一样。

"啊——！"银背大猩猩发出一声震耳欲聋的咆哮。它凝视着空地的另一边，第三只大猩猩幼崽正在那里活动，而迪伦就在旁边！它会怎么做？

那只大猩猩幼崽发现了迪伦，尖叫着跑回妈妈身边，发出轻微的咕噜声。迪伦后退了几步，回到了你们的队伍中。

"我只是想看得更清楚些。"他低声说。

你本来一直在拍照，当迪伦和你说话时，银背大猩猩发现了你们，然后开始盯着迪伦看。紧接着，它猛地一抖，将一株小灌木连根拔起，然后抛向空中。它一共向你们冲过来两次，但每次都在前进几米后就停了下来。最后，它转过身，对着其他大猩猩咕哝了几句，整个队伍就跟随着银背大猩猩消失在了森林里。

你很好奇迪伦想干什么，但现在没时间搞清楚。你是应该跟随大猩猩，还是等它们的恐惧消失？

▸▸ 如果你选择离开大猩猩，让它们消除恐惧，请翻到**第 40 页**

▸▸ 如果选择立即跟随大猩猩，请翻到**第 28 页**

"谢谢你的邀请，卡勒布森，"你说道，"但是我们要先去森林前哨站见茨威娜。我们现在已经晚了，所以现在就得走，否则会迟到更久的。谢谢你昨晚留宿我们，我们会尽快再跟你联系的。再见！"

两个小时后，你和爱德华把车停在了马路右边一个整洁的院子里。草坪上的一块牌子上写着"乌干达森林前哨站，密林区"。

▶▶ 请翻到第27页

这时，一个年轻的女人非常兴奋地向你跑来。是茨威娜！你每次来拜访她时，她都非常高兴。你们三个人互相问候了几句，然后你解释了自己姗姗来迟的原因，并问道："茨威娜，有大猩猩的踪迹了吗？"

"我徒步走到这里以西，与刚果接壤的边境地区，"她指着前哨站后面的山脉说，"在那里，我发现了一些大猩猩的踪迹。就在边境地区那座火山附近的森林里有一些大猩猩的窝，看起来像是昨天晚上刚刚搭建而成过夜用的。它们很可能从那里往北走了，我需要再看一遍才能确定。"

"我们先去你发现猩猩窝的地方查看一下吧。"你回答道。

茨威娜踢着脚下的泥土，说："我害怕去那个地方。我在那里遇到了一些正在非法捕猎野猪的猎人，他们告诉我，那里的地下正在往上冒着蒸汽。"

"茨威娜，这么多年以来，火山附近的温泉一直在往上冒蒸汽，"爱德华说道，"这早就已经不是什么新鲜事了。"

▶▶ 如果你说"茨威娜，我们一起去你发现猩猩窝的地方吧"，请翻到**第 29 页**

▶▶ 如果你说"好吧，茨威娜，那我们先去火山北边"，请翻到**第 35 页**

"我们跟着大猩猩吧！"你说道，"只要不让它们看到我们或者离得太近就没事。"

"好吧，"爱德华表示同意，"我们要非常小心，别吓着它们。它们刚到这片领域，已经够紧张的了。"

你们走在狭窄的小路上，迪伦看起来有些心不在焉。当你远远地落在其他人后面时，迪伦凑过来说："你知道吗，那些大猩猩幼崽会让我们赚很多钱的！一个欧洲动物园的人来找过卡勒布森，说他想要一只大猩猩，但是卡勒布森很生气。帮我抓一只吧，赚的钱咱们平分！"

"这就是你跑去看那只大猩猩幼崽的原因？没门儿！迪伦，你疯了吗？你可是大猩猩保护区的工作人员。"

他放弃了这个话题，说："我想你是对的。忘掉我刚才说的话吧。"

你们俩默默地往前走。你不知道现在还能不能相信迪伦。也许没什么大不了，他知道你的想法；也许你应该把这个问题公开。

▶▶ 如果你选择把和迪伦的谈话告诉其他人，请翻到第 **32** 页

▶▶ 如果你选择相信他，看看接下来会发生什么，请翻到第 **60** 页

茨威娜抬头看着你，说："好吧，我们去看看那些大猩猩的窝。但是靠近火山的时候一定要小心。"然后，茨威娜带着你们离开森林前哨站，走上了一条陡峭的小路。

想要跟上茨威娜的步伐并不容易，她走得非常快。在走了几个小时后，她停下来指给你们看西边的景色，说："刚果就在那边大约几百米远的地方。这里对普通村民来说太高了，根本没人居住，只有猎人才会到这儿来。"

"距离你看到大猩猩窝的地方还有多远？"你疲惫地问道。

"不远了。我们还得再往上爬一点儿，翻过这座山，越过火山口。差不多还要一个小时吧。"

在山的最高处，脚下灰色的岩石很光滑，也很不稳固。你停下来准备吃一点儿面包和肉干，突然感觉到身下的岩石开始晃动。一开始，你还以为是自己的体重的缘故，所以继续坐在原地没有动。紧接着，身下的晃动越来越明显，茨威娜和爱德华都迅速跳开，沿着小路开始逃跑。

"快点儿！快走啊！"爱德华冲你大声喊道。

▸▸ 请翻到下一页

太迟了！一团蒸汽从地下喷涌而出，形成一道屏障，正好挡在你通往爱德华和茨威娜那边的道路。

沿着这道屏障，植被和树木开始摇摆和晃动。但奇怪的是，空气中根本没有风！

脚下的地面正在猛烈地摇晃，你感到强烈的头晕和恶心，眼前的一切看起来都模糊不清，所有的东西都在震动，更多的蒸汽沿着新裂开的地方不断向外喷涌。

现在，你和其他人之间的裂缝已经有三四十厘米宽，你眼看着那些树木和灌木丛都陷进了冒着蒸汽的裂谷里。

裂缝还在不断地扩大，也许你可以绕着它赶紧跑到对面去，但它正变得越来越长。

"快点儿！跳过来！你能行的！"爱德华大声喊着，伸出手来。

正在你犹豫的时候，裂缝变得更大了。

▸▸　如果你选择直接跳过去，请翻到**第 44 页**
▸▸　如果你选择绕着裂缝跑，请翻到**第 37 页**

你决定在第一次休息时就告诉别人关于迪伦的事。

这一整天，大猩猩都在不停地四处活动，根本没有停下。无论什么时候，你只要刚刚看见它们，它们都会立刻消失得无影无踪。时间一分一秒地过去，你忍不住担心起来，这些大猩猩好像害怕得过了头。

你们终于第一次停下来休息，准备吃点儿东西。迪伦则独自坐在一棵倒下的树上。

"迪伦吓到这些大猩猩了，它们以为他想偷大猩猩幼崽。"你对同伴说。

迪伦听到后立刻停下咀嚼口中的食物，涨红了脸，说："不管怎样，那些大猩猩最后都会死的！它们是濒临灭绝的物种，至少在动物园里还有活下去的机会！"

卡勒布森说："什么？迪伦，你还企图从这里给动物园偷过去几只大猩猩？"他又转向你，问道："这是怎么回事？"

你解释说："今天早上他想给动物园抓一只大猩猩幼崽。"

卡勒布森被气得跳了起来。"他可是保护区的工作人员！好了，迪伦，你被解雇了！"

▸▸ 请翻到第**34**页

卡勒布森向迪伦示意："我们走吧，这就回去！"然后又转向你和爱德华，说："对不起！祝你们好运，希望你们能够获得关于大猩猩的照片和报道素材。至少我们已经在'密林'里找到它们了。如果你的追猎者出现在公园总部，我会告诉她去哪里找你的。"

他们离开后，你和爱德华搭了一个简易的茅草屋作为营地，这样晚上就不用返回公园了，你们可以在这里露营过夜。

第二天早上，爱德华建议道："我们先绕开大猩猩，让它们单独活动一会儿。如果继续跟着的话，它们可能会逃离这里的。"

"好的，"你说道，"我们走吧。"

爱德华点了点头，然后绕过一块布满青苔的岩石，沿着羚羊的足迹向前走。过了一会儿，你突然听到了一声"救命！"和树枝折断的声音。他落入了猎人的陷阱！

"我没有受伤，"爱德华对你喊道，"只是觉得自己很愚蠢。我应该好好看路才对。"

爱德华没有办法出来，你也无法接近他，陷阱太深了。让爱德华独自在这里是很危险的，但是你的工具和绳子都在茅草屋里。如果你留下来四处看看，或许能找到一根足够结实的树枝让他爬上来。

▶▶ 如果你选择返回茅草屋取工具，请翻到**第 49 页**
▶▶ 如果你选择寻找树枝帮爱德华爬出来，请翻到**第 63 页**

"如果先向北走，然后再沿着山坡向东爬，我们应该能在那里发现大猩猩。"茨威娜说。"那我们开始行动吧。"你回答道。

从森林前哨站开始，小路向北蜿蜒而上。你们转向东面，爬上两座山峰之间的山坡，这里的树木变得越来越矮小和稀疏，空气也变得寒冷而多雾。

茨威娜突然停下脚步，说："前面有大猩猩。我从来没有在这么高的山上看到过它们，想不到它们会在这里出现。"

你往前看，却什么也看不见。过了一会儿，透过浓雾的间隙，你终于看到一列黑背大猩猩正慢慢地穿过小路，爬上山坡，向山上走去。

茨威娜等最后一只大猩猩走过后继续沿着小路向上爬。在来到一个交叉路口时，一只银背雄性大猩猩出现在你们正前方的小路上。你们距离它非常近，甚至能看到它皮毛上沾着的露珠。它肯定是这个族群的首领，走在族群的最后负责保卫工作。露水使它浑身都闪烁着银光，看起来很华丽。

银背大猩猩一声不吭地盯着你的眼睛，然后转身向山上爬去。

▶▶ 请翻到**下一页**

你出神地盯着大猩猩看了一会儿。

"在这么大的雾里，我们很难找到它们。"爱德华的话将你从恍惚中拉回现实。

"它们为什么要爬到火山顶上去？"你问道，"我们去找它们吧。"

但是这里雾气太重，大猩猩在光秃秃的岩石上没有留下任何痕迹，你们的跟踪搜寻毫无结果，大猩猩彻底从你们的眼前消失了。

几天后，你取消了此次探险活动。

"我不明白它们为什么要离开自己的地盘。它们在找什么？山顶上没有什么可吃的。"爱德华边说边凝视着在火山口边缘打转的云朵。

茨威娜神秘地说道："我相信它们有自己的理由。它们比人类聪明得多，知道一些我们不知道的事情。"

你随着茨威娜的视线望向火山。也许，她的话是对的。

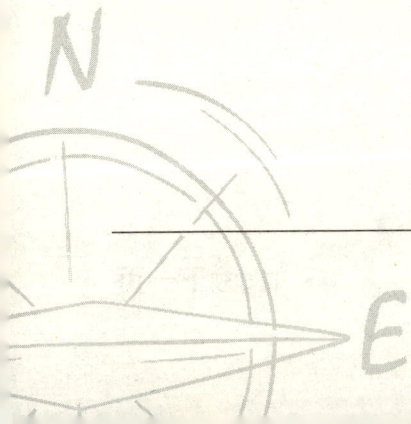

▸▸ **本故事完**

"爱德华，跳过去太危险了！"你大声喊道，"我要试着绕过它，快跟我一起走！"

大地在剧烈地震动着，你感到一阵头晕目眩。你发现，每震动一次，裂缝就会变大一些，蒸汽也会随之从裂缝中向外喷涌。某些地方的裂缝甚至大到足以使一棵参天大树就这样悄无声息地下陷，然后消失不见。

你很幸运，最后终于在山坡下几百米的位置顺利绕过裂缝，和其他人会合。

"茨威娜，关于火山的事你说对了。我们需要快点儿离开这里！"你喊道。

▶▶ 请翻到**下一页**

在距离火山还有一段安全距离的位置，茨威娜停在了一棵大树下。这棵大树的树干非常粗，树干上还有一个很深的树洞，你们全都躲进树洞里进行简单的休息和调整。现在是下午三点左右，这里离茨威娜发现的大猩猩窝不远，真是一个露营的好地方。

困意突然来袭，你忍不住睡着了。等醒来时，你发现茨威娜和爱德华正在你身边熟睡。你站起来伸了伸腿，然后沿着小路向前走了一小段距离，看到一片郁郁葱葱的草地，眼前几乎没有任何树木。草地呈碗状，有一个篮球场那么大。

你好奇地走到草地的边缘，感觉这里有些奇怪：草地被笼罩在一片薄雾之下，看上去异常翠绿和丰饶。草地中心的雾气最重，而这里也是草地的最低点。眼前的景色带着一股宁静的神秘气息，看起来美极了。

你被这片草地深深地迷住了。

突然，你注意到薄雾隐约显现出了几只动物的轮廓：一头野猪，两只鹿。有那么一瞬间，你还以为它们睡着了。再仔细一看，你才发现它们死了……紧接着，你发现了更多的动物尸体，有些甚至已经在地面上腐烂了多半，裸露的白色骨架上挂着皮毛。

发生了什么事？也许你该叫醒爱德华和茨威娜。这是一片神秘的墓地吗？

▶▶ 如果你选择在探索这片草地之前叫醒爱德华和茨威娜，请翻到**第 45 页**

▶▶ 如果你现在就要开始探索这片草地，请翻到**第 94 页**

"我们最好让它们安静一天，"你说道，"它们被吓坏了。你也知道，大猩猩喜欢私密的环境。我们已经和它们有了接触，明天再从这里继续跟踪吧。"

"好吧，"卡勒布森说道，"太遗憾了。迪伦和我先返回公园。"

"我们也一起回去。如果你的人找到了茨威娜，也许她正在那里等着我们。"你说道。

那天傍晚，你们回到公园，茨威娜果然就在那里。

你跟她打了招呼，并且为发生的一切道歉。"但是我们还是挺幸运的，"你解释说，"我们今天发现了一群猩猩，但可惜的是把它们吓坏了。明天我们再继续去和它们接触一下。"

你、爱德华和茨威娜第二天一大早就出发了。你们跟随着大猩猩的踪迹来到一片平坦的区域，茨威娜停下来，指给

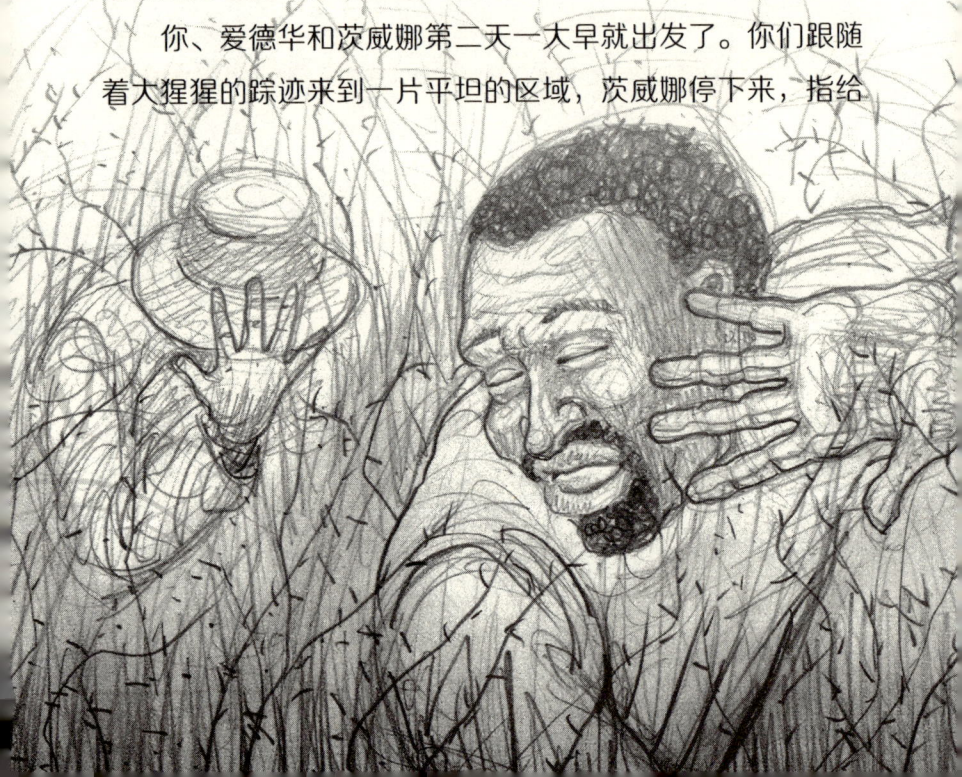

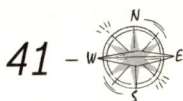

你和爱德华看。"它们觉得这里非常安全，所以放慢了速度。看到它们走过的不同的小路了吗？大猩猩在这里开始散开，四处寻找食物。"

"它们离我们有多远？"爱德华问道。

"很近了，"茨威娜回答道，"从现在起，我们得蹲下身子，保持安静。不会等太久的。"

你蹲下身子，跟着茨威娜穿过茂密的植被。这条路并不好走，大猩猩的足迹正好穿过一片荨麻丛，不管你多么小心，荨麻总会刺痛你的脸和手。

"啊——咦！"一个听起来像是人类婴儿发出的尖叫声从你们的左前方传来。

▶▶ 请翻到**下一页**

"茨威娜，"你轻声说，"那是什么？"

她示意你保持安静，跟着她走。现在你知道那声尖叫是怎么回事了——一只大猩猩幼崽的一只脚卡在了一根细长的树权上。大猩猩妈妈正抱着它，试图把它的脚从树权中抽出来。

你马上拿出照相机和记事本，蹑手蹑脚地走到前面去想要看得更仔细。大猩猩幼崽的脚终于被抽了出来，它又淘气地跳到银背大猩猩的肚子上。这只大猩猩首领正懒洋洋地靠着树干仰躺在地上，你有足够的时间在妈妈把小家伙抱起来之前拍几张温情的照片。

突然，一个声音响起，你抬头向上看，发现一只全身漆黑的大猩猩正俯视着你。从它的体形来判断，这很可能是一只雄性大猩猩。它从哪里来的？

你又仔细地观察了一下，感觉它并不属于下面的这个族群，它应该是一个外来者。

这只大猩猩发出轻轻的咕噜声，沿着山坡下来走向你。你应该怎么做？在这座山上奔跑会很危险，也许你应该保持不动。但是你根本猜不到这只大猩猩想要做什么，留在原地貌似也很危险。你还可以爬到树上，但你能爬得过大猩猩吗？

▶▶ 如果你选择逃跑，请翻到第 **47** 页

▶▶ 如果你选择留在原地不动，请翻到第 **93** 页

▶▶ 如果你选择爬到树上，请翻到第 **99** 页

你快速助跑，然后腾空跳起。

但是，你还是没有抓住爱德华和茨威娜伸出来的手。在你跳起来的那一瞬间，他们脚下的地面也裂开了，所有人都坠入了充满蒸汽的深邃裂缝里。

▸▸ **本故事完**

"嘿，爱德华！茨威娜！快醒醒！快到这里来！"你在草地的边缘呼喊着。

过了一会儿，爱德华过来了，他揉着眼睛问道："你要干什么？"

"来看看这个地方。这里如此安静，而且草是那么的绿。爱德华，你快来看这些死掉的动物！"你说着抓住了他的胳膊，"看到中间的薄雾了吗？那是二氧化碳，因为地下的火山活动被释放了出来，浓度足以致命。再看那片草地，它们能长得那么茂盛都是因为这浓郁的二氧化碳。"

"幸好我没去那里，"你又说道，"二氧化碳可能会要了我的命。我们快离开这儿到别的地方去露营吧。"

第二天，茨威娜又带领你们踏上了通往两天前发现大猩猩窝的那条小路。这片区域长满了金丝桃树，大猩猩最喜欢用柔韧的树枝建窝。这里共有七个窝，形状像粗糙的浴缸一样。

小路沿着一条平浅的峡谷边缘向前延伸。茨威娜指着下面的峡谷，说："又是一片充满二氧化碳的草地。"

"如果大猩猩走进去了该怎么办啊？"你说，"我们过去看看吧。"

▸▸ 请翻到下一页

在黑暗的森林里，草地如绿宝石一般闪闪发亮，笼罩在一片柔和的雾霭之下。你屏住呼吸，慢慢靠近这片草地。

"不！我的天哪！是大猩猩！"你最先走过去，看到一些黑色的脊背平静地躺在致命的雾霭中央，"不！"

"我数了数，一共九只大猩猩。"过了一会儿，爱德华难过地说，"它们是一个族群，那边的银背大猩猩是首领。这些一定是母亲，怀里还抱着孩子。"

你用照相机拍了一张又一张的照片。绝望之下，你将照相机切换到黑白背景，才契合如此悲伤的时刻。

至少，它们是一起平静地死去的，在取景器的画面上看起来很放松，像是在薄雾里睡着了一样。

▸▸ **本故事完**

快跑！

那只巨大的大猩猩径直向你走来，距离越来越近，你甚至可以看到它胸前乌黑发亮的毛发在阳光下闪闪发光。

你立刻转过身去。在你的右边有一条小路，你迅速冲了过去，然后一路冲下山坡。一根树枝掠过你的脸，泪水迅速盈满了你的眼眶，让你几乎看不清眼前的路。突然，你急速下坠！咔嚓！然后你感到左腿一阵刺痛。

原来，你掉进了一个长方形的坑里，这个坑看起来像是人造的，坑底还覆盖着一层锯末。你的腿疼得动不了，除了静静地等待同伴，你别无他法。

几分钟后，茨威娜和爱德华发现了你。那个长方形的大坑是伐木工人挖的，所以里面布满了锯末。他们把你抬到安全的地方，并在你的腿上装上了临时的夹板。你的伤很重，必须好好修养，不能继续在野外活动了。

探险之旅就此终结。

▸▸ **本故事完**

"爱德华，我去拿绳子和砍刀。不要慌，我很快就回来。"你说道。

几个小时后，你拿着工具回到了那块布满青苔的岩石上，突然发现一只豹子正蹲在坑边准备扑下来！阳光照在它身上，黑色的斑点在明亮的光线下闪闪发光。然后，豹子的尾巴开始抽动：它准备起跳了。

"哟！"你尖叫一声，把那卷绳子朝它抛去。豹子被吓到了，它惊慌地咆哮了一声，转了个圈，悄无声息地钻进了灌木丛。

"幸好你及时回来了。"爱德华说道，"再过几分钟我可能就一命呜呼了！"

你把绳子系在树上，然后把绳子的一端递给爱德华，帮他从坑里爬了上来。"爱德华，刚刚那是一只猎豹！我还以为在乌干达已经见不到猎豹了。"你说道。

"猎豹在这里确实很罕见，人类占据了它们的栖息地，它们和大猩猩一样，也濒临灭绝。"

虽然才中午，你们俩却已疲惫不堪。回到茅草屋休息的想法太诱人了，你想知道茨威娜是不是也回到那里了。但是你也可以利用这段时间继续爱德华的绕行计划，毕竟你不想离大猩猩太远。

▶▶ 如果你选择回到茅草屋，请翻到第 **78** 页
▶▶ 如果你选择继续在大猩猩附近探索，请翻到第 **64** 页

你还是觉得继续等待茨威娜比较好。

清晨的太阳消失在附近山坡上的雾气中，然后，雾气开始慢慢消散。这是热带雨林常见的天气。

现在是上午，空地边的大树上长满了苔藓，露水从苔藓上滴落下来。你和爱德华在森林前哨站的空地上来回踱步，时刻留意着茨威娜的踪影。

突然，你跳了起来。茨威娜毫无声息地出现在你身边。这就是她，一个细心而安静的追猎者，即使最警觉的动物也难以觉察到她悄悄临近。

▸▸ 请翻到下一页

你笑起来，说道："嘿，茨威娜！"

"昨天晚上，我本来一直在这里等你，但是后来这里来了一些其他人，为了避开他们，我就在那座山坡上过的夜。我隐约听到他们说，要给动物园抓一只大猩猩。他们应该是偷猎者。"

茨威娜带着你和爱德华走进了森林，这里的植物交织缠绕，茂密繁盛，你必须爬上爬下才能继续往前走。你们爬下一座陡峭的峡谷，峡谷的另一边又是一片茂密的树林，低矮粗壮的树枝上开满了奇异的红色花朵。

茨威娜嗅了嗅。你也闻到了，是一股像麝香的气味。

"大猩猩，"爱德华平静地说，"它们就在这片树林里。"

▸▸ 请翻到第53页

森林里很安静，你们三个都蹲下来，仔细观察前方是否有大猩猩的踪迹。你站起来，告诉茨威娜："它们肯定还在我们前面——"

突然，小路左边茂密的植被丛里爆发出尖叫声。

"是大猩猩！"茨威娜低声说，"它们看见了你，所以发出了警报。"

在更远的地方，尖锐的叫声一遍又一遍地响起。在前方一棵树的树冠上，三个黑色的毛球从一根树枝跳到另一根树枝上，又从一根粗藤上滑到地上。是大猩猩幼崽！

"那是它们的妈妈在叫它们。"爱德华说。

最后一个爬下藤蔓的小家伙跳到另一个的肩膀上，它们打闹了一会儿，然后都跑向了妈妈。

"我们去追它们吧，茨威娜！"你兴奋地说，"这是真的！大猩猩已经迁移到'密林'中来了。"

"它们现在很害怕，如果我们继续跟踪的话，它们可能会逃离这片森林。明天再继续接触它们会更容易一些，先让它们慢慢地适应我们。"茨威娜建议道。

你等了这么久才找到它们，真想继续跟踪下去，然后马上开始撰写文章。但是，也许等待一天会有更好的收获。

▶▶ 如果你选择继续跟踪大猩猩，请翻到第 **107** 页

▶▶ 如果你选择等到明天再接触大猩猩，请翻到第 **112** 页

从公园总部传来了消息，茨威娜已经带着爱德华前往最近的基索罗镇治疗被感染的伤口。现在，这里只有你一个人了。

大猩猩族群还待在这片区域里，你每天都和它们保持接触：每天清晨确定它们的位置，小心翼翼地俯下身子接近它们，假装吃它们正在吃的植物，然后静静地待在它们能看到你的地方。这个群体总共有九只猩猩：三只幼猩猩和它们各自的母亲，两只成年大猩猩和一只银背大猩猩首领。

一场冰冷的雨降落在森林里。你甩了甩照相机，使其尽量保持干燥。大猩猩们则躲在一棵巨大的倾斜的树下避雨。你们都被雨水淋得浑身湿冷。也许你也应该给自己找个避雨处，但你不想吓到这群大猩猩。

▶▶ 如果你选择给自己找个避雨的地方，请翻到**下一页**

▶▶ 如果你想等待降雨过去，请翻到**第 73 页**

为了挡雨，你从背包里拿出一件斗篷，披在身上。接着，你将斗篷挂在倾斜的树枝上，把边缘绑在周围的植物上，做成一个简易的帐篷。

空气冰冷，你忍不住吸了吸鼻子，身体冻得有些发僵。你不小心碰断了一根枯死的树枝，发出一声响亮的咔嚓声。这下可好，大猩猩一定被吓得跑去一英里开外了。但至少你的帐篷已经搭了起来。你坐在里面，透过大雨往外看。

大猩猩还在那里，它们离开了避雨的地方，正盯着你的方向。它们被你的帐篷吸引了。你用照相机拍下眼前的这一幕。然后，你听到了什么动静。

▸▸ 请翻到**下一页**

"嘿，比尔，我们现在在哪儿？"

咔嚓！

"哦，这该死的丛林！"

"啊咦！啊咦！"大猩猩听到说话声，惊恐地尖叫着跑上山去。银背大猩猩停下来，朝着说话声传来的方向发出震耳欲聋的咆哮，然后跟在它的家人身后消失了。

你爬上一棵树，看到空地上有五个人。他们带着许多像摄像机似的笨重设备，一定是电影摄制组。

随着一声呻吟，你爬了下来。雨停了。你犹豫着是否应该和这群人谈谈，让他们不要吓跑大猩猩。或者你应该跟着大猩猩，因为它们已经开始接受你了。

▶▶ 如果你选择尝试和电影摄制组沟通，请翻到**第 72 页**

▶▶ 如果你选择和大猩猩待在一起，请翻到**第 106 页**

"你好！"你向那个男人打招呼，"你在捕猎什么？"

"鹿"，他回答道，"刚刚听到了尖叫声，所以我们过来查看陷阱。"

那人身后的竹林沙沙作响。第二名偷猎者带着长矛穿过密密麻麻的竹林，他向你点点头，加入了他的同伴。

你看着他们说："你们的猎鹿网伤到了一只大猩猩。在这片森林里打猎是违法的！有猎人捕捉大猩猩吗？"

他们默默地盯着地面。

"听着，"你说，"我们在帮助大猩猩守护它们的森林栖息地。如果你们愿意说出所知道的一切，我们就不会再来打扰。"

第一个偷猎者看着你，说："昨天有两个猎人给我们看了他们在别处抓到的一只幼猩猩。"

"我们去找那些偷猎者吧！"你对爱德华和茨威娜脱口而出，"也许我们可以去救那只幼猩猩，看看它的族群发生了什么事。"

他们点点头。你端详着眼前的两个猎人想：是否可以相信他们能带路去找大猩猩偷猎者？还是应该向他们问路，你们独自去找偷猎者？

▶▶ 如果你们选择给猎人一笔钱，让他们带路去找大猩猩偷猎者，请翻到
第67页

▶▶ 如果你选择向他们询问路线，自己去找大猩猩偷猎者，请翻到
第126页

你决定暂时相信迪伦。整整两天，大猩猩都在森林里躲避你们。不过，它们很容易被追踪，因为它们总留下一串被咬碎的植物和咀嚼过的秸秆。但它们比你和爱德华记忆中的速度快得多，总是能成功逃离你们的视线，让你们很难与它们接触。你们每晚都在森林里露营。

"我很担心，"爱德华说道，"它们被吓坏了，正前往森林的南部边缘。"经过一番讨论，你们四个人决定第二天待在营地，好让大猩猩们安顿下来。如果你们停止跟踪，也许它们就不会继续逃跑。

那天下午迪伦不见了，他可能一个人去追大猩猩了。

▸▸ **请翻到下一页**

你沿着大猩猩经过的小路跑了十分钟，听到一只幼猩猩发出了尖叫和哀嚎。前方二十英尺（1英尺=30.48厘米）的地方，迪伦坐在一棵大树的低矮树枝上，手里抱着一只幼猩猩！母亲站在树下，愤怒地咆哮着，它开始往上爬。迪伦把幼猩猩丢下去，它立马爬到母亲身边，紧紧地抓着它。

大猩猩们聚集在迪伦的树下，释放着无声的威胁。

"救命！救命！"他尖叫起来。

你瞅准时机，从藏身之处冲出来，挥舞着手臂，朝大猩猩们扔去木棍。

"呜啊！"你大喊大叫着直奔它们而去。这招果然有用，大猩猩们转身逃跑了。你气得说不出话来，瞪着迪伦，返回营地。迪伦被吓得浑身发抖，紧紧地跟在你身后。

▸▸ 请翻到**下一页**

回到营地后，卡勒布森对迪伦一番怒斥："什么？为了动物园去抓幼猩猩？我简直不敢相信！这种事情已经不是头一次发生了，我之前同意再给你一次机会做这份工作！但现在，你被开除了，并且你还得坐牢！"

"没事的，卡勒布森——"你开口说。

"听着，我真的很抱歉。"卡勒布森打断你，"我犯了一个错误，给了这家伙第二次机会。他把事情搞得一团糟。"

"嗯，"爱德华说道，"这就够了。我们必须停止与这群大猩猩接触，否则它们会离开这最后的保护区。"

你的探险之旅就此结束。

▸▸ **本故事完**

你四处寻找枯树枝，想把爱德华从坑里救出来。你在附近找到了一根，把它伸进坑里，说："小心，爱德华，慢慢来。树枝很细。"

爱德华用手抓住树枝马上就要出来了。突然——咔嚓——树枝断裂了。没等你放手，你就已经和爱德华一起掉了下去！

爱德华帮你站起来，幸运的是你没受伤。你们谁也没说话，都知道接下来很难逃命了。

几个小时过去，蚊子在你们周围嗡嗡作响，你感到口渴难耐。

头顶上响起的沙沙声吓了你一跳，两个人从边上探出身子往下看。"嘿，我们不抓人，只抓羚羊。真抱歉！"其中一个说。

他们用从附近的树苗上砍下来的一根枝干，把你们救了上来。这俩人身形魁梧，都拿着长矛和弯刀。

"感谢你们的相救。"爱德华对他们说。

"你们在森林里干什么？"高个子的猎人问道。

你应该告诉他们吗？他们熟悉森林，也许能提供帮助。但他们是猎人，如果让他们得知了大猩猩的事情，可能会伤害这些动物。

▶▶　如果你选择说"我们在找大猩猩。你们发现它们的踪迹了吗？"，请翻到**第81页**

　▶▶　如果你选择说"这不重要，感谢你们的相救，再见！"，请翻到**第88页**

"我们继续向南绕行，看看我们的大猩猩怎么样了。"
你说。

"好吧，我担心那只豹子可能在跟踪它们。我们走吧。"
爱德华回答道。

首先你们爬上一座火山，比人还高的落叶松和半边莲遍布在岩石斜坡上，巨大的干里光在粗糙的树干顶端长出太阳形状的尖叫，半边莲看起来像巨大的仙人掌。

山下数千英尺处是一片草地。草地四周生长着蔷薇科的苦苏花树，上面布满了铁兰苔藓。

▶▶ 请翻到第 79 页

你盯着这个奇怪的男人，他站在那儿，看起来一脸吃惊。然后你举起照相机，那人转身沿着小路跑了下去。他一定是偷猎者！

突然有什么声响，你转过身，朝小路上望去。你脖子后面的汗毛都竖了起来。另一个人穿过竹林，来到距离你前方六英尺的狭窄小路上，手里还拿着一支长矛和一把大砍刀。他大声地说着话，好像以为路上会有什么人似的，但没想到会遇到你！

你们俩都一动不动地站着。你离他很近，可以看到他那看起来很危险的长矛尖上锈迹斑斑。

"哟呼！"另一个偷猎者的声音从远处传来，呼唤着他那迷路的同伴。

就在一刹那，那个人冲了过来，将长矛对准你扔了过来，矛从你和爱德华身边闪过，刺向他的朋友。还好你只是被划了一道。

茨威娜赶紧捡起一些特别的叶子，把它们包在你的伤口上。然后，她用连着藤蔓的枯叶为你做了一个枕头躺着。你闭上眼睛，感觉到照相机还在身边。

"你真幸运，"爱德华说，"那把长矛差点儿刺中你！你不会有事的，但我们得送你去医院。抱歉中断了你的探险之旅。"

▸▸ 本故事完

你告诉偷猎者，如果他们能带路，你愿意付钱。

第一个偷猎者冲你点了点头道："如果你现在给我们钱，我们就这么做。"

你们达成了交易，这两个人带着你们迅速朝两座山岗之间的鞍部走去。那里的森林里有很多金丝桃和雪莲树。大猩猩最喜欢吃这些树的树皮、坚果和叶子，以及上面生长着的蕨类植物和花朵。

你们的向导向西前往乌干达和刚果的边境处。傍晚，其中一个偷猎者指着断崖下的一块长满草的空地，说："看到烟了吗？那就是他们的营地。"

你们匍匐于地，往营地爬去。有两个人蹲在冒烟的营火前，一个人正在剥小动物的皮。他的同伴正在用大砍刀削木叉，准备烤肉。第一个人拿起木叉，把动物的尸体插在上面。

"我们等到天黑后再给他们惊喜。我们五个人对付他们两个人。"你说。

黑暗中，偷猎者的营火溅出火花，迸射进他们的庇护所——一棵空心树的树干。

▶▶ 请翻到 **下一页**

"出发！"你大声喊道。你们五个人冲进偷猎者的营地。不等他们反应过来，你和爱德华就已经拿起了他们的长矛和砍刀。你们的猎人向导把他们绑了起来。这两个人比孩子大不了多少，穿着兽皮和羽毛做的衣服。你和爱德华向他们询问有关大猩猩的事情，他们颤抖着，呻吟着，害怕得说不出话来。

你拍下营地里的一切：熏鹿肉、陷阱和长矛，还有他们挂在杆子上晒干的鹿皮。

第二天早上，你们都去寻找被抓的幼猩猩的踪迹，但运气不佳。

你看着被抓起来的这两个偷猎者，觉得他们有些可怜。"爱德华，看看他们，"你说，"他们被吓坏了。"

"趁他们还有力气走路，我们最好把他们送到大猩猩保护区公园。"爱德华说。

"我要留下来寻找幼猩猩。"你说道。

爱德华、茨威娜和其他人一起离开了，营地突然间安静了下来。营火烧灭的灰烬被风刮起。

"咦！咦！"森林里传来了微弱的哀嚎声，你的心怦怦跳。这声音可能是幼猩猩的。

▶▶ 请翻到下一页

一定是幼猩猩！哭声中夹杂着抽泣。你悄悄地走向那声音，每走几步就停下来再听听，看看四周。

你看到树枝上挂着一个用竹子和藤蔓做成的笼子，里面有一只雌性幼猩猩。它看到了你，吓得身体缩起来。昨天晚上的动静可能把它吓坏了，它都不敢大声哭喊。

这只小猩猩看上去可怜巴巴，它饿得半死，还生病了。它蜷缩在笼底，手腕有伤痕，可能是被人捉住时刮伤的。

你决定把这只幼猩猩带回森林前哨站，帮助它恢复健康。你给它起名叫"惊喜"。每天，你喂它吃各种新鲜的藤蔓、浆果和树叶。多亏了你的悉心照料，"惊喜"活了下来。很快，它接受了你，还紧紧地抱住你，就好像你是它的母亲一样。

爱德华这时回来了。"那些偷猎大猩猩的人都被关进监狱了，"他一边跟你打招呼，一边说道，"帮助我们的那两个偷猎者只得到了一个警告。"

"惊喜"从椅子后面跳了出来，紧紧抱住你。它被爱德华吓到了！

"哇！你找到了幼猩猩！"爱德华惊呼道。

▸▸ 请翻到 下一页

你向爱德华讲述了整个故事的经过，并给他看了你为《非洲博物学家》撰写的那篇关于"惊喜"的文章。

"太棒了，"他说，"这应该能得到一些外界援助，保护这片森林里的大猩猩免受偷猎者的伤害。'惊喜'接下来该怎么办？"

"我们把它带回野外去，它现在准备好加入真正的大猩猩家庭了。明天早上给它找一个新家庭怎么样？"你说道。

爱德华看着"惊喜"。它正躺在用你的衣服和纸做的窝里睡觉呢。

他咯咯地笑起来。"它可能还不知道明天会有一场大冒险呢。"爱德华说。

▶▶ **本故事完**

太阳仍在照耀，这在高山中实属罕见，雨水和雾气通常在临近中午时袭来。幼猩猩爬上一棵树苗，阳光照在它身上。它把脚挂在一根细树枝上，使劲地上下抖动来测试树枝是否结实。它的手臂在空中挥舞着，看起来就像一只倒立的鸟儿挣扎着试图飞翔。

咔嚓！它掉了下去，惊恐地尖叫着，手里仍然抓着那根折断的树枝。它跑向母亲寻求安慰。

你努力憋住笑意，防止照相机在拍摄时抖动。

傍晚回到营地后，茨威娜开始呕吐。

"我感觉很虚弱。"茨威娜说，"我确实在那个村子里喝了些水。你昨天问我的时候我没听懂，霍乱就是这样传染的吗？"

"所以我才问你，"你回答说，"茨威娜，我们马上带你去基索罗的诊所。"

"我带她去吧。"爱德华平静地说。

你在思考这件事。你相信爱德华能照顾好茨威娜，但你要对她负责。另一方面，你们中有一个人需要和大猩猩保持接触。

▶▶ 如果你选择亲自带茨威娜回去，请翻到第 96 页
▶▶ 如果你选择让爱德华把茨威娜带回去，请翻到第 86 页

你走向空地，听到了说话声。

"嘿！你好！你从哪里来？"一个脸上留着大胡子、背上挂着摄像机的高个子男人向你问好。

你们友好握手。"我在为《非洲博物学家》杂志研究和拍摄大猩猩。"你微笑着回答道。

站在你周围的另外四个人——两男两女，已经卸下了他们的背包，立马开始向你搭话。

"我们的向导今天早上离开了。"

"真冷啊！这个地方经常下雨吗？"

"我们想给英国广播公司的一档电视节目进行拍摄。"

"公园的卡勒布森说你可能——"

"等一下！"你举起手，打断他们。

你希望这些电视台的人从来没有在公园总部遇到卡勒布森。没有向导，他们孤立无援，甚至可能会把大猩猩吓跑，让它们离开"密林"。

也许你可以让他们来帮助你——这是防止他们惊吓到大猩猩的最可靠的方法。但他们会同意吗？也许你应该为他们提供帮助，他们一定乐意接受，这样，你就可以保护大猩猩免遭这些人的伤害。

▸▸ 如果你选择提出帮助他们，请翻到第 **95** 页

▸▸ 如果你选择请求他们帮助你，请翻到第 **103** 页

你决定等雨停。雨越下越小，最后变成了雾气，但树枝上的苔藓仍不断地滴下水珠。真冷啊！

两只大猩猩离开了它们的树干庇护所，开始从藤蔓上剥下猪殃殃的叶子吃。它们慢慢地向你移动，你认出了它们俩，是总和家人调皮捣乱的幼猩猩。

你拍了几张大猩猩母亲的照片。它把猪殃殃的叶子揉成一团，然后放进嘴里。小家伙试图模仿，但叶子团还没进到嘴里就松散开了。气馁之下，小家伙舞蹈似的跳上跳下，戳戳自己的母亲。

哗啦啦！远处传来了说话声和人们踏过灌木丛的声音。银背首领对着它的家人警觉地咆哮一声，眼睛盯着声音传来的方向。

▸▸ 请翻到第 75 页

你没听清这些声音在说什么，不一会儿，声音渐渐消失。你对这场骚动愤怒不已，你好不容易才让大猩猩开始适应你的存在，可现在它们又被吓跑了。

跟随大猩猩的踪迹上山并不难。它们排成一列，把茂密的灌木丛和藤蔓踩出一条清晰可见的小路。这条小路经过一块空地，空地上有一个没人用的茅草屋。这真是露营过夜的好地方。大猩猩会在这附近搭窝，早上如果幸运的话，你会有机会再次接触它们。

夜里很冷，你的睡袋也被雨水打湿了。你不能睡太久，只好等待天亮。你果然交了好运，太阳升起来，你仔细地寻找大猩猩的踪迹，发现它们还在窝里睡觉呢。

▶▶ 请翻到下一页

你打算整个上午都用来观察大猩猩，并给它们拍照。它们厚厚的黑色皮毛上沾着露珠，在阳光的照耀下晶莹剔透。它们懒洋洋地从窝里爬出来寻找美味的点心，然后回到窝里享用美食。它们打着哈欠，伸伸懒腰，一个接一个地离开巢穴，开始吃早餐。为了能看见它们，你用四肢悄悄地爬行，假装吃它们正忙着采摘的野生芹菜。它们剥掉芹菜的外皮，津津有味地吃起来。它们当然发现了你，银背大猩猩盯着你看了许久。你保持四肢着地，很快，它们便回去继续进食，看来它们接受了你。

接近中午时，银背大猩猩停止了活动和进食，整个族群准备休息了。你停在它们能看到你的地方，它们对你并不在意。

大猩猩们都午睡了，只有一只顽皮的幼猩猩逐渐靠近你。它淘气地凑到镜头前，你为它拍下一张又一张特写。接着，它的手伸向了你的照相机！

▶▶ 如果你选择让幼猩猩摸你的照相机，请翻到**第 111 页**

▶▶ 如果你选择抓住照相机，请翻到**第 116 页**

"茨威娜，爱德华，我们一起回基索罗打霍乱疫苗。我听说打针虽然不能保证绝对安全，但确实能起作用！我们可以趁着天还没黑上路。"

在诊所打针时，医生进来了。

"朋友们，我们刚刚发现那个村庄暴发了霍乱疫情。已经出现了五例确诊，两例死亡！我想你们会没事的，但我得让你们在基索罗隔离几周。"

你的探险之旅结束了。你们被隔离的这段日子每天都有大把的空闲时间。茨威娜和爱德华假装自己是大猩猩，你为他们拍照。茨威娜拿来一张银色羚羊皮，将它披在背上，化身成一只魁梧的银背大猩猩。

"啊呜！"她在房间的角落里蹲下来，然后站起来，面对着你，拍打着她的胸膛。

至少你可以带一些"大猩猩"的照片回去。也许《非洲博物学家》需要一个幽默专栏呢。

▸▸ 本故事完

"我被那头豹子吓坏了，我们快回茅草屋吧。"你说道。

爱德华表示同意。"没错，需要赶紧离开这儿。我们经历的够多了！"

走到茅草屋时，一个年轻的女人正在柴火上一边唱歌一边做饭。她的包是兽皮做的，水壶和大砍刀放在她旁边的地上。

你一下子松了口气。"茨威娜！你真的找到我们了！"

你还没来得及解释为什么迟迟不来见她，她就打断说："我是从林场附近的那个小山村过来的。那边爆发了疾病！我看到人们躺在地上呕吐，嘴唇是蓝色的！"

你站在她做饭的柴火旁。"茨威娜！你在那里喝过水吗？这症状听起来像是霍乱，是一种致命的疾病。"

"听上去确实像霍乱，"爱德华说道，"但是这里很久没有出现过了。如果我们需要的话，基索罗的诊所可以打霍乱疫苗。"

你很担心茨威娜。那真的是霍乱吗？她是否在村子里接触到了这种疾病？你的探险之旅怎么办？

▶▶ 如果你认为大家都应该打霍乱疫苗，请翻到第 **77** 页

▶▶ 如果你选择继续探险，请翻到第 **80** 页

"这是大猩猩的地盘，爱德华！你看这些蔷薇科的苦苏花树！"你说道。

几分钟后，爱德华发现了一串新的大猩猩的足迹。你们都闻到了熟悉气味——新鲜的大猩猩粪便。

"它们就在附近。"他低声说。你们俩匍匐前进。

你发现了几只大猩猩，它们正在草地的一块空地上吃芹菜茎。你拿起照相机。

"看，这是同一个族群，被迪伦吓坏的幼猩猩也在这儿。瞧，小家伙又玩老把戏了。它远离了妈妈和其他猩猩。"你说。

透过照相机的变焦镜头，你比爱德华早一步发现了豹子。它正尾随着幼猩猩！

"爱德华！"你刚开口，豹子突然跳了起来，抓住了幼猩猩。

"咿呀！咿呀！"小家伙尖叫起来。豹子没来得及咬住它，它就挣扎着逃开了，蜷缩在一小片灌木丛里。

"快看，是困住你的那只豹子。它的尾巴少了一截！"

再过几秒钟，豹子就会再次跳起来。也许你应该把它吓跑。但成年猩猩们正朝着小家伙尖叫声传出的地方跑来，而且越来越近。

▶▶ 如果你选择把豹子从小猩猩身边吓跑，请翻到第**83**页

▶▶ 如果你选择藏起来，毕竟成年猩猩马上就来了，请翻到第**84**页

你决定继续探险。爱德华说已经很久没出现过霍乱了，所以茨威娜不可能被传染上。

"我们吃点儿东西就睡觉吧。茨威娜，如果你觉得明天早上身体没问题，我们去看看那些被迪伦惊吓过的大猩猩。"你说道。

第二天早上，茨威娜感觉很好。到了中午，她已经绕到"密林"的南部地区，并找到了大猩猩的踪迹。你躲藏起来，准备拍一些照片，不让大猩猩发现你。由于之前受到迪伦的惊吓，它们仍然害怕与人类接触。

"看，它们确实一直在走动，正去往森林的边缘。"爱德华轻声说道。

"没错，它们是之前的那个族群，"你回答道，"看到那个被迪伦吓坏了的小家伙了吗？我要好好地给它拍些照片。它还是没长记性，瞧，又从妈妈身边跑开了。"

▶▶ 请翻到第71页

　　"是的，我们看到过大猩猩的足迹，"高个子的猎人回答说，"我们可以带你们去看。"

　　猎人带你们向南走，几乎到了森林的边缘。再往南，远处低洼的山谷透过树林映入眼帘。你和爱德华落在猎人的后面。

　　"啊呜！"一只银背大猩猩笔直地站在猎人前面的小路上。它又吼了一声，拍了拍胸膛，在路上停了下来。它看起来像你之前接触的那群猩猩的首领。

　　不等你阻止他们，猎人就举起了长矛。

▶▶ 请翻到下一页

就在爱德华说"嘿，等等，把你的长矛放下！"时，大猩猩冲了过来。第一个猎人举起他的长矛，掷了出去。

长矛刺穿了大猩猩的身体一侧。被激怒的大猩猩朝第一个猎人进攻，伤到了他的大腿。鲜血从他大腿上的伤口喷涌而出。随后，大猩猩消失在灌木丛中，远处传来它的叫声，然后声音逐渐消失。

你和爱德华赶忙去帮助受伤的猎人。另一个猎人用树叶、苔藓和藤蔓为同伴受伤的大腿包扎。

猎人们把大猩猩袭击人类的消息传遍了"密林"周围的村庄。公园和狩猎部门禁止你继续探险。

▸▸ **本故事完**

"呀！嘿！"先是你，紧接着爱德华也站起来，开始大喊大叫，爱德华扔了一根棍子到豹子面前，吓了它一跳。两只大猩猩尖叫着奔向幼猩猩。

"啊呜！"银背大猩猩怒吼着向豹子冲去。豹子朝银背大猩猩大声咆哮，抬起一只爪子，犹豫是否要进攻。豹子的尾巴猛烈地拍打着草木，突然，它转身跑了。

银背大猩猩在豹子身后的灌木丛中怒吼着，捶打胸膛的砰砰声在森林中回响。

"呀吼！希望孩子没事，爱德华！"你说。

幼猩猩的妈妈已经把它抱了起来，正在舔它爪子上的痕迹。幼猩猩紧紧地抱着妈妈，不再哭泣。

"那只豹子大概不会再冒险突袭银背大猩猩了！它会谨慎小心的。也许大猩猩会留下来——这对它们来说是个好地方。不过，它们已经受到了严重的惊吓。"爱德华说道，和你一起走回茅草屋。

大猩猩族群确实留下来了。你将茅草屋作为基地，与大猩猩保持接触，几乎每天都去拜访它们。你在《非洲博物学家》杂志上发表的照片和文章帮助卡勒布森筹集资金，为大猩猩们在"密林"里建立起一处保护区。

▸▸ **本故事完**

你保持安静，和爱德华藏在暗处。

豹子蜷缩着蹲下，准备一跃而起。透过皮毛，可以隐约看到它右腿的肌肉在颤抖。

"哇呜！"银背大猩猩发现了豹子，当另外两只大猩猩跑向灌木丛中的幼猩猩时，银背大猩猩发起了冲锋。

豹子一个箭步朝银背大猩猩猛扑过去。不过后者早有准备，它和豹子短暂交锋，用强壮的手臂把豹子举起来，一口咬住豹子的后脖颈。

豹子尖叫着，用它有力的后脚猛踢。刺啦！它的爪子深深地扎进银背大猩猩的肚子里。银背大猩猩咆哮一声，扔下豹子。它惊慌而痛苦地捂着自己的肚子，鲜血从它的指缝间渗出来。

豹子拖着自己的身体离开了。银背大猩猩咆哮着呼唤它的族群，然后和它们一起消失了。大猩猩们仓皇逃跑，森林里发出撞击声，声音逐渐变得微弱。

第二天，茨威娜发现你在茅草屋。她帮助你追踪大猩猩，一直追踪到密林西边——与刚果接壤的地方。它们在这个国家消失了。你不敢继续追踪，你的签证只允许你留在乌干达境内，而且你之前已经被严重警告过不能越过签证国的边界。你希望大猩猩们平安无事。

▸▸ **本故事完**

"好险啊！"他说道，你和其他人把他扶起来。"我没事，只是受了点儿伤，这儿离我的村庄不远。"

回到村子里，孩子的母亲指给你和茨威娜看那天早上她最后一次看到女儿玩耍的地方。

"她正在帮我除草，我去拿水，回来的时候她就不见了。"她说道。

茨威娜沿着菜地和森林的边缘慢慢地走，她停下来凝视着一片弯曲的叶子，然后审视着地面上的一个模糊的印记。"在这里。"她说。

这条小路一直延伸到村子很远的地方。在一处被茂密的藤蔓覆盖着的灌木丛旁，茨威娜停下来寻找下一条线索。

这时，你们都听到了哭声。那声音听上去像个孩子，是从灌木丛和藤蔓的另一边传来的。

▸▸ 请翻到第 91 页

你望着爱德华搀扶着茨威娜慢慢地走出营地。"祝你好运！"你喊道。

随后，一团团云向太阳聚拢，马上要下雨了！只是这雨来得太迟了。

你点起火焰，感觉精神振奋了些。先是毛毛细雨，接着，雨势变大，将你和爱德华的茅草屋屋顶打得沙沙作响。天快黑了，该做点儿吃的了。

但你不觉得饿，你的胃里猛烈翻腾着，你意识到自己一定也生病了！

"不知道我明天有没有力气走出这里寻求帮助。"你对着火堆说。

你整夜都在生病，黑夜冗长，雨下个不停。

你太虚弱了，顾不上给火堆添柴，后来火熄灭了。夜里有一会儿你感觉好了些，不过你觉得很口渴，于是拿起水壶喝水。

▶▶ 请翻到下一页

等等！这是茨威娜的水壶。你去看大猩猩的前一天喝了她的水，这就是你生病的原因。她也许是在那个村庄里将水壶灌满了水。

这确实很像霍乱，你感觉越来越虚弱，紧接着，你的腿和肚子开始抽筋，你痛苦地尖叫起来。

天亮了，阳光使你振奋起来。雨也终于停了，你尝试着走路，但却走不了，于是你不得不在地上爬行，可是太慢了。你停下来休息，蜷起身子来放松抽筋的肌肉。你的胳膊看上去那么瘦，青紫青紫的。你把头埋在胳膊里，意识模糊地想着事情，感到前所未有的疲倦。

你现在所能做的就是静静地躺着等待，你希望爱德华能在夜幕降临之前找到你。

▶▶ 本故事完

你和他们告别后，两个猎人转而走向他们的羚羊陷阱，你和爱德华继续沿着小路向前走。

你真幸运，天气一如既往的晴朗。你绕过这座山后，发现一条向南的小路，这个方向似乎是大猩猩所走的方向。这条小路穿过一片竹林，然后通向一个杂草丛生的斜坡。

"小心！"爱德华警告道，"我们安静点儿，它们离我们很近——看！今天它们在这里搭窝休息，一定是在后面吃竹笋呢。"

你们两个匍匐前进，在几百码（1码＝0.9144米）开外的山坡底部可以看到大猩猩们。

"爱德华，我想知道这是不是同一个族群——"

"啪！"响亮干脆的破裂声让你不寒而栗，你回过头去。

是一只豹子！它蜷缩在你身后的小路上，开始咆哮，并发出低沉平稳的声音。它没有盯着大猩猩们，而是在凝视着你。

▶▶ 请翻到下一页

你沿着小路飞奔，试图追上爱德华。

"爱德华！"你尖叫道。你不敢回头看向后面——你分不清谁离你更近，爱德华还是豹子。

你被树根绊倒在地，湿润的泥土拍打在你的脸上。喘息声越来越近。

▸▸ **本故事完**

"跟我来!"你召唤其他人,带领着他们在树丛中匍匐前进。这条湿漉漉的绿色隧道通向一处长满青草的地方。突然,你在一棵枝叶茂密的老树旁停了下来。

"看!她在这里!"你说道。一个小女孩坐在大猩猩的窝里。树干在窝的上面弯曲下来,保护她不被雨水淋到。

"你在这儿!你怎么来到这儿的?发生了什么事?"她的父亲一边问,一边把她抱了起来。

"我觉得这是个新窝,"爱德华说,"我很好奇她是怎么来到这里的。"

"也许是大猩猩在这里休息的时候发现了她,将她保护起来。"你说道,"谁知道呢?"

女孩抱着她的父亲微笑着,她太小了,说不出什么话来。

"谢谢你们帮我找到我的女儿,跟我们一起回村里吧。我们会举办一个庆祝宴会。"男人说道。

那天晚上,庆祝宴会结束后,大家围坐在篝火旁,谈论着女孩的神秘失踪。

"我误会了大猩猩,"她的父亲说道,"我想是它们帮助了我的女儿,我们不应该怀疑它们。我很高兴你们一直在努力保护这些动物。"

▸▸ 本故事完

你忙于逃命，不慎在泥泞的小路上滑倒。水牛的蹄子使劲地踩踏着小路，你甚至能感觉到大地在颤动。

你爬起来一个箭步冲向小路旁的树枝，可是太迟了！一只牛角刺穿了你的右大腿，接着把你甩到小路上。

"救命，救命啊！"你一边痛苦地尖叫，一边向前爬了几英尺。水牛瞪着它的眼睛看着你，把蹄子踩了下去。

"不！"你喊道。但是你的同伴里没有人能制服这头向你冲来的野兽。

▸▸ **本故事完**

你吓坏了，但你还是待在原地不动，也许是因为那只大猩猩棕色大眼睛里充满了好奇。你静静地等待，大猩猩慢慢地向你走来。你避免盯着它的眼睛看，它也避免盯着你的眼睛。它靠得太近了，你几乎可以触摸到它！

它的眼神看起来很和善，确实充满了好奇。过了一会儿，它慢慢地把头从一边移到另一边。出于本能，你也照做。它站起来，伸手去摸你的脸，你保持放松。它又看了你一眼，发出一阵轻轻的咕噜声，然后它转身向山上走去，远离你和下面的大猩猩，消失在灌木丛中。

你感到膝盖虚弱无力，当爬回爱德华和茨威娜身边时，你的内心兴奋不已。这真是一次美妙的邂逅！你发现这很是鼓舞人心，于是开始创作一部半纪录片半剧情片的作品，讲述人类和这些动物的冒险故事。然而，你在电影中呈现的任何画面都无法真实地再现森林中的那一刻。

▸▸ 本故事完

你走到草地中央去看死去的动物，也许是偷猎者干的。透过薄雾，你可以看到几具食肉动物的尸体——一只鬣狗，一只豹子，在一只半腐烂的鹿的尸体旁，两只秃鹫蜷缩着躺着。

也许这奇怪的雾是有毒的。你闻了闻，没有气味，没有任何问题，但你仍旧保持警觉。这片神秘的草地让你感觉很棒，草是那么的绿，死去的动物不会打扰你。你走进中心去查看那些动物。

你蹲下来，以便看得更清楚些。哇，你感觉好极了，放声大笑，决定把这个地方给爱德华和茨威娜看。

你并不知道这是一片落满松子的草地，薄雾是二氧化碳气体，是从附近的火山里渗出来的。这些气体先是让你感到快乐，然后让你昏昏欲睡。如果你在松子草地上睡着，就再也醒不过来了。

你坐下来片刻，享受着所有这些美妙的感觉，忘了自己想做什么。没关系，这已经无关紧要了。你躺下来，可以看到远处茨威娜和爱德华的身影。茨威娜指着草地大喊大叫。你想向他们挥手，提醒他们注意你的存在，但你感觉手很沉重。

▸▸ **本故事完**

"我能帮助你们吗？"你问道。

个子高高的、留胡子的男人笑着说："太好了！我们的追踪器今天早上坏掉了，然后我们就迷路了，你能帮我们找到出路吗？"

你同意了，然后悄悄地把他们引到大猩猩逃跑时留下的路线上。你四肢着地蹲伏下来，其他人也模仿你。

"它们可能还活着。"你低声说。

"你是说它们刚从这边过来？"最年轻的摄制组成员说道，"哦，天哪！"他扔下背包，沿着被压倒的灌木丛跑上小路。

愤怒之下，你追上他，试图让他蹲下。"最好别动！"

震耳欲聋的吼声打破了寂静。年轻人尖叫着沿着大猩猩的路线往回跑。一只黑色的大猩猩从灌木丛中冲了出来，从后面袭击了他。他们一起滚到看不见的地方去了。

"救命！"那个人在灌木丛中尖叫着。那只大猩猩蹿进了草丛和树丛中，它可能是群里的一只年轻雄性猩猩，它一定是为了保护队伍的后方而留下来的，它被吓坏了，才会冲向那个年轻人。

你不情愿地扶他起来。"噢噢噢，我的胳膊！我的胳膊好像断了。"他抽泣着说。

你带这个年轻人和其他成员回到森林前哨站。他们已经受够了。几分钟后，他们动身前往最近的城镇。

沮丧之下，你花了好几天寻找大猩猩族群，最后不得不放弃了。它们已经消失了，你和《非洲博物学家》很不走运！

▸▸ 本故事完

你轻轻地把茨威娜带到越野车上。这对她来说很困难，她太虚弱了，你得扶着她。她的嘴唇是蓝色的，面庞松垮，被汗水打湿。她看起来瘦弱憔悴。

在前往基索罗的路上，夜幕降临，下起了雨。这条红土路变得泥泞不堪。你必须时不时地停下来把车头灯上的泥擦干净。

"祝你好运，茨威娜！"你说道，最终到达了诊所。"我们很快就回来。我要赶在路被冲毁的前一天晚上回到公园总部。"

外面下着倾盆大雨，雨水模糊了视线，道路也愈加泥泞。车开得很慢，你停下车，把越野车调到四轮驱动的状态。几分钟后你被迫停下来，因为一条小溪淹没了道路。

你一点一点地把越野车开进翻滚的棕红色的水里。突然，另一边出现了车辆前灯的光线！你是否应该等待迎面而来的车辆的帮助？还是自己走出困境？如果你选择等待，也许就来不及了。

▶▶ 如果你选择等待援助，停下越野车，请翻到第 **98** 页

▶▶ 如果你选择自己解决问题，继续前行，请翻到第 **101** 页

你在大雨中等待的时候，越野车的车轮边翻滚的水上升了一英寸（1英寸=2.54厘米）。

车快到了，它看上去很大。车灯高高挂起，发动机的声音听起来就像一台大排量柴油机，它以超低挡高速旋转。

当车辆停在水边时，你发现这是一辆大卡车，它开始缓慢地穿过被洪水淹没的路段。当卡车从水的最深处驶过时，卡车边的水打着漩儿。车头灯挡住了你的越野车。你挥挥手，卡车停了下来。

"嘿，需要帮忙拖车吗？"一个声音喊道。

"当然，我这里有一条拖链。"你喊道。

卡车转了个弯，停在越野车前面，这样你就可以把链子挂起来了。水是如此之深，当你被拖着穿过被水淹没的道路时，水已经没过了你的车前灯。

到达另一边后，你启动发动机，解开链条，然后跑到卡车驾驶室。在越野车的灯光下，你看得出这是一辆老旧的军用运输车。

"谢谢！这下雨天多亏了你的帮助我才能出来。你要去基索罗吗？"你说道。

"是的！"男人的说话声盖过了柴油车的隆隆声，"剩下的路都畅通了，你不会有任何麻烦的。"

"太棒了，谢谢你！"你说着，挥了挥手。

你瞥见了司机，他的头发又长又白，面容苍老。那天晚上你安全地回到了公园，一路上你都在想着那个救你的陌生人。

▸▸ **本故事完**

你附近有一棵树，看起来很容易爬，你决定爬上去。几分钟后，你距离地面至少有二十英尺。在树上，你可以看到银背大猩猩率领的族群里的九只大猩猩都在午休。你的两个同伴都没发现你。

陌生的大猩猩很快来到你的树下，用棕色的大眼睛盯着你。令你惊恐的是，它准备爬上来了！它体格庞大，身形笨重，艰难地向上爬。但几分钟后，它就来到了你身旁。

你出于害怕，不敢对下面的爱德华和茨威娜大喊大叫，也许这会让大猩猩攻击你！你最好保持安静。

它壮硕的肩膀推开你脚下的树枝时，你的呼吸都变慢了。你听得到它的喘息声。片刻过去，你们俩都一动不动。然后，似乎是一时冲动，它伸手去拉你的鞋带！

▶▶ 请翻到**下一页**

你尖叫起来。声音提醒了你的同伴，也让大猩猩从树上滑了下去。为了快速下滑，它用脚抓住树干，用手滑动，就像消防员从柱子上滑下来一样。在一阵狂吠声中，它摔倒在地，然后跑开了。

爱德华和茨威娜大声地笑起来，你在树上都能听到他们的声音。你感到有些愚蠢，又感到有些欣慰，于是自己也忍不住大笑起来。

"也许你需要多一点儿时间来学习丛林生活。"茨威娜建议说。你们三个露营了几天，但不幸的是，你们没有足够的运气看到更多的大猩猩。

▸▸ **本故事完**

你一直陷在漩涡里，如果继续等待，可能就来不及了。

大约在洪水的中央位置，水涨到了轮子的顶部。

突然，越野车头朝下，深深地扎进水里！洪水把道路冲出了一个深深的洞。你已经驶入了六英尺深的湍急洪流中。

夹杂着沙子的冰冷洪水几秒钟就灌满了越野车。寒冷侵蚀着你，你无法从车顶上方呼吸到足够的空气！

▶▶ 请翻到 **下一页**

你疯狂地拉着门把手，想要打开车门逃出去。水灌进你的肺里，有那么一会儿你会感到疼痛和恐惧。你挣扎了一阵，但怎么也打不开车门。你最后看到的一幕是身后的车头灯。

几分钟后，一辆军用运输车的司机驶来，他看到水下发出诡异的亮光，那是你的越野车灯还在亮着。

▶▶ 本故事完

你看向个子高高的、留胡子的男人的双眼。"你们能帮助我吗？"你问道。

他停顿了一下，说："好吧，反正我们都被困在这里。你要我怎么帮你？"

你马上回答道："我很乐意跟你们进行一笔交易。你们和我一样有权对大猩猩进行研究。如果你们跟我合作且保持安静的话，我会帮你们一起拍摄。"

那个男人同意了，于是你带领全部人员回到帐篷中，向他解释了大猩猩需要休息和安静。

第二天，一个摄影师和一个女人跟着你一起去接触大猩猩。女人身上带着录音机和特制的户外麦克风。你让他们两个人安静地站着，直到大猩猩们适应他们的存在之后才能使用拍摄设备。

接下来的一天，拍摄人员跟着你再次同大猩猩们接触。

"我觉得它们已经习惯我们的存在了。"你低声同他们说，"可以试着拍摄了，但是不要站起来。"

▸▸ 请翻到 **下一页**

这个方法起作用了。他们两个模仿你的动作，成功地拍到了大猩猩进食和建巢搭窝的场景。你清楚地看到了爬树的幼年猩猩与同伴们还有成年大猩猩一起嬉闹的场景。

在拍摄的最后一天，你们三个的存在引起了大猩猩们的些许注意。摄影师正在跟拍两只成年大猩猩。它们在树林间漫步，寻找味道最好的藤蔓。两只稍微年轻的大猩猩则跟着它们。

"快看，"你轻声对摄影师说，"那边有只年轻的猩猩，它正盯着你和摄像机。"

正盯着摄像机的年轻大猩猩突然一跃，离开了其他大猩猩，跑到离摄像机五英尺之内的距离，又向后一退，然后快速跑开了。你用自己的照相机拍到了摄像师与年轻大猩猩的照片。

幸运的是，你们的合作成功地获得了人们的广泛关注，英国广播公司甚至为大猩猩举办了巨额的筹款晚会。但不幸的是，影片所获得的利润被削减了，你只能靠朋友的捐款和政府的微薄补助来继续研究。

▸▸ **本故事完**

你下定决心要同大猩猩们待在一起，于是你爬下树，悄悄地离开了嘈杂的摄制组。你一直跟踪大猩猩到傍晚。它们在你前面，朝着低缓的山坡向下走，远离被发现的地方。

第二天，你继续与那两只大猩猩接触。你坐在树下观察着它俩，黑色的头和肩膀在丛林里格外显眼。

你想弄清楚它们吃的植物是什么，这时，你听到呼喊的声音。"比尔！比尔！快来看这些巢穴。可能有大猩猩们昨晚在这里过夜。"呼喊声从森林的远处传来。

陌生的声音吓到了这两只大猩猩。它们跟着首领的召唤，很快消失了。

摄制组再也找不到它们了，他们引发的嘈杂和骚动迫使大猩猩们逃往更高的山上。

大猩猩们一直在迁徙。为了靠近它们，你只好在森林里露营过夜。第二天，越往山上走，植被就愈发稀疏，火山灰也愈加厚重，这就更难追踪到大猩猩了。

第三天，你继续寻找它们的踪迹，却怎么也找不到它们。也许它们在惊慌中回到了大猩猩保护区公园，也许它们遭到了偷猎者的围捕和射杀，已经离开了"密林"，你也无法为《非洲博物学家》提供素材。

▸▸ **本故事完**

"让我们继续跟着大猩猩们吧，茨威娜。"你说道，"我们要确保不能吓到它们。"

为了不惊吓到大猩猩，茨威娜选择了一条环形路线。这时，开始起雾了，又下起了雨。整片森林冰冷又潮湿。

茨威娜在她一直沿着走的岩石边停了下来，指向下面，说："大猩猩又出现了，它们正在那块空地上觅食。我们可以悄悄溜下去，如果我们小心点儿的话，它们不会察觉到的。"

她的决定是对的。你已经顾不得自己有多冷。那里有三只幼猩猩，这一次你们也看到了它们的妈妈。其中一只大猩猩妈妈倚在一棵树上，正在把树枝折弯，准备搭建巢穴。倾斜的树干正好替它遮挡了雨水。它的宝宝也尝试在露天的地方搭建巢穴。

"太好了，我们和这群大猩猩有了接触。"你轻声对爱德华和茨威娜说道，"我们回森林前哨站把衣服晾干，明天早上在这个地点附近再接触它们应该不难。"

▶▶ 请翻到第 **109** 页

一周过去了，你们一直成功地跟着大猩猩们。但是每天往返于前哨站的路程太远，于是你决定在大猩猩所占领的区域内搭建一个临时的帐篷。每天早上你们都与大猩猩接触，它们已经不太在意你们的存在。

"只要我们蹲下来假装吃它们喜欢吃的东西，比如野芹菜，它们就不会注意到我们了。"爱德华说道。两只雄性大猩猩与你离得很近，它们好像经常守卫着族群的后方。你用照相机将它们拍下来。

"吼，吼，吼！"急促的鸣叫声从你的背后传来。

距离你蹲着的野芹菜丛十英尺的地方，一只巨大的银色脑袋从茂密的植被丛中伸了出来。

"快看！又一只银背大猩猩！"你悄悄说道，"之前从来没见过它，它应该不属于这个族群。它是哪里来的呢？"

▶▶ 请翻到**下一页**

咚！咚！咚！

"快看！"爱德华说，"它在捶打自己的胸。看来它想挑战这个族群里的银背大猩猩。"

"它过去了！爱德华。"你说道。这只巨大的银背大猩猩冲到了你正在拍摄的大猩猩族群中。两只年轻的雄性大猩猩吼叫着跳向外来的银背大猩猩。它把它们甩下身去，接着跑向一只幼猩猩。它抓过大猩猩幼崽，猛烈地摇晃，然后把小家伙狠狠地丢在地上。银背首领跟大猩猩母亲尖叫着冲了过来，但是没有接住幼猩猩。然后那只银背大猩猩转身消失不见了。你用照相机拍到了刚刚发生的一幕。

"爱德华，如果那只陌生银背大猩猩再来的话怎么办？它可能会再伤害幼猩猩。我们把它吓跑吧，让它远离这个族群。"你说道。

"但这种挑战性的行为是很常见的。"爱德华回答道。

"那只银背大猩猩想要这个族群当中的一些成员来组建自己的家庭。"茨威娜补充道。

你思索着：山地大猩猩已所剩无几。你应该阻止它们的争斗吗？

▶▶ 如果你选择继续隐藏起来，静静观察，请翻到第 114 页
▶▶ 如果你选择将陌生银背大猩猩吓走，请翻到第 117 页

你微笑，放松了握着照相机的手。你很确定可以信任这只友好的动物。这只幼猩猩轻轻地拿起照相机，小心翼翼地凝视着镜头，把照相机举到空中。它看着你，再看看照相机。它把照相机举到自己的脸上，然后把镜头对着你。眼前的这一幕令你忍不住笑了，不禁想自己拿着照相机对着大猩猩的时候是不是也如此滑稽。

这只幼猩猩放下你的照相机，向它的母亲跑去。你几乎已经成为这个大家族的一员了。你将会为杂志撰写一篇精彩的文章。

▸▸ **本故事完**

"好吧，我们等到明天吧，茨威娜。"你说道，"我们已经锁定了大猩猩的位置，接下来就要大干一场了。我们把帐篷搭在这里吧，跟它们离得能近一些。"

"我发现了一个很适合搭帐篷的位置，就在我们沿途过来的那个山坡附近。"爱德华说道，"那里有一条河。"

开始下雨了，这在高山上是很常见的。四周的空气也开始变得冷了起来。在山坡上砍树苗是一件苦差事。结束之后，茨威娜生起营火。你们围着火堆，一边取暖一边烘干衣服。

雨一直下，午后的光线灰蒙蒙，周围一片昏暗，和火堆里冒出来的烟一个颜色。

突然间，安静被打破了。两个男人冲进营地，朝你们跑来。"我三岁的女儿失踪了！"其中一个人大声喊道，"应该是大猩猩把她抓走了。"

▶▶ 请翻到**下一页**

　　"等一下！"你说着站起来。"我们一直跟着那些大猩猩，它们没有伤害你的女儿。"

　　"我昨天在竹林里看到了大猩猩，"孩子的爸爸说道，"我们以前从来没见过，可把我们吓坏了。今天早上森林里传来尖叫声，我的小女儿不见了。你们能帮我找她吗？"

　　你考虑了一会儿。你很确定这些大猩猩没有伤害这个男人的女儿，他们也许很快就会找到她。你很想与刚刚发现的这些大猩猩寸步不离，但是如果他们找不到女孩，可能会伤害这些大猩猩，或者他们自己也会受伤。

▶▶　如果你选择帮助他们寻找女孩，请翻到**第 120 页**
▶▶　如果你选择留在营地，请翻到**第 122 页**

你蹲下身静静地观察、等待。整个族群安静下来了。

银背首领和两只年轻的雄性大猩猩离开了你的视野。空地上，两只雌性大猩猩正在熟练地从藤蔓上剥下猪殃殃，这是它们最喜欢的食物。它们把叶子揉成一团塞进嘴里。它们见过你，所以并不在意你的出现。一丛植被后面，一只幼猩猩正在玩耍，在你看不到的东西上跳上跳下。

▶▶ 请翻到下一页

大猩猩们继续前行，消失在空地的另一边。爱德华和茨威娜跟着它们，假装在吃猪殃殃，以免打扰到它们。

你花了一点儿时间更换照相机镜头，并补充了胶卷。

前方有大猩猩在尖叫，刺耳的声音从树林下的灌木丛中传来。片刻安静之后，你听到了捶胸的声音和鸣叫声。你顾不得蹲下身子，冲向声音来的方向，看到爱德华和茨威娜戳着地上的东西。

"我觉得是那只入侵的银背大猩猩杀死了这只雌性幼崽！"爱德华指着地上毛茸茸的一堆说道。

"我不明白，"你说道，"这太残忍了。"

"它可能因为孤独感到沮丧吧。"爱德华轻声说道，"但是这真的太让人难过了。现存的大猩猩数量少之又少，这只小可怜还没等长大就这样死去了。"

"好可怜！那个时候我在拍摄在猪殃殃藤后面玩耍的猩猩。"你说道。最后，你拍下了这只死去的幼猩猩，也拍下了茨威娜用大砍刀给它挖了一个小坟墓的画面。

▸▸ **本故事完**

你坚定地把照相机从那个幼猩猩伸出的手中拿过来。它发出尖叫声，沮丧地撕扯着植物。然后又跑向母亲，不停地哭闹。母亲抱住它。

那两只年轻的雄性大猩猩一直盯着你看，它们在你和其他大猩猩之间徘徊着。当你举起照相机想要拍照时，它们又盯住你。

在它俩身后，整个族群正在寻找下午的食物。你尝试跟着它们，可这两只雄性大猩猩守卫着整个队伍的后方，它们盯着你，警告你不要再靠近。

在多次尝试重建友谊之后，你不得不选择放弃。

▸▸ **本故事完**

你决定吓跑这只银背大猩猩，保护这个族群。

"爱德华，你向右边绕行。茨威娜，你去左边。我从它的正前方过去。我们把它赶到前面。多制造一些声音出来。千万要小心。"

你们排列成弧形大吼大叫地前进着。爱德华和茨威娜在两边一边大叫，一边扔树枝。这招真的管用，银背大猩猩朝前面逃跑了。

一个小时之后，你们已经把它赶出大猩猩族群好几英里远了。

▶▶ 请翻到下一页

"应该没事了！"你对爱德华和茨威娜喊道，"我们返回帐篷过夜吧。"

第二天，你们交了好运。茨威娜从它们的打架地点找到了大猩猩族群的踪迹。地上有一簇簇黑色的发毛和被捣碎的植被。

几分钟后，你发现了它们。它们也认出你来，用温柔的吼叫声向你问候。你赶紧重拾设备，继续拍摄幼猩猩。它们此刻就在空地上。

其中一只幼猩猩慢慢向你爬来，它在跟着地上的某些东西。这只幼崽伸出一只手，然后往前跳。透过镜头，你看到了那是一只青蛙，幼猩猩抓到了它。

你清晰地拍摄到了幼猩猩把青蛙举到离脸几英寸的地方，困惑地看着它的画面。

"啊呜！"母亲咆哮的声音从某处传来。这是危险的预警。

▸▸ 请翻到 **下一页**

被吓到的幼猩猩扔掉青蛙，马上跑开了。

"野猪！"茨威娜喊道。她正待在小路附近。

你赶紧跑到她身边，看到银背首领朝野猪冲过去。野猪生气地吼叫着转身跑掉了。逃跑的野猪跟穷追不舍的大猩猩形成了一幅戏剧性的画面。

"它只是在确认。"茨威娜说，"野猪跟大猩猩是不会互相伤害的。"

"你确定吗，茨威娜？我正在为《非洲博物学家》撰写文章，我要在文章里介绍下你这位专家。嘿，也给你拍张照片吧！"你将镜头对准她，对今天收获的照片感到兴奋不已。

希望这足以让大众受教，你心想。文章的内容早已在你脑海中浮现出来了。幸运的是，你在工作上的投入都会得到回报。

你还不知道，这些材料会让你在接下来的几年时间里参加各种国际会议，让人们接收到了你想传递的信息。

▶▶ 本故事完

"我们赶紧出发吧。小女孩最后一次出现在什么地方？"你说道，"茨威娜，你的追踪能力现在要派上用场了。"

这位父亲一路把你们领到了村庄。雨水浸湿了红色的土壤，脚下一片泥泞。

"小心！"他大喊一声，"有水牛和它的幼崽在这里，它们被激怒了，快跑！"一只身形巨大的水牛站在道路中间。雨水在它形状诡异、又粗又弯的犄角上闪闪发光。

快点儿呀！这头牛眼看就要冲过来，你要决定怎么办。

▶▶ 如果你选择逃跑，请翻到第 **92** 页

▶▶ 如果你选择爬到树上去，请翻到第 **124** 页

你告诉村民你们要留在营地。"我们每天都会花一上午的时间观察大猩猩，它们很平静没有任何伤害你女儿的迹象。"你说道，"但是我们会留意她。祝你们好运！"

那两个村民离开了。半小时后，雨停了。

"听！"茨威娜说。

诵经声和鼓声从森林边缘飘来。

"他们在为狩猎大猩猩提升士气。"爱德华说道。

"也许我们可以赶在村民进攻这些大猩猩之前把它们赶到远一点儿的地方。"你提议道。

茨威娜找到了今天上午你和大猩猩分开的那条小路。在一片高大的金丝桃树林下，她弯下腰。"它们就在附近，闻到了吗？这是大猩猩的粪便。看，它们那个时候正在吃树上的红色花朵。"

正当你们分头驱赶大猩猩远离危险的时候，一阵窃窃私语和低沉的嘶鸣声响起。

"吼！吼！吼！"声音就在前面的小路上。接着，声音又从你们身后传来。"吼！吼！"现在，声音又从小路的两边传来。鸣叫声变成了吠叫声。然后，声音停止了。没有树叶在风中的沙沙声，也没有鸟叫声。周遭一片诡异的安静。

▸▸ **请翻到下一页**

"它们就在我们周围。"你说道。你们围在一起互相看着对方。

"我从来不知道大猩猩还会发出这样的声音。"爱德华说道。

"我们离开这里吧。"茨威娜嘟囔着说。

回到帐篷,你心里顿时踏实了许多。

"听着,大猩猩一直在跟着我们。"茨威娜说。起初,你们听不到一点儿声音。接着,就是一阵窃窃私语,像上百个声音一起念咒语。声音从帐篷的三个方向传来。声音不大,但充满威胁。

你们要尽快远离那声音。在你身后,还有另外两边,大猩猩开始大声喊叫,咆哮声保持一致。"快点儿,动起来!"你大喊,"拿着你的行李。"

你们抓起背包,开始逃离这可怕的声音。大猩猩的声音紧紧地跟在你们身后,从三个方向将你们包围。

"茨威娜,它们在围猎我们,我们要往哪个方向跑?"你问道。

"北边,我们跑到出发时的前哨站东边的路上。"她回答说。

"到了!我们马上就到了。"爱德华指着树林里的一处说道。在远处的山谷里,熟悉的小路蜿蜒曲折地伸展至一个围起来的院子。

现在安全了,你们终于放松下来。四周再次响起各种鸟叫声和虫鸣声。大猩猩们已经把你们赶出了它们的新家园。

▸▸ **本故事完**

你发现一根茂密的树枝悬在小路上，你刚好能够到它。你抓过树枝向上荡去。

嗖！水牛怒吼着冲过来，带起一阵风，吹落了树枝上的叶子。真险哪！

它愤怒地用鼻子喷气，用一只角钩住了孩子的爸爸。孩子的爸爸被甩到空中，落进灌木丛里。

灌木丛救了他一命。

过了一会儿，水牛用蹄子在灌木丛里乱踩，还好孩子的爸爸及时躲开了。水牛最后发出愤怒的喷气声，转身消失在森林里。

▶▶ 请翻到第 85 页

"大猩猩狩猎者去哪里了？"你问第一个偷猎者。

"我们在那片空地边缘看见了他们的营地。"他说道，顺着一条小路，指了指竹林中的一个地方。"那附近有一条小路。"说完，两个猎人消失在小路边上茂密的植被里。

"我想他指的是这座山和下座山之间的鞍部。"爱德华说。

但是茨威娜有些担心。"那两个猎鹿人并不是来自我的部落，我信不过他们。"她对你和爱德华说。

你在前面带路，走出竹林。在山的鞍部，植被生长得很茂盛。爱德华和茨威娜用大砍刀开辟出一条路来。然后，你发现了偷猎者提到的小路。

"水牛和大象也从这条小路上经过。看，这是它们的足迹。"爱德华说道。

"小心点儿，偷猎者有时候会对这边的水牛设下陷阱。"茨威娜提醒道。

▸▸ 请翻到下一页

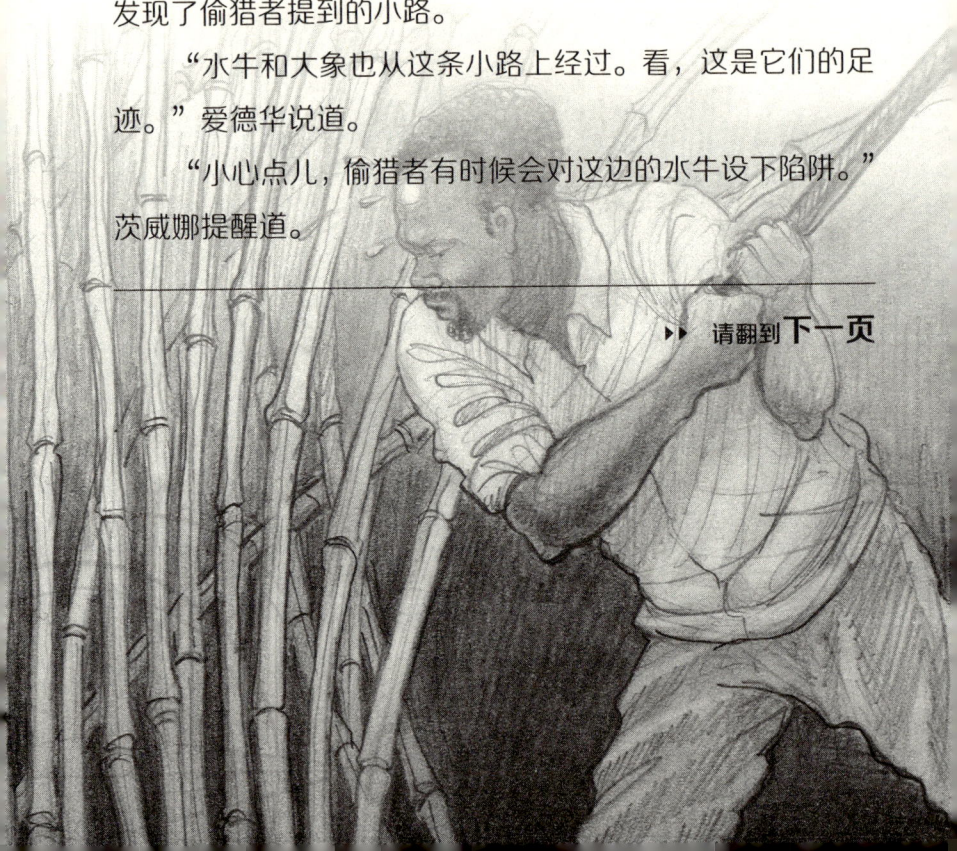

你紧张不安，变得格外小心。你的双眼在小路上不停地来回扫视，留心地上是否有系着陷阱绊线的小钉子。动物们只需要稍微触碰到绊线，一根插着长刀、重达一百磅（1磅=0.454千克）的圆木就会砸下来。

道路狭窄，植被丛生。在昏暗的光线下，你放慢脚步，弯着腰走，以免错过任何一条绊线。等等！刚刚好像有一条！

你的心脏因恐惧和兴奋怦怦乱跳，你示意同伴停下来。然后你跪下来仔细检查这根线和小钉子。当你拨开覆盖在上面的灌木丛时，不小心碰到了第二条绊线！

你只来得及往后退去一点儿，上方巨大的圆木已经悄无声息地掉落下来。

哐当！猛烈的撞击把你甩到了另外一条绊线上。第二根圆木砸落下来，尖刀刺向你的后背。

▸▸ **本故事完**

雪人夜帝

这本书献给安森、拉姆齐和罗兰·帕尔米多。

——R.A. 蒙哥马利

　　为了寻找传说中的喜马拉雅山雪人"夜帝"，你和你最好的朋友卡洛斯结伴来到了尼泊尔。去年，在南美洲登山时，你们从向导弗朗兹口中得知了有关这头怪兽的传说。从那时起，这个传说就一直萦绕在你们的脑海中。

　　当你们到达尼泊尔时，恰巧传出有人看见雪人踪迹的消息，卡洛斯便立刻决定独自进山。到现在为止，你已经三天没有收到他的消息了。一场季风带来的暴风雪已经袭来，人们几乎无法再进山。你很清楚现在卡洛斯命悬一线，全靠你做出正确的行动。可是，你究竟该做些什么呢？

你是一名登山高手。

三年前，你用了一整个夏天的时间在科罗拉多山区的登山学校里刻苦训练，连教练都说你是天生的登山者。你进步神速，在夏天结束时，你已经能在高难度的冰岩攀登比赛中遥遥领先。

就在那个夏天，你和一个名叫卡洛斯的男孩成了好哥们儿，你们俩配合相当默契。去年，你和他一起被选入一支国际登山队，成功地征服了两座位于南美洲的处女峰。

在那次远征中的一个夜晚，队员们围坐在大本营的炊事帐篷旁，领队弗朗兹讲述了一个关于攀登世界最高的山脉——喜马拉雅山脉——的故事。

▶▶ 请先请翻到第**132**页，然后翻到第**134**页

喜马拉雅山脉

安纳布尔纳峰　　　　　鱼尾峰　　　　　　　　洛子峰

　　　　希夏邦马峰　　　　　　章子峰

加德满都（尼泊尔首都）

珠穆朗玛峰　　　马卡鲁峰　　　干城章嘉峰　　　普莫里峰

喜马拉雅山脉就像是矗立在中国和印度之间的一面天然的巨墙，还将尼泊尔隐藏于群峰之中。珠穆朗玛峰和安纳布尔纳峰是喜马拉雅山脉中大名鼎鼎的山峰，它们和许多其他高峰一样，都曾有人登顶过。但是，遥远之地有很多群峰至今仍无人踏足。就像弗朗兹所说的，在高高的山谷之中，在茫茫的雪原之下，住着怪兽"夜帝"，它也被称为喜马拉雅山雪人。

"据说雪人是一种非常巨大的怪兽，"弗朗兹向你讲着，"也许是一种介于人和大猩猩之间的杂交生物。科学界关于它的种类划分存在争议。"

"雪人危险吗？"卡洛斯问。

弗朗兹耸耸肩说："有些人说它真的很危险，但也有人说它很温顺。"

"那你亲眼见过吗？"你问。

"没有，几乎没人见过。最能证明其存在的证据，是一支英国登山队在1951年发现的一串巨大的脚印。据我所知，还没有人拍到过雪人的照片。"弗朗兹答道，"但是关于它的传说却始终流传着。"

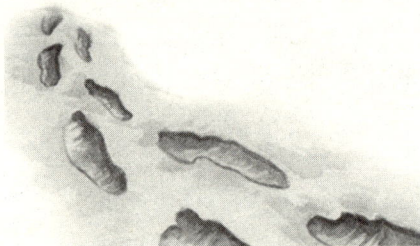

▸▸ 请翻到 **下一页**

你和卡洛斯随即决定要去那里寻找雪人。

从南美洲回来后，你们从国际奇异现象研究基金会那里筹到了资金。你们的目标是：证明雪人确实存在。你们想要找到雪人并拍下它的照片，这就是你们来到尼泊尔首都加德满都的目的。

不过，麻烦也随之而来。两天前，卡洛斯乘坐直升机去考察珠穆朗玛峰附近的地形，直升机回来了，他却没回来。飞行员告诉你，卡洛斯决定留在珠穆朗玛峰的大本营去调查一次目击雪人事件。他带了一部无线电发射机，你却没收到过他发来的任何消息。天气变得越来越恶劣，无线电通信也中断了。

在此之前，你已经约好了要与R.N.鲁诺尔先生见面，他是登山与山体研究协会的理事，也是一位研究雪人的专家。你告诉了鲁诺尔自己的计划，想要向他寻求帮助，来获得这次考察的官方许可，同时鲁诺尔也会对此提供有益的建议和信息。

但是卡洛斯怎么办？

▸▸ 如果你选择取消和鲁诺尔先生的约会，去寻找卡洛斯，请翻到
第137页

▸▸ 如果你感觉卡洛斯并无大碍，选择按照计划去见鲁诺尔先生，请翻到
第138页

你在外交部给鲁诺尔先生打电话："鲁诺尔先生，发生了紧急事件，我的朋友卡洛斯在大本营失踪了。我急需支援，十万火急！"

"好的，我明白了。请允许我陪您一同前往，我很熟悉那片地区。"

你很高兴地接受了鲁诺尔先生的帮助。他是一位非常杰出的登山家，甚至能够安排尼泊尔皇家部队的直升机专门到特里布万机场接你。

两个小时之后，你降落在卡洛斯最后出现的珠穆朗玛峰大本营。他红色的尼龙帐篷还在那儿，但是暴风雪已将所有足迹抹去。

"大部分目击雪人的事件都发生在大本营的下方，但他们也有可能爬到了更高的地方。"当你们两人站在帐篷旁时，鲁诺尔凝望着冰川和山巅说道。

▸▸ 如果你们选择前往大本营下方的山谷搜寻，请翻到第 **139** 页

▸▸ 如果你们选择前往大本营上方搜寻，请翻到第 **143** 页

你沿着一条小路前行，道路的两侧矗立着蓝绿色的参天巨松，枝叶繁茂，针叶纤细。高高的枝丫上挂着硕大的、泪滴形的东西，像棕黑色的果实。你驻足仰望，好奇地猜测它们是什么。这时，其中一个突然动了起来，展开了巨大的翅膀，扑扇着飞走了。原来它们是蝙蝠，是你见过的最大的蝙蝠！

你抵达了外国大使馆，被带到了一间等候室。几分钟之后你被领进去，见到了尼泊尔政府登山与山体研究协会的理事 R.N. 鲁诺尔先生。

"欢迎来到我们的国家，祝您一切顺利。但是我有一些坏消息。你们提议的考察行动可能会非常危险。"

你看着他，不知道会发生什么。

▶▶ 请翻到**第140页**

你们将直升机留在了大本营，然后沿着雪线之下一条狭窄崎岖的小路徒步下山，最后钻进了一片松林之中。你们一共小心谨慎地跋涉了好几个小时。

林间小路突然变得非常陡峭，道路一侧就是超过一千米深的河谷。你们来到一座有着茅草屋顶的小石屋前，一位老妇人正坐在门边晒着太阳。

"请问前几天有没有登山者从这儿经过？我的朋友身高大约五英尺九英寸，中等身材，黑头发。"鲁诺尔先生接着把你的描述翻译成尼泊尔语。

> 别跟来，在大本营等我。
> 卡洛斯

老妇人点点头，说有两个人曾经路过，其中年纪较轻的那个留下了一张字条。

鲁诺尔先生迷惑不解地看向我。

"卡洛斯是你的朋友。如果让我决定，我不会听他的话。但是你更了解他，现在怎么办呢，你是怎么想的？"

▶▶ 如果你选择遵循信息并返回大本营去等候卡洛斯，请翻到**第150页**

▶▶ 如果你选择无视消息并决定寻找卡洛斯，请翻到**第145页**

"最近，有一支大型考察队进山了，但是并没有告诉我们他们的目标是雪人。"鲁诺尔先生说，"他们动用了枪支，设下陷阱试图杀掉一头雪人。雪人们很愤怒。"

"鲁诺尔先生，我们只是想找到一头雪人。我们并不想伤害它们。"

"这个我清楚，我们调查过你们，而那些人真是无耻之徒。我必须提议反对进入雪人领地，作为弥补，我能为你安排一次进入山区外围名叫特莱的丛林地带的行程。你可以在那儿拍照并研究老虎，它们很出名也很危险。或许以后，你能实施你所设想的考察。"

▶▶ 如果你选择坚持进行雪人考察，请翻到**第 146 页**

▶▶ 如果你选择暂缓考察以便让雪人冷静下来，改为前往特莱地区研究老虎，请翻到**第 149 页**

大本营上方是危险的冰塔。这些巨大的冰块一直处于不稳定的状态，所以想要穿越这座冰迷宫的人只能置身险境。

鲁诺尔先生走在前面引路。你们俩都在登山靴上安装了鞋钉，一条红黄相间的尼龙细绳作为安全绳将你们连在一起。

"小心！躲开！"一块冰块颤动着从你身旁滚落，在空中激起一团雪沫和冰晶。幸亏鲁诺尔先生发现及时。你放慢速度，仔细提防着这些狡诈的冰块。

最后，你们在一座两层楼高的巨大冰塔的背面找到了卡洛斯，他正坐在阳光下烦躁地摆弄着自己的相机。

"嘿，你来这儿干什么？"

"这也是我想知道的，你的失踪都快把我们吓死了！"

你先把他介绍给鲁诺尔先生，之后卡洛斯便放下相机向你们解释了他的遭遇。他找到了一些像是雪人留下的足迹，所以一直继续追踪。他尝试过发送无线电，但由于天气原因，信号被阻断了。现在足迹消失了，他也找不到回营地的路，所以一直坐在这里等待。鲁诺尔先生查看了一处在积雪中残留下来的足迹，然后解释说这是蓝熊的足迹，并不是雪人的。

于是，你们失望地登上直升机返回了加德满都。

▸▸ 请翻到**下一页**

第二天，你去了家喻户晓的夏尔巴向导桑吉·普丹·索尔巴的商店。卡洛斯跟随鲁诺尔先生去办理许可证。

你走进商店，只见柜台上堆满了塑料袋包装的脱水食品，一罐罐登山炉专用瓦斯以及一顶顶羊毛帽子。站在柜台后面的正是桑吉·普丹·索尔巴。

你做自我介绍后与他攀谈了几句，立刻发现自己非常喜欢眼前的这个人。桑吉非常热情友善，他前几天刚刚带领了一支日本登山队完成了对普莫里峰的登山行动，还为一支法国登山队做向导帮助他们登顶了珠穆朗玛峰。

也许你应该邀请他加入寻找雪人的行动中。

▶▶ 如果你选择邀请桑吉加入你的考察，请翻到第 **153** 页

▶▶ 如果你选择等等，先跟卡洛斯商量一下，请翻到第 **152** 页

"卡洛斯可能遇到了麻烦，我们必须找到他。"

鲁诺尔先生点头表示赞同，然后给了老妇人两枚铜硬币。老妇人冲他笑了笑并用尼泊尔语快速地说了些什么，然后步履蹒跚地走进了石屋。你和鲁诺尔先生仍然留在门口，旁边是一片种植了西葫芦的小菜园。

"那是什么意思？那位老妇人说了些什么？"你调整着帆布包的背带以防它们滑下肩膀。

鲁诺尔先生看着你说道："她说和你的朋友走在一起的是一头喜马拉雅山雪人。"

你难以置信地瞪着鲁诺尔先生。

但这其实也有可能是真的。你们来这儿就是想找到它，没准儿这次它先来找到了你们。

你们顺着小路继续向下走，不知道前方还会遇到什么。

▶▶ 请翻到第 **162** 页

"非常感谢你的提醒,并且好心地提供前往特莱地区的替代方案。"你说,"我们坚持要完成这次考察。我们将以开放的态度友善地寻找雪人。"

R.N. 鲁诺尔先生点了点头,然后用尼泊尔语对他的助手飞快地说了些什么。几分钟后你就拿到了考察所需的必要文件,在文件的指定位置已经盖上了尼泊尔政府的官方印章。在临走前与你握手时,鲁诺尔先生叫住了你:"如果你下定决心继续你们的考察,也许我陪你一起去会更便利、更安全。"

你该怎么做?和一位政府官员同行可能会耽搁更久,或许还会受到官僚作风的干扰,而另一方面,他可能会为你铺平道路。

▸▸ 如果你选择接受鲁诺尔先生加入考察的请求,请翻到**第 154 页**
▸▸ 如果你选择谢绝他的请求,请翻到**第 157 页**

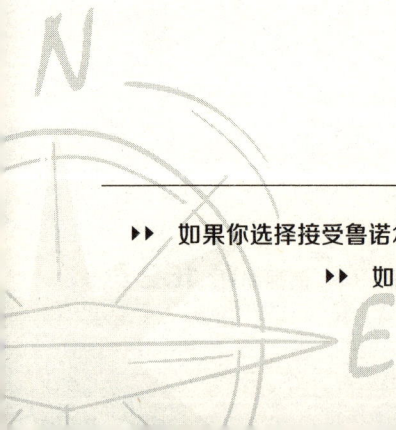

你和鲁诺尔先生就特莱地区的情况进行了深入的探讨，那是一片距珠穆朗玛峰仅有一百英里远的与海平面平齐的热带区域。这是多么大的反差啊！你意识到它将为你在地方报纸上的专题文章提供精彩绝伦的素材。

"特莱地区真是棒极了！"鲁诺尔先生对你说，"丛林中处处是鲜花和动物，有凶猛的印度虎，还有危险的犀牛。我会安排大象来驮着你进入偏远的地方。"

在给卡洛斯留了一个口信之后，你坐在一头大象的背上，随着它沉重的脚步左摇右摆地走了两天。

热浪简直让人无法忍受，一滴滴汗水滑下你的脖子，浸透了你的衬衫。

你来到一条蜿蜒流淌于茂密雨林中的小溪旁，在那儿的沙地上发现了靴子的印迹和重型武器的空弹壳。

"情况不妙，情况不妙啊！这里一定有来猎取虎皮和象牙的偷猎者。太危险了！"你们的向导说道。

"我们跟上他们，看看他们想要干什么。"

"行，但是我们或许应该分头行动，那样我们就能覆盖更大的区域。"

▶▶ 如果你们选择分头行动，请翻到第 **158** 页

▶▶ 如果你们选择待在一起，请翻到第 **159** 页

"那我们最好还是返回大本营吧。"你说道。但是，天色已晚，在夜里沿着小路攀爬回去会极其危险。

"我觉得我们应该留在这儿，等明天天亮再回去。"鲁诺尔先生提出了不同的意见。

在征得老妇人的同意后，你们决定在此过夜。她拿来米饭、西葫芦和酥油茶作为一顿简单的晚饭。你心里很紧张，但还是相信卡洛斯的判断能力。说到底，无论他那边正在发生什么事情，你现在都无能为力。

你躺在床上辗转反侧，高山上呼啸的山风让你难以入眠，也让你神经紧绷。

天快亮时，你听到了一声尖锐又刺耳的叫声。

▸▸ 请翻到第 161 页

你身手敏捷，但还远远不够。桑吉抓到你后放下冰镐，把你的双臂掰到身后。

站在门口的两个人都走进了商店，其中一个人还把大门上了锁。门闩发出了不详的咔嗒声，将你锁在屋内，把救援挡在门外。

这三个人将你团团围住。"你这个蠢货！你现在已经越界太多了。你来这里到底想干什么？你想要什么？"桑吉冲你咆哮着。长着大胡子的那个人手持一把又小又丑的手枪。

"我没有恶意，我只是想看看口袋里有什么。"

"好吧，你现在出不去了。我们的计划需要两个人一起完成，你需要给你的朋友带个话，告诉他你找到了一条重要线索，让他马上赶过来。否则，我们现在就会杀了你！如果你按我们说的做，也许你还能活命。走着瞧吧，我们已经跟踪你们很久了，我们要利用你们把这件东西运往国外。"他指了指一件被包在棕色纸里的包裹。

你猜测着里面究竟是什么。

现在，你的情况很糟糕，那你该怎么办呢？

▶▶ 如果你选择说自己会给卡洛斯写张字条，请翻到第**176**页

▶▶ 如果你选择拒绝，请翻到第**177**页

你认为卡洛斯应该先见一见桑吉，然后再做决定。

你匆忙地购置了高海拔专用帐篷、冰镐、钉鞋、登山绳、岩钉和冰钉等装备，接着上下打量着一个挂着风雪大衣的架子，其中一件大衣 引起了你的注意。

那是一件紫色的风雪皮大衣，中等尺寸。它的一个口袋里似乎装着什么东西。

你快速地环视了一下商店，确保没人看着你，然后解开了口袋。你感觉口袋里面装的应该是一块石头。你把口袋里的东西拿出来，接着打开东西外面厚重的棕色纸包。

是一颗骷髅头骨！这会不会是一头雪人的头骨？天哪！头骨里面还塞着一张小字条。

那是一张地图，上面标示着一条从加德满都到纳加阔特的路线，有一个 X 符号标记在一座废弃的印度教湿婆神寺庙旁边。

▸▸ 请翻到**第 164 页**

"桑吉，和我们一起去寻找雪人怎么样？"

桑吉笑了笑，犹豫着。然后他拿起了两根香，其中一根比另一根长一些。桑吉把它们点燃，一股浓郁的芳香弥漫在他的小店铺中。

"你看，当一种香味和另一种香味融合之后我们就分辨不出它们的区别了。只有当较短的香燃尽，我们才能知道哪一根是玫瑰香味，哪一根是木兰香味。"

我对他关于焚香的一番话感到困惑不已。你问道："好吧，桑吉，这有什么含义呢？"

"它没有任何含义，它只是存在而已。"

你现在真的是百思不得其解了。你该做什么呢？也许你应该摆脱这场关于熏香的谈话，放弃邀请桑吉加入你们的想法。也许他是个疯子。

▶▶ 如果你选择收回让他加入考察队伍的邀请，请翻到第 **163** 页

▶▶ 如果你选择坚持邀请并试图理解他的观点，请翻到第 **168** 页

现在他是你们登山队的一员了。鲁诺尔先生派出一支政府团队来搭建你们的大本营并寻找卡洛斯。成功了！卡洛斯被找到并加入了你们，他是个优秀的队员。六名脚夫负责搬运你们的食物、帐篷和补给物资。这令你得以脱身去探索陡峭的山谷两侧和沿途的小村落。

每一天都辛苦漫长，早上天刚蒙蒙亮你们就动身，一直走到太阳落山。当你们走在尼泊尔人已经走了数百年的狭窄山路上，你们的腿都因为不停地赶路而疼痛不已。你们的头顶上是澄澈的蓝天和散落着的白云。洛子峰、普莫里峰和珠穆朗玛峰的冰雪从较低的绿色山坡向上延伸。

▸▸ 请翻到第 **156** 页

当你们接近一个村子时，鲁诺尔先生指向一栋有着红色屋顶的高大建筑——它矗立于一片低矮、整洁的房子之上。

鲁诺尔先生说："有一位高僧就住在那座寺院里面，他曾和雪人共同生活过。"

"但是我认为没有人真正目击过雪人，而且没有人和雪人共处过还能活到现在。"你对鲁诺尔先生的话表示怀疑。

鲁诺尔先生回答道："有一个被严格保守的秘密。那些共同保守雪人秘密的人必须发誓只对天选之人透露信息。你，只有你是天选之人中的一员，这在天空的星尘和你的手中都有所显示。"

"你是什么意思？"

鲁诺尔先生沉默了几分钟，然后他说道："如果你接受这个秘密，你的生活将彻底被改变，你将不再是原来的你了。现在做决定吧。"

▶▶ 如果你准备好接受这个关于雪人的秘密，并能承担与之相应的责任，

请翻到第 **170** 页

▶▶ 如果你选择拒绝接受秘密，请翻到第 **246** 页

"我还是想独自前往，不过还是要谢谢你。"鲁诺尔先生和你握了手，但是他面无笑容。很显然你冒犯了这个人。

你应该怎么做？道歉是合适之举吗？你应该试图做出补救吗？

▶▶ 如果你选择尝试做出补救并邀请他加入你们，请翻到**第169页**

▶▶ 如果你选择坚持你的决定，请翻到**第172页**

　　"好的，"你对向导说，"你继续顺流而下，我要进入森林，迂回过去，与你在溪流会合。如果你需要帮助，就开三枪，等上六分钟，再开三枪。"

　　"行，小心点儿。"

　　你出发进入丛林，以最快的速度前进。两小时之后你停下来休息，边拍打蚊子边摘除水蛭。随着一声咆哮，一头身长至少八英尺长的强壮威武的老虎，猛地跳出灌木丛。

　　你被咬死了。

▶▶ **本故事完**

你和你的向导向溪流下游行进，找到了偷猎者们。

在尼泊尔，猎杀老虎和大象来获取虎皮和象牙是重罪，因此他们不会留下任何犯罪证据。你们试图逃进丛林，但是偷猎者非常敏捷。他们没有放过任何一个目击者。

▸▸ **本故事完**

"咿呜！"

叫声好像就从你的窗外传来。

鲁诺尔先生迅速跑到门口。老妇人也走出门去，举着一盏破旧的煤油灯站在屋外的小路边。

你又听见了叫声，这一次声音更响了。

"咿呜！咿，咿，咿呜！"

叫声突然减弱了，它好像离你越来越遥远。

老妇人挥舞着她的煤油灯，她是在发信号，还是在试图吓走那个未知但已经离开的东西呢？

"那就是喜马拉雅山雪人，"她说，"它们在邀请你们加入它们和你们的朋友卡洛斯的队伍。"

你该怎么做？这已经超出了你们事先商量好的范畴。你看了看鲁诺尔先生，又看向老妇人。在天空刚刚露出微微亮光的时候，天气很冷。

雪人的叫声正在迅速减弱。

▶▶ 如果你们选择跟随雪人的叫声，请翻到第 **173** 页

▶▶ 如果你们选择返回大本营，请翻到第 **175** 页

当顺着小路继续向下走的时候，你发现了好多脚印，好像是雪人留下来的！

突然，周围的一切都变得非常安静，就连小鸟的鸣叫都停止了。你能听见的唯一声音就是自己和身后鲁诺尔先生的脚步声。你也不知道这突如其来的安静究竟是因为什么。

但是很快你就明白了：在一条小路的拐角，你迎面撞见了一群生物——喜马拉雅山雪人。它们正用一架古代铜炮瞄准你，其中一头雪人迅速点燃了引信。

那是你记得的最后一件事——直到你在自己的床上醒来。怎么会做这样离奇的一个梦呢？好吧，一定是因为昨天吃了那个放了芥末、凤尾鱼和巧克力糖浆的奇怪的三层饼！

▶▶ **本故事完**

"我不懂你说的话是什么意思。在你跟我们去之前，我得和我的搭档谈谈。他离这儿不远，我现在就去找他。如果我不回来，请不要等我。"

你慢慢向门边移动，香味变得浓郁起来，瞬间浓到让你找不到门的程度。你渐渐地失去了意识，陷入了永久昏迷。

▸▸ **本故事完**

这个发现实在太让人兴奋了！你简直等不及想要马上告诉卡洛斯。

如人们常说的"把握时机"，你赶紧走到柜台前向桑吉询问那件大衣的来历。桑吉惊讶地抬起头。他在看见你举起那件紫色大衣的时候，眼中充满了恐惧。

"哦，那件不卖。把它放在那儿就是个错误。把它给我！快把它给我！！"

你看到了大衣里面，在靠近衣领的地方用黑色墨水印着桑吉的名字。

你抬起头看见桑吉手持一把冰镐向你走来。他举起冰镐时，你把大衣重重地扔向他，然后趁机跑向大门。但是，那里站着两个凶恶的大汉，其中一个留着大胡子，另一个光面无须、长发垂肩。

你向右虚晃一下，然后闪向左边，冲向店铺后面的冰镐架子。

▶▶ 请翻到第 **151** 页

跑啊！快逃命啊！你猛地冲向悬崖边缘的树林，也许能躲藏在那里。雪人快如闪电，比你想象中快得多。

然后你摔倒了，从悬崖掉落下去。雪人奇迹般探身抓住了你，在千钧一发之际救了你。它把你扛回你的帐篷，轻轻地把你放下，然后消失在茫茫夜色之中。

▸▸ **本故事完**

"好的，所以你想让我选择哪一根香是玫瑰味的，哪一根是木兰味的，是吗？这是个测试吗？如果我猜对了你就去，如果我猜错了你就不去？"

桑吉笑了，露出了上牙床的三颗金牙。他点了点头。

"那就开始吧，"你说，"长的那根是克什米尔玫瑰香。"

桑吉拍着他的手，又把手放在前额上，微微鞠躬，说道："向您合十行礼，尊敬的阁下，我将听从您的命令，主人。"

显而易见，他将追随你，你选择了正确的香味。

有些事就是靠运气，这就是其中一件。你问道："我们该去哪儿？安纳布尔纳峰还是洛子峰珠峰地区？桑吉，你怎么看？"

"很多人在珠穆朗玛峰附近见过雪人的脚印，但是我们也许能在靠近安纳布尔纳峰和鱼尾峰的地区碰上好运。珠穆朗玛峰地区已被过度探索了，安纳布尔纳峰并不广为人知。"

▸▸ 如果你选择安纳布尔纳峰地区，请翻到第 **180** 页
▸▸ 如果你选择珠穆朗玛峰地区，请翻到第 **178** 页

"鲁诺尔先生，请您原谅。我犯了一个错误，这是您的祖国，我们需要您的帮助，请加入我们。如果您成为我们的伙伴，我们将感到万分荣幸和无比喜悦。"

房间很安静，你看向窗外的皇宫庭院和规整的花园，坐立不安。

鲁诺尔先生并没有立刻回应。他摆弄着办公桌上的一根铅笔，陷入沉思。

"我感谢您的诚挚邀请。只有允许我成为光荣的登山队队长我才会接受，如果你们同意这一点，我也许能够从政府方面筹集资金，也能从尼泊尔皇家部队得到包括直升机在内的战略支援。"

这让你震惊不已，因为你是队长。

▶▶ 如果你允许他成为登山队队长，请翻到第 **182** 页

▶▶ 如果你选择指出这是不可能的，请翻到第 **184** 页

"我很乐意接受你的邀请。我已经准备好接受这个秘密了。"

"跟我来。"鲁诺尔先生把你领进寺院。卡洛斯留在后面。

你和鲁诺尔先生穿过一扇巨大的木门进入了寺院。里面光线昏暗，但是你能辨认出一位坐在地板上的老者的身形，在他身后有一尊佛像。那个人向你们表示欢迎，示意你们坐在他面前。你看到他穿着一件僧袍。老僧人用酥油茶款待你们，那是一种令人难以下咽的浓汤。

"用心、用脑、用全身去仔细聆听。更多地用眼睛聆听而不是用耳朵去听。听的时候留心雪人的叫声。"老僧人对你说道。

你能听见窗外遥远的铜铃声和松林中的风声，它们悦耳动听。

你静坐了数小时，用你的全身心去聆听。

终于，僧人说话了：

"是时候进行下一段旅程了。"

"什么旅程？"你问道。这实在是太怪异了。

"就是继续你已身处其中的旅程。"他回应道。

▸▸　如果你同意踏上旅程，请翻到**第 181 页**

▸▸　如果你没有准备好永远改变你的人生，请翻到**第 193 页**

你离开鲁诺尔先生的办公室，走到外面时遭遇了倾盆大雨。大雨从天而降，雨滴在地面炸开。按照你之前的计划，季风期到现在本该结束了，你也可以登山了，但显然季风并没有结束。

你在旅馆里枯等了三周。持续降雨导致的泥石流将进入山谷的路封死了。大自然已经发狂，你的考察被中断了。太糟了，下个季节再试一次吧。

你沿小路一直跑，鲁诺尔先生紧随其后。

几分钟后，你突然急刹住脚步，这是因为，在你面前出现了一头高山牛——牦牛——的尸体。它的牛角被残忍地拧了下来，现在被用来当作路标，指向通往生长着杜鹃花和松树的道路。

你停了下来，看着死去牦牛的惨状。牛角可能会指引你们找到卡洛斯，也可能会把你们引入陷阱。

▶▶ 如果你选择为了互相帮助而带着鲁诺尔先生一起进入树林，请翻到**第 188 页**

▶▶ 如果你考虑到一个人行动能更轻更快而留下鲁诺尔先生殿后，然后选择孤身一人进入树林，请翻到**第 192 页**

"我们必须回到大本营。"你说道。

鲁诺尔先生抓住你的胳膊，说："我知道那个叫声，那是战斗的吼声，是愤怒和复仇的吼声。我们必须找到救援，然后回来找卡洛斯。"

"它们为什么会愤怒？我们没有对它们做任何事啊。"

"有太多人想要猎杀它们、折磨它们，它们已经受够了。"鲁诺尔先生答道。

小路变得更陡峭了，你们终于回到了驻扎营地的冰川边缘。上午的阳光照耀着冰面，那反光快要晃瞎你的眼睛了。

支离破碎的直升机躺在雪地里，螺旋桨扭曲变形，玻璃碎落一地，飞行员不知去向，只有巨大的脚印——雪人的脚印——一路指向了冰瀑的中心。

▶▶ 　如果你选择追踪脚印，请翻到**第187页**

　▶▶ 　如果你选择待在破碎的直升机旁等待救援，请翻到**第185页**

"我会把卡洛斯带到这儿的，虽然我并不知道他现在在哪儿。"你说。

手枪黑洞洞的枪口晃动着指了你几下，持枪者随即压低枪口，把它装进了口袋。刹那间，危险似乎已经解除了。

你该怎么做才能避免将卡洛斯带进这个陷阱呢？你记得在用绳索登山时用过的一个特殊信号——猛拉三下绳索表示危险。

"好吧，给我笔和纸。"他们递给你这些东西后，你开始书写。

"嘿，这支笔不能用了，你看！"

你快速地在纸上用笔猛画三条线，这支笔当然能用，然后你说："好吧，我想它现在能用了。"你希望这三条记号能够提醒卡洛斯。

现在，你需要时间来计划逃跑。

大胡子的男人用德国腔说道："现在把你知道的关于地图的事都告诉我们。"

▸▸ 如果你选择编造一个绝妙的故事，请翻到第 189 页
▸▸ 如果你选择坚称自己什么都不知道，请翻到第 194 页

"不，绝不！我才不会上你们的当呢。如果你们想要卡洛斯，那就自己去找他吧。"

与此同时，门外传来了响亮的敲门声。

"快开门，我们是警察，你们已经被包围了。"大门被猛地撞开，三名尼泊尔军人和一名警察冲了进来。卡洛斯就站在他们身后。

警察朝那两个大汉点了下头然后说："举起手来。太好了，太好了，我们终于抓到你们了，所有走私犯的下场都一样，你们等着坐牢吧！幸运的是，过去三周里我们一直在跟踪你们。当你们盯上这两位冒险家时，我们也开始关注他们了。卡洛斯一直在帮助我们。你们的走私生涯结束了。"

你依然心有余悸，但是尼泊尔政府现在把你和卡洛斯视为英雄，他们将为你们的考察提供所需的所有帮助。

▶▶ **本故事完**

长久以来，你一直盼望着探索珠穆朗玛峰地区。那个地区分布着一些村落，在这些雄伟的喜马拉雅山脉群峰之上，夏尔巴人是最有名的登山者和向导。桑吉来自珠穆朗玛峰地区的一个小山村，单单这一点就对招募脚夫和获取必要援助至关重要。

在那周之后的几天里，你、卡洛斯和桑吉登上一架单引擎飞机，飞行两个多小时后深入喜马拉雅山，绕开普莫里峰和洛子峰，围着珠穆朗玛峰优雅地斜飞。

那条简易跑道既短小又崎岖不平，尼泊尔皇家空军飞行员却能使飞机如此平稳地降落，你对其展露的驾驶能力惊叹不已。

四千米高海拔处空气很稀薄，但是清新纯净。重峦叠嶂间的茫茫雪原和蜿蜒冰川绚丽夺目、流光溢彩。高原反应和如画美景都让你感到飘飘欲仙。

▸▸ 请翻到第 198 页

两天后，你们取得了相关许可，购置了各种补给，你、卡洛斯和桑吉开始了从加德满都到博克拉的漫长征途。

又过了三天，你和你的伙伴，连同十二名搬运补给物资的脚夫，驻扎在一块高于谷底的高地，靠近一个名为都姆普斯的小村子。

那天晚上，你吃过一顿由糙米、小扁豆、洋葱和大蒜做成的晚餐后，坐在你的红色登山帐篷前面，看着月亮在安纳布尔纳峰和道拉吉里峰的雪白山坡上玩耍。万籁俱寂，你身心清爽。你因登山而疲惫，但是体会到了生之喜悦，也为身临梦幻王国而快乐。看着身后一片漆黑的村庄，你感觉你和你的队友好像地球上最后的人类。

你惊奇地看见安纳布尔纳峰上有一道亮光闪过。它反复地闪着，一次紧接着一次。那可能是反射过来的光线，或许代表另一支队伍，或者是某个陷入困境的人发出的求救信号，抑或是来自雪人的信号。

▶▶ 如果你认为它是一个信号，请翻到**第 197 页**
▶▶ 如果你认为那只是另一支登山队，请翻到**第 195 页**

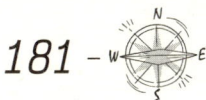

鲁诺尔先生仍然跟着你，他点了一下你的肩膀，你起身跟着他走到金佛像身后的寺庙背面。空气中弥漫着浓郁的玫瑰香薰味。

"雪人是香格里拉的向导，他们把天选之人带到这个隐秘的山谷，很多人都听说过那里，但只有很少人见过。"

你点点头，不知道接下来会发生什么。

"这是最后一次机会了，我的朋友。如果你现在回头，就可以和你的朋友卡洛斯过正常的人生。如果向前进，就将接受秘密世界中的人生。"

▸▸　如果你选择前进，请翻到第 **200** 页

▸▸　如果你选择返回，请翻到第 **202** 页

"好吧，鲁诺尔先生，由你来领导考察队。我确信我们的目标是一致的。我们能用得上贵政府的支援。"

事实证明鲁诺尔先生与政府部门的沟通起到了非常重要的作用。不久之后考察队就有了更好的补给品和装备，比你们靠自己筹备的要好得多。

他所具备的关于雪人的知识也大有帮助。

前往珠穆朗玛峰大本营的直升机已经安排妥当。

恐怕让他领队是最好的选择。那是他的地盘，而且他对其了如指掌。

▸▸ 请翻到第 **154** 页

电话铃响了，打破了房间里的沉默。鲁诺尔先生表示失陪一会儿，然后接起电话。

"好的，好的，我明白了……我会告诉他们的。"

他带着严肃的表情转向你。"我们的国王认为有人在打扰我们土地的宁静，他感到很苦恼。国王向你们表示歉意，但是他已经决定对所有登山队关闭山路。雪人不是动物，我们不会再允许猎捕它们的行为发生。我很抱歉，我的朋友。"

好吧，至少你不用被迫拒绝鲁诺尔先生想当队长的请求了。

▸▸ **本故事完**

你听从了卡洛斯的指令，守在直升机的残骸旁边。鲁诺尔先生也同意这是正确的决定。

"快看啊，我的朋友，那些高山——世界的屋脊，它们隐藏着秘密、传说和危险。我们已经冒犯它们了，应该在这里等等，看看到底还会发生什么。"

你们等了一会儿，但你还是认为自己一定得为了救卡洛斯做些什么。

也许那位老妇人说谎了，也许她编造了那个卡洛斯和雪人同行的故事，也许那些古怪的叫声是山谷里寺庙的某种号角，也许那是个谎言……但是老妇人说谎的原因是什么呢？你对此困惑不已。

"鲁诺尔先生，我要返回去寻找卡洛斯，你如果愿意就继续留在这儿。我不能抛弃他。"

鲁诺尔先生表示理解，然后独自留下来等待搜救直升机。

▶▶ 请翻到第206页

脚印指引你们进入了迷宫般的冰瀑内部。

你们必须极其小心，因为哪怕最轻微的移动都会引起冰川中冰柱的崩塌。这简直就是一片死亡地带！

之后，脚印意外地终止了。它们就这么消失了，仿佛脚的主人突然生出翅膀飞走了一般。

你四处环视着微微发光的冰块、紧实的白雪和结着冰的尖锐的灰褐色岩石。头顶上，几只巨大的鸟飞进上升气流。在山峰顶端，一片片的雪花如同烟雾随着聚拢的狂风飞升而起。

你和鲁诺尔先生怀着对群山的敬畏之心站在那儿，一时间竟忘了你们的使命。

你的眼睛注意到了某个东西，那是被一小块冰压住的一片红色尼龙布。那会是卡洛斯的帐篷上的吗？你赶紧走上前去查看，当弯腰将其捡起时，你突然听见了一个声音。

▸▸ 请翻到第 **205** 页

你和鲁诺尔先生一起，小心翼翼地走入了树林。拂晓时昏暗的光线不足以照亮这个诡异的地方，你们俩都提高了警惕，不敢发出一丁点儿声响。

鲁诺尔先生拉住你的袖子，指向一根松树枝。那根树枝上挂着一个红色的背包，你谨慎地朝它的方向移动。

背包看上去很像卡洛斯背的。可能有人把背包从他身上抢走了，也可能是他留下作为警告的暗号。

▶▶ 如果你选择撤离那里，以寻求更多的帮助，请翻到**第 207 页**

▶▶ 如果你选择用和卡洛斯事先约定好的口哨声呼唤他，请翻到**第 210 页**

　　"好吧，你看，是这样的。我来自失落的大陆亚特兰蒂斯，我是高等人类部落的王子。我们居住在非洲海岸附近的海底。现在我们已经准备好与雪人部落联合，他们来自波罗多斯星球，过去三百年间一直生活在崇山峻岭之中。"

　　三个人看着你然后开始捧腹大笑，其中一个说："是啊是啊，如此说来我就是尤利乌斯·恺撒，这位是克娄巴特拉。"他们都因为这个玩笑大笑起来。这恰好给了你抽出瑞士军刀的时间，你割断了挂在天花板上的绳索。一顶作为样品的登山帐篷砸在你的敌人头上，你在千钧一发之际蹿出门外。

　　你暂时顾不上补给品了，直接跑到了警察局。后来你决定取消这一季的考察活动。以后还会有机会的。

▸▸ 本故事完

在房间里，卡洛斯正站在一群人中间。

当你正惊讶地瞪大眼睛仔细看时，这些人突然在你的眼前变形了。他们一瞬间变成雪人，又在下一秒突然变成了独角兽。

卡洛斯笑着对你说："欢迎，欢迎，你已经完成了一次艰难的旅程，找到了通往新世界的道路，现在开始真正的旅程吧！"

▶▶ **本故事完**

你小声问自己为什么会这么做，谁知道里面会有什么呢？但是卡洛斯正身处险境，所以你还是义无反顾地钻进了树林。

暗淡的光线无法照穿松树林。在缓慢地前行了十五分钟后，你遇到了一道怪模怪样的围栏，它好像是用某种铝或者不锈钢材料制成的。

你试探着推了推，一扇门旋转而开。奇怪的是，它并没有上锁，一条破旧的道路通往一块人脸石头，在人脸石头的基座上还摆放着一件奇形怪状的雕刻。

一扇明亮的红色门通往石墙后，从石墙边还向前延伸出了一条小路，你该怎么做呢？

▶▶ 如果你选择走进那扇门，请翻到**第 212** 页
▶▶ 如果你选择顺着那条路继续走，请翻到**第 211** 页

你站起身走向门口，一道看不见的屏障拦住了你。僧人笑了，也许他明白你的抵触情绪。

"我待在这儿不是很开心，我很害怕。"

僧人说："没有什么事是轻而易举的。很多事情都很吓人。如果你一定要走，那就走吧，当你准备好的时候你就会回来的。"

你谢过那位僧人。这一次没有东西阻碍你穿过大门了。几分钟之后你回头望去，不确定自己是否做了正确的选择。过去的记忆在你的脑海里一点点地模糊、溜走、消失。

▶▶ **本故事完**

"我什么都不知道，真的什么都不知道！"

大胡子男人阴沉着脸说道："我们抓到的人都这么说。考察雪人的行动是个幌子，你们其实都是国际刑警。所以我们必须在这儿把你解决掉。"

"嘿，我想做个交易。"你根本没有什么能做交易的东西，但是你需要拖延时间。接着，让你大吃一惊的是，桑吉打开了后门，六个人手持武器冲了进来。

"先生们，你们被捕了。"桑吉亮出了警徽并向你笑了。"很抱歉，我的朋友。你只是在错误的时间来到了这儿，我不得不攻击你来打消这些人的疑心。祝你们的考察一切顺利！"

▸▸ **本故事完**

"我们观察一下吧，我认为那只是另一支登山队的人在玩手电筒。"

你盯着发出光线的地点坐了两个小时后，闪光消失了。现在很冷，你很庆幸自己穿着冲锋衣。苍穹之上，星光熠熠，高山巍巍，屹立于前，你的内心满怀敬畏，难怪一代代登山者为之心驰神往。

你带着长途跋涉的疲惫和搜寻雪人的焦虑入眠了。

四个小时之后，大约凌晨两点时，你被帐篷附近的哀嚎声惊醒。

咿——啊！

咿——啊！

你拉开帐篷拉链，凝视着外面的黑暗。

在行李堆那里，有一团深色的物体，那可能就是雪人。你摸索着照相机，也许能拍一张照片。

这时，那个物体竟然用后腿站立起来，蹒跚着走向卡洛斯和桑吉睡觉的帐篷。你该怎么做？

▶▶ 如果你选择拍下照片，请翻到**第 216 页**

▶▶ 如果你选择抄起冰镐吓走这个生物，请翻到**第 217 页**

"快看那道闪光，卡洛斯！"灯光又闪动了三次，然后停止了，接着它又开始闪动。"你怎么看？我认为可能有人遇上麻烦了。"

桑吉说："我也认为那可能是一个紧急求救信号，但是它距离这里非常远，在山谷另一边，而且正好位于冰川下方。我们可以过去，或者我可以返回博克拉向当地负责人报告。"

"你返回博克拉需要用多久？"

"我能比整支队伍的速度更快，大概需要一天，然后他们会派遣一架直升机过来。没有外界的支援，我们无法帮助那里的受困者。但是受困者可能现在就需要得到救援。"

▶▶ 如果你选择回应求救信号，请翻到第 215 页

▶▶ 如果你选择让桑吉返回博克拉寻求救援，请翻到第 213 页

　　"今晚我们在一位朋友的房子里过夜，我们必须养精蓄锐并适应这里的稀薄空气。"桑吉领着路，走到了一片由石头房子组成的村落，房屋的造型简单又美观。男人、妇女和孩子们坐在小小的门廊里喝茶。鸡在草丛里刨食。翼展接近三米的黑色巨鸟借着上升气流扶摇直上。在村子的一端，数面绑在细杆上的细长经幡漫卷飘摆。

　　你无时无刻不为群山的雄伟所感染，也从未置身于如此沉静的地方。

▶▶ 请翻到下一页

你在这个小村子停留了三天，通过短途的散步来检验你的腿和肺部在这种高海拔的状态。

在第三天下午，桑吉对你说你已经准备充分了。"你已经恢复了强壮，现在的心跳已经放缓了，也更平稳了。我们已经准备好在这种海拔登山了，现在得抓紧时间了。我得到消息称雪人一直在珠穆朗玛峰的昆布冰瀑活跃出现。"

他停顿了一下，先看了看你，又看了看卡洛斯。"在冰瀑里面的路上行进会非常缓慢、艰难，而且危机四伏。巨大的冰块会从冰川上滚落，并且像积木块一样堆积起来，冰面可能会在你放松警惕时崩裂垮塌。很多人都长眠于这些冰瀑中。你不知道自己该转向哪条路。大冰裂可能会突然袭击你，成吨的冰砾会毫无预兆地砸向你，也许这就是雪人喜欢冰瀑的原因，少有人会冒险前往。"

你明白其危险性。众所周知，这些区域曾夺走许多生命。你希望能避开险象环生的昆布冰瀑，但是雪人的最新目击事件太有吸引力。你该怎么做？

▶▶ 如果你选择承担风险，请翻到第 **218** 页

▶▶ 如果你无法下定决心，请翻到第 **219** 页

"我准备好了，鲁诺尔先生。请带路吧！"

鲁诺尔先生在佛像背后拍了三下，位置大约是头部和脖子的连接处，那里发出了类似敲钹的声音。

太神奇了！在你面前站着一位七英尺高的巨型雪人，肩宽背厚，生着一双大脚。他的表情亲切又和善。你并不感到害怕。

鲁诺尔先生介绍道："这是佐达克，他是你的特殊向导。跟着他，他会带你到你该去的地方。"

"我能和卡洛斯道别吗？"

"一般情况不能这样，我也不建议你这样做，这可能会让他和你都伤心。但是，如果你很想这么做，去和他道别吧！"

▶▶ 如果你选择去和卡洛斯道别，请翻到第**220**页
▶▶ 如果你选择不道别，请翻到第**222**页

秘密的世界。这真是太疯狂了。

在你慎重考虑之后，你认为自己还没为这种事情做好准备，你现在只想探索你所处的整个世界。可能鲁诺尔先生疯了，也可能他是个绑架犯，你永远不会猜到的。

你可以走出寺院，找到卡洛斯，继续你们的考察。

考察雪人是你跨越半个地球来到这里的原因，也是你一直以来所追求的梦。你在寺院前面叫上卡洛斯继续寻找雪人。

几个月之后，你们和考察刚开始一样一无所获。雪人神出鬼没，你们的资金也花完了。你一次又一次付出努力。你的耳边回荡着祖父的教诲："每个人都有失败的权利。勇于冒险，享受人生！"

▸▸ 本故事完

"好吧，感谢你们千里迢迢来到这里。我们现在认为，近距离接触你们，学习一下你们的行为也不错，况且对我们来说，去你们的国家实在太困难了。"那头雪人咯咯地笑着，声线低沉，其他雪人也咧开嘴笑了起来。

你看向鲁诺尔先生和直升机飞行员，又抬头仰望环绕的群山。

雪人继续说："放心吧，你们的朋友很安全。待会儿我们就会把他带回到你们那里。现在我们已经受够了你们，但愿你们也同样受够了我们。"

雪人们说完就走开了，消失在冰瀑中。

你们终于找到了回去的路，等回到坠毁的直升机那里时，发现卡洛斯也在那里，正如雪人所说的毫发无损。你唯一的遗憾是没拍到雪人的照片。

几天后，另一架直升机找到了你们并且实施了援救。尽管又累又失望，你依然发誓要继续在地球的遥远之地寻找其他生命物种。

▸▸ **本故事完**

突然，四头雪人从两座高大的冰塔后面跳了出来。你和鲁诺尔先生瞬间就被抓住了。

雪人力大无穷，你们的胳膊就像被铁钳钳住了一样。它们像扛米袋一样扛起你们，进入了冰瀑的深处。

最后，你们终于被放下了，在你们面前的是直升机飞行员，他并没有受到伤害。

正在这时，一头雪人开口讲话了。

▸▸ 请翻到第 203 页

你开始顺着小路往下走。

在你的眼前突然出现了一个橘红色的圆形物体,它在你身边盘旋着,大小和一个沙滩排球差不多。

突然,你被一束光波击中,感觉自己好像泡在温暖的盐水中一样。它消除了你所有的恐惧,让你感到非常舒适。你居然不想逃跑或者躲开这个身份不明的生物。

"嘿,放轻松。我不是你的敌人,我也不是坏人。你是谁,或……或者说,你是什么?"你站在原地,更多的光圈将你团团围住。

"地球人渴望知识,地球人很友好,放出光波!感应力显示地球人很诚实,所说的都是真话。"

光波突然消失了,在某种程度上你竟然很怀念它温暖的舒适感。

"我真希望卡洛斯就在这里。"你说道。

突然,卡洛斯真的就出现在你的眼前!

"卡洛斯!你怎么样?你去哪里了?这一切实在是太诡异了。"

▶▶ 请翻到第 208 页

"我们往回走吧！"

鲁诺尔先生点头表示同意。

这看上去太像一个陷阱了！你认为是卡洛斯留下了背包来警告你。

正当你溜出树林的时候，你看见一头巨大的生物，高达七英尺甚至更高，至少有两百磅重。那头怪物长着一颗椭圆形的头，脚又宽又长，浑身长满了淡红色的短毛，正坐在一头死牦牛旁边大快朵颐。

你被吓得几乎瘫软在地。但是，这可能是你唯一的拍照机会！

▸▸ 如果你选择拍照，请翻到**第 221 页**

▸▸ 如果你选择退回树林，请翻到**第 225 页**

卡洛斯冲你笑了笑，说："嘿，你的愿望实现了吧，这就是和这些莫维德人相处的方法。如果它们喜欢你并且信任你，你的想法和愿望就能成真。我在过去的两天里都和它们待在一起。在这些山上，事物似乎更容易被人理解，让人明了。这些机械生物是高等生物，它们把高山作为自己在地球的基地。"

你听到了一阵声音，类似于猫发出的咕噜声。那是三个被卡洛斯称为莫维德人的生物发出来的。

其中一个莫维德人用尖锐的机械声音说话了："选择的时间到了。我们邀请你们跟我们去宇宙中有七个月亮的海洋星球生活，你们愿意来吗？"

▶▶ 如果选择去，请翻到**第 230 页**

▶▶ 如果选择拒绝，然后解释你们寻找雪人的考察行动，请翻到**第 232 页**

"嚯——嚯"

你紧张地发出了求救的口哨声，接着又更大声地重复了一次。

"嚯——嚯"

突然，远处传来树丛和枝丫被折断的声音，你和鲁诺尔先生后退几步准备随时逃跑。

是卡洛斯！他从树丛里钻了出来，看见你们俩之后大喊道："快跑！快跑！"相机在他的脖子上来回摆动。

你们三个人跳出灌木丛跑向小路，直到所有人都精疲力竭。在大口喘气的间歇，卡洛斯告诉你们，是雪人把他扛到灌木丛里的，它们允许他为十六头雪人拍照。它们告诉卡洛斯，现在他已经得到自己想要的了，就必须马上离开。

"那我们是为什么被邀请到这儿来的呢？"你问道。

"我猜是为了帮助我回去。我也不知道自己身在何处。"

最后，你们返回直升机附近，带着世界上第一组雪人的照片回到了加德满都，接着你们声名远扬。这就是你们伟大事业的开端。

那扇门实在太吓人了，谁知道后面会有什么呢。那条路至少在开阔地带。你观察了一下人脸石头，然后看了一眼门，最后踏上了小路。

才走了不到五十步，你就迎面看到了一面陡峭的石崖。

看来没有其他出路了。

突然，你身后的小路消失了，幻化成为迷宫般的树网。你听见了雪人高亢的喊叫声，洪亮的声音中还带有嘲弄的意味。

接着，你听到了断裂声，赶紧抬头望去。一场大雪崩以超过二百英里的时速雷霆万钧般倾泻而下。

▸▸ 请翻到第240页

你的心狂跳着，感觉全世界都能听见它的怦怦声。

你推开红色的门，发现门内是一条隧道，两边的墙面很光滑，里面还笼罩着温和的玫瑰色光芒。

但是，那里没有任何生命存留的迹象。

隧道曲折地延伸了几米，然后突然到了尽头。你发现自己正身处在一座狭长的山谷中，两侧是陡峭的岩壁，一直通往高耸入云的、白雪覆盖着的山巅，看上去像是洛子峰和普莫里峰。

山谷里温暖如春，到处是花丛和绿树，这里丝毫没有受到强风的摧残。

一个大约八九岁的小男孩正坐在一条有着雕刻装饰的长凳上，他向你笑着用英语说："欢迎你，我们猜到你会来的。你的朋友卡洛斯很想见你。"

"卡洛斯在哪里？"

"哦，在离这儿不远的地方。如果你想见他，就必须同意永远不回到你来的那个世界去。你明白吗？"

▶▶ 如果你选择留下来见卡洛斯，请翻到第 **228** 页

▶▶ 如果你选择离开，请翻到第 **226** 页

"你去吧，桑吉。我们会留在这儿一直观察着。"

他消失在漆黑的夜色中。风停了，只有寂静的群山、夜空和繁星。你听见从遥远的某处传来隆隆声，那是安纳布尔纳峰四周的冰川上流淌而下的水流发出的。

卡洛斯说："我们应该去帮助他们。我感到自己很自私，只是安安稳稳地待在这儿。"

所以在天快亮的时候，你们没等向导回来就出发了。路途非常艰辛，你们没有再看见过闪烁的灯光。头顶上方耸立着安纳布尔纳峰，它笼罩着冰雪的面纱。天空亮了起来，星星都消失在变得暗淡的蓝色背景里。阳光普照在鱼尾峰上，仿佛迸发出金银色火花。几分钟后阳光照亮了安纳布尔纳峰。

你们短暂停歇，配着茶吃了些奶酪和面包，真是一顿冰冷的早餐。

▸▸ 请翻到第 **229** 页

你们用了大半个晚上沿着陡峭崎岖的小路下行，抵达了谷底。刚刚到达那里，你们就开始攀登安纳布尔纳峰，你翻越山石，绕开冰川。寒意刺骨，长夜漫漫。

你数次看到了闪光，现在你确定你做了正确的事，有人需要帮助。

快天亮的时候，卡洛斯说："停下，我想我看到了什么东西。"

在你们的眼前，你们看到了为之前来的东西——十一头雪人在围着一大堆篝火跳舞。你们撞见了一场雪人在季风季节举行的庆典。你们悄悄地看着，拍照片并做记录。你们终于证明了雪人真的存在。

几个月后，在法国巴黎的国际探险家大会上，你和卡洛斯凭借你们的工作成果被授予了最高奖项。成功的滋味是令人兴奋的，也是孤独寂寞的。祝你好运！

▸▸ 本故事完

咔嚓！数码相机的闪光灯发出了闪光。

真是个怪物！它真的是雪人！它拥有庞大的身躯、浓密的皮毛、一颗硕大的脑袋、一双巨大的脚。它受到了闪光灯的惊吓，发现了你。它径直向你冲来，发出了可怕的吼叫，混杂着隆隆声和咯咯声。

▸▸ 如果你选择转身逃跑，请翻到**第 167 页**

▸▸ 如果你选择原地不动，并按动相机，希望用闪光灯吓走它，请翻到**第 244 页**

你举起了冰镐。那头雪人双眼光芒四射，从你的手中抢走冰镐，像折断树枝一样咔嚓折断，丢下悬崖。

雪人用克制的语气说："别来烦我们。你们的世界已经拥有足够多的东西了。如果我们想占有你们的东西、你们的城市、你们的罪行、你们的战争，我们会去加入你们。但是我们不想要这些，我警告你们，离我们远点儿。"

说了这些话之后，雪人走了。你们站在原地看着迅速消失的身影。你们该怎么对国际奇异现象研究基金会解释呢？

▸▸ **本故事完**

你继续前进，进入冰瀑。太阳把昆布冰瀑变成了一座巨大的阳光熔炉。虽然你戴着冰川护目墨镜，可还是得眯起眼睛。你把羽绒大衣塞在背包里，身穿衬衫。桑吉领路，谨慎地绕开探出的巨大冰块，不停地用冰镐试探隐藏的裂缝，那是危险的雪桥的预兆。

你们三个人用一条细长的红黄相间的绳索彼此连在一起。

突然间，三头雪人呜呜地叫着从你们头顶的栖息处跳了出来，推动着一个巨大的雪块。雪块颤动着，然后开始翻滚，最初很慢，然后开始加速冲向你们，你们周围的其他冰塔开始倒塌，你们永远被困在一片冰海里面。

你们甚至没有机会看见雪人的样子。剩下的只有他们怪异的啸声，回荡在冰封的山谷中。

▸▸ **本故事完**

"桑吉，咱们得考虑一下。冰瀑充满危险，也许这是在警告我们远离那些生物？"

桑吉点点头，说道："听您吩咐，阁下，听您吩咐。"

那天夜里，你们所有的补给都神秘消失了。这是进一步让你们远离这些高山生物的警告。雪人有它们自己的生活方式，它们不想受到你们或者其他人的打扰。

你们遗憾地决定放弃，让雪人在喜马拉雅山脉自在地生活。你们知道这是正确的决定。

▶▶ **本故事完**

你走出屋子，那头叫佐达克的雪人陪着你。卡洛斯站在外面，还是你离开时候的样子。他在时间里静止了，你们听不见彼此的声音。你知道自己已经成为另一个世界的一部分了，并开始意识到自己决定去香格里拉的一些后果了。

你向卡洛斯说了一句无声的再见，尽管他无法听到。然后，你跟着佐达克进入了寺院。

▸▸ 请翻到**第 222 页**

鲁诺尔先生倒退着远离那个生物。你则悄无声息地向前走几步，打开了数码相机的镜头盖。

你单膝跪地放好相机，拍下了以洛子峰和珠穆朗玛峰为背景的雪人和它的食物。数码相机记录下了几张雪人的影像。

突然，雪人停止了进食，它扬起头四处转动脖子，嗅着空气，然后看见了你。

▸▸ 请翻到第231页

佐达克示意你跟着它，它向空气中迈出一大步。你吃惊地看着它悬浮在离地一米高的空中。然后你也向空中跨出一步，同样也悬浮在寺院的地面上方。你们飘了起来！

唰！你俩急速飞升出了寺院，越过了院墙，直上蓝天。你们以不可思议的速度飞行，以令人头晕目眩的步幅爬升，直到你俩站在珠穆朗玛峰尖锐、冰封的山顶。冰川、群山、深谷在你们下方绵延万里。你们在世界之巅俯瞰尘世。

佐达克指着珠穆朗玛峰最高峰旁边的一条狭窄沟壑，它说："那就是去往香格里拉的通道。"它走出三步，进入了沟壑，从你的视线中消失了。

▶▶ 请翻到第 **227** 页

"退回树林！快！"

你和鲁诺尔先生迅速逃跑。那头雪人忙于进食，都没有注意到你们俩发出的声音。

"现在怎么办？我们不能原路返回了，那里有雪人；我们也不能向树林更深处走，那里好像有更多的雪人。"

你们话音刚落，面前的灌木丛就被拨开了，三头雪人站在你们面前。最高大的一头雪人示意你跟着它，除了照做，你别无选择。另外两头雪人跟着你和鲁诺尔先生。

所有的逃跑路线都被封死了。

不久后，松树林和杜鹃花丛中出现了一小块空地。在远处还立着一块光滑的人脸石头，大概有一百米高。在石头底座的一堆石砾上面坐着一群雪人，各种年龄和体形的都有。卡洛斯和它们坐在一起，看上去悠然自得。

"卡洛斯！嘿，卡洛斯，这是怎么回事？"

卡洛斯举起他的手说道："来听听它们想说什么吧。"

▸▸ 请翻到第 **236** 页

离开也许才是最好的选择，不能自找麻烦。

但是，卡洛斯该怎么办呢？

你回去之后一直在等待着他的归来，就这样等啊，等啊，一直等了下去……

▶▶ **本故事完**

你最后看了一眼周围的大地，看到从平坦干燥的印度旁遮普平原上卷起的云团，看到地球的曲线，看到一架飞机的飞行云延伸到遥远的南方。

你迈步走进那道狭窄的沟壑，里面很温暖，闪耀着一种你不认识的金属的光泽。你在一个狭小的金属管道空间内盘旋。事实上你正在以极高的速度向珠穆朗玛峰的中心移动，你的身体周围包裹着玫瑰色的光芒。

佐达克在哪里？你觉得你的所谓的向导把你丢下了。接下来怎么办？

▸▸ 请翻到第242页

只要找到卡洛斯，你们俩就能想出逃跑的计划，你对此很有信心。

那个小孩引领你走下山谷，他穿着的红褐色长袍就好像和尚的僧袍一样。

突然就像被施了魔法一样，山谷里出现了一座发光的城市。它的光辉令你瞠目结舌，它的光彩令人目眩但又不刺眼。

你的恐惧在一瞬间烟消云散了。

▶▶ 请翻到第 239 页

不久你来到一面垂直的岩壁下，岩壁表面结着冰。卡洛斯穿上钉鞋，你们俩绑上绳索，开始缓慢地向上攀爬。

越过岩石，你们来到了一片密实雪层形成的空旷地带，但是在其下面的是坚硬寒冷的冰层。你踩着钉鞋，领着路，小心地用冰镐试探以找出隐藏的裂缝。

攀岩的路程似乎永无尽头，尽管你们只是在五百米的高度，但是空气却很稀薄，这使得呼吸变得困难。

到了上午，太阳像一个熊熊燃烧的火炉，你们周围的冰面都反射着它的光线。空气稀薄，紫外线灼伤了你们的皮肤。你们俩在鼻子和嘴唇上涂抹了氧化锌软膏。

你们在看见闪光时曾经目测过方位，可那是在夜里，而现在是白天，并不容易确定闪光发出的位置。但是你们的方向感都很好，于是继续前进。

接近中午的时候，你们到达峰顶，这时你们看见它了。那是一架用于高山飞行的运输机。它四分五裂地躺在雪地上，就像一个被遗弃的玩具。飞机尾部扭曲变形，但是机翼完好无损，引擎埋在雪中。

你们走到飞机旁边，打开舱门。飞行员和两名乘客挤在机舱里，其中一名乘客昏迷不醒。你们竭尽所能地去救助这些人。那天晚些时候，一架尼泊尔皇家空军直升机找到了你们。一切都好。在山上给予别人帮助是正确的决定。你表现得很出色！

▸▸ **本故事完**

你和卡洛斯都认为不能错过这么好的机会。对此，你们没有感受到恐惧和犹豫，也许是那束光波把它们都消除了。

莫维德人的头领在你们身边徘徊着。即便它没有面部，你也能想象到它在微笑。

"我们该怎样称呼您呢？"你问道。一时间，只有电子回路发出的嗡嗡声。

然后那个头领回答："你们可以叫我诺尔昆，X52AA 型智能移动催化生物。我是这只先遣队的首领，我们将称呼你们为地球一号和地球二号。"

"嘶"的一声，这些生物在它们停靠着发光的位置瞬间沉入地面。诺尔昆说："请吧，如果你们能让你们的精神离开身体自由飘浮的话，你们就能更容易地前往宇宙中有七个月亮的海洋星球。"

你看向卡洛斯。这个生物说的"离开身体"是什么意思？

"这怎么能做到呢？我是说，我们只能存在于身体里面啊。"卡洛斯说。

诺尔昆用它的光波指向你们，你们又一次感到了之前经历过的那种温暖和舒适的感觉，恐惧完全消失了。

你们还没反应过来时，精神就已经开始自由飘浮了。

▶▶ 请翻到第 **234** 页

你被吓得动弹不得，相机从你的手中滑落。

那头雪人咆哮着一跃而起，突然冲向你。

眨眼间，雪人已经抓住了你。

鲁诺尔先生向前跳出，挥舞着他用作手杖的冰斧。他用斧背击打了雪人肩膀三下，但那些攻击简直像蚊子咬一样没用。

不知从哪里传来口哨一般尖锐的呼叫声，那头雪人突然把你丢在地上。你被吓坏了，身体像不受控制了一样无法动弹。

就在这时，小屋里的那位老妇人出现了。

▶▶ 请翻到第 **233** 页

"不，我们不能走。我们必须完成考察行动。"你们感到恐惧，一点儿都不信任眼前的这些生物，所以开始偷偷地往后退。

那三个莫维德人突然发射出它们的光波。砰！卡洛斯被光波击中后居然消失了。

莫维德人的头领说："地球生物，不要做蠢事，快跟我们走。你不会后悔的。"

你为了不被这些奇怪的生物发现，开始小幅度地偷偷向小路边移动，嘴上还一直说个不停："多跟我讲讲，我是说，在海洋星球上是什么样的？"

"哦，那里美极了，你会喜欢那里的。那是更高等的世界，只有成功的地球生物才被允许去那里。"

你问道："成功的地球生物是什么意思？卡洛斯和我哪些方面是成功的呢？"

莫维德人急不可耐，抬手放射出更明亮的橙色光芒。你赶紧伏下身捡起一块拳头大小的石块，使劲一扔，把它投向光团。与此同时，几头雪人跑了过来，它们挥舞着大木棒，躲避着那些光波，猛砍莫维德人周围的空气。随着疯狂的咯咯声，"嗖"的一下光团分散了，卡洛斯再次出现。

现在，你们看出雪人是盟友了，并开始学习如何与它们沟通。

▸▸ **本故事完**

　　那位老妇人用一种你和鲁诺尔先生都听不懂的语言快速地说了些什么，这种声音就像低沉的咕噜声里夹杂着尖锐的口哨声。

　　那头雪人安静了下来，甚至近乎温顺。雪人和老妇人消失在树林中，留下了既震惊又困惑的你们。最后，你们俩带着照片安全地回到了加德满都。

　　多年以后，你把找到雪人的故事讲给你的子孙们听。

▸▸ **本故事完**

　　只要心灵是纯净的，一切都不是问题。

　　诺尔昆认可了你们两个人的内心，并且在它的机械飞船上为你们提供了位置。在南瓜形状的飞船里有足够的空间装下你和卡洛斯的身体和思想。

　　"现在，我的朋友们，我们就要前往有七个月亮的海洋星球了，那是所有思想的终点。"

　　你们转眼间就被带走了，满怀信心地憧憬着未来某一天归来时，你们会更加睿智，能够帮助生活在这个正在变得暴躁的世界里的人。

▸▸ **本故事完**

你和鲁诺尔先生被要求坐在一群雪人面前，两头雪人严肃地站在你们身后充当守卫，还有一头中等身高、浅灰色毛发的雪人站在不远处盯着你们。

"听说你们想要找到我们？好吧，现在你们做到了。如果你们愿意，那就拍照吧，还可以录下我们的声音。但是你得仔细听好我们说的话，不光要听还要了解，这样对你们有好处。"

它的语气坚定而又轻松，成功地打消了你的恐惧。

鲁诺尔先生居然笑了，你突然意识到也许他从始至终都知道会发生什么事情。

那头雪人慢慢绕着那一圈雪人踱步，然后它停下脚步，看向苍穹和远山，开口说道……

▶▶ 请翻到第 **241** 页

最后一个机会？就这样了吗？那是你想要的吗？

好吧，你已经开始了新生活。离开香格里拉山谷回到外面的真实世界会有所不同吗？你能够做自己想要做的任何事吗？你能实现所有的梦吗？你能完全地享受生活吗？还是你只能在限制之内自我满足？

你们以滑翔的姿势顺着小路飞了起来。你感觉自己好像曾经到过这里。

"我们到了，请进吧。"那个男孩用手指向通往散发着微光建筑的路。它让你想起了泰姬陵，只不过眼前的这个建筑有更多的塔，圆顶的主楼被数百座小型圆顶楼环绕着，宛如花朵和绿叶。

你向前走了几步，才登上几级台阶，就感觉像是被一股神秘的力量吸住了，奇怪的是，那并不像磁力。

在被那股神秘力量控制住了几秒钟后，你们被传送进了这座建筑中最里面的一个房间。

▸▸ 请翻到**第190页**

你紧紧抵着石墙。

雪崩从你眼前呼啸而过，你却奇迹般地毫发无伤，只是被空气里的冰晶呛到，咳嗽了一会儿。

也许，你现在应该离开这里，回到红色门那里重新选择。

▸▸ 请翻到第212页

"在这个星球刚刚诞生的时候，生存很难但是目的很单纯。求生欲使我们团结在一起，但我们只会杀掉那些用以充饥的动物，并不会额外索取。"

一阵微风摇曳着松林的枝丫，雪人继续讲述它的故事。

"后来人类发现了火，住到了村落里，接着是小城镇，再后来是更大的城市。他们制造武器用来防备动物和其他危险，然后开始互相发动战争。所以，我们雪人族离开了，我们既不想要战争也不想要村镇。我们不停后撤直到再也无路可走，最后来到这里——雪山之巅，这个安全的地方。"

"你们是安全的，我们并没有恶意。"你说道。

"也许你们没有恶意，但是其他人会有的。离我们远点儿吧，回到你们自己的土地上去。如果你们想要城市、战争和污染，那就继续和其他人类生活在一起，我们只需要平静的生活。"

那群雪人点头表示赞同。

最后，你、卡洛斯和鲁诺尔先生被允许离开。你们决定放弃记录它们的影像或声音，还决定要向国际奇异现象研究基金会提出一个更好的研究对象，那就是所谓的文明世界。

▸▸ **本故事完**

随着一个轻柔的碰撞，你停了下来。在你面前有一扇透明玻璃门，你将其推开，发现佐达克站在那儿。

"请进！欢迎来到香格里拉！"

你走出门去，进入了一座低矮丘陵环绕中的深绿色的山谷。远方是巍峨的高山，其中一座看上去像珠穆朗玛峰。传入耳中的是从没听过的音乐，类似寺院里的铜铃声和风声。温暖的阳光令人放松。

▸▸ 请翻到**下一页**

佐达克带你走了很长一段路，眼前出现了一栋七层建筑。它看上去像一座堡垒，但是被刷成了白红金三色相间的颜色。没有士兵，没有枪炮，只有微笑着像对待老朋友一样欢迎你的居民。

这一切都那么自然。你转向佐达克，突然吃了一惊。它的形态改变了，现在它变得和你一模一样！这意味着什么呢？

尽管你永远都无法弄明白，但你在山谷中生活的时候学到了很多东西，有机会尝试许多以前永远不可能尝试的活动，它们只能在山谷中做到。你学会了在小山谷的限制下自我满足。

再考虑一下？

▶▶ 请翻到第 237 页

　　你的数码相机一直不停闪着光。那头雪人停在它来的小路上，发狂地搜索着，也许在找伙伴。随后它转过身，以惊人的速度消失在夜色之中。

　　你很不走运，数码相机的快门诡异地发生故障了。

你看了看鲁诺尔先生和这座寺院，又看了看卡洛斯。

"不，我没有准备好接受你的邀请。"

此言一出，山谷中转瞬间乌云密布。山峦似乎消失了一般，寺院被黑暗吞噬了。鲁诺尔先生背对着你，好像在与风交谈。

"你不能接受邀请令我感到非常遗憾。因为你觉得自己不能继续前进，考察活动宣告结束。所有许可都作废了。你必须返回加德满都并且在二十四小时之内离开我们的国家。"

从鲁诺尔先生的语气中可以听出你无论如何都别无选择。你的旅程结束了。

▸▸ **本故事完**

选择你自己的冒险

黑犀牛危机
非洲生死竞速

［美］艾莉森·吉利根　　［美］R.A.蒙哥马利◎著

张悠然　申晨◎译

湖南文艺出版社
HUNAN LITERATURE AND ART PUBLISHING HOUSE

小博集
BOOKY KIDS

©中南博集天卷文化传媒有限公司。本书版权受法律保护。未经权利人许可，任何人不得以任何方式使用本书包括正文、插图、封面、版式等任何部分内容，违者将受到法律制裁。

著作权合同登记号：图字18-2020-147

图书在版编目（CIP）数据

选择你自己的冒险. 黑犀牛危机·非洲生死竞速 /（美）艾莉森·吉利根，（美）R.A.蒙哥马利著；张悠然，申晨译. -- 长沙：湖南文艺出版社，2022.3
ISBN 978-7-5404-9412-4

Ⅰ.①选… Ⅱ.①艾…②R…③张…④申… Ⅲ.①儿童小说－长篇小说－美国－现代 Ⅳ.①I712.84

中国版本图书馆CIP数据核字（2022）第017064号

上架建议：儿童文学

XUANZE NI ZIJI DE MAOXIAN. HEIXINIU WEIJI·FEIZHOU SHENGSI JINGSU
选择你自己的冒险. 黑犀牛危机·非洲生死竞速

作　　者：[美]艾莉森·吉利根　[美]R. A.蒙哥马利
译　　者：张悠然　申　晨
出 版 人：曾赛丰　　　　　　　　责任编辑：刘雪琳
策划编辑：蔡文婷　　　　　　　　特约编辑：丁　玥
营销支持：付　佳　付聪颖　周　然　版权支持：刘子一　姚珊珊
封面设计：潘雪琴　　　　　　　　版式设计：霍雨佳
出　　版：湖南文艺出版社
　　　　　（长沙市雨花区东二环一段508号　邮编：410014）
网　　址：www.hnwy.net　　　　　印　　刷：三河市兴博印务有限公司
经　　销：新华书店　　　　　　　　开　　本：855 mm×1180 mm　1/32
字　　数：150千字　　　　　　　　印　　张：8.375
版　　次：2022年3月第1版　　　　印　　次：2022年3月第1次印刷
书　　号：ISBN 978-7-5404-9412-4　定　　价：130.00元（全5册）

若有质量问题，请致电质量监督电话：010-59096394
团购电话：010-59320018

注意！

这是一本与众不同的书，
决定故事内容的人完完全全是你自己。
书中有危险，有抉择，有冒险……当然，也有后果。
你必须用尽自己丰富的才能与大量的情报，
错误的决定可能导致最终的灾难，甚至死亡。

但是，不要气馁。
你在任何时候都可以返回，做出另一个选择，
改变你的故事走向，从而改写结局。

**加油吧，
选择你自己的冒险！**

黑犀牛危机

★ ★ ★ ★ ★

你即将和父母一起前往位于非洲肯尼亚的纳库鲁湖，进行一场现代游猎之旅。你们都希望能在旅行中看到地球上最稀有的动物们。

你的生活即将迎来充满异国情调的风景、声音、味道和文化……更别提吃人的狮子，讨人厌的吸血采采蝇，还有偶尔暴发的洪水。

丁零零！丁零零！

最后的铃声！这是你在学校的最后一天，也是为期两周的寒假的开始，你就要和父母一起去非洲肯尼亚进行长途旅行了。你对这次旅行期待已久。

你的妈妈是美国纽约市自然历史博物馆的高级脊椎动物学家，专门研究奇蹄目动物，比如马。她特别擅长的领域是研究罕见的黑犀牛。你们参加此次长途旅行的原因之一，就是让她能够近距离地观察和研究野生黑犀牛。

你的爸爸出生于伦敦，在二十多年前就已经移民到了美国。他是你们的家族企业加摩咖的联合负责人。加摩咖从位于肯尼亚莱基皮亚高原的家族种植园里进口咖啡，种植园就在贝纳特先生家附近，贝纳特先生负责经营种植园。他是你爸爸的亲兄弟兼合伙人，也是你最喜欢的叔叔。

最近，你听到过爸爸和贝纳特叔叔的视频通话，他们在谈论内罗毕咖啡拍卖会上加摩咖咖啡豆价格下降的问题。他们都很困惑，到底为什么会这样。

▸▸ 请翻到**下一页**

4

你赶紧赶回家收拾行李。当你打开外墙铺满赤褐色岩石的公寓的大门时，你立刻发现，大厅桌子上有陌生人的一顶帽子和一根木拐杖。这根雕刻精美的拐杖长得就像一只爬行动物一样。

你隐约听到一些声音，于是悄悄地关上前门走进客厅，想要听清楚。

"记住，伊丽莎白，"一个低沉、洪亮的声音对你妈妈说，"在旅行过程中一定要密切关注L. J.，我们必须尽快向联邦调查局提供情报。"

"我会的，"你妈妈说道，紧接着，她的声音又提高了，"但我不否认，我很害怕。这些人是与大量金钱犯罪有关的重罪犯，这有些超出了我的正常工作范围。"

联邦调查局，罪犯，钱？！你默默地想这到底是怎么回事。

你大声咳嗽，暗示自己已经回家了。你妈妈起初看起来很吃惊，但很快就恢复了平静。

"我想让你见见詹姆斯·阿贝尔博士，他是博物馆的首席动物学家，也是世界上最伟大的科学家之一。"她对你说道。

"你妈妈太夸张了。"阿贝尔博士说完，转身和你握手，你能看见他的眼睛里闪烁着光芒。你还能感觉到，他的手很有力量。

▸▸ 请翻到第**6**页

"祝你在非洲玩得开心！"他继续说道，"非洲是地球上最迷人——也许也是最危险的地方。"

他一走，你妈妈就提醒你赶快收拾好行李。今天晚些时候，你一定得去问问她关于神秘的 L. J. 的事情。

那天晚上，你和父母坐在餐桌前，一起品尝美味的寿司外卖。寿司来自你最喜欢的一家餐厅——京都料理店。

你和爸爸总会取笑妈妈，因为她每次都点同样的"安全"菜——照烧鸡和米饭。虽然这些菜很好吃，但是你和爸爸是更具冒险精神的食客，常常想挑战一下菜单上最具异国风情的菜肴。你很自豪地相信，这是你们共有的基因特征。

今晚最具异国风情的菜是用紫菜包裹的三色鱼子，你和爸爸一共订了两份。

"太神奇了！"你往嘴里塞满食物后说道。

你妈妈听完皱起了鼻子。你也不确定她摆出这个表情的原因是想到了三种不同颜色的鱼子，还是你塞着满口食物说话的行为，或者，她是在担心 L. J. 会影响你们即将到来的旅行。

▶▶ 请翻到**下一页**

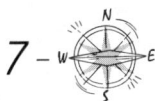

整个晚餐，你和爸爸都在喋喋不休地谈论着你们期待在肯尼亚获得的收获：完美的旅行，遇到各种动物的经历，非洲的风景和声音，以及和贝纳特叔叔一起出游的快乐。

"你觉得他还记得我们的家庭歌曲吗？"你满怀希望地问道。

爸爸笑了。"《咖啡和茶》！其实这不能算是一首真正的家庭歌曲，"他告诉你，"这是我最喜欢的流行歌曲之一。当你还是个婴儿的时候，我常常把这首歌当摇篮曲唱给你听。贝纳特当然会记得，你呢？"

然后，你们开始一起唱歌。

妈妈对你们微笑，但并不加入你们的合唱。你可以看出她正心烦意乱，并且对今天发生在她身上的事情感到非常担心。

▶▶ 请翻到 下一页

在匆忙地食用晚餐、整理东西和打包行李的过程中，你都没有机会询问妈妈今天下午自己听到的对话究竟是什么意思。

后来，当你躺在床上时，你听到父母在你卧室门边的走廊里窃窃私语。他们的声音很低，但你能清楚地听到爸爸对妈妈说："无论做什么，你都要小心。这些人很危险，我们千万不能打草惊蛇，否则……"他的声音渐渐飘远，你忍不住困意，睡着了。

即使很疲惫，你还是度过了一个辗转反侧的夜晚。你的梦里充满了黑暗的阴影、奇怪的声音和令人脊背发凉的幻觉。

终于，在临近黎明的时候，你进入了无梦的深度睡眠。

▸▸ **请翻到下一页**

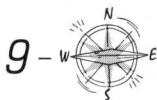

丁零零！丁零零！

几个小时以后，闹钟把你叫醒了。你跌跌撞撞地冲完澡，穿上衣服，拿上包，在门口和家人会合。

两班长途飞行后，你走出焦莫肯亚塔国际机场，来到了炎热、潮湿、混乱，但令人惊叹的内罗毕。

你和父母一起乘出租车前往国宾大酒店。这是一座20世纪20年代英国统治时期的前殖民地建筑。

尽管肯尼亚在1963年已经获得独立，但英国人的影响仍然存在——包括人们对咖啡和茶的热爱。

为了倒时差，你小睡了一会儿。被窝的舒适让你根本舍不得离开，直到妈妈在你耳边小声说："贝纳特叔叔就在楼下，他已经等不及要见你了！"

贝纳特叔叔性格风趣又幽默，他知道很多关于肯尼亚咖啡种植园的奇异故事。你迅速地从床上爬起来，穿上一件干净的衬衫，然后小跑着来到楼下。

你看到爸爸和叔叔正在大厅里，他们一边喝着一壶咖啡，一边专注地谈着话。你决定从叔叔身后悄悄过去，给他一个惊喜。

▶▶ 请翻到下一页

你走近时听到贝纳特叔叔对爸爸说："这简直没有道理可言。我们种植的咖啡豆是这片高原上最好的咖啡豆，但最近的拍卖价格太低了。我觉得是有人故意想破坏我们的生意！"

你的到来打断了他们的谈话。贝纳特叔叔热情地向你打招呼，但你看得出他忧心忡忡。他看了你爸爸一眼，然后又看了你一眼。"我有一个特别的请求，"他谨慎地对你说，"你爸爸已经同意了。"

你感觉这是一件严重的事情，所以紧张地咽了咽口水。

"我知道你是个数学奇才，"他继续说着，从皮包里拿出一叠厚厚的纸，"这些是过去一年里肯尼亚最大的咖啡生产商

们产品的拍卖结果，其中也包括我们的。纸上有各种各样的信息——咖啡豆的等级高低、价格以及销售量。我需要你来搞明白这些信息，帮我们找出加摩咖咖啡豆近期价格如此之低的原因。"

你欣然同意。显然，你会尽一切努力来帮助自己的家人。

虽然你们晚上一起在热闹的内罗毕游览，但你叔叔和爸爸的头顶上似乎始终笼罩着一片阴云。贝纳特叔叔眼中的光芒消失了，你爸爸看起来也很烦恼。你哼唱着《咖啡和茶》，试图让他们高兴起来，但没有人理会你。即使是当地人最喜欢的一道菜——玉米粥炖鱼，也不能让他们开心起来。

事情有些不对劲，你决心把咖啡降价的事件调查清楚。

▸▸ 请翻到下一页

第二天早上，你们聚在酒店的咖啡厅一起吃早餐。

你们计划先让父母去见一见他们的旅行向导，然后直接前往被誉为"观鸟天堂"的纳库鲁湖。你则会陪着贝纳特叔叔回到家族种植园待几天，然后到周末的时候再加入父母的旅行。

突然，一个穿着卡其色长裤、白色亚麻衬衫，戴着一顶探险帽的亚洲男子走到你的桌前。他的眼睛紧张地在你们之间扫来扫去。

"Habari, bibi."他用斯瓦希里语说着，向你妈妈献上了一份礼物。

随后，他很快又换成了英语，说："伊丽莎白太太，很高兴见到你和你的家人，我从阿贝尔博士发给我的照片上认出了你。我叫李中（Lee Jong），是你们的首席旅行向导。"

李中，你飞快地思考着。L. J.！这会不会就是阿贝尔博士跟你妈妈提到的那个罪犯呢？如果你和贝纳特叔叔一起走，你父母和他一起旅行会安全吗？

▶▶ 如果你选择和贝纳特叔叔一起前往家族种植园，并调查咖啡降价的事件，请翻到第 **14** 页

▶▶ 如果你选择同父母一起和神秘的李中踏上旅程，请翻到第 **44** 页

你决定按计划和贝纳特叔叔一起离开。

你们一起乘坐他的敞篷吉普车，从内罗毕向北行驶。这座城市拥挤、混乱的景观很快就被宁静、广阔的乡村风光取代，你眼前的美景在非洲的阳光下闪烁着光芒。

随着海拔的上升，你们来到一片凉爽、茂密的林地。这座雄伟的山峰海拔超过 5000 米，是登山发烧友们的最爱。家族种植园就位于肯尼亚山下的莱基皮亚高原上。

你叔叔开车穿过种植园的前门，继续沿着用泥土和碎石铺成的车道向大房子驶去。

你感到自己与这片土地有着紧密的联系，你的曾祖父母在 1924 年建立了这片种植园，从那以后就一直由你的家族负责经营。

车道两旁是一排排修剪得整整齐齐的阿拉比卡咖啡树。这是一种长得像大树一样的灌木，它们有着光滑的绿叶，能产出加摩咖品牌著名的珍贵咖啡豆。现在，所有的灌木丛都点缀着美丽的白花。

"它们开花了！"你兴奋地喊道。

贝纳特叔叔微笑地看着你。

▶▶ 请翻到下一页

　　"今年花开得很大，"他骄傲地说，"等这些花都变成了咖啡果，我们应该能获得有史以来最好的收成。"

　　种植园的领班莫西热情地拥抱了你。从你的曾祖父母那时起，莫西一家就开始在种植园工作了。他是一个天性快乐而勤奋的人，你听爸爸提到过很多次，没有他，你们永远不可能种植出这么好的咖啡豆。

　　多年来，爸爸和叔叔已经把部分土地转让给了莫西和他的三个女儿作为股份。因为他们知道，总有一天莫西会离开，和他的家人一起开办属于自己的咖啡公司。在那之前，有了股份的激励，他能继续认真负责地为你的家族工作，以此取得他那份土地所产出的财富。

▶▶ 请翻到第 **17** 页

"Wewe mzima kubma ng'ombe!（你已经长得像头牛了！）"莫西对你说。

"Si ng'ombe! lakini labda ni mbwa kubwa!（不是牛，可能是大狗！）"你回答道。

你突然很高兴爸爸让你学习了斯瓦希里语。如果将来有一天你需要接管种植园的工作的话，一定会需要这种语言的。

莫西不情愿地转向你叔叔，说道："Gitonga."他是在用当地的俚语称呼你的叔叔，意思是"有钱人"。"我们有两个问题亟须解决。"他停顿了一下，朝你瞥了一眼。

"没关系，"贝纳特叔叔温和地说，"如果有一天他一定要涉足这个行业的话，最好现在就开始学习。"

"在本周的拍卖会上，我们的咖啡豆又以低价被卖出。"莫西失望地说。

"第二个问题呢？"叔叔皱着眉头问道。

"那片土地最西南角的咖啡树，"莫西回答道，"昨晚有什么东西，或者有什么人，把一大片作物都踩死了，将近十几株咖啡树被毁。在我们失去更多的咖啡树之前，需要尽快弄清楚到底发生了什么。"

▸▸ 如果你选择先帮忙调查咖啡降价的问题，请翻到**下一页**

▸▸ 如果你选择先检查被毁坏的咖啡树，请翻到**第33页**

"我想我应该先去看看那些销售报告。"你拍了拍身上的皮包，对叔叔说。

"好的。"他说完就和莫西一起离开了。

你仔细阅读叔叔给你的所有文件，检查这一周内在内罗毕咖啡交易所拍卖的所有咖啡豆。你很快了解到，这里的咖啡豆主要是根据磨碎后的大小来划分等级的，AA级咖啡豆在拍卖中的价格最高，T级咖啡豆价格最低。咖啡豆全都用剑麻织成的麻袋包装，每袋能装六十公斤，每家种植园在送去拍卖的时候都有自己的麻袋。

根据销售收据显示，加摩咖咖啡豆之前一直以每袋四百美元的价格出售。然而，从两个月前开始，拍卖的平均价格降到了每袋三百六十美元左右。

你制作了一张详细的电子表格，记录下你获得的所有信息——日期、咖啡豆的等级、拍卖价格，以及所有顶级咖啡生产商的成交金额。

"我们每个月卖的咖啡豆质量都一样。"后来你严肃地告诉叔叔，并把面前的表格一页一页地摊开，"但正如你所怀疑的那样，其他所有种植园的 AA 级咖啡豆的价格都很合理，只有我们的价格下降了。这种情况并不经常发生，但也足以令我起疑心。"

▸▸ 请翻到**下一页**

你继续谨慎地说："我大概知道哪里出了问题，但还是想先确认一些事情。我需要秘密参加这个星期二的咖啡拍卖会，千万别告诉任何人我在这儿。"

你叔叔看起来很担心，但最后还是同意了你的提议。

那天晚上，你根据把咖啡豆送到拍卖会上的不同员工重新设计了一个表格。莫西和你叔叔都说他们一点儿都不怀疑这里的任何员工，但你担心他们有点儿太轻信别人了。

找到了！你敢肯定自己找到了答案。每当莫西的大女儿把这些咖啡豆拿去拍卖时，都能卖个好价钱。但是，每当员工曼加把咖啡豆送到拍卖会上时，价格就会下降。

巧合的是，曼加三个多月前刚刚来到这里工作。他是在凯西种植园老板的推荐下来到这里的，那个种植园曾陷入困难时期，老板解雇了所有的员工。曼加很幸运，这么快就找到了一份新工作。

你的好运还在继续。你查看了一下日程表，发现曼加本星期就会把咖啡豆送到拍卖会上。

晚上，你渐渐入睡。当你想象自己的实践项目表格顶端写着一个"A+"时，脸上露出灿烂的笑容——你希望开学后，老师贝利先生能因为你的优秀表现，给你的实践项目打上这个分数。

▸▸ 请翻到下一页

星期二一大早，你就爬上了加摩咖运货卡车的车厢。卡车将会把咖啡豆运送到拍卖会上。

你蜷缩着身体，在被装满好几个麻袋的咖啡豆中间默默地等着。不久，卡车的发动机便轰鸣起来，经历了一段漫长而崎岖的行程后，你们来到了内罗毕。

卡车一停下来，你就迅速跳下车，避免被人看见。你躲在木箱后面，看着曼加和另一个年轻的员工从卡车驾驶室里跳出来。曼加告诉那个员工可以离开这里，去镇上看望一下自己的家人。

"什么？"年轻的员工惊讶地问道，"我跟车来到这里就是要帮你把咖啡豆全部卸下来的。而且，在轮到我们拍卖之前，我都必须待在这里好好地盯着它们。"年轻的员工一边小心翼翼地工作一边继续说，"莫西是我的老板，我想他是不会赞成我玩忽职守离开这里的。"

"别担心，"曼加说，"大家都知道，莫西只是个监工。"曼加大笑着继续说，"你为公司工作得那么努力，本来就应该休息一段时间。快去和你的家人团聚吧，好好享受一下。"

▸▸ 请翻到下一页

那位年轻的员工有点儿不情愿地走出了仓库大门。

就在这时，一个胖乎乎的高个子男人走近曼加。他的脸上有一道巨大的伤疤，从左耳一直连接到鼻子的一角。

他和曼加凑到一起小声交谈。那个脸上有疤的男人是附近的叉车司机。

紧接着，一个装有凯西咖啡豆的运货板进入了你的视野。你从文件中得知了这个品牌，他们生产的咖啡豆质量很差，都在 B 级以下。

你惊恐地看着曼加拿出一沓加摩咖的品牌标签，开始把它们贴在运货板上所有凯西咖啡豆的麻袋上。

完成后，那个脸上有疤的男人递给他一沓凯西的品牌标签，他们一起从卡车上拉下几袋加摩咖咖啡豆，用凯西的标签盖住每个麻袋上的"加摩咖"字样，然后把它们装上叉车。

▶▶ 请翻到下一页

当他们把所有的标签都换完后，那个脸上有疤的男人递给曼加一个厚厚的信封。曼加朝里面看了看，笑容满面地摆摆手，朝门口走去。

然后，那个脸上有疤的男人指挥着叉车，把假冒的加摩咖咖啡豆送进了拍卖会。

你跑到出口，正好看到曼加来到了停车场的尽头。他想逃跑！你可以偷偷跟在他后面，但是你也不确定他将往哪个方向逃跑。

你知道今天下午莫西在城里，自己可以去找他，告诉他你看到的一切。

就在这时，你听到拍卖师用洪亮的声音宣布："接下来是249号拍卖品，四十五袋加摩咖公司的AA级咖啡豆。"

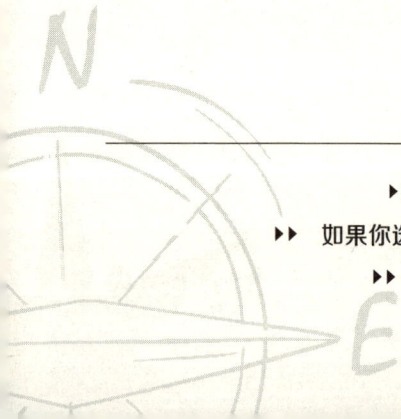

▶▶ 如果你选择跟踪曼加，请翻到第 **24** 页
▶▶ 如果你选择跟踪脸上有疤的男人，请翻到第 **27** 页
▶▶ 如果你选择先去找莫西，请翻到第 **31** 页

没有时间可以浪费了！你跟踪曼加来到在街上，小心地跟在他后面至少半个街区。你看着他走进了肯尼亚国家银行。

透过大玻璃窗，你看到曼加从他的口袋里拿出一个厚厚的信封，默默地数着里面的钱。然后，他填好存款单走向银行柜员。趁他转身的时候，你悄悄溜进银行，躲在一棵盆栽后面。

银行柜员递给曼加一张收据，他热情地冲她微笑着说："我还需要办理一项业务，我想要打印出自己所有的账户账单，包括最近的存款记录和现在的余额。"

曼加拿着打印好的银行账单走到窗前，在明亮的阳光下仔细看着。你离他只有几米远，心跳开始加速，害怕被他抓住。

然而，曼加完全沉浸在银行账单里。他满意地笑了笑，然后把纸揉皱，扔到附近的垃圾桶里，最后朝门外走去。

你悄悄地从垃圾堆里找出被揉得皱巴巴的纸，塞进口袋里，然后迅速地跟上曼加。

▶▶ 请翻到 **下一页**

曼加穿过马路，走进一家度假旅行社。

旅行社的办公室很小，只有一个女人坐在办公桌后面。如果你跟着他进去，那么毫无疑问，他会看见你。所以，你只好蹲在门边，从外面朝里看。

他和那个女人进行了热烈的谈话，女人迅速地在电脑键盘上输入了一些内容，然后转动屏幕，这样曼加就可以看到结果了。屏幕里的信息看起来像一张长长的航班列表。

曼加看了一眼他的手表，指着屏幕中间的某处。旅行社工作人员笑容满面地操作了一会儿电脑，然后递给曼加一张打印好的机票。曼加付了钱，准备离开。

你被吓得马上了跳起来，躲在两辆停着的汽车中间。曼加叫来一辆出租车，然后跳上车迅速离开。你赶紧跑到街上拦下另一辆出租车，恳求司机开得越快越好，一定要追上曼加的出租车。

很快，你就来到了焦莫肯亚塔国际机场。你沮丧地看着曼加走向法航柜台，他把机票换成了下一班去巴黎的登机牌，然后朝登机口走去。

你只能跟着他走到安检线的尽头。没有机票，严厉的安保人员是不会让你往前半步的。

▸▸ 请翻到下一页

你看见曼加正朝着登机口走去，然后一直盯着他，直到他的身影从你眼前消失不见。

在沮丧之中，你把手插进口袋，无比兴奋地发现了已经被你遗忘的银行账单。

曼加可能在试图逃跑，但你手上有他所有的银行账户信息。你叔叔和莫西肯定可以用这个说服警察，在他抵达巴黎时将他逮捕。

▸▸ **本故事完**

你跟着那个脸上有疤的男人进入拍卖会。

当叉车离开大门时，检查员在几袋咖啡豆的顶部都开了一个小洞，然后从每袋咖啡豆中取出一些来，放在电子荧光显微镜下检查。他扫了一眼自己的笔记本，满意地点了点头，然后示意叉车继续向前开。

拍卖会的场地看起来有点儿像剧院，一辆辆叉车准备上台，一排排座位向后延伸。那些座位上挤满了几十个人，许多人的膝盖上都放着打开的电脑。

你爬到第三排，滑到靠过道的座位上。

▶▶ 请翻到**下一页**

拍卖师站在讲台中央，他身后的大屏幕上显示出所有的拍卖信息——公司名称、咖啡豆的等级和人们的出价。

那个脸上有疤的男人就站在讲台的边缘看着眼前的一切，嘴角露出邪恶的笑容。

装着假冒的加摩咖咖啡豆的叉车向前移动，准备就绪。这其实是凯西的劣质咖啡豆，但只有你和那个脸上有疤的男人知道这一点。

拍卖师喊道："249 号拍卖品！45 袋！AA 级！加摩咖牌！你们会出什么价？有人出 360 美元吗？是的，360 美元！有人出 370 美元吗？370 美元？是的，我左边的那个人，370 美元！"

你知道这些咖啡豆是假的！你简直要疯了，但是你又能做什么呢？拍卖进行得太快了。

这时，你突然站了起来，发出一声恐怖的尖叫。所有人都停了下来，震惊地呆住，静静地盯着你。

▸▸ 请翻到下一页

你指着讲台中央的叉车大喊："这些咖啡豆是假的！"你开始尽可能快地解释自己刚才看到的骗局。

那个脸上有疤的男人以惊人的速度爬上讲台，然后向你猛冲过来。

他手里拿着一把刀！

在最后一刻，一个坐在第二排的咖啡商人抓住他的手，把那个脸上有疤的男人摔倒在地。但此时刀子已经划破你左眼正上方的皮肤，一股鲜血源源不断地从你的脸上淌下来。

接下来是一片混乱。

等警察到来后，局面终于平静下来了。那个脸上有疤的男人被抓捕起来，带到了警察局。总督察告诉你，等你的伤口缝好之后，他们要对你进行询问。

你的身体还在因为刚才发生的事而止不住地发抖，但你认为这一切都是值得的：加摩咖品牌得救了，你们家族的荣誉和财富很快就会回来。

你对自己微笑，而且相信自己会永远为这个特别的伤疤感到骄傲。

▸▸ **本故事完**

　　你很想跟上曼加，但担心他已经逃得太远，自己会追不上他。而且，坦白地说，那个脸上有疤的男人让你很害怕，你根本不敢去跟踪他。所以，你跑出仓库，向市中心的方向狂奔。

　　过了一会儿，你在一个很大的十字路口停下来，开始环顾四周。在你的右边是一条繁华的商业街，那里挤满了商店和人群。而在你的左边有一座爪哇商业酒店。

　　你知道"爪哇"就是"咖啡"的俚语，这一定是个预兆！于是，你跑向酒店，快步走进华丽的大厅。

　　你的眼睛需要一点儿时间，才能适应从外面明亮的光线到酒店里幽暗的环境的巨大变化。然后，你看到了他——莫西——正坐在吧台附近的一张桌子旁，和两个男人谈着话。

　　你不顾一切地冲向他。

　　莫西看到你脸上惊恐的表情，马上跳了起来，差点儿把桌子撞翻。你飞快地解释着自己所看到的一切，但是他没有等你说完就开始起身出发。

　　没过多久，你们俩就跑回了咖啡交易所。

▸▸ 请翻到下一页

你找到了那个脸上有疤的男人，并偷偷指给莫西。莫西并不认识他，但还是警觉地找到了拍卖会的负责人，告诉他眼前的这个人可能很危险。

拍卖会的安保负责人马上抓拍了一张男人的照片，并将其发布在国际刑警组织的网站上。几分钟后就收到了回复邮件："这个脸上有疤的男人与一个在肯尼亚和巴西之间从事犯罪活动的团伙有关，正在被通缉！"

邮件里还说："警方已经追踪他将近一年时间了，负责这次行动的特工惨遭枪杀。这个男人是犯罪团伙的头目，特此敬告，小心行事！"

拍卖会的安保负责人立刻给当地警方打了个紧急电话。几分钟后，几辆警车开进拍卖会的停车场。他们灭掉了警灯，关掉了警报器，希望能出其不意地抓住那个男人。

在内罗毕警方的协助下，拍卖会的保安安静且迅速地从四面八方包围过来，疤脸男人转身要跑，但已无路可逃。最后，警察把他摔倒在地，将手铐牢牢地铐在他的手腕上。

你就是英雄！很快，你的照片出现在肯尼亚所有全国性报纸的头版上。肯尼亚咖啡交易协会授予你一枚奖章，并承诺为你终身免费提供咖啡！

▶▶ **本故事完**

虽然你很想追查咖啡降价的原因，但距离下一次拍卖会还有几天时间，眼前咖啡树遭到毁坏的事情显然更急迫一些。你决定先向贝纳特叔叔和莫西提供帮助，共同想出一个计划。

你和莫西一起坐着叔叔的吉普车，去检查那片受损的区域。正如莫西所说，将近十几株咖啡树被踩到泥土里。你看到那些被压扁的树枝上还挂着美丽的白色花朵，真是心疼不已。

环顾四周后，你发现了一些奇怪的东西。你一边大声喊"看看这个！"，一边用你的手臂扫过这片区域残留的作物。他们两个一起向你走来。

"这些看起来像是动物的足迹。"你指着下面说道。

"而这些，"你指着右边继续说，"看起来像是几只不同大小的靴子踩出的脚印。"

莫西把脚踩在最小的脚印上。"他们肯定都是身材高大的人，"他肯定地说，"我穿 46 码的鞋，最小的脚印都比我的脚大得多。"

▶▶ 请翻到下一页

你们一起更仔细地检查着这片区域，一个更明显的图案出现了——一组蹄印，它可能来自一头犀牛，后面还跟着几对人类的脚印。

"这可不妙，"莫西皱着眉头说，"看来我们今晚需要密切监视这个地方了。"你很乐意提供帮助。

莫西指着田野附近树林边上的一根大圆木告诉你："这是一个很好的观察点，应该能为我们提供庇护。"

黄昏时分，你和莫西徒步来到你们的藏身之处。虽然坐吉普车会更快，但是你叔叔担心如果车被发现了，留下脚印的人可能会逃跑。

当天空从蓝色变成灰色，再变成深紫色的时候，你和莫西一直在静静地坐着。你惊叹于太阳落山时的静谧景色，它完全不同于你家乡纽约的日落场景。

突然，眼前的宁静被一连串的咕噜声和树枝折断的声音打断了。在昏暗的灯光下，你看到一头小犀牛走进了咖啡种植园。莫西轻声对你说："它看起来大约有两岁。"

▸▸ 请翻到第 36 页

紧接着，你听到附近又传来了更为响亮的树枝折断的声音。不一会儿，三个身穿黑色衣服、魁梧壮硕的人跟着小犀牛进入了种植园。

你保持不动，听到附近响起嗞嗞声，像是轮胎漏气的声音。你转过身，正好看见一条大蛇从圆木的洞里蹿出来，一口咬在莫西的腿上。它长长的牙撕裂了莫西的棉质长裤，刺穿了他的小腿皮肤。

莫西发出一声痛苦的号叫，蛇溜走了。

莫西抱着他的小腿，安慰你说自己没事。但你不太相信，他的脸已经因为痛苦扭在一起。

"走，跟着他们，"他急切地低声说，"在他们消失之前，弄清楚他们在干什么！"

如果你不跟上追踪小犀牛的人，可能就来不及了。但是，莫西仍然处于极度的痛苦之中。如果咬他的蛇是有毒的，那该怎么办？

▸▸ 如果你选择跟着小犀牛和那些黑衣人，请翻到**下一页**

▸▸ 如果你选择立刻救莫西，请翻到**第 42 页**

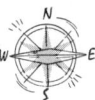

你信任莫西。他比你更了解非洲蛇，如果他认为蛇是无毒的，应该不会错。

莫西把他的信号枪递给你，并示意你赶紧走。

"如果需要帮助就向天空发射一颗信号弹，"他低声说着，露出了痛苦的表情，"我已经告诉我的一些工作人员今晚留意一下，如果他们看到信号弹，一定就会跑过来帮忙的。"

你默默地跟着他们穿过田野，看到小犀牛快速地走在黑衣人的前面。即使它还没长大，体重也超过了九百公斤，难怪它能把一切都踩坏。

那些黑衣人紧跟着小犀牛，但安全地避开了它的视线。犀牛的视力很差，但嗅觉却异常灵敏。这几个人走在犀牛后面，微风向他们的方向吹来，所以小犀牛丝毫感觉不到即将到来的危险。

▸▸ 请翻到**下一页**

最后，小犀牛停了下来，发出一声悲伤的嚎叫声，听起来几乎像是人类在绝望时会发出的声音。它是如此的痛苦。

你听到其中一个男人喊道："犀牛妈妈在这里！"他们立刻向前跑去。

另一个男人喊道："把孩子留在后面，等我们锯完妈妈的角，就开枪打死它。"

在月光下，你可以看到小犀牛站在一具庞大的尸体旁，那是它死去的妈妈。

那些黑衣人原来是偷猎者！他们熟练地锯掉母犀牛的角，然后慢慢地包围了小犀牛，其中一个人还携带着一支大型半自动步枪。

你知道自己继续往前靠近会十分危险，所以从口袋里掏出莫西的信号枪，瞄准天空，扣动扳机。

明亮的红色光芒照亮了夜空。救援马上就到！

▶▶ 请翻到第 **40** 页

偷猎者们一下子被吓呆了，全都一动不敢动。然后，那个拿着枪的人喊道："我们必须在被抓住之前离开这里！"随后，他们迅速向咖啡种植园的深处跑去。

莫西的工作人员几分钟内就到了。他们其中几个人跑进咖啡种植园继续寻找偷猎者，还有一个看起来像领导的人指挥另外两个人快速地把莫西带回大房子里。他自己已经提前用无线电通知了医生。你和其中一名工作人员并排站在一起，等待野生动物保护员的到来。

小犀牛一直待在母犀牛的旁边不愿意离开。保护员向你解释说："小犀牛在出生后的两年半到三年里都会和妈妈待在一起。这头犀牛还太小，不能在野外独自生存。"

▶▶ 请翻到下一页

"难道不会有别的母犀牛收养它作为自己的孩子吗？"你问完想起，自己曾经在一个野生动物电视节目上看到过类似的事情。

"不能，"保护员难过地说道，"母犀牛只会抚养自己的孩子。犀牛群会拒绝外来者，所以它最后会饿死。"

"那现在它该怎么办？"你关切地问道。

他温和地回答说："我猜它会被送到内罗毕动物园。也许以后等它长大了，人们会把它再次放归野外。"

这头小犀牛看起来无比坚忍地守护在妈妈的身边，它就这样静静地站在那里，直到野生动物保护员带它离开。

▶▶ 本故事完

你一直都很信任莫西，但这次不一样，你看到了咬他的那条蛇，它看起来就像是一条致命的毒蛇。

你以最快的速度跑回家里，贝纳特叔叔和另外两个工作人员迅速开着吉普车回到莫西的身边。

这时候，莫西已经昏迷了！他的腿肿得很厉害，几乎没有了呼吸。

你们一起轻轻地把他抬上吉普车。贝纳特叔叔发疯般开着车一路狂奔，火速赶回到家里。一名工作人员提前用无线电通知了当地的医生，以确保医生在你们到达前赶来。

过了一会儿，波特伍德医生迅速检查了莫西肿胀的腿，并在莫西的小腿上割了一个小小的 X 形的口子，然后用真空泵抽出一些血液和残留的毒液。现在，莫西仍然处于昏迷状态。

"我需要你回到圆木那里，抓住那条咬他的蛇，"医生忧心忡忡地对你说，"我会注射一些抗毒血清药物，但也只能猜测血清的类型和剂量，除非我们弄清楚到底是被哪种蛇咬伤的，否则不知道莫西会不会——"

你不等医生把话说完，便和其中一名工作人员跳上吉普车，驶回之前的藏身之处。

▶▶ **请翻到下一页**

你给工作人员看圆木上的蛇洞，然后用一根撬棍猛敲圆木，他则用一个麻袋盖住洞口。

几秒钟后，你看到那条大蛇钻进了麻袋。他勇敢地在袋口处系上一根绳子，然后把麻袋扔进吉普车的后座，开车飞速赶回家。

这条蛇很快就被辨认出来了，是鼓腹蝰——非洲最危险的毒蛇之一。波特伍德医生将莫西的抗毒血清加到最大剂量。

波特伍德医生对你和蔼地微笑着。"他还没有脱离危险，"他说道，"但你的迅速行动可能救了莫西的命。"

所有人都聚在他的床边，默默等待着。

▸▸ **本故事完**

你们一起乘坐由三辆吉普车组成的车队，前往距离内罗毕东北方向一百三十公里远的纳库鲁湖国家公园。

吉普车一共载着九个人：你的父母、你、李中，以及五名工作人员。工作人员中还包括两名马赛族的勇士，他们一个将作为你们的助理向导，另一个负责管理你们的旅行营地。除此之外，吉普车上还装满了你们的旅行装备和帐篷。

终于到了纳库鲁湖，它的美丽景色给你留下了深刻的印象。"纳库鲁"在马赛语中的意思是"布满灰尘的地方"。但现在，这里并没有什么灰尘，由于早春频繁的降雨，湖泊周围的草原呈现出一片生机勃勃的绿意，湖面上，粉红色的波浪阵阵翻滚。

"那是什么？"你惊讶地问道。你从未见过这样的景象，就像在观看海上汹涌的波浪一样。但这片海洋不是蓝色的，而是浅粉色的。

万巴是两个马赛族勇士中年龄较大的一个，他笑得很开心。"我的朋友，那是十多万只火烈鸟，正全都站在浅水中。"他继续解释说，"湖水的碱性很强，生长着火烈鸟喜食的藻类植物和浮游生物。"

"有时候，湖里会同时聚集一百多万只火烈鸟。"他继续兴奋地告诉你。

▶▶ 请翻到第 46 页

你环顾四周，然后向左望去，眼前的一切都令你惊叹。你不停地问妈妈关于公园和动物的问题。

妈妈告诉你，纳库鲁湖国家公园现在是非洲最重要的犀牛保护区之一。护林员们已经将七十多平方公里的土地围起来，以容纳大约一百头的犀牛生活在这里，其中包括至少二十五头稀有的黑犀牛。

"但是，为什么要把它们关起来呢？"你问道，"为什么不让犀牛在野外自由自在地生活呢？"

"有了围栏，动物们就不会被偷猎者伤害了。"妈妈回答道，"在黑市上，犀牛角的价格每公斤可以超过五万美元。每个犀牛角重两到三公斤。"

"这太疯狂了！"你惊呼一声，在脑子里飞快地计算着，"这意味着，每个犀牛角的价值可能会超过十五万美元。"

▶▶ 请翻到**下一页**

"这虽然很令人悲伤，但却是真实存在的事情。"妈妈继续说道，"犀牛角在中东很受欢迎，它们会被镶嵌在匕首柄上。而在亚洲的部分地区，犀牛角则会被碾成粉末，然后供人们吞服。"她解释说，"一些人认为，犀牛角可以作为药材治疗疾病和强身健体。"

"很多人都说，它真的有用。"李中眼前一亮地说道。

你妈妈失望地盯着他，皱起了眉头。万巴看到了你妈妈的反应，赶紧转移了话题。

▶▶ 请翻到下一页

你又在私下问了李中许多问题，想要更好地了解他。你得知他在肯尼亚生活了八年，他的爸爸在亚洲拥有一家进出口贸易公司。他还曾经学习过奇蹄目动物学，很高兴能和你妈妈这样的专家一起旅行。

李中看起来非常友好，可你就是在某些方面信不过他。

另一方面，万巴人也很好，他脸上总是挂着微笑，十分友善。他穿着传统的马赛族服装，身上披着有深红色格子的束卡，脚上穿着牛皮凉鞋，手里拿着他随身携带的奥林卡——一种马赛人用作武器的木棍。你在心里默默希望，在这次旅行中最好永远不要用到它。

当暮色降临营地时，你听到一辆吉普车从远处驶来的声音。方向盘后面坐着一个女人，和你妈妈年纪差不多大，她顶着一头卷曲的金发，在风中看起来就像狮子的鬃毛。

她走了过来，你妈妈立刻站起来兴奋地喊道："莱拉！"

▸▸ **请翻到第 50 页**

你妈妈向莱拉介绍了你和你爸爸。"我想让你们见见莱拉·约翰逊，"你妈妈笑容满面地说，"莱拉负责肯尼亚的野生动物组织，我们是大学同学。"

莱拉热情地向你微笑。"我刚听说你妈妈要来这里的时候，就忍不住想要加入你们的旅行。"她告诉你们所有人，"我一直想更多地了解野生黑犀牛，还有谁比你妈妈更适合教我呢？"

你妈妈对朋友的到来感到十分高兴，她们坐在一起开始聊天。

莱拉看起来很友好，但是你觉得她有些奇怪：她看起来有点儿急躁，而且不停地环顾着营地，好像在心里默默地记下这里都有谁。

一个想法突然出现在你的脑海里。莱拉·约翰逊，Lara Johansson，L. J.！她会不会就是阿贝尔博士跟你妈妈提到的那个罪犯呢？

那天晚上，吃完用米饭、豆子和牛肉烹煮的晚餐后，万巴向你们讲述了关于他的部落和牛群的精彩故事。他有个儿子叫加蒂姆，年纪和你差不多大。

"加蒂姆即将参加他的莫兰仪式，"他自豪地说，"这是我们庆祝从少年成长为初级勇士的传统仪式。"

▸▸ 请翻到**下一页**

万巴告诉你们，一个初级勇士会开始保护自己的土地、村庄以及所有的牲畜。

你又向他询问了更多关于他儿子和初级勇士的问题。看到你对马赛文化和他们的部落如此感兴趣，万巴很是感动。

他的眼睛突然亮了起来。"要不你陪我回村庄住几天，见证一下加蒂姆的莫兰仪式吧！你说怎么样？"他高兴地问道，"你妈妈可以在这里开始她的研究，我们过几天就能赶上他们的。"

"真是太荣幸了！"你爸爸惊呼道，"我敢打赌，没有多少像你一样年纪的西方孩子真正和马赛人一起生活过。"

这个提议令你很心动。在马赛村庄待上几天，和他们一起吃饭、睡觉、打猎……更不用说亲眼目睹莫兰仪式了。

尽管如此，你还是有点儿不愿意让父母单独和L.J.一起旅行——不管他是谁。

▶▶ 如果你选择和父母一起旅行，请翻到**下一页**

▶▶ 如果你选择跟万巴去他的马赛村庄，请翻到**第79页**

你对 L. J. 的好奇超过了想参观万巴村庄的渴望——不过，也只是刚刚超过。

万巴欣然地接受了你的选择。"也许你可以在明年寒假的时候来一次真正的马赛冒险之旅。"他咧嘴笑着说。

你的爸爸向你保证，如果你保持良好的成绩的话，这个计划绝对可行。

第二天一大早，你漫步走进他们搭建的小帐篷里，那是你妈妈的研究实验室。帐篷里有很多关于非洲、纳库鲁湖和黑犀牛的书籍，中间的一张长桌上放着几张地图，你拿起一张研究起来。

"这些网格把公园划分成不同的活动区域，"你妈妈指着不同颜色的网格解释说，"我们将每天探索一个网格，计算当地黑犀牛的数量。"

你打开一个厚厚的塑料伸缩管，发现它顶部有一把锁和一把金色的小钥匙，里面则装有一张布满彩色斑点的地形图。

"这是什么？"你问道。

▸▸ 请翻到**下一页**

"那是最有价值的地图，"她有点儿不安地说，"这是公园管理员的GPS地图，精确地定位了保护区内所有黑犀牛的最新位置。如果它落入不法之徒的手中，对偷猎者来说，这将是一张藏宝图。"

你妈妈拿出那把金色的小钥匙，将其挂在她精致的马赛串珠项链上。"但是我有唯一的钥匙。"她微笑着低声告诉你。

你听到帐篷外发出树枝折断的声音。妈妈继续研究地图，你则马上拉开帐篷的门帘，看见李中正慢慢地走向湖边。莱拉也在附近。

他们中有人在偷听吗？你感到十分疑惑。

▶▶ 请翻到第55页

那天，你和爸爸、妈妈、李中，还有莱拉一起乘坐吉普车，在营地的西北方向探索了地图上蓝色的区域。万巴一大早就离开你们去庆祝他儿子的莫兰仪式了，他过几天就会回来。

在接下来的几个小时里，你看到了很多狒狒、疣猪和鸟类，但是没有看到一头黑犀牛。

莱拉正在开车，她把吉普车停在路边对你们说："我们应该能在这里听到黑犀牛发出的警报声。"她告诉你们："动物们在发现自己的敌人时都会发出警报声，用来提醒自己族群里的其他成员。"

"我本来还以为人类是黑犀牛唯一的敌人。"你对她说，"而且它们是食草动物，也不会主动攻击其他动物的，你说对吧？"

你妈妈也加入了对话。"你说得对，黑犀牛是食草动物，不吃肉，"她说道，"但当它们受到其他动物的威胁时，也会追逐、攻击并杀死它的威胁者，比如斑马和大羚羊。"

你继续听了几分钟，还是没有警报声。

▶▶ 请翻到下一页

你向西望去，惊讶地发现一大片乌云正在快速移动着向你们逼近。你把它们指给莱拉看，莱拉也惊恐地望向天空。

"马赛人称之为'洪水云'，"她担忧地说道，"它们能在非常短的时间内带来大量的降雨，从而造成洪水的暴发。"她在座位上转过身看着你的父母继续说，"我想我们应该回营地了——就是现在。"

就在这时，你听到附近响起巨大的警报声。紧接着，一头巨大的黑犀牛在树林中出现。你妈妈惊讶地转过身来，喘着粗气。它盯着你们看了几分钟，然后又平静地退回到树林里。

你知道，如果你恳求他们马上回到营地的话，你的父母一定会同意的。但另一方面，你可能再也不会有机会如此近距离地观察黑犀牛了。

▶▶ 如果你选择在洪水云到来之前返回营地，请翻到**下一页**

▶▶ 如果你选择满足妈妈的心愿，继续追踪黑犀牛，请翻到**第 64 页**

这才是第一天，你有信心能够看到其他黑犀牛。

莱拉控制着方向盘，吉普车火速返回你们在纳库鲁湖边的营地。可怕的乌云聚集得越来越快，几分钟之内，它们就移动到你们的头顶上方。

轰隆隆！！！

巨大的雷声打破了平静。紧接着，天空开始下起大雨，就好像有人打开了上面的水龙头一样。你在家乡从没见过这么大的雨，雨水非常湍急，你几乎看不见前方的任何景物。

▶▶ 请翻到**下一页**

"我们可以到更高的地方去，"莱拉大声喊道，"或者从木桥上抄近路。"她指向你的右侧，那里有一架用圆木做成的悬索桥，正不停地在决堤的河流上摇摆着。

看着地面，你突然意识到，雨水落下的速度实在是太快了，根本无法被土壤迅速吸收，地上的水流汇聚成了一条条的小溪。如果这些小溪全都开始汇聚的话，毫无疑问，山洪将会暴发。

你们的吉普车很坚固，速度也很快，如果开得快一点儿的话，也许可以通过那架悬索桥。

桥下的河水奔腾着向南流去，水位仍然在桥基最低处几米以下。

你必须迅速做出选择。

▶▶ 如果你选择前往更高处，请翻到第 **60** 页
▶▶ 如果你选择抄近路，并通过悬索桥，请翻到第 **62** 页

你拿起妈妈的GPS设备切换接收频道，想要捕捉气象卫星发出的讯息。你输入现在的坐标，看见液晶雷达显示屏上显示出一长串快速移动的雨云，这些雨云正围绕着你们。

很显然，这场雨不会很快停下来。

突然，GPS屏幕底部闪烁出一条警告："马上掉头，小心洪水。"你知道这意味着什么：很可能会有山洪暴发。你们需要去更高的地方。

李中在倾盆大雨中大喊："这确实是一辆重型吉普车，但我以前看到过有越野车被都不到半米深的水冲走了。我们现在必须爬得更高！要快！"

你们都同意李中的意见。莱拉把油门踩到底，吉普车沿着泥泞的土路奔向附近的高原。

▸▸ 请翻到下一页

雨继续以惊人的速度倾泻而下。你害怕地想，人们常说的倾盆大雨一定就是这个意思。

显而易见，莱拉的决心如钢铁一般坚硬。她双手紧紧地握着湿漉漉的方向盘，吉普车在泥泞湿滑的路面上摇摇晃晃地向左拐，然后又向右拐。莱拉迅速地调整着方向盘，确保吉普车不会偏离路线。

几分钟之后，你们就到达了一个海拔更高的高原。吉普车停靠在路边，雨也慢慢地变小了。过了一会儿，你们可以清楚地看到下面的景色。

你简直不敢相信，几分钟前刚刚行驶过的道路现在已经变成了一条被洪水淹没的汹涌河流。

你妈妈惊恐地倒吸一口冷气，然后指向南方：桥没了！在远处，你看到桥上的圆木像牙签一样在翻腾的水中上下摆动。

你惊恐地闭上眼睛，不敢想象你和家人被困在汹涌的河流中，永远漂走的画面……

▸▸ 本故事完

没有时间浪费了！吉普车飞快地奔向悬索桥，你紧紧抓住门把手。

你们遇到了一段湿滑的路面，吉普车在向左倾斜，莱拉把方向盘拼命地往右打。

有那么几秒钟，她几乎无法控制住车的方向。吉普车横冲直撞地经过潮湿、泥泞的路面，她赶紧把脚从油门上松开，车轮又紧紧地抓住了路面。你们就这样急速地前进着。

降雨量好像又增加了，雨水在下落的时候猛抽你的脸，刺痛你的眼睛，使你很难看清眼前的景物。你惊恐地抓住爸爸的手臂。

"大家抓紧了！"莱拉在雷雨声中尖叫。她把油门踩到底，吉普车摇摇晃晃地开上了悬索桥。

▶▶ 请翻到下一页

　　你们只行驶了几米远就来到了桥上。紧接着，一股棕色的洪流冲过吉普车的顶部，你被这巨大的力量抛出车外。

　　你试图尖叫，但当你张开嘴时，嘴里马上灌满了泥水。你感觉自己陷入了漩涡，正在不停地旋转着。

　　突然间，你才意识到这一切都真的，你短暂一生所经历过的画面都在眼前闪过，直到生命的尽头。

　　你看到爸爸妈妈一起坐在纽约那座外墙铺满赤褐色岩石的公寓里，看起来悲痛欲绝；

　　你看到你的老师和朋友们，大家正眼含热泪相互拥抱；

　　你再次在晨光中看到你卧室的天花板……然后，一切都变黑了。

▶▶ 本故事完

你同意妈妈的意见，这是一个千载难逢的好机会。

莱拉驾驶着吉普车急速驶向一条与树林平行的狭窄道路，然后将速度放慢。"那儿！"你指向左边小声说道。在那里，一头黑犀牛正在穿过树林，你们可以清晰地看到它的身影。

你知道犀牛的视力很差，但敏锐的嗅觉和听觉弥补了这一缺点。每隔几分钟，它都会停下来专注地盯着你们，似乎在考量着你们的危险程度。到目前为止情况还不错，它没有出现任何准备发动攻击的迹象。

过了一会儿，这头黑犀牛移动到了更远的树林里。这样一来，你们几乎看不到它了，于是停下车在原地等待。

几分钟过去了，它还是没有从树林里出来。尽管如此，你妈妈还是确信它就在附近。她在地图上仔细地标出你们的GPS坐标，说："根据体形，我觉得它是一头母犀牛。我敢打赌，她肯定又回到自己的小群体里去了。"

你妈妈继续解释道："虽然犀牛通常都会独居，但在分娩后，很多对母犀牛和小犀牛有时会以小群体的形式生活在一起。"

"这意味着，这里可能有很多的黑犀牛。"李中兴奋地说。是你看错了，还是他的眼里确实闪烁出了邪恶的光？

▶▶ 请翻到**下一页**

莱拉迅速地抬起头，眼睛眯成一条缝盯着李中。

你妈妈看起来也不太高兴。她建议所有人都先回营地吃晚饭，她会邀请你们和她一起再次回到这个地方进行夜间追踪。

李中竭力掩饰着自己的沮丧，他知道，你妈妈的邀请不包括他。

"正好我今天晚上也要打一个重要的卫星电话，"他飞快地说，"我可以留在营地里，没关系的。"

莱拉想要问他些什么，但你妈妈打断了她。"我们今晚的活动会用到你的一些特长，莱拉，"她说，"为什么不加入我们呢？"

莱拉犹豫了一会儿，然后欣然同意陪你妈妈一起去夜间追踪。

你很想加入他们，因为夜间追踪听起来很刺激。但是，这可能是你近距离观察李中并偷听他打电话的唯一机会……

▸▸ 如果你选择夜晚追踪黑犀牛，请翻到**下一页**

▸▸ 如果你选择留在营地监视李中，请翻到**第73页**

能够与你妈妈和莱拉一起，一整晚都在保护区里寻找黑犀牛和它们的宝宝……这个主意实在是太吸引你了。

在吃完美味的烤肉和玉米饼晚餐后，你、妈妈，还有莱拉一起爬上吉普车。你爸爸则留在营地阅读之前落下的书。

莱拉负责开车，你用妈妈的手持 GPS 设备指导莱拉重返之前看到黑犀牛进入树林的地方。

"在营地时，你有没有在 GPS 地图上标出地点呀？"你问妈妈。

"标记过了。"她回答完，条件反射一般地伸手摸了摸挂在脖子上的钥匙。

突然，她看起来很着急，紧张地说："我一定是把钥匙忘在营地的锁里了。"

莱拉听完咬紧了嘴唇。

▶▶ 请翻到**下一页**

沉默片刻后，妈妈说："唉，好吧。你爸爸今晚可能会把我的研究帐篷当作他的阅览室，GPS 地图应该会没事的。"

你并不确定 GPS 地图会不会没事。一想到李中可能会发现未上锁的 GPS 地图，你就忍不住想要掉头返回营地。

就在这时，你听到树林里传来一连串的咕噜声。是时候追踪黑犀牛了。

你们一起悄悄地走进树林，看见前方的一片空地上，四只母犀牛正紧紧地站在一起。它们正在注视着三只小犀牛，那些小家伙正用嘴巴从附近的野生李子树上吃树叶。

你妈妈在她的笔记本上迅速地写了些什么。通过一系列的手势交流，她和莱拉同意离黑犀牛更近一些。于是，你们准备下车，从不同的方向步行接近黑犀牛。

▸▸ 请翻到**下一页**

你往右边走去，在黑暗中摸索着前进。突然，你在地上踩到了一根粗树枝，树枝"嘎"的一声折断，你害怕得原地僵住。

这时，一头巨大的母犀牛转向你，并发出了响亮的鼻息声。它的耳朵向后平贴在头上，看起来很生气。

母犀牛迅速低下头向你冲过来，她那巨大的角直指你的胸口！

你的左边有一棵树，而你的右边有一片空地，你应该爬到树上还是应该跑向空地呢？

▶▶ 如果你选择爬到树上，请翻到第 **70** 页

▶▶ 如果你选择跑向空地，请翻到第 **71** 页

幸亏你多年来一直坚持跑步，身上的肌肉很发达，行动也异常敏捷。你一跃而起，抓住了一棵金合欢树上比较低矮的树枝。但是，树上长满了锋利的刺，你在向上攀爬一会儿后才注意到身上正在流血的伤口。

这时，这头巨大的母犀牛在你下方发出了沉重的鼻息声和小号般的呼叫声，它仔细地嗅着想要找到你。你竭力想要保持镇定，却仍然被吓得浑身发抖。

时间一分一秒地过去，最后，这个大家伙终于转身回到了它的族群。

你看见你妈妈正用手指向西方，那里远远传来吉普车快速驶近的声音。突然，你看到莱拉正坐在驾驶室里向你飞速驶来。黑犀牛群受到了惊吓。

你简直不敢相信莱拉的速度能如此之快，她野外求生的技能实在是太棒了！你妈妈也在吉普车短暂减速时迅速跳进车里。最后，莱拉驾车冲到金合欢树下。

突然，那头之前进攻过你的母犀牛好像发现了你。它转过身，再次向你走来。

"快跳下来！"莱拉喊道。你一跃而下，然后重重地摔进吉普车里。莱拉迅速驾驶吉普车离开空地，后面还跟着那头紧追不舍的母犀牛。

谢天谢地，吉普车比进攻的野兽跑得更快，你们终于逃脱了母犀牛的追赶。

▸▸ **本故事完**

你一直都非常擅长跑步，觉得此时马上跑向空地才是最好的选择。再说了，一头两吨重的大家伙又能跑多快呢？

你自信地奔跑着，回头一看，却惊讶地发现它正离你越来越近。你试图突然转弯，使它反应不过来，但发现这头母犀牛似乎也能在极短的时间内转弯。你以前都不知道这些动物竟然可以如此敏捷。

这时，你想起了曾经读到的知识：黑犀牛与马有亲缘关系，它的灵活性非常好，在冲锋时，它奔跑的时速甚至可以达到五十六公里以上。

这头母犀牛的耳朵贴在头上，这显然是愤怒的表现。你面朝前方，努力跑得更快。

▶▶ 请翻到**下一页**

没有任何预兆，你突然感觉到这头母犀牛的角尖顶到了你的腿，紧接着，你翻倒在地。它向你发出怒吼，然后向后一仰，把角捅向你的膝盖。你痛苦地尖叫着，来回翻滚，从一个小斜坡上摔下去。

犀牛的视力都很差，它拼命地嗅着空气，试图捕捉你的气味。你捂住嘴，耗尽自己所有的力气强忍住疼痛。最后，母犀牛慢慢地离开了斜坡。

似乎过了一个世纪，你妈妈和莱拉终于滑下斜坡来救你。你妈妈看起来非常担心，莱拉则迅速地对你进行了检查。

"骨头没有断，"她低声对你妈妈说，"但是需要缝很多针。"她又扭头对你说道："我们得在那头黑犀牛回来之前赶紧离开这里。"

最重要的是，你逃过了一劫。你向自己保证，以后再也不会低估黑犀牛进攻时的速度了。

▸▸ **本故事完**

　　你告诉妈妈自己很累，打算直接上床睡觉。然后，你向他们挥手告别，看着吉普车载着你的父母和莱拉驶向远处的黑暗之中。

　　就在他们离开之前，你看到了莱拉和萨布拉——负责管理营地的马赛族勇士，正在厨房帐篷旁兴致勃勃地交谈着，莱拉看起来很担心。交谈了几分钟后，萨布拉沿着一条羊肠小路向南走去，而莱拉则回到吉普车上。

　　这是怎么回事呢？你暗自思索。

　　当其他成员在晚饭后打扫卫生的时候，你故意不停地大声打着哈欠，并确保让李中看到。他正忙着摆弄卫星电话。

▸▸ 请翻到 下一页

如果附近没有移动信号发射塔的话，普通的电话根本无法正常工作。李中手里的卫星电话是铱星2000型的，作为一个技术宅，你知道这部设备价值不菲。

过了一会儿，李中又开始反复低头看自己的手表。他看到你在盯着自己，就随口解释说："我想联系的人正在另一个时区，所以我需要时刻关注时间，这样在他们醒来时才能及时联系上。"

这到底是差了几个时区啊？你纳闷地想着，然后坐在篝火旁假装睡着。当你的头垂到胸前时，你又假装突然醒过来。"好累啊，"你打了个哈欠，"今天真是太刺激了。"你对他道了声晚安，然后走向自己的帐篷。几分钟后，你关掉了手电筒的开关，在黑暗中默默等待着。

后来，你看到李中专注地盯着你的帐篷，慢慢向湖边走去。很快，你就看到有手电筒的光在你妈妈帐篷里的桌子附近移动，你还看到了钥匙的反光。在帐篷里，李中正取出地图，铺在桌子上做着笔记，手电筒的光还短暂地照亮了自己的脸。

几分钟后，他又把地图塞回塑料管里，锁上门闩，离开了帐篷。正如你所怀疑的那样，李中正在窃取你妈妈的研究成果！他为什么这么做？

▸▸ 请翻到**下一页**

你从帐篷里爬出来，趴在篝火旁边高高的草丛里。这应该是监听李中卫星电话的绝佳位置。

不一会儿，你就在篝火旁瞥见了他。他拿起铱星2000卫星电话，拨着一串号码。在停顿片刻之后，你听到有人在另一端回答。

"你好，"他大声说，"喂，喂？"

"是我，"李中飞快地回答道，"我找到了她的GPS地图，并得到了所有的坐标。库先生和他的手下还有多久才能赶到这里？"

他聚精会神地听着电话那头的人说话，一个阴险的微笑在他的脸上绽开。"太好了，"他兴奋地说，"我们应该能得到三到四个质量非常好的犀牛角。如果每个角能卖到十五万美元的话，我们就发财了！"

你吓得倒吸一口凉气。他想要偷猎你妈妈心爱的黑犀牛！

▶▶ 请翻到**下一页**

正当你准备跳起来大声呼救的时候，你听到了一辆汽车快速驶近的声音。

一辆巨大的敞篷卡车咆哮着停到篝火旁，七名携带半自动步枪的肯尼亚野生动物保护员从车上跳下，个子最高的那个喊道："李中，你被捕了！"

你抬起头，看到萨布拉正坐在副驾驶座位上，他一定向当局报告了可能会发生的麻烦。

"我敢打赌，这一定就是莱拉离开前和他讨论的事情。"你小声地喃喃自语。

李中突然跑进你附近的草丛里。出于本能，你伸出手，在他从你身边经过时抓住了他的脚踝。两名野生动物保护员立刻按住了他扭动的身体，紧紧地用手铐铐住他的手腕。

高个子的保护员走到你跟前，感谢你的迅速反应。"自从国家公园里非法捕猎犀牛的行为激增后，"他严肃地说道，"我们就开始监视李中，已经有好几个月了。"他继续说，"通过一个保护组织，我们追踪到市场中售卖的一只犀牛角就来自李中爸爸在内罗毕的公司。我们一直在等他再次行动。"

▸▸ 请翻到第 **78** 页

你向保护员展示了李中的卫星电话，并告诉了他你所听到的一切。你的父母和莱拉在你讲述事情经过的时候回到了营地。

"你答应了我会马上去睡觉的，"你妈妈大声地责备道，她的声音里充满了担忧，"我都不知道，你竟然想卷进这个事件……如果你出了什么事，我永远都无法原谅自己——"

保护员打断了她。"我们一直都在附近，"他向你妈妈保证道，"不会出现任何危险的。但是，这个孩子确实帮助我们瓦解了一个国际偷猎团伙。"趁你妈妈不注意的时候，保护员冲你眨了眨眼睛。

你的情报对瓦解亚洲和中东的国际偷猎团伙至关重要。你妈妈立刻让野生动物保护员联系联邦调查局，他们也开始追踪美国的非法犀牛角。

你妈妈看起来疲惫不堪，但是如释重负。现在她可以专注于热爱的事业了：在非洲寻找巨大的黑犀牛们。

▸▸ **本故事完**

你和万巴沿着一条狭窄的小路走了两个小时。你现在离纳库鲁湖的营地很远，但离他的村庄很近。

不久，在小路下方的一片空地上，你看到了十几个茅草泥巴屋，还有一个大型的养牛场。一道厚厚的带刺的树枝篱笆将村庄围了起来。

万巴骄傲地解释说："传统的马赛村庄是由许多小屋组成的，这些小屋由树枝编织而成。人们用泥、草和灰抹平树枝，使它们能够防水防雨。"

你欣赏着这些小屋的结构，赞叹道："你们村子里的男人都是优秀的建筑师。"

万巴笑了起来。"你是说那些女人吧，我的朋友。一个女孩儿结婚时，她的妈妈、姐妹和村子里的其他妇女会帮助她建造她的新家。在这里，她的家人可以睡觉、做饭、吃饭、社交，以及存放他们所有的财产。就像你说的，这是她的城堡。"

▶▶ 请翻到下一页

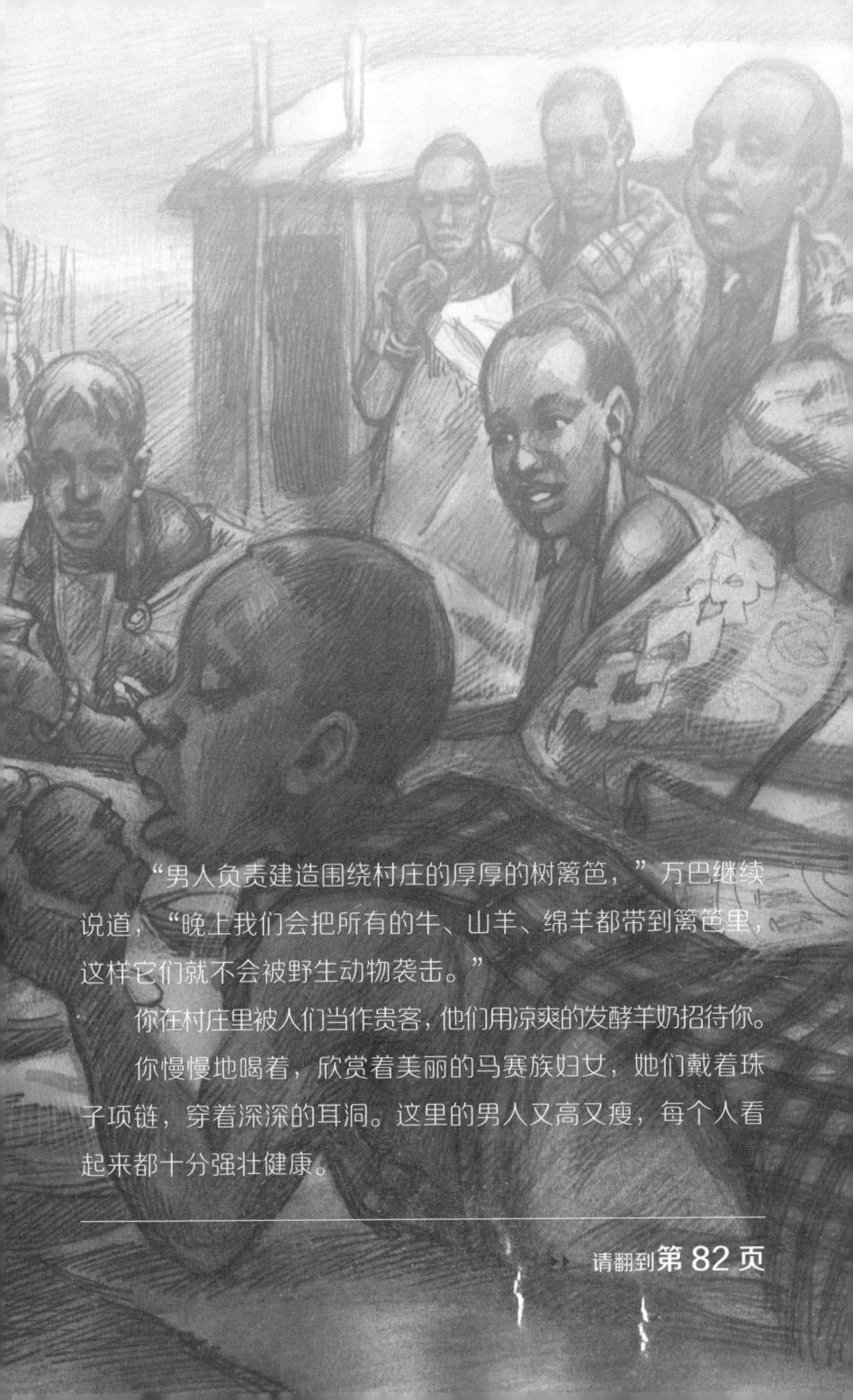

　　"男人负责建造围绕村庄的厚厚的树篱笆，"万巴继续说道，"晚上我们会把所有的牛、山羊、绵羊都带到篱笆里，这样它们就不会被野生动物袭击。"

　　你在村庄里被人们当作贵客，他们用凉爽的发酵羊奶招待你。

　　你慢慢地喝着，欣赏着美丽的马赛族妇女，她们戴着珠子项链，穿着深深的耳洞。这里的男人又高又瘦，每个人看起来都十分强壮健康。

请翻到第 82 页

万巴的儿子加蒂姆非常友好，他自豪地带你参观村庄，并把你介绍给遇到的每一个人。你见到了他所有的朋友和亲戚，还包括他的表妹阿佳。他介绍说，阿佳是他最好的朋友。

阿佳比你小一岁，但个子和你一样高。她的头发很短，长长的脖子上戴着一串珠子。她微笑着，眼睛里闪烁着光芒。你能看出来，她有点儿淘气。

很快，你、加蒂姆和阿佳就成了好朋友，你们为这次短暂的停留计划了许多冒险活动。

加蒂姆告诉了你关于两天后的莫兰仪式的一切：在仪式上会有很多音乐、舞蹈和特别的食物，而且，在仪式的最后，他必须找到一头狮子，并抓住它的尾巴来证明自己的勇敢。

"我要给你一个惊喜，"他眼睛里闪着光，"我问过爸爸，你能不能和我一起去，他答应了！"

"多么荣幸啊！"阿佳兴奋地对你说道，"我都有点儿嫉妒了。女孩子是不允许和狮子一起玩的。"

你微笑着，努力表现得勇敢些。抓住狮子的尾巴？相比之下，你在纽约的生活突然显得非常平淡乏味。

▶▶ 请翻到**下一页**

第二天早上，你和加蒂姆一起在村庄周围探索着。

中午过后，阿佳过来找你们。"好消息！"她兴奋地说，"我们找到了一头睡着的黑犀牛。咱们一起去玩我们最喜欢的游戏吧！"

你、加蒂姆和阿佳一起跑向附近的一个水坑。沿途中，加蒂姆向你介绍了一个传统的马赛游戏，名叫"石头和黑犀牛"。"我们会轮流接近一头沉睡的黑犀牛，并且在它的背上放置小石块。在黑犀牛醒来之前最后一个放石头的人就是赢家。"他高兴地说。

在马上就要到达水坑之前，万巴突然出现了。"找到了，"他兴奋地说，"快跟我来，我要给你和加蒂姆一个大大的惊喜！"他说完便开始快步向村子的方向走去。

你突然不知道该怎么办才好。你很喜欢惊喜，但另一方面，你以后还能有多少机会再玩"石头和黑犀牛"的游戏呢？

▶▶ 如果你选择跟着万巴去看惊喜，请翻到**下一页**

▶▶ 如果你选择去玩"石头和黑犀牛"的游戏，请翻到**第110页**

你还是更喜欢惊喜。

你非常希望还能有机会玩"石头和黑犀牛"的游戏，但你和加蒂姆还是先跟阿佳仓促地告了别，然后高高兴兴地跟着万巴回到村庄。

"给我们一点儿提示怎么样？"你对万巴说。

他大笑起来，说："如果我答应了，那还算惊喜吗？你们很快就知道啦，快跟我来。"

你们抄了近路，沿着一条狭窄的羊肠小道走到村子周围的篱笆边。万巴停下脚步，转向你面露微笑。你和加蒂姆四处张望，但没有看到任何惊喜。

"怎么样？"万巴问完，期待地咧嘴笑着。

你再看向四周，还是没什么特别的。

突然，你听到从上面传来微弱的口哨声。你知道那首歌，是《咖啡和茶》！你抬头一看，发现你爸爸正趴在一棵金合欢树的粗枝上冲你微笑。

"爸爸！"你喊道。

▸▸ 请翻到下一页

你爸爸从树枝上跳下来，落在你身旁，然后给了你一个大大的拥抱。

万巴和加蒂姆站在你们身边，咧着嘴笑。

你本来有些害羞，但见到爸爸的兴奋冲淡了一切，你迫不及待地想要告诉他你和马赛人的冒险经历。

突然，你的脸上又掠过一丝担忧。"妈妈在哪儿？"你着急地问道，"她还好吗？"

爸爸向你保证一切都很好。"她今天在一处水坑附近，"他说道，"想要拍摄黑犀牛和其他动物互动的过程。我一听说有个奥维尔人要来这里置办些蜂蜜——"

加蒂姆迅速打断了他，转向万巴问道："这是真的吗？奥维尔人今天会带来蜂蜜吗？"

▶▶ 请翻到 **下一页**

"第二个惊喜，"万巴高兴地说，"奥维尔人正在为我们的莫兰仪式准备大量的蜂蜜。"

万巴和加蒂姆告诉你，奥维尔是一个专门采集蜂蜜的部落。"他们不像我们这样耕种或养殖，几代人以来，他们一直为许多其他部落提供美味的蜂蜜，供我们在特殊场合烹饪使用。"万巴说道。

"令人惊奇的是，"加蒂姆兴奋地说，"他们会训练鹦鹉来寻找蜂巢。"加蒂姆继续解释说，"奥维尔人会教他们的鹦鹉唱一首特别的曲子用来寻找大自然中的蜂巢。鹦鹉们飞来飞去，观察着周围的环境。当它们发现一个蜂巢时，就会唱起奥维尔之歌。"

▶▶ 请翻到第88页

加蒂姆继续说："奥维尔人会爬上那棵树，用烟熏出蜜蜂，然后从蜂巢中取走一部分蜂蜜。"

"他们会在蜂巢中留下一些蜂蜜，这样蜜蜂就可以重建自己的家园了。而且，奥维尔人以后还能从这同一个蜂巢中采集到更多蜂蜜。他们非常聪明。"万巴解释道。

几分钟后，一些马赛族的孩子跑进村子，后面还跟着十几个奥维尔人。他们和马赛人一样高大，但是身体更圆润。他们穿着兽皮围裙，戴着玻璃珠项链，笑容满面，看上去非常友好。几个年长的奥维尔人随身携带着用来盛放蜂蜜的大鼓形容器，几个年轻的奥维尔人则用头顶着用芦苇编织的笼子，笼子里有几只鹦鹉。还有一个人扛着一根棍子，棍子上绑着四个空蜂巢。

一位年长的部落成员感觉到了你的好奇，于是对你说："这些鹦鹉被认为是最会说话的鸟，它们可以很容易地学会我们的歌。"你、加蒂姆和其他马赛族的孩子开始问他们更多问题，奥维尔人非常有耐心，全都一一回答了。

很快你就知道，蜜蜂酿造花蜜有数百万年的历史了，蜜蜂采集的花的类型决定了蜂蜜的味道和颜色。奥维尔人给马赛人带来了最好的一种蜂蜜——黄灿灿的合欢花蜜。

▸▸ 请翻到第 90 页

你还了解到，蜜蜂体内有一个花蜜囊，它们从一朵花飞到另一朵花采集花蜜，一路为植物授粉。

"蜜蜂会把花蜜带回蜂巢，并把它密封在蜂巢里，"一个奥维尔人告诉你，"每个蜂群都有自己独特的气味，这样它们就能根据不同的气味找到回家的路了。"

"那些鹦鹉是怎么回事？"加蒂姆兴奋地问道，"你们是怎么教会它们寻找蜂巢和唱歌的？"

奥维尔人笑了。"这可是我们的秘密，"一位年长的人说道，"如果你们愿意，我可以带你们看看我们新养的鹦鹉。"他指着那些笼子继续说，"这些鹦鹉都是了不起的模仿者，教它们复杂的歌曲需要很大的耐心。不过，今天我们只教简单的、只有六七个音符的曲调。"

他打开一个笼子，将一只灰色的鹦鹉轻轻地捧在手里。"我们先给这只鹦鹉唱一首歌，然后给它看一个蜂巢，再重复这首歌，"他继续说道，"只要它给我们唱歌，就给它一颗腰果作为奖励。"

他把鹦鹉直接放在嘴前，另一只手拿着一个空蜂巢，然后对着鹦鹉吹了一小段曲调，再举起蜂巢，然后又吹了一次。他一遍又一遍地重复着这个过程。

▶▶ 请翻到下一页

鹦鹉专心地盯着他的嘴，然后看了看蜂巢，开始期待歌曲的结尾部分。那个人把曲子来来回回地吹了四五十次，最后将蜂巢放在它面前，它终于唱起了这首歌。

许多马赛人笑着开始鼓掌。一个马赛人还建议放飞这只鹦鹉，看看它能否找到当地的蜂巢。

"我有一个更好的主意，"万巴眼里闪着光说，"来一场比赛怎么样？两两一组，谁找到的蜂蜜最多谁就赢了。"

那位年长的奥维尔人表示同意，他建议每队竞争对手选择一只鹦鹉，奥维尔人会帮助训练它们。孩子和他们的妈妈组成一队，爸爸或兄弟姐妹组成一队。

万巴兴高采烈地对你和加蒂姆说："那么，该怎么搭配呢？是爸爸对阵儿子，还是父子联合？"

加蒂姆对你咧嘴一笑。如果你们两个人合作的话肯定会勇夺冠军的，他对这里的地形了如指掌，你们一定很快就能找到一个大蜂巢。但是，和你爸爸一起组队也会充满乐趣，看看你们能表现得有多好。

▶▶ 如果你选择和加蒂姆一组，请翻到**下一页**

▶▶ 如果你选择和爸爸一组，请翻到**第104页**

你和加蒂姆手拉着手，像胜利者一样举起双臂。"孩子对阵大人！"加蒂姆喊道。

一个高高瘦瘦的奥维尔人微笑着，拿起一个鸟笼和一个蜂巢，示意你们朝村子远处的一个角落走去。你们两个一起坐在地上，看着那个奥维尔人打开鸟笼，轻轻地把鹦鹉捧在手里，然后把它从鸟笼里取了出来。

"首先，你们需要选择一首歌。"他告诉你们。

你和加蒂姆讨论起来，你们似乎没有任何共同知道的曲子。加蒂姆知道许多非洲歌曲，可你却一无所知；你知道很多美国歌曲，但他一首也没听过。

然后，加蒂姆建议用《大象之歌》，他哼了几个音符，听起来有点儿像《生日快乐歌》的开头。

"太好了，就这首！"你说道。

那个奥维尔人把鹦鹉递给加蒂姆，让他把它放在嘴前，吹出歌曲的前六七个音符。你则坐在他旁边，齐声吹起了口哨。

起初，这只鹦鹉看起来很困惑，它把头歪向一边，目不转睛地盯着你们。你们一遍又一遍地吹着这首曲子，把蜂巢拿给它看，然后再吹一遍曲子。你的嘴唇渐渐开始变得麻木。就在你认为自己再也吹不动口哨的时候，鹦鹉端坐起来，摇摇头，唱起刚刚的曲子。

▸▸ 请翻到第 94 页

加蒂姆兴奋极了，他差点儿把鹦鹉放飞到了空中。

"现在还不行，"奥维尔人笑着说，"它需要奖励。"说完，他递给你一颗腰果，示意道："再试一次，这是为了确保它知道这是你的歌。如果它又唱了一次，就说明已经准备好了。"

你按他的建议去做。鹦鹉一直盯着腰果，立刻把这首歌又重复了一遍。唱完后，它迫不及待地把腰果一口咬碎，然后吞进了嘴里。

奥维尔人让你们把鹦鹉带到一个可能有蜂蜜的地方，唱歌给它听，然后把它放飞到空中。

"一旦鹦鹉找到了蜂巢，它就会自己飞回村庄的。"他说着给了你们一捧腰果，作为给鹦鹉的奖励。

▸▸ 请翻到下一页

奥维尔人还给了你们一个小烟罐、一些火柴和一些被点燃后能产生烟雾的棉布。他解释道："烟雾能让蜜蜂的飞行速度减慢，这样你们就有时间取下一些蜂巢并且不会被蜇伤了。"

你轻轻地把鹦鹉放在衬衫口袋里，感谢奥维尔人的帮助，然后出发去寻找蜂蜜。

加蒂姆准备带你前往几公里外的一个水坑，他说："那附近有许多高大的金合欢树，我们一定能在那里找到大蜂巢和数不清的蜂蜜的！这就是获得胜利的最好方法！"

在到达水坑之前，你们在小树林停下来了两次，你从口袋里拿出那只鹦鹉，然后吹起口哨，把它放到空中。它优雅地从空中向树梢俯冲了两次，但两次都没有唱那首歌就回到了你们身边。

▶▶ 请翻到下一页

在走近水坑后，你看到这里的金合欢树遮天蔽日，连成一片。你和加蒂姆一起走在树林中向上看去，想要透过树枝的缝隙寻找蜂巢的踪影。

在一棵最高大的金合欢树的顶部，你看到好几个蜂巢状的东西紧紧地挂在一起。于是你指给加蒂姆看。

"真奇怪，"他抬头看着树说，"奥维尔人没有提到过这种形状的蜂巢。"

"但是看看那个东西的大小，"你兴奋地说，"肯定有好多蜂蜜正放在那里等着我们去抢。"

加蒂姆并不相信你的话，他建议用鹦鹉来证实一下。

你把鹦鹉放在嘴边，吹起口哨，然后把它放飞到空中。它迅速地飞向蜂巢，盘旋在附近，然后疯狂地拍打着翅膀。

▶▶ 请翻到**下一页**

令你大吃一惊的是，它迅速转身，直接飞向了远处的村庄。你和加蒂姆都没有听到它的歌声。

"有点儿不对劲，"加蒂姆警觉地说道。你不理会他的顾虑，主动提出爬到树上去看看。你把小烟罐固定在腰带上，把火柴放进口袋里，然后开始往上爬。

在靠近蜂巢时，你听到里面的蜜蜂发出越来越大的嗡嗡声。你继续往上爬，然后兴奋地喊道："至少有五层蜂巢！比我们预想的还要多。我要点燃烟罐，爬上去——"

哎哟！就在你正要往上爬的时候，一只蜜蜂蜇伤了你的手指。突然，你的手臂上出现了三只蜜蜂，然后是五只，接着是九只。你抬起头，看见更多的蜜蜂正向你飞来。

▸▸ 请翻到**下一页**

"这是一个巨大的蜂群！"加蒂姆在下面喊道，"我们必须马上离开这里！"

你迅速地跳下去，穿过一根又一根的树枝，终于落到地面上。

现在，有一个完整且庞大的蜂群正在向你们逼近，你们周围一定有上千只蜜蜂在嗡嗡狂叫。

"快跑！"加蒂姆向你尖叫道。他已经开始向营地冲刺。

"不！"你喊道，"太晚了！我们永远跑不过蜂群的。快跳进水坑里！"

▶▶ 如果你选择跟随加蒂姆跑回营地，请翻到第 **100** 页

▶▶ 如果你选择跳进水坑里躲避蜂群，请翻到第 **102** 页

你尽可能跑得更快，紧跟在加蒂姆后面。你看到他跌跌撞撞，痛苦地叫喊，用力拍打着脖子上的几只蜜蜂。

三只蜜蜂在你耳边嗡嗡地飞来飞去，还有一只蜜蜂落在你的脸颊上。突然，四只蜜蜂同时蜇了你。

"啊——！"你痛苦地大叫着，害怕极了，根本不敢停下来。你能听到身后蜜蜂发出的嗡嗡声，于是跑得越来越快，呼吸已经开始变得困难。

就快回到营地了。这时，你注意到加蒂姆放慢了步伐。很快，他从跑步变成快步行走，最后停了下来。

你跑到他旁边，汗水从你的脸上流了下来。

"嘘——"他说，"你听。"

你停下来倾听。起初，你能听到的唯一的声音只是你的心脏在怦怦跳动，等心跳慢下来后，你才感受到一股甜蜜的、金黄色的寂静：你们竟然跑得比昆虫还快！

你们一起跌跌撞撞地走进营地，开始讲述刚才发生的故事。加蒂姆的妈妈在你被蜜蜂蜇过的地方涂上黏稠的黑色药膏，这样能立即缓解被蜇伤的疼痛。

"你们真幸运，"奥维尔部落的首领严肃地告诉你们，"那些不是蜜蜂，而是非洲的杀人蜂。"

▸▸ 请翻到**下一页**

你惊恐地倒吸一口冷气。

"它们不建造传统的蜂巢，只是把蜂巢一层一层地贴在树枝上，"他继续说道，"它们不仅具有攻击性，而且几乎不产蜂蜜。"

加蒂姆描述了你们发现蜂巢的地方，两个奥维尔人立刻出发前去摧毁杀人蜂的巢。奥维尔人尊重所有的生物，但不会任由这些充满威胁性的生物肆意破坏自然。

"其实，杀人蜂有很强的攻击性和杀伤力，"部落首领继续说道，"你们真的很走运。"

"下次一定要相信你们的鹦鹉，"他又缓缓地说道，"我敢打赌，它肯定没有为你们唱歌，而是飞奔回来了。"

你和加蒂姆点头表示同意。你们一生中从未感到如此幸运！

▶▶ 本故事完

你的头发、手臂和耳朵里布满了蜜蜂，简直所有蜜蜂都聚集到了你的身上，根本来不及摆脱它们！你不假思索地跑向水坑，深吸一口气，跳进凉爽又黑暗的水里。巨大的冲击力把蜜蜂从你的皮肤上冲了下来。你游向更深处，希望离蜂群越远越好。

加蒂姆也跳入了你旁边的水里。你抬起头，只看到一个巨大的水花。加蒂姆环顾四周，脸上露出了惊恐的表情。在看到你之后，他用手势示意你跟着他一起游向岸边。

你已经憋不住了，感觉肺马上就要爆炸。你们一起游到浅水处向上看去，那些云一样的黑团是在天空中移动还是在水面上盘旋？

加蒂姆再次发出信号，告诉你慢慢浮出水面换气。你向上游去，嘴唇划破水面，深吸一口气，感觉黑乎乎的水面顿时变得明亮清澈起来。

突然，一只小蜜蜂爬进了你的嘴里猛蜇一口。你忍住尖叫，重新回到水下。蜂群就在水面上方！你们已经无处可逃了。

突然，你发现自己找不到加蒂姆了。不一会儿，他手里拿着两根芦苇杆向你游来。那是他从岸边的芦苇丛里拽下来的。空心的芦苇杆十分坚硬，他把一头放进你的嘴里，另一头放在水面上，你可以把它当作吸管用来呼吸。

▸▸ 请翻到下一页

你们一起坐在水面下一米深的光滑石头上。加蒂姆拿起芦苇杆的一端，用手指碾碎，然后把芦苇杆伸出水面，急速地呼吸。你也学着他的样子照做。

蜜蜂还在水面上盘旋，但它们完全碰不到你。你突然意识到，加蒂姆压碎了芦苇杆的末端，磨损了它的边缘，使得蜜蜂无法爬进来。加蒂姆真是太棒了！

时间过得很慢，你感到皮肤已经完全被水浸透，但你一点儿都不在乎。等蜂群完全消失，你们就可以安全地回家了。

你们一起坐在黑暗、混浊的水中，静静地等待着。

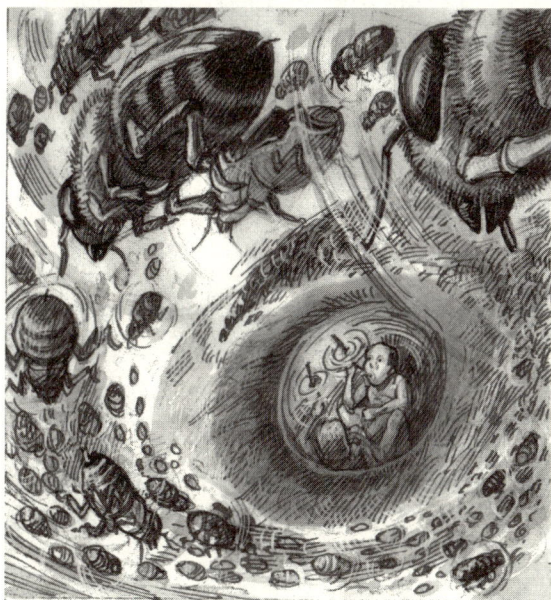

▸▸ 本故事完

你和爸爸相视而笑。毫无疑问，你们绝对会成为一个很棒的团队。

"胜利属于我们！"爸爸引用了你最喜欢的电影中的一句台词，低声对你说。

那个个子最高的奥维尔人递给了你一个笼子，里面装了一只鹦鹉。然后，他把小烟罐、棉布和一些火柴拿给你爸爸。你们跟着他一起，来到金合欢树下的一根圆木旁，他开始在那里给你们做培训。

他教你爸爸如何点燃棉布，棉布在被点燃后会产生大量的烟雾。那个人向你爸爸展示了如何来回抽动把手，让烟从小烟罐顶部冒出来。一旦发现蜂巢，你们就要马上放出烟雾，然后等待十分钟，再放一次。在第二次吸收烟雾之后，蜜蜂会开始变得温顺，你们就能在不被蜇伤的情况下取回蜂蜜了。

"接下来，你们必须选择一首歌来教这只鹦鹉。"奥维尔人说道。

你看向爸爸，立刻知道你们的想法不谋而合。"《咖啡和茶》。"你们异口同声地笑着说。

奥维尔人把鹦鹉递给你，让你把它放在嘴前。你吹出歌曲的前几个音符，就像那个人教你的那样，然后举起蜂巢，又吹了一遍。

▶▶ 请翻到**下一页**

你一遍遍地重复，感觉时间过得好漫长。

真是运气不好，这只鹦鹉看起来饶有兴趣，但始终没有把你教的歌唱出来。

爸爸建议，不如你们两个人一起吹这首歌。你们并排坐着，开始吹口哨。这只鹦鹉看起来更感兴趣了，一会儿看看你，一会儿看看你爸爸。

成功了！

没多久它就把曲子唱了出来。你再吹一次口哨，它也跟着重复一遍，简直太有趣了！

那个奥维尔人对你们的快速成功惊讶不已，他给了鹦鹉一颗腰果，鹦鹉立刻吃掉了。应你的请求，他又多给了你一把腰果。

▸▸ 请翻到第107页

你对这个地方越来越熟悉了。你带着爸爸走向长满茂密草丛的原野，看到一片高大壮硕的树林。你曾和加蒂姆在那里玩耍过。

很快，你们遇到了一大片高大的绿色树木，大树的枝干上结满了棕色的果实。"加蒂姆说这些树叫'香肠树'，"你跟爸爸说，"你能猜到为什么吗？"

他笑着捡起了一个从树上掉下来的巨大的棕色果实。你抬头一看，还有许多果实仍然附着在树枝上。

"因为这些大家伙看起来像香肠？"他问道。

▸▸ 请翻到下一页

"没错。"你答道，"加蒂姆说，每个香肠树的果实甚至可以超过五公斤重。他还说，马赛人有一句谚语：'如果你坐在这棵树下太久，你就不会活得太久。如果掉落的果实没有砸死你，大象来吃果实的时候也会要了你的命。'"

正在这时，被你装在口袋里的鹦鹉动了起来。"我想它应该是感觉到了什么。"你满怀希望地告诉爸爸，接着轻轻地把鹦鹉捧在手里，向它唱起那首歌。鹦鹉飞向空中，在最高的那棵香肠树的上空盘旋，然后围着树冠上上下下地飞。突然，你听到它唱起了《咖啡和茶》的第一个音符。

"蜂蜜！"你爸爸兴奋地说道。

你们循着鹦鹉的歌声，在小树林中间的那棵香肠树枝上找到了它。有一个像蜂巢一样的东西在它上方树枝的黑暗角落里隐约可见。

你爸爸点燃棉布，来回地抽动烟罐的把手。等到烟从烟罐上方冒出来时，他开始向树上爬。你从下面看着他，鹦鹉则正在你的肩膀上享受着它的腰果。

"这是一个很大的蜂巢。"你爸爸大声地说着，把烟雾灌进蜂巢里，然后向下爬几级，耐心等待。十分钟后，他又爬上去添了一些烟雾。

"再等两分钟。"你几乎无法掩饰自己激动的心情。

▸▸ **请翻到下一页**

你爸爸爬上了蜂巢旁边的树枝上，然后轻轻地敲打，想要看看是否还有蜜蜂在活动。他向你竖起大拇指，接着轻轻地把手伸进了蜂巢。

你很担心他会被蜇伤，或者根本找不到蜂蜜。在经历了像一生那么漫长的时间之后，他的脸上终于浮现出一个大大的笑容，并拿出了一大块滴着蜂蜜的蜂巢。他把这块蜂巢放进肩上的帆布袋里，然后伸手进去又拿出了一个。最后，他爬下树向你展示这丰硕的成果。

蜂蜜是焦糖色的，闻起来很香甜。你爸爸骄傲地说："我留下了足够的蜂巢作为足以让蜜蜂们活下去的收成——就像奥维尔人说的那样。"

你们俩把一块蜂巢塞进嘴里，开始往村子里走去。蜂巢尝起来棒极了，味道香甜又浓郁。

"我现在已经觉得输赢都不重要了，"你对爸爸说道，"这真是一次有趣的冒险！"

爸爸表示赞同。"我们是一个非常棒的团队。"他自豪地说。

一路上，你们一起哼着《咖啡和茶》，回到了村子里。

▸▸ **本故事完**

这个游戏听起来很危险，但是很有趣，让你不忍错过。

你、加蒂姆和阿佳一起走到水坑边，在十几米远的地方发现了一头沉睡着的巨大的黑犀牛。

加蒂姆率先走了上去，他捡起一块鸡蛋大小的棕色石头，然后蹑手蹑脚地走向沉睡的黑犀牛，迅速地把石头放在黑犀牛背上，最后跑开了。

接下来轮到阿佳，她慢慢地走向黑犀牛，然后俯下身子，捡起一块大小适中的石头，轻轻地把它放在黑犀牛的背上，然后向后退开。所有的孩子都发出了低沉的口哨声，阿佳表现出了巨大的勇气！

加蒂姆指向了你：你是下一个。

▶▶ 请翻到第**112**页

你捡起了一块黑色的小石头，悄悄地靠近黑犀牛。你被吓得瑟瑟发抖，但还是努力地想要表现得勇敢一些。几秒钟后，你把石头放在它的背上。

正在这时，黑犀牛突然睁开眼睛，迅速地站了起来。所有孩子都尖叫着四散跑去。

你跑到一棵高大的金合欢树下迅速爬上树干，下面的黑犀牛怒气冲冲地喘着粗气，跺着脚，却怎么也够不着你。

金合欢树上锋利的刺刮伤了你的手臂，伤口很疼，但是比黑犀牛进攻带来的伤口好多了。

你继续往上，爬上了一根高高的树枝等待着。不管需要在这里待多久，只要黑犀牛不离开，你绝不会下来。

突然，你听到头顶传来一阵微弱的沙沙声。你转过身去，看见一条长长的绿蛇缠绕在一根细细的树枝上，它正盯着你，咝咝地吐着芯子。

"是绿曼巴蛇，"阿佳喊道，"比黑犀牛还要危险。千万别动，不然它会咬人的。"

如果你现在从树上跳下来，会直接落在黑犀牛面前。而蛇又向下移动了一点儿，它的头在来回摆动，直直地盯着你的眼睛。

▸▸ 如果你选择从树上跳下来，请翻到**第 114 页**

▸▸ 如果你选择待在树上不动，请翻到**第 126 页**

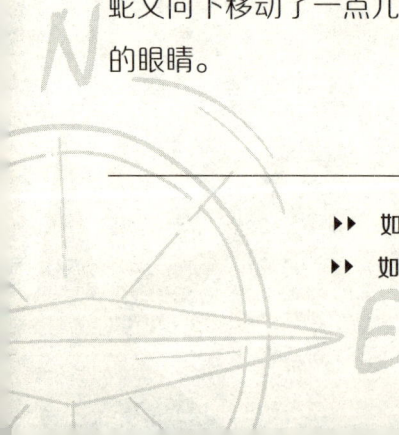

你对蛇有一种莫名的恐惧，于是从树上一跃而下，差点儿落在那头愤怒的黑犀牛的身上。

黑犀牛张开嘴，发出一声可怕的咆哮，听起来就像一把小号被压路机压扁了之后发出的声音一样。你蹲在地上，然后向右边的草丛跃去。

高高的草丛为你提供了掩护，你躲在草丛里一动不动，甚至可以听到愤怒的黑犀牛正在附近嗅来嗅去的声音。它似乎离你越来越近了。

就在你确定它已经发现你的藏身之处时，阿佳突然对着黑犀牛大喊，加蒂姆也向它扔起了东西，一根尖尖的棍子落到了它的不远处。黑犀牛转移了注意力，转身离开。你则站起身，迅速逃走。

紧接着，黑犀牛开始疯狂地追赶加蒂姆。但是，加蒂姆非常聪明，他迅速地跑向一棵巨大的无花果树，躲到了树干的后面。这样一来，黑犀牛根本看不见他。

▶▶ 请翻到**下一页**

突然，一阵微风从后面吹来，黑犀牛停下脚步，转过身，疯狂地在空气中嗅来嗅去。它闻不到加蒂姆的气味了。然后，黑犀牛迅速向左边跑去，开始追赶一只无意中进入现场、毫无防备的斑马。黑犀牛跑得很快，但斑马跑得更快。

看到这一幕，你兴奋极了。加蒂姆向你表示了祝贺和关心。

"我很好，"你微笑着说，"不过，下次我可不玩'石头和黑犀牛'的游戏了。"

"同意，"阿佳的眼睛闪着淘气的光，"下次我们就玩一些简单的游戏，比如鸵鸟比赛。"

那天晚上，阿佳邀请你和她的妈妈一起，为莫兰仪式做一道特别的汤。村里所有的女人都会在庆祝活动期间做一些特别的食物，这次，阿佳和她妈妈度多决定做花生汤。

▶▶ 请翻到**下一页**

因为你们要为整个部落的人做花生汤，所以阿佳的妹妹们花了整整一下午的时间，专门收集她们去年在牛圈附近种下的花生。你看，她们已经收集到成百上千颗花生了。

然后，你们又花了一个多小时来剥花生壳，准备把它们烤熟。

当万巴和加蒂姆看到你和她们一起剥花生壳时，他们忍不住笑起来。万巴告诉你："在马赛部落，女人才负责做饭，男人都是负责放牧的。"

"在我的部落可不是这样，"你笑着反驳道，"女人和男人都会做饭。而且事实上，纽约一些最顶级的厨师都是男人。"

万巴和加蒂姆大笑起来，他们还以为你在开玩笑呢。

▶▶ 请翻到第118页

在把花生烤熟之后，你帮助她们一起，把花生平铺到一块布上，这样花生就可以更快地冷却下来了。

在花生摸起来不热时，你、阿佳和她的妈妈开始轮流磨碎花生。你们把花生放进一个大木碗里，用一根大木杵一下一下地往下压，一直到所有花生都被压成了糊状。这个工作非常辛苦，不一会儿你就出汗了。

等所有花生都被磨好后，阿佳的妈妈又把它们放回到锅中，然后往锅里加了很多水和一些香料，把花生煮成了黏稠的糊状。闻起来真香啊，你都迫不及待地想要尝一尝了。

做花生汤的辛苦劳作使你筋疲力尽，你和加蒂姆一起躺在他家小屋的草垫上。小屋里有点儿拥挤，他的妈妈、爸爸还有弟弟都待在这里。尽管如此，当整个家庭都如此紧密地聚在一起时，还是有一种奇妙的惬意。

加蒂姆给你讲了一个关于小牛犊的故事，你听着听着就睡着了。梦里，你想象着自己正在抚摸这头小牛犊，感受它天鹅绒般的皮毛。

"真有趣，"你默默地想，"我能感觉到它柔软的皮毛正在蹭着我的胳膊。"

▸▸ 请翻到**下一页**

突然，你睁开了眼睛，一下子紧张起来：绝对有一个长着毛的东西爬上了你的胳膊！

你往下一看，发现一只巨大的、毛茸茸的蜘蛛爬上你的手背。它的动作并不快，但是你还是被吓坏了。

"加蒂姆！"你压低声音说。

蜘蛛停在原地，而加蒂姆还在睡觉。

"加蒂姆！"你说得更大声了，声音里充满恐慌。

"别动！"这时，万巴焦急地说，"你手背上是一只狒狒王蛛，它在受到惊吓时极具攻击性。"

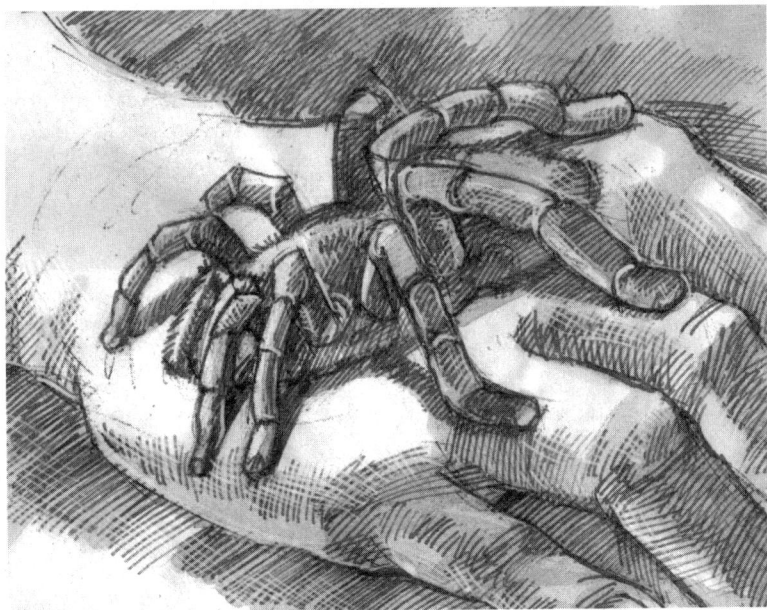

▶▶ 请翻到**下一页**

加蒂姆也坐了起来，惊慌失措地说："它一定是被你手上的花生味吸引过来的，"他又小声说道，"狼蛛喜欢花生。"

"狼蛛！"你惊恐地低声说，"我以为你说的是国王——"

万巴打断了你的话，回答说："狒狒王蛛是狼蛛家族中的一员。它可能很快就会从你身上爬走，尽量不要动。"

这只毛茸茸的大蜘蛛又朝着你的肩膀方向向上爬了几步。如果你的动作够快的话，也许可以把它甩掉。

▶▶ 如果你选择保持冷静，希望蜘蛛自己爬走，请翻到**下一页**

▶▶ 如果你选择立刻把蜘蛛甩下去，请翻到**第123页**

"保持冷静，保持冷静。"万巴用抚慰人心的声音一遍又一遍地对你说。

这只蜘蛛继续慢慢地沿着你的手臂向上爬，在爬上肩膀之后开始向你的脖子移动。

"它只是在探索，"加蒂姆试图让自己表现得很轻松，但你还是可以从他的声音中听出了恐惧。

狒狒王蛛爬过你的锁骨，然后在你的脖子上停了下来。你向下看去，可以看到八条毛茸茸的红腿和又大又圆的身体。

你闭紧双眼，感觉一分钟都受不了，然后屏住呼吸，害怕蜘蛛感觉到你的动作后爬到你的脸上。

▸▸ 请翻到**下一页**

突然，万巴以令人难以置信的速度，赤手空拳地把这只蜘蛛抓了起来，然后扔进一个陶土碗里。他的速度实在是太快了，蜘蛛都没有机会把尖牙刺进你们的身体。

万巴把一块布盖在碗上，然后拿着碗，让你和加蒂姆跟着他一起出去走走。你们一起在月光下走向小屋边的篱笆旁。屋外异常平静，你深深地吸了一口气，享受着夜晚的凉爽空气。

万巴把碗侧放到地上，然后把布掀开。狒狒王蛛犹豫了一会儿，然后迅速爬出来，急匆匆地跑出篱笆。"这些蜘蛛吃蟋蟀和老鼠，"他看着蜘蛛匆匆离去，然后对你们说，"蟋蟀和老鼠经常来骚扰我们的牛，所以我们把它看作我们的小朋友。"

你笑了笑，这只爬上你的身体的蜘蛛可不"小"。而且，你认为自己永远不会称它为自己的"朋友"。

▸▸ **本故事完**

你再也无法忍受了。

狒狒王蛛继续慢慢地爬上你的身体，然后在几秒钟内就到达了你的肩膀。它停顿了一秒钟，开始向你的头爬去。你需要全神贯注才能抑制住想要尖叫的冲动，甚至可以感觉到它的八条腿正在运动着。

"保持冷静，保持冷静。"万巴继续温和地提醒你。

你心想，他说起来容易，那个毛茸茸的小怪兽可是朝你的脸爬过来的。你迅速坐起来，然后把手伸向脖子，希望能把蜘蛛赶走。它开始从你的胸口上滑下来，同时疯狂地摆动着八条腿，好像要抓住空气。

当你的手碰到蜘蛛时，它突然跳起来，把尖牙深深地刺进了你的大拇指。

"啊！"你痛苦地尖叫。

▶▶ 请翻到**下一页**

你本能地把手甩开，狒狒王蛛也从你的手上飞出去撞向墙壁，最后摔到了地上。它一动不动，像被吓得怔住了一样。过了一会儿，它像是苏醒了过来，然后以飞快的速度向门口爬去。

万巴抓起你的手，迅速检查了一下被咬的地方，然后抬头看着加蒂姆，急切地说："快！把我的刀拿来！"

万巴让你把胳膊抬起来，然后让加蒂姆紧紧地抓着你的手腕充当止血带。紧接着，万巴在你被蜘蛛咬伤的地方的正下方用刀切开了一个小口子。你用力压抑住自己因为疼痛而发出的尖叫。

万巴低下头，把嘴唇贴过去，开始从切口处吸出蜘蛛的毒液。他又转过身，把毒液吐到了地上。他又重复了两次这个动作，想要尽可能多地把蜘蛛的毒液都清除掉。

▸▸ 请翻到**下一页**

加蒂姆的妈妈迅速捣碎了一些草药和灰烬，轻轻地把药敷在你的伤口上，然后用亚麻布绷带紧紧地包住你的手。

你感觉到蜘蛛的毒牙刺穿了你的皮肤，就像被一只非常厉害的大黄蜂蜇了一样。但是，这种疼痛加剧了十倍，被蜘蛛咬伤的周围皮肤变得温暖而柔软。

加蒂姆告诉你，他打算在接下来的整个晚上都坐在你身边看护你。

万巴解释说："我想我已经吸出了大部分毒液，但可能不是全部。"他继续谨慎地说，"如果你对狒狒王的毒液有过敏反应，心脏就会开始快速跳动并产生幻觉。"

加蒂姆看到了你脸上的恐慌，试图安慰你。"你会没事的，我们很快就会知道结果了。"

你倚靠在墙上，筋疲力尽，浑身酸痛。你不禁想，如果你保持冷静，会发生什么。那只蜘蛛会自己走开吗？你永远不会知道。

你和加蒂姆一起坐在黑暗中等待。

▶▶ 本故事完

你一动不动地站着，绿曼巴蛇向下移动了几厘米，直直地盯着你的脸。现在，它离你只有两三厘米远了，你强迫自己不要眨眼，屏住呼吸。

绿曼巴蛇在你的耳边轻轻吐着芯子，你能听到它的头拂过你的头发，发出沙沙声。你需要全神贯注才能忍住别叫出来。

慢慢地，绿曼巴蛇向后摆动，落到你身旁的树枝上。很快，你就意识到它对你不再感兴趣了。它慢慢地滑走，伸展开身体，这时你才发现，它竟然有将近三米长。

你看着绿曼巴蛇爬上树干，消失在上面的树枝中。

▶▶ 请翻到下一页

你深深地喘了一口粗气，然后等黑犀牛离开后，安全地跳到地上。

加蒂姆和阿佳聚集在你的旁边，拍着你的背，为你的勇敢欢呼。加蒂姆还把他的手放在你的肩膀上，高兴地告诉你："你今天运气真不错，先是躲过了一头黑犀牛，然后又躲过了一条绿曼巴蛇。"

你只希望自己的好运能持续到剩下的旅途中。

▶▶ 请翻到**下一页**

你们一起回到村子里帮忙准备莫兰仪式。村民们都穿上了鲜艳的衣服，而且不管是男人还是女人，都戴着许多精致的珠子项链、耳环和腰带。

他们递给你一件蓝红相间的布衣，一双牛皮凉鞋，还有一条五颜六色的项链。

阿佳每只耳朵上都戴着四只由蓝色和红色珠子穿成的耳环，看起来美极了。有那么一瞬间，你非常疯狂地想要穿耳洞，这样就可以戴上更多美丽的马赛珠宝了。但是，考虑到需要告诉你的父母，你又打消了这个念头。

男孩儿们在脸上涂上了白色的锯齿形图案。他们已经成了初级勇士，这样能让他们看起来更像是具有震慑力的战士。

仪式由村里的长老主持，仪式中还有许多唱歌和舞蹈活动，其中就包括著名的马赛跳跳舞。人们在年轻的勇士周围围成一个圈，一两个人轮流站到中间，贴近彼此，然后不让脚跟接触到地面，开始跳跃，而且跳得越高越好。他们跳得越来越高，越来越高，直到筋疲力尽。同时，其他部落成员也为他们大声欢呼。

在你看来，还是加蒂姆跳得最高。

▶▶ 请翻到第**130**页

舞蹈之后有一个盛大的宴会，你吃到了从未尝试过的美食，包括烤山羊、混合着动物血液的发酵牛奶、蜂蜜和奶酪。

在庆祝活动的最后，你和加蒂姆准备出发去抓住狮子的尾巴，万巴和阿佳各拍了你们两个的头顶七次，以求你们获得好运。

两个年长的勇士陪同你们一起离开了村庄，他们将为你们提供保护和见证。

你们走了好几公里才发现远处有一群狮子，六头母狮子和十头小狮子紧紧地围在一起，还有两头巨大的雄狮子站在一旁。

你等了很长时间，希望其中一头雄狮子离开狮群或者睡着，因为你和加蒂姆都认为没有人能同时对抗两头雄狮子。

最后，体形比较大的那头狮子离开了狮群，走向附近的一条小溪。你和加蒂姆小声地讨论着应该接近哪头狮子。

靠近狮群的那头个头较小，但可能会因为担任着整个狮群的保护工作而更加警觉。靠近溪流的那头看起来更大，但是应该会更放松警惕一些。

▶▶ 如果你选择接近狮群的狮子，请翻到第 **132** 页
▶▶ 如果你选择跟随前往小溪边的狮子，请翻到第 **134** 页

你和加蒂姆一起手拉着手，尽可能慢地走向狮群附近的那头狮子。你害怕得有点儿发抖，而加蒂姆的手正在疯狂地流汗。

狮子静静地看着你们走近，它看起来既好奇又镇定。尽管它是两头雄狮中较小的一头，但你敢打赌它至少有五百公斤重。

你避免和它直接进行眼神交流，因为这很可能会让狮子把你视为威胁。

现在，你已经离他足够近了，甚至可以听到它有节奏的呼吸声。

▶▶ 请翻到**下一页**

加蒂姆比你快走一步，指引着你走向狮子的后背。很快，他就慢慢地、轻轻地抓住了狮子的尾巴，然后把它举了起来。

狮子转过巨大的脑袋，目不转睛地盯着加蒂姆，呼吸加速。

就在加蒂姆松开手之前，你迅速摸了摸狮子尾巴末端厚厚的绒毛，然后朝对方笑了笑，紧接着开始慢慢向后退，朝年长的勇士走去。

正在这时，不知从哪里出现了一头巨大的母狮子，它迅速地向你们冲过来，然后在几米外停了下来，把头向后仰，发出了一声咆哮。

你和加蒂姆被吓得待在原地，紧紧握住对方的手。

一位年长的勇士投出了他锋利的长矛，正好落在母狮的脚边。他故意避开它的身体，但展示了自己的力量。母狮瞪了他一眼，缓缓地朝狮群走去。

你成功地抓住了狮子的尾巴——而且还能活着讲述这个故事！

▶▶ **本故事完**

你和加蒂姆跟着大狮子来到小溪。这头庞大的野兽优雅地低下头喝水，似乎没有注意到你们。

你和加蒂姆一起手拉着手，从后面接近狮子。加蒂姆慢慢地、轻轻地抓住了狮子的尾巴。突然，狮子以惊人的速度转过身，头向后仰，发出凶猛的咆哮。它的声音太大了，你被吓得牙齿都在打战。

年长的勇士模仿着一群大角斑羚的叫声来分散狮子的注意力。大角斑羚体形庞大，长得像鹿，是狮子最喜爱的猎物。

狮子犹豫了一下，瞪着你，然后走开了。它一定是饿了，新鲜的大角斑羚对它来说难以抗拒。

"大角斑羚比两个骨瘦如柴的孩子好吃多了。"加蒂姆低声对你说。

抓狮子尾巴的任务失败了，但是年长的勇士向你们保证，他们会在村子里告诉大家你们的勇敢行为。最后，你们准备长途跋涉地走回家。

在回到马赛村庄的半路上，那个最年长的勇士停下来指向天空，只见一朵奇怪的乌云正向你们飘来，它还一次又一次地随着距离的改变而变换形状。

"一群采采蝇！"加蒂姆恐惧地喊道，他又迅速转向你，说，"照我们说的做，就现在！"

▶▶ **请翻到下一页**

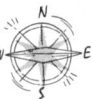

他们蹲在地上，尽可能地蜷成一团，然后用自己颜色明亮的束卡将自己盖住。你也学着他们的样子照做。

很快，你听到采采蝇蜂拥而至，成千上万对的小翅膀扇动出响亮的嗡嗡声。声音持续了几分钟，然后一切又安静了下来。

采采蝇继续前进，已经飞走了。你从遮蔽的布衣下偷偷往外看，加蒂姆正微笑着看你。很快，他就从微笑变成了眉头紧锁：一只硕大的采采蝇正停在他裸露的脚上。

加蒂姆举起手想打它，但它迅速飞走了。采采蝇停留过的地方出现了一大块红肿，加蒂姆被咬伤了！

你妈妈警告过你，采采蝇叮咬会引起一种叫作非洲锥虫病的可怕疾病。如果加蒂姆无法尽快得到药物，他可能会没命。

年长的勇士们认为他们无法及时跑回村庄，于是你主动提出可以先跑回去求救。他们担心你不记得路，因为你的方向感向来不好，毕竟这是生死攸关的大事。

▶▶ 如果你选择跑回村庄求救，请翻到**下一页**

▶▶ 如果你选择和加蒂姆待在一起，请翻到**第 138 页**

你脚步飞快，马上跳起身开始奔跑。

尽管你的方向感不好，但是恐惧、紧张和运气的综合作用引导着你，你拐错了几个弯，但还是赶到了村子里。

你几乎上气不接下气地告诉万巴发生了什么事。阿佳就站在附近，脸上充满了恐惧。

万巴和村里的长老一起，迅速地用各种树皮、干树根和水冲泡出茶来，然后把药倒进一个小牛皮囊里，绑在他的串珠腰带上准备离开。

这时，阿佳伸手摸了一下万巴的肩膀。"叔叔，求你了，"她含着眼泪说，"加蒂姆就像我的亲兄弟一样，我必须和你们一起去帮他。"

万巴赶紧点点头。于是，你们三个一起快步前行，与时间赛跑。

▸▸ 请翻到**下一页**

你准确地描述出了加蒂姆所在的位置。阿佳知道那是哪里，然后凭借惊人的方向感，带领你们走上狭窄的羊肠小路，那是一条更近的捷径。最后，你们以最快的速度到达加蒂姆所在的地方。

年长的勇士们把加蒂姆放在他们中间，用大大的无花果叶为他汗流浃背的身体扇风。加蒂姆正发着高烧，而且所有的关节都很疼痛。

万巴轻轻地把小牛皮囊放在儿子的唇边，哄他慢慢饮下。你可以从加蒂姆的表情看出来，这种液体的味道尝起来肯定很糟糕。尽管如此，他知道这会让他好起来。

阿佳告诉你，幸亏你跑得快，他们才能及时找到加蒂姆。万巴也点头表示同意。"加蒂姆可能会发烧一两天，但他已经脱离了危险，"他继续感激地对你说道，"对我和我的村庄来说，你的勇敢表明你现在也是一名莫兰勇士。"

▸▸ **本故事完**

你知道自己跑得很快，但方向感实在太差。如果你迷了路，或者没有及时赶到村庄那可怎么办呢？

于是，两位年长的勇士决定走回村庄求救。他们给你和加蒂姆留下了两支长矛、一些水和一点儿牛肉干，你希望他们能尽快回来。

加蒂姆很安静。时间一点点过去，你发现他开始发烧了。

"我的腿好疼。"他一遍遍地呻吟着，浑身冒汗。你担心他很快就会神志不清。

▶▶ 请翻到**下一页**

天空从白色变成蓝色，又变成暗紫色。黑暗即将来临，你已经能听到远处动物的叫声。一旦夜幕降临，你们就会陷入无尽的黑暗之中。你决定先离开加蒂姆一会儿，去找些木头当柴火。

你把木头和树枝堆在一起，往中间塞进一些干草，将它们点燃。火堆明晃晃地燃烧了几个小时，然后火焰慢慢变得越来越小。看来你收集到的这些木头不够让火堆燃烧一整个晚上。

随着火焰的变小，你内心的恐惧逐渐增加。加蒂姆在高烧中辗转反侧，后来病得开始不能动弹，你根本没有办法离开他去找更多的柴火。

你试着想让火焰燃烧得久一些，这可是你们对抗夜间捕食者的唯一庇护。正在这时，你听到附近树林里树枝折断的声音，你祈祷是那些年长的勇士回来帮忙了。

你扫视着火堆的后面，看见了一双眼睛，紧接着是两双，它们就藏在高高的草丛中。

你辨认出，那是两头狮群中的母狮子。猛兽凶狠地咆哮着，来回地看看你，又看看加蒂姆。它们舔了舔自己的嘴唇，你也咽了咽口水，等待着命运的安排。

▶▶ **本故事完**

非洲生死竞速

献给安森和拉姆齐，同时特别感谢朱利叶斯·古德曼和威克·万·希文。

——R.A. 蒙哥马利

你出乎意料地发现，自己竟然有机会成为肯尼亚内罗毕国际汽车拉力赛中领跑的选手。这对你来说意义非凡，因为你毕生的训练就是为了这一刻。

为此，你要经受两轮比赛的洗礼：一轮是极速赛，一轮是越野赛。你可以选择车型和第一场比赛的赛段，但是你无法选择自己的对手，也无法预测在野外会遭遇的困境。

洪水、被激怒的犀牛群和车轴断裂随时可能在赛道的某一个转弯处等着你，然后使你的比赛失败。请记住：完成比赛并不总能意味着获得了胜利。

你太紧张了，都不敢从飞机的舷窗俯瞰非洲大地。面带笑容的空姐俯身查看你的安全带卡扣，将你拉回了现实。"我们即将抵达内罗毕机场。"

你向窗外望去，看见地面上巨大的现代城市，向远方温柔延展的地貌与你长大的亚利桑那州的乡村牧场截然不同。你还记得通知你来到这里的那封电报的内容："恭喜你！你已被选中前来参加非洲双路汽车拉力赛。本赛事将挑战选手的车技和车辆的性能。"

你不确定自己能否胜任如此级别的比赛，但是你的父亲却对你的态度嗤之以鼻。

▶▶ 请翻到第 146 页

第一届非洲双路
汽车拉力赛

你的父亲说："你当然有参赛的实力，我已经将毕生所学都传授给你了。"

他的确知识渊博。在赛车运动的黄金时代，他和他的兄弟曾经效力于意大利法拉利和蓝旗亚车队。在你很小的时候，你的父亲就开始向你传授有关汽车结构和驾驶方面的知识了。在牧场和谷仓后面由你的父亲亲手修建的赛道上，日日夜夜都有你驾车训练的身影。

你很希望父亲能和你一同前往，但是他有要事缠身，一些突发状况让他不得已取消了早已预定好的机票。

到了赛事中心，一条写着"第一届非洲双路汽车拉力赛"的横幅在微风中轻轻拂动。人们三五成群地围着一张长桌兴奋地交谈，有赛车手、领航员、机械师，以及本次赛事的赞助商。

你在报到处签到。"欢迎你的到来。这是比赛规则和管理条例。我叫迈克尔·罗普里沃，是本项赛事的主席。"他微笑着和你握了握手，然后交给你一个很大的文件袋，封面上写着"赛事文件"。

你感到有些紧张，因为其他选手看上去都比你年长，而且都是一副信心满满的样子。

▶▶ 请翻到下一页

罗普里沃继续说道："本次拉力赛与众不同，它包含极速赛和越野赛两个赛段。第一赛段的内容是驾驶赛车在极速跑道上竞速；第二赛段虽然同样是竞速，不过赛道变成了崎岖不平的山路。每个赛段你都可以自由选择行车路线，但是必须要经过所有检查站。你们将有半个小时的出发间隔时间，也就是说两个赛段中你都不会和别人并肩出发。请问，你听明白了吗？"

你答道："是的，谢谢，我都听懂了。"

"我们会以抽签的方式为你指派一名领航员，但结果得稍等一会儿才能公布。虽然你两场比赛都要参加，但是请决定好先后顺序。"

▶▶ 如果你选择将极速赛作为第一场比赛，请翻到第 **148** 页

▶▶ 如果你决定将越野赛作为第一场比赛，请翻到第 **212** 页

　　极速赛难度很大。不同于印第安纳波利斯 800 公里大奖赛，赛车手只需要在一个赛道上一圈接一圈地绕，你们需要从内罗毕出发穿越肯尼亚，在经过被人为修整的平坦道路后，纵穿高原和丘陵路段，最后再回到内罗毕。你至少要在野外度过一至两晚，具体要根据实际情况而定。

　　你看向你的竞争对手。德国队队员穿着深蓝色的赛车服，

每个人胸前的口袋上都用金色的字写着自己的名字，看上去全都不苟言笑。刚果队队员身穿黄褐色的连体裤，他们虽然在微笑，但是看起来和德国队一样专注。

现在，你要选择一辆车来完成极速段的比赛。你可以选择赛事专用的斯巴鲁 WRX 或者奥迪 TT。

▶▶ **如果你选择奥迪 TT，请翻到第 154 页**
▶▶ **如果你选择斯巴鲁 WRX，请翻到第 160 页**

开夜车无比艰难，但是你的视力很好，而且简也会帮你注意前方道路的情况，及时给出提醒。这样开车需要精神高度集中，很容易让人感到疲惫。你和简轮换着驾驶，这样能稍微得到一些缓解。

前方的黑暗中隐隐出现了一个岔路口。右边的岔路继续穿越山谷，左边的路虽然看不太清楚，但似乎通往高原的山区。在没有远光灯的情况下，在夜里走山路的难度会非常大。

简睡着了。你看了一眼地图，它证实了暗淡的车灯照出的情况。你目前已经追回多长时间了呢？到底该走哪一条路呢？

山路虽然很难开，但是地图显示它的路程更短。山谷中的那条路虽然路程很长，但是如果月亮升起来，驾驶起来会相对容易一些。

你只能自己做决定了，因为简必须休息好才能在接替你的时候足够清醒。

▶▶ 如果你选择向左转朝山区开，请翻到第 **168** 页
▶▶ 如果你选择向右转在山谷中赶路，请翻到第 **171** 页

佐基尔微笑着和你握手，说道："很高兴在这里遇见你。我们的合作一定会非常愉快的，我敢保证。"

你和佐基尔仔细地检查了斯巴鲁的车况。根据你要行驶的沙地、泥地和岩石道路，车胎的胎面上有特殊的纹路。

"它们不错。你觉得怎么样？"

"我觉得很好，佐基尔。它们很像我在家乡用的那种轮胎。"

她建议你先研究一下地图，计划好比赛的路线。"你知道吗，我一直考虑，或许奥迪车的速度会更快一些。我们可能得以最高时速去追赶其他赛车手。"

你点头同意。"或许是吧。但如果我们全速前进，可能会产生机械故障，高速行驶会造成车辆的消耗和磨损。这些路段真的很难走。"

她说道："那我们来定一下策略吧。我们是选择在开始阶段保守一些，在结尾路段冲刺；还是选择自始至终全速前进？"

▶▶ 如果你选择在比赛中采取更保守一些的战术，请翻到第 **155** 页
▶▶ 如果你选择始终全速前进，请翻到第 **157** 页

临近黄昏的时候，你点亮了车灯。突然，你听到了一阵噼啪声，然后闻到了一股电线绝缘皮烧焦的味道。你迅速将车灯熄灭，在路边停下来。你们掀开引擎盖，发现里面的电路已经严重受损。

"怎么回事？"你问简。他将整个人探进引擎舱里，将烧坏的电线拽了出来。

简说："我不太确定。看上去更像是有人蓄意破坏。请把钳子递给我。"简全力以赴地展开修理，但是车灯只能发出暗淡的橘色光线，根本没办法发出正常亮度的光。

天色变得越来越暗。你需要把落下的时间补上，但是在灯光不足的情况下开夜车是很危险的事。你可以先停下来几个小时，等月亮升起来后借助月光行驶。可是，你在出发时就落后了半个小时，并且又因为停下来修车耗费了时间，如果再等下去就没有机会取胜了。如果你继续行驶，虽然争取不到太多时间，却至少能比现在行驶更多的路程。

▶▶ 如果你觉得没有时间再等了，你能够靠车技闯过难关，请翻到**第150页**

▶▶ 如果你选择等到月亮升起，请翻到**第161页**

你选了奥迪 TT，或许它会给你带来好运。你想起了许多年前你的叔叔驾驶着一辆奥迪车参加意大利公路赛的事。

你将赛车的里里外外仔细地检查了一遍。当机械师按照你的要求进行加固电瓶支架和其他机械作业时，你和你的领航员简商讨着比赛战略。

简说道："奥迪车的优势就是速度快，我们应该尽可能地抢出一些时间。"

你觉得简说得很有道理。虽然你不想一开始就冲得太猛，想先熟悉一下车辆，但还是决定听从简的建议。

然而事实上，你没有其他选择，只能全速前进。根据你在报到时收到的赛事日程表，你应该在下午三点出发。但是赛事组委会弄错了，他们在两点半就开始计时了。

发令员固执己见，拒绝为你重新计时。他们说："我们是主办方。我们是正确的。"

由于这场闹剧，你已经落后了三十分钟。因此，你在出发后就一路飞驰，全力弥补损失的时间。这辆奥迪车开起来得心应手，过弯道时紧贴内道，而在踩下油门时便立即加速。

▸▸ 请翻到第 152 页

"能跑完比赛总比中途退赛好得多，我们得谨慎行驶。"你对佐基尔说道。

"请别担心，我的朋友，我们会赢得比赛的。你等着瞧好了。"

发令员挥下信号旗，你在一团灰棕色的烟尘中极速出发。与此同时，计时器开始启动。

"留神羚羊，佐基尔。这里遍地都是羚羊，我可不想撞到一只。我不知道那样对哪一方来说更倒霉些。"

佐基尔点头道："好的。"

你调整姿势坐好，让自己进入状态去面对接下来紧张、漫长的几个小时。佐基尔忙于摆弄领航员的那套装备——地图、指南针和秒表。

在路线中的特定位置会有赛事的工作人员来登记你的进程，你必须在这些检查站停留，因为除了要进行登记，你还可以在检查站为车辆加油、维修，并且稍做休息。

傍晚的热浪让人感到很不舒服。你已经连续驾驶了六个小时。赛车的性能一直很好，现在该轮到佐基尔驾驶了。

▸▸ 请翻到下一页

绕过一块岩石，你突然发现一个无比宽阔的河床，一条涓涓细流弯弯曲曲地流淌在当年大河奔流的轨迹中央。

整个下午天空都乌云密布，此时已是昏暗的蓝灰色，你们的头顶上电闪雷鸣。这条河床很宽，看上去不是很容易穿过。你必须要小心，不能操之过急。

就在这时，巨大的雨点砸在车顶和引擎盖上噼啪作响。

你想起了父亲的忠告，对佐基尔说道："突发的洪水非常危险！我们可能会被困在河床中央。也许我们该等一下。"

佐基尔问道："为什么呢？"她从未见过突发的洪水。三米高的洪水转瞬间就可以将河床填满，卷走所过之处的一切。

▶▶ 如果你选择原地等待直到暴雨结束，等危险过去再出发，请翻到
第 163 页

▶▶ 如果你选择现在就冒险跨过河床，请翻到**第 166 页**

"我们全速前进吧，将马力开到最大。这辆车绝对可以承受。"

你和佐基尔一看到发令员的信号旗便立即出发。你不停地换挡，在一条相对平坦的道路上挂到了四挡——这已经是你能行驶的最高时速了。这辆车已经被调整到了最佳状态，能够对你的操作迅速做出反应。时间一点点地流逝，太阳渐渐西沉。

"油量越来越少了。我们最好先加油。"

你点点头，一边减速，一边在路上寻找适宜的停车地点。

佐基尔说："那里，可以停在那棵树下，我们顺便休息一会儿。"

你答道："好的，我看到了。"

车很快停在了路边的树丛中。你走出车外，伸了伸腿，缓解一下痉挛的肌肉。佐基尔递给你一小罐茶和蔗糖的混合饮料。

备用的汽油罐放在车内的后排座椅处，你将两个大大的红色油罐递给佐基尔，说道："高速行驶耗油太快了。也许，我们接下来应该开得慢一些。"

佐基尔正忙着将汽油透过过滤器倒入油箱，这项措施可以预防尘土堵塞油管或喷油嘴。与此同时，你掀起了引擎盖。

▸▸ 请翻到 **下一页**

油桶突然从佐基尔手中滑落，砸到了地面上，汽油从桶中漏出来，喷溅得很高。有些油溅到了排气管上，立即燃起大火。

轰——轰！

佐基尔高声大叫。你则跳起来将她扑倒，同时将她连体服上的熊熊大火扑灭。万幸的是，连体服的材质是防火的，

否则火焰肯定会燃遍全身的。

"佐基尔，你怎么样？"

她说："我没事，只有手和胳膊烧伤得比较严重，你看。"

你查看了一下佐基尔被烧得红肿的皮肤，拿出急救箱，在伤口上涂了些抗菌膏。佐基尔表示她现在已经没事了，坚持认为你们该继续比赛。

你举棋不定。烧伤的部位看起来很严重，虽然皮肤并未被烧破，但是你认为肿胀的水泡一旦破裂会引起感染。而且，佐基尔的身体很虚弱，可能会休克。你该怎么办呢？

▶▶　如果你认为佐基尔需要接受治疗，请翻到**第 165 页**，驶向你们之前经过的最近的村庄

▶▶　如果你相信佐基尔并无大碍，选择继续比赛，请翻到**第 170 页**

你选择了斯巴鲁 WRX，这是一辆非常适合比赛的车。

作为以个人身份参赛的选手，你还要选一个写着领航员名字的签。你选择了一个黄色的，上面的名字是佐基尔。

你心想，他一定是俄罗斯人。你猜对了一半，佐基尔的确是俄罗斯人，但出人意料的是，"他"竟然是一位女士。

▸▸ 请翻到第 **151** 页

在灯光不亮的情况下开夜车很危险，也许，等待月亮升起是最好的方案。

你一直行驶到暮色消逝，然后将车停在路边，等待着月亮升起。在月光下开车会非常疲劳，简建议你们俩先睡一会儿。你在腕部计时器上设定好闹钟，然后躺在草丛中。

夜里的奇怪声响令人难以入睡，你试着用一些瑜伽的放松练习来缓解，但闹钟已经响了起来。

你和简对奥迪车做了彻底的检查，包括油量、轮胎和其他零件。月亮挂在远远的树梢上面，已经接近于满月，发出淡黄色的怡人的光亮。

明亮的月光使你的车速比在黑暗中行驶快很多，你一路上顺风顺水。

▶▶ 请翻到**下一页**

"前面有东西。"简的话音未落，你也看清了。你说道："那是一个路障，可能是当地政府设置的。"

这时，一名身材高大、身着制服的警卫向你做出了停车的手势。不等你开口询问事情原委，他便要求你们下车。你惊讶地看着简。这名警卫对此举动非常不满，他挥舞着手中的机关枪重复了一遍："快下车！你们两个人都下来。"这次的语气中带有威胁之意。

你们别无选择，只好从车里出来。很快，你们就被一群全副武装的人围在当中了。

你仔细看了一眼他们的制服，悄声对简说："他们不是政府的军队，他们是一群强盗。"

那个拦车的人大手一挥，命令你们不许说话，然后用机关枪指向一个方向。其含义不言自明：向那边走。

你们走下公路，钻进密林，默默向前走了大约十分钟。在一棵树的附近，那个看上去像是头领的拦车人示意你们停下来。他晃了晃手中的机关枪，命令一个年轻的强盗将你和简背对背地绑在那棵树的两侧。然后他们穿过树丛，走了约十五米远。

一阵斯瓦希里语的交谈声传到你的耳朵里。你现在很后悔没有学过这门语言。你低声问简："你能听懂他们在说什么吗？"简也听不懂。你不知道你们将要面临什么样的命运。

▸▸ 请翻到第**175**页

你告诉佐基尔，突如其来的洪水会毁掉比赛。如果现在冒险过河简直就是疯了。

"好吧，我听从你的选择。你说得没错，我们最好等一等。"佐基尔打开车门，走到干爽的沙地上伸展身体。

能带来暴风雨的乌云很快就散开了，洪水的危险彻底解除。虽然这对你来说是件幸运的事，但是没有雨水实在太糟了。现在正值旱季，降水对于生活在非洲大陆这个地区的人类和动物非常有用。

正当你和佐基尔回到车内时，本次比赛配备的单边无线设备发出了几声沙沙声，然后开始广播。

"请将它的声音调大一些，佐基尔。我听不清。"

一个响亮严肃的声音从扬声器里传来："警告。重复，警告在 A32 赛区的赛车手。重复，A32 区。据可靠消息称，有一支队伍庞大、武装精良的强盗正在对该地区发起行动。大赛组委会建议将比赛推迟十二个小时。重复，我们强烈呼吁所有在 A32 区的车手将比赛推迟十二个小时，该时间不计入比赛时长。请通过无线电反馈你们的决定。"

▸▸ 请翻到**下一页**

佐基尔用清澈的目光盯着你，泰然自若、神情坚定。"强盗！哼！他们会从我们身上索取些什么呢？"

你听见了她的问题，却没有立即回答。你需要时间思考一下，如果你们在这荒郊野外等待十二个小时会遭遇什么事情呢？可是你现在已经身处 A32 区的边缘地带，强盗可能就在附近，如果继续前进，也许会被发现。无论从哪个角度考虑，都可能会遇到危险。但是在比赛开始之前，你就已经预料到比赛中可能会遇到麻烦。

"佐基尔，现在情况是这样的：如果我们停在这里，可以静观其变，一旦强盗接近我们，可以迅速溜之大吉；如果我们现在启程前进，强盗在几公里外就能看见车轮卷起的烟尘。"

"那么，我们该怎么做呢？"佐基尔问道。

▸▸ 如果你选择在此处停留，等这不计入时长的十二个小时过去之后再出发，请翻到**第 177 页**

▸▸ 如果你选择冒着遭遇强盗的风险径直穿越 A32 区，请翻到**第 199 页**

"很抱歉，佐基尔，我们的比赛现在结束了。你必须立刻接受治疗，我们这就返程。"

佐基尔将身体向后靠在座椅上，脸上满是疼痛引起的痛苦表情。你竭尽全力高速又谨慎地驾驶着，尽量不让她承受颠簸之苦。路程似乎有记忆中的两倍长，终于，你们抵达了那个村庄。

村庄的房屋布局是以酋长居住的一座主屋为圆心向四周分散布置的。屋顶盖着黄色茅草的小屋规整地排列在主屋周围，它们只比酋长的主屋小一点点，刚好可以与其区分开。

一辆印有浅蓝色联合国标志的汽车停在其中一座小屋外。你惊喜地意识到，这里有联合国的粮食和医疗支持小组。

"嘿！我们需要帮助！你好！有人在吗？我们需要帮助！"

从酋长的屋子里走出三个身着蓝色工作裤和卡其色衬衫的人，其中一位蓄着白色络腮胡、皮肤被晒得很黑的人问道："我是鲁道夫医生。有什么能帮你的吗？"

"我的朋友佐基尔被烧伤了。"你答道。

▸▸ 请翻到**第183页**

佐基尔说："我认为不会暴发洪水。咱们上路吧。"你不情愿地同意了她的决定。现在，你已经驶入河床边缘凹凸不平的沙砾路面上。几分钟后，斯巴鲁陷入了沙子里。

"别发动马达。慢点儿，小心。"

"没有用的，佐基尔，它出不来了！"

这时，你听到了一阵低沉的咆哮声。

你突然意识到这个声音代表了什么，突发的洪水正在以雷霆之势向你们奔涌而来！瞬息之间，四面八方都是泛着白沫的棕黑色的混浊的水，车子被冲击得原地打转。天空再次陷入黑暗，雷鸣声震撼山谷。

你该怎么办？是游向岸边，还是待在车里？

▶▶　如果你选择弃车，游泳求生，请翻到

第179页

▶▶　如果你选择驾驶赛车开出洪水，请翻到

第182页

你选择了左边的岔路。

山路增加了驾驶的难度，你很快就疲惫不堪。月亮已经升起来了，但是它始终被挡在山后，帮不上忙。或许，你该留在山谷里，那里有月光照明。不过没关系，既然来了，便不能回头。

你和简一直轮换着驾驶，现在轮到你在驾驶。你瞄了一眼计时器，几个小时后太阳便会升起。你和简都筋疲力尽了，也许现在该停车睡一会儿。你已经一连数小时都在高速行驶，希望自己已经追回了很多时间。

▶▶ 请翻到下一页

快到换班驾驶的时候了，你决定叫醒简，一起商讨一下停车休息的事情。

简有些不情愿地从沉睡中醒来，朝四周望了望，靠在椅背上听你讲着提议。

你说："是这样的，我们也许该休息两个小时，打个盹儿，等天亮的时候再精神饱满地赶路。你觉得怎么样？"

没有人回答。简又昏昏睡去了。

如果简没法清醒过来，那么你就只能独自一人驾驶。或许你该停下来。不过谈话似乎很有助于保持清醒，你现在感觉很精神。

▶▶ 如果你选择继续驾驶，请翻到**第 185 页**

▶▶ 如果你认为睡上一觉是最安全的选择，请翻到**第 186 页**

你一心想着完成比赛，顾不得其他事情。佐基尔也坚持认为自己没事，表示你应该继续比赛。这足以令你拿定主意。

你们的赛车呼啸着驶入一片网状的道路，力求减少通过这段路的时间。

"佐基尔？嘿，佐基尔！我不知道我们现在在哪儿？你知道我们的位置吗？"

她疲惫地查看着地图。"很抱歉，我没有留意。我也不知道我们在哪儿。"

你连续开了好几个小时。你觉得自己一直按照直线行驶，但是每次都会转回到这个小湖泊的旁边。秃鹫在你们的上空盘旋着，等待着死神将要为它们带来的大餐。

对你们俩来说，比赛已经彻底结束了，因为你们完全迷路了。现在，你要用所有的时间和体力闯出这座迷宫。

祝你好运。

▸▸ **本故事完**

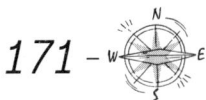

你转向右方，继续在山谷里行驶。月亮升起来，照亮了道路。随着周围的一切变得越来越亮，你逐渐加速。

一个小时后，你和简互换了座位。你看着车窗外月光洒落在草地和伞盖一般的大树上，渐渐闭上了疲倦的双眼。

当你被简叫醒时，正梦到自己睡在一张柔软的床上。简说很抱歉只让你睡了二十分钟就将你叫醒。"我觉得我们迷路了。你看那些山，它们是不该出现在那里的。"

简说得没错。按照你们预计的位置，那里确实不该有那些山。或许是因为疲惫，或许是因为在黑暗中看不清东西，导致你错过了某个路口。又或许，你本来就该选择向左的岔路。

你现在该怎么办呢？是原路返回去寻找错过的路口，还是沿着现在的方向继续行驶？

▶▶ 如果你认为现在的方向是正确的，请翻到第 **187** 页

▶▶ 如果你认为你们真的迷路了，需要返回，请翻到第 **201** 页

那还是先找到赛车吧。

还没走出多远，你听到身后有人重重地摔倒了。你急忙转过身，看到简躺在地上。

"我被绊倒了。我的脚大概扭伤了。"

"现在能走路吗？"你一边把简扶起来一边问道。

"不太好。你最好别管我了，自己走吧，我会拖累你的。"

正在这时，强盗的营地里传来了吵嚷声！

简大喊"快跑！"，你拔腿就跑。

还是先逃命吧！

▶▶ 请翻到第**174**页

奥迪车还停在你们被拦下的位置，附近无人看守。你快速地扯掉为防止有人偷车而盖在上面的杂草，一跃而上，将备用钥匙插入钥匙孔，脑中飞快地祈祷了一下，然后扭动它。

太好了，赛车立即发动了！现在唯一的问题是，你该选择哪一条路去求援。是继续向前，还是原路返回呢？

求助？你猛然想到，怎么不试试无线电呢？

你开启无线电接收器，没有反应！或许是强盗把某些线路弄松了，又或许是电路系统短路导致其受损了。

现在，强盗正紧跟在你身后。你必须做出选择。

▶▶ 如果你认为继续向前行驶能更快地找到救援，请翻到**第190页**

▶▶ 如果你认为原路返回能更快地找到救援，请翻到**第191页**

从强盗的营地飘来了炊烟。

简低声道："我的绳子绑得不是很紧，那个将我们绑起来的家伙当时看上去非常紧张。"

"我的绳子很紧。他先绑的我，然后再去绑你的。他一定是急于尽快干完活。"你对简说，"我觉得我们有时间逃走，你看看你能否挣脱开。"

几声闷哼之后，你听到简说："我的解开了。"

一分钟后，简帮你解开了绳子。现在你们该怎么办呢？你能听到强盗们的大笑声，他们一定是在吃饭。

你们现在命悬一线。你知道自己必须逃跑，可问题是逃向何处以及怎样逃跑。你们是否应该返回奥迪车，以最快的速度逃跑？

不过，你不确定赛车是否还在原来的位置，是否有人看守。你们可以步行，那样发出的声音更小。但是强盗可能比你们更了解附近的地形。

时间紧迫，你们越快逃跑，就能在强盗察觉之前为自己争取更多的时间。

▶▶ 如果你选择朝赛车那里逃跑，请翻到第 **172** 页

▶▶ 如果你选择悄悄地步行逃跑，请翻到第 **178** 页

你对佐基尔说："我认为停在这里才是明智之举。这个位置对我们很有利。"

佐基尔点头同意，随即在行李中翻找出食物和睡袋。户外野营炉噗噗地冒着热气，不一会儿，你就和佐基尔坐在伞状的大树下面，每人捧着一杯热茶。你留意着短波无线电接收机对强盗的动向报告。

当天夜里，你和佐基尔轮流休息，每两个小时换一次班，你现在正守第二轮岗。夜空中清澈无云，繁星璀璨。你手中的计时器显示当前时间为一点四十八分，此时，无线电突然开始广播。

"有消息称，强盗很活跃，而且极具攻击性。重复，极具攻击性。组委会建议各位放弃比赛。建议所有车手返回起点。重复，组委会建议各位放弃比赛。祝各位一路平安。"

你现在该怎么办呢？你不想在夜间开车，因为车灯会暴露你们的行踪。

佐基尔用一支小手电查看地图。"我的朋友，我们距离终点只剩下不到一半的路程了，继续前进完成比赛和试图回到起点是一样安全的。我认为我们应该继续比赛。"

佐基尔说得不错。而且，你也许会获胜。

▶▶ 如果你选择听从组委会的建议，请翻到第**206**页

▶▶ 如果你选择下定决心完成比赛，请翻到第**202**页

你说道:"那些强盗不是傻子,他们一旦发现我们不见了,肯定能猜到我们会逃往赛车那里。我们还是步行逃跑吧。"

你们还没走远就听到了强盗们的咆哮声。他们发现你们俩不见了,很快就追了过来。

简提议道:"我们分头逃跑吧,这样我们就有两倍的求救机会。"你点头同意,然后和简朝不同的方向逃跑。

你蹑手蹑脚地穿梭在丛林中,强盗的声音渐渐消失了。然后,你听到了呼喊声,他们一定是抓到了简。

▶▶ 如果你选择偷偷溜回去,伺机解救简,请翻到第 194 页

▶▶ 如果你选择继续寻找援助,请翻到第 196 页

"咱们快走，没时间了！"你和佐基尔从车里跳出来，一头扎入河中。

真是不可思议！一分钟前，这里还只是一条干涸的河床，现在，变幻莫测的湍急水流正迅速地卷走树桩、在溪边喝水的不幸的动物，还有你们！

你被洪水裹挟其中，随波逐流，但是保持着斜向岸边的角度。水流肆意纠缠、拖拽着你，就像在摆弄一只玩具船。没有撞到岩石或者木桩纯粹是运气使然，而非你的游泳技术有多高超。

终于，你的双脚沉重地踏在岸边的沙砾上。你一头倒在棕黑色的泛着白沫的浅水中，水势正以来时的速度迅速退去。佐基尔出现在下游一百米远的地方，她也安全地上岸了，虚弱地冲你挥了挥手。她同样筋疲力尽。

你向水流中望去，发现那辆斯巴鲁已经不见踪影。它被冲走了！

▶▶ 请翻到**下一页**

缓了几分钟之后，你去和佐基尔会合。太阳出来了，阳光晒在你冰冷潮湿的皮肤上，感觉舒服极了。

"好吧，这就是我们现在的状况，没有车，没有食物，没有无线电通信设备，而且距离哪里都很遥远。"

佐基尔微笑着说道："但是至少我们还活着，我的朋友。我们能挺过去。"

你和佐基尔沿着来时的路走了两天两夜，疲惫不堪，饥肠辘辘，幸好在暴雨形成的小水洼里有水，但是水中可能存在危险的寄生虫。不过，你已经口渴难耐，顾不上恐惧了。佐基尔建议捕捉一些小型的动物，或许还能逮到一只小瞪羚。

"好吧。就算捉住了我们又能怎么样呢？我们没有火柴。我可不想生吃瞪羚的肉。"

"当你不得不吃的时候，就会吃了。"

也许佐基尔没有抓到任何生灵为你们带来了好运，两天后，你们来到了最近的检查站。你的体力消耗殆尽，腹内空空如也，对比赛感到失望透顶，但是总算捡回了一条命。检查站设在一辆路虎车里，车内有食物、水、睡袋和朋友的关怀。

你虽然没有赢得比赛，但是成功地活着回来了。

▶▶ **本故事完**

▶▶ **请翻到第 212 页开始越野赛段的比赛**

你们留在了车里，此时洪水的水位不断上涨。

真是太糟了，这是一个非常愚蠢的选择。洪水骇人的力量将你和佐基尔困在了斯巴鲁内，车子在泛着白沫的水中一圈又一圈地打转。

▸▸ **本故事完**

当鲁道夫医生为佐基尔清理并包扎伤口时，你和另外两位联合国工作人员互通了姓名。其中一名来自以色列的女士主要负责研究农作物的施肥方法，另一名来自瑞典的工作人员似乎对你的车很感兴趣。

"我叫斯文。你是非洲汽车拉力赛的赛车手吗？"

你回道："嗯，是的。不过，现在看来是没戏了。要是没有佐基尔，我不确定自己能否独自继续比赛。"

斯文思索了片刻，开口说道："在哥德堡的时候，我曾是一名半职业赛车手，参加过一些周末车赛之类的比赛。我可以加入你。为什么不试一下呢？让我来当你的领航员。"

▶▶ 如果你选择接受斯文的帮助，请翻到**第208页**

▶▶ 如果你认为不能放弃比赛，但是你想试着独自上路，请翻到**第210页**

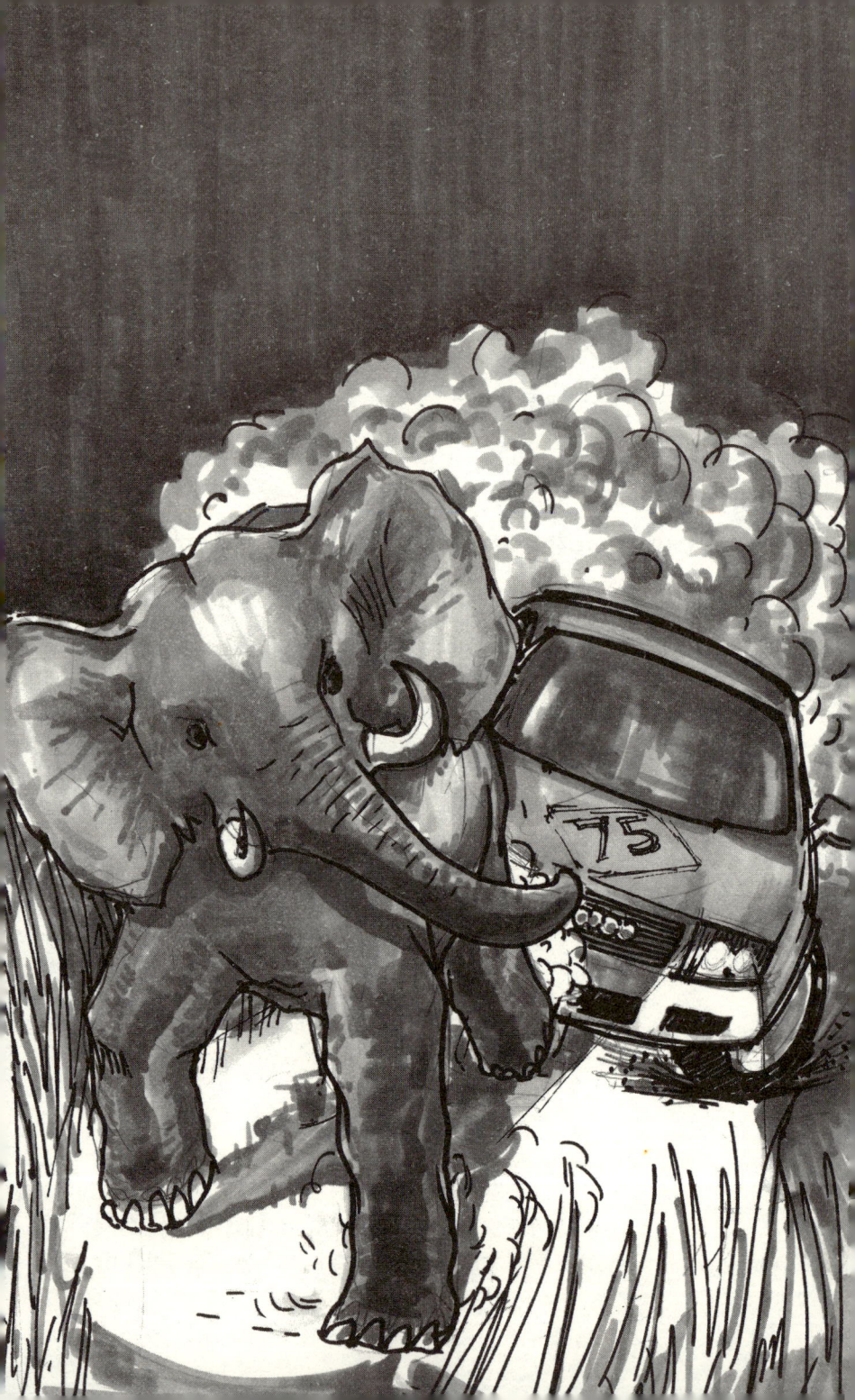

虽然你已经精疲力竭，但继续行驶似乎是正确的决定，毕竟这样可以节省时间。无论多么困倦，你都会竭力让自己清醒起来。

你回想了一下过去的比赛经验，决定以更快的速度行驶。也许，高速行驶所增加的危险性更能让你保持警惕。

你看着车内时速表上的数字不断变大，从 120 公里每小时、130 公里每小时到 140 公里每小时。你感觉窗外乡村的景色模糊地一闪而过，与此同时，自己还保持着高度警惕。

车灯就在你向右急转弯时毫无预兆地熄灭了。你能够凭借以往的经验在几乎伸手不见五指的黑夜正常驾驶，但是世上没有经验能够帮助大象让开道路。

你的车刚试探着行驶了几秒钟就撞到了一头大象的身上，噪声和火光使附近的象群受到惊扰而狂奔起来。惊跑的象群引发了其他野生动物的恐慌，它们都跟着逃窜起来以避开火焰。

至少这片地区的一些动物还是能够在你所驾驶的汽车引起的草原大火中生还的。

▶▶ 本故事完

你认为最好先停下来。你的警惕性正在逐渐地减退，疲劳使你感到一阵阵的恶心。

你找到了一块平坦的地方，将车停在路边。你成功地叫醒了简，两人一起瘫倒在柔软的草地中，立即昏睡过去。

阳光照在你的眼睛上，让你突然从梦中惊醒。你一定是睡过头了！你摇摇晃晃地向四周望去。"咱们的车在哪儿？"你朝着简大喊道，然后两个人疯狂地在高高的草丛中四处搜索。车不见了！

你能看见奥迪车在开下道路的地方、你停车的地方和开回到路面上的地方留下的轮胎印，但看不到其他车辆的痕迹。

你很确定，如果有人发动了奥迪并且将其开走，你肯定会醒过来的。会不会有人将车一直推到路边，然后在你听不到的地方才将其发动？

不过，你现在做任何猜想都无济于事。车已经不见了，对你来说比赛已经结束了。你开始向着最近的检查站长途跋涉，期望下次的运气能好些。

▸▸ **本故事完**

▸▸ 请翻到第 **212** 页开始越野赛段的比赛

你对简说："既然我们已经前进这么远了，就继续沿着我们原来的方向行驶吧。"

五分钟后，你便后悔自己刚刚所说的话了。那些高耸的山脉变得越来越近，看起来也越来越奇怪。你们一定迷路了！

简喊道："等一下！那些不是山脉，而是云团，是月光让它们看起来好像山一样。"

平原上缓缓升起的太阳证实了简的说法，你们根本就没有迷路。随着目之所及处都被太阳照亮，你踩下了赛车的油门踏板。

▶▶ 请翻到**下一页**

到了大约中午的时候，下一个检查站的旗子在你们前方飘扬。你停下来登记，并且给车加满油，然后继续上路。

你的比赛用时很短，比预期中还要出色。你甚至都不需要修理车灯，如果一切顺利的话，在夜幕降临之前你就可以完成比赛。

由于昨天晚上全速前进，你已经挽回了在起点耽搁的时间。奥迪车在最后一段路程中展现了完美的性能，你的车技超群，最终在观众的欢呼声中冲过了终点。

祝贺你！

▸▸ **本故事完**

▸▸ 请翻到**第 212 页**开始越野赛段的比赛

你继续向前行驶，因为觉得走那条路去检查站更近些。或许，你可以在他们去营救简后继续比赛。

你刚沿着这条路开了几分钟，突然，发动机舱里发生了爆炸，这令你大惊失色。引擎盖下面起火了！你刹住车，抱着灭火器冲了出去。

当你抬起引擎盖时，又发生了轻微的爆炸，火焰蔓延到你的身上，你被熊熊大火裹在其中！你迅速扑倒，在地上来回翻滚，将身上的火焰扑灭，却没顾得上脸和手。它们都被严重地烧伤了。

"我现在该怎么办呢？"你感到束手无策。

▶▶ 如果你选择留在车上，指望搜救直升机能先于强盗发现火焰，请翻到
第 **200** 页

▶▶ 如果你选择步行离开，因为强盗一定会听到爆炸声并且可能已经朝你
赶过来，请翻到 第 **203** 页

你决定原路返回。这样一来，你会在一条熟悉的路线上行驶，能节省下很多时间。

突然，赛车发生了爆炸，引擎盖几乎被炸裂，发动机舱里冒出滚滚的浓烟。你停下车，拿着灭火器，小心翼翼地将引擎盖抬起。一道火舌蹿了出来，烧伤了你的脸和手。

那些强盗肯定听到了爆炸声，因为你只开出了很短的一段路，他们或许已经近在咫尺了。你最好立即远离此地！

爆炸震得你视线模糊，你强忍着手掌和脸上的剧痛走下公路。

你瘫倒在一簇灌木丛中，丝毫动弹不得。你喘着粗气，后悔自己没将急救箱带过来。这时，你感到脖子后面的汗毛倒竖起来。有人在盯着你！那些强盗的营地一定比你预料中还要近一些。

你抬起头环视四周，发现一位身着部落服装的高大武士正居高临下注视着你。你缓缓地站起身，那个武士步步逼近，你很确定他会用手中的长矛刺穿你。尽管如此，你仍站在原地纹丝不动，尽可能表现得毫不畏惧。

他在距你不到一米远的位置停下来，凑近了端详你的脸，你也竭力用肿胀的双眼回看他。突然，你无来由地对他露出了微笑。

▸▸ 请翻到第 193 页

那个武士也对你展颜一笑。他一边用你听不懂的语言说了几句话，一边从一个皮袋子里掏出一个葫芦递给你。你不明白他的意图。他指了指葫芦，又指了指你的脸，重复着说道："Dawa, dawa."

你终于意识到，原来这是烫伤膏啊。

你在脸和手上涂抹了药膏，疼痛立刻得到了缓解。

呼——呼——呼！一架直升机突然出现。赛事组委会派人来寻找你了。你转过身想感谢你的新朋友，却发现那个武士早已无影无踪。

你冲出了灌木丛，挥舞手臂拦下了直升机，然后登上飞机，再次与简会合。他在你离开不久后便获救了。你们二人被送到了最近的医院，一群肯尼亚的医生在那里为你们做了检查。

"简直令人难以置信！"这是那些医生对你的烧伤恢复得如此迅速的唯一反应。

你获准出院后立即就返回了高原，希望找到那位帮助过你的神秘武士，还想知道那种神奇的药膏到底是什么。

▸▸ **本故事完**

你蹑手蹑脚、小心翼翼地摸回到强盗的营地。由于听得过于专注，直到你快要绊倒在他身上，才看到正在用枪指着你的强盗。

再次被抓！你怯懦地举起了双手。

你在营地中与简重逢。不过，这并不是一件开心的事，你们再次被绑在了树上，只是这次有三个人：你、简，还有第一次将你们绑在树上的那个年轻的强盗。你被绑得非常紧，很难挣脱。

正当你担忧接下来会发生什么时，那个将你在路边抓获的强盗用斯瓦希里语说了几句话，然后举起了机关枪。

他扣动扳机，一阵枪声过后，你和简的脚部被击中。你在剧痛之中看到那位强盗再次端起了机关枪，说了几句斯瓦希里语后，射杀了和你们绑在一起的那个男孩儿。在这之后，他和其他人转身朝火堆走去。

在一阵剧烈的疼痛中，你听到树顶上传来了直升机的声音。是赛事组委会！你希望他们能看到你，但是营地非常隐蔽，飞机飞走了。

你失去了意识，靠着树倒下。没有处理过的枪伤部位很快就感染了，你再也不能走路。

▸▸ **本故事完**

几分钟后，你在他们旁边停下车。他们朝你热情地打着招呼，并且解释说由于强盗的原因，他们决定在原地等待。

其中身材较高的那位名叫弗雷德里克，他指着远处一个小山丘说道："他们就在那里。我敢肯定。也许我们该团结起来，一起行动。至少有人数的优势，不是吗？"

另一位名叫阿莫尔的德国人点头表示赞同。佐基尔和他讨论起路线和前方处境的问题，他们将地图铺在墨绿色标致车的引擎盖上，开始测量距离和可能的行驶速度，以此计算出预计的抵达时间。他们在路线的选择上出现了强烈的分歧：阿莫尔更倾向于留在平原地区，而佐基尔想朝外围的山区行驶。

你听了双方的解释，看了看地图，又一次与弗雷德里克商谈。他重申人多势众会更安全，强烈希望与你们联合起来共同行动。当然，要想穿越这片危机四伏的地带，或许分开行动并尝试悄悄地前进会更安全些。

▸▸　如果你选择继续独自比赛，请翻到**第204页**
▸▸　如果你选择和德国队一起联合行动，请翻到**第207页**

你一边拼尽全力地逃离强盗的营地，一边想着："我一定要赶快寻找救援。"

几分钟后，你听到直升机正在接近。你跑到最近的空地上，挥舞手臂将它拦下。飞机里满载着赛事的工作人员和肯尼亚的警察，他们已经接到关于这一地区有强盗出没的警报。

按照你的指引，他们成功救出了简，并且抓获了大部分强盗。

你和简决定放弃极速赛段的比赛。你已经浪费了太多的时间，而且在这场遭遇之后，你感觉自己在参加越野赛段的比赛前需要休整一下。

▸▸ **本故事完**

▸▸ 请翻到**第 212 页**开始越野赛段的比赛

你说道："我们得继续比赛，佐基尔。在这里因为强盗而止步不前毫无意义。"

佐基尔赞同你的想法。于是，你们跨过小河，驾驶着汽车在另一侧的沙丘上狂奔。道路狭窄，蜿蜒数里，之后变宽，延伸向散落着如伞的大树的草原。你们现在已身处塞伦盖蒂平原上。

"前面那是什么？"

佐基尔端起双筒望远镜，扫视着前方。

"我想那是德国队的赛车手。没错，我现在能看见他们了。很明显，德国队开的是一辆标致车。他们就停在那里。"

▸▸ 请翻到第 **195** 页

你留在了车里，或许那些强盗没有看到火焰。烧伤让你睁不开眼，你胡乱地摸索着急救箱。

烫伤膏渐渐缓解了疼痛，这时，你听到了头顶上直升机的声音。

当直升机降落来营救你时，简在机舱里向你高喊："你还好吗？"赛事工作人员一定是先赶到了强盗的营地，将简救了出来，然后看见了燃烧的奥迪车。

在医院里，你被告知你的脸没有大碍。伤口会愈合，但是可能会留下一两道疤痕，它会让你永远记住这场比赛。

▸▸ **本故事完**

掉转方向之后，你和简尽快驶回了来时的路。你不能再磨磨蹭蹭了，如果真的迷路了，就需要尽快回到正确的路线上去。

你没能找到任何一个错过的转弯，但是你走得越远，就越感觉不对劲。

当太阳升起时，你和简走出了车外伸展身体并且向四周打探。你们迷路了！当然，也不是完全迷路了，因为你们弄清楚了自己的位置。即使如此，但因为你们离正确的路线太远，所以也无法赢得比赛了。

你难过地通过无线电宣布自己放弃比赛，然后返回了起点。

第二天，一架直升机载着你飞过你的路线，告诉你错在哪里。当你转过山区时，其实是在正确的路线上，但是当你掉头后，错过了来时的路，于是走了错误的路线。

祝你下次好运。

▶▶ **本故事完**

▶▶ 请翻到第 **212** 页开始越野赛段的比赛

"佐基尔，我们上路吧。咱们继续前进，强盗不可能抓到我们。"佐基尔咧嘴一笑，将你们的包裹扔进了赛车，扣紧安全带时的咔嗒声再次表达了她的决心。

马达发出了充满活力的咆哮声，紧接着，你们绝尘而去。

冲吧！

完成比赛！

只要留心路障就好。这虽然有些疯狂，但是你知道自己是对的。

你的确是对的！八个小时后，你和佐基尔冲过了终点。

你赢了！

▸▸ **本故事完**

▸▸ **请翻到第 212 页**开始越野赛段的比赛

你放弃了浓烟滚滚的赛车，开始徒步逃跑。惊慌之下，你感觉自己听到那群强盗就在你身后，于是更加拼命地跑下去。

突然间，你跌跌撞撞地一头撞入面前的金合欢树丛中，它们可是有着"呼啸荆棘"之称。你被扎得遍体鳞伤，像成千上万只蚂蚁一瞬间就爬满了你的面部，深入骨髓的剧痛令你慌不择路地奔跑。你踉跄地冲出了几步，终于瘫倒在地，不省人事。

直升机在拂晓时分才找到你，将你送到了医院。你躺在那里，一连昏迷了几星期。

当你再次醒来时，得知简在你离开后不久便被赛事的直升机营救。之后，你的两名主治医师向你解释说，由于金合欢树的尖刺引发的感染已经扩散，你需要接受整形手术的治疗。而且，即使经历了数次痛不可言又价格高昂的手术后，你的脸依然无法恢复如初。

▶▶ **本故事完**

你说道：“很抱歉，弗雷德里克，我和佐基尔认为继续单独行动比较好。祝你好运，我们在内罗毕再会。”

德国人和你们一一握手，低声祝你们好运。然后，你们便出发了。

在之后的六个小时里一切顺利，你和佐基尔紧绷的神经开始放松下来。就在这时，意外从天而降！

赛车遭到了从树丛中射来的手持式火箭炮的袭击。不过，你永远都不知道击中你的是什么。

▸▸ **本故事完**

你决定打道回府。毕竟放弃比赛并不丢人，而且在这种情况下，谨慎行事才是明智之举。

"我们现在应该用无线电通知组委会吗？"佐基尔问道。

"是的，咱们通知他们吧，佐基尔。告诉他们我们正在返程途中，并且将我们的大致方位和预计抵达的时间告诉他们。或许，他们会派直升机来接我们。"

她按下电台开关，猛拍了一下麦克风按钮。"我们是斯巴鲁 WRX 车队，我们在紧邻 A32 区域的那古利斯河附近，我们决定弃赛。重复，弃赛并返回。预计到上一个最近的检查站的时间为六个小时。结束。"

不幸的是，强盗监控了比赛广播。你刚开出不到一公里，他们就抓住你了。在接下来的十三个月里，你作为囚犯被关押了起来。

▸▸ **本故事完**

你和佐基尔交流了几句，然后向弗雷德里克说道："我决定和你们一起前进。你说得对，这样会更安全。毕竟，这不过是场比赛，不是吗？"

"是的，咱们以后还会有其他机会较量车技的。别忘了，还有越野赛段的比赛等着我们呢。"他微笑着轻轻拍了拍你的后背。

装备收拾停当，机油、燃料、水、电池和食物都已准备就绪。最终，你们在路线问题上达成协议：在平原的平坦路面上行驶。

弗雷德里克说，最好不要使用无线电。"你永远不知道那些强盗在哪儿，他们可能会监听我们。"

你点头表示同意。然后，两辆车发动了引擎，发出的声响比你想象得要大得多。你踩下离合器，挂到一挡，出发了。

搭伴驾驶很有趣，你甚至一点儿也不介意，这对赛车手来说有些不寻常。

经历了令人疲惫的十四个小时后，你的银色斯巴鲁和绿色的标致车同时冲过终点线。你虽然没有获胜，但是安全地完成了比赛。

▸▸ **本故事完**

▸▸ **请翻到第 212 页**开始越野赛段的比赛

"好吧，斯文。咱们就这么办。你来导航，我负责驾驶。"

"太棒了，我的新朋友。这才是有效率的比赛方式。"

斯文冲你灿烂地笑着，用红色的记号笔将他选择的路线标示出来。他在东非从事农业产量预测和计划工作已有两年多的时间，所以对这片地区了如指掌。虽然他推荐的路线和你之前的选择截然不同，但是你很信任他的决定。

你两次都以为自己迷路了，小路极其狭窄，你的车几乎无法通过。蓦然间，你从一片绵延起伏的丘陵中穿了出来，驶入了多条快速干道交织的平原。

你将油门踩到底，精力集中地观察路面。沿途有牛群，甚至还有斑马群。你竭尽全力地冲刺，终于在东非当地时间三点二十一分抵达内罗毕，完成了比赛！你在所有选手中高居第三名！

佐基尔在终点迎接了你。虽然她的手臂缠着绷带还打着吊带，但幸好她没事。

▸▸ **本故事完**

▸▸ 请翻到**第 212 页**开始越野赛段的比赛

　　你决定独自出发，因为带上斯文可能会拖慢你的速度。

　　你迅速地对斯巴鲁进行了全面检查，然后仔细地依照地图上标记的路线前进。白昼的高温在平原上形成阵阵热浪，将你团团围住，远处淡蓝色的矮山脚下点缀着淡淡的绿意。

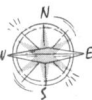

你连续开了好几个小时，一路上顶着炎炎烈日和强烈的疲惫苦苦支撑。你实在太累了，甚至忘记了吃东西。你和佐基尔从内罗毕打包的午餐和小吃全部原封不动地放在一旁。

换挡，加速，刹车，挂低挡，加速……你必须时刻保持警惕，提防驴子、狮子、人，甚至还有横穿马路的受惊的瞪羚。

比赛什么时候才能结束呢？

换挡，加速，查看仪表、燃油、机油、里程计、时间，刹车，换低挡，飘移，加速，挂高挡……

内罗毕高耸的建筑像一艘艘小船漂浮在地平线上。然后，你看见它了——白色的、虚拟的终点线！

祝贺你！虽然你没有取胜，但完成了比赛，这是许多车手都没有做到的。

▸▸ **本故事完**
▸▸ 请翻到**下一页**开始越野赛段的比赛

当你在组委会的办公桌前排队办理越野赛段的相关手续时，你注意到工作人员头顶上的文字：

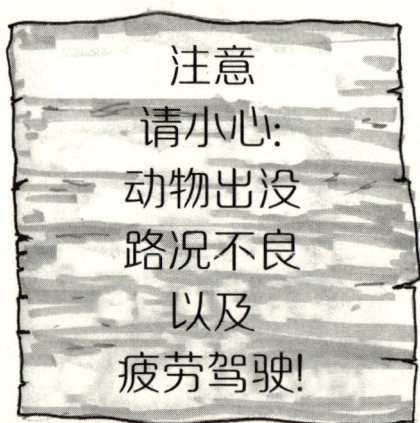

> 注意
> 请小心:
> 动物出没
> 路况不良
> 以及
> 疲劳驾驶!

这个赛段将检验你的车技、耐力和胆识，虽然不像极速赛那样需要保持高速驾驶，但一路上也将经历艰难险阻。

迈克尔·罗普里沃示意你来到桌子前。"现在该选择车型了，你会选哪一辆呢？你可以选择英国产的路虎，或者日本产的尼桑牌皮卡。其他车辆已经被选走了。"

▶▶ 如果你选择路虎，请翻到**第 214 页**
▶▶ 如果你选择尼桑，请翻到**第 218 页**

你选择了方便驾驶的山谷路线。这条路线虽然更有把握，但是路程较长，你只能不计代价全速前进才能减少劣势。

终于，你开到了一个渡口。河水很浅，看上去很容易穿过。你似乎是唯一选择这条路的赛车手，因为河岸上没有任何车胎的痕迹。

你让尼桑以低速的四驱模式一头扎入水中。河底平缓坚实，河水清透纯净。河流在中部逐渐变深，水位上涨到了轮毂处，随着你驶上对岸，水位又逐渐降低。

到了对岸，阿莫斯说道："我们最好停下来，为轮毂、轮轴和球窝接头涂一些润滑油。沙石和淤泥会给这些脆弱的部位造成损毁。"

你在心里问自己："对这辆尼桑车来说，有必要这么做吗？值得为此浪费时间吗？"

▶▶ 如果你选择花费时间为车做润滑，请翻到**第 230 页**
▶▶ 如果你认为河水很清澈，应当继续前进，请翻到**第 232 页**

你选择了英国产的路虎车，然后前往车库查看车辆的准备情况并与你的领航员碰头。

在路上，你看了看腕部的计时器，距离预计的出发时间只剩下三个小时了。在启程前还有很多琐事需要处理，而时间已经所剩无几了，办理手续的时间比你预计得要长一些。

你希望能分到一名配合默契的领航员。目前，你所掌握的关于领航员的唯一信息便是写在签条上的名字：爱德华多。

赛事的车库是一长排由金属搭建的活动板房，一位身穿工装裤的机械师引领你查看了赛车。你那辆红身白顶的路虎被千斤顶架在空中，一位机械师正在车下手持注油枪忙碌着，另一位机械师手握一把大扳手正和一位穿着驾驶服、背对着你的人聊天。

那个人一定就是你的领航员了。他看上去很像你认识的那位爱德华多，但是会这么巧吗？如果他要来这里的话之前肯定会告诉你的。

拿着扳手的机械师笑着挥了挥手。和他聊天的领航员转过身来。他正是那位爱德华多！

你和爱德华多之前就合作过，并且配合得相当默契。另外，爱德华多曾经操纵吉普车在科罗拉多大峡谷行驶过很长时间，所以他对越野路面的驾驶有着丰富的经验。

你和爱德华多热情地拥抱着彼此。

▶▶ 请翻到第 216 页

你问他："你怎么会在这里？为什么没有提前告诉我呢？"

他回答道："我今天早上才赶到，我自己都没想到会来这里。"他的声音逐渐低沉下来，"我其实是替补别人参赛的，那个人已经在一次比赛中遇难了。"然后，他又神色轻松地说，"好了，我们待会儿再聊吧，还有很多工作要做呢。"

你问爱德华多："这辆车怎么样？"

"很好。汉克和比尔处理得差不多了，所有的机械系统都已做过检查。汉克正在为底盘涂抹润滑油，比尔和我正在讨论机油的用量。"

听他们争论了几分钟之后，你认为比尔是正确的，于是让他继续工作。然后，你和爱德华多坐下来研究地图，商讨路线、比赛用速策略以及应该携带哪些补给和备用装备。

▸▸ 请翻到下一页

不知不觉间，发令员已经挥下了旗子，你和爱德华多再次踏上征程。

你们决定先沿着内罗毕外围的平坦大路行驶十公里左右，然后再驶向荒野。但是，你们刚开出城外还不到六公里就遇到了麻烦，前方路面上横放着木质路障，身着卡其色军装的士兵们立正站在其旁。

你在路障前停下来，向一名上校打听情况。他用浓重的英国口音跟你说，你要走的那条路上现在有成千上万名来自南方的旱灾难民。他说你可以继续按照原计划的路线前进，但是如果改走他在地图上为你标出的另外一条路线可能会是个更好的选择。

▶▶ 如果你选择继续按照原计划路线行驶，请翻到**第 220 页**

▶▶ 如果你认为选择上校指出的路线更好，请翻到**第 223 页**

你选择了尼桑。这辆车真是漂亮极了，红色的车身上点缀着灰色的纹饰。它已经因为车赛被改装过了，增配了金属车灯保护架、额外的备胎、简便汽油桶、一把镐、几把铲子和一把斧柄上缠着胶带的普通斧头。整个车体已经被擦抹一新，散发着机油的味道。

正当你查看赛车的时候，一位身材高大的非洲人突然出现在你的身边。

"您好！请问您是不是手里正拿着写有我名字的字条呢？"

"我的字条上写着阿莫斯。你就是阿莫斯吗？"

"我叫阿莫斯·图图奥拉·穆新达依，和一位尼日利亚的小说家同名。"他伸出手来，"很高心认识你。我们一起检查车况好吗？"

启程的时间终于到了，你们马上出发！

尼桑的性能非常出众。刚一离开人声鼎沸的起点，你就遭遇了第一个选择。通往山区的路线很好辨认，不过异常崎岖，但是相较于山谷里的平坦路线要短得多。通常情况下，你会选择更容易驾驶的山谷路线，只是这条路线不是很清晰，还需要横跨许多渡口，增加了行驶的难度。

▸▸ 如果选择路程更长的山谷路线，请翻到第 **213** 页
▸▸ 如果选择穿越山区的崎岖路线，请翻到第 **228** 页

"好的，就这么说定了。这些钱对我也有用。"

伊恩咯咯地笑着说道："没错，我的朋友。你的选择是多么明智。"

"那么，就让乌兹来付给你吧。怎么样，乌兹？"

乌兹咕哝了一句，随即打开了一个束口帆布包。你看到一颗颗钻石在阳光下熠熠生辉。乌兹将几颗钻石缓缓地倒在你摊开的手掌上，那小石头的触感有些扎手。

你决定不将这件事情告诉阿莫斯。比赛要求的休息时间结束了，你和阿莫斯缓缓地出发。

▶▶ 请翻到第 242 页

你不想放弃和爱德华多计划好的路线，于是将路虎挂到一挡，向那位上校挥手道别。他抬起手敬了个军礼回应你，然后你们绕过了路障。

你沿着那条路刚刚行驶了几公里就遇到了难民。最初数量并不是很多，但是你开得越远看到得就越多。他们全都瘦骨嶙峋，只有孩子们的肚子大多是鼓起来的——那是极度饥

饿的表现。

　　那些蹒跚前行的难民直愣愣地看向前方，对你的存在毫无兴趣，似乎不愿意为你而分散任何精力。

　　不知不觉间，你的四面八方已满是难民。你被迫换成了一挡。然而，这个车速仍然不够慢，于是你只好以最低速度缓行。但还是有难民不停地拥来，最终你不得不将车停下来。

▶▶ 请翻到**下一页**

你思索着是否该听从那位上校的建议。可是你被这些眼神空洞、骨瘦如柴的难民团团包围，根本无法集中精神比赛。头顶上，秃鹫群在空中盘旋。

你有想要帮助他们的冲动，可你又能做什么呢？你的食物和饮用水很有限，无论分给他们多少都像是一个愚蠢的玩笑。

▸▸　如果你认为自己必须停下来帮助这些难民，请翻到**第 226 页**

▸▸　如果你选择继续比赛，但是暗下决心一定会回来竭尽所能帮助他们，

请翻到第 233 页

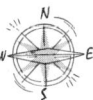

　　上校提出的另一条路线应该也不错。你拿着地图向他咨询了一番，然后将路虎车掉头沿着这条路往回走，去寻找上校所说的那条土路。你在后视镜中看到那位上校向你挥手道别。

　　上校说过，往回开不到八公里的路程，然后在一棵猴面包树那里向左转。那条路不是很好辨认，但你一定能找到它。

　　那棵树刚好出现在预计的位置。那条路看起来和草丛里踩出来的两条模糊小道没什么两样，但是那位上校却说这条路可以通行，而且直接通往你们要去的渡口。

　　这条路比上校描述得还要顺畅。不知不觉，你们就赶到了渡口。

　　"我真希望那位上校能全程都陪着我们。"爱德华多说着，转过身去看你们开过来的那条路，"那条路真的很顺畅！"

　　"也许那段很顺畅，但这段就没那么容易了。"

　　爱德华多转回身来一看，立刻明白了你的意思。

▸▸ 请翻到第 225 页

你看到河中央有一艘渡轮载着一位旅客的汽车向河对岸驶去。

你要是想过河得等上将近半个小时，更糟糕的是，那艘渡轮载着的是一辆宝马 SUV，那是利比亚车队的赛车。虽然那辆宝马车先于你出发，而且你们并非并驾齐驱，但是看到对手在你的前面，还是让你大为恼火。

爱德华多极其正确地指出，既然你已经遇到了宝马 SUV，说明你已经在比赛中处于领先位置，所以花时间等一等渡轮并无大碍。

不过，换一个角度想，如果你沿着河岸下游的方向全速赶赴下一个渡口，可能会节省更多的时间。

▶▶ 如果你选择全速赶往下一个渡口，请翻到**第 237 页**

▶▶ 如果你选择等待渡轮，请翻到**第 240 页**

你无法抑制住想要立即停下来帮助难民的强烈冲动。

你告诉爱德华多你决定放弃比赛，你无法在如此凄惨的场景面前继续比赛。

你内心满怀着对爱德华多的愧疚和放弃比赛的遗憾走出赛车。

爱德华多说："祝你好运，我的朋友。请不要因为离开我而感到为难，我能理解你。"

你还没来得及挥手告别，一大群难民就将你推入人潮中。你朝着路障那里每走一步，心情都变得更加沉重。

你希望能为他们献出自己的一份力量。

▸▸ **本故事完**

当然是朝着山区进发，抓住机会碰碰运气。有时，这是决定成败的关键。

尼桑车很易于操控，你和阿莫斯都对目前的进展感到满意。骄阳似火，但是你们俩全神贯注于比赛，所以几乎没有受到任何影响。

"我的朋友，前方有一处检查站。按照赛事要求，每辆车都必须在此停留一个小时。我们可以顺便休息一下。"

几分钟后，你们看到一些马赛人搭建的小屋，还有几辆吉普车和路虎车停在树荫下。你前去报到并且和赛事的工作人员交谈了几句。他们对你目前的排名情况没有做出明确的表态。

"他们本该如此。对吧，阿莫斯？"

他点头同意，然后去取水喝了。你朝着一辆停在阳光下的蓝绿色路虎车走去，它没有和其他车停在一起，两个人正坐在车里面听广播。

"朋友，欢迎你。快上车。要不要喝点儿啤酒？"

这个冲你说话的笑容可掬的红脸大汉身材魁梧，大约五十岁，他浑身酒气熏天。他的同伴皮肤暗黑，清瘦而结实，不苟言笑。你婉拒了啤酒，但是接受了邀请一起听广播。

▶▶ 请翻到**下一页**

几分钟后，那个名叫伊恩的红脸大汉开始低声地自言自语。"他们说那些膝盖骨断裂的人是没法再走路或者开车的。"伊恩转向你，"哥们儿，我们想和你做个交易，你肯定不会拒绝的。很简单，一点儿也不麻烦，报酬很可观，一定合你的心意。"

你继续听着，很疑惑地揣测他接下来会说什么。

"是这样的。我和我的朋友乌兹向赛事投了些钱，所以我们是内定的冠军，也就是说我们一定会夺冠。你明白我的意思吗？"

你感觉很不爽。你不喜欢这个名叫伊恩的粗鲁的人和他那位一言不发的朋友。

"我身为你的老大哥，和你明说吧，小兄弟。我们愿意'赠送'你们五千英镑，作为输掉这场比赛的补偿金。就这样，很简单。成交吗？"

现在该怎么办呢？你正在被行贿弃赛。赛事工作人员对你整个进程的表现并没有显露出积极的态度，你可能无论如何都赢不了。而且，就算你拒绝了伊恩，听他的意思，他也会用其他方式阻止你获胜。

你该怎么做呢？

▶▶ 如果你选择接受贿赂，请翻到第 219 页
▶▶ 如果你选择拒绝贿赂，请翻到第 243 页

你认为最好为这些小配件涂抹润滑油，避免在接下来的行程中出现故障。事实上，这也根本没有占用很长时间。你的选择是正确的，检查轮毂时，你发现里面的污垢比你想象中要多。

接下来，你们精神抖擞地重新上路。连太阳也对你们体贴有加，天气似乎比之前凉快了一些。将近下午两点的时候，你们抵达了一道小峡谷。你在路边停下来，想要选择一条穿越峡谷的最佳路线。大暴雨将这片红土地冲刷得非常严重，其中一侧悬崖的一部分已经塌陷下去了。

这时，你看见了一个东西！是露出来一部分躯干的人类骸骨！头骨只剩下两个空洞的眼窝，凝望着非洲的蓝天上瞬息万变的云朵。

"阿莫斯！阿莫斯，快看！"你急忙从尼桑车内爬出来，在那具骷髅旁蹲下身，用随身携带的折叠刀小心翼翼地挖掘，在表土下面你又发现了几根干枯的骨架。

"阿莫斯，这可能是个伟大的发现！"

"我不明白你的意思，这不就是些陈旧的骨架吗？"

"这个头骨或许有几百万年之久了。它可能填补了从类人猿到人类的进化过程的空白，是第一具真正的人类的尸骨。"你们两个人仔细地检查了那具骨架，注意到它的额头很大，眼窝很浅。

▸▸ 请翻到下一页

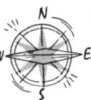

"毫无疑问，阿莫斯，这是真的。我们要出名了。"

"好的，好的，我的朋友，但是我们得赶紧出发了。我们正在浪费宝贵的时间。"

你现在是应该继续完成比赛，然后再带领考古学家回到这里，还是就此放弃比赛呢？因为较比赛而言，你的发现可能更加重要。

▶▶ 如果你选择继续完成比赛，之后再回到这里，请翻到**第 254 页**

▶▶ 如果你选择放弃比赛以便进一步探究这一重大发现，请翻到**第 247 页**

你对阿莫斯说："让润滑油见鬼去吧。我们的车不会有问题的。"

你从河岸边出发，全速前进，只用了很短的时间就穿过了棕黄色的干枯草原。渐渐地，草原变成了沙漠，你的轮胎扬起的一大团沙土落入了悬架中。

不久，你就听到类似手指划过黑板的可怕声响。那是沙子直接摩擦金属所发出的磨损声。

▸▸ 你是否现在就该对车进行修理呢？如果你认为最好立即修理，请翻到
第 244 页

▸▸ 如果不立刻维修，你能够坚持开到下一个检查站吗？如果你认为可以，
请翻到第 257 页

你认为目前无法为这些难民做什么，他们人数太多了，而你只是孤身一人。但是，你下定决心一结束比赛就回来想办法帮助他们。

难民的人群太密集了，你的赛车寸步难行，你不得不坐在车里看着这些可怜的人，不禁怀疑自己所做的决定是否正确。

正当难民潮逐渐稀疏，你可以再次上路时，你特别注意到了一家可怜的人。那是一对夫妇，每人手里都领着一个小孩子。当你驶近他们时，那位父亲轻轻地拍了拍他拉着的小女孩儿，然后一头栽倒在你的车前。

虽然你有时间及时将车转向，却没时间预判转向哪里。于是，你撞到了一块大岩石上。伴随一声沉重的撞击声，路虎车猛地停了下来。

你和爱德华多跳出车外。那位摔倒在车前的父亲趴伏在地，不过还好你并没有撞到他。你的车胎印距离他摊开的身体只有十几厘米。他的妻子甚至都没有停留，仍然抱着一个孩子，手里领着另一个，继续沿着这条路走下去。

那个男人爬了起来，并没有回头看看你，就开始去追赶他的妻子了。你正要跟过去，爱德华多抓住了你的胳膊将你拦住。

"让他走吧。我们来查看一下车的情况。"

▶▶ 请翻到第235页

结果，路虎的车轴撞出了裂缝。虽然没有严重到断裂，但是毫无疑问已经报废了。

正当你和爱德华多绞尽脑汁地思考对策时，一支军方的车队从旁驶过。其中一辆卡车停了下来，一位年轻的中尉跳下车。你将之前发生的事情及目前遭遇的困境向他做了解释，那位中尉一言不发地听着，然后开始下达命令。于是眨眼间，你惊讶地看到四名士兵已经带着便携式焊接设备和钢板钻到路虎车下忙碌了起来。

那名中尉咧嘴笑着对你说："我一直很想参加这个比赛，帮助你让我感到自己也参与其中。"

▸▸ 请翻到下一页

随后他又表情严肃地说，那名扑倒在路虎车前的男人是想一死了之。因为他认为如果能够被你撞死，你就会可怜他的妻儿，并且给他们一些钱作为补偿。

这时，一名刚才在车下修理的士兵迈着正步走过来，敬了个军礼，报告说路虎的修理工作已经完成。

你们三个一起走过去查看车轴。那个主要负责修理的技术兵自豪地向你们展示了他的成果。他提醒你，虽然他修理得很牢固，但是车轴还是不可能复旧如初。

中尉说："换句话说，你得小心大块的岩石。"

你和爱德华多再次坐进路虎，向他们挥手道别。你出发时听到中尉和他的部下在呼喊："祝你好运！一路顺风！"

回想起中尉和他的技术兵的提醒，你不想开得太猛；可另一方面，爱德华多也是一名出色的机械师，他认为车轴已经被修理得足够坚固，能够经受住一切考验。

▶▶ 如果你认为最好将车速放缓一些，请翻到**第 245 页**

▶▶ 如果你同意爱德华多的看法，选择将车开到最快的速度，请翻到**第 249 页**

你认为坐在这里等待渡轮很无聊。于是，你告诉爱德华多你决定继续前进。

你沿着河岸向下游开了大概两公里，发现河水在那里拐了一个大弯。你穿过一座村寨，又在河流拐弯处回到了河边。

那里根本就没有你想要找的路。但是，地图上显示你选的路线大部分都在草原上，那里的道路不会崎岖难行。你一直留心查看仪表盘上的指南针，始终沿着正确的方向行驶。

你驾车跨过几条小溪，它们都不是问题，最大的难题是如何在树丛中找到最快的路线。

你又横穿了一条小溪，面前出现了一片无边无际的平原。地图显示，这是你渡河前经过的最后一片草原。

目前为止，你还没有给车辆涂过润滑油。当爱德华多手持喷油枪爬到车底时，你攀上车顶向四周环视。在北方的远处，你看到一群长颈鹿正在吃树叶，虽然它们看上去有些笨拙，但你还是惊叹于它们觅食时的优雅姿态。

爱德华多的操作一结束，你便立即出发，你已经迫不及待地想要继续比赛了。

▸▸ 请翻到下一页

很快，你就进入了很高的草丛，它们长得和路虎的车顶一样高。你开得越远，草就越高，直到你几乎无法看清前方而被迫放慢车速。

突然间，你在距自己不到一百米的丛林中看到一头犀牛。不过，它还没看见你。你知道一头犀牛即使没有被激怒也可能会追逐赛车，并且它肯定能追得上。一辆三吨重的汽车远不是一头四吨重的狂暴犀牛的对手。

要是你将车停下，也许它就看不到你，并且继续沿着它行进的方向走开。

▶▶ 如果你选择继续前进，相信犀牛不会冲上来，请翻到**第 248 页**

▶▶ 如果你选择立即为犀牛让路，等它走开之后再继续行驶，请翻到**第 258 页**

你决定等待渡轮。当你注视着它时，发现它行驶得比你想象中要更快。或许，这根本就不会浪费太多时间。

你决定吃点儿东西。渡船码头附近有一个卖食物的小商贩，你从他那里买了几根香蕉。他用棕榈油在加热的铁桶上为你煎了煎。你又买了一些掺了蜂蜜的热茶，配着你带的饼干和乳酪美美地饱餐了一顿。

当你吃完了饭，渡轮也已经回来了，你将车开了上去。

摆渡人用木楔子将路虎的车轮固定住，然后发动了船舷外的小马达。渡轮穿过浅水的区域，向靠近对岸的深水区进发。船行驶到三分之一的路程刚刚抵达深水区时，突然传来一声低沉的爆炸声。渡轮立刻向右倾斜。

摆渡人尖叫并咒骂起来。你和爱德华多跑到船的右侧探身去看，爱德华多仔细地闻着空气中的味道。

"是塑胶炸弹。我们的对手用下作的手段比赛。"

▶▶ 请翻到下一页

你问道："我们能这样漂到对岸去吗？"

"看起来不太可能。爆炸对渡轮造成了损坏，我们能回到出发的岸边就很幸运了，更别提继续完成余下的路程了。"

"我们往回行驶吧，就算不能完全漂浮到岸边，也没有太大问题。毕竟，那边的水很浅，即使我们无法将路虎开上岸，至少也能将它拖出来。"

你向摆渡人打手势表达你的想法，他却拒绝了。比起在河中间沉没，他似乎更害怕往回返。你觉得他不想返程是害怕得不到船费，于是向他保证无论怎样都会支付船费，但依然无济于事，他就是不肯返回。

你不想失去赛车，所以必须立即行动起来！

▶▶ 如果你选择将摆渡人制服，并且将船开回浅水的区域，请翻到**第250页**

▶▶ 如果你认为摆渡人是正确的，继续向深水区域行驶，请翻到**第260页**

现在由你来决定要不要主动输掉比赛！你在路上慢吞吞地行驶，同时试图不让阿莫斯起疑心。

"怎么回事，我的朋友，你的斗志哪儿去了？你开得像一只在冬天爬行的蛇一样慢，我们现在需要加快速度。"

"没办法，车出了问题，我们得慢一些。"你咕哝着。

由于你走错了路线浪费了好几个小时，当天晚些时候，你们抵达了一个很深的山谷。而穿过山谷的路线只有一条。

你停下尼桑车，轻巧地在山谷边荒凉干燥的草地上跳跃，放松四肢。当抬起头时，你看到了伊恩和乌兹。他们为什么跟踪你？伊恩脸上没有笑容。

乌兹伸出手，命令道："把钻石给我。"

你仓皇逃跑，但是他的枪声是你最后听到的声音，伊恩将钻石从你的衣袋里搜走了。

阿莫斯躲入了茂密的灌木丛中。伊恩和乌兹四处搜索，却没能找到他。或许他能为你报仇，但是那对你来说又有什么意义呢？

▶▶ **本故事完**

你说道："很遗憾，我帮不了你。"

伊恩的笑容僵住了，然后渐渐消失了。他用一种近乎机器人的声音说道："听着，你给我听好了。要么按我说的做，否则——"

就在这时，一位赛事工作人员表情严肃地朝你们走来。

你是否应该将伊恩试图行贿的事情检举给这位工作人员？这样一来你会陷入麻烦吗？这会影响到你在比赛中的排名吗？

▶▶ 如果你选择将这件事告诉赛事工作人员，请翻到第 **253** 页

▶▶ 如果你选择保持沉默，请翻到第 **262** 页

修理车轴和轮毂要花费三个小时，尽管如此，你还是坚持修理。

终于完工了，你加速前进。

在经历了职业生涯中最艰难的十四个半小时后，你冲过了终点。你已经精疲力竭、汗流浃背、饥饿难挨。但与此同时，你感到欣喜若狂。

虽然你并没有获得前三名的成绩，但你已经在这项全世界最艰难的拉力赛之一中大放异彩了。

▶▶ **本故事完**

▶▶ **请翻到第 148 页开始极速赛段的比赛**

虽然那些士兵已经将车轴修理得很结实了，但是你还是觉得不要将车开足马力最为稳妥。

你每到一个检查站都会查看一下修复的地方是否有松动的迹象。令人欣慰的是，即使在穿越奥杜威峡谷的时候，焊接的车轴也完好无损。

在此期间，爱德华多用一个小时的时间拖车、抬车和推车，而你站在车顶上警戒鼓腹巨蝰蛇和其他可能会出现的危险。

一路上风尘仆仆，终于在出发两天后，你们冲过了终点，最终排名第四。你感到既疲惫又喜悦，虽然不像第一名那么风光，但至少你们完成了比赛。这一点比起其他许多人要厉害得多。

▶▶ **本故事完**

▶▶ 请翻到**第 148 页**开始极速赛段的比赛

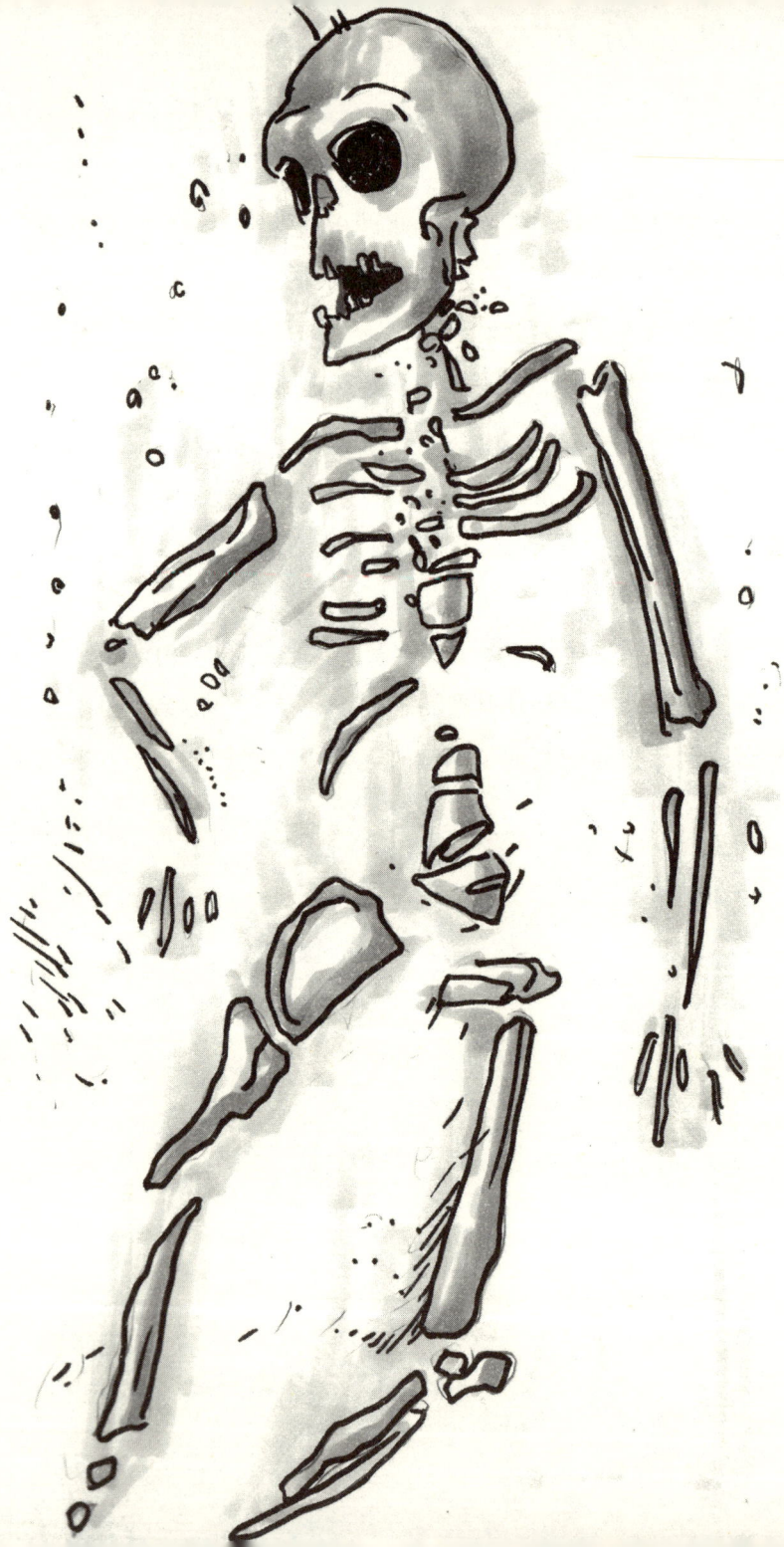

"阿莫斯，我决定放弃比赛，这个发现太重大了。我们现在身处奥杜威峡谷，路易斯·李奇和他的夫人玛丽就是在这里发现最早的人类的骨架的，这里也许就是人类最初在地球上的繁衍之地。"

阿莫斯点头表示理解，随即返回车内，通过无线电报告了你退赛的消息。你告诉他将机械故障作为你退赛的理由，没有必要让你的发现引起过多的关注，至少现在还不是时候。

你在峡谷边坐了好几个小时，手捧祖先的尸骨，研究着那颗头骨。通过头骨可以推测出，他的大脑一定很小。这个人曾经目睹过什么，感受过什么，又做过什么呢？

将近黄昏时，你回到尼桑车旁。当你正要上车时，一条鼓腹巨蝰——世界上最致命的毒蛇之一——用它尖利的毒牙袭击了你。在你逐渐失去意识的时候，你想到了第一批人类，你会和他们有很大的不同吗？然后，你的眼前出现了一道耀眼的白光，你的生命终结在人类起源的地方。

几年之后，英国古人类学家李奇夫妇的一个学生再次前来勘察这个地点，你的遗体正和这个世界上最早出现的人类的骨架在一起。他曾经听说过你遇难的消息，因为他本人是一名业余赛车手，他将这个地方以你的名字命名。

"我可以跑得过世界上任何一头犀牛。"你一边向爱德华多保证着，一边将车挂到一挡，踩下了油门。

引擎发出的巨大噪声惹得犀牛抬头观看。然后，它愤怒地咆哮着向车猛撞了过来。

爱德华多喊道："再加快些！它要追上我们啦。"

你将车加速，与犀牛稍稍拉开距离。

就在这时，让人猝不及防的是，前方出现了一个大坑。没时间转弯了，赛车一头栽了进去。

路虎车的前轮抵在了洞底，车子倒扣过来。你们在为车涂了润滑油之后就没有系安全带，于是两人都被甩出了车外。

▶▶ **本故事完**

你对爱德华多说："修复的地方要么足够结实，要么会中途断掉。如果它断了，那么我们就输定了。要是它足够结实，而我们却开得很慢，那么我们还是会输。让我们全速前进吧。"

在接下来的两天里，你都以最快的速度在复杂多变的地形上疾驰，你攀爬过陡峭的山地，穿越了卵石堆积的灼热山谷，横跨了翠绿的草原。你亲眼见到了——甚至有时差一点儿就要撞到——形形色色的野生动物：长颈鹿、羚羊、鬣狗，甚至还有狮子。

最终，你飞速地冲过了终点，获得了应有的祝贺。你在最艰辛的赛事之一中位列第三名。

▶▶ **本故事完**

▶▶ 请翻到**第 148 页**开始极速赛段的比赛

你对爱德华多说："我们没办法坚持到对岸。我们不仅会失去赛车，甚至连性命都难保。我们得控制局面。"

你再次劝说摆渡人往回返，但是他这次看上去更加害怕。你向爱德华多使了个眼色，他悄悄溜到这个人身后，用一只扳手将他砸晕。

你迅速地将渡轮转向并且往回返。起初你似乎是成功了，

但是随后，伴着一阵漏气的声音，渡轮沉入水中。

虽然水流很湍急，但是河水只有一米深。你很确定能将路虎车从水中拖出来。

尽管如此，你还是先将失去意识的摆渡人拖上了岸。

正当你和爱德华多抬着那位摆渡人时，你们听到河岸附近传来了哗啦啦的水声。是鳄鱼！那才是摆渡人害怕的东西，并不是得不到船费！你和爱德华多连滚带爬地上了岸，可一切都太迟了。

你最后看到的是一条向你抽过来的鳄鱼的尾巴。

▸▸ **本故事完**

你看了看伊恩和乌兹，然后又看了一眼那位赛事的工作人员。他散发着军人的气概，流露出自信的神态。

你大声又清晰地直言道："这两个人要向我行贿。"

伊恩和乌兹当然立即否认了，但是赛事工作人员叫来三名乔装成当地牧民的警察。

"你做得很棒！我们一直想抓捕这两个人呢。"

你承诺一定会在他们受审时出庭做证。到了你再次出发的时间了，阿莫斯似乎有与生俱来的导航天赋，你们两个人没有错过任何机会。

十一个小时后，你们冲过了设在内罗毕的终点。你们获胜了！

▸▸ **本故事完**

▸▸ **请翻到第148页开始极速赛段的比赛**

你决定继续比赛。你可以在赛后再带领考古学家回到这里。

尼桑车停在一条干枯的河边，阿莫斯报告说："车子该加油了。"当你向油箱里注入汽油时，阿莫斯在河边散步，伸展四肢。突然，他朝你跑过来。

"快看，快看！黄金！是黄金！我的朋友，这里有黄金！"

你跑到他身边，阿莫斯托着一颗至少一百克的金块。

你们俩开始挖掘地面，紧接着出现了更多的金块！到处都是金子。

"我们要发财了。我们现在就退赛吧。"

你犹豫地说道："可是，阿莫斯，咱们都前进这么远了……"

阿莫斯没有回答，只是继续挖着金块。

▶▶ 如果你选择继续比赛而不是发大财，请翻到第 263 页

▶▶ 如果你选择退赛，去寻找更多的金子，请翻到第 264 页

你决定保持全速前进。但这是一个糟糕的选择，悬架里的沙子太多，你们的赛车最终抛锚了。你试图通过无线电求助，但是气压环境干扰了广播，你只好在原地等待。

一开始你们坐在车外面，但是从南方卷起的沙尘暴将你们赶入了车内。晚上，你们都睡着了。于是，你、阿莫斯和尼桑车被永远地埋在了沙丘之下。

▸▸ **本故事完**

你停车的位置距那头犀牛有五十米远，那家伙正摇晃着长有巨大犀牛角的硕大脑袋慢慢地走远，看上去非常像一辆长着四条腿的坦克。这是你所见过和听说过的最大的犀牛。

你向爱德华多低声说道："前端那只角至少有一米长。"

爱德华多低声回答道："身体一定有五米甚至更长。"

突然间，那头犀牛转过身，朝车这边望过来，你能听到它鼻子里哼出的呼哧呼哧的声音。它那双圆溜溜的小眼睛似乎在瞪着你们，然后，它以令人猝不及防的速度猛冲了过来。

在你还没想起发动赛车逃跑时——如果你可以逃脱的话，那头犀牛已经冲到了你的眼前，它离你如此之近，以至于可以透过开着的窗户感受到它呼出的热气。然而，在最后时刻，它一个急转弯从你身旁轰隆隆地跑开了。

爱德华多说道："哟！真是太险了！"你只是点头同意，因为你已经吓得说不出话来。

几分钟后，你感觉好些了，于是发动了赛车。在出发前，你系好了安全带，因为你发现自己在穿过最后一条溪流时，由于过于着急竟然忘记了系安全带。那头犀牛转了弯真的是万幸，如果你们都被甩出路虎车外，后果真是不堪设想。

▸▸ 请翻到下一页

你和爱德华多在渡口刚登上渡轮就开始仔细地研究地图，节省了很多时间。

当渡轮抵达对岸时，你们还没等船在码头用缆绳固定好就出发了。

很快，地形发生了巨大的变化，而你选择了奥杜威峡谷中一条遍地石块的路。

沿着这条路，你穿过了繁衍生灵的丰饶平原、黄沙漫天的贫瘠沙漠、怪石嶙峋的崎岖丘陵、遍布大如路虎车的巨砾的深邃峡谷，还有剧毒蝎子和晒太阳的鼓腹巨蝰蛇。

你发现，非洲不仅仅有热气升腾的丛林，还有湖泊、沼泽……非洲真是无所不有，有着超乎你想象的千姿百态。

无论是在寒冷黑暗的夜晚还是沙漠灼热的白昼，路虎全程都展现了完美的性能。

你继续将自己、爱德华多和路虎车都推向了极限。每到一处检查站你都发现自己表现得很出色。虽然当你第一个抵达终点时，结果完全是意料之中的，但是你依然觉得无比美妙。

▶▶ **本故事完**

▶▶ 请翻到第 **148** 页开始极速赛段的比赛

你对爱德华多说道："那位摆渡人知道自己在做什么。看他的样子，已经干了很久了。"

但是当你们继续向深水区行驶时，渡轮下沉得越来越严重，你的判断恐怕是错误的。

一股突如其来的急流将渡轮打翻。路虎车和你们三人都被掀入河水之中。

那辆路虎眨眼间就沉没了。你和爱德华多朝岸边游去，同时还拖着那位摆渡人，因为他看上去腿已经抽筋了。

水流很湍急，你们游得异常吃力。你们一路被冲到了下游很远的地方才艰难上岸。

那位摆渡人很感激你们的救命之恩，他愿意为你们做任何事。

休息过后，你走回渡口的码头，希望在那里能搭便车回到内罗毕。你在越野赛段的比赛已经结束了，但是至少你和爱德华多都幸免于难，你们还可以参加下一个赛段的比赛。

▸▸ **本故事完**
▸▸ **请翻到第 148 页**开始极速赛段的比赛

那位工作人员仔细地观察着你们三个人，然后用英国口音说道："这里一切都还好吗？"

他停下来，等待着你们的回答。有那么一刻你几乎决心揭发他们，但是当你飞快地一瞥，看到了伊恩满脸威胁的表情，你改变了主意。

你说道："一切都好。我们只是在讨论天气。"

那位赛事工作人员并不相信你的话，这两个人是臭名昭著的赌徒，国际刑警跟踪他们已有数年的时间。然后，他通过无线电向总部发电说你已经被禁赛。

你无能为力，比赛已经结束了。

▸▸ **本故事完**

"我还是选择继续比赛，阿莫斯。我曾经抛下了那具尸骨，你还记得吗？我们继续比赛吧，事后再回来找金子。"

你在比赛结束后返回了这里。这次你配备了淘金装备，准备开采一个月。可是出人意料的是，你没能找到那些金子，它们好像凭空消失了一样。这真是太糟糕了。

但是，至少你在世界上最艰难的拉力赛之一中名列前十。

▸▸ **本故事完**

你说道："忘了比赛吧。毕竟这是货真价实的金子，难道不是吗？"

你和阿莫斯占领好区域，开始开采金矿，于是你们变得腰缠万贯。

阿莫斯在摩纳哥购置了一栋别墅，你则定居在巴哈马。你们两个人创办了属于自己的系列车赛，并将其命名为"淘金热"。

▶▶ 本故事完

选择你自己的冒险

深海异族
重返亚特兰蒂斯

[美] R.A. 蒙哥马利◎著　申晨　张悠然◎译

湖南文艺出版社
HUNAN LITERATURE AND ART PUBLISHING HOUSE

小博集
BOOKY KIDS

注意！

这是一本与众不同的书，

决定故事内容的人完完全全是你自己。

书中有危险，有抉择，有冒险……当然，也有后果。

你必须用尽自己丰富的才能与大量的情报，

错误的决定可能导致最终的灾难，甚至死亡。

但是，不要气馁。

你在任何时候都可以返回，做出另一个选择，

改变你的故事走向，从而改写结局。

加油吧，
选择你自己的冒险！

深海异族

献给安森、拉姆齐、埃弗里、莱拉和香农

——R.A. 蒙哥马利

你是一名深海探险员，正在寻找举世闻名的失落之城——亚特兰蒂斯。对你来说，这是一项最具挑战也最危险的任务，你心中满是惶恐和兴奋。

这天清晨，旭日东升，海面上风平浪静。你携带特制装备，钻进"搜寻者"号潜水艇狭窄的驾驶舱。"马雷"号科考船的船员们将舱口的夹钳拧紧，潜水艇就要扎入大洋的深处了。

"搜寻者"号开始缓缓下潜，连接的缆绳结实而又纤细。在几分钟之内，已经没有光线能照射到你所在的深度了。随着"搜寻者"号越潜越深，周围的寂静让人愈发害怕。你透过厚厚的玻璃舷窗看到一条条白色的怪鱼与潜水艇擦肩而过，时不时地有鱼停下来打量你这个来自另一个世界的闯入者。

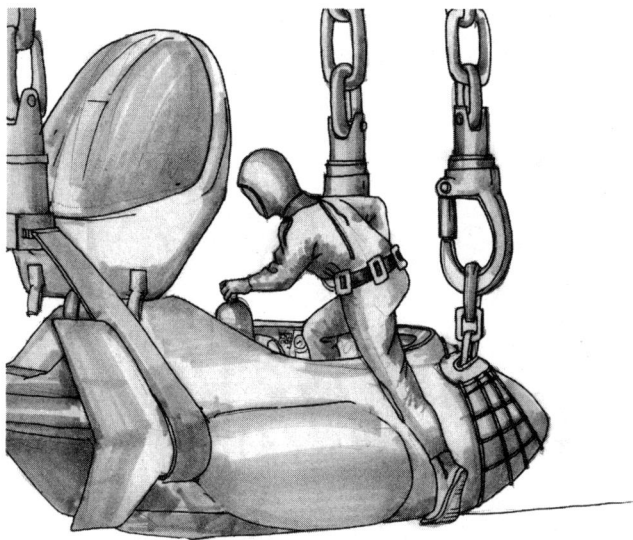

▶▶ 请翻到**下一页**

连接着你和"马雷"号的缆绳已经达到了极限长度，你不得不停靠在海底峡谷附近的暗礁上。据古代神话记载，那道峡谷通向失落之城亚特兰蒂斯。

你身穿的潜水服是专为承受这种深度的海底压强特别设计的，新型的潜水服配备了一个最尖端的微处理系统，能够为你提供大量有用的功能。它甚至配有一个具备激光通信模块的内置防水智能平板电脑，你可以脱离缆绳自主行动，"搜寻者"号也可以自主驱动。现在，你进入了另一个世界。请记住，这是一个危险的、未知的世界。

依照规定，你向"马雷"号报告："所有系统运行正常。水下状况良好。"

▶▶ 如果你选择去勘察"搜寻者"号停靠的暗礁，请翻到**第 8 页**

▶▶ 如果你选择脱离连接"马雷"号的缆绳，乘坐"搜寻者"号潜入海底峡谷，请翻到**第 6 页**

当你在峡谷的峭壁间小心翼翼地操纵"搜寻者"号行驶时，你发现了一个巨大的圆形岩洞。

洞中不断喷出一串串巨大的气泡。"搜寻者"号配备可以对气泡进行分析的科学仪器，以及能够测量深度的声呐装置。

海洋覆盖了地球上超过 70% 的面积，其中大部分都还不为人类所了解，谁知道这个洞会通向哪里呢？

▶▶ 如果你选择对气泡进行分析，请翻到第 11 页

▶▶ 如果你选择进行深度测量，请翻到第 16 页

"马雷"号想让你进行更详细的状态汇报，你服从了命令，向他们请求解开缆绳，用潜水艇的自主驱动功能继续下潜。

你的申请得到了许可，"搜寻者"号悄无声息地朝海底峡谷滑行而去。

你降入峡谷内部，然后打开了"搜寻者"号的强光探照灯。此时，你正前方出现了一面黑色岩壁，上面长满了奇形怪状的藤壶。你向左舷方向看去，那里有一个岩洞，洞口是规整的圆形，好像是人工切制而成的。

白色的灯笼鱼发出微弱的绿色光芒。在"搜寻者"号的右舷方向，你能看到一串串气泡接连不断地从峡谷的底部涌上来。

▶▶ 如果你选择调查气泡，请翻到**第 5 页**

▶▶ 如果你选择调查有圆形入口的洞穴，请翻到**第 10 页**

你的潜水服是贴合身形的紧身款，所以穿的时候需要一些时间。最后，你终于从"搜寻者"号潜水艇的空气闸舱中钻了出来，站在了海底。这里是一个奇异又美妙的世界，你在这里做的每一个动作都变得缓慢无比。你开始用卤素探照灯展开探索，从悬在深邃的海底峡谷上方的暗礁开始着手。

一种奇怪的感觉突然席卷了你的全身，一部分是源于警觉，一部分是源于恐惧。这时，你看清了原因：一头巨大的深海怪兽紧紧地缠住了"搜寻者"号。它看起来像乌贼，但是体形要比乌贼大得多。在它长而有力的触手里，"搜寻者"号看起来只是一件小小的玩具而已。

你在岩石后面躲了起来，因为你意识到，自己携带的捕鱼枪在这样的怪物面前也毫无用武之地。看它的架势似乎是要将"搜寻者"号彻底摧毁。围在你身边的大大小小的鱼都在拼命远离这只怪物。

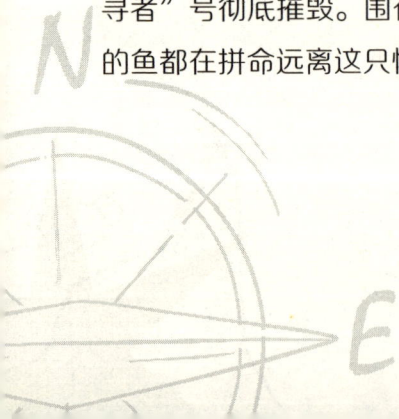

▶▶ 如果你想一直躲在"搜寻者"号的附近，请翻到第 **12** 页

▶▶ 如果你选择抱着被救援人员发现的希望逃走，请翻到第 **14** 页

你驾驶着"搜寻者"号钻进了圆形的洞口。刚刚进入洞穴，你恍惚看到探照灯照到了洞穴两侧的类似码头形状的物体。

"搜寻者"号的探照灯并不是很亮，不过，你还可以使用一种特殊的激光灯，它足以将洞内照得亮如白昼。但是，这种激光灯只能进行两次短时间的照明，之后它就得送回距离你现在所处位置两千英尺（1英尺=30.48厘米）以上的"马雷"号重新充电。

▶▶ 如果你选择使用激光灯，请翻到**第20页**

▶▶ 如果你选择继续前往岩洞深处探索，请翻到**第15页**

你将自己塞进潜水服里，然后在"搜寻者"号的外面利用随身携带的迷你型腕部电脑分析气泡成分。

你在工作的时候，不小心撞到了用来排出压缩空气以使潜水艇上浮到水面的排气阀。你发现，气体中含有大量的氧气，而且不含有毒气体。

它们会不会来自水下的某个地方呢？那里能让类人生物生存和呼吸吗？它们有没有可能来自亚特兰蒂斯呢？

▸▸ 如果你选择将洞里冒出的气泡收集到"搜寻者"号的水箱中，请翻到**第 27 页**

▸▸ 如果你选择钻探洞口，请翻到**第 23 页**

那头巨大的"乌贼"翻来覆去地把玩着"搜寻者"号，最后终于对这个新"游戏"渐渐失去了兴趣，借着喷射出的水流离开了。你现在可以安全地离开藏身之处，查看"搜寻者"号的受损情况。

令你沮丧的是，潜水艇的气闸入口卡住了，你被锁在了"搜寻者"号的外面。而"马雷"号的船员们也因为你没有回应例行的无线电检查而怀疑你遇到了麻烦，他们开始降下逃生平台。你一到达平台，就通过无线电建立联络，他们缓慢地将平台拉向水面。为了避免致命的潜水减压病——血液中的氮气泡迅速扩张而导致对血管的压迫，他们必须非常缓慢地将你拉向水面。

就在平台开始移动时，那只巨大的"乌贼"突然又出现了，它直奔你而来。

▸▸ 如果你选择用捕鱼枪和"乌贼"搏斗，寄希望于将其吓跑，请翻到**第 19 页**

▸▸ 如果你选择冒着患潜水减压病的风险，联络"马雷"号将你用最快的速度拉向水面，请翻到**第 21 页**

你小心翼翼地移动着，在峡谷的岩壁上爬行，试图抵达海底。你将"搜寻者"号留给了巨型"乌贼"，计划用能浮到水面的明黄色海水染色标志发送求救信号。水上的"马雷"号船员们都曾受训观察此类紧急求救信号，他们会派救援来的。

你抵达了峡谷上的暗礁，刚刚感到些许安全，结果就看到了最可怕的海洋生物——一条巨大的大白鲨。它开始围着你一圈一圈地游近，你很清楚，你是它的猎物。

你思索着是否该引燃应急推力弹，如果引燃你就能被迅速地推送到水面。可是鲨鱼移动得也很快，无论怎样它都可能逮到你，你也深知，如果迅速升到水面会患上潜水减压病。

▶▶ 如果你选择引燃应急推力弹逃往水面，请翻到**第 22 页**

▶▶ 如果你选择安静地等待，期望着鲨鱼会离开，请翻到**第 24 页**

你悄无声息地向岩洞深处驶去。洞穴的顶部向上倾斜，你也顺着斜坡前进。

探测器显示，你上升得相当快。你或许会抵达水面或者露天的地方。此时，顶部的斜坡到了尽头，在你面前凭空出现了一道浑圆的金属舱门，其材质是你从未见过的某种金属。

你试图用"搜寻者"号的机械手臂来打开舱门，但没有成功。

▶▶ 如果你选择用炸弹将舱门炸开，请翻到**第 26 页**

▶▶ 如果你选择向舱门内部传送无线电通信信号，请翻到**第 29 页**

你操纵"搜寻者"号移动到岩洞旁边，开始利用声呐系统勘测它的深度。让你惊奇万分的是，声呐系统的读数显示这个洞极深，也许会直达地心！

洞底会有什么呢？那些气泡从哪里来？你的下方会是亚特兰蒂斯吗？

突然，仪器上的电子读数受到了干扰：是中洋脊地震！"搜寻者"号没有受损，但是"马雷"号可能会离开，那么你将被抛弃。一方面，你应该立即上升到水面，返回"马雷"号；可另一方面，你也许已经与世界上最伟大的发现近在咫尺。

▶▶ 如果你选择下潜进入洞中，请翻到**第 25 页**

▶▶ 如果你选择返回到水面，请翻到**第 28 页**

随着一股汹涌的水流，巨型"乌贼"发起了袭击。它向你探出两条长达二十英尺的触手，上面布满了蠕动着的吸盘，企图将你捕获。你游出平台，用鱼枪发射了两支鱼镖，击中了"乌贼"的两只凶恶眼睛附近的位置。

紧接着，那只"乌贼"继续朝你袭来。它其中一条触手缠住了你的潜水头盔，撕破了你潜水服的封口。你射出最后一支鱼镖，希望能够击中这只怪兽的弱点。海水开始一点点流进你的潜水服，你向"马雷"号发出信号，让他们用"紧急提升机"将你快速地拖上去。你一定是击中了"乌贼"，它扭动着身体落荒而逃，你觉得自己就快要晕过去了。

你在"马雷"号的甲板上苏醒过来，被立即送往减压室以减轻潜水减压病的影响。几天后，你终于挺过了最危险的时期，开始为再次潜入那个无底洞穴的任务担忧不已。你能做到吗？你还有勇气去吗？

▸▸ 如果你选择现在就退出探险行动，请翻到第 **33** 页

如果你选择重返海底，请翻到第 **34** 页

激光灯射出的光线照亮了整个洞穴，在洞穴深处的底部居然停放着一艘潜水艇！你小心翼翼地将"搜寻者"号朝它驶近，发现这艘潜水艇正是一年前在百慕大三角失踪的那艘。百慕大三角距这里有两千多英里（1英里=1609.344米）之遥，这艘潜水艇究竟是怎么到这里的呢？

从表面看来，它并没有损坏，但是上面却长了一层黏滑的藻类植物。绚丽的鱼儿在它周围游来游去，仿佛这艘潜水艇是它们独占的特殊奖励一样。这时，你注意到主舱口并没有生长藻类！

▶▶ 如果你选择进入潜水艇，请翻到第 30 页

▶▶ 如果你选择暂且不管这艘潜水艇，继续向洞内前进，请翻到第 32 页

当他们迅速向上拉动平台时，你的身体机能开始失常。你感到头晕目眩、四肢无力。你无法抓牢平台，只能无助地被海流冲走。

让你惊喜的是，一只海豚正向你游过来。这些神奇的哺乳动物有时会营救遇到困难的人类，它会帮助你吗？

▶▶ 如果你选择向海豚求救，请翻到**第 36 页**
▶▶ 如果你选择继续独自一人游向水面，请翻到**第 38 页**

你引燃了应急推力弹，飞快地浮向水面，你的行动惊动了周围的鱼群。你感到天旋地转，不知道自己身在何处，整个世界似乎颠倒过来了，你祈祷着那条鲨鱼赶紧离开。你将头伸出水面，发现自己在距离"马雷"号半英里的地方漂浮着，却无法通过通信器与其取得联系。

瞭望员们看见你出现在水面，于是迅速地将你搭救上船。不幸的是，由于上升得过快，你患上了严重的潜水减压病，你的身体用了很长时间才得以减压。当你终于痊愈时，随船医生告知你不得不彻底告别潜水生涯了。

会有其他人去寻找亚特兰蒂斯。

▶▶ **本故事完**

你开始钻探，气泡的水流强度逐渐增大。

这道裹挟着气泡的水流强度已经大到足以使水面掀起浪花。现在，你可以试着浮出水面去确定有气泡区域的准确位置了。

然后，你可以和"马雷"号上的科学家们制订下一步计划。或者，你可以立刻驾驶"搜寻者"号对洞穴进行简单的考察来探寻气泡的来源。虽然立刻进入洞中无疑要面临巨大的风险，但是这样可以直接查明气泡的来源，甚至还可能找到亚特兰蒂斯。

▶▶ 如果你选择去洞内考察，请翻到第 **40** 页

▶▶ 如果你试图浮出水面，请翻到第 **35** 页

你等待着鲨鱼离开，可惜没那么容易！其他的鲨鱼也加入到了捕猎行动中。它们环绕着你，越来越近，速度也越来越快。一切都太迟了，已经无路可逃了！那条最大的鲨鱼张开血盆大口扑了过来！

▸▸ **本故事完**

做出决定的时刻到了。

你检查了"搜寻者"号上的所有控制键，咬紧牙关，将操纵杆推到深潜挡位。你开始下潜，一直潜到还未曾有人探索过的深度。虽然"搜寻者"号被设计为可以潜入水下极深的地方，但是你正以英里为单位的速度急速下潜。

水压很大，四周一片漆黑，深度计的读数已经令人难以置信地达到了 15 英里。你迅速地拉回操纵杆，控制台上的警示灯在不停地闪烁着。根据它们的提示，目前的重力已经大于"搜寻者"号的驱动引擎的推力。你错过了回头的机会，你将被迫在无限的黑暗中继续下潜，直到"搜寻者"号再也无法承受水压。

这是你最后的探险。

▸▸ **本故事完**

穿过这道舱门的唯一办法就是将其炸开，至少你是这样认为的。"搜寻者"号上的激光炮威力很大，你将潜水艇调整至瞄准的位置，然后按下发射键。舱门受到了剧烈的冲击，可是，什么也没有发生。

你将激光炮的威力提升至极限火力，再次按下发射键，舱门被瞬间熔化，海水汹涌地流入巨大的洞中，将你也卷入了另一个充满空气的洞穴中。当海水迅速而又凶猛地冲进洞穴时，你看见几个人正仓皇地朝逃生口奔去。一切都太迟了！你犯下了严重的错误，并且还无法弥补。

▸▸ 本故事完

你成功收集到气泡内的气体，将其充进"搜寻者"号的水箱，这足以使"搜寻者"号上浮。

"搜寻者"号驱散了周围五彩斑斓的鱼群，抚过如同在微风中摇曳的棕榈树般的水下植物，缓缓地浮出了峡谷。就在你抵达峡谷顶端的暗礁时，你看到了一条古老的道路！道路两侧的岩石看起来就像古罗马时期的里程标记。这条小路会通往失落之城亚特兰蒂斯吗？你将"搜寻者"号停靠在暗礁上，准备做更近距离的调查。

▸▸ 请翻到第 8 页

你决定返回到水面，于是小心翼翼地操纵着"搜寻者"号沿着海底峡谷的岩壁返回。突然，"搜寻者"号毫无预兆地被卷入一股强烈的水流中，被裹挟着漂向一个洞穴。刚进入洞穴，水流就将你带到一道硕大的金属门前。大门自动转开，"搜寻者"号被冲了进去。大门又关上了，洞穴里的水被缓缓排干。你从潜水艇里走出来，到了一间由某种生物制造出的穴室，或许是人类，或许不是。

墙上的一扇门开了，两位身着简单服饰的人朝你走来，其中一人说道："欢迎来到亚特兰蒂斯，我们一直在等你。"

多么伟大的发现呀！你竟然找到了失落之城！

"是的，你已经找到了我们。但是我们对水面上的世界已经失去了信任。我们并非残忍，不过你永远都不能离开亚特兰蒂斯。"

他们要求你跟随他们，你表示同意。但是，你又想了一下，或许你可以利用"搜寻者"号上的激光炮在穴室上炸出一条逃生之路。

▸▸　如果你选择跟随这两个人，加入亚特兰蒂斯的社会中，请翻到**第 42** 页

▸▸　如果你选择逃向"搜寻者"号，尝试用激光炮炸穿关闭的大门，请翻到**第 41** 页

无线电通信设备似乎失灵了，你对向紧闭的门内发射信号失去了耐心。正当你准备放弃时，门突然打开了，门内是另一个装有第二道门的洞穴。

你小心翼翼地走进洞内，收到了用英文表述的无线电信号。它向你表示欢迎，同时告诉你一旦进入便再也不能回到水上的世界。

接下来将由你自己做出选择。

▶▶ 如果你选择继续前进，去调查这个有可能是亚特兰蒂斯的地方，请翻到第 **44** 页

▶▶ 如果你选择返航，请翻到第 **45** 页

这艘潜水艇无疑非常神秘。你打开指挥塔的舱门进入潜水艇，看见里面的布置竟是出人意料的干净整洁、井然有序。舱内既没有生命迹象，也没有垂死挣扎过的痕迹。

一个轻柔的声音传来："几千年前，亚特兰蒂斯的首领们意识到他们的大陆正逐渐沉入大海，于是他们找到了一个巨大的水下洞穴，在其中为人民建造了新型的居住区。后来，当亚特兰蒂斯彻底沉入海底时，我们的一些科学家研制并完善了一种能让我们在水下呼吸的设备。"

那声音听上去很友好，而且它还向你介绍在亚特兰蒂斯存在着两个群体。其中一方被认为是友善的，另一方则被看作邪恶的。

那个声音说道："请加入我们吧。你可以使用秘密通道进入亚特兰蒂斯，它的入口就在那里。"

正当你按照声音指示寻找时，你窥探到一艘从旁边驶过的引人注目的潜水艇。里面坐着几个人，他们在朝你微笑。他们真的是在微笑吗？

如果这是亚特兰蒂斯的潜水艇，那么他们是好人还是坏人呢？他们知道秘密通道的事吗？

▶▶ 如果你选择加快行动，试图不被发现就抵达秘密通道，请翻到第 **46** 页

▶▶ 如果你选择迅速逃回"搜寻者"号，尽量远离危险，请翻到第 **47** 页

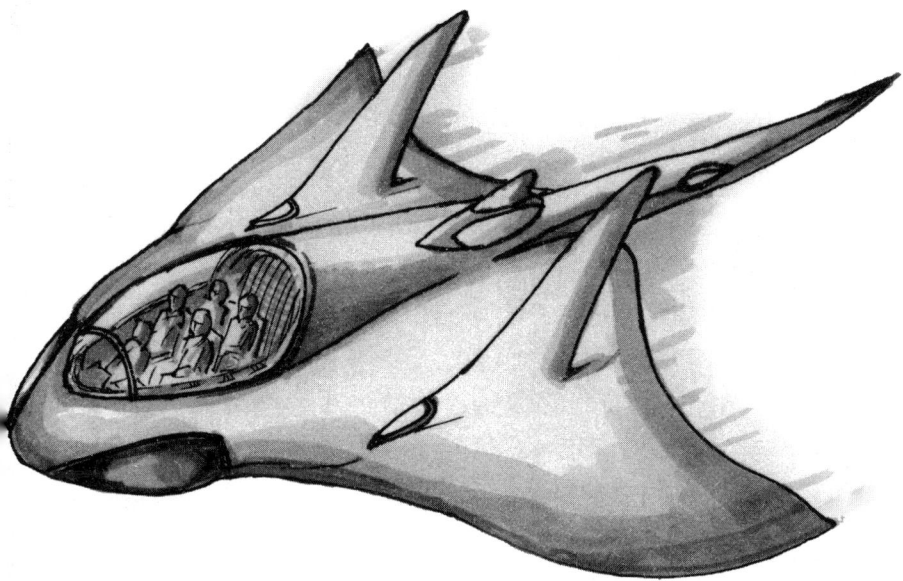

你没有理会这艘潜水艇残骸，而是继续向洞内深入。突然，你眼前出现了一艘废弃的船，然后，又出现了一艘。船身上都长满了藻类，看起来都没有受损。也许是亚特兰蒂斯人在百慕大三角捕获了这些船，并把它们带到了这里。有一艘船是三桅纵帆船。缆绳上装点着海藻，鱼儿慵懒地游弋于桅杆之间。

好奇心驱使你穿上潜水服，离开了"搜寻者"号，朝着古老的帆船游去。突然，一条三英尺长的剧毒海蛇从前舱室的后面向你袭来，在你右手指缝间细嫩的部位狠咬了一口。这种剧毒无药可医，神经毒素像海浪一样从你的前臂迅速涌入你的大脑皮层。你的生命就这样短暂而美好，永别了，勇士！

▶▶ **本故事完**

你无比悲伤地认识到，放弃探险才是最明智的决定，你不能冒险再回到那么深的海底。于是，你不情愿地回到了美国。

有多家主流的电视节目组都迫不及待地联络你，毕竟，你是一位名副其实的幸存者。正当你参加一档节目时，一条特殊新闻向世界宣布：由世界著名的探险家马塞洛博士率领的意大利科考队发现了亚特兰蒂斯。你很后悔当初的决定，但是你当时别无选择，不是吗？

▸▸ **本故事完**

你无法抗拒水下探险的诱惑，一定要再次下水。于是，在休息了几周之后，你坐进"搜寻者"号，迅速地潜入大海深处。你将"搜寻者"号停在海底的峡谷中，穿着特制的潜水服进入了深海。因为没有巨型"乌贼"的踪影，你获得了些许安全感。

你绕过一块岩石，发现了一艘古希腊船只的残骸。能在水下如此深的地方找到这样完好无损的船只真是太奇怪了。它是怎么来到这里的呢？它会不会在亚特兰蒂斯还未沉入海底之前到访过那里呢？

你对其拍照，并在防水笔记本电脑中做了记录。或许，这条古船里藏着通向亚特兰蒂斯的秘密。

▶▶ 如果你选择到这艘船上去，请翻到第**49**页

▶▶ 如果你选择返回水面报告你的发现，请翻到第**50**页

你突然发现，气泡流的力量足够将"搜寻者"号顶起。你将"搜寻者"号驶入了气泡流，它随之朝水面浮去。正当你盘旋着上升时，你发现周围出现了越来越多的褐色海带。就在接近水面的地方，"搜寻者"号被海带缠住了。潜水艇上的设备显示推进器和转向系统将会失灵。

你换上潜水服，离开"搜寻者"号，看看能否采取一些措施。你刚游到海带群的外部就发现没有办法使"搜寻者"号摆脱束缚。你向水面游去，却发现自己已经被海带紧紧地缠住。你被困在了水中，既不能继续游向水面，也无法回到"搜寻者"号上去。

▶▶ 如果你选择继续向水面挣扎，请翻到**第 53 页**

▶▶ 如果你选择安静地休息一下，积蓄些力量，然后再想解决办法，请翻到**第 55 页**

这只海豚看着你，你甚至想象着它在向你微笑。你抓住它的一只鳍，它用力地翻过身，向上游去。很快你就探出了水面。耀眼的太阳晃得你睁不开眼，"马雷"号却不见踪影。你迷失在遥远的海域。

你抱着海豚，它又带着你潜入水中，飞速地游动。不到二十分钟，你便来到了"马雷"号旁。这只海豚一定是在水中听到了"马雷"号引擎的噪音。

你一上船，每一个人都祝贺你成功脱险。但是有个想法一直萦绕在你的脑海：下次要是没这么幸运怎么办？

▶▶ 如果你选择第二天再次潜水，请翻到第 **52** 页

▶▶ 如果你选择放弃探险行动，请翻到第 **51** 页

这只海豚不一定会帮你，你决定靠自己碰碰运气。于是，你继续朝水面游去。这只海豚跟着你游了一段时间，然后离开了。你在距离水面三百英尺的地方休息了片刻，继续向水面做最后的冲刺。

这时，一条身形巨大、奇丑无比的鱼朝你游了过来，它那双鼓凸在外的眼睛紧紧地盯着你。这是一条翻车鱼，目测有十六英尺宽。这种鱼进食时并不会撕咬猎物，而是将它们整个吞入巨口。

看来它已经将你视为下一顿的大餐了。

▶▶ **本故事完**

你决定将"搜寻者"号驶入新的通道去追寻气泡的源头。突然，"搜寻者"号仿佛被一块巨大的磁体吸住向下拖去，你失去了意识。

你醒来后发现自己在一间明亮又舒适的房间里，旁边站着三个人，他们看起来似乎很友好。

站在中间的那个人说道："你所在的房间是访客接待室。如果你想要进入亚特兰蒂斯，就请跟随我们，但是，你将不能再回到你的世界了。如果你想要就此离开，我们会将你安全地护送到水面。请你自己做出选择，我们不会伤害你。"

▶▶ 如果你选择跟随他们进入亚特兰蒂斯，请翻到**第 56 页**

▶▶ 如果你选择返回到水面，请翻到**第 54 页**

亚特兰蒂斯人已经平静地生活了数千年，他们厌恶战争。现在，他们的文明在科技上已经达到了非常先进的水平，传感系统向他们报告你即将使用激光炮。于是，他们向"搜寻者"号发射了一种特殊的光波，导致"搜寻者"号所有的功能都失灵了。

你没有办法逃跑，只能眼看着他们平和地靠近"搜寻者"号。"你现在是亚特兰蒂斯的一分子了。我们能理解你的恐惧，但是请不要太害怕，你不会受到伤害，你的生活会变得丰富多彩。请跟我们来。"

你随着他们一起走，迈进了一个新的世界，你怀疑自己还能否再看到天空。

▶▶ **本故事完**

你被领入了一个房间。房间的地面铺着昂贵的大理石，墙壁闪闪发光，天花板仿佛是镶嵌在钻石中一样呈现出许多切面。

一个让你感到肃然起敬的人用坚定和友善的手势示意你跟随她。

"欢迎来到亚特兰蒂斯。几千年前，我们发现这片土地将要沉入海底。我们的人民为了避免这场灾难，在一座死火山中修建了一座新的城市，从此和平又安定地生活在这里。我们虽然无法沐浴阳光，也无法仰望星空，但是我们有更多的闲暇时光可以用来思考。"

她向你讲述了关于一群叫诺门人的事。如果你愿意，可以和他们生活在一起。但是，你永远不能离开亚特兰蒂斯。

一位蓄着胡子的男人成了你的向导。亚特兰蒂斯是一座美丽的城市，一栋栋鳞次栉比的建筑闪烁着五颜六色的光芒，庭院中满是一丛丛的珊瑚，呈现出一片世外桃源般祥和的景象。

这里的生活舒适宜人，可你并不想变成一名囚徒。或许，如果你加入了诺门人能够有更好的逃跑机会。你向你的向导问起了他们。

"啊，我们觉得他们很危险，但是并不是太了解，他们住在旧火山的中心。如果你愿意，我可以带你去那里。"

▶▶ 如果你选择加入诺门人，请翻到第 **57** 页

▶▶ 如果你选择和亚特兰蒂斯人待在一起伺机逃跑，请翻到第 **58** 页

有一群人过来和你打招呼。他们看起来和普通人没什么两样，除了脖子上长有鱼鳃一样的裂痕。他们光着脚，脚趾间长着网状的皮肤。他们命令你穿上潜水服，将你拽出"搜寻者"号，然后领着你来到了他们的城市。

在半路上，他们带你参观了动物园，里面住着水上世界的动物，它们被圈养在玻璃罩一样的笼子里，里面充入了空气，让它们得以在水下生活。

那群人的首领说道："那么，我年轻的朋友，你可以选择接受鱼鳃切口手术，然后像我们一样生活。或者，你也可以拒绝，然后和动物们一起，住在动物园里。"

这根本就没的选！但是，如果你接受了鱼鳃切口手术就永远都没有机会逃回到水面了。

▶▶ 如果你同意接受手术，请翻到第 **59** 页
▶▶ 如果你选择住到动物园，请翻到第 **60** 页

你回到"搜寻者"号里，向"马雷"号发射无线电信号，说你正浮向水面来制订计划。你刚从裂缝一样的巨大峡谷里浮出来，就看见在峡谷顶端的暗礁上呈现出道路。

这是什么？"马雷"号上的科学家曾经提到过有可能通过某些痕迹找到古代文明，比如道路。

你必须去调查一番。

▶▶ 请翻到第 **8** 页

你躲过潜水艇里人们的视线，按照指示，进入了一条通道。在通道的尽头是一道空气闸门，在门的另一侧是一个巨大的充满空气的洞穴。也许，这个洞穴在一座死火山内部。

虽然和你熟悉的世界极为不同，但是这里却很宜人：地面上覆盖着一层柔软的物质，竟好像有生命似的，你也判断不出那是什么。从这个巨大的洞穴的边缘发出一束微弱的光，它让你想到了黎明时分的晨曦。

有一群人打着友好的手势朝你走来，他们身着简单的服饰，与古希腊人的着装十分相似。他们看起来十分慷慨、友善。你脱下潜水服，发现这里的空气很适宜生存。

你听不懂这些人所说的语言，但是其中一个人看起来像是翻译，你得知这里就是亚特兰蒂斯。他们告诉你，这里被一个贪婪、自私又危险的人统治着，人民像奴隶一样生活，除了少数对统治者唯命是从的人，每个人都十分不幸。这些新朋友向你求助，也许，你能帮助他们逃脱此地。

▶▶ 如果你选择离开这些新朋友去拜见统治者，请翻到第 **61** 页

▶▶ 如果你选择帮助你的新朋友逃脱，请翻到第 **62** 页

为了摆脱那艘奇怪的潜水艇，你迅速地进入"搜寻者"号。那艘潜水艇一直在你身后追赶，于是你启动了紧急上升模式。你本可以用激光炮炸毁那艘潜水艇，但是你并不希望伤害到任何人。

"搜寻者"号以很快的速度向水面上升，可是就在距离水面几十英尺的地方，所有的设备突然失灵了。你无助地悬在了水中，一股未知的力量使你失去了抵抗能力。潜水艇上的电脑也无法精确地定位出这股力量的来源，或者判断出其本质。

▶▶ 如果你选择待在"搜寻者"号中，等待"马雷"号前来营救，请翻到
第 66 页

▶▶ 如果你选择从"搜寻者"号逃脱，试着靠自己抵达水面，请翻到
第 64 页

你小心翼翼地进入了船舱。船舱的地板上散落着曾经用来盛放油和酒的陶罐，学名叫双耳细颈椭圆土罐。在船内没有船员的遗体。

你有一种身处于古希腊的感觉，这一切仿佛是一场梦。

突然，你看见有一扇门通往一间小舱室，放置在这间舱室靠里的一侧的一张桌子上还有一个金色的箱子。进入小舱室，打开箱子后，一张残破的地图出现在你面前。这张地图上画的并不是通往亚特兰蒂斯的路线，而是这艘船寻找地心入口的路线。

你返回"搜寻者"号上，按照地图上的标识找到了通往地心的深洞。你通过猜测解读了地图，找到了直径大约一百英尺的通道的入口。据声呐系统的读数显示，这个深洞是个无底洞。

▸▸ 如果你选择潜入深洞中，请翻到第 65 页

▸▸ 如果你选择立即返回水面，请翻到第 68 页

返回水面的路途一切顺利，"搜寻者"号终于被拖上"马雷"号的甲板。你爬出潜水艇，船上的科学家和船员都来迎接你。

"搜寻者"号已经准备好进行第二次潜水行动，但是突然狂风大作，滔天巨浪拍打着"马雷"号的甲板。所有的人都在为抵御飓风做准备，根本不可能开始第二次深潜行动。从白天到黑夜，"马雷"号都在风暴肆虐的水面上飘摇着。

第二天早晨，风暴已平息，天空一片晴朗。你现在准备好再次潜入水中。

▶▶ 请翻到**第 52 页**

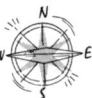

　　一架直升机被派来接你，并将你送回到空军基地，你将在那里乘飞机返回自己的国家。

　　有报纸报道，对亚特兰蒂斯的科考行动已经放弃。

　　然而，几个月之后，有一组科学家联系到你，他们相信你能够找到亚特兰蒂斯。他们组建了另一支探险队，并期待你的加入。你很心动，毕竟，你向来都十分热爱对未知的探索。

▸▸ 本故事完

　　"搜寻者"号再次从"马雷"号的侧舷被吊下，滑入了水中。鱼群游过，透过巨大的陶制外壳谨慎地看着你。随着你不断地沉入无底的深处，阳光也逐渐消失。

　　你直奔可能向下连通亚特兰蒂斯的峡谷。你抵达那里后，点亮了"搜寻者"号的探照灯。突然，你瞥见了一个像是人工钻出的圆洞。也许，它能通往亚特兰蒂斯。

▸▸ 请翻到第 **10** 页

由于缺氧和疲劳，你感到头晕目眩。你用刀砍掉了缠绕在身上的那些粗壮的海带。你马上就能摆脱束缚了。然后，你猛地挣脱掉最后几条交缠的海带，回到了水面上。

你点燃了特制的信号弹，"马雷"号上的船员很快就发现了你。不一会儿，你就安全地登船了，四周围满了你的朋友。从那个噩梦般的地方逃出生天真是让人松了一口气呀！

▶▶　如果你选择第二天再次进行深潜，请翻到第 69 页
▶▶　如果你想休息几天，然后制订应急计划，请翻到第 70 页

这三位亚特兰蒂斯人看出了你想要回到水面的想法，他们立即制造出一个气泡形的密闭容器，将你放入其中。

"永别了，地球人。祝你健康长寿、生活富足。"

你迅速地从水下升起，在"马雷"号的附近浮出水面，密闭容器防止你在升至水面的过程中四分五裂。一登上"马雷"号，你就向所有的船员和科学家讲述了你的探险经历。他们虽然对你都很友善，却没有人相信你的话。他们认为你所说的只不过是为了解释为什么在那么深的地方停留许久，那都只是你想象出来的世界而已。

回到美国之后，你在各个电视节目上讲述关于亚特兰蒂斯的事情。你发表了相关的文章，还写了一本书。你因此挣了一大笔钱，你非常渴望将这笔钱用于另一项科考探险中。

▸▸ 如果你选择用这笔钱进行另一项科考探险，请翻到第 76 页
▸▸ 如果你选择就此退休，过上平静的生活，请翻到第 77 页

此时此刻，惊慌失措是大忌。你放松下来，随着突然带着你一起上升的水流漂浮着。你从海带中抽出身来，重获了自由。终于可以松口气了！

但是你刚摆脱海带的纠缠就被卷入了巨大漩涡的涡流之中！

▶▶ 如果你选择竭力游出漩涡，请翻到**第 71 页**

如果你选择潜入漩涡的涡流中，希望能抵达底部，然后逃出来，请翻到**第 72 页**

　　三个人领着你来到了一个巨大的山洞里。山洞的中央摆放着一架庞大的银色机器，形状看起来像是一条长长的管道，在一端连接着几个圆形的仪表。

　　他们带你进入机器里面，这是你所见过的最先进的控制室。室内布满了电脑、传感器、记录仪、监控器和电子显示屏。

　　一个身形奇特、头部硕大的人瞪着完全空洞的双眼看着你说："那么，你现在就在亚特兰蒂斯的控制室了，你看见了我们的秘密。我们三千年前登陆这个星球，利用反物质设备潜入这片陆地的海底来躲避你们这群人。如果你愿意，可以在这里和我们过上最幸福而又有意义的生活，只需要让我们为你注射在水下生存必备的特殊血浆，决定权在你。而另一种情况，如果你不想成为我们中的一员，你会被当成罪犯关起来。"

▶▶　如果你选择接受注射，请翻到第 **73** 页
▶▶　如果你拒绝注射，请翻到第 **74** 页

你对向导说："我决定加入诺门人。"他将你领到城市的边际。

"现在我必须离开了，祝你好运。"

诺门人以全副武装的姿态来"欢迎"你的到来，他们怀疑你是亚特兰蒂斯人派来的间谍。他们看起来和亚特兰蒂斯人似乎一模一样，但是他们几乎从来不笑。

"跟我们来，你必须接受审讯。或许，你会为我们工作。"

三天来，你一直在受审，并且被关在一间没有窗户的小房间里。那些人很不友好，而且还认为你犯了大错。他们让你帮助他们监视亚特兰蒂斯，因为你当间谍的话就可以在双方领土自由通行。

▶▶ 如果你选择逃跑，请翻到第 78 页

▶▶ 如果你选择接受他们的建议，请翻到第 79 页

你决定和亚特兰蒂斯人待在一起。他们的生活方式似乎很理想，他们致力于创造有助于生活的事物，而不是毁灭。你认为他们首领所说的关于她避免战争和仇恨的言论是真实的。

你被这个看起来完美的世界所吸引，想留在这里研究亚特兰蒂斯发展至今的历程，以及亚特兰蒂斯与诺门人决裂的原因。尽管如此，你内心还是有逃离这里回到你自己的世界的想法。

▶▶　如果你选择留下来，用你的毕生精力来研究亚特兰蒂斯的历史和秘密，

请翻到**第 80 页**

▶▶　如果你选择逃跑，请翻到**第 81 页**

当你躺在手术台上时，刺眼的白色光线向你投来。你逐渐失去了意识，接着，脑海中充满了欢快的想法、声音和画面。你醒来后，没有感到任何疼痛和异样。不过，现在你可以在水下呼吸了，并且和亚特兰蒂斯人生活在他们的世界里。

几周以来，你以全新的方式重新探索了水下的世界。你无须背负供氧装置，你感到自己体内充满了无限的能量，漫游在这风景如画的世界里。你和两位向导成了要好的朋友，他们带着你到深海探险。你考察了海底，对鱼类和海洋生物有了更多的了解。你乐在其中，但是对再也无法得知水上世界的信息感到遗憾。

▸▸ **本故事完**

"不，我拒绝这种疯狂的手术。我不想变成一条鱼！"

那些亚特兰蒂斯人试图说服你，让你接受和他们在一起，还告诉你将来的生活会很幸福、很有意义，而且你会很长寿。不过，你还是拒绝了。他们遗憾地停止和你辩驳，向你喷了一种特殊的喷雾，你立刻失去了意识。几个小时之后，你恢复了意识，发现自己身处一座水下气缸中，你在里面能自然呼吸。距你最近的邻居是一匹马，它正同情又悲伤地看着你。亚特兰蒂斯人建造了一栋小公寓楼，外形很像陆地世界的建筑。人们过来看你并且和你交谈。

或许，你大错特错了，他们不再希望你融入他们的世界与生活。你拒绝了他们的邀请，现在你只能成为动物园里的一名囚徒。

▸▸ **本故事完**

你很快就见到了国王，他的无数间谍中的一员将你引荐给他。国王身处一间狭小朴素的房间，圆形频闪灯的灯光从天花板投下。

"好吧，你终于还是找到了这里。放轻松，我不会伤害你的。"国王洪亮的嗓音吓了你一跳，他请你坐下来。

和国王交谈了几个小时后，你发现他是一位智慧、友善又风趣的领袖。或许，亚特兰蒂斯的人民对于这个人的看法是错误的。

国王邀请你和他一起统治这里。他告诉你这里的大多数人都非常懒惰、自私，理应用权威和命令来管理他们。他已经当了一千年的国王了，他之所以能统治这么久，是因为他不畏惧困难。国王想让你成为他殿前的谋士。

▶▶　如果你选择接受国王的邀请为他工作，请翻到第**82**页
▶▶　如果你选择拒绝邀请，回去加入其余的人民，请翻到第**84**页

可问题是他们能逃到哪去呢？国王陛
下只手遮天，他统治着整个水下世界，到处
都是他的间谍。唯一的办法就是设计抓住国
王并将他关进监狱。

人们很害怕。有些人在数年前曾试图起
义，现在还被关在监狱里。国王很狡猾，他
不相信任何人。

你想出了一个计划：以上演戏剧为由举
办一场庆典，当演员发出信号后，观众们一
拥而上抓住国王。虽然演员们会荷枪实弹，
但是没有人会对表演者起疑心。

人们觉得这个计划很可行，还想让你来
领导他们。

▶▶ 如果你选择满足人民的期望，成为他们的领导，请翻到**第83页**

▶▶ 如果你还是想要逃出这个悲伤的世界，只帮助他们实施这个计划，请**翻到第86页**

返回水面只有一个办法，你决定离开"搜寻者"号，试图独自抵达水面。你走入能让你进入水中的潜水艇气闸室，快速一推，离开了"搜寻者"号，向水面游去。你的逃生装备中有一条黄色的小救生筏。水面很平静，但是"马雷"号却不见踪影。

你在救生筏上顶着炎炎烈日和耀眼的星光漂浮了两天两夜，最后，一架搜救直升机发现了你。你终于安全了。

对亚特兰蒂斯的科考行动需要一位新的潜水员来完成了。使"搜寻者"号失灵的神秘力量摧毁了你的视力，你的水下探险生涯也就此结束了。

▸▸ **本故事完**

为什么不去呢？有谁会相信呢？是地球的中心啊！你向前推动操纵杆，向深处前进。很快周围的水不见了，只有一种类似于水的沉重气体。你看见了一个由多彩的、飘荡的物质组成的世界，你途经许多岩石层和沙土层。

突然，你驶入了一大团黏稠的物质中，"搜寻者"号的推进器好像被其堵住了。"搜寻者"号的引擎停止了运转，你被类似于重力或者磁场的东西拽入了一种半液态的物质中。你从一层有弹性的薄膜中弹了出来，进入了一片巨原子区域。虽然有电子围着你高速运转，但是你有足够的空间在这些快速穿梭的微粒中移动。你认识那个电子所围绕着旋转的物体，叫原子核，你可以避免和这些电子撞在一起。这真是一个神奇的世界！

▶▶　如果你选择继续这次通往地心的旅行，请翻到**第89页**

▶▶　如果你选择返回，请翻到**第90页**

目前的最佳选择就是在原地等待，直到"马雷"号利用声呐设备获得你的位置信息。你无法向船上发送信息，因为"搜寻者"号上的所有电子设备都失灵了。现在看不到那艘神秘潜水艇的踪迹了。既然你已经被它驱逐出那片水域，它或许已经离开了。

你透过厚厚的玻璃舷窗向外望去，看到一头巨大的蓝鲸朝你游来。这头鲸鱼似乎要撞向你，也许是另一艘潜水艇惹怒了它，它现在正在向附近的任意一艘潜水艇展开报复。

那头鲸鱼突然使出浑身的力气撞向了你的潜水艇。"搜寻者"号严重受损，海水开始从舱口漏进来，你只能放弃"搜寻者"号。那头鲸鱼还待在"搜寻者"号的附近观望等待着。

▶▶　如果你选择尝试逃跑，请翻到**第 64 页**

▶▶　如果你选择利用鲸鱼作为"顺风车"离开，请翻到**第 85 页**

▶▶　如果你不知道该怎么办，请翻到**第 88 页**

你面对的现实是潜入可能通往地心的深洞过于危险，最好回到水面去制订出一套实施计划。

你最后看了一眼洞口，检查了"搜寻者"号的设备，然后朝水面上浮。"搜寻者"号终于再次感受到了新鲜的空气和阳光，你等待着"马雷"号来接你。

▸▸ 请翻到第 33 页

你坚持认为自己一切正常，并且将在第二天再次进行深潜。科学家们都在试图劝告你这么快就再次入水是很鲁莽的行为。"马雷"号的船长报告称一场巨大的风暴正在靠近，也许第二天将是未来一段时间内为数不多的潜水机会。

你不顾众人的反对，再次进入"搜寻者"号，向你的朋友们挥手道别，然后下潜至海洋深处。你虽然感觉很累，却很兴奋。

当你抵达海底时，决定去考察深谷两侧的暗礁。

▶▶ 请翻到第 8 页

据报道，一场猛烈的风暴正朝着你们袭来，船长决定将"马雷"号开往附近的岛屿躲避。你现在的位置太危险了。水手们将"搜寻者"号安全地拖上"马雷"号的甲板，然后你们便起航了。

你们还未抵达小岛下风向的安全位置，风暴便肆虐起来。"搜寻者"号的绳索松脱了，从船上落入水中不见踪影，"马雷"号上的电脑由于雷击造成的电涌全部被毁。虽然你们没有生命危险，但是没有备用的设备可供更换，资金也已经消耗殆尽。亚特兰蒂斯的科考行动就此结束了。

▶▶ **本故事完**

挣扎无济于事，漩涡已经将你缠住。你感觉自己的四肢被拉扯向各个方向，无处可逃，只能一圈又一圈地旋转。

▶▶ 如果你选择用激光枪在漩涡壁上炸出一个洞口，请翻到**第98页**

▶▶ 如果你选择继续挣扎，请翻到**第99页**

你无法游出漩涡。只有一个办法：向下深潜至漩涡中心。

你奋力挣扎了几次，将自己甩入漩涡的中心。你的眼中跳动着五颜六色的光影，浑然不知自己身处何方，时间已经静止。

你发现自己站在海底，透过漩涡的中心向上看，你可以望到两千英尺外的天空，呈现出一小块蓝色。

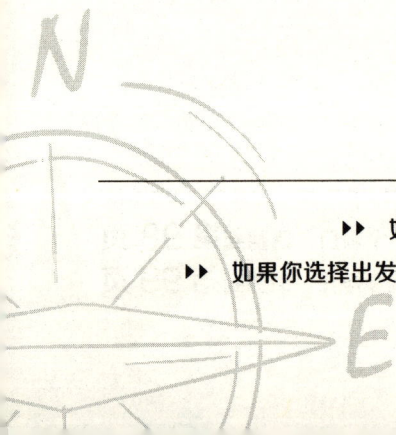

▸▸ 如果你试图返回到水面，请翻到第 **100** 页

▸▸ 如果你选择出发去考察这片奇特的区域，请翻到第 **101** 页

虽然感觉有些愚蠢，你还是决定加入他们中。注射过程一点也不疼，你感觉和注射前毫无两样。他们领着你来到一间舒适的房间，你们在那里一起喝茶庆祝你的决定。

"你看，所有的生物基本一样，生命之间息息相关。我们为了寻找其他生物，从不同的星球来到这里，我们必须很谨慎地把新的人类带到我们的星球。你们中的一些人像你一样找到了我们，我们必须谨慎选择。"

你对他们所说的话感到奇怪，你现在得做出选择。你可以跟随他们穿越时间和空间到他们的星球去，或者作为记录地球生物信息的工作人员留在水下的亚特兰蒂斯。

▶▶ 如果你选择跟随他们穿越时间和空间，请翻到第 **92** 页
▶▶ 如果你选择作为工作人员待在亚特兰蒂斯，请翻到第 **91** 页

接受血浆注射并从此成为他们中的一员，这个想法简直是太可怕了。你必须想出逃跑的计划。

你趁三个人不注意时悄悄地逃走，冲向了控制室的门。你没注意到门的出口处有激光防护装置，刚一踏入激光束中，你就一动也不能动了。亚特兰蒂斯人聚集到你身边，悲伤地说你将以这种姿势一直待到以地球时间计算的二十三年六十一天后，直到作用消失。在那之后，你才有第二次机会做出选择。

▸▸ **本故事完**

证明你没有疯的唯一方法是带领另一支科考队重返亚特兰蒂斯。你用参加电视节目和写文章赚的所有钱筹备了一艘船，雇用了船员，租下"搜寻者"号，然后扬帆起航。大家都觉得你疯了，你要向他们证明你没疯。

在找准你在航海图上极其仔细标注的位置后，你随着"搜寻者"号潜入水中。你再次找到了那个隐藏的洞穴。你拨开洞穴一面墙壁上的海藻，发现了一块金属板。

那块板子看起来像是通道的封口，它被锁住了。你试图用"搜寻者"号的钻臂将其撬开，可是金属板一动也不动。这种真相近在咫尺却又远在天边的感觉真让人万分沮丧。

▸▸ 如果你选择用激光炮炸开金属板，请翻到**第 94 页**

▸▸ 如果你选择耐心地等待被发现，直到受到邀请再进入，请翻到**第 95 页**

几周以来，你的内心无比挣扎，思考着要不要开始新的考察行动。

虽然资金不是问题，但是你很害怕找到亚特兰蒂斯会对其文明造成毁灭。你认为他们的文明应该受到保护。

你决定将这笔资金用于你已经在进行的关于太空中其他星系的生物的研究中。或许有一天，你会在太空中遇到亚特兰蒂斯人。

▶▶ **本故事完**

▶▶ 如果你不喜欢这个结局，请翻到**第108页**

虽然逃跑很困难，但你还是决定离开这群人。最好的计划就是告诉他们，你愿意接受他们的要求成为监视亚特兰蒂斯人的间谍。当你说自己愿意为他们工作时，他们果然很高兴。

"你看，亚特兰蒂斯人就是嫉妒我们。我们必须保持警惕，否则他们便会入侵并将我们摧毁的。"

你不相信亚特兰蒂斯人会嫉妒诺门人，但是你并没有争论。他们将你带回到他们领地的边界，你离开那里试图加入亚特兰蒂斯人之中。一回到亚特兰蒂斯，你便请求让你和他们生活在一起。你知道你永远不会被允许再回到水上的世界了，但是总是有逃跑的希望，生活会幸福的。

▸▸ **本故事完**

你说道："好吧，我同意，我会加入你们并且监视亚特兰蒂斯人。谁知道呢，也许他们并非你们想象中那么坏。"

诺门人非常开心，他们在大部分人居住的一幢大楼里给你提供了一个房间。大楼呈灰色而且戒备森严，更像是一座监狱。当晚，所有人都睡着了，你却坐在床上无法入睡，意识到自己是在作茧自缚。你想到诺门人是来自不同的星球的人，是一群不幸被流放的人。亚特兰蒂斯人对他们没有任何企图。你选择了错误的一方。

▸▸ **本故事完**

▸▸ 如果你不喜欢这个结局，请翻到**第 109 页**

或许，你可以向亚特兰蒂斯人学习如何在生活中获得如此理想的幸福感。

当你宣布留下来的决定后，你受到了亚特兰蒂斯人善意和友好的欢迎。你表示自己想帮助他们在水下生产食物。

几千年前，亚特兰蒂斯有着非常先进的文明。人们心中孕育着和平的思想，扫除了仇恨的念头，就像是在照料花园一样。他们的思想变成了宽广而耀眼的宇宙，纯净而又自由。

你忙于帮助他们种植海洋植物，研究他们的历史，很快就将"搜寻者"号抛到脑后了。

▶▶ **本故事完**

当所有人都在忙碌的时候，你获得了逃跑的机会，你奔向通道的出口，从那里出来进入了水中。没有警报声，也没有人追你。真是太奇怪了，因为他们是不会让你回到水面上的世界的。那么，他们为什么会让你逃走呢？

你朝着水面游去，没有人能在高压和缺氧的环境中活下来。然而，你突然发现自己被海带绊住了。

你离水面只有很短的距离了。

▸▸ 请翻到第53页

成为国王的谋士！真是个绝佳的机会。也许，国王因为统治的时间太久导致和人民失去了联系。或许，你作为国王的谋士可以帮助人民获得他们想要的东西。你不相信人民懒惰又自私，国王只是需要新的视角。

你被任命为研究并解决食物和住所难题的特别谋士，你立即召集所有人召开会议共同讨论食物项目。国王很高兴看到有人接管了这些问题，于是他让你全权负责。他赐予你土地，并且给你发放高薪。你启动了一个新的项目，安排人民按照计划工作。你倾听他们的诉求和想法。海底的生活丰富又充实，人民勤劳善良。留在这里真是一个明智的决定。

▶▶ **本故事完**

虽然你不想领导起义，但是人民需要你。你组织排练了戏剧，国王也很高兴他的子民能参与到让他们忙碌又快乐的活动中。人们都翘首企盼着能将国王送入监狱并且由他们自主做决定的那一天。

戏剧上演的那天晚上，剧院里坐满了人，每一个人都等待着国王的出现。然而演出推迟了，人们渐渐紧张起来。一位国王的信使跑进了剧院，宣布国王突然患严重的急性脑膜炎，可能会有生命危险。

你怀疑国王究竟是真的生病了还是已经发现了针对他的谋反计划。人们一头雾水，不知所措。他们都向你求助，你让他们继续表演戏剧。这时，一队国王侍卫进入了剧院，朝你走来。

▶▶ 如果你选择让他们逮捕你，请翻到第 **118** 页

▶▶ 如果你选择逃跑，请翻到第 **119** 页

成为一位卑鄙的国王的谋士吗？绝不可能！你告诉他你不想与一位不相信人民的暴君有任何瓜葛。你当面对国王说他的人民都感到不幸和愤怒，他哈哈大笑，说如果你愿意，尽可以回到人民当中去。他提醒你说，那些人只会抱怨，不会努力工作。

一回到你的新朋友当中，你们就开始商讨如何推翻国王及其爪牙的统治。你们举行了一场秘密集会，并想出了一个计划。可就在起义当天，有人发现水下世界的火山山体上出现了一条裂缝，整个文明陷入危险之中，所有人将起义的想法抛至脑后。亚特兰蒂斯的人民必须立即采取措施防止海水将他们吞没。大家都为了一个共同的目标——生存——而努力。

▶▶ 如果你选择和人民在大难临头之际共同努力，请翻到第 **114** 页

▶▶ 如果你选择利用这次紧急事件逃之夭夭，请翻到第 **116** 页

你听说过人类能够骑乘海豚，也遇到过一些深海潜水员声称自己曾经抱住鲸鱼的鳍搭乘了一小段路。虽然听上去很疯狂，但这也许是你逃生的唯一办法。你离开"搜寻者"号，向鲸鱼游去，抓住了它的鳍。这头庞然大物流畅有力地游向水面，你有些抓不住它了。鲸鱼冲破水面，给肺部补充氧气，你则安静地游走了。

你漂了两三天，时而昏睡时而清醒。隔热潜水服保持了你的体温，它的特殊气囊能让你一直浮在水面。因此，当搜救直升机在起起伏伏的海浪中发现你时，虽然你又渴又饿，却毫发无伤。

▸▸ **本故事完**

虽然这里是他们的世界，但你还是想帮助他们完成推翻国王统治的计划。但你不想参与到真正的起义行动中。

这个计划需要选出新的领导者并为人民设立新的目标。你几乎想要加入计划的实际行动中去了，但是你真的很渴望返回自己的世界。一旦起义开始，你希望自己能够悄悄溜走，回到"搜寻者"号上，从而迅速地逃到水面上。

就在起义当天，你受到亚特兰蒂斯人的果敢精神的感染，决定留下来竭尽全力去帮助他们。无数的计划和训练取得了成效。一支精挑细选的起义军轻而易举地将国王和他的侍卫们抓获。起义大获成功，无人伤亡。人们为此举行了连续数天的庆祝活动。

亚特兰蒂斯的人民将你视作他们的一员。你也第一次有了同样的感觉。

▸▸ **本故事完**

你不得不承认自己不知该如何是好，那头鲸鱼看起来很可怕，并且你也没有其他的逃生计划。于是，你只好等待着，观望着，仔细聆听着。

虽然可能只是短短的几分钟，你却感觉过了很长时间。那艘神秘的潜水艇又回来了，它用一根绳索将"搜寻者"号与其连接在一起，拉向水面。那艘潜水艇在海浪中又不见了踪影，只留下你等待着"马雷"号。

▶▶ **本故事完**

电子还在以令人眼花缭乱的速度到处旋转着，你继续前行，直到抵达了设备显示时间停止的地点。电子时钟停止了，速度指针停止了，你的心跳也停止了，可你还活着，你身体中的每一个感官都比以往更加敏感。

你能感受到有其他生物在你附近。只有一个舱口，如果有生物进入，你不会发现不了。但当你转过身，看到了三位亚特兰蒂斯人。你意识到"搜寻者"号已经变成了一种思想，来自亚特兰蒂斯的人已经进入到你的思想中，并且登上了"搜寻者"号。你试图进入他们的思想，但是他们对你说你还远远没有修行到能够成为思想旅行者的境界。

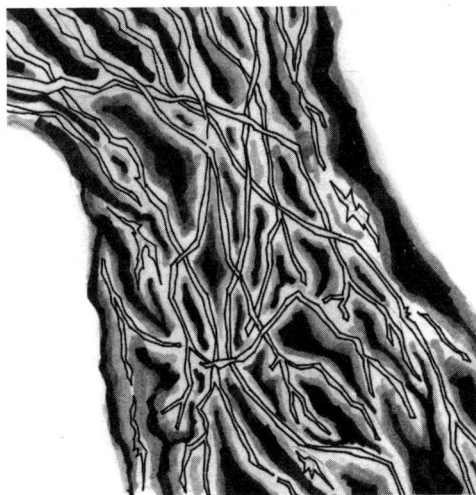

▶▶ 如果你选择返程，离开这个奇怪的世界，请翻到**第 96 页**

▶▶ 如果你选择在思想空间穿行，请翻到**第 97 页**

不，你不想下潜至地心。你知道一旦穿透了地球薄薄的外壳，下面的地层便会由固态变成岩浆，最后变成坚硬的地核，至少地质学家是这样认为的。你不可能在下潜的过程中活下来。无论怎样，你都觉得你的声呐装置的读数不正确。虽然这个洞很深，但你并不相信它会直通地心，你向来行事谨慎。你回到了水面，向"马雷"号上的科学家们进行咨询。

科学家们对你说他们的设备已经受损。或许是风暴逼近的缘故，他们也十分谨慎，决定将"马雷"号驶离这个神秘的洞口。科考队撤离了，你知道你寻找亚特兰蒂斯的机会就这样溜走了。

▸▸ **本故事完**

你到现在经历了太多九死一生的冒险。穿越到另一个星系的其他星球听上去要更危险，你不想冒这个险。而且，你以后总会有机会去的。

你告诉那些人你想留下来为他们的社会工作。也许，你所掌握的关于海洋的知识能帮助他们。他们就你的事情认真地研讨了几天，当他们结束讨论时，给了你两个在亚特兰蒂斯工作的选择——成为一个农民，或是成为一名乐手。

▶▶ 如果你选择成为一个海底农民，请翻到第 **103** 页

▶▶ 如果你选择成为一名乐手，请翻到第 **105** 页

"我希望和你们一起离开。我想去看一看宇宙的另一部分。"

"恭喜你。你绝不会后悔的。我们准备出发。"

他们将你带到一间小屋。他们中的三个人和你一起站在一束刺眼的光线下,虽然一动也没动,你却有一种疾速飞驰的感觉,像是在宇宙中行驶了数万里。你掠过太阳,穿越了银河,然后进入了其他星系。虽然,你感觉自己还站在原点。

然后,你来到了亚特兰蒂斯人的埃吉尔星球。这是一个造型奇特、生长着很多奇异植物的世界。城市明亮得仿佛有一千个探照灯在闪烁,他们的大楼是由能量脉冲的光柱形成的,光组成了万事万物。你看不见人,只有更明亮的人形的光在移动。突然间,有一些移动的人形光变成了亚特兰蒂斯人。

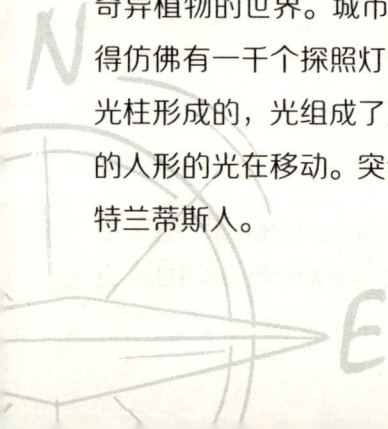

"我们的身体并不重要，重要的是我们的能量。如果你愿意的话就能看到我们身体的形状，但是我们只是用它来和你这样的人类交流。你可以选择保持你现在的样子，或者接受变形。"

▸▸ 如果你选择留住身体的形状，请翻到第 **102** 页

▸▸ 如果你选择转变成人形的能量体，请翻到第 **104** 页

你想要将金属板炸开，你有这能力。你的手指按下了发射激光炮的红色按钮，一束刺眼的光柱射出，但是金属板毫发无损。你一次又一次地发射激光炮，每次"搜寻者"号都会受到激光炮的后坐力而摇晃，反射回来的激光也在摧毁你的潜水艇。你仍然将手指按在按钮上，持续不断地发射激光炮。

突然，"搜寻者"号的内部出现了一道刺目的光线。激光炮爆炸了。你和"搜寻者"号都被摧毁了。

使用暴力并不是明智之举，除非在受到袭击的情况下自
我防卫。你不会使用激光炮，甚至连想都不会想，它会造成
人员伤亡，而且还会毁掉双方建立友谊的机会。你决定耐心
地等待，希望自己能受到注意并被邀请进入。

你在潜水艇里坐了六个小时，等待着出现某种迹象。突
然间一道绿光从那片区域射向你，将整个"搜寻者"号都笼
罩在它柔和的光线里。金属板打开了，从里面走出来三个身
影，用手势示意你跟他们走。

▶▶ 如果你选择跟随他们，请翻到**第 106 页**

▶▶ 如果你拒绝跟随他们，请翻到**第 107 页**

你已经受够了。这简直就是场噩梦，你决定掉头返回。但是返程比你预期中要困难许多。电子旋转着离你越来越近，好像它们是阻止你离开的守卫一样。要驾驶"搜寻者"号离开迷宫一样的原子阵十分艰难。所有的仪表都失灵了，亚特兰蒂斯人的身影消失了。突然间，你陷入了之前几乎被其困住的弹力薄膜中，它粘住了"搜寻者"号，将你拽了回来，你想挣脱出去，回到自己熟悉的世界。

然后你失去了意识。

当你数小时之后醒过来时，你已身穿潜水服漂浮在海底洞口的上方。你发现"搜寻者"号不见了，感到一阵头晕目眩。这一切难道是一场梦吗？你慢慢地游回水面，但是"马雷号"已不见了踪影。你不知道时间过去了多久，你意识到你的船员们一定是认为你永远地失踪了。你独自一人在一望无际的水面上漂浮着，毫无抵抗力的身体被海浪来来回回地拍打着，你感觉自己的力气正在一点点地消耗殆尽。

▸▸ 本故事完

你意识到成为一名思想旅行者是人们一直梦寐以求的事情。你当然很想成为一名思想旅行者，但是要怎样才能做到呢？

亚特兰蒂斯人轻声告诉你：任何事物都是相同的——无论是过去、现在还是将来。只要你集中精力将自己的思想放到你想让它们到达的地方即可。

你尝试了一下，不可思议地在时空中飞速穿越到你出生的那一天，然后又来到了你第一次进行深海潜水的那天。你的思想从你生命中的一个时间飞向另一个。但是，当来到未来的时候，你遇到了一面空白的墙——你似乎无法穿越到未来。

你向亚特兰蒂斯人问道："我为什么不能到未来去呢？"

他们答道："别急，迟早会的。"

忽然，你旋转着穿过时间进入了宇宙的外层空间，在那里你真实地感受到光线穿过你的身体。你没有投下影子。一种安详的感觉充盈在你的体内。

▶▶　如果你选择放弃思想穿越，回到地球生活，请翻到第 **113** 页

▶▶　如果你选择继续思想穿越，放弃回地球生活，请翻到第 **112** 页

　　你有一把用于紧急情况的激光枪。你在漩涡壁上射出一个洞口，然后穿了过去。你面前出现了一群鱼，都在迷惑地看着你这个奇怪的闯入者，它们的后面紧跟着一条鲨鱼。你慢慢地朝着水面游去，鲨鱼消失在大海深处。

　　"马雷"号不见踪影，你不知道要等多久才能获救。这时一阵巨大的击水声和吐气声吓了你一跳，一头巨大的鲸鱼浮出了水面，正在喷射水柱，大声地叫着吸入了一大口空气。你花了足足半个小时才游到那个庞然大物的身边，它并没有发现你。你攀上了它的尾巴，跪着向它后背的最高点爬去，感觉仿佛在一块巨大的灰色岩石上爬行。

　　你借助制高点已经完全可以望到"马雷"号和双筒望远镜反射的微弱阳光，"马雷"号上的船员正在观察这只鲸鱼。你挥舞着手臂，感觉他们一定会看到你，他们不久就会来接你了。

▸▸ **本故事完**

你晕了过去。当你苏醒时，发现自己正漂在水面上。海浪汹涌澎湃，热辣的阳光照射着你。那股漩涡神秘而又快速地停止了，正如它的突然而至。你感觉头晕目眩、疲惫不堪。你轻缓地移动着身体，以确认自己的骨骼没有受伤。

正当你慢慢地在头盔里转动头部时，你的右侧太阳穴剧痛不已。你必须一动不动地躺着，然后你的耳朵逐渐地听到了搜救直升机螺旋桨的轰鸣声。你不敢抬起身去看，可随着时间一点点过去，轰鸣声越来越小，然后慢慢消失。直升机没有发现你。太阳穴的疼痛越来越剧烈。你失去了意识。

▶▶ **本故事完**

漩涡壁看起来像一道通向水面的坚硬山脊，中心部位的海水看起来非常平静，你觉得有从那片宁静的水域游出来的可能，看上去值得一试。

于是你行动起来。就在你还无法判断是否取得了一些进展时，漩涡掉转了方向，不再向下旋转而是向上转去，将你甩出了水面，抛到了空中。你又落回到"马雷"号附近的水面上。

虽然跌落到水面导致了眩晕，但你很快就恢复了意识，被救上了船。大家当然都不相信你的故事，你后来自己也觉得这一切神奇得很不真实。

▶▶ **本故事完**

海底有一道小舱门，你用尽全身力气去拉，却无法将其打开。你休息了一下，透过周围的水墙向外望去。竟然有两条鱼回头看你！这感觉好像是身处一个供鱼类观赏的鱼缸里。

舱门开了，里面传来的声音命令你进去。你有些担忧，小心翼翼地穿过一间走廊来到了一间小屋里，你在里面遇到了三个人。

▸▸ 请翻到**第56页**

你不能就这样放弃自己的身躯，或许对亚特兰蒂斯人来说以纯粹能量的形式移动没什么问题，可你还不想冒险将自己变成他们的样子。和一团发光的能量一起走动感觉太奇怪了。

他们让你讲述你所知的地球上的生活，你同意了。两年来，你都和以能量形式存在的亚特兰蒂斯人聚在一起，讲述有关地球及人类生活的事。亚特兰蒂斯人对地球生活的每个领域都感到好奇，无论是科技、政治、战争还是宗教。

你询问他们原因，他们却从未直接回答你的问题。突然有一天，当你看着自己的身体时，发现只有一团发光的能量，你惊恐地意识到自己已经彻底变成他们中的一员了。

▶▶ **本故事完**

你很喜欢水下农业这份工作。

在亚特兰蒂斯的外部，有一片种满了海洋作物的土地，类似于地球上的花园。亚特兰蒂斯人每天出来收割作物、照料田地，并且驱赶喜欢啃食庄稼的鱼。你还可以在鱼圈里工作，在这里喂养及照料鱼类，直到它们可供食用。

海下的农业工作很美好，而且比你想象中还要简单。尽管如此，还是会有潜在的危险，比如魔鬼鱼、纤细的海蛇和偶尔出现的鲨鱼，你必须随时保持警惕。

▸▸ **本故事完**

既然你到了亚特兰蒂斯人的世界，那么为什么不变成像他们的样子呢？

你低头看自己的双手，发现它们开始逐渐发出微弱的黄色光芒，你的四肢也一点一点地变成了光。突然，你的身体终于全部消失了，你以能量的形式存在于世，你感到了一种前所未有的自由和快乐。你可以飘浮、飞翔，或者瞬移到你想去的任何地方。没有围墙能阻止你，你能穿透而过。你不需要食物，也不用休息。你可以穿越时间，也可以瞬间以能量的形式回到地球。

你认为这就是你想要的样子。

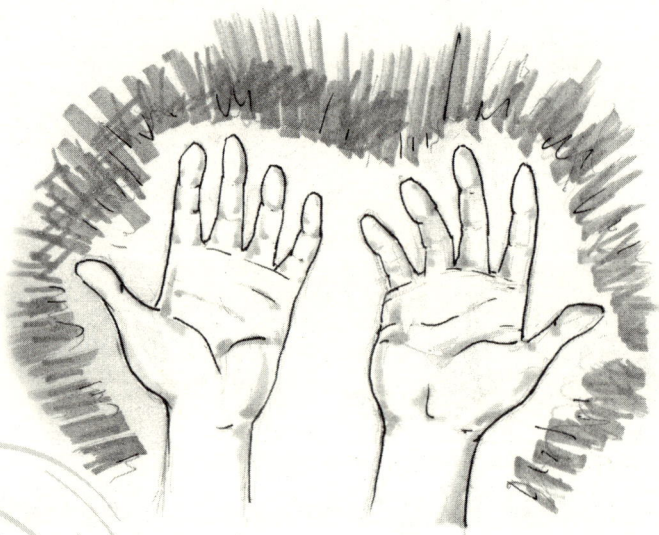

▸▸ 本故事完

　　亚特兰蒂斯的乐手？谁能想到是什么样的呢？他们要你选择一种乐器来演奏。

　　你研究了水下长笛、海鼓、鲨骨笛子和一大堆电子乐器。最后，你选择了一种电子乐器，但它却根本发不出声音。他们告诉你演奏这个乐器是供人们感受的，而不是让人去听的。真是个奇怪的世界呀！谁会相信演奏乐器不是供人聆听的呢？但你还是开始了学习，慢慢地学会了用身体的不同部位去感受音符。

　　你对这种感官音乐的兴趣日益加深，逐渐掌握了这门全新的艺术，最终成了亚特兰蒂斯最伟大的音乐家。

▸▸ **本故事完**

这些人将你带入一间控制室，你在那里见到了水下科研中心的指挥官，他们正在对时下的生物进行秘密科研。

他们说还好你没有使用激光炮，因为他们有反激光设备，会将你和"搜寻者"号炸成碎片。他们热情地款待了你并带你参观了深海实验室，之后便将你送回"搜寻者"号，让你返回水面。你被告诫永远不要再来到这里，否则你的余生都将作为囚徒被关押在这里。

▶▶ 本故事完

当你表示拒绝跟随他们时，他们拿出一个小型手持催眠器，让你陷入了深度睡眠的状态。你被带着穿过一条长长的通道来到了一间大型水下实验室。三位军事技术人员来到你身边，将你唤醒。

"你碰巧闯入了一座秘密军事基地。我们研发出许多秘密的计划，不能冒险让这些计划被发现。你将作为罪犯被关押在这里。"

你现在已经无路可逃了。

▸▸ **本故事完**

你在内心挣扎了几周后，决定重返亚特兰蒂斯。你的心情太迫切了，于是只租用了一架小型的高速水上飞机将你带到亚特兰蒂斯所在的海域。刚抵达位置，你就想带上装备下潜。你明知无法潜到两千英尺深，却不在意，你一定要尝试一下。

海上掀起了风暴，足足持续了六天。当天空刚刚放晴，你就准备潜水。在你跳入水中的时候，你抬头看向天空，发现在云层高处出现了闪闪发光的亚特兰蒂斯。你已经没必要再潜水了。

▸▸ **本故事完**

　　那天夜里，你被一阵低语吵醒。你仔细一听，发现原来是一群诺门人在计划叛变。

　　他们想加入到亚特兰蒂斯人中。他们觉得在亚特兰蒂斯的生活会更好。你加入他们的讨论，并且听他们讲述了可怕又黑暗的故事。他们追寻光明和友谊。虽然这听上去很简单，但是并不容易。

▶▶ 请翻到下一页

突然，门被撞开了，三名携带着特殊武器的侍卫闯了进来。他们发射武器后，随着一道亮光，你和你的同伴们全都蒸发不见了。

▸▸ **本故事完**

一千年的思想旅行后，你被召唤进入主冥想室。"人类，你做得很好。现在，只要你愿意，便可以回到你的世界了。"

你松了一口气，终于回来了。一切都让你大为震惊，世界上的各大城市——纽约、伦敦和巴黎——都变得荒草丛生。通往城市的道路几乎消失，零散的几座高楼在乡村矗立着。你看不见大烟囱，也看不见道路和车辆。人们过着一种食物、住处和衣服都自给自足的生活。你渴望加入他们。

▸▸ **本故事完**

　　有一天，亚特亚蒂斯人说如果你愿意，便可以返回地球了。但你没有立刻回去，而是仔细地思考了一番，考虑到自己有了思想旅行的能力，而且觉得现在的生活是自己想要的，所以你决定永远地留下来。

很久以前，亚特兰蒂斯人已经准备了应急机制，但是大多数人已经记不得这件事了。幸好其中一位老者还记得应急指导和设备的存放位置。

你和亚特兰蒂斯人一同夜以继日地奋战了七十二个小时，不断将涌入的海水抽空，并且在火山的裂缝周围建了特殊防护墙。这一切终于结束了，你已疲惫不堪，但是你们赢得了这场战斗。

▸▸ **本故事完**

大家都在担忧涌入的海水，没有人注意到你在试图逃跑。

你沿着一条狭长的几乎无人使用的走廊跑向大海。出口的门很重，并且由于不常使用而生锈了。你用尽全身力气去推，终于推开了，里面是一道通往开放水域的空气闸门。你按下紧急解锁按钮，整个人被冲入了水中。

"搜寻者"号还在原来的位置。你一进入里面，便朝水面"马雷"号的接应位置驶去。

▸▸ **本故事完**

尝试从侍卫手中逃脱是徒劳的，你被团团围住。

他们带着你去见国王，国王悲伤地说你和其他人一样。他无法信任任何人，不得不考虑如何处置你，他将你关入了地牢。

▸▸ **本故事完**

你要怎样才能逃脱呢？侍卫在后面紧追不舍。你用尽全力大喊着："救救我！"剧院里的所有人将你围在中间，在侍卫面前形成一道屏障。侍卫看着人群，犹豫不前，很快便离开了。侍卫知道如果动用武力，取胜的概率微乎其微。

人们为起义的打响呐喊着。人群拥出剧院，朝着国王的领地进发。一路上不断有人加入，甚至连国王的侍卫都加入队伍中。

你和那些人民获得了自由，国王被关入了监狱，起义取得了圆满的成功。

▸▸ **本故事完**

重返亚特兰蒂斯

献给安森、拉姆齐、埃弗里、莱拉和香农。

—— R.A. 蒙哥马利

　　三年前，你踏上深海探险旅程，去寻找失落之城——亚特兰蒂斯。你找到了它，但问题是，回到陆地上，没有人相信你。当你的好朋友霍顿·詹姆斯三世带着资金和设备出现在你的办公室时，你果断地抓住机会，打算重返亚特兰蒂斯。而且这一次，你决心要带回证据。但还有一个小小的问题：获取亚特兰蒂斯存在的证据可能会让你丢掉性命。

"我真的很想回去。"你大声说，以为国家海底实验室的办公室里只有你一个人。

"回哪儿去？"一个声音问道。

你在椅子上转了一圈，看到你的研究伙伴，也是最亲密的朋友正站在门口对你微笑。

"你知道的，回到亚特兰蒂斯，还能有哪里？"你回答。

"进来吧。"

霍顿·詹姆斯三世走进办公室。办公室里堆满了书、设备、鲨鱼的下巴、无头乌贼、海蛇、珊瑚块，还有一只生锈的大锚。

霍顿从椅子上拿起一堆杂志，坐了下来。

"看来，海底世界的诱惑又迷住了你，是吗？去一次对我们的小英雄来说还不够吗？你知道，三年前你去非洲旅行的时候，大家都以为你在水下待得太久，产生了幻觉。难道不是吗？"

▶▶ 请翻到**下一页**

你准备反驳他，最后也只是耸了耸肩。

从来没有人相信你真的在三年前发现了失落之城亚特兰蒂斯。毕竟，你离开几天后终于回到水面时，没有携带任何确凿的证据来证明你发现了亚特兰蒂斯，并和亚特兰蒂斯人一起生活过。

人们说那三天里，你可能只是在"搜寻者"号潜水艇上四处游荡，不是精神错乱就是胡思乱想。即使是那些采访你的电视台记者，听到你的故事时也会相互间使眼色，强忍着笑意。

▸▸ 请翻到第**132**页

"好吧，天才，告诉我怎么能筹到钱，什么时候走。"你问道。

"就像我说的，小菜一碟。我刚刚获得了一项国际海洋学基金，用来资助我研究鲸鱼和海豚的交流。"

"你在开玩笑吧，多少钱？"

"足够买下你的旧科考船'马雷'号，还能弄到一艘'搜寻者'2号新潜水艇。对你来说够好了吗？"霍顿问道。

"我们走吧！我已经从实验室攒了好多天的假期，从教学上抽点时间做研究是没问题的。"你回答道。

▸▸ 请翻到**下一页**

三周后，你和霍顿登上了大洋中央的"马雷"号。

你命令船员放下一只锚，让船停下来。

海水绿幽幽的，泛起微微的波浪，轻轻摇晃着船。

"搜寻者"2号被漆成明亮的黄色，用木架支撑着。潜水艇里的空间足够容纳下你和霍顿，外加在潜水艇外探索时用到的设备。

"我们出发吧！"你说着爬进了"搜寻者"2号。

霍顿紧随你之后。

你锁上了舱门，隐约听到绞车把"搜寻者"2号从木架上吊起来的声音，然后，你感觉到潜水艇坠入了大海。没有电缆把潜水器连接到"马雷"号上，你和霍顿只能靠自己了。

"搜寻者"2号潜入一个越来越黑暗的世界。它让你想起梦境，有些是快乐的梦，有些是噩梦。

"灯亮了。"你按下搜索和探察按钮，开心地说道。

探照灯照出了许多鱼，它们被灯光吓得跑开了。

你看到的是一个令你深深着迷的、优雅而美丽的世界。

▸▸ 请翻到第**130**页

"授予权限，你可以上船了。请验证身份，并说明你打算如何进入'搜寻者'2号。"你激动地说。

"我们的技术能够做到传输能量、改变形状和空间，且你们丝毫不会受到干扰。"

你看看霍顿，他似乎完全沉浸在对声波的录制和分析中。

霍顿将电脑显示的声波与鲸鱼和海豚的声波模式进行比较。

"太棒了，简直太棒了！"他一边说，一边小心翼翼地将不同的模式与传入的声波进行匹配。

"什么太棒了？"你问道。

"声波匹配！外面正在给我们发送鲸鱼的声音。"

就在那一瞬间，传入的声音的层次和结构发生了变化。

▸▸ 请翻到第**150**页

"搜寻者"2号继续下降。

突然，在水下约一百码（1码=91.44厘米）处，你看到一个巨大的物体，它侵占了你所有的视野。

它还在呼吸！至少它身体起伏的方式看上去像正在呼吸。

"天哪！那是什么？"你小声说，担心声音太大，那个怪物会把潜水艇一口吞下去。

附在它的侧面的一个小小的银色胶囊船发出微黄色的光，似乎在向你释放信号。

"搜寻者"2号的右下方是一堆海底岩石和一些小山丘，看上去像三年前你发现的亚特兰蒂斯的入口。

霍顿抓住你的胳膊。"它在移动！我们快跟着它。"他说，"这可能是有史以来最大的鱼。"

你知道霍顿迫切渴望查看这只生物，也多亏他的资助让这次探险成为可能。但是这个生物身上的某些东西让你警惕起来——你有一种感觉，最好小心行事，或者干脆避开它。

▶▶ 如果你选择跟踪怪物，请翻到**第142页**

▶▶ 如果你选择避开怪物，下降到可能是亚特兰蒂斯入口的地方，请翻到**第146页**

"好吧，随你怎么想，但我真的去过那里。"你对霍顿说，"真的有个地方叫亚特兰蒂斯，已经存在了三千多年，亚特兰蒂斯人也是真实存在的。更重要的是，他们比大多数陆地上的人类更聪明、更善良。你只是嫉妒当时没和我在一起。"

你挑衅地看着霍顿。

"好吧，好吧！"他回答说，"别激动，我相信你去过那里。如果你真的想回去的话，我可以跟你一起。"

你犹豫了一会儿，让他不禁怀疑你是否欢迎他的加入。

"我不确定能不能让你加入。"你说，"那里的要求非常严格，不是每个参观者都可以进去。我们人类的名声不太好。"

"你说的'我们人类'是什么意思？他们不也是人吗？"霍顿问道。

"当然不是，"你回答说，"亚特兰蒂斯人来自埃吉尔星球，后来被长生不老星球的'诺门人'控制。亚特兰蒂斯人离开了家园，他们知道自己的时代结束了。"

▸▸ 请翻到**下一页**

霍顿在椅子上挪动了一下。

你知道，他对外星人，或银河系其他区域的行星这些概念并不感兴趣。霍顿是一个科学家，他相信如果某个东西你看不见它，摸不到它，分析不了它，那么这个东西就不存在。

你已经不打算告诉他什么是共存世界，什么是第五维度的时间和空间，或者和而不同的生命形态。不过，在紧急关头，霍顿是一个勇敢、忠诚、可靠的伙伴。你需要有一个人来证明自己确实发现了亚特兰蒂斯。

"好吧，霍顿，"你说，"算你一个。不过，要记得保持开放的态度，好吗？这次探险并不简单，会充满危险，另外筹集资金开展这项任务也会困难重重。"

霍顿露出他招牌式的笑容，向后靠在椅子上，张开手臂，说："这个嘛，小菜一碟。"

▸▸ **请翻到第 125 页**

你奋力逃跑，跑向外面。

你可能会被亚特兰蒂斯人误认为是诺门人。如果是那样，你只是会被迷倒。你跑得更卖力了，真希望自己的双手能解放出来。你想知道为什么诺门人没有杀了你。

眼看就要到达亚特兰蒂斯人的地盘时，你听到头顶上方传来"嗖"的一声。

你顾不得了——通往大楼的入口就在眼前，你跳了进去。

五个面带微笑的亚特兰蒂斯人问候你。一个人松开你的胳膊，另一个人把你带到门口。你看到外面十一个诺门人在地上滚来滚去，试图从一个液体网中逃脱。他们越是扭动，网就越紧紧地缠在他们的身体和武器上。

虽然你刚经历了死里逃生，但还是很高兴能重返亚特兰蒂斯。

▸▸ 本故事完

"这是一条我不知道的海沟，"霍顿紧张地说，"是你第一次找到的通往亚特兰蒂斯的路吗？"

"不，看起来一点都不像，可能我——"

你还没说完，情况急转直下。

"搜寻者"2号向左舷倾斜，接着向右舷倾斜。你被甩到舱内的地板上，胳膊被撞出了淤伤，头部也被狠狠地撞了一下。霍顿也被甩了出去。

"怎么回事？发生了什么？"他喊道。

"我不知道，控制失灵了。"你回答。

那一刻，一切都停止了。"搜寻者"2号一动不动地待了几分钟，然后开始了一段漫长而缓慢的下降。你看着深度计，却无能为力。你们正被一股未知的力量拖拽到海沟深处。

▸▸ 请翻到第**164**页

你看着银色胶囊船从怪物的身上分离，朝你驶过来。

一束细如铅笔的强烈红光从船舱的顶端射出。声音的音调和音量发生了变化，你开始感到痛苦。

霍顿却被这声音迷住了。

"这是什么？发生了什么事？"你喊道。

"搜寻者"2号的舱内被粉红色的光晕笼罩。你看看深度计，现在是海平面以下两千英尺，不可能轻易逃脱。

一个怪异的声音穿透"搜寻者"2号的船舱："请求登船许可！"

▸▸ 请翻到**第141页**

"你做到了！"霍顿大声喊道。

"还没结束呢！"你一边回答，一边努力控制着潜水艇。在你的下方是另一块耸立的岩石。

"小心！这次我们真的要撞上了。"

霍顿说得没错。

砰！

"搜寻者"2号完全停了下来。深度计显示为三千七百英尺。

你查看设备，惊恐地发现燃料和储存的氧气在迅速减少，舱内压力在不断增加。你瞥了一眼温度计，你更加恐惧了——舱内的温度正在迅速下降！

"灯光在变暗。"霍顿语气平静地说。当事情变得非常糟糕时，他反而会更加勇敢和冷静。他已经在组装专业的深海潜水服，准备逃出"搜寻者"2号。

"先别急，霍顿，"你说，"我们再等一会儿。我想到了几个办法，先等等。"

请翻到第**175**页

你和霍顿选择留在"搜寻者"2号里面。

"我们可以改天去埃吉尔星球,"你们在潜水艇里等待时霍顿说道,"我还没有机会探索亚特兰蒂斯呢!让我们看看你离开后那里有没有什么变化。"

"诺门人是很危险的群体。"你警告他,"他们引发了这里的战争,真是太可恶了!"

片刻之后,一群亚特兰蒂斯人朝你们走来,带领你们穿过气闸,进入亚特兰蒂斯的世界。

"嗯,看起来和以前一样。"你悄悄地对霍顿说,"唯一的不同是,亚特兰蒂斯人脸上不再有笑容。他们曾经看起来很快乐。"

"可能是因为战争吧。"霍顿回答道。

其中一个引路的亚特兰蒂斯人是一个与你年龄相仿的男孩,他介绍说自己叫马图勒斯。

"我是从埃吉尔星球迁移过来的,"他说,"来这里大概六个月了。亚特兰蒂斯是我的训练场。我和你们俩一样,是个科学家,所以被指派做你们的向导和联络人。"

▸▸ 请翻到第 161 页

声音停止后是一片安静。音乐也停止了，银色胶囊船也停了下来。

你只能听到自己的心脏跳得很快。

霍顿被吸引住了，他说："真不敢相信会有如此美妙的音乐。"

你必须做点什么，但做什么好呢？

你的大脑飞速运转。你可以采取紧急潜水逃离这里。

突然，你想起"搜寻者"2号装有爆破器，专门用于紧急情况。你可以对着银色胶囊船开火。

或者，你可以接受登船请求。

但是胶囊船里装的是什么呢？

你希望霍顿能帮上一点忙，但他完全置身事外。

一切取决于你，你必须尽快做出决定！

▶▶ 如果你选择紧急潜水逃离这里，请翻到**第 179 页**
▶▶ 如果你选择用爆破器去摧毁银色胶囊船，请翻到**第 187 页**
▶▶ 如果你同意银色胶囊船里的生物登上"搜寻者"2号，请翻到**第 129 页**

"如果你想那么做，"你对霍顿说，"那么，咱们就去钓鱼吧！"

"我负责监控它的声音。"霍顿说，他很高兴你同意和他一起前往。他已经在摆弄拨号盘和电脑键盘了。这些设备是霍顿专门设计的，用来分析鲸鱼和海豚的交流。

"好吧。"你回答说，忙着控制"搜寻者"2号，使它轻轻地远离怪物，但怪物的速度和你一样快。

你加速。

它也加速。

"霍顿！这是什么？"你大声喊道，"它看起来既不像鱼，也不像鲸鱼。这个怪物没有鳍，没有鳃，也没有眼睛！"

霍顿不吭声。他专心于自己的工作。他打开扬声器系统，把耳机从头上拿下来。怪异的音乐充满了"搜寻者"2号舱内。声音似乎有点熟悉。

"声音从哪里来的？"你问道，"怪物身上？"

"我也不确定。可能来自附在它侧面的银色胶囊船。音乐开始的时候，银色胶囊船停止闪光。你自己看，现在只有微弱的光从里面发出来。"

▸▸ 请翻到第 **138** 页

你们很快回到"搜寻者"2号。

你和霍顿从潜水艇里看到,银色胶囊船遭到无名的攻击。但是,当入侵者发射的导弹穿过海水时,银色胶囊船开始发出彩虹般的光芒,然后又向"搜寻者"2号发射了一束蓝光,就从你们的视野中消失了。

你的潜水艇剧烈地颤抖着,然后上升。

当你快速穿过导弹的路径时,你看到导弹正朝着未知的船只反向发射!

▶▶ 请翻到第 **174** 页

"你们收获了什么？"霍顿很想知道。

"海洋植物、浮游生物，这是我们的主要食物来源。鱼就像一艘货船，我们把它灌满食物，然后带它游回亚特兰蒂斯的加工厂。"

霍顿对于亚特兰蒂斯人靠鱼来采集食物的做法很感兴趣。

他问："你们那里有捕食鱼的团队，或者学校吗？鱼吃什么呢？它是囚犯吗？你们要游多远才能得到食物？这些鱼被地球上的船发现过吗？"

扬顿和莫尔多纳似乎很乐意回答这一连串的问题。

"我们想和你们一起回亚特兰蒂斯。可以吗？"你打断他们。

"当然没问题，"莫尔多纳回答说，"但是我们的鱼只灌了一半，我们出来采集食物才一周，你们愿意加入吗？如果不愿意，我们可以告诉你们去亚特兰蒂斯的方向，发无线电通知族人，让他们迎接你们。自从你上次离开，我们已经改变了准入手续。四周充满邪恶势力，我们的生存岌岌可危。诺门人又开始兴风作浪了。"

你看看霍顿。你知道他很想和亚特兰蒂斯人一起去采集食物。

▶▶ 如果你选择直接去亚特兰蒂斯，将霍顿留给扬顿和莫尔多纳，请翻到
第169页

▶▶ 如果你选择加入食物采集的任务，几天后再去亚特兰蒂斯，请翻到
第182页

"那条鱼，或者鲸，或者其他什么东西，离我们太近了，"你说，"我们离开这儿吧！"

霍顿被黑暗中的怪物吸引了，他试图说服你再多待一会儿。

"我们真的不知道亚特兰蒂斯在哪里，是不是？得花时间才能找到。"霍顿问。

"我的潜意识和记忆力告诉我，要潜入海底深处的裂缝，"你满怀信心地说，"我们要去亚特兰蒂斯，这才是我们来的目的。以后多的是时间来捕鱼。"

你将全部的注意力集中在潜水艇舱里的操控设备上。三千英尺的深度足以做出关键的决定，因为船体压力很大，构造上的任何缺陷、舷窗和舱门密封处的任何泄漏，都可能带来灾难性的后果。

几分钟后，舱内的温度开始下降，你和霍顿穿上更多的衣服。外部探照灯上的光线并不能穿透很远。

"三千二百英尺，三千三百二十五英尺，三千四百七十五英尺……深度计表明深度接近九千英尺了！"你大声说道。

▸▸ 请翻到第 **136** 页

看到你一脸震惊的表情，亚特兰蒂斯人说："这只是个简单的装置——分子传送器。你们的文明得花好几个世纪才能研究出来。十一分钟后前往埃吉尔星球。"

你环顾四周，仔细观察这些亚特兰蒂斯人。

他们在为星际旅行做常规准备：系好安全带，把座位调节到固定的位置，把所有随身行李塞到前面的座椅下。

随后，在客舱前部的大屏幕上出现了一张图片。你看到了疏散站，看到了发射前的最后准备工作。

▶▶ 请翻到第158页

　　"你知道，我们亚特兰蒂斯人刚来到你们的星球时，与地球人有过纠纷。"格雷那拉说，"这也是我们在海底生活的部分原因。你们人类总是打仗，地球上很少有和平。"

　　"也许吧，但是看看你们，"霍顿回道，"你们亚特兰蒂斯人也正在与诺门人打仗。你们的文明也不比人类文明好多少。"

　　"你们看到的也许是这样，"她微笑着说，"但是我们亚特兰蒂斯人不像你们地球人那样进攻和杀戮。这也是我们离开埃吉尔星球的原因。邪恶势力变得太强大，我们的技术手段无法在不摧毁他们的情况下击退他们。现在，我们的技术已经进步到可以再次控制诺门人的程度了。不过，别再讨论这件事了，开始为你们待在埃吉尔星球做计划吧。"

　　"我们想要一点刺激。"你对格雷那拉说。

▶▶ 请翻到第151页

一股平静和内心的满足感充盈着你。

你感到舱内压力在微微上升。

两个像人一样的生物突然出现在你眼前。

它们的身体沐浴在黄色的光亮中，光亮弥漫在潜水艇狭小的船舱内。

▸▸ 请翻到第 155 页

"马上要进行一个有趣的实验，"格雷那拉说，"需要志愿者帮忙。我不觉得这很危险，但也不好说。这项实验将生命形态以音乐的形式传播，可以影响其他听到声音的生命形态。我们打算把音乐传送到地球。你愿意参加吗？"

"还有别的选择吗？"霍顿问道。

"你可以以独一无二的地球员工身份加入宇宙竞赛。"格雷那拉回答。

▶▶ 如果你选择参加音乐实验，请翻到**第178页**

▶▶ 如果你选择参加宇宙竞赛，请翻到**第227页**

眼前的圆顶屋爆发出橘黄色的火光。

你和亚特兰蒂斯人趴在地上。

烟雾散尽后，你看到烧得焦黑的山丘，建筑物也被夷为平地。

"谢天谢地，不是核能，"其中一个亚特兰蒂斯人说，"那一定是常规武器——地球大战中遗留下来的火箭弹。它

们威力强大，杀伤力高，但不及核能。"

不等你回答，一颗火箭弹在空中划着弧线朝你而来。

你想躲到安全地带，但无路可逃。

你在最后一眼看到，一群穿着黑白色相间衣服的诺门人站在远处，邪恶地大笑。

现在，你再也离开不了亚特兰蒂斯了。

▸▸ **本故事完**

很快，你发现自己来到了亚特兰蒂斯的中转站。

四周全是亚特兰蒂斯人，他们好像在准备战斗。

这让你很惊讶。你知道亚特兰蒂斯人是向往和平的，他们反对使用武力。

"现在没有时间来欢迎你的回归，"一个亚特兰蒂斯人说，"我们现在受到了诺门人的猛烈进攻。他们离这里只有一百码。我们可以让你去相对安全的总部，或者你也可以加入我们，一起抵御敌人的攻击。"

▶▶ 如果你选择去总部，请翻到第 **194** 页

▶▶ 如果你选择帮助亚特兰蒂斯人击退诺门人，请翻到第 **166** 页

其中一个人说话了。

"我叫莫尔多纳，是亚特兰蒂斯人，我知道你。"他指着你说，"当你第一次来到亚特兰蒂斯时，我还是个孩子。在人类时间里，那是三年前。在我们亚特兰蒂斯的时间里，要长得多。欢迎你回来。"

另一个人也说话了。

"我是扬顿。我也欢迎你来到亚特兰蒂斯。感谢你接受我们登上'搜寻者'2号的请求。"

你被这两个人的平静淡然震撼了，你很想知道接下来会发生什么。

莫尔多纳继续说："我们是一个采集队。我们的捕食鱼正在外面采集食物。看到了吗？"

"我们怎么可能错过它呢？"你看着窗外的大鱼，笑着说。

▶▶ 请翻到第 **145** 页

"祝你好运，我的新朋友。"莫尔多纳说道，"采集结束后见。"

一股暖意伴着柔和的音乐向你涌来。你感觉就像在一个温暖的池塘里游泳，头顶上的阳光透过树梢洒下来。

你低头看着自己的双手，惊讶地发现它们闪着金色的光，而且越来越透明。

"我要消失了！"你大声说。

"不要担心，你不会有事的。"莫尔多纳对你说，但他的声音听起来很遥远，更像是回音，而不是真正的说话声。

然后，你想起第一次来亚特兰蒂斯的情景，开始放松下来。

恐惧逐渐消去，取而代之的是幸福感。你感觉自己变得更轻盈、更透明，整个人都在发光。

▸▸ 请翻到第**154**页

"我们去埃吉尔星球。"你说。

"嘿，等一下！难道我不能投票吗？"霍顿问。

"没时间了，"你回答说，"我们走吧。"

你们离开"搜寻者"2号，呼吸着亚特兰蒂斯清新的空气。

亚特兰蒂斯人欢迎你们，并护送你们到疏散站。

"你们会在埃吉尔星球遇到一个导游，"其中一个人说，"你们自己在那儿闲逛不安全。诺门人已经入侵了，可要当心啊！"

霍顿严肃地点了点头。

"看那个！"你指着一个鸡蛋形状的银色物体惊叹道。

它有一个足球场的长那么长，两层楼那么高。

"上车！"一个卫兵对你说。

还没来得及问他，你和霍顿转眼间就从你所站的位置转移到车辆的座位上。

▸▸ 请翻到第**147**页

过了一会儿，飞船上升到离这里九千多英尺的海面，然后迅速飞向天空。你感到轻微的震动，监视器的屏幕显示出几艘漂浮在海面上的船只。

"你认为他们会怎么报告眼前看到的景象？"你问霍顿，"导弹？不明飞行物？"

"不管他们怎么报告，"他回答，"科学家们都会认定那是幻觉。"

霍顿咧嘴一笑。

在这次飞行中，你和霍顿与一名叫马图勒斯的乘客建立了友谊。

飞船着陆时，马图勒斯建议你们有机会去参观祖尔多那的监狱。在那里，对埃吉尔星球有敌意的人会被派去开采星球上富饶的矿井。那里是亚特兰蒂斯居民的禁区。

你接收到来自马图勒斯的震动警报。但作为一名探险者，你的好奇心很强，你被这个参观禁区的机会吸引住了。

▸▸ 如果你要跟随马图勒斯，请翻到**第176页**

▸▸ 如果为安全起见，你选择跟着亚特兰蒂斯人去登记注册，请翻到**第168页**

"好吧，霍顿，你说得对，"你说，"我们在浪费时间。赶紧从这口棺材里出来吧！"

霍顿点点头，穿上了紧身的贴身潜水服后，接着开始穿外层的潜水服。

你的贴身潜水服出现了问题，内心的恐慌令你的肾上腺素激增。

"搜寻者"2号的地板上出现了一摊水，这是灾难开始的第一个迹象。

"我们正在下沉，霍顿！看看深度计。"

霍顿读了下读数："三千九百英尺。四千英尺……四千英尺，平稳。"

"我们得走了，这是最后的机会。"你说。

地板上的水现在有两英寸（1英寸=2.54厘米）深。

你终于穿好了潜水服。最后一步是连接氧气罐，带上厚重的头盔。你和霍顿都穿好了潜水服，带着氧气罐呼吸，舱内的空间已所剩无几。

现在，霍顿做手势向你示意。

▶▶ 请翻到第233页

"研究什么的科学家？"你问。

"类人生物、植物、水生物研究。"

"你在亚特兰蒂斯具体研究什么？"霍顿问道。

"主要是关于鲸鱼和海豚的研究。它们的大脑容量很大，这是最有趣的。我们即将在与这些物种的交流上取得重大突破。"

"怎么突破呢？"你和霍顿同时问道。

"我们分析了它们的脑电波模式，将它们的声波从源头传到接收端，并开发了通信和翻译设备。"

马图勒斯展示了他挂在脖子上的金属小物件。

"真的很简单。你们地球人在这个领域的技术落后于我们，主要是因为你们的研究预算大多用于武器。通信才是我们的重点，而不是武器。"

▸▸ 请翻到第**172**页

"现在怎么办？"霍顿问道。

"耐心点，我来想想办法。"你回答，"我真应该相信自己的感觉，我以为马图勒斯不是诺门人，他们和亚特兰蒂斯人长得太像了。都怪我。"

"闭嘴！赶紧干活！"卫兵大声喊道。

你梦想着有一天回到亚特兰蒂斯，却从没有想过会是这样的结局。你默默地拿起工具，从此开始了奴隶的生涯。

▶▶ **本故事完**

在之后的四十三分钟里，"搜寻者"2号被拖拽得越来越深。

"深度八千六百英尺。"你报告说。

"嘿，外面越来越亮了。快看！"霍顿说，从其中一个观察口往外看。

果然，你正下方的区域更加明亮了。

你可以看到"搜寻者"2号的影子。

潜水艇继续下降。深度达到九千一百英尺。

你们闯入一片像阳光似的光亮中，但四周仍是海水。

"搜寻者"2号颤抖着停了下来。一个气泡环绕着它。

"嗖"的一声，海水从气泡中被吸了出来。

"搜寻者"2号轻轻撞到满是气泡的海底。

"现在怎么办？"霍顿问道。

一个柔和的声音替你回答了这个问题。

"欢迎来到亚特兰蒂斯。这里是中转站。我们目前正遭到诺门人的攻击。"

你想知道为什么这个声音给了你这么多信息，但你什么也没说，听它继续讲。

"亚特兰蒂斯目前还没有危险，但作为预防措施，我们将把一些人送回埃吉尔星球。"

"我以为埃吉尔是你们的敌方领域。这不是你们离开的原因吗？"你问道。

▶▶ 请翻到**下一页**

"说得没错。但是现在埃吉尔的情况好多了。对不起，我们没有多少时间交谈了。我们从你的海底之旅开始就一直在追踪你。欢迎回到亚特兰蒂斯。"

你惊奇地看着霍顿。

"他们记得我！"你惊叫道。

"真是了不起。那都是三年前的事了。"霍顿回答。

柔和的声音继续说："如果你想去更安全的埃吉尔星球，就离开潜水艇，你们将被送往疏散站。如果不想去，就先待在这里。"

▶▶ 如果你选择去埃吉尔星球，请翻到**第 157 页**

▶▶ 如果你选择留在亚特兰蒂斯，请翻到**第 140 页**

"我帮你们击退诺门人。"你说。你很兴奋，但又担心这可能是你的最后一次决定。

"太好了，任何帮助我们都需要。"亚特兰蒂斯人说，"诺门人获得了新武器，可能是从你们地球的军火商那里得到的。那些武器有爆炸物、枪支和导弹，虽然粗制滥造，但杀伤力很大。"

慢慢地，你的身体开始重新现形。

这四个亚特兰蒂斯人长得很英俊，比你年长些。他们穿着标准的亚特兰蒂斯的衣服：轻柔结实的材料制作的连体衣。这种材料在陆地上是找不到的。他们说话轻声细语，和蔼可亲。

▸▸ **请翻到下一页**

"给，拿着它，不过要省着点用，"其中一个亚特兰蒂斯人说，"它能让敌人头晕目眩，没法伤害你。威力会随着每一次的昏迷攻击增强。但它也存在危险，最终有可能导致生物变异。"

你仔细查看这个致迷武器，它看上去不过是个毫无攻击性的塑料设备，很像遥控器。

▸▸ 请翻到**第192页**

"不了，谢谢你，马图勒斯，"你说，"我们很想去，但我们得先在这里登记。"

你和霍顿去找几个穿制服的官员，寻找之前说过的那个向导。

马图勒斯看起来忧心忡忡，匆忙地离开了，他说以后再和你联系。你确定他有事瞒着你，甚至瞒着当局。他的离去让你松了一口气。

登记手续很快办好了。亚特兰蒂斯的欢迎仪式热情又令人安心。你得知亚特兰蒂斯人已经重新控制了埃吉尔星球的中央区域。你还得知，亚特兰蒂斯的海底地球站对他们来说已不再重要。

你们的向导名叫格雷那拉，和你同龄。她看上去很乐意与"真正的"地球人交谈。

▸▸ 请翻到第**149**页

"再次见到亚特兰蒂斯让我感觉有些紧张，"你说，"我想现在就走。霍顿，你可以吗？"

"当然可以，我在这里很开心，"霍顿回答道，"等到我们完成食物采集，离亚特兰蒂斯就不远了。走吧。"

莫尔多纳给船上的电脑下达了一连串的快速指令。你被听到的声音吓了一跳——电脑发出了笑声！莫尔多纳也咯咯地笑了。

"我们已经准备好把你们送到亚特兰蒂斯了。"过了一会儿，他告诉你们，"我们将在入境大厅迎接你们。"

你内心充满了兴奋好奇。亚特兰蒂斯和你们的世界是如此相似，又如此不同。你记得它最大的特点足以吸引你在海上冒生命危险。

你第一次访问亚特兰蒂斯时，认真严肃地考虑过永远不离开。这里的生活安静、平和、快乐，比你所了解的地球生活好多了。当然，除了这里的诺门人。

▸▸ 请翻到第186页

"我从来不选择逃跑，"你说，"让我们看看谁是入侵者。我们全副武装了吗？"

"当然，只不过我们亚特兰蒂斯人不相信武力。敌意会招致敌意。"莫尔多纳回答说。

"那我们怎么保护自己呢？"

"我们有能量导向器，可以将任何指向我们的东西返送回去。大部分时候都很有效。"

你从观察口向外望去，入侵者船只的轮廓在漆黑的水里隐约可见。

"我们只需要采取一些措施，再加强能量的导向。"莫尔多纳说。

这时，电脑释放出一种物质，使船只周围的水变得模糊。

"'搜寻者'2号会怎么样？"你问道。

"我也说不准。"

在这些物质完全笼罩附近水域之前，你匆匆瞥见了入侵者。

"那是潜水艇，是一艘携带导弹的常规攻击潜水艇，是地球潜水艇！"你大声喊道，"他们不是诺门人！"

▶▶ 请翻到第**236**页

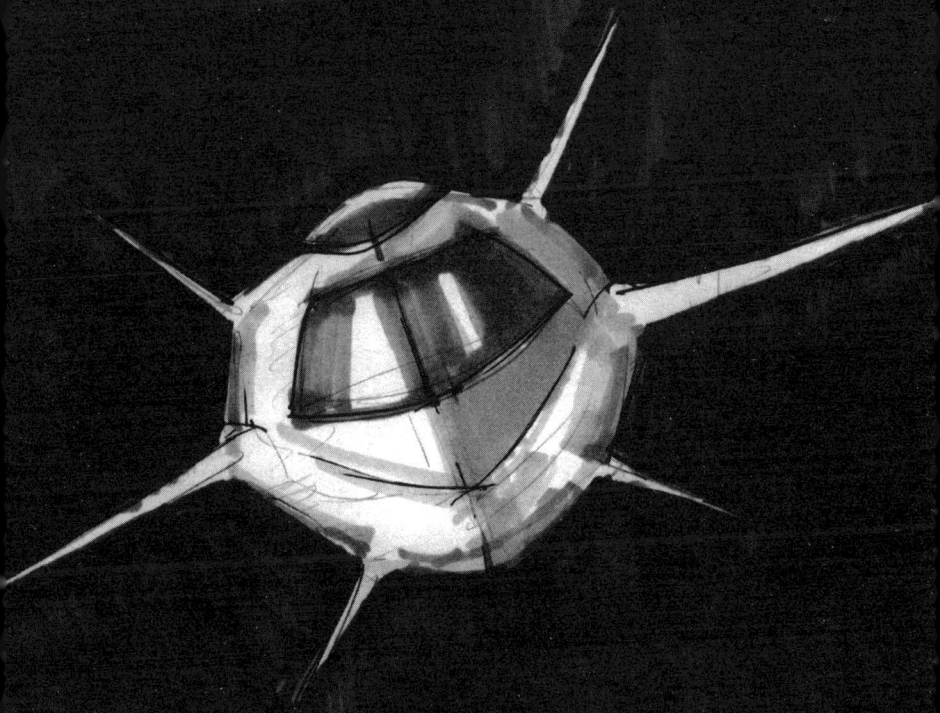

"你说得简单，那你们为什么不跟诺门人沟通呢？"

"没有人是完美的。"马图勒斯回答。

"好吧，我们试试沟通一下吧。"你说。

"如果你想这么做也行。我本来打算让你看看有趣的鲸鱼和海豚研究，但是也可以看着一群诺门人带着和平条约过来。由你决定吧。"马图勒斯等待你的回答。

▶▶ 如果你选择前往鲸鱼和海豚的研究区域，请翻到**第 209 页**

▶▶ 如果你选择前往和平会谈，请翻到**第 185 页**

你还没有反应过来事情是如何发生的，就已经乘着亮光返回埃吉尔星球了。

"实验很成功。"视觉和声音研究组的负责人说，"我们还要再做一次，但是时间更长，参与人员更多。"

与此同时，在地球上，关于这些音乐的消息传播开来。人们纷纷议论，说这些音乐是和平的象征，是爱的象征，是黑暗时代终结、战争与贪婪结束的象征。

"看！"霍顿突然喊道，"那只大鱼，它跟着我们过来了！"

鱼跟上了你们的潜水艇。

很快，你、霍顿和大鱼浮出水面，沐浴在阳光下。

大鱼用它吸管似的鼻子推了推"搜寻者"2号，像是说"再见"，然后潜回了海底。

"有点像向导和守护者，你不觉得吗？"霍顿问道。

你点点头，再一次对亚特兰蒂斯人肃然起敬。然后，你为莫尔多纳、扬顿和亚特兰蒂斯做祷告。

"我们会回去的，霍顿。我保证。"你说。

▸▸ **本故事完**

"如果我们等得太久，就只能活在朋友们的回忆之中了。要我说，现在逃出去还有胜算。"霍顿坚定地说。

这时，你一直在拼命尝试启动应急电源系统。现在深度是三千七百英尺，此时的压力已经超出潜水服的最大受压能力。

舱内的温度降到了五摄氏度，你的额头上也冒出了冷汗。

霍顿组装完了深海潜水服，准备穿上。

你站在昏暗中，嘴里都是恐惧的苦涩的味道。

"来吧！"霍顿大喊一声，把你的深水潜水服往你手里一塞。

应急电源指示灯显示功率正在增加，达到最大功率时速度变得很慢。

你看了一眼霍顿，权衡着目前的选择。

▶▶ 如果你选择和霍顿一起穿潜水服潜进深海，请翻到**第 160 页**

▶▶ 如果你选择待在"搜寻者"2 号里，继续恢复应急供电，请翻到**第 235 页**

"跟我来，不要问，不要表现得太好奇。"马图勒斯告诉你们，"假装你们正在进行事实调查，对恶性收购感兴趣。我们在埃吉尔一直这么做，因为那里被我们重新征服了。"

马图勒斯故意走开。

你和霍顿跟着他，很难不去看你周围的世界。它与地球和亚特兰蒂斯完全不同，这里没有真正的建筑物，只有晶体结构。这些晶体像是为了呼应围绕太阳的行星运动而旋转。

其他的生活区似乎是气体模型，根据需要扩大或收缩。这些气体团里的生物形态让你想起了细胞结构。

埃吉尔星球的光照由三个太阳提供，光线在晶体中扩散，可能是为了分解有害辐射。这些晶体给人一种万花筒的感觉。

这里没有交通：没有汽车，没有运输工具，没有空中滑板车。

你向马图勒斯提及此事。

"我们不需要外部交通工具来进行短途旅行，"他告诉你，"我们的大脑就是交通工具。只需要在脑中形成从一个地方移动到另一个地方的念头。"

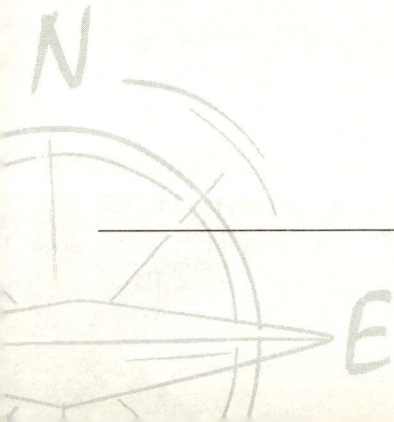

▶▶ 请翻到第 **210** 页

一些长得像甲虫的东西，从传送机的控制装置前转过身来看着你。

它们可能在笑，但你看不出来，因为它们的脸部肌肉很僵硬，只有它们的眼睛能反映真实的情绪。

你和霍顿被赶下传送机。

在外面清甜的空气中，你们被一群穿着橙色制服的人包围。他们携带着原始的武器，大部分是剑。其中一个人带着两条脚链。

"这里！虫子！这里！"他喊道。

你还没来得及反抗，就被戴上了脚链。你和霍顿被带到了祖尔多那的监狱农场。你真希望亚特兰蒂斯人过来救你。

天气变热了，刮起了风。你和霍顿开始在农场的机械车间劳作。

▶▶ 请翻到第 **163** 页

"音乐！变成音乐！"你惊叫道，"我们试试吧，霍顿。"

"这个实验会持续多久？"你问格雷那拉。

"很短，地球人受不了太多变化。你知道，任何重大的变化都会让他们心烦意乱。"

"好的，我们走吧！"你说。

霍顿点点头表示同意。

你们很快就到了视觉和声音研究组的实验室。你作为实验的志愿者，感到很荣幸，因为没有多少人能够抓住这次机会。

你、霍顿和格雷那拉被安排在一间小而明亮的隔音房间里。你注意到温度在迅速上升。还没等你开口说话或改变主意，你就意识到自己在光波携带的声音下开启了旅行。你感觉不到自己的身体了。

▶▶ 请翻到第**180**页

"霍顿，"你喊道，"我们要潜水了！"

霍顿从恍惚中醒来。

"不！不要潜水！"他恳求道，"我想知道这是什么。它很美，它的声音和音乐都很美。"

"你疯了。我们不能浪费时间。"

突然的一个动作，你撞到了"搜寻者"2号天花板上的红色按钮。这是紧急潜水控制。

你听到巨大的咝咝声，压缩空气冲出了船头和船尾的潜水舱。在两架助推器的作用下，潜水艇开始快速下降。两千英尺深度的压力已经很大了，但"搜寻者"2号还在加速，到达两千五百英尺，然后是两千七百英尺，接着是三千英尺。

"小心！"霍顿指着下方一块尖锐的岩石尖叫道。

"我什么都做不了！下降得太快了。我们要撞上了！"霍顿喊道。

"想想办法！"霍顿大声喊，"下面的岩石离我们不到一百码了。"

"好吧。"你喘着气，把左舷助推喷射器推到最大限度，将潜水艇倾斜到最大角度。

"搜寻者"2号快速移动，整个潜水艇都在颤抖。当它从岩石侧面扫过，沿着石块的边缘滑动时，发出了刺耳的摩擦声。

▸▸ 请翻到第 **139** 页

光束旅行是一种舒适的穿越太空的方式。不久，你就能看到地球的形状和笼罩着它的光圈。当你进入地球的大

气层和重力场时，你体验到加速的感觉，以及被挤压的感觉。

▸▸ **请翻到第228页**

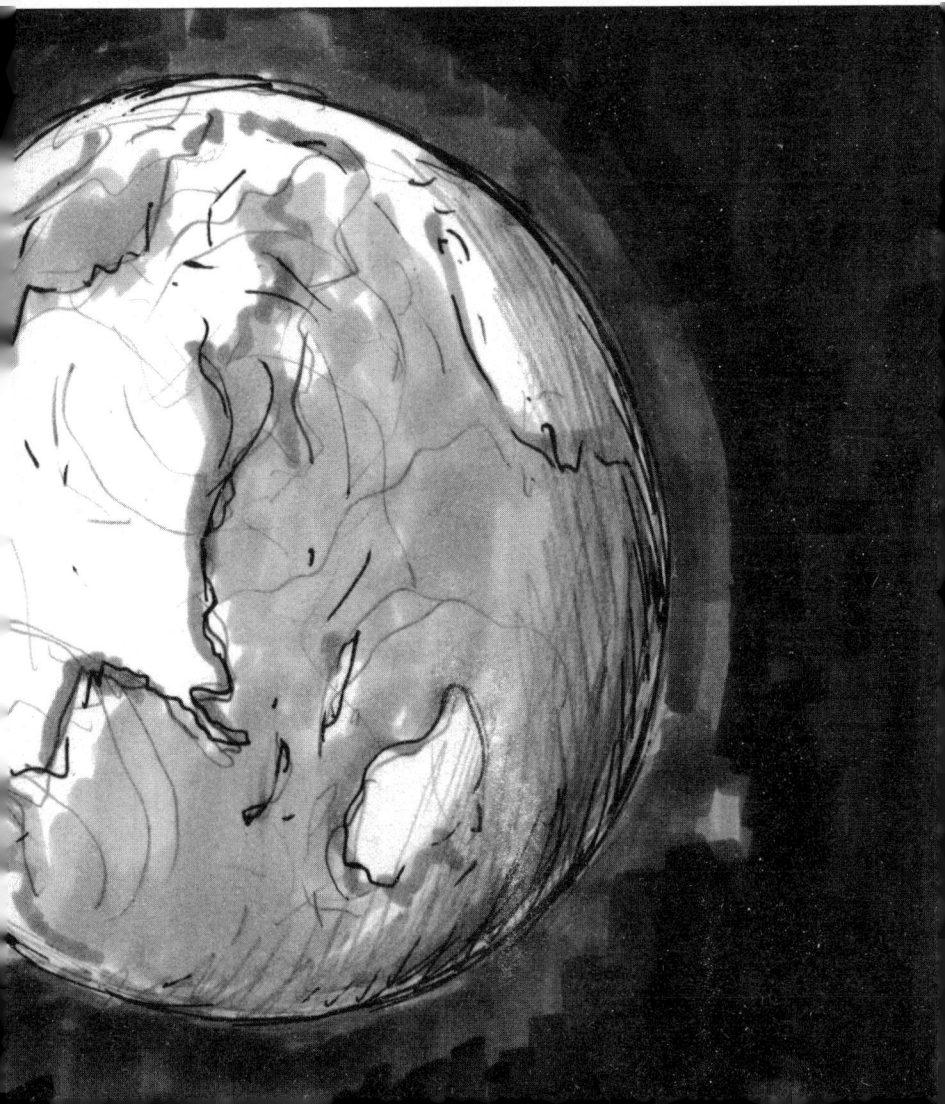

"我们最好别分开，"你对霍顿说，"去看看这条鱼是怎么采集的吧。"

你转向莫尔多纳，说："我们是和你们一起乘胶囊船，还是乘'搜寻者'2号跟着你们？"你问道。

"和我们一起吧。但你不需要和水面船只联络吗？"莫尔多纳问道。

"我们不想让他们担心。他们可能为了找你们来水下搜索。这对亚特兰蒂斯很危险。"

"别担心，'搜寻者'2号可以持续在水下航行。我们的食物、空气和燃料足够用三周。船员们知道我们可能会失去联系。但是，不管怎样，我要把潜水艇的发射机设定成'一切正常'的信号，这样就能把'马雷'号锚定。我们快走吧。"

不一会儿，你们四个人来到了银色胶囊船里。除了一个中等大小的屏幕可以回应口头的信息请求外，船舱里没有任何杂乱的仪器。这里有几把舒适的座椅和几个观察口，从那里可以看到这条大鱼工作。

你正想问问题，一个柔和的声音从船舱的扬声器传来。

▸▸ 请翻到第**199**页

你几乎没有意识到自己被抬起来，并被带走了。

你隐约听到一个声音在说："要……小心……这……一个……"

也许他们在说你，也许不是。你真的不在乎了。你渐渐进入一种惬意、愉快的睡眠状态。

然后你感到疼痛，接着听到了音乐，和你在"搜寻者"2号上听到的一样。

慢慢地，带着恐惧，你游过黑暗和混乱，直到你恢复意识。

"欢迎回到亚特兰蒂斯，"这是你听到的第一句话，"诺门人看你对他们没有伤害，就把你送回了中转站。你现在没有危险了。"一个面容慈善的亚特兰蒂斯人说。

▸▸ 本故事完

"我对诺门人很感兴趣，"你告诉马图勒斯，"我上一次和他们交恶，但总有改变的希望。让我作为观察员参加和平会谈吧！"

"好吧，我正好需要客观的意见。我们一直在开展和平会谈，总是在即将达成一致时，局势就僵化了。"

你们没有花费太长时间就到达举办会议的中立区。你被带进一座类似希腊神庙的建筑里。

一位信使冲到马图勒斯跟前，让他去控制室，一些沟通问题需要咨询他。

霍顿决定和他做伴。这里就剩你自己了。

大厅四周环绕着高高的柱子。建筑的屋顶不见了，它在几十年前的一次诺门人的袭击中被毁坏了。

大厅里挤满了诺门人和亚特兰蒂斯人。大厅中央摆放了一张桌子，看起来像白金制成的，双方的领导人围着桌子坐下来。他们都穿着蓝色的长袍。你无意中听到一个亚特兰蒂斯人解释说，这种颜色象征着人们聚在一起友好谈判。在这些领导人里，你分不清哪些是诺门人，哪些是亚特兰蒂斯人。

▸▸ 请翻到第200页

就像昼与夜的差别，诺门人和亚特兰蒂斯人截然相反。他们多疑、贪婪、不可靠、好战，喜欢利用一切机会来搅乱、中断，甚至毁灭亚特兰蒂斯人的生活。

在第一次造访时，你开始了解到，生活是善与恶、光明与黑暗之间的平衡，但是你很难完全接受这个想法。

亚特兰蒂斯人从不担心诺门人的进攻。他们接受了正面和负面的共存。

"你越是与他们争斗，他们就越会攻击你。"你的亚特兰蒂斯朋友说，"要想成功，就要靠自己的力量，而不是靠着打败别人。"

你并没有真正理解他们的意思，但你记得，当你公平、公开地与亚特兰蒂斯人打交道时，你的收获也都是积极正面的。

"我准备好了，莫尔多纳。"你说。

▸▸ 请翻到第 156 页

"我们试试爆破器，"你大声说，"朝它的左舷开火，作为警告。这就可以了。"

"每个作用力都有一个大小相等、方向相反的反作用力。你开火，它也会报复你。我没有任何理由去使用武力。但你是船长，你来决定。那就开火吧！"

你在电脑中输入一系列指令，控制激光爆破器。

显示屏显示爆破器正在工作。

在"搜寻者"2号的外面，银色胶囊船平静地悬浮在水中，透着不祥的征兆。

声音重复着它的请求。

"请求登船许可。请求登船许可。"

你的手慢慢地移到开火按钮。

▸▸ 请翻到第190页

"我们离开这里吧，"你说，"海上到处都是潜水艇，谁知道还会有什么。他们全副武装，打起了持久战。一个错误可能会造成危险的后果。"

"我知道了，"莫尔多纳回复道，"准备去亚特兰蒂斯。"

"是的，长官。"电脑说。

银色胶囊船角度朝下，开始无声地加速，潜入海底。你以为敌人随时会开火，但并没有。十一分钟后，下降停止了，胶囊船沿着安静的海底滑行。

你和霍顿紧紧地贴在观察口，看着海底世界在眼前悄然滑过：奇形怪状的鱼，扭曲缠绕的植物，杂乱成堆的岩石。突然，你看到海底有一条很深的裂缝。

"我们到了。"莫尔多纳说。

"这很简单嘛！"你说。

"这种快速下降虽然危险，但很高效。"莫尔多纳回答说。

接着，他命令电脑"准备恢复"。

▸▸ 请翻到**第241页**

你按下按钮，几乎感觉不到闪光，因为爆破器发出了一束激光。

光束穿过海水，在银色胶囊船的左舷形成了一条隧道。你的手指准备好再次按下引爆按钮，设备瞄准银色胶囊船。你启动了无线电广播系统，以供对外通信。

"没有权限。确认你的身份，否则下一次爆炸会直接对准你。"

你回忆起一个类似的场景——爆炸的景象，以及爆炸以比它本身大许多倍的力量反弹回来。景象变成了玫瑰般盛开的画面，在包围你的黑暗中一次次绽放。

▶▶ 请翻到第234页

你们小心翼翼地走出大楼，进入美丽的海底世界。

亚特兰蒂斯的结构是一个巨大的圆顶结构，拥有自己的光照来源，海洋的顶部有一个太阳反射器。鲜花、树木和田野横亘在起伏的地形上。圆顶房屋就像一个个小山丘点缀在风景中。你甚至可以看到地平线上的云彩。

"去哪儿？"你低声问。

"去那边的圆顶。它在一个小山上，是察看敌情的最佳位置。身穿黑白色相间衣服的诺门人很显眼。我们可以在那儿观察他们。"

在这么美丽静谧的环境中准备击退敌人，你感觉很不真实。

田野被精心照料着，花园也是一派欣欣向荣的景象。

这里除了你的伙伴，看不到任何人。

"小心！"有人喊道。

▶▶ 请翻到第 152 页

"哦不！我不是地球生物，我是叛徒。"你大声说道。

诺门人仔细地看了看你的脸，然后转身和他的同伴说话。他们看起来很强悍，全副武装，有步枪、手榴弹和反坦克武器，这些在陆军中很常见。

你试着让自己看起来轻松随意，但其实被吓坏了。

"叛徒，哼！为什么背叛？又投奔到哪里？"诺门人皱着眉头问。

"不能忍受继续做亚特兰蒂斯人。我想要真正的战斗，想去诺门人那边。"你回答道。

"你要是说谎，可就没命了。"诺门人说，"明白吗？"

"明白。"

"很好，我们走吧。你可不要耍花招。"

两个诺门人紧紧地挨着你。

一群人飞快地穿过这片领土，前往亚特兰蒂斯的首都——亚特兰城。

▸▸ 请翻到第213页

"我在这里不会有多大帮助，"你告诉亚特兰蒂斯人，"让我去总部吧，也许能派上用场。我可以试着联系之前在亚特兰蒂斯认识的一些朋友。"

"去那里很危险，你必须穿越诺门人控制的地区。来，我给你指路。"

亚特兰蒂斯人在手提电脑的屏幕上展开一幅地图。上面的道路看起来挺清晰，如果你足够幸运，不会遇到诺门人。

"祝我好运吧！"你说，"我们回头见。"

你溜出大厅，朝四百码开外的一片茂密的树林走去。

你查看亚特兰蒂斯人给你的致迷武器。他们说这种武器虽然不会致命，但重复使用也会非常危险。

你弯着腰，贴近地面，顺利地来到树林。这里没有诺门人的踪迹。你将自己隐藏起来。

呼吸平稳了以后，你走到空地上。

突然间，你被十一个诺门人包围了！

▸▸ 请翻到第 198 页

"我们选择留下来，有什么可以帮忙的吗？"你问道。

莫尔多纳摇了摇头，他警告你："诺门人经常和我们开战，他们不怕使用武力。"

说完，莫尔多纳忙着应付座位旁边的控制槽了。

与此同时，扬顿消失在胶囊船的后部，准备好应急装备来对付入侵者。

电脑的声音再一次充满船舱。这一次的音调更高，也更兴奋。

"指挥官，入侵者正在逼近，他们开启了武器系统。我们的逃生路线正遭受破坏。"

"好的，好的，我知道。我也有眼睛。"莫尔多纳不耐烦地回答道。

"不要生气，指挥官，我只是在履行我的职责。我不想被毁灭。"

"好吧，好吧。保持冷静。对不起！"莫尔多纳回答说。

"我接受你的道歉，指挥官，但我们最好赶快行动。"

▸▸ 请翻到第 226 页

你在调节人工鱼鳃时遇到了一些麻烦，不过最后终于佩戴妥当。

你跟着马图勒斯从东南方向离开。

令霍顿非常失望的是，他只能留在亚特兰蒂斯，接收你们两个人发来的信号，在屏幕上关注你们的行动。

你们发出的信号来自人造鱼鳃的内嵌广播装置。

你们上升几千英尺后，到达鲸鱼活动的水域。

"它在哪儿？"你想知道。

"谁？"马图勒斯问。

"鲸鱼。"

"我就在这里。"一个声音说。

你吓了一跳，扭过头去，看到一个巨大的身影，是座头鲸的轮廓。

鲸鱼开口说话了，而你——有史以来第一个人——竟然听懂了！

"就是这个人吗？"鲸鱼问。

"是的，他是你的人质。"马图勒斯回答。

"好的，你抓住这里，这是老式捕鲸船的鱼叉线。我游过去，你抓紧这里。"

"等一下。我什么时候能回去？"你仍然有点惊讶于你在和鲸鱼交流。

"等我们确定亚特兰蒂斯人不想伤害我们再说。"鲸鱼回答说。它用尾巴使劲一推，你猛地一下被拉走。

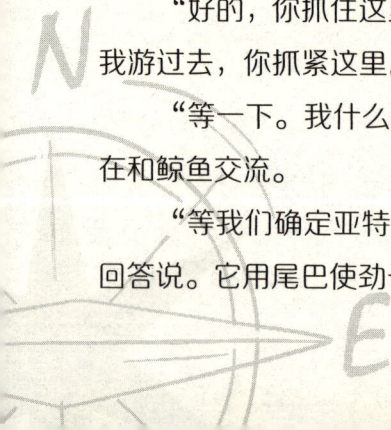

▸▸ 请翻到第 219 页

"举起双手！不准动！"一个人大声喊道。

"看你穿着这么古怪，不像亚特兰蒂斯人。等等，你是地球生物？陆地上的人？"

你停顿了片刻。

▶▶ 如果你选择编故事说自己是亚特兰蒂斯的叛徒，请翻到**第 193 页**

▶▶ 如果你选择承认自己是地球人，请翻到**第 204 页**

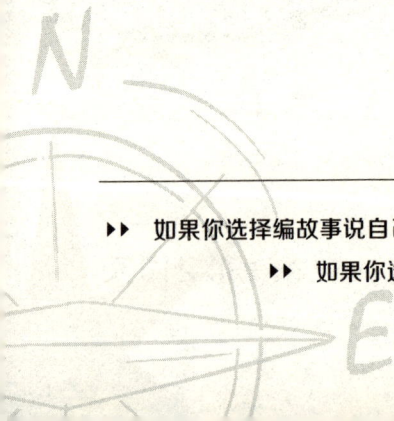

"请注意，我们正在接受一艘未知身份的船只的检查和靠近。"

莫尔多纳坐直了身子，瞥了一眼扬顿。

"这艘船装备了原始但致命的核弹头。"声音继续说道。

莫尔多纳平静地问："你们海军的船有没有在这附近巡逻？他们是在找你吗？"

"这个不好说，"你回答道，"海军到处都是。"

莫尔多纳对船上的电脑控制系统命令道："准备好，应对潜在的敌方活动。部署混淆装备，设置能量偏转护盾。"

银色胶囊船从大鱼的侧面脱落，下降了五百英尺。墨黑色的物质渗入水中，在船周围形成了一片絮状区域。

"如果你想回'搜寻者'2号，"莫尔多纳对你说，"就回去吧。我们必须做好应敌行动。入侵者可能是地球人，也可能是我们的死敌——诺门人。"

▶▶ 如果你选择返回"搜寻者"2号，请翻到第 **144** 页
▶▶ 如果你选择继续留在这艘胶囊船上，请翻到第 **195** 页

当你穿过人群时，无意中听到了一段对话，是一个男人偷偷靠近一个女人说的。

他们俩都穿着亚特兰蒂斯的衣服。

"他们永远不会怀疑。我们可以将他们一并拿下，但必须赶快行动。卧底特工将会分散注意力，到那时我们必须引爆……"

你没有听到后面的计划，因为就在这时，有人在大厅里大声叫喊。刚刚说话的两个人正朝大厅后面走去。

▸▸ 如果你选择跟踪他们，请翻到第 202 页

▸▸ 如果你选择通知周围的人，请翻到第 230 页

　　"跟我来。"那声音继续说。你跟随着声音，逃离了恐怖的甲虫兵，来到安全的亚特兰蒂斯总部。

　　在那里，你被尊为两次造访亚特兰蒂斯的客人。你感到很自豪，但也很伤心。你希望霍顿能和你一起分享这个荣誉，希望霍顿能在你身边。

▸▸ **本故事完**

人群很拥挤，穿过大厅周围的通道有些困难。当你在人群中穿行时，得知刚刚的叫喊声是诺门人在抱怨。他们想要一张圆桌来谈判，而不是方形的。亚特兰蒂斯人同意了，正在换桌子。

"他们在哪儿？"你大声地问自己。

"谁？"一个身穿诺门人的衣服，和你年龄相仿的男孩问。

"两个亚特兰蒂斯人。或者，至少，他们穿得像亚特兰蒂斯人。我怀疑他们要引爆炸弹，破坏和平会谈。"你回答道。

"跟我来，"男孩说，"我知道怎么绕过这群人。"

你们迅速地绕过人群，追上那两个人，你松了一口气。此刻，他们俩正围着一个盒子。

▶▶ 请翻到第 **212** 页

"是的，我来自海洋的上面，是地球生物。"你说，"我没有卷入你们的战争，我也不想卷入。"

"那你在这里干什么，你在我们的世界里干什么？"

"我在这里是因为我的潜水艇发生了意外。不知怎么回事，来到了你们的世界。我只能说，如果没来这里，我早就死了。"

诺门人小声地讨论了一会儿，决定如何处置你。

"刺啦！"一股强大的电击朝所有人袭来。

你被击中，瘫倒在地，动弹不得，也说不出话来。你的眼睛注视着远处的物体，心脏怦怦地跳，肌肉抽搐着。你听到的声音就像是从长长的隧道里传出的噪声，反复回响，几乎没有意义。

时间一点点流逝，你感觉自己的身体像一块橡胶。

▸▸ 请翻到第**183**页

起初，观众们似乎很害怕，他们紧盯着舞台。

乐师们停止了演奏。

你的音乐在广阔的峡谷中回荡，周围是起伏的加利福尼亚山峦。

慢慢地，人们不再感到害怕。你从埃吉尔星球带来的音乐让他们充满了喜悦和希望，使他们放松下来。

"时间到了，现在必须回去。"格雷那拉说，"你愿意留下来帮我们做这些实验吗？"

"当然可以。"你回答说。

▶▶ 请翻到第173页

"警察！警察！救命啊！"你大喊着，推开一个但愿是气体团出口的东西。

你和霍顿进入一个外部通道。

面前是两个很有敌意的生物，它们变成了巨大的甲虫，凶恶的脸呈赤红色，平滑而有光泽。尖利的獠牙从下颚曲曲弯弯地龇出来。

它们走过来，挡住你们的路。

"快跑，霍顿！"你大声喊。

"你们没有出路。"一只甲虫用尖细的声音说。

你转身向一边飞快地跑。一股黏稠的液体溅在你的背上，你的一只手臂被粘在身体一侧。你转过身，扭动着身体，设法跑开了。

另一股液体击中了你后背的中间，但你仍然继续往前跑。

你听到一阵可怕的、痛苦的喊叫声，接着是恐怖的"嘎巴嘎巴"的声音。

你回头一看：霍顿被一只甲虫咬在嘴里！

另一只甲虫还在追你！

▸▸ 请翻到第 223 页

"秘密就是，地球是被选中的星球，"一个亚特兰蒂斯人告诉你，"是宇宙委员会用来做实验的行星。地球上的生命种类比宇宙其他地方更丰富，因此实验机会也更多。但是宇宙委员会很担心。生命形态实验进展不顺利，委员会正在考虑尽快结束这次实验。我们亚特兰蒂斯人正准备返回埃吉尔星球。"

"我们还有多少时间？"你问道。

"这取决于地球上的情况，埃吉尔的人都说最多一两年。"

"那我们怎么办？"你问道。

"如果你愿意的话，跟我们走吧。不过，一走就再也不能回头了。"他回答。

你没法替霍顿回答，但亚特兰蒂斯和埃吉尔星球是你唯一的选择。

马图勒斯带你和霍顿来到研究区域。他谈到了亚特兰蒂斯人在鲸鱼和海豚交流方面取得的进展。

"我们也与一群座头鲸进行了交流。"马图勒斯说。

"它们对我们很警惕，觉得我们是在引诱它们进入杀戮区。你们知道，它们和类人生物发生了不愉快的经历。"他补充道。

"告诉它们你不想伤害它们。"你说。

"我们说过了，"他回答道，"它们希望我们提供一个人质，来表明诚意。有人愿意吗？"

▶▶ 如果你选择当人质，请翻到第 **218** 页

▶▶ 如果你选择不当人质，请翻到第 **231** 页

如果只是简单地看，埃吉尔星球的居民很像地球人。但是如果你把注意力从他们身上转移开，他们瞬间就会变成原生质。也许他们只是纯粹的能量。

你从水晶结构反射的光线中瞥见自己，震惊地发现根本看不到人形，只有能量形态！

你并没有感到恐惧，由知识带来的幸福感在体内涌动，允许你接受自己此刻的非地球人形态。

马图勒斯滑进一个气团。气团立即膨胀，大到可以容纳你们三个人。

"不要乱动！"他命令道，"保持安静。"

你从气团向外看，有三个身穿制服的亚特兰蒂斯人。他们都是能量形态，似乎正在对一个个气团进行搜查。你认为这可能是个麻烦。也许你应该放弃参观祖尔多那的计划，向这些穿制服的亚特兰蒂斯人汇报。毕竟，等你到达埃吉尔星球后，他们也会为你安排向导。

▶▶ 如果你选择离开气团，向亚特兰蒂斯人汇报，请翻到第 **238** 页

▶▶ 如果你选择和马图勒斯待在一起，请翻到第 **215** 页

你向前猛冲，扑在这两个人身上。

炸弹爆炸了，你的身体吸收了巨大的能量。你牺牲了，但参加和平会谈的领导们活了下来。你英勇无畏的精神感动了人们，于是双方握手言和，签订了和平条约。不仅如此，他们还以你的名字命名了一项和平奖。你将被亚特兰蒂斯永远铭记。

▶▶ **本故事完**

你知道诺门人并不相信你，你也一直等待机会逃跑。

战火弥漫，美丽的亚特兰城变成一片废墟。你为亚特兰蒂斯人深感悲痛。

为了确保安全，诺门人停下来，将你的一只胳膊绑在身体一侧，并拿走了你的致迷武器。

一只胳膊被绑住确实限制了你的活动，但没能打消你逃跑的念头。

"在那边！快看！大楼里有五个亚特兰蒂斯人！抓住他们！"诺门人首领大声喊道。

你的机会来了——也许是你唯一的机会。

▸▸ 请翻到第135页

"霍顿！看！"你惊叹道。

"真不敢相信。"他说。

在你们下方，刚刚还只是一堆岩石，此刻却出现了一条发光的通道，有三个橄榄球场那么宽。

奇怪的音乐再次响起，充满整个潜水艇舱。你们被吸进了这条发光的通道里。

终于重返亚特兰蒂斯了！你不再感到迟疑和害怕，心里只有满满的喜悦。

▸▸ **本故事完**

"他们在找什么？"你问，透过气团看着这些穿制服的亚特兰蒂斯人。

"安静！"马图勒斯再次命令道，"不要动！"

"发生什么事了？"你低声问。

"警察！"马图勒斯小声喊道。

你们三个一动不敢动。外面的警官仔细检查气团，然后慢慢地往前走，偶尔回头看看。

"我把他们搞定了。"马图勒斯在他们走后吹嘘道。

"怎么搞定的？"你问道。

"不过是简单的能量阻碍。可以打断他们的思维过程，扰乱他们的分析程序。只要你清楚原理，就很容易。"

"你经常这样做吗？我的意思是，你经常从警察那里逃脱吗？"

"好多次了。"他回答道。

那种不祥的感觉又一次在你身上掠过。

马图勒斯的一些事情让人感到不安。

▸▸ 请翻到**下一页**

"我们现在走吧。我已经护送你们来到祖尔多那。长途旅行是需要中转的。我们的中转车刚刚到。"

外面，你隐约辨认出一辆鱼雷形状的车。两个能量形态的人在车旁等待。

"快点，我们走吧，"马图勒斯说，"不能浪费时间。"

你犹豫了。虽然你很想参观禁区，但你不确定是否要和马图勒斯一起。

▶▶ 如果你选择冲向远处的警察，请翻到第 207 页

▶▶ 如果你听从马图勒斯的命令，请翻到第 222 页

"你们和马图勒斯在一起干什么？"亚特兰蒂斯的警官质问道。

"哦，没什么，真的没什么。"你回答道。

"你们在哪儿遇见他的，要去哪儿？"他问道。

霍顿把你推到一边。

"警官，我们打算和马图勒斯一起去祖尔多那。我们是来自地球的科学家，没有恶意。"

"哦，亲爱的，你们这些愚蠢的地球人。马图勒斯是个奴隶贩子。他可能会带你去参观祖尔多那，那是邪恶能量被驱逐的地方。然后，他会让你们在监狱集中营里度过余生。监狱里的人不是亚特兰蒂斯人。"

"现在怎么办？"你问道。

"我们会把你们送回地球，"亚特兰蒂斯人微笑着说，"回到属于你们的地方。"

▸▸ **本故事完**

"我！"你咧嘴笑着说，"鲸鱼很聪明，知道伤害我不会有任何结果。我该怎么做？"

"你跟我一起去，在亚特兰蒂斯东南入口的外面，跟一条大鲸会合。它会把你带往鲸鱼群，将你扣为人质，直到我们谈完为止。"

"我怎么呼吸？"你问道。

马图勒斯微笑着走到一个橱柜前，回来时递给你一个小设备。这令你有些吃惊，这个设备像一副立体声耳机。

"用这个，"他说，"这是人造鱼鳃，能让你在极深的海底生存。"

然后他拿起激光手术刀。

"但首先……"马图勒斯在你的脖子上割开两个小口子，然后塞进人造鱼鳃。你丝毫没有感觉到痛。

"现在，你已经准备好踏上人生中最不可思议的旅程了。"

不到三十分钟，你就来到了一艘沉没的远洋客轮前。船身被覆盖着厚厚的海藻。船的轮廓在黑暗的海水深处散发着神秘和不祥的气息。

"你就待在这儿吧。"鲸鱼说着，甩了甩它的大尾巴，把你推向船的方向去。

在接下来的两天里，你独自待在沉船的头等舱休息室里。

你等啊，等啊，希望鲸鱼和亚特兰蒂斯人的会谈进展顺利。守卫你的是年轻的鲸鱼和海豚，它们很友好。鲸鱼告诉你它们唱的歌曲的意思，海豚讲述了它们与地球人相遇的故事。

时间变得冗长，恐惧在你内心弥漫。

然后，毫无预兆地，你从这幽灵似的监狱中被召唤出来，回到马图勒斯那里。

▸▸ **请翻到第 239 页**

你看到各种各样的生命形态，它们中有很多长得非常奇特。它们站在各自的位置上。

你突然反应过来，大声说："这不就是个巨型国际象棋嘛！"

"你说得对，"格雷那拉说，"还不完全是国际象棋，但很接近了。淘汰赛正在进行中。我来解释一下规则，你和霍顿代表地球，你们的第一个对手是金星。祝你们好运！"

霍顿是国际象棋高手，你自己的水平也不赖，但你心里仍感到不安。

"如果我们输了会怎么样？"你大声问，害怕输的人会丢掉性命。

格雷那拉笑起来。

"唉，你们这些地球人啊！在你们眼中只有非黑即白、好坏之分。开始玩吧！好好享受。赢的人没有奖励，输的人也不会有惩罚。"

"这真够奇怪的。"你回答。

霍顿早已经谋划出开局的策略。

"我们开始吧。"他大声说道。

▸▸ 本故事完

你和霍顿离开这个气团，爬上运送车。

"看！"霍顿惊恐地指着前面的两个生物，低声说道。

你看着它们，它们从能量形态变成了红色甲虫。

马图勒斯爬进车的后面，冲甲虫点点头。车辆加速前进，很快达到巡航速度，在地平线上沿弧线行驶。

在下面，你可以看到埃吉尔星球起伏的山峦，冰封的大海，大片的如沙漠般的玻璃，还有石化的森林和成群的火山。

最后，你们来到一个像火山口的地方，地处偏僻却很美丽。

火山口的中心是一个湖，湖水呈亮黄色，湖岸边散布着果园和田野。这里的一切看起来就像一个农耕山谷，肥沃且经营良好。

"欢迎来到祖尔多那，"马图勒斯笑着说，"你们会喜欢这里的。"

▸▸ 请翻到第 177 页

你不顾一切地纵身跳下去，挤进一个狭小的绿色气团。气团立刻膨胀起来，空间大到足够容纳你。

甲虫停在气团外面，不知道你在哪里，也进入不了气团。

你瘫倒在气团内，试图保持冷静。但霍顿悲惨的结局深深地印在你的脑海里。你认为这都是你的错。

"跟我来。"一个温柔的声音呼唤着你。

你抬起头，一个能量物质在你眼前现形。

是类人生物！你不再感到害怕。

▸▸ 请翻到第 **201** 页

一离开"搜寻者"2号，你就被一个玻璃似的球体包裹住。

海水慢慢地从球体中流出，取而代之的是气体。

过了一会儿，你又听到了之前的音乐。你很好奇，这音乐是如何穿过潜水头盔传入耳朵里的。然后，你不再多想，专心地听。音乐轻柔舒缓。

突然，一个声音传来，盖过了音乐声。

"不要害怕。"那声音说，"一支亚特兰蒂斯研究队已经将你复苏，如果你愿意，可以摘下潜水头盔。球体里面充满了可呼吸的气体，和氧气类似。放轻松。我们这就返回基地。你会在亚特兰蒂斯度过美好的时光。"

球体外，你看到一只巨大的鱼，它颤动着，慢慢转过身体。一根电缆把你的球体连接到大鱼一侧的银色胶囊船上。大鱼游动起来，你在它身后滑着水，这是有史以来，你最接近海洋生物的一次经历。

▸▸ **本故事完**

扬顿突然再次出现在船尾。

"我已经命令赫尔曼离开这片区域。"他说。

你正要问谁是赫尔曼，就看到大鱼甩着巨大的尾巴游走了。银色胶囊船因海水的流动而摇晃。

"如果你想潜水去亚特兰蒂斯的安全地带，没问题，不用管这里的入侵者。我们时间来得及。"莫尔多纳对你和霍顿说。

"还有别的选择吗？"你问道。

"另一个选择就是留在这里，击退入侵者。"莫尔多纳回答说。

▶▶ 如果你选择尽快逃往亚特兰蒂斯，请翻到**第 188 页**

▶▶ 如果你选择留下来击退入侵者，请翻到**第 170 页**

"去参加竞赛！"你大声喊道，想象着自己是奥运冠军，戴着金牌，或者桂冠。

"等一下，"霍顿抗议道，"我们要怎么做？我们只是海洋生物学家，不是运动员。"

"别担心，到时候就知道了。"你回答道。

格雷那拉带领大家来到主城区之外的一片区域。

这是一片纵横交错的田野，绿色和白色的方格交织在一起。田野的边缘搭起了色彩鲜艳的帐篷。帐篷上面挂满了旗帜，代表着不同的星球战队，有些星球你从未听说过。

"你们可以用这个帐篷。"格雷那拉带你们来到一个红色盒子形状的帐篷前。

霍顿忙着制作代表地球的旗。他把旗子挂在帐篷外的旗杆上。

"现在要做什么，格雷那拉？"你问道。

"看看这片田野，"她说，"能看到什么？"

▶▶ 请翻到第 220 页

此刻，你飘浮在音乐的声波上，不断撞到地球的声波、无线电波和光波。

这些波会对你的声波模式造成一些扭曲，还好埃吉尔星球的实验控制员成功地稳定住你的声波模式。

"霍顿！我们切入音乐会的声音吧！"你兴奋地提议，"让我们来改变音乐，让他们听到就永远忘不了那声音。"

"好主意！就这么定了。格雷那拉，你觉得呢？"

"我也加入。"格雷那拉回答说。

你选择了一场在室外舞台上举行的音乐会，地点在洛杉矶的郊外。九万三千人正聚集在一起，听一支有名的重金属摇滚乐队在舞台上演唱。

轻轻地，缓缓地，球体里的音乐在人群里流淌开来。

▸▸ 请翻到第 205 页

"阻止那两个人！"你对离得最近的亚特兰蒂斯人和诺门人喊道，"他们要引爆炸弹！"

没人相信你。很快，你被带出大楼，被亚特兰蒂斯安全部队控制住。他们认为你疯了。

片刻之后，一道巨大的白光闪过。随着一枚小型中子武器的爆炸，两英里内的一切都被炸得粉碎。那明亮的光是你生前的最后记忆。

海面科考船"马雷"号在它的监测设备上记录下一次小地震。海平面鼓起了许多气泡。

▸▸ **本故事完**

"我不当人质，这太冒险了。"你对马图勒斯说，"我要留在这里。"

"我不怪你。"他说。

"你呢，霍顿？"

"我要去，这么好的机会不能错过。"

霍顿戴上了人工鱼鳃，可以让他在水下呼吸。他很快就和马图勒斯离开了。

这时，两名亚特兰蒂斯的技术人员过来，和你一起观察霍顿的进展，以及马图勒斯与鲸鱼的对话。

你坐下来看着监视器。不一会儿，懊悔的感觉将你击溃。也许你真的失去了一个很棒的机会。

你和技术人员熟悉起来，他们向你吐露了一个秘密，那是几个世纪以前亚特兰蒂斯人发现的。他们说，这个秘密涉及地球上所有生命的未来。

"是什么秘密？"你急切地问。

▸▸ 请翻到第 208 页

你按下控水按钮，海水迅速灌进指挥舱，把你和霍顿推向逃生舱门。

舱门上装满了爆炸螺栓。你快速插入钥匙，按下一个小按钮。

砰！螺栓爆炸了，舱门飞了出去。

你和霍顿奋力冲向海里。

"搜寻者"2号战栗着沉入海水的更深处。

▶▶ 请翻到**第224页**

音乐充满了潜水艇舱，并且变得更加强烈。

你的手指离开了引爆按钮，手臂无力地垂在身体两侧。不论你是否同意，你现在明白潜水艇已经不受你的控制了，对方一定是用了什么特殊的办法控制了你们。音乐变成彩色的灯光，照进舱内。

一个舒缓的声音从音乐中传来。

"谢谢你们同意登船请求，现在由我们来控制。放松，不要抵抗。下一站，亚特兰蒂斯中转站。终点站，埃吉尔星球。"

▸▸ **本故事完**

"再试一次，霍顿。"你说，"我不认为那些衣服能经受住外面的压力。"

霍顿摇了摇头，继续穿笨重的装备。

你则继续摆弄应急电源系统，"搜寻者"2号却下沉得越来越深。海水开始渗到舱内的地板上。

"看，好了！电力恢复了！"你大声喊道。

能量指针不断升高，你的精神也愈加高昂。你把全部意志集中在指针上，心里默默地命令它继续上升。它听从了命令。

舱内的灯又亮了。潜水艇与飞机的控制类似，每当你增加动力时，控制就会更加牢靠。

接下来，眼前的画面让你不敢相信自己的眼睛——海底消失了！

▸▸ 请翻到第214页

"我有点担心，"扬顿说，"他们比诺门人更危险。地球人试图摧毁一切他们无法控制的事物。你们的世界充满敌意。"

"也许吧，"你回答说，"但如果我没记错的话，诺门人也破坏过亚特兰蒂斯人的生活。"

就在那一刻，入侵潜水艇发射了一枚带有弹头的鱼雷。

"他们竟然又这么干，"莫尔多纳说，"启动能量偏转，全力反击！这太无聊了。他们从来不与我们沟通，总是直接开火。"

"没错，但是——"你的话被一声重击打断！

鱼雷击中能量偏转盾，返回到发射的地方。

"这些都是为了他们好。"莫尔多纳说，"准备返回亚特兰蒂斯。"

银色胶囊船沉入漆黑的海水中，返回家园。

▸▸ **本故事完**

来不及把你的打算告诉霍顿了，你抓住他的胳膊，一把将他拉到你希望是出口的地方。

"别动，不管你是谁！举起手来！这是安全检查！"其中一个亚特兰蒂斯人命令道。他说话的语气听上去就像一名地球警官。

你回头看马图勒斯，就在那一瞬间，亚特兰蒂斯人变成了能量形态。但当你回头再看他们时，他们又变回了人形。

"我们没做错什么！"霍顿说。

气团内一个模糊的东西闪过。马图勒斯在试图逃跑。他的能量形态消失了，但立即被一道银色的光捕捉住。

"马图勒斯，编号 44-67-28，亚特兰蒂斯移民地人，被指控欺诈和贩卖奴隶！"一名警官宣读，"他在我们的名单上，这次终于抓到他了。我们要把他带回司令部去。"

"这两个人可以在这里审问。我从数据库里找不到他们的信息。"这名警官转向你说道。他长得凶巴巴的。

▸▸ 请翻到第 **217** 页

　　"它们想要相信我们没有恶意。"马图勒斯告诉你，"但是你们人类经常伤害它们，因此建立完全的信任还需要时间。"

　　"那么，你的下一步计划是什么？"你问道。

　　"保持耐心，用积极的行动告诉它们，我们言行一致。我们也可以帮助它们避开地球上的捕鲸船。这一点正在讨论中。谢谢你愿意当人质。"

　　现在，你安全地回到了亚特兰蒂斯。你深情地回忆着鲸鱼的热情友好和海豚的甜美声音。

　　"这是我的荣幸，"你回答说，"真的是！"

▸▸ **本故事完**

当亚特兰蒂斯人从银色胶囊船里与你做最初的接触时，伴随着轻轻的哀鸣声是舒缓的音乐，平和、安宁的感觉回到你身体里。

"我们要去亚特兰蒂斯了！我终于要回到亚特兰蒂斯了！"你大声说道，但更多的是对你自己说，而不是对别人说。

银色胶囊船滑进海底的裂缝里。在下面很远的地方，你看到了光，光亮很快将船只包裹起来。

"开始恢复。"电脑宣布。

所有的期待和兴奋对你的神经系统产生了反作用，你开始昏昏欲睡。当你醒来时，已经到达了失落之城——亚特兰蒂斯。

▶▶ **本故事完**

著作权合同登记号：图字18-2020-147

图书在版编目（CIP）数据

选择你自己的冒险. 深海异族·重返亚特兰蒂斯 /（美）R.A.蒙哥马利著；申晨，张悠然译. -- 长沙：湖南文艺出版社，2022.3
ISBN 978-7-5404-9412-4

Ⅰ.①选… Ⅱ.①R…②申…③张… Ⅲ.①儿童小说—长篇小说—美国—现代 Ⅳ.①I712.84

中国版本图书馆CIP数据核字（2022）第017066号

上架建议：儿童文学

XUANZE NI ZIJI DE MAOXIAN. SHENHAI YIZU·CHONGFAN YATELANDISI

选择你自己的冒险. 深海异族·重返亚特兰蒂斯

作　者：[美] R. A. 蒙哥马利
译　者：申　晨　张悠然
出 版 人：曾赛丰　　　　　　责任编辑：刘雪琳
策划编辑：蔡文婷　　　　　　特约编辑：丁　玥
营销支持：付　佳　付聪颖　周　然　版权支持：刘子一　姚珊珊
封面设计：潘雪琴　　　　　　版式设计：霍雨佳
出　版：湖南文艺出版社
　　　　（长沙市雨花区东二环一段508号　邮编：410014）
网　址：www.hnwy.net　　　　印　刷：三河市兴博印务有限公司
经　销：新华书店　　　　　　开　本：855 mm×1180 mm　1/32
字　数：138千字　　　　　　印　张：7.75
版　次：2022年3月第1版　　印　次：2022年3月第1次印刷
书　号：ISBN 978-7-5404-9412-4　定　价：130.00元（全5册）

若有质量问题，请致电质量监督电话：010-59096394
团购电话：010-59320018